衣兜

丁兆伦 著

作家出版社

图书在版编目（CIP）数据

农门 / 丁兆伦著 . -- 北京：作家出版社，2024.7
ISBN 978-7-5212-2756-7

Ⅰ.①农… Ⅱ.①丁… Ⅲ.①长篇小说 – 中国 – 当代
Ⅳ.① I247.5

中国国家版本馆 CIP 数据核字（2024）第 062945 号

农门

作　　者：丁兆伦
责任编辑：丁文梅
装帧设计：意匠文化・丁奔亮
出版发行：作家出版社有限公司
社　　址：北京农展馆南里 10 号　　邮　编：100125
电话传真：86-10-65067186（发行中心及邮购部）
　　　　　86-10-65004079（总编室）
E-mail:zuojia @ zuojia.net.cn
http://www.zuojiachubanshe.com
印　　刷：唐山嘉德印刷有限公司
成品尺寸：152×230
字　　数：380 千
印　　张：30
版　　次：2024 年 7 月第 1 版
印　　次：2024 年 7 月第 1 次印刷
ISBN 978-7-5212-2756-7
定　　价：68.00 元

作家版图书，版权所有，侵权必究。
作家版图书，印装错误可随时退换。

自序

写这部书，前前后后差不多用了我两年的时间。除了正常工作外，几乎耗尽了我两年当中所有的业余时间。

我一夜之间仿佛从人间蒸发了一样。

这是我写的第三部长篇小说。其余两部，还在压着。其中一部，辗转流离，底稿还遗失了。十月怀胎，终诞生了我的第一个孩子，实属不易。

我把我的灵魂植入她的肉体，起好名字，并赋予她一身皮囊。这也是我唯一所能做到的。至于"孩子"赤身裸体来到人世间，或遁入世海，或湮于尘烟……来也赤条条，去也赤条条。对此，我也是不抱有任何幻想的。此时，我想的，要将她孵出来。正如这芸芸众生，在人间走走就好。

谨以此书，献给脚下的这片土地和生活在这片土地上的人们。还有，我那个不起眼的平凡的丁家家族。

二〇二二年十月

目 录

卷一

第一章
- 一 祝寿 —————— 003
- 二 出走 —————— 008
- 三 寻根 —————— 013
- 四 人在屋檐下 —————— 018
- 五 安家 —————— 024

第二章
- 一 蛤蟆石 —————— 028
- 二 除夕梦别 —————— 031
- 三 拜年 —————— 035
- 四 "半个先生" —————— 040
- 五 上梁 —————— 043

第三章
- 一 风水斗 —————— 050
- 二 石头干爹 —————— 057
- 三 玉米吐穗了 —————— 061
- 四 秦大脚 —————— 065

第四章
- 一 改道 —————— 071
- 二 村西口 —————— 075
- 三 六亩地 —————— 078
- 四 认亲 —————— 084
- 五 再次显灵 —————— 087
- 六 稻穗低垂压枝头 —— 091

第五章
- 一 复仇的种子 —————— 095
- 二 打鱼节 —————— 098
- 三 怪声 —————— 102
- 四 衣锦还乡 —————— 107
- 五 祸起"东"墙 —————— 112

第六章

一　罕见的雹子 —— 117

二　"下忙" —— 119

三　中邪 —— 123

四　红白事 —— 127

五　联姻 —— 134

第七章

一　幽灵 —— 139

二　决斗 —— 143

三　十岁出征 —— 149

四　大戏 —— 155

五　捉奸 —— 159

第八章

一　发家之路 —— 165

二　家道 —— 167

三　两封"鸡毛信" —— 172

四　上藏马山 —— 177

五　路遇土匪 —— 180

六　起家 —— 183

第九章

一　丁家学堂 —— 189

二　老奶奶进门 —— 194

三　第一位女先生 —— 199

四　入洞房 —— 202

五　李家崛起 —— 207

第十章

一　再上藏马山 —— 211

二　两台花轿 —— 215

三　难产 —— 218

四　"果实" —— 220

五　土地庙 —— 224

第十一章

一　决堤 —— 228

二　秦家衰落 —— 232

三　最后的"员外" —— 235

四　吊唁 —— 239

五　梧桐树 —— 242

六　再度联姻 —— 247

卷二

第十二章

一　割"尾巴" —— 253

二　第三位先生 —— 256

三　身世之谜 —— 258

四　青涩的果儿 —— 262

第十三章
一　旮旯里笛声 —— 265
二　游街 —— 268
三　家族起点 —— 270
四　闺怨 —— 273
五　丁家大院 —— 279
六　丁家湾 —— 285

第十四章
一　梧桐树发芽了 —— 289
二　离家 —— 293
三　"道"了 —— 296
四　兄弟阋墙 —— 299
五　一条藤上的苦瓜 —— 305

第十五章
一　一对冤家 —— 308
二　占墓 —— 312
三　论风水 —— 318
四　十字胡同 —— 322
五　麦田又黄 —— 325

第十六章
一　求学 —— 329

二　桃红杏黄时 —— 332
三　特殊的贺礼 —— 336
四　歪脖子大槐树 —— 339
五　惊醒 —— 344
六　"娘俩"嫁"爷俩" —— 349

第十七章
一　那年冬季 —— 354
二　四世同堂 —— 357
三　女族长 —— 359
四　凄惨谢幕 —— 363
五　鬼屋 —— 367
六　托梦 —— 369

第十八章
一　苍天的警告 —— 373
二　东"果"西"实" —— 375
三　神秘的地窖 —— 380
四　飞来横祸 —— 384
五　讨饭 —— 386

第十九章
一　生死离别 —— 392
二　状元梦 —— 395
三　鬼门关 —— 397
四　不期而至 —— 400

五　盗麦 —————— 404
　　六　最后的遗嘱 —————— 408

第二十章
　　一　换亲 —————— 412
　　二　畸形的婚姻 —————— 415
　　三　第二次分家 —————— 418
　　四　暴风雨前夜 —————— 422
　　五　最后一次回家 —————— 426
　　六　不祥征兆 —————— 429

第二十一章
　　一　送子 —————— 433

　　二　最后的耻辱 —————— 436
　　三　枪声 —————— 440
　　四　二次进村 —————— 442
　　五　再现"龙节" —————— 444
　　六　登陆 —————— 447

第二十二章
　　一　教堂里钟声 —————— 452
　　二　认爹 —————— 455
　　三　梦中相见 —————— 458
　　四　化土 —————— 461
　　五　大丧 —————— 463
　　六　北风乍起 —————— 467

[卷一]

第一章

一　祝寿

丁土根下决心离家出走了。

光绪十四年（1888年），北洋水师在威海卫成立。丁汝昌擢升为海军提督，从一品。

清朝末期日照城，方圆上千亩，城内人烟稠密，车水马龙。城郭中一条道路南北贯通，横穿城内，道路两侧的大街皆是人间繁华处。城正中间东侧，便是赫赫有名的丁家楼村丁家大府；丁家府西侧并排当年的日照县衙，衙役两旁侍候，持杖赫然而立。

过往行人，每每路遇此处小心翼翼，驻足屏息。

一天，大雪纷飞，雪花如棉絮般飘荡。

丁家楼村丁家府张灯结彩，熙熙攘攘，一派祥和的气氛。今天，丁家府老爷过五十大寿。据说，丁老爷是丁汝昌的一个远房亲戚，光绪三年（1877年）从安徽迁移至日照，在当地是有名的大财主。

中午，丁府宴请当地名流乡绅。

巳时四刻，大公子丁唯世站在大门口右侧，恭迎各路豪绅。

宾客们鱼贯而入，仆人则抬着彩礼财物尾随主人其后。

步入丁府大门，穿过一廊房，两侧厢房林立，院内亭台楼宇，正中间中堂大厅。中堂大门全开，在一个巨大的祥云凤飞的屏风前边，端坐一位细眼鹤发身穿红绸缎棉袄笑吟吟的老者，此人便是丁老爷。背后屏风中间，挂一大大"寿"字，上有一幅龙飞凤舞贺寿词。上面写道：

恭贺大伯丁许华五十寿诞
寿比东海深　福如黄海水
海军提督丁禹廷

客人见状，忙上前磕头礼拜："提督大人字如其人风骨遒劲，贺祝老爷寿比南山！"席间人声鼎沸，觥筹交错。申时，宴席散去。

晚宴，丁府家人团聚相庆。大厅堂右侧，大公子丁唯世等依次而坐，丁土根排在第六位。而后，依次是老爷的侄子孙辈等若干坐在后边。左侧首席老太太，三位姨太太和女儿侄女孙女七大姑八大姨等相继而坐。

诸公子中，唯丁土根一人庶出，虽年龄老大但位列兄弟末位。

老太太是安徽当地一大户人家的闺女，生性强悍，嫁于丁老爷多年未曾生育。丁老爷年轻放荡不羁，拈花惹草。一日，酒后乱性，强与一丫鬟一夜风流。十月怀胎生下一子，后取名丁土根。老太太从此视土根为眼中芥蒂，恨之入骨，百般虐待刁难土根娘。一日，趁老爷到威海卫时，老太太撤走土根娘身边丫头，以粗丫鬟身份使唤。寒冬腊月，土根娘正坐月子，头上顶着汗忙着在冷水中洗衣服。她年幼不知，坐月子女人是不能沾冷水的，尤其最忌忽热忽冷。果然，土根娘不出几日患上怪病。三个月后，纤纤玉手慢慢变得犹如鸡爪，过去那双小脚白白嫩嫩如今变成黑猪蹄子状。半年后，老爷回来见她这副丑模样，一脸的厌恶嫌弃。土根娘也羞于见人了，整日关在房子里生不如死。

当年，老太太生下大公子丁唯世，十年间连生五子一女。老太太日益得宠，更加飞扬跋扈。借口土根娘患怪病，污辱了丁家门风，私立一条家规——丁土根永生不得入丁家的祖祠。故意给他取名为"土根"，喻为"命贱"。可怜的丁土根，与娘相依为命。三岁进私塾，学到六岁。公子哥嫌他娘有"怪病"躲闪不及。土根一气之下，辍学跟着长工一块下地劳作。渐渐长大成人，但他聪根慧性，生得健壮，田地里种摘采耕播收样样稔熟。丁老爷总念系土根为自己的亲骨肉，让他掌管丁府田地粮赋一事。土根治理得井井有条。成年后，公子们大都相续成家，唯独土根孑然一身。日久生情，他与丫鬟刘女暗中生情，私下结秦晋之好。不料，风云突起。好色成性的二公子也垂涎上丫鬟刘女，几次得手未成。一日，他欲行不轨强占刘女。恰被土根遇见，两人打在一起。二公子哪是土根的对手，三下两下被他打得头破血流。从此，二公子与土根又添心结。

老太太和二公子等处处百般刁难土根，土根也渐渐萌发离家出走的念头。

老爷的寿宴司仪大声唱道：

"拜寿仪式开始，恭请公子哥上前祝寿！"

公子轮流向老爷敬酒。丁唯世等一一敬酒完毕，最后该是丁土根端酒了。土根捧酒上前，二公子暗中伸腿使了个绊子。土根一个趔趄重重摔倒，双手趴伏在地上，手上划出道血口子。

"你看，这只癞蛤蟆，土鳖！"二公子仰在椅上，哈哈大笑。众人皆掩嘴而喜。土根笑笑，慢慢爬起，抖抖身子。他掏出手绢，擦去手上的血迹，回头重新置换酒杯，彬彬有礼落落大方上前祝寿。中堂上下顿时鸦雀无声。

老爷的脸上挂不住了，绷起脸。老太太本来笑容满面，见土根慌乱中不失礼节，卑微中不丢身份，顿时也屏住笑容。刚刚绽开的皱纹犹如剥开皮的核桃霎时钉在她那张白生生的脸上，但脸上的褶子不及老太太机敏来不及舒展，和面上的严肃表情极不和谐起来，如同另外一张老皮硬生生地糊在她脸上。

右侧拜寿完毕，左侧老太太等人又一一拜寿。

"赏！"老爷大喜。

诸公子一人赏了一方砚台和一副上乘的弓箭，取意为"文武双全"。女儿则赏了一件西洋进口的红绸吊纱巾，唯独丁土根得了一件赤珠算盘！

宴席后，一家老小在府中庭院观赏烟花。丁土根趁无人注意，悄悄溜出大院。出了门，他再也无法控制住自己泪水哗哗地流下！院内，鞭炮齐响，满天星火。此时此刻，他知道，在这个弹冠相庆的时候和他一样难过的还有他娘。他顺着廊道走进西院，听到里面长工们吆五喝六喝酒碰杯猜拳的声音。土根隔着窗户观看一会儿，转身走进娘的屋。

炕上，娘死灰般地躺着。土根坐在娘一边，禁不住抱头大哭。"儿呀，不顺心是吧。世上，不顺之事千千万万。哭吧，哭出来就好了！你如今大了，也该拿个主意了。"刘女端着饭进屋，见他娘俩说话，闪过一边站着。土根赶紧拭掉眼泪，摸出烟袋，低头抽烟。刘女问："你吃不吃了？"

土根摇了摇头。

灶台上煤油灯一闪一闪的，灯光幽暗下来，土根上前拨了拨捻子。"油不多了。"娘幽幽地说。土根听这话，心中一怔。其实，他暗中早下定决心准备离开这个人情是非之地了。但是，这一步实在难以迈出去，主要还是挂牵苦命的娘。娘拉过土根的手，说道："走吧儿子，俺知道你挂着娘，别管娘了。这里，不是你待的地方。无论你走到哪里，能落下去便是你的家！""你说到哪里去？"土根问。娘回忆起往事，说道："过去，丁府上有个'秦管家'，你小时候都认识他的。你去投奔他，他会收留你的。丁府过去曾与五莲山下洪凝村有桩石料生意,秦管家是'胳肢窝'村秦家的大儿子,丁府雇他负责来回运送货料,当了丁家的一个镖师。后来,老爷见他精明能干,日后又留在丁府上做了管家。他曾看上过俺,几次对俺示好,俺都没有答应。他在丁府干了十几年,咱丁家对他有恩。秦家是当地的一个大户,你去找他吧。"

"俺走了,娘怎么办?"

"别管娘了,娘不中用了。你走得越远越好!这里,就是个金窝银窝也不是你的家呀。"

"俺不稀罕这个金窝银窝,但是舍不得娘呀。娘是俺唯一的亲人,俺走了,你以后的日子怎么过?"土根眼泪禁不住下来了。

房间里正在说着话,大公子丁唯世却站在门外,静静地听。

丁土根和大公子同年出生,土根比他大了半年多,小时候常常在一块玩,两人感情交往甚笃。唯世心里也明白,土根在丁府是待不下去的,走出去这一步,没有任何挽回的余地了。他推开门突然进来,土根和娘一脸的窘样。"走吧,大哥,我同意你走。"唯世干脆利落地说,"过几天,老爷带二公子到威海去,正是大哥出走的好时候,我来安排。等老爷回来,再告诉他也不晚。"土根娘顿时高兴了,起身向大公子道谢。

"这些年,大哥为丁府出了不少力。走时,也不用偷偷摸摸的。我会好好和老太太说的,你走了,老太太反而会高兴的。你走时带的东西,我来准备。"

土根和唯世抱在一起。

"不过,大哥走之前,谁也不要说了。等老爷去威海了,再来收拾东西。"

二　出走

丁府上下忙着老爷去威海卫的事。

土根闷声不响，当作什么事也没有发生一样，跑前跑后，备好轿子，细心备至地准备老爷出门带的物品。

一切准备妥当，老爷带着二公子走了。

丁唯世来到老太太房间，一五一十将土根准备离家出走的事情告诉了老太太。老太太似乎早已心有灵犀，面无表情，静静地听着。末了，淡淡地说："老爷回来了，这个事我也不知情，你和老爷讲吧。这孩子也不容易，人要走了，也别太委屈他了，你看着安排吧。"

丁唯世这才放心了，找到土根说："快收拾收拾东西吧。在家千日好，出门一日难。生活上需要什么多带些，明天一早便走，晚上去和老太太告个别吧。"

土根点了点头。

午饭后，土根大声招呼几位长工，拉来一辆马车有意停在院子中间，准备了几袋米面豆粉和事先备好的粮食种子衣物等，一一装上车。老太太房上一丫鬟过来，抱来几床棉被。土根含着泪，朝老太太房上鞠了一躬。丁唯世悄悄过来说："一辆马车不行就两辆，能拉的东西多带些。这些东西也不值钱，但对于你安个家能顶用的。"土根知道，家里有无数双眼睛在盯着他，小声说："一辆马车足够了，俺只带一些生活用度方面的东西。其他的不用了，多谢公子。"

府上有人问："土根这是干什么？出远门呀？"

"大公子让俺出趟远门呢，去探望远房亲戚。"土根故意大声说。

晚饭，土根陪娘一块吃的。一家三口谁也没有说话，刘女一勺一勺喂娘吃饭。娘吃得特别香特别踏实，也特别多。坐了一会儿，土根起身来到老太太房间，见面喊了声"太太好"！面朝她磕了三个头。老太太一句话也没有说，默默地从身边拿起一个小包递给他。

这是五两银子。

老太太渐上岁数，儿女绕膝，倒生慈心了。土根双手接过，低头弯腰走出门。

天大黑，丁府渐以安宁。

土根踯躅在丁府庭院中，双腿如灌满铅一般沉重，环视四周，一片茫然。守更老汉在院子掌上夜灯，垂头丧气的灯笼没精打采地飘曳。一阵朔风乍起，飘零的树叶打着卷儿飞扬。土根冷不丁打个寒战，裹裹衣领，拉下帽檐，悄悄走出大门。站在门前，他回头瞅了瞅丁家大府，长长地吁了一口气，默默地围着丁府转了好几圈。

这里的一切一切，既熟悉又陌生，恍如隔世一般。这是我的家吗？有命生于此，却无缘享于此。此时，他心中升腾起诸多不甘和难舍。

夜色降临，冷气袭来。土根抹掉眼角的泪花，回到府上，径直走进账房宋先生屋。

账房先生姓宋，是一位憨厚老成实在人家，在丁府生活了十几年。平日里，土根对他尊敬有加，交往甚密。两人曾有过生死相助之恩。他媳妇刚刚生下女儿荷花，正哄着女儿入睡。宋先生见土根进来，起身打招呼："主子兄弟，怎么这个时候过来了？"

土根刚要说什么，话到嘴边又止住了。他接过荷花抱在怀里，荷花咯咯地笑了。宋先生笑道："这孩子倒不认生，与丁家看来有些缘分呢！"土根放下孩子，眼圈红了。他低下头，不想让宋先生看见他的窘迫样，说道："多谢先生这些年对俺和俺娘的照顾，以后，请先生和太太多去俺娘那里走走，拜托了！"

"这是说哪里的话？大兄弟，不就是出趟远门吗？一定的！"宋先生收起笑容，含糊其词地回应道。土根明白，在丁府什么事也瞒不过宋先生的。他在这个风霜剑影的大府里，洞察一切装着一切也糊涂着一切，便不再说什么。

土根从东厢房南侧又踅回到西厢房一个破落的角落，这是丁府长工住的房间，他曾在这里生活十几年，大了才搬出去。一进来，一股熟悉的脚臭味袭来。大伙见土根进来，呼啦围了上来。最小的长工大田，今年刚满十岁，一把抱住他，"大哥，这几天忙什么？看见俺连声招呼都不打，忘记俺了？这次出远门到哪里去？带上俺吧。"

大田是土根在路边捡来的孤儿，自小黏在土根身上，两人有着过命的交情。土根摸了摸大田的头，有些心酸，喃喃地说："俺是真想带你走，但是……"

"俺不会给你惹麻烦的，有口饭吃就行了。"大田打断土根的话，继续央求道。

"不行，这次出门，大公子不让说，估计时间不会短了，一时半会儿回不来。"土根眼睛湿了，大伙也不再问。丁府有规矩，用人不能随意打探府上的消息。"俺不在家的时候，各位兄弟有事没事的时候，常过去看看俺那生病的娘。"

"大哥的娘就是俺亲娘，不过……"大田抢过话头说了半句，不往下说了。土根知道自己心急了，丁府等级森严，卑微的长工岂敢往娘屋里闯？我可怜的娘啊，我走后，你便成了无人管无人问的废物了！土根心头一紧，匆匆回到娘的身边。

这是土根和娘在一块儿的最后一夜了。

屋里静得可怕。土根娘躺在炕上似睡非睡，一动不动。土根蹲在地上，一袋烟接一袋烟地吸。烟雾一圈一圈在屋里弥漫开来，火星伴着烟丝发出吱吱吱的响声。窗外的寒风，吹着哨子，凄厉地鸣叫。

刘女低着头蹲在炕沿下，忙着给娘最后一次洗衣服。刘女终于忍不住了，泪眼婆娑，望望炕上的娘又瞅瞅土根，低声问："要不，咱就不走了？"

"不行，必须走，走出门就好了！"娘镇定地说。

土根知道，开弓没有回头箭。这一步，如同泼出去的水收不回来的。但走出去，这一步太难了！土根望望窗外，漆黑一片。

窗外传来三更梆锣声。娘的身体颤了颤，坐了起来。"根儿，你过来，俺还有话和你说。"娘面上装出十分高兴的样子，从怀里掏出一个红包，"娘攒了一辈子，也只藏了七八两银子，你都拿去吧。小户人家省吃俭用，也够你闯荡一年半载的了。"

"娘，这些年，俺多少也有些积蓄。这些你留着，以后备用。"

"老人讲穷家富路。你走了，俺就没有心事了。这副肮脏的身子也撑不了几年了，你一定好好活着。把值钱的东西缝在贴身口袋里，什么时候也别离身。"

土根听了娘的话，有种不祥的预感，难道娘在交代后事？"娘，你可不能胡思乱想。要不，你和俺一块走吧。"土根憋了半天，又说了一遍。

"又说胡话了，你这是走亲戚还是回去光宗耀祖？娘跟着你们一块走，不就是一块累赘呀！没事的，娘还等着儿子回来接俺呢。"

娘笑了，土根和刘女却在一旁哭了。

娘又生气了，骂道："混账，不争气的主儿，哭什么！"她回头对刘女说："儿媳妇，你把床头上那个柜子打开。"刘女打开柜子，推开她。她从柜子底层取出个红包，一层层打开，"这是娘过去身上戴的饰物，娘也年轻过，美着呢。这些东西，娘就作为你们结婚的嫁妆留给你。两个人好好过日子，日子是一天一天过的。这世上，没有受不了的罪，没有过不去的坎。有你这个丫头陪着土根，俺也放心了。"刘女接过，掩面抽泣。"柜子里这些纱布剪子针线，你都带上，娘用不上了，以后你会用的。来，媳妇，你

011

帮娘剪下一缕头发来。你带着,这便是娘的身子了,以后找个地方把它埋了。逢年过节的,烧点纸钱,就算是没忘娘了。"

"娘!"土根和刘女终于放声大哭起来……

风,叩打着窗棂,发出啪啪的响声。这个黑夜,非常漫长又非常短暂。土根听到响声,推开窗户,雪花裹过寒风,呼啸而来。

"下雪了。"土根喃喃地说。

"下雪了,也要走!"娘说道。刘女爬向炕头,伏在娘的怀里,在娘耳边小声说:"娘,俺有了,快三个月了!""哎哟,娘有后了,有后了,死也值了!儿媳妇怎么不早点告诉娘,让娘高兴高兴!"娘的额头终于舒展开来,灿烂地笑了,"好呀好事呀!俺儿从此有自己的家有自己的儿了,再也不用看别人眼色了。"娘抚摸着刘女的头发,强忍着的泪水还是滚了下来,"娘无用了,不能给儿子办个像样的婚礼,恐怕见不到俺的孙子了!"

"娘,别说了!"刘女呜呜呜地哭。

娘把所有的心事似乎都交代完了,她抚摸着刘女的头说:"好了儿媳妇,别哭了,咱们谁也不说话不叨叨了,一早还赶路呢,咱娘仨个倚在炕头上,迷糊会儿。"三人躺在炕上心事重重,谁也不说话。

"咚——咚,咚,咚,咚!"

大院响起敲更声。"五更了,天快亮了。"土根还在呆呆地坐着,娘却慢慢地挨下炕,叨叨说,"走,娘送送儿!土根呀,你先出去,悄悄备好马车,趁着天黑没有人早点走。"

昨日一场雪不大不小,刚好蹚过脚踝。土根出去套好马车,拉到大门外。刘女扶着娘走出大门。这是三年来娘第一次走出大门,她知道,这一别,从此母子阴阳两相隔!

大公子丁唯世立在门口。

风露霜华,孤星寒月。丁府门前,两座石狮子孤寂寒坐。门楣上,两盏灯笼在寒风中,瑟瑟发抖。

土根回头望望，不会再有其他人来了。土根和唯世四目相对，紧紧地抱在一起。"大哥，我们何时再见？"土根摇头。"走吧，放心地走。如果遇到困难了，过来找我。你我，永远是割不断的亲兄弟呀！"丁土根点头，泪光闪闪。黑暗中，远处像是站着宋先生，土根装作没有看见。

土根回过头来，拉上刘女，一起向大公子鞠了三躬。然后，面向娘扑通跪下，磕了三个响头。起身时，土根泪流满面。刘女捂着脸哭着，上了马车。

土根大声说："娘，外面风大，回吧！大公子再见！"

娘倚在门框挥手，凄厉地喊道："娘看着儿，走，走吧……"

丁土根头也不回地走了。

后来，当我的爷爷第一次给我讲起他的爷爷这段往事时，我就哭了！我的脑海里一下子蹦出一个画面——

一个二十岁的青年和一个已经有三个月身孕的少妇孤独地走在漆黑的大雪纷飞的黎明。

这需要多大的勇气呀！

我战栗不止，这个画面，一直定格在我的脑海深处。

三　寻根

这个世上本没有什么村，住的人多了便成了村。

丁土根驾着马车，一路颠沛流离。

路上，广袤的田野、空旷的雪地、成群的羊群、飞扬的尘土……终于让他一路压抑的心情得到释放，找到自由奔放的感觉。

约莫走出二百里，日落时分，来到日照境际一个高泽村。

在村东头处有一户人家，土根打算在此借宿一夜。赶巧，这家主人也姓丁，本村一户中等富余人家。"天下丁姓是一家"，过面便有一份亲情在。吃过饭，土根安排好刘女和行李，盘坐在主人炕上和老人攀谈上了。老人六十多岁，十分硬朗健谈。育有二子，均已成婚。

"胳肢窝村隔着不远了，一直往东，走个七八里路便到了。这个地方，处在莒县诸城日照三县交界的三角地带，俗叫三不管村，现在属于日照地界内。你去干啥？走亲戚呀？"老人问。

"对，老人家，去串个门呢。"

"胳肢窝村也是一个千年古村了。北宋年间便有人烟，明洪武年一焦姓人家从山西迁移过来立的村，一千年喽。现如今，村里只有三姓大户人家。一户秦姓，家大业大辈分高，也最有权势，掌家的是秦员外。这个人呀，精明算计，能说会道，只一点不会齐家，后继无人呀。一户冯姓，也不知冯老先生还活着不。这个人好呀，文雅风儒，待人接物得体，不过身体垮了不主事了。家里管事的是他大儿子冯本，也是个能人，持家过日子算盘打得精呢。还有一户王姓，听说从莒县迁过来的，王老先生身体硬朗文武兼备，这个人不太善于经营，他兄弟众多，但他仅有一子。这三家，实际操持着胳肢窝村。秦员外、冯本、王老先生还是结拜干兄弟，秦员外是一甲之长，冯老先生当村里的族长。如今冯老先生病了不是，大事小事都是秦员外一个人说了算。他们三家和高泽村张保长都有关系呢，逢年过节常来常往的。"老人不停讲，土根细细地听。

"咱高泽周围好几百户人家，也刚好算一保了，胳肢窝村是高泽下面最大的一甲。"

"这么说，胳肢窝村是高泽下属领地了？"土根问。

"对对对，哎，你是从哪里来的？"

"俺从东南边日照来的。不远，上百里路程。"

"一瞧你就是大户人家出身的。不过，哪里也比不上俺这里好呀。这个地方，自古养人的地方。西南边有一山叫昆山，东南边还有一山叫五莲山。昆山，气势雄伟，如人中指直插天间；五莲山，并排盛开五朵莲花，如观音菩萨坐的莲花座。常听老人讲啊，昆山是乾，五莲山是坤。一乾一坤，一阳一阴，好地方呀，福气罩着。"老人对自己的家乡十分骄傲。

　　天大亮了，土根才慢悠悠地起床。他再三磨蹭，不愿动身。到"家"了，他的心情却有些忐忑不安。昨天听了老人一宿的话，他反复琢磨村里的人情世故，虽然人还没到村子，但村里的情况已经心中有数了。丁土根今年刚满二十，正是人生好时候！穷人家的孩子早当家，受磨难的少年成熟早。见证过风霜见证过风雨的智慧条纹已经十分明显地刻在了他年轻的脸盘上，时时处处表现出少有的老成和精明能干。

　　一路向东，巳时三刻，来到一个小村落。

　　土根停了下来，站在远处，往村子里眺望。

　　一位老者正在路上捡粪便。土根上前问："大爷，前边是不是胳肢窝村？""对，是俺村。"此时拉车的骡子高高地扬起头，撅起屁股，拉出一坨热气腾腾的粪便，老人慌忙蹲下，用铲子将粪便倒进身后的粪篓。瞧老人的眼神，如同捡到一堆黄金！土根心头一热，鼻子阵阵发酸，心中充满着说不出的亲切感。

　　胳肢窝村不大，有百十户人家。东南西三面，被高高的丘陵山峦环绕着。一个小村子，横卧在中间的三角窝内。一条河从东往西，流至村西头折向北，将小村子分成南北两大块。村中，参差不齐的房屋，坐落在河的两头，向两翼伸去。从远处看，这个村子的相貌，的确有点像人的"胳肢窝"。

　　土根蹚过小河，往村里走去。

　　村西边，一片荒凉。约有二十户犬牙交错的小茅屋，又矮又破，碎石堆垒而成，也仅够避避风寒罢了。太阳下，东倒西歪的佃民或倚或靠或躺晒太阳。这西侧，一定是佃户区了。前边，一个四周用石头堆砌的小广场，两侧竖立四根木桩子。台上，也躺着一些横七竖八的乡民。不过，这些乡民的衣着装扮明显上了一个层级。这个地方，应该算是村里的公共活动区域了。

村子不大，一有个风吹草动，大家立即警觉起来。

马车的铃声早已惊动大伙，大家纷纷好奇地张望。几个胆大的慢慢上前，围着马车细细打量。土根停下车，朝人群和善地笑笑。

"这是从哪里来的？"

"这个女的长得奇俊呢！"

"啧啧，你看车上装的东西真多，是不是谁家的闺女出嫁呀？"

……

土根在车上朝人群瞅了一眼，这场面多么熟悉。在丁家府，每到忙季时，他就下乡招揽佃户，这场景如出一辙。土根下车，从口袋掏出一把花生撒向人群，大伙噢的一声抢开了。

土根站在人群中，气宇轩昂。他往后看了看，有两个人尾随在后边，站在原地一动不动。一个嘴唇先天性豁裂，脸形上宽下窄如同一个倒油的漏斗；另一个鼻梁下陷，鼻孔朝天，两个鼻孔如同平地冒出的两个出气筒一样向上张开着。

众人见主人年轻随和，胆子大了来劲了。一个说道："主子，你找了个俊媳子！""俊什么？乡下人！"土根笑道。

土根的玩笑，一下拉近了彼此的距离。大伙不再紧张，围上来说话。后边的豁唇小伙子，拍手开口唱道："谁家的大闺女，说黑还有点白，说白还掺点黑，低着头抿着嘴，细高挑高鼻梁，小细腰大腚根，你说俊不俊？"后边的趴鼻子大声附和："俊俊俊！"大伙哄地大笑，有人骂道："你个油嘴子，天天只会唱这几句，来点新鲜刺激的。"

"油嘴子"和"趴鼻子"，一个捂嘴巴，一个捂鼻子，扭头跑了。

刘女脸通红通红的，双手捂着脸，害羞地低下头。

"俺是来串门的，秦员外的家在哪里？"土根大声问。大伙一听"秦员外"三个字，纷纷往后躲闪。一小孩子用手一指，"前边就是他家！"土根牵着骡子往前走。

越往东走，房子变得漂亮起来。前边约有三十户人家，房子大都是石墙瓦房，齐整地排列着。正中间，簇拥一个八间正房两边厢房的大院子，屋顶灰瓦走檐气势不凡。大门上镶嵌着一对圆形雕刻龙纹大铜制门鼻，两侧立着一对大型雕刻铜钱的莲花石，房檐矗立着四根凤纹木雕户对。

这个大院，和周边的房子相比，显得威武气派。这一定是秦员外家了。土根想，这院子四周房子应该是秦家的旁支或侧支亲系。从布局和气势上，秦家这个家族应该有百年以上的年景了。

一位黑脸驼背少年站在秦家大门口，拿眼睛上下打量土根。一只大黄狗横卧在门槛外面。一群人簇拥着土根，刚走到秦员外大门口，大黄狗一跃而起，朝着佃民扑了上去。大伙习惯性四处逃窜。大黄狗不依不饶，冲着远去的人群狂吠不止。土根吓了一跳，刘女紧紧地倚在他身后。土根正想拿起鞭子，吓唬大黄狗。不料，大黄狗却走近他面前摇尾乞怜，表现出异常的柔和温顺，伸着头嗅舔土根的鞋子。

黑脸少年上前问："你是谁呀？你找谁？"一张口露出一嘴豁牙红龈，眼睛却瞟向刘女。此人是秦家的长工，外号叫"豁牙"。

"俺从日照来，前来拜访秦员外！"

豁牙见来人气度不凡，急忙进屋去叫秦员外。

一会儿，大门内，快步闪出一位四十岁上下身穿酱紫绸棉袄红脸高个的男人。他看着土根，迟疑片刻惊呼道："莫不是丁土根大公子吧？"接着上前一把抱住土根："哎呀，丁大公子，这是哪阵风把你刮来了？"土根眼睛一湿，道："秦员外，一言难尽呀，容俺进屋细说！"

秦员外拉着土根进了大院，又回头仔细打量了一眼马车。

进了院子，丁土根双膝一靠突然跪下了，大喊一声"干爹"！

017

秦员外一下愣住了,怎么称呼起"干爹"来了?何年何月认了这个"干儿子"?他慌忙拉起土根,说道:"哎哟,公子见外了。不敢当,不敢当呀!多年不见,公子长成大人了,依稀还有几分小时候的模样。"秦员外上下端详着土根,土根这才抬起头正眼细瞅秦员外。

十年不见,秦管家红光满面福星高照,早已脱去过去在丁府说话低腰耸背的样,俨然是一副阔绰财主的神态了。

入座后,土根道:"老太爷老太太,还有大公子特意嘱咐,一定要代向干爹问好!"

又是一句"干爹"!秦员外慌忙站起来,朝东南方深深作揖:"公子来,折煞死俺了,俺一辈子也忘不了大老爷的恩情呀!"

两人又聊起丁府的诸多往事,渐渐起了感情。

四　人在屋檐下

一路上,丁土根反复斟酌再和秦管家见面怎么称呼他。

再叫秦管家,显然不合时宜了。称呼秦员外、秦公子等,又过于正式严肃了。思前想后,只有"干爹"这个称呼好,一下便可拉近距离。

在一般人眼里,亲情是一条从母胎里带出来上下连着三代人之间的纽带。其他的,都不足称为亲情。但在精明的世俗人情里,亲情远远不止这些,这是一笔取之不尽用之不竭的财富。这亲情,是一张庞大的关系网,七拐八转,需要的地方,都会被亲情这张网罩住。

任凭土根一口一个干爹叫着,秦员外并不接话,一口一个公子回着。中午,秦员外略备了几个菜,为土根接风洗尘。

秦家大儿子秦虎二儿子秦豹陪着。秦虎,二十上下年纪,一张小白脸,一对杏花眼闪烁迷离,细腰熊背似有其父状,但看上去细皮嫩肉的,极有女人态。秦豹,十五六年纪,中等身材,浑厚结实,少言寡语。"这是我家大儿子秦虎,在外读书。二儿子秦豹却不精于学业,在家干活务农。"土根起身,和他们一一见礼。

"秦虎秦豹你兄弟两人,多和土根公子请教,他见多识广,是个持家能手呀。"两兄弟忙站起来,朝土根鞠躬。"丁公子呀,家业到了俺这里,虽有薄田几亩,但算不上家大业大,吃穿用度够余便足矣。"秦员外说得看似无意,实则拿话在试探土根。

"干爹过谦了。从现在起,干爹就是俺的恩人了!"土根诚恳地说。自土根进门后,秦员外一直在思量,年轻时虽和土根娘有过短暂的感情,但那早是陈年旧事了。土根在丁府里虽是庶出,但以自己的身份认这个"干儿子"也是僭越了,他是万万不敢与老爷比肩的。言谈间,他不时地拿话试探土根给他装下的水到底多深!

刘女在下桌和秦氏等人吃饭,秦氏不住地赞叹:"你看看,还是大地方的女人俊呢。饿了吧,快吃快吃。"刘女心领神会,配合土根知趣地小声说:"谢谢干娘,俺正吃着呢。"

秦虎听着她们对话,偷偷瞟了刘女一眼。

酒桌上,土根大讲特讲老爷如何如何,秦员外频频点头,只是一字不问土根这次来的缘由。其实,秦员外内心还是有点数的。一见面,他见马车的行头便猜出一个大概了,便有意避开话题不提。酒过三巡,土根突然间痛哭流涕,打了秦员外一个措手不及。秦虎一怔,手中的筷子差点掉在地下。秦员外不露声色,狠狠地瞪了秦虎一眼。土根哭道:"干爹呀,实不相瞒呀。俺这次来,是因为在家惹祸了!"秦员外暗想,你终于开口进入正题了,忙安慰道:"别难过,大公子,慢慢说。"土根抽噎道:"前些日子,二公子和一个秀才为了一个女人争风吃醋打了起来,二公子吃了亏。俺听说后,狠狠地把秀才打了,一时失手,打断了人家的腿,秀才告到县衙。老爷没有办法，想起干爹来，让俺来找干爹避避风险。这个家，俺是回不去了！"

秦员外听到这儿，内心的戒备和面上的谦和神色一扫而光。他看了看土根，神色如同听到粮缸里发出窸窸窣窣的声音，终于打开盖子看到一只土耗子一样恍然醒悟。大公子的称呼顿时不用了，他将头往后仰了仰，语气中立即带出居高临下的意味，劝道："大侄子，别哭了。你和侄媳妇就在俺家住着，一直住过风声再说。"秦虎也终于插嘴说："对，大哥，你就当这里是自己的家！"土根暗想机会到了，继续抽泣道："俺这次来，不是住个一天半日的。秀才抓着不放，这辈子恐怕是回不去了。俺没有办法呀，只好投奔干爹来了！"说着土根从怀里掏出三两银子放在桌上："干爹，您办法多，帮俺想想法子吧，老爷和俺一辈子忘不了你。"土根再次捧出老爷这个神位。

秦氏见到白花花的银子，忙说："他爹，你快想想办法呀，你看把孩子急的！"

秦员外瞪了秦氏一眼，从怀里摸出烟袋，没有说话。土根上前，小心给他点上火。秦员外吱吱地抽着烟思忖着，这小子话里有话呀，虽然没有明说但钱拿出来了，他这不是投亲而是投靠，分明是要俺的房子和俺的田地呀！怎么办？丁府家大业大势力大得罪不起，不管事情真相如何，还是要先稳住他再说。想到这里，秦员外说："你投奔俺来了，按理说不应嫌弃你，但俺家这个境状也好不到哪里去。这样吧，村西头俺有一块薄田，夏天种些果瓜。这块地，西边紧挨着有一块三四亩的洼地，因常遭雨水如今荒着。地边有一间茅草小屋，四面透风了，平日里看护庄稼临时落落脚用的。这块荒地和这间小茅屋，就让给你。你先过去避避风雨，凑合过一阵子吧。"

丁土根一听，忙不迭地磕头，"谢谢干爹了！谢谢干爹了！俺不怕吃苦，有块地种点粮食填饱肚皮。有个窝好歹住着，遮遮风雨。吃穿用度不够的话,俺再偷偷地回家拿点垫巴着,就不用让您操心了!"他站起来,又拉上刘女,一起给秦员外磕头谢恩。秦员外又是一愣,这小子要求不高呀,忙转移话题说:"这不就是老爷家的刘丫头吗?俺走时,你才六岁,花了二两银子买来的,手续还是俺去办的呢。"秦员外这才认出刘女,刘女一个劲地点头:"是,干爹!"

正说着,一个十四五岁左右细高挑梳着油黑发亮辫子的女孩过来,端上一盘菜。土根和女孩四目相对,女孩脸一红,风一般地过去了。土根细看,女孩竟生着一双大脚!

吃过午饭,土根又从车上取下一些茶叶等物品送给秦员外,便急着要去看那间破屋子。秦员外道:"急什么?在这里多住几日,那个地方不收拾没法住人。""再寒碜不也是个家嘛,在这里住一时麻烦干爹一时,早搬过去让干爹省心,还是过去吧。"土根说。

由豁牙带路,秦虎和土根、刘女一起往村西头走去。

路上,秦虎滔滔不绝地介绍情况:"这个村西头人烟稀少,住着一些佃户。西头小河沟里树木茂密,一天到晚没有人敢过去。一到夜间,野狼到处游荡。你住的那个地方,晚上常常有野狼出没。大哥,夜间可要注意安全呀!"

村西头,果然一片荒凉。

村子里有一条河,名曰"界河"。这条河从东往西,流经西岭下折向北一泻千里。河水向北处,冲开一道鸿沟,从鸿沟冲下来的水,流入一大片低洼沼泽地带。冬日里的沼泽地,芦苇枯萎,白雪皑皑,一望无际。

土根放眼望去,心中惊叹:这里看似荒凉,实则是一块休养生息的好地方呀。他嘴上却惊讶道,"这里够荒凉的!"

"你看,就是这间破房子。"秦虎指着前边一间小房说。

一个孤零零的小茅屋坐落在村子最西头,茅草盖顶简陋破旧,约有五尺高,四丈见方。土根推开门,一股霉腐味扑鼻而来。一群老鼠吱吱吱地叫着,四处乱跑。小屋东头有土炕,炕西侧支一灶台,但上面没有锅,旁边乱推着杂草柴火。小屋南北各开了一个小窗,透进些微弱光线。

"这也没法住人呀!走走走,大哥,我和爹说说,回家住去。"秦虎第一次到这里,一看这环境心凉了,好心劝土根。

"好兄弟,房子住上人,收拾收拾便好了。"土根四处打量着,其实心里挺满意。土根看完房子说道:"兄弟,你领着俺,去看看那块地在哪里。"

"就是房子后边这块地。"豁牙接话道。

小屋后边果然有一块地,上头成田成垄,约有十亩。这就是秦员外说的他家种瓜果的地方了。梯田下面,又有三四亩的田地,由于地势低,田地被水冲得沟沟坎坎。一看,就知夏天雨水多时溢了上来。土根是个种地高手,扫了一眼心中窃喜:这是块肥地呀,能种出好庄稼呢。

"这块地能种田吗?爹真是的,回去我和爹说说,腾出块好地来。"秦虎不满地说道。

"俺种点粮食,能填饱肚皮就行了。不用和干爹说了,穷日子凑合着过吧。"土根看着秦虎,继续说,"兄弟,这房子需要好好收拾下,晚上吃饭俺就不过去了。来的时候,车上带了些干粮,凑合着吃点就行了。"秦虎看了看四周,巴不得早点走。"好,大哥你忙吧。"他指着豁牙说,"你留下来,帮助大哥拾掇拾掇。"

土根似乎突然想起了什么,上前一步拉住秦虎的手:"大兄弟,还有件事,想和你商量下。""大哥,你有事就说。"土根想了想,又说道:"明天再说吧,今天太晚了。"

秦虎走后,豁牙站在原地一动也不动,表现出一脸的鄙视。土根假装没有看见,热情地塞给他一枚铜钱:"好兄弟你自个留着,买点旱烟抽。以后啊,免不了麻烦你。这点活也不用你干,你回去歇着吧,顺便把俺的骡子牵回去。你看,这个破地方是拴不住牲畜的。俺家的骡子就麻烦你替俺好生照看着。来年，俺还要靠它来耕地呢。"

豁牙接过钱，咧嘴笑了，牵过骡子转头走了。

"穷人家的命贱呀，没有受不了的罪。"土根嘀咕了句，开始收拾房子。房子打扫干净了，又开始卸下车上的东西，一样一样搬进小屋。东西进屋，房子顿时也亮堂了。刘女抬头擦擦汗，用手揉揉肚子，笑道："哎，儿子好像动了，他是不是也想看看咱家的房子呢！"土根也笑了："这个时候注意点，别动了筋骨。你坐着，俺到河边提桶水，晚饭咱将就吃点。"

正说着，进来一位少女。她拎着篮子，望着土根羞羞地说："俺爹和俺娘让俺给你们送饭来了，说是晚上若在这里住不惯的话，让你们回家住去。"

土根问道："你是干爹的闺女吗？"

"嗯。"少女答道。

"俺不过去了，就在这儿凑合着睡就行了。"

少女弯腰放下篮子，打量着土根和刘女。刘女也打量着她，目光在她的大脚上停了一下，少女脸一红，转身一溜烟地跑了。

入夜，北风呼号，寒风刺骨。窗外，传来低沉的嗥叫声，野狼果真来了。一群野狼围着小屋四处乱蹿，不时地用利齿爪子抓挠门板，发出瘆人的声响。土根透过窗户往外瞅，黑暗中，十余束冒着绿光的"小灯笼"在游荡。他从未见过这么多的狼，很是害怕，赶紧找来几根木棍，牢牢地顶在门栓上。他在屋里点了一堆火，左手抄着一根木棍，右手拿着一把菜刀，蹲守在屋门口。刘女蜷缩在炕上，周身围着几层被褥，连冷带怕，瑟瑟发抖。

两人一宿未合眼。

五　安家

土根算是有个"家"了。

这天,正逢腊月初二,高泽大集。

一大早,土根啃了几口煎饼,告别刘女赶着马车就走了。约莫过了一个时辰,土根回来了。他从集市上买来满满的一马车东西:水缸粮罐、犁耙扁担、锅碗瓢盆、油盐酱醋……土根小心翼翼地卸下货,对刘女说:"看好这些东西,俺去去就回。"

刘女望着这堆东西,眼泪瞬间出来了。她心甘情愿地跟着土根走南闯北,就是相中他这一点——会过日子!再苦的日子,在他手里,也能过出蜜一样的滋味花一样的颜色。

一会儿,土根和秦虎一块有说有笑地回到家。土根坐在炕沿上,秦虎直挺挺地站着。"你看,俺这个家不像个样子,现在还不能给你倒杯热水喝。"土根从一个包里掏出一件红绸缎和一盒女人用的胭脂粉,递给秦虎,"拿着,这是俺的一点心意,刚到集市上买的。"秦虎高兴地接了过去。"这下好了,多亏干爹和你帮衬着,让俺有了一间小屋和一块薄田,安个窝落下脚。俗话说,亲兄弟明算账,麻烦兄弟去找找干爹和保长,把这个破房子和后庄那块荒田,一起上个牌续上约吧。"土根此时说出了昨天想说但未说出口的话。

"俺爹说了,房子给你了。这块地平常也荒着,也给你了。不用续约,你尽管住尽管种行了。"

"还是续上吧,这是个名分问题。"

秦虎拗不过土根,答应了。

送走秦虎,土根又出去了。他找来了两个佃户——正是油嘴子和趴鼻子。两人见过刘女,搓着双手讪讪地笑。土根找佃户干活有个特点：不找年轻力壮的，不找年老体弱的，专挑身体有缺陷的，腼腆实诚又能干。还有一条，忠诚。

"今天赶上好天了，咱们一块把俺这个破家收拾收拾。油嘴子，你负责把屋里拾掇拾掇，支上锅，打扫打扫炕，修补一下墙上的破洞。趴鼻子，你负责屋外面，拾掇拾掇外墙面和屋顶，好好平整修缮一下。"安排完了，土根说，"好好干，少不了你们的工钱。活干好了，一人一枚铜钱。"

两人欢天喜地各自忙活去了。

土根自小就是干活的一把好手，此时也热火朝天地干起来，他把大门卸下来，重新上了木板，安上门锁；屋前屋后两个窗户也修整加固，糊上一层透明的塑皮纸。他围着房子四周仔细端量着，扛起镢头将周围的杂树杂草一一砍了，小屋前边很快平整出了一块空地，四周竖上一排的木栅栏，整出个小院落。

一天工夫下来，小破屋完全变了个样。

屋里，土炕平整墙皮光滑，灶上支了锅。西侧墙根，整齐地摆放着粮食。刘女在窗户上挂上帘子，东墙根支上一张方桌，上面摆放着圆镜梳子脂粉盒等女人物件，屋里顿时柔美起来。小院落虽是用木栅栏围起来的，但地面平整清洁。土根站在院子里望着四周，眼里闪动着泪花念叨着，有家了有地了，再破再穷，也是自己的"窝"呀！

太阳落山了，土根给油嘴子、趴鼻子一人一枚铜钱，刘女又塞给他们两个白面大饽饽。两人连忙推辞，说道："主子，多了。俺给人家干活，只管个肚子。"土根拉着他俩的手说道："俺初来乍到，人生地不熟的。别对外说，你两人以后就是俺干活雇用的短工了。走，俺还有事，让你俩干呢，到屋后'后庄地'看看，和你俩说说。"

佃户就稀罕有活干，有活干便意味着有饭吃。来到屋后，土根指着眼前这片荒地，"你们看看，屋后这块地有三四亩。你俩先在这块地东侧挖一条深沟，垒起一道堤坝。然后，在这块地的三边再各挖一条水沟。挖沟挖出的土都平整在地里，刨出来的柴火放在房子四周，挡挡寒风烧炕用。挖好沟，夏天雨水来了，水自然排泄顺畅了。开春了，俺还想和你们一块种地呢。"

一年的饭碗有保证了，油嘴子感恩戴德地说："主子，你是俺们的大恩人，俺累死也要干好活！"土根笑着说："咱们有难同当，有福同享。你们也看见了，俺家的房子太小，也没有个围墙，以后再盖吧。你们两人就算是俺家的'门神'了，有事没事常过来转转，给俺看看家。"

两人在村里一直是被人瞧不起，听了土根暖人的话，感动得眼眶湿润。"你们别愣着了，快回吧。后边的活趁空干，干完了，咱一块结账。"土根挥手送走他们。

油嘴子和趴鼻子刚走，秦虎笑吟吟地来了，进院子大喊着，办好了，办好了。"这么快，一天就办下来了？"土根迎了上去问。"巧了，今天保长正好到我家，我告诉了爹，爹一口答应了，又和保长说了。这不，写好了续约，又上了户口，连你家的牌子都拿过来了。"

土根接过契约和牌子看了又看，眼泪顿时涌了出来。他终于放心了，这才算是在官府上了户口，有家有户有名了。这下踏实了，秦员外再想反悔，也来不及了。土根初次和秦员外见面，他已经敏感地觉察到秦员外生性多疑的性格。

秦虎推开门，一脚迈进屋。"一天不见，房子都大变样了，真不简单，小嫂子真能干！"秦虎说着，打量着房间。刘女刚点上火，往锅里放菜。她弯着腰，头向前伸着，身体前倾，圆圆的臀部高高地翘起。秦虎刚好站在她的身后，一双杏眼贪婪地盯着。

刘女一抬头，冷不丁望见秦虎直勾勾的一对杏眼，心里怦怦地乱跳，手里的勺子哐当一声掉在地下。秦虎回过神来，尴尬地走了。

小屋外，升起了袅袅炊烟。

忙乎一天，土根累了，坐下点上烟。刘女正在灶台忙前忙后，屋里弥漫着饭菜的香味，土根感到前所未有的满足和踏实。他鼻子突然一酸，想起苦命的娘来。

刘女摆好饭桌，端上一盘花生米、一盘炒鸡蛋、一盘土豆丝。土根看了一眼，笑道："不是逢年过节的，炒什么菜呀？就着咸菜吃，就是好的。"刘女没有吱声，又从锅里端出六个热腾腾的白面馒头。土根急了说道："不过了？吃地瓜煎饼就行了。"

刘女笑道："今天算是安好家了，就是过年！"

土根想想也乐了："热壶酒吧！"

刘女变戏法似的从灶边端来一壶冒着热气的酒。土根抿了口，惬意地夹起菜，拿起一个饽饽三口就吞下。三天了，土根终于吃上了一顿热乎乎的饱饭。

天一黑，狼又来了，围着小屋嗥叫。

"叫吧叫吧，好好地叫吧，看你能叫破个天。"土根嘟囔了一句，望了眼媳妇，一翻身压了上去。

"你轻点，小心肚子里的孩子……"

第二章

一　蛤蟆石

天未亮，刘女就起床了。她窸窸窣窣地穿好衣服，提着尿罐，推开门，刘女突然哎哟喊了一声。土根从炕上一骨碌爬起来，就见油嘴子和趴鼻子两人蹲在门口，冻得瑟瑟发抖。

"主子，你起来了？"两人怯怯地问。

"你们两个怎么蹲在这里呀？吓人一跳。"

"主子，你不是叫俺有事无事常过来看看嘛。昨天夜里，俺听到这里有狼叫声，就来了。主子，狼来了，你别怕，狼就怕火。你点上火，狼一见便跑了。"土根低头一看，地下果然有一火堆。看来，他两人来的时间不短了。土根昨晚睡得沉，夜里还真没有听见狼叫声。刘女听了他们的话，脸腾地红了，低头回了屋。

"主子，你起来了，俺这就去干活了。"两人扛着镢头到后庄地去了。

土根进了屋，刘女脸还红红的，埋怨道："晚上你也不老实，会不会让他们都听见了？"土根笑而不语。刘女往锅里添上水，放进地瓜干子，然后一一掀开盛粮食的缸。"你这是干什么？""今天腊八了,过了腊八就是年呀,俺今天做八样粥给你喝!"刘女在缸里各抓了一把玉米、小米、豆子、花生、大枣、高粱等放入锅内。她掰着手指头,认真地细数着:"加上地瓜干子,这才七样啊,还缺一样呢。"她想了想,又抓了一把面粉。"好了,八样了!"她往锅里倒了点芝麻油,加了一点盐,生火做饭。

刘女离开丁府,终于找到自己"家"的感觉。生活虽清苦但心里踏实滋润,神态脸色显得油光细腻。她弯腰伸手去拿锅盖,一缕头发贴在白皙的脖子上,让土根想起丁府中堂摆的瓷瓶上长袖翩翩的美女画像。土根望着刘女,想起昨夜她的扭捏样,伸手拍了她屁股一下。刘女吓了一跳,回头嗔怪地瞪了他一眼,自己也禁不住地笑了。刘女平时寡言少语,手脚麻利,人长得挺拔俊秀,高挑丰腴,最让土根着迷的是她身上有一种温柔之美。

土根突然想起什么,起身翻箱倒柜地寻找,终于从柜子里找到一把小小的锋利的刀剑,这是他少时的玩物:"你带着防身,咱们刚到村子里,不知水深水浅的。"刘女感动地点了点头,土根就是这样心细如发,什么事都在他的心里装着。

"俺到外面去看看。"土根披上外套出门了。他沿着村子的小路,一直往东北方向走去。来到东北岭,见一块巨石孤零零圆墩墩地横卧在山坡上,气势非凡。巨石的四面都是坟地,枯草丛生。土根登上巨石,俯视村子四周。他站的这个地方,正是村中的最高点。

天已微亮,冬日里,无树木遮挡,视野开阔。

村子西南方矗立着一座巍峨的大山,这应该是昆山了。东南部群山起伏,一山挨一山,一峰连一峰,争奇斗艳。这就是传说中的神女峰——五莲山。

再细瞧胳肢窝村。一条界河东西贯通,河面上涂了一层薄薄的冰犹如一条白飘带拴在村子的东西两头。南边有一条支河小阳河,从南流往北最后汇集到界河。整个村落,被两条河汊开成四大板块，冯、秦、王三家分别分布在三个不同区域。往北望，又有几条小的支流从脚下高高的东北岭弯弯曲曲流向西。一条小河，恰好流经土根住的小房子后边后庄地。往西望去，又是一片高高突突的丘陵。这个地方叫西岭，这片广袤的土地被高泽村最大的财主占有。此人姓张，他就是周围一带村子的保长。西岭上，曲曲折折延伸着数条沟壑，纵横交错，河水由高到低，从西流向东。最后，东南西三面的水，全部汇聚到村西北边的一片低洼沼泽地带。

土根的小房子，坐落在村子西北处。南靠界河，往北一望无际，西边是沼泽洼地。在他眼里，这片低洼地带代表着村子未来发展的方向。房子虽破，但地处在低洼地段的东南角，紫气东来呀！土根心中不由得感叹起来。他心中大喜，秦员外瞧不上眼的荒地，倒让土根占尽了村中的风水。

再看这片低洼地带。南北纵深十几里，东西宽约一里，被一片水域覆盖着，形成一个天然的湖泊，这里的水并不深。如果在这个地方的下游修一道大的堤坝拦住河水，一定会是水波荡漾的湖区了。在湖区的东边，高高突突地挺着一块三面环水平平整整的高地。高地上，杂木丛生。土根的眼睛就是一把活尺子，凭他多年的耕种经验，从远处一瞥，此地估摸有田地二十多亩。

土根眼睛放光了，这是一块未曾开垦的风水宝地！一个更大的计划，在他心中萌发了——此生一定要开垦出这块良田。

土地，是农民的命根子。中国人天生对土地有着近乎疯狂的痴迷。世上人间万物，一切都是围绕土地而生的。

这块地，从此与丁家家族结下生死之缘。土根此时有些压抑不住心头的兴奋和狂喜，他点上一袋烟，一屁股坐在石头上，浑身战栗。

村子里，开始冒出炊烟，时断时续传来鞭炮声。

太阳已经光芒四射了，喷薄欲出的朝阳红彤彤的。土根走下巨石，向家中走去，他不经意间回眸巨石，一时竟呆住了。这块巨石像什么？他一时说不上来，土根一端详，巨石倒像一只巨大的蛤蟆。对，就是一只蛤蟆！土根刚到村子，便遇见了胳肢窝村的第一大奇特自然景观——蛤蟆石。

蛤蟆石坐向东南，面朝西北，四肢粗壮，脚趾插在泥土，浑身胖乎乎圆墩墩的，通体黑色，闪着墨绿光斑，一对圆鼓鼓的眼球正柔和地瞪向他。

土根浑身发软，惊愕不已。他想起小时候娘曾找大师给他算过命，大师说他命中属土，"蛤蟆命"。想到这里，土根一下跪在地上，朝着蛤蟆石磕头如捣谢罪谢恩："大仙呀，您是俺的保护神，怪俺有眼无珠，刚才站在您身上，得罪了！向您谢罪！"

回到家，刘女给他端上饭，他一口气喝了八碗"八样粥"。他呆呆地坐在屋里，抽着烟，还在回想着刚才的蹊跷事。

难道这一切都是冥冥之中天注定的？

命中注定他要离家出走，命中注定他会来到胳肢窝村，命中注定他与这块神奇的蛤蟆石有缘，命中注定他站在蛤蟆石上看到了生存的希望……

这一切太神奇了！土根想着想着，浑身打战。

"你看看你，吃完饭坐在这里一动也不动，活像一只伸着头的大蛤蟆！"刘女的一句玩笑话，又让土根大吃一惊。

二　除夕梦别

一转眼到了年根。

离乡背井的土根，对年的感慨更多。大街上，川流不息的人群，喜气洋洋，背着各种物件急匆匆地赶路，空气中弥漫着肉香酒香。东北林地香火缭绕，爆竹阵阵，让土根陡然生出诸多乡愁。

他自言自语道，过年了，家再寒碜，也要把这个年过好呀！

除夕这天，土根和刘女里里外外地忙活。门上贴上对联，窗棂两侧粘上窗花，一进门，就看到财神爷挂像正笑吟吟地看着你。

土根心里亮堂了。"金窝银窝不如土窝，耍龙耍虎不如耍土。过年了，这么一拾掇，家里有年味了。"他站在小屋中四处端详，一会儿用手量量，一会儿又站在远处瞧瞧。"你想干什么？如今这个屋子够好的了，真像俺梦里洞房的样子！"刘女说道。"你这就满足了，好日子还在后头呢！"土根从皮箱里小心翼翼地拿出两样东西——一件亮灿灿的黄马褂和一把黄亮亮的军刀。"大过年的，你取出这些东西干什么？"刘女问。土根一脸严肃地说："就是过年了，才搬出这些东西来。俺准备把它挂起来，这东西挂在家里能避邪呢！"刘女一脸的不解和疑惑。

土根端详良久，在进门的正面北墙上，东边挂上黄马褂，西边挂上军刀，两个物件一线摆开。他退后几步，细瞅着这两件"宝贝"，眼里放出光来，满意地说道："好了，好了，这下好了！"

黄马褂是土根在日照黑市花三个铜钱买的，军刀是丁家大公子丁唯世赠送给他的礼物。

除夕夜，突然下起鹅毛大雪，眨眼工夫，村子变成了白色的世界。"瑞雪兆丰年呀！真不知这个年咋样过？"土根站在院子里，仰望着天空又伤感起来。

这个年，是丁土根在外面过的第一个年。

一只乌鸦从他头顶上掠过，盘旋在屋顶上，发出凄凉嘶哑的呀——呀呀的叫声。

土根心头一紧，想起娘来，眼泪忍不住掉下来。刘女惊愕地问："你这是怎么了，大过年的？""俺想起娘了，娘是不是走了？乌鸦来报信了……"刘女一惊，抬头望见乌鸦哇地吐出口鲜血。土根吓了一跳，忙上前安慰她："好了，咱什么都不想了，好好过年吧。"

吃完饭，刘女忙着和面包饺子，炒了几道菜准备五更迎财神喝酒时吃的。土根说："你先忙着，俺出去逛逛。""早点回来，俺一个人在家害怕。"刘女叮嘱着。她隐隐约约地感到，夜深人静时，屋子四周栅栏外好像有无数双眼睛在盯着她。土根应了一声，出门了。

一个时辰不到，地上的雪已没过脚踝。土根往秦员外家深一脚浅一脚地走去，路过佃户区，见一户人家屋内灯火通明。他想起小时过年的情景，好奇地靠近窗户往里细瞅。灯光下，一家四口围坐在一起，有说有笑。一位中年妇女在擀面揉面卷子，男人就着一盘花生米喝酒，一对儿子坐在桌前。

"娘，什么时候才能吃饺子？"

"一夜连双岁，三更分两年呀。三更后才能吃，不然，就不算过年了。"

"三更后，俺就长两岁了吗？"

"是呀，过了三更，俺儿就长大了。"

"俺长大后，一定种很多很多的粮食。娘想吃饺子了，俺就给娘包。"

"是呀，俺儿孝顺，娘在等着这一天呢！"

"娘，'年'是什么？"

"'年'呀，就是一个念想，就像娘天天想着过上好日子一样。"

"是不是'年'就像饺子一样，天天让你想着盼着！"

"'年'不像饺子，'年'长得可凶了。"

"娘，俺饿了！三更会不会也是个老人呀，怎么走得这么慢？"

"是呀，三更就像娘一样，她裹着一双小脚呢。"……

土根站在窗棂下，听着母子俩对话，眼眶湿了。

秦员外家的年夜饭已经开始，这是一年当中秦家最为热闹的时候。秦员外盘腿坐在炕上，秦女和远房几个小侄子站在炕沿边，等着分赏钱。桌上，摆着七菜八碗的，飘着肉香。土根闻到肉味，瞬间唾液涌满了腮帮子。秦员外看到土根热情地招呼："大侄子，快坐下，陪俺喝壶酒。""干爹，俺过来看看，有没有添把手的地方？"秦员外抿了口酒，惬意地啊了声。他脖子上粗大的喉结上下颤抖了几下，咽食的声音特别大，仿佛连着土根一块咽了下去。"有这份心就好了。过年了，一家人吃顿团圆饭。孩他娘，你给这几个孩子一人一块骨头啃啃，你看孩子馋的。来来，土根，你到这里坐。"秦员外说这话时，并不瞧土根，眼睛一直望着孩子。土根连忙摆手说："不了，干爹，媳妇在家害怕，俺早点回去，明天一早，还过来给干爹干娘磕头呢！"

"那好，你也快回去过年吧。"秦员外并没有任何挽留之意。

土根刚走出门，秦家大门口又挤进一群孩子。只听秦氏在家里大喊，"秦豹，你快去关上大门！一会儿，孩子们来得更多了。"

土根听了，苦笑着摇了摇头，加快了回家的脚步。

土根来到村里一个多月了，让他觉得有一种"生人"的感觉，秦员外对他已不像刚开始时那么客气，时时处处以"干爹"的身份颐指气使，让他感觉后背刮起阵阵的冷风。雪，下得更大更稠了，土根跟跟跄跄回到家，整个人成了雪人。

快三更了，刘女坐在炕上包饺子，桌上摆着四道热腾腾的菜。土根心情渐渐好起来，想起秦员外家大块吃肉的情景，问刘女："没有肉了？""肉都剁成肉馅包饺子了。"土根嗯了一声盘坐炕上，闷头喝起酒来。刘女包完饺子，往灶台上又添了不少柴火，房间烟雾缭绕，热腾腾的。

恍惚中，土根看见娘踮着小脚，从门口闪了进来。娘的脸色煞白煞白的，脖子上挂着一根粗粗的麻绳子。土根唬得赶紧站起来问："娘，你怎么过来了？""俺路过这里，进来看看呢！"土根忙扶着娘上炕，说道："娘，到炕上热乎热乎。快三更了，咱一块吃饺子。"娘却不上炕，围着满屋子转悠，喃喃地说："傻儿子，娘在这里不能待长了。三更前，娘就得走了。娘不放心俺的娃啊，过来看看你这个家！"土根的眼泪哗地下来了。娘在屋里转了一圈，终于满意了，说："好好好，俺儿真行呀，刚来这里就有自个的家了。""娘，俺还有块地呢！过完年，俺还想再盖两间大房子，盘上两间大炕。等房子盖好了，俺过去接你来。"土根说。

"娘不过来了，娘享清福了，有地方住了，娘这就走了。"说完娘一下子就不见了。

土根急得大喊"娘娘娘"！

一阵响亮的鞭炮声响起。"过年了，过年了！"村里，传来孩子们的喊叫声。土根激灵一下醒了，惊起一身冷汗。原来，做了个梦。

他惶恐地望了望窗外，白茫茫的一片。

三　拜年

大年初一，家家户户要拜年。

天亮了，刘女给土根换上一件镶有貂皮的棉袄，戴上一顶羊皮棉帽子。她自己也穿上红绸缎的棉袄棉裤，又照着镜子涂上些胭脂水粉。人靠衣服马靠鞍，梳妆打扮完毕，两人相视一笑，仿佛又回到在丁府过年时的景象。

"你在家看家，俺这就去拜年。"土根跟刘女交代完，提着两袋红糖，先去了秦员外的家。

秦员外不在家。土根见过秦氏连忙跪下给她拜年，又与秦虎秦豹见过礼，秦氏拉着土根坐在炕上，盯着他笑道："俺那大侄子来，你这样一身打扮，让俺都不敢认了，真是一表人才呀！真不愧是大户人家出身。来来，吃花生吃糖块。"秦女站在娘身边，羞怯地低着头。秦氏笑着拉过秦女："你这个闺女，这不是你干哥吗？大过年的，也不知问个好。"秦女欠身向土根问好。秦氏摸着闺女的手，说道："俺这个闺女可是个让人操心的主，太不听话了，让她裹脚也不裹，针线活也不学，天天待在地里锄草种地的。你瞧瞧，脸都晒成黑锅了，不像个闺女样，你以后怎么找个婆家呀？"

秦女脸红红的，扯了扯娘的衣领，小声喊了句："娘！"

"哎哟来，你还有害羞的时候呀？"秦氏轻打了她一下，笑道。

秦女不好意思了，扭头跑了。

从秦员外家出来，土根往冯家走去。走至半路，他又踅回家拿了一块红绸缎。

秦冯两家中间隔着一条界河，宽宽阔阔的一条大河道上，里面垒筑铺垫数条石条。水位低时，水从石条下面缝隙中流过，人蹚过石条过河；河水涨高时，道路便被淹没，行人只能绕路而行了。

秦冯两家，如同这条水道一样。一百多年来，<u>丝丝连连</u>，起起伏伏。

冯家一族，是村中第二大户，有三十几户人家。冯老先生这一脉系，住在一个狭长的东西胡同里。祖上在界河南边盖了南北两排二十间大房子，家家户户胡同相连。冯老先生一家住在东西胡同南侧十间房子。其他旁支侧支族系，都分布在东西胡同四周。

走在东西胡同里，给人一种幽静而神秘的感觉。

第一次到冯家拜年，丁土根小心翼翼倍加用心。他站在冯本的大门口，整理整理了衣冠，只听着里面有不少的嘈杂声，大概是本族人氏在拜年说话。土根一直在等着，直到有人外出送客时看见他，他才报上名字来。"进来吧，进来吧！"门客说道。土根笑笑，还是站在原地没动。那人见状忙进屋报信。

一个四十上下的中年人快步来到大门口。他中等身材，红脸膛，小眼睛，一身貂皮衣袄，走路带风。"哎哟，早就听说村里来了位贵人。未承想亲自来了，稀客稀客呀！快快，里面请！"土根想，此人一定是冯老先生的大儿子冯本了。冯老先生卧病在床，冯家一族的事务全由冯本一人掌管。听人言，此人狡诈多端，心计颇深，但在冯家的威望却是很高的。

土根上前作揖，说道："冯员外过年好！初来乍到，来晚了。"冯本忙拉起土根的手，大笑："哎哟，员外可不敢随意叫的。在咱这个村里，只有俺爹和秦员外是员外。其他的，都不能称为员外。"土根跟在冯本的身后，见他一条大辫子又粗又亮，一直垂到腰际，随着走路辫子来来回回摆来摆去，活像一条蛇在他宽阔的后背上攀爬，神气活现。"快叫公子来。"冯本边走边说，"俺猜，你们应该一般大小年纪，出来认识认识。"很快，下人叫来一位十七八岁的青年，矮矮墩墩，举止得体。此人是冯世，冯本唯一的儿子。

土根递上礼物，冯本接过笑道："大侄子，你是真有礼节呀！快坐吧。""大侄子"从冯本嘴里轻松叫了出来，刚见面他就一厢情愿地界定了对方的身份。土根本来还不知该怎样称呼他，此时他倒觉得轻松了。第一次见面，土根只是礼节性地说了些客套话，简单寒暄几句，便起身告辞，冯本也不强留。

冯家给土根留下了与秦家截然不同的印象。什么印象？土根一时还说不出来，但的确不一样！

走出中堂，土根突然想起来了，忙问："冯老先生身体可好？"冯本叹息一声，抬头望了望东侧的两间房子。这两间房子，住着冯老先生和小姨娘，与冯本家中间隔着一个连廊过道。东侧上空，飘着丝丝缕缕的香炉烟气，隐隐约约中还有一股淡淡的香味。

"老人家身体好着呢，只是去年从马上摔下来只能卧床休养了，多亏小姨娘守在身边侍候。"冯本正说着，东侧院落里一个身穿红绸缎花袄的窈窕身影在连廊处一闪而过，女人回头瞥了土根一眼,土根身体一颤。

这就是传说中的小姨娘吗?果然不同凡响。土根不敢再看,低头快走,冯本一直把他送出大门外。

土根拜访的最后一家是王老先生。

王家与冯家也隔着南北一条支流小阳河,与秦家隔水相望。此处,占据着全村的最高点,王家的房子建在山石之上。王家只有二十来户人家,王老先生住在南岭中间位置,其他各户依次而居。土根一进门,看到一位五十上下的男人,精神矍铄,正在院子练剑,此人正是王老先生。土根上前双手作揖拜年,老人愣了愣问:"你是何人呀?"土根赶紧报了自己的名姓,弯腰递上弓箭。王老先生笑眯眯接过端详,称赞道:"这是件真物件呀,稀罕,有心了!"这时一位十四五岁的少年从屋里跑出来,大声道:"俺知道,这位大哥是从日照来的,大哥你家亲戚是海军提督吗?"少年叫王闯,是王老先生的老生儿。

"你这个孩子,哪有一见面就问人家家中私事的,真不懂事。"王老先生请土根进屋喝茶,"我家是从莒县迁过来的,大儿子死得早,晚年生了这一子,自小在莒县长大,上过几年私塾,心野着呢!"王老先生倒一点也不见外,说他某年某月某日在莒县犯事,从此在莒县待不下去了,只好逃到胳肢窝村等。三人正闲聊时,又进来一位三十上下的中年人。"这是俺的二弟王经腾。族上的事,俺不大管了,全靠二弟在这里撑着。"王老先生向土根介绍来人,土根忙上前问好。王经腾漫不经心地瞥了他一眼,如一道光一样一闪而过。这一眼让土根浑身不自在起来,闲聊几句便起身告辞回家。

中午时分,土根刚坐下吃午饭,秦员外便领着族人来了。秦员外在村中德高望重,上门造访让土根又意外又惊喜。土根搬进村里,秦员外这是第一次到"他家"。秦员外一进门,一脸吃惊样,前后不到一个月,自家昔日破败的小茅屋完全变了模样。他如雄狮巡视自己的领地一样里里外外地巡视了一遍，很快就敏感地盯住墙上挂的黄马褂和军刀上。

秦虎也看到了这两样物件，惊讶地问："这是大哥家府上的？"

土根看似十分随意地忙着给秦员外倒水，听秦虎问话又轻松地笑道："老爷传给俺的，祖上留下的物件。来到这里，放在柜子里怕霉了，只好挂在墙上。万一哪天老爷来看俺，没保管好会遭老爷埋怨的。"土根说着拿眼睛觑向秦员外。秦员外盯着墙面，神色凝重起来。一会儿回过头来，对土根和颜悦色地说道："见到你，便想起丁家对俺的好来。住着可习惯？家里还缺点什么？也没有早来看看大侄子，大意了！到这里就是到家了，有事吱一声。"秦员外只字不提这两个物件的事，更不问土根来村的目的所在，他的话似乎说完了又好像没有说完，像夏天听到半空中的闷雷刚炸开响便戛然止住了。土根焦急地等待着下句，但秦员外没再说下去，土根只得点头表示感谢。

其实，秦员外憋在心里的半句话堵得自己也难受。走出大门，他又禁不住回头望了望土根。心想，这小子野心大着呢，俺还是小瞧他了，以后恐怕遇见对手了。

秦员外前脚刚走，冯本领着族人也来了。

冯本进门，大声嚷道："过年好，拜年了。老爹卧病在床，俺带着族上的人，来给大侄子拜年！""大叔太客气啦，让俺担当不起呀。"土根迎上前寒暄。第二次见面，土根和冯本渐渐熟络起来。两人正说着话，王家一族人拥着王老先生也来了。土根又忙不迭上前迎接。冯本朝王老先生抱拳："王老先生过年好，小弟在这里，再次给老先生拜年啦。"

小茅屋顿时热闹了，喜气洋洋，人声鼎沸。

正月初一，各种爆炸性消息在村子里迅速传开。

"咱村里来了一个见过大世面的！"

"你没见人家屋里挂着一件黄马褂呢，那叫厉害呀！是不是皇上亲赐给丁家的？还有一把军刀，那可是北洋水师海军大提督用过的物件！"

"世家呀世家，虎门无犬子。一百多年来，咱村里终于来了一个大家族的后人啊！"

"北洋水师大提督的后代呀，不得了！"

"不讲家世这事，打眼一看，土根这后生就是持家的能人。房子虽破虽小，但里面布置得真喜庆。有了他这份用心，小日子不愁过不红火！"……

日落时分，这个年算是拜完了。

土根情绪不错，坐下抽着旱烟。这时，王闯气喘吁吁过来，进门喊道："今晚秦员外与俺爹、冯本大叔一起贺年。秦虎、冯世和我是结拜兄弟，都在我家喝酒呢。我说，何不叫上土根大哥一起呢。走，大哥到俺家坐坐。"王闯不由分说，拉起土根就走。

一群年轻人坐在一起。算起来，秦虎最大，和土根同年生但月份高，土根第二，冯世第三，王闯最小。酒桌上，王闯提议："咱们四人何不结为异姓兄弟？"大家点头赞同。土根终于放下心情，喝得开怀，酩酊大醉，秦虎和王闯两人搀扶着土根，把他送回家。

后半夜，土根酒醒了。他一骨碌爬起来，问道："俺怎么回来的？"刘女一一回答。"俺走后，都谁来过？"刘女说："豁牙过来敲过门，说是骡子不爱吃草了。俺没开门，他就走了。"

"噢。"土根答应了一声，搂着刘女感叹道，"过了这个年，咱们就算在胳肢窝村立稳脚跟了。"

四 "半个先生"

胳肢窝村，过去曾有"三个半"先生之说。现在只剩"二个半"了。在村里，能称为"先生"的，绝对是高人。

这三个先生：一个是已经去世的秦老先生，也就是秦员外的爹，他生有两子两女。大儿子天资聪慧，生来就是个读书的坯子；二儿子也就是秦员外，精明能算计。秦老先生有意让大儿子经纬学业，托关系让二儿子到日照丁家府历练。可惜，大儿子英年早逝，二儿子秦员外继承了家业。

一个是冯老先生。老人家儒雅风骨，为人处事谦和厚重，十分受村里人尊敬。他生平两大乐事——读书和听戏。他时常手捧一书陶醉于其中，时或骑马去县里听戏，也常常在小广场搭台请戏班子来演戏。冯老先生老婆去世后，多年未娶，直到两年前，一眼相中了戏班子里一个小丫头。花重金娶进门，冯老先生对小娇妻宠爱有加，含在嘴里怕化了，捧在手上怕摔着。别人称呼她小太太，他嫌过于严肃；儿子们喊她娘，他也觉不妥。冯老先生每每称之为你们的"小姨娘"。久而久之，人人皆称小姨娘了。小姨娘到底姓啥叫啥，村子里的人也无从考证了。

一个是王老先生。王老先生谦比秦冯两位老先生低一辈，他在莒县县衙当过差，能文能武，洞悉世事。平日里习武弄枪，悠闲度日，从不愿多管族中的杂事。

"半个先生"就是秦虎了。秦虎刚生下来一副病秧子，渐渐长大却出落得风流倜傥。小时候，秦员外托诸城亲戚找了一家私塾送秦虎去上学，后来诸城闹事秦员外怕万一有个闪失便把儿子接回了家。秦虎读了些经书，自觉是个文化人，考过两次县试都未中，一度心灰意懒。秦员外怕秦虎闲出毛病，早早地给他娶妻成家。

五年前，冯老先生曾在村里办过私塾，他亲自担任先生。三大家族里的孩子们，如冯世、秦豹、王闯、王经腾、王经通等都在私塾上过学。当时赋闲在家的秦虎，主动找到冯老先生毛遂自荐来到私塾教书。秦虎年纪轻，孩子们不愿称呼他为先生。每遇到孩子不叫他先生时，秦虎便重重地责罚他们。于是，孩子们在学堂喊他先生，课下喊他"半个先生"。这便是"半个先生"的由来。

"三个半"先生因秦老先生仙逝,"三个半"成了"二个半"。

小姨娘嫁给冯老先生后,小日子过得滋润惬意。她识些字,又好弹琴拉曲,家务事一概不插手不过问。一天,她信步来到私塾。秦虎正在给学生上课,手里捧着书,声情并茂地讲解着,一派风流才子样。这个画面,一下子吸引住了小姨娘。回到家,她便央求冯老先生要去读书,小姨娘在冯老先生面前又是扭着细腰,又是噘着小嘴地撒娇。冯老先生心花怒放,一迭声地说:"好好好。"

秦虎与小姨娘的故事,便从学堂上开始了。

秦虎比小姨娘大了几岁,小姨娘却比秦虎高出两辈。乡下人讲面子,不能直呼其名逢人称呼辈分,但这两个人例外,秦虎不叫她奶奶,却屈尊称她小姨娘;小姨娘不称呼他大侄子,却一口一个先生尊叫着。叫者,有心插柳;听者,盼柳成荫。一叫一应,彼此间麻麻酥酥的。小姨娘上课总爱端坐在最后边,身上却似放电般触得秦虎先生无处藏身,阵阵发麻。

有一日,小姨娘一连几天没来上课。秦虎坐立不安,看着小姨娘平日坐的位置空荡荡的,十分失落。正怅然若失间,小姨娘闪身进了学堂,秦虎惊喜之色无法掩饰,手里的书啪的一声掉在地下。孩子们大笑,小姨娘也抿着小嘴窃喜。秦虎虽红着脸继续上课,但心早飞到九霄云外了。他脑子里一遍一遍地过着才人佳子的桃花艳史,不是送手帕便是写信笺,这些都过于俗套了。刚才无意间掉书倒是一个妙计,不妨有意在她面前再掉一回书,考验一下她的芳心。快下课时,他小心地走到小姨娘身边,假装无意中再次将书掉到她脚边,就在他弯腰去捡时小姨娘也伸手来拿,两人的手有意无意地碰在了一起。小姨娘手一缩,秦虎紧紧地攥着。小姨娘轻轻打他一下,秦虎这才尴尬地松开手。从此,秦虎心猿意马,一双杏眼更是时不时瞥向小姨娘,每次总能对上她那双勾人的媚眼。

这日,学生下课散去,教室里只有他和小姨娘。秦虎慢腾腾地收拾着书本,小姨娘端来一杯水,递至秦虎面前。秦虎一紧张没接稳水洒了她一身。秦虎红着脸,说道:"惊着小姨娘了。"小姨娘娇笑道:"俺又不是老虎,你怕什么?"她低头掏出手帕擦着水迹。一句"你怕什么",让秦虎顿时胆子大起来,一手抢过手帕,试着往她胸前拭去,小姨娘没有躲闪,腮赤脸烫,低头不语。秦虎靠近她,闻到一股淡淡的香味从她脖袖里钻出,一时竟然伸头向她脖颈中闻去。小姨娘扭身闪躲,红着脸跑开。秦虎呆呆地望着小姨娘的倩影,闻闻香帕,偷偷地塞进自己的袖子里,心中如开水般滚沸,没有想到他和小姨娘的故事硬是没有跳出佳人才子的俗套,还是从小手帕中开始藕断丝连了。

久而久之,两人眉来眼去,渐渐地你情我侬起来。

天有不测风云,人有旦夕祸福。一天,冯老先生骑马外出,马惊将冯老先生重重摔在地,从此他便卧床不起。冯本见爹病情加重,已无站起的希望,秦虎一人在冯家进进出出的,便有意解散私塾。他找到秦员外商量道:"乡下人家读书有什么用?自古以来,有几个考取功名的?俺想把俺爹办的私塾停下来,不知你家大公子同意不?"自从冯老先生病倒了,私塾只有秦虎一人在上课,秦员外早就不想让他去了,顺水推舟说道:"私塾是你们冯家办的,撤了就撤了吧。秦虎是做先生的,还会有什么意见?"

这样,办了十几年的私塾停了。

秦虎与小姨娘正在情浓处,一时间剪不断理更乱。

五　上梁

雨水这天,毛毛细雨下个不停。

俗话说,春雨贵如油。土根却犯起愁,小茅屋四处漏雨,滴滴答答。刘女拿起盆接着,屋里叮叮当当地响,她边擦拭边埋怨。

土根看着她日渐隆起的小腹，终下定决心说："咱该盖间大房子了！"说完，他去了秦员外家。

走到秦家大门口，听到里面传来秦员外的斥骂声，"你整天游手好闲不务正业，地里的活不想干，读书也不想卖力。你也是有儿子的人了，只知道天天和媳妇吵吵，是男人，就要出去闯荡，你这个不争气的畜生！"秦虎又嚷道："我在家里，不是一样可以读书吗？学堂你不要办了，在家读书又不让我安宁，你成心想逼死我。"

"俺祖上不担你这个功名，自古以来，咱这个村是蛤蟆石盖岭注定出不了大功名的。你小子有种，给老子考出个功名来，让俺这张老脸上也有光有彩的。"秦员外骂声越来越高。"你要逼死儿子呀！儿子不去，你非要逼他干什么？逼出病你就好了。"似是秦氏在劝阻。

啪的一声，不知什么东西摔了，紧接着里面传来秦虎的哭声。

土根听到这，站在门口犹豫不决，进也不是退也不行。

秦员外气鼓鼓地推开门，一眼瞧见土根，脸上的怒色瞬间换成一堆笑容，招呼他进来。"家丑不可外扬啊，让大侄子笑话了。俺在诸城给你干兄弟物了个差使，他死活也不想去，不知道在家留恋什么？愁死了！""干爹，凡事不要急，俺等有时间劝劝大兄弟。俺、俺今天过来，有个事想和您商量，俺想在小房子东侧再盖两间瓦房，孩他娘快生了。"

"按理说，是该盖间房子了。这块地和房子都卖给你了，你就看着盖吧。"秦员外心不在焉地应了句，没有任何想帮忙的意思。

土根人生地不熟左右为难，突然想起王老先生来。和王老先生说明想法，他一口答应了，说是莒县有一个他认识的匠人，干活绝对一把好手，他出面说声让他们来干吧。

土根大喜，选了一个黄道吉日，开工了。

神婆在院子里点纸烧香，土根放了一挂鞭炮。小院子里支了一张桌子，文案坐在桌边，记录人情往来和出工人数时间等。冯世送来一袋面粉，王闯送来一袋面粉外加一筐子菜和一捆酒。土根让人记上。中午时分，秦虎空着两只大手领着豁牙来了，进门说道："俺爹说，让豁牙帮着兄弟干几天活。"

土根和匠人师傅在屋前屋后测量。紧挨着屋东侧丈量出两间大瓦房的位置，又往东空出六间瓦房大小的空间。师傅问："这个地方，空出这么多的地将来干什么？""以后再说吧。这样，为的是让家里的院子大一点，种些菜养个猪什么的。"土根心中的实情并没有告诉师傅，他想等以后有儿子有钱了，在这里再盖上六间大瓦房。在他心目中，早已有了一个未来丁家大院的样子。房子的位置和大小定好后，土根和匠师又开始测量院子围墙的面积大小等。

一切准备妥当，师傅开始安排人员干活。

土根屋前，早已车水马龙。拉土的拉土，运灰的运灰，三辆马车同时往下卸砖卸瓦卸石头料。小工拌土灰，杂工挖地基，木工做梁柱，瓦工砌围墙……叮叮当当干起来，村西头尘土飞扬。

此时正值农闲时节，土根盖房子惊动了全村。众人纷纷围观看热闹。冯本是嫉妒心极重的人，听说土根盖房子憋着一肚子气。一个小后生刚来村子没几天，竟然盖起房子下起蛋了。他思量再三，嘴里叼着长烟袋，来到秦员外家，见面就发起牢骚："咱这个村，就西边还剩下最后一块空地了。有些话，俺也不好明说，土根喊你'干爹'呢，但也不能这样由着他性子胡闹啦。土根这次来，又是盖房子又是置办地的，这不明摆着是和咱抢地盘吗？叫你一声干爹，你就软和了！你秦员外不出面，别人都不好说话呀。"秦员外叹了一口气，说道："这些事，俺能看不出来吗？打土根第一天来，俺就知道，这小子不是善茬呀，但是怎么办，人家在自己的地上盖房子。""这块地不是你秦员外家的吗？""是说好了，租给土根种的。但这小子已经续上约上了牌了！"冯本哦了

045

声,不再说话了。

秦员外说:"别看土根年轻,人家是走一步看十步呀!再说了,人家是大家族,背后有大靠山!"冯本想起土根家中的"黄马褂"和"军刀"来,只好低头认输走了。

在胳肢窝村盖这么两间房子,动静不小,土根不敢有半点怠慢,他跑前跑后,唯恐有什么闪失。中午时分,秦员外来了。他没有上前,远远地站一会儿就走了。冯本待在家里,一再提醒自己不要丢了身份去瞧热闹。熬到中午憋不住了,他牵着一只羊,故意从土根门前走过。土根快步上前,主动打招呼:"大叔,你看,俺有些心急了,盖房子这事都没有和大叔事先通个气!"冯本大手一挥,差点连旱烟袋都扔了出去,说道:"谁家不盖间房子,盖吧!"土根热情地说:"谢谢大叔了,进来坐会儿,喝茶吧。"冯本头也不回,摆摆手,大步流星地走了。土根正欲转身离去,冯本回头又问:"土根,这是要盖几间房子呀?""只盖两间。原来的房子太小,媳妇快生了,盖两间房子,避避风挡挡寒吧。"

冯本没再搭话,背着手走远了。

土根长长地松了一口气,回过头来,远远地看见河对面王经腾双臂抱在胸前,正在隔河相望。

庙小妖风大,水浅王八多。土根假装什么也没看见,心想,你们等着瞧吧,往后的日子还长着呢,在这个村子里俺的动静还会有更大的,盖两间房子算什么!

在院子里干活的一群大老爷们,又开始逗起女人的乐子。

"豁牙,你们村里的娘们谁最俊呢?"

"这还用说,小姨娘最俊!"

"那是出名的俊呀。出嫁那天,人山人海的。俺爬到树枝上,满指望瞅瞅人家的小脸蛋子,但她盖着一块红盖头下来了,只见了见人家的圆鼓鼓的小屁股。"

"俺是真见过了,那天她回娘家,骑着高头大马,那脸上有光有色的,皮肤嫩得水汪汪的,皮子吹吹就能吹破。你说,咱庄户人家黑皮黑肉的,哪有长得像鲜花一样嫩的人呢?"

"冯老先生多好的一个人呀,只享用了两年自己瘫痪了,有这个艳福也受用不上了。一朵嫩嫩的花骨朵只好等着枯萎了,真可惜个人了。"

"你是咸吃萝卜淡操心,哪里的鲜花没有蜜蜂采的?"……

院子中间,是女人忙碌的主场。一口大锅架在火上,两个娘们忙着炒菜。掌勺的往锅里倒上一大勺白花花的猪油,油花吱吱地响,香味弥漫了一院子,再倒上一锅的白菜,拌上白生生的豆腐,拿着勺子不停地搅转。大锅的旁边,又支了半个黑锅灶底,一人负责烧火,一人烙煎饼,还有一人和面。刚烙出来的地瓜面煎饼,又香又脆。

刘女腆着肚子,踮着小脚,忙前忙后。一女人小声说:"你看你那土根,要人有人,要活有活,你是哪辈子修来的福分哪。"又有一个女人说:"土根他媳子,差不多四五个月了吧。俺打上眼一看就知道,你保准生个男儿。"刘女不言,抿着嘴笑。

秦女也过来帮忙,她负责往桌上摆放碗筷。听女人夸赞土根,禁不住回头瞥了他一眼。土根也正回头,两人目光对上了,秦女慌忙低下头。

老天也作美,一个月里晴空万里。

"今天上梁了!咱吃玉米煎饼,猪肉白菜炖粉条,中午上白面馒头,大饽饽啊!"土根大声吆喝着,为大伙鼓劲加油。

王闯和冯世也过来了,虽插不上手但帮着搬东西。秦虎也来了,站在一边瞧热闹。土根说道:"你看这里脏的,别弄脏了衣服,谁也别干了,坐下喝茶。俺今日忙,顾不上众位干兄弟了!"秦虎、冯世和王闯坐在一起,喝水聊天。王闯瞅着秦虎笑问:"秦先生也来了?""读书也有乏的时候,出来透透气。"秦虎摇着扇子说。秦虎见冯世坐在一边,主动搭讪问:"学弟,你也过来了。冯大叔今天在不在家？俺爹想找他商量点事呢。"冯世说："俺爹和俺娘去莒县了，过几天才能回来。"秦虎眼睛一亮，用劲摇着扇子。坐了会儿，他悄悄地溜走了。

秦虎一路小跑，来到村东头冯老先生家。他爬上墙头四处寻摸，周围安静如夜，便翻身越墙而入。小姨娘正坐在床头梳头，抬头望见秦虎，惊得花容失色，小声说："你怎么大白天进来了？疯了，还不快走！"

"俺听说了，大叔大婶到莒县去了，好几天才能回来，你可想死俺了！"

"你真会钻空子，还真找准机会了。"

小姨娘小手戳他一下，哧哧地笑。"你这个馋猫，开春的野猫是不是憋不住了……"她的话还没有说完，秦虎的嘴巴就凑了上去。小姨娘一把推开他，似嗔非嗔地说道："俺给你说正经的，你记着，只要冯本在家，你就一定不要过来。还有，白天也不能来，人太杂，说不定谁就来了！"

"俺才不管呢？以后，我每天后半夜都过来。为了你，我死都不怕！"

"俺说不行就不行！有本事，你领着俺离开这个鬼地方。"

"好好，我一会儿就走，让我再亲亲。"小姨娘嘴一撇，小脸怒嗔样越发让人爱怜。秦虎又想去亲，小姨娘身子一扭闪开了："快走吧，让人看见就坏了！晚上，俺等着你。"

秦虎拗不过，探头往外瞅了瞅，翻墙走了。

"良辰时日已到，上梁啦！"

中午时分，领班师傅大吼一嗓子。七八个男人光着膀子，抬的抬扛的扛，一起吆喝，"一二三——进！"七根大梁柱拽上屋顶。"上中梁，大吉大利——进哦、进哦！"中梁慢慢拉上屋顶。

大家一片欢呼。土根点上一挂鞭炮，向地下散了大把糖块花生，孩子们蜂拥而上抢拾糖果。

一个月的工时，两间大瓦房和一个大院落崭新锃亮地立起来了。

土根借机把小茅屋也修缮一新，里面的炕面打了，安上石槽，准备将来作牛棚用。在新盖的两间大瓦房里各盘了一个土炕，计划冬天接娘过来住。

天黑了，喧闹一时的丁家院子安静下来。

土根站在院落里，两手叉腰，围着新房转了一圈又一圈，满意地笑了。"这下，野狼再也进不来了。"土根念叨说。

小姨娘透过窗子，痴痴地望着东墙头出神。一天了，她不知望过这道墙多少回。这道墙，把她与外面世界隔开，绚丽多姿的世界，她却不可触及。遇见了秦虎，她生出了希望，激情的火焰在身上升腾。

秦虎从墙上轻轻地跳下，她的心也跟着落了地。随后，心又开始怦怦怦地跳动，愈来愈快。两人一见面，便急不可耐地缠抱在一起。如火在烧，烧得小姨娘浑身发烫。

三月的界河，已经解冻了。一群浮在水面上的鸭子，睡梦中不知被什么惊醒嘎嘎嘎地叫着。

秦虎和小姨娘躺在土炕上，呆呆地望着窗外的星星。

"我今晚不想走了。"

"不行！你多躺会儿吧，下半夜再走。"

"好，咱俩就这样躺着说会话。"

"你看，夜色多美呀！天上的星星一闪一闪的。你说，星星在和谁说话呢？"

第三章

一　风水斗

秦家与王家的矛盾由来已久。

秦王两家以界河为分界线。南为王家，北为秦家。界河水从东岭而下，流至村中一处向前凸起的巨石，河水折向西北，而后又转向西南，弯弯曲曲地拐了一个大弯。这样，界河在村东头如同拉起的弓弦，形成了一个天然的湾区。当年，秦家在村里安家立身时，曾找过风水先生占过一卦。风水先生曰：此村中风水最好的地方，就在这个湾区，这里，是全村财富聚焦的宝地。秦家祖上的老宅子，也是现在秦员外住的大宅院，就坐落在这个湾区的正北面。

道光年间，王姓家族迁徙到胳肢窝村。秦冯两族此时已占据村中最好的地方，王家只好偏居在界河南边的一片石头岭上。村中南边多为山地，地薄少产，王家多年来一直被秦冯两家欺压着。

随着岁月的流逝，界河水不断冲刷，在界河下游拐弯处逐渐沉淤积淀形成一处高地。此高地，是王家唯一的一块良田，现今归王老先生二弟王经腾三弟王经通共同拥有。

这些年，界河水越来越大，这块高地的面积越淤越大。王家一直视这里为"聚宝盆"。一开始种些蔬菜，后来又种上麦子，种啥收啥。十年前，王家又尝试着种植水稻。北方土地多旱少雨，不适宜种水稻，但此地水土却极宜水稻生长。产出的大米粒大饱满。大米是北方的稀罕物，一袋可以兑换三袋白面或五袋小麦。王家的这处宝地，颇遭村中人嫉妒和垂涎。秦员外更是逢人便骂："这些王八犊孙子，蹲在茅坑里拉出黄金来了！"

每年旱季，王家都往此地运些石料，在界河的东侧和南侧高筑堤坝，阻挡住河水的冲刷泛滥。由于有了堤坝围栏，到了夏季界河水暴涨时，河水便逐渐向西南方向偏移。久而久之，界河水一点一点地蚕食北边的秦家土地，而王家的这块宝地面积却越积越大。

这还不算什么，最让秦员外寝食不安的是——"窝"处不再"窝"了，几乎被拉成了一条直线！"湾"没有了，风水自然也就没有了。

丰水期时，秦员外常常蹲在河边，一待就是大半天，愁眉苦脸地思索对策。其实，办法也是有的，在湾区西侧盖上房子筑上一道堤坝，挡住界河水往西北方向漂移就可以了。但是平白无故地筑一道堤坝，王家一定不会善罢甘休。再说了，谁家又能在这里盖房子呢？

一日，秦员外的堂弟过来串门。他吞吞吐吐地说："大哥，你看俺家的孩子大了，前些日子定了一门亲家，结婚需要盖间房子。俺在村里寻摸，东边都是俺族上的好地不敢占用。西边又是佃户区，俺也不愿往西走。大哥，你给俺看看，房子盖在哪里好呢？"

秦员外一听，心中大喜。这个堂弟呢，是村里有名的"二愣子"。机会来了，他沉思一会儿，慢慢悠悠地说："盖房子是个大事呀，牵涉到祖孙上下三代，得好好找人算算风水呀。""是呀是呀，大哥，你家占着咱族上最好的风水，这不就是家大业大嘛！"二愣子附和道。

"好房子的风水,前有水后靠山。"秦员外慢条斯理引导着说。

"这个理,谁不懂呀。哪有这样的好地方呀,大哥家前边的这块地倒是大,靠着界河,但俺也不敢动这个心思呀,前边盖上房子,挡住了你家的风水。杀了俺,也不能这样做。但照大哥这意思讲,你家往西南走走,倒有一块好地,就在界河边上,只是地方有点小了。再说,大哥也不会让俺在这里盖房子呀。"

秦员外暗暗高兴起来,二愣子堂弟不糊涂,他相中这个地方呀!他表面上装出十分为难的样子,久久不语。二愣子见秦员外不吱声,上前殷勤地帮秦员外摁上烟,点头哈腰地点上。秦员外慢腾腾地吐了一口烟,开口说道:"咱们都是不出三服的一家人,平时你们也没少帮衬着俺。这些年,对大兄弟怠慢了些,盖个房子补上吧。这样吧,咱村里就剩下这块风水好的地方了,本来俺想在这里盖间房子留着。不留了,俺把这唯一的好地方让给大兄弟了!"

二愣子笑逐颜开连声说道:"那敢情好,那敢情好!俺一家人忘不了大哥的大恩大德。只是,大哥你帮忙帮到底,也和后边的那家说说,让俺的房子往后挪挪。不然,前边的院子太小点了。"

秦员外的脸色霎时沉了下来,怒道:"都是一家人,你让俺偏向谁家好呢?"二愣子知道此话唐突了,不敢再言。"你不仅不能往后落,还要往前走走。你想呀,你占着人家的风水还想往后落,哪有这样做人的!"二愣子不住地点头,但脸有难色,小声嘀咕道:"只是院子太小了!"

秦员外见时机到了,假意长叹一声说:"这样吧,你把房子往前走走,在靠近界河的一边筑上石头墙,上面再平整起来,这样院子不就大了吗?""这样是好,但是花销用度太大了。"二愣子为难地嘀咕道。秦员外默默地抽烟,半晌后下定决心般地说道:"俺帮兄弟帮到底,这个用度俺来出!不过,你谁也别告诉他,别人知道了，又说俺偏着你了。"二愣子感激涕零："大哥，俺知道，俺谁也不说，你让俺这辈子怎么答谢你呢！"

秦员外看着二愣子，又试探地问："你在这里盖房子，是占住好风水了，但对面的王家不一定乐意呀。"

"他敢不乐意，俺在咱秦家地盘上盖房子，关他们王家啥屁事？他们敢找碴儿，俺和他拼命！"二愣子理直气壮地说道。

秦员外放心了，只要二愣子的房子盖起来，前边筑上堤坝，挡住界河水不往西北方向流淌，河水必然会再次冲向西南，不仅秦家的地不会再流失，还能慢慢地冲掉王家的田地。这个湾，不就更"湾"了吗？秦家的风水守住了，王家的宝地也不再是"聚宝盆"了！

秦员外内心激动不已，面上不动声色地说："你快回吧，这个事，你知我知天知地知，谁也不能说了。赶快趁着雨水没来，回家拾掇拾掇，选个好日子动工吧。"

不出几日，二愣子的房子热热闹闹地盖起来了，挖地基，起墙面，上大梁……一个月的时间四间大房子起来了。一切进展都很顺利，王家也没有反对。房子盖好了，但二愣子的工程才进行到一半。一辆辆马车川流不息，来回运送石料，堆在界河的北边如山一样高。大家都不知道二愣子要干吗，几天后，二愣子动工在界河北侧筑起了围墙。

王家这时才反应过来，有了这道围墙挡着，王家这块宝田从此以后将会一点一点地被界河水冲刷变小。

王经腾王经通兄弟俩火冒三丈，召集族上十几号人，扛着镐头，二话不说，上来便动手拆围墙。二愣子早有准备，瞪着眼，举着刀，站在墙头上，怒吼道："谁敢靠前，俺就劈了他，和他同归于尽！"二愣子这个人一旦愣起来，命都不要，村里人都惧怕他三分。王秦两家族人谩骂对立着，人越聚越多，族群大战一触即发。冯家人远远地站在东边瞧热闹。秦豹在家中听说后，急着往外跑，被秦员外拦住。

秦员外让秦豹搬来梯子，上了屋顶，忐忑地观察着对面的情况。他捏了一把汗，一旦打起来，后果将不可想象。但他暗中赌了一把，他确信，一定不会打起来！只要这个人出来，场面一定会控制住。

果然，剑拔弩张之际，王老先生出来了。他站在界河的南岸，冲着人群高喊："二弟三弟，你们都给我回来！"王经腾王经通兄弟俩不情愿地带着王姓族人离开，一场混战总算避免。

这晚上，看似平安无事。

天未亮，突然传来二愣子媳妇的哭号声。大家赶过去，看到二愣子嘴巴被人塞上布，五花大绑地被捆在院中树上。昨天刚刚砌好的墙，已经被拆得七零八落。大伙七手八脚地帮二愣子松绑，取下口中破布，二愣子破口大骂："王经腾、王经通，你们这些狗娘养的，你们以为墙扒了，俺就不敢砌了，等着吧！"工匠们站在一边不敢开工，二愣子红了眼，大声说："继续干，俺给大伙双倍的工钱，当场发。"说完回屋拿出一堆铜钱。工匠们一看到钱，马上有了动力。二愣子补充道："俺不仅给双倍的工钱，从现在起连夜干，俺再加一倍工钱！"

众人一时傻眼了。没有想到二愣子腰杆这么硬这么直，片刻后有人明白过来，二愣子背后这是有"高人"呀。

界河边，火把通明。二愣子的兄弟多，他招呼兄弟子侄帮忙在周边巡逻站岗。五天五夜，高高的围墙硬是垒起来了。

对面，王家人默默地注视着。

王经腾和王经通坐在王老先生家里，商量对策。王经腾愤愤地说："大哥出个面吧，这样太窝囊了，俺们是真咽不下这口气。"王闯在一边也急得跺脚，插话说："爹，不行的话，咱告到公堂上去！"王老先生生气地说："你懂什么？这种事怎么能上得了公堂？你一个小孩子，大人的事少掺和别插嘴。"

"一点办法也没有了吗？"王经通问。

王老先生叹道："我们这是哑巴吃黄连有苦说不出呀。你想想，人家在自家的地盘上盖房子，关你什么事呀！没什么大不了的，不就是界河那块地的面积小点了吗，再找个地方补回来不就行了，心字上要放把刀——忍了吧！"

最后，墙是筑起来了。但从此以后，界河南北王秦两家的恩怨更深了。

这天，王闯和王家的一帮孩子玩耍，与秦豹一伙秦家子弟不期而遇。王闯骂道："狗娘养的，不得好死！"秦豹不服气，回应道："王八犊子，气死你！"双方你一句我一句，最后扭打在一起。王闯力气大，打折了秦豹一条腿。

秦豹一瘸一拐地回到家。秦员外骂道："窝囊，没用的废物。"他扭头对豁牙说："你背着秦豹到王老先生家去，让这个老不死的看看。记着，去了，什么话也别说！"豁牙背着秦豹来到王家，王老先生见这架势不由分说把王闯暴揍一顿。王闯哭喊："他也打俺了，爹，你为什么不找他家算账去！"王经腾听到吵闹声过来，见此情景，一肚子怨气全撒在豁牙身上，上去就打。豁牙吓得背起秦豹撒腿而跑。

王老先生气得跺脚："你们这些孽障，想把事情闹大吗？你们没有领教过秦员外的歹毒啊！本来是秦家理亏，他欠我们的。现在好了，咱吃了亏，还得给人家认错，他这是打俺的脸呀！"

王老先生领着王经腾王闯来到秦员外家。一进门，王老先生作揖赔礼："秦员外，小辈们不懂事打了公子，俺来向你认错了。"秦员外忙上前，搀扶着王老先生说道："老哥来，你这是何苦呀，俺家的孩子也不懂事。"他回头大声嚷嚷着："豁牙，你给我出来，看俺怎么收拾你。你胆子越发大了，谁让你背着秦豹到王老先生家去的，多事！"

王老先生忙说："都是小辈们闹着玩的。来，二弟、王闯，过来向秦员外道歉！"王经腾王闯上前认错，秦员外招呼他们进屋喝茶。坐下后，秦员外说："咱两家辈辈相好，大哥和我还是干兄弟呢。堂弟盖房子的事，俺也不知详情，他这样做有点唐突了。不过，也不至于大打出手呀，经腾大兄弟，你说是吧？回头，俺说说俺那不讲理的堂弟，让他向你们赔礼道歉去！"

走出秦家的门，王老先生说："二弟呀，王家以后让你担着，真是让人不放心！你呀，好好地向秦家学学吧。你看人家不动声色地什么事都做了，你还找不出人家的错处。"

王经腾回到家越想越气。他思前想后，终于想出一个阴招，找来三弟王经通密商。

王经通说："俗话说，以其人之道还治其人之身。二愣子只是个挡箭牌，不足为虑。他背后是秦员外，得想办法治治秦员外。秦员外这样做是为了保住他家的风水，咱就在这方面下功夫，破了他家的风水不就行了嘛！"

王经腾阴沉地笑了："三弟这是长进了，俺也是这么想的。"王经腾附在王经通耳边嘀咕了几句，王经通不住地点头。

当晚，王经通领着一个头盖黑巾的神秘人来到王经腾家，此人是当地有名的风水先生，姓宋，没人知道他的真名，都叫他宋大师。王经通吞吞吐吐说出想法，宋大师一听起身要走。王经腾摁住他，拿出一两银子放在桌上。宋大师面有难色，王经腾小声道："宋大师，你知道的，这秦员外坏事做尽了。俺这样做，只是替村里做件良事罢了！"宋大师沉吟良久，终于开口道："秦家相中的就是这个'湾'，但他忘了，这个湾是怎么来的。这个湾，是由于王家前边这块巨石才形成的，你们可以在这块巨石上做些文章。"说到这里，他附在王经腾耳边小声嘀咕。王经腾听完眼睛一亮，赶紧又拿出一两银子，诚恳地说道："宋大师，俺这是替百姓谢谢你。你看，还有没有更狠的招？"大师闭上眼双手合十，沉默不语。王经腾不动声色又拿出一两银子，说："大师，你别顾虑，这事只是你知我知！"宋大师看了一眼银子，低声道："秦员外的爷爷坟头上有三棵树，树下有一巨根……"说到这里，宋大师不再往下说了。

王经通兴奋得脸色紫红骂道："这个王八犊子，俺刨了他家的祖坟。"

王经腾递眼色给三弟，王经通马上打住了嘴。

宋大师道："俺只是对事不对人，你们王家俺是第一次来。以后，你们再也不要来找俺了！"说完便起身，王经通赶忙相送。

送走宋大师，王经通又悄悄地来到王经腾家。

王经腾问："路上，没有碰见人吧？"王经通点点头。王经腾小声说："秦员外欺人太甚了。他对咱不仁别怪俺不义，咱兄弟俩做回'黑人''恶人'吧！也不怕天打五雷轰了，俺负责去买一件'镇宝塔'，从此镇住秦家的风水，你去干那件'事'吧。记着，一定要做得万无一失，不能让任何人知道！"

二　石头干爹

芒种芒种忙死牛。

油嘴子和趴鼻子趴在后庄地上，一前一后，撅着腚刨地。油嘴子嘴上功夫了得，一刻闲不住，高声唱道：

　　一九二九不出手
　　三九四九冰上走
　　五九六九河堤看柳
　　七九河开八九雁来
　　九九加一九耕牛遍地走

小孩小孩莫怕冷

搓搓手跺跺脚溜溜冰

转眼过去三九冬

脱去棉衣换小袄

地绿草长春来到

叽叽喳喳小鸟叫

吃糠咽菜也能饱……

土根一脚踩在铁锨上，擦着汗笑问趴鼻子："油嘴子这唱功都是跟着谁学的？"趴鼻子答道："他自小会说书，他养爹是个瞎眼说书的。"讲到这里，趴鼻子望望油嘴子犹豫了会儿，红着脸说："俺和油嘴子是同母异父兄弟。主子信任俺，俺得告诉你实情。秦家过去养着一个小浪蹄子，到处勾搭野男人。她生下俺来，没有人敢娶她的。眼看着她的肚子又大了，刚好村里来了个瞎眼说书的，秦家便把她嫁给了说书的，没多久她生下油嘴子，后来她又跟着一个外乡人跑了。俺哥俩至今都不知自己的爹是谁。俺恨死那个浪蹄子娘了，生下俺来干什么，白白在这世上遭一次罪！"

土根怔住了，静静地咀嚼着这其中的故事，更觉得秦家深不可测。

"要生了要生了，要生孩子了！"豁牙从远处跑来喊着。土根放下铁锨，撒腿往家里跑。

在土根人生最为困难的时候，大儿子丁地博出生了。

村里的接生婆王氏在刘女炕前忙碌着，刘女在坑上挣扎哭号，听着刘女凄厉的哭叫声，土根心惊肉跳。看着惊慌失措的土根，接生婆王氏不慌不忙地说："莫慌莫慌，去，烧开水，打开一瓶酒来，多找点棉花套子！"土根满头大汗地照办。

随着一声响亮的婴儿啼哭声，丁地博来到了人间。

王氏拿起剪刀，放在火堆上烤，端起酒倒入口中接着朝剪刀上一喷,绿色的火苗呼地燃烧起来,一股股热气向上冒。她利落地剪掉胎带,一阵子包扎擦洗。忙完,她长长呼了口气,一迭声地叮嘱土根:"快把坑上的血好好擦擦,不然,血腥味散出去,晚上会把狼招来。赶快给孩子他娘熬上粥,女人多喝粥多下奶,明天去买点猪蹄子炖上,女人喝了,奶水旺着呢!"王氏坐在杌子上抽着烟,指挥着土根,欣赏着炕上她的"佳作"。抽完烟,她顺手抓起两个大馒头,接过土根塞过来的三枚铜钱,踮着脚走了。

夜幕降临,狼果真来了,打着转围在院落周围徘徊低吼。孩子在屋里不停地啼哭,刘女用劲捏着有些发胀的奶子,但就是下不来奶水。刘女急得一嘴的燎泡。

天不亮,土根出去买猪蹄去了。回来见刘女竟然下坑了,正在烧火熬粥。"下奶了?"土根问,刘女绝望地摇摇头。"你快上炕歇息吧,俺来熬猪蹄汤。"一会儿,一股夹杂着臊味肉味的热气弥漫在屋间,一层油得白花花的猪蹄汤在锅里沸腾。土根盛出三碗汤凉着,刘女慢慢挨下炕,一口气喝下。但一天过去了,奶水还是下不来。

孩子还在哭,只是声音越来越小。刘女边哭边用劲揉搓胸部,土根喃喃道:"会不会这个孩子不该是咱家的儿子呀!"刘女哭道:"别胡说,俺生下来的就是俺的儿!"

第三天,土根牵回一只奓拉着两个大奶子的母羊回来。刘女趴在母羊怀里,从羊奶子里吸出奶来,再一口一口喂进孩子的嘴里。

孩子吃饱了,终于不哭了。

这天早晨,太阳高高地升起,露出红彤彤的脸蛋。儿子的降临,如同东方升起的太阳一样,让土根感到人生的春天来了。正在奇思异想时,一位白须黑发的四方脸老者推门进来。土根以为是讨饭的,赶忙进屋拿出一个馒头,端来一碗热气腾腾的粥送给老者。老者微笑着,声如洪钟说道:"丁家生儿子了,喜事呀,大喜呀，俺来看看孩子。"土根对待穷人，有一副菩萨心肠，毫不忌讳扶着老者进屋。老者远远地望着孩子，捻须笑道："正是，正是此娃呀！"炕上孩子听到声音，挥舞着小手。老者接着说："你家这个孩子，前世是蛤蟆岭上一块万年大石头，如今投胎转世来到人间，他命硬着呢，禁折腾。但有一条——必须找一个命比他还要硬的人认干爹，才能镇住他。不然，这孩子长大了会坏事的！"

土根和刘女一怔，可不是吗，这孩子出生这么长时间了，不吃不喝的，还这样倔强地活了下来，不是"石头命"是什么！土根虔诚地问："老人家，这个孩子认谁当干爹好呢？"老者走到院子里，面朝西北说道："孩子的干爹早在这里等着了，你这个孩子，一出生就有人护着呢！抱着孩子过来吧，认认他这个干爹！"

土根茫然环顾四周，空无一人，诧异地问："人在哪里？"

老者笑道："出来便知！"

刘女抱着孩子出来，老者让刘女头朝西北方向跪下，神秘地说道："从这里出发，往西北走六百六十六步，地下埋着一块'神石'！这块'神石'，就是孩子的干爹。"

土根和刘女朝着西北方向望去，那是一片空旷的土地，除了一片杂树什么也没有。刘女看着老者庄重的表情，不敢违命，抱着孩子朝着西北方向磕头。老者伸手朝向西北，在空中摸了摸，然后收回手在孩子头上轻轻拍拍，重复了三次，嘴里念叨着："好了好了，有这个'干爹'护着，孩子的命硬着呢！"

土根懵懵懂懂，十分怀疑但也不敢怠慢，把刘女扶回屋后取了六枚铜钱出来答谢老者，再出来时外面却空无一人。土根不住地念叨，老人怎么不见了？

"快来看呀，俺有奶水了！"刘女在屋内喜极而泣，招呼土根。

土根赶紧返身回屋。"真是神了，孩子认了干爹，奶水就来了！"刘女掀开怀奶着孩子，高兴地说。土根半信半疑："他说孩子的干爹在西北方向，可那边除了一片荒地什么也没有，俺有点不信。"刘女笑道："俺信，只要孩子命硬，俺有奶就行了。是不是乖儿子？快给孩子取个名字吧！"

"有了人，什么都有了。从现在起，你好好照料孩子。"土根倚在坑头上抽起烟，"俺这辈分是'土'，儿子这辈分就是'地'了。有了土地就有了粮食，到了孙子重孙子这两代，就该是'粮'和'食'字辈了。再往后的事，俺就说了不算了。这个孩子就叫丁地博吧。"

"地博，地博，真是好名字呢！"刘女喃喃地说。

从此，丁土根这一支丁家脉系，在胳肢窝村有了自己的特殊辈分排序——土、地、粮、食……

三 玉米吐穗了

太阳火辣辣地烤着大地。大地，像是蒸熟的馒头冒着热气，周身膨胀。

田间地头上，玉米秸子发出叭叭叭叭的拔节声。土根在地里锄草施肥，一身泥巴一身汗，豆大的汗珠子挂在脸上。土根特别喜欢听汗珠子吧嗒吧嗒地往下掉的声音。

钻出地头，土根全身都湿透了。他抬头望望天，太阳爬到头顶了，肚子也咕咕地开始叫。土根见四周无人，脱掉上衣，回头对着一处长势不好的禾苗，用劲把衣服上的汗水拧出来，洒在地下。"好好地喝吧，老子身上的汗水够肥的，便宜你小子了。"土根自言自语像是对自己的孩子说话，说完漫步走到后庄地北边的小河边。

浅浅的河水，潺潺地流过。河床上，一块块青青的石条半裸露出水面。这个地方，成了土根劳作休息的天然澡堂。

土根把衣服放在水里，用力摆了摆，拧干平放在河边石头上晒着。然后，惬意地滚进河水里，仰面朝天，四平八稳地躺下，黝黑健壮如牛的身架在烈日映照下闪着光。暖暖的河水冲刷着他疲惫的身躯，土根闭上眼睛，打起瞌睡。

对面，秦女从南边晃晃悠悠地来了。她头顶一块花巾布，胳膊上挎着小篮子，到后庄地里摘瓜。她哼着小曲，摘满篮子，来到河边想洗洗。抬头见一男人半裸仰躺在河边，秦女羞得满脸通红，蹑手蹑脚地向后退缩，藏在地头草垛后边，却又忍不住往河边观望，看清是土根后她又羞又喜。秦女也到了谈婚论嫁的年纪，自第一次见到土根起，便对他顿生情愫。秦女直瞅得脸腮赤红，面红心跳。她伫立良久，从篮子里拿出三个甜瓜，轻手轻脚放在土根身边的一块石头上。秦女转身离开，走出不远，自己竟扑哧一声笑了。她回过头来，弯腰捡起一块石头，朝着土根躺的方向扔了过去。

石头刚好落在土根身旁，砰的一声，激起一串水花。土根惊得一激灵，慌忙站起来。只见大脚秦女捂着嘴往家的方向跑，他又见地头上放着几个甜瓜，瞅瞅自己半裸的身子，脸也红了。

吃过午饭，土根躺在炕上睡着了。

刘女好不容易哄着地博睡下，终于得了闲工夫，悄悄地溜到后庄地里看看庄稼。

玉米长成一米多高，开始吐穗了。远远地望去，成片的玉米随风摆动，如同大海中波浪般起伏。这是刘女生下儿子地博后，第一次见到地里的庄稼，禁不住凑上鼻子贪婪地闻着，真香呀！刘女的手痒痒起来，一头钻进茂盛的玉米地里，蹲下去拔草。拔着拔着，刘女肚子咕咕地叫唤，站起来四处望望，脱下裤子蹲下去。刘女在这里蹲着，她的身后却藏着一个人。在她出门的时候，豁牙便跟了上来。此时，他正躲在地里，贪婪地偷看刘女解手。刘女提上裤子起身时，豁牙控制不住自己，脱掉汗衫罩住脸，光着上身，从背后扑了上来。刘女吓得大声尖叫，情急之下，想起土根给她的小刀来。她撕破上衣,掏出刀子,朝着蒙脸人瞎比画。豁牙一见闪着寒光的刀子,拔脚跑了。

回到家,刘女惊魂未定。从逃跑的背影中,她已看出那蒙脸人是豁牙。她坐在炕边,脸红心跳。

土根醒了,刘女一句话也没有说。

八月,秋收的季节,大地一片金黄。

秦家大院,人来人往,进进出出。

"又是一个好年景呀!"秦员外坐在板凳上敞开怀,大口啃着西瓜,摇着大蒲扇感叹道,"庄户人不怕热天,天热雨水大,庄稼长势好呀!"

麦收,秦员外收了个粮满仓。玉米高粱谷子又要熟了,秦员外喜悦之情溢于言表,大声吩咐道:"秦豹你过来,下午要开仓收玉米了,你到东场去看看,好好长点眼色。豁牙也到东场去,帮着秦豹一起收玉米。秦虎也别读书了,换换脑子,去记记账本。孩他娘,中午吃什么?"

"香椿芽,面条子。"

"再炒上几道菜,中午俺喝上口。"

秦员外正说着,二愣子提着一篮子新鲜荔枝进来,笑道:"大哥,俺托人特意买的,新鲜玩意儿,一个俺也舍不得吃,孝敬大哥的。"秦员外接了过来,家里的二太太从屋里出来,一把将篮子夺了过去。

秦员外瞅着二太太扭腰摆臀的背影,眼神顿时猥琐起来。

秦员外去年冬里,刚纳了一个小妾,是高泽村张员外家里的一个丫头。那天,秦员外去张员外家办事,晚上酒喝多了,一觉醒来,发现身边躺着一个如花似玉的大闺女。秦员外吓了一跳,忙问:"这是咋回事呀?"丫头羞羞地说:"员外你忘了?昨天夜里,你让俺陪你喝酒,一个劲地拽着俺的手不放……让你折腾死了,俺还是个黄花大闺女呢！"说完从身下掏出一条白手帕。

秦员外头天晚上的事，一点也记不住了。但见丫头一脸羞怯样，禁不住伸手摸她的屁股。张员外突然闯进来，笑道："秦员外好有艳福呀，看上俺家这个张丫头了。"秦员外满脸红了，摆摆手道："别说了，张员外，都是酒惹的祸，不记得了，不记得了！"张丫头这时呜呜地哭了，张员外不悦道："秦员外，你睡了人家，怎么又不记得了？"秦员外细瞅这张丫头，水灵灵的，动心了。"这样吧，俺回家让媒人来说亲，明媒正嫁，做俺的小妾吧！"

张员外马上松了口气，又留秦员外宿了一夜。

张丫头是张员外背着老婆买回来的，两人早已暗度陈仓。张员外的老婆强悍，断然不肯容下这丫头，逼着张员外赶她走。张员外正愁没有法子时，秦员外来了。趁秦员外喝醉，让张丫头脱光衣服陪秦员外囫囵睡了一夜，生米煮成熟饭。"米"生不生不知道，但"饭"是熟了。事已至此，秦员外多少也感觉到是个圈套，但禁不住诱惑，动了色心。

回到家，秦员外便有意朝媳妇秦氏使性子发牢骚："你看看，俺现在也算是家大业大了，但你生下两个儿子一个闺女后，肚子就瘪了，没了动静。"秦氏不高兴了，立即顶了回去："俺给你生了三个儿子好不好？"秦员外生气了，嘟囔了一句："说那些有什么用？小的夭折了也算数？"秦氏知道他这是旁敲侧击，内心想娶小的了。这些年，秦员外常常在外面拈花惹草，与其让他在外面鬼混，还不如再娶上一个还能传宗接代。想到这里，秦氏便没好气地说："你快给二儿子和闺女安排好婚事，你愿意娶几个就娶几个！"果然没出几天，高泽张员外一台花轿将张丫头送了过来。

二太太的年纪比秦员外的三个孩子年龄都小，水水汪汪的，圆圆的屁股扭起来比弹簧还灵动，让秦员外的两个儿子看得心旌摇曳。秦虎有事没事就往小姨娘那里跑，秦豹一到晚上偷偷趴在二太太窗棂上听门子。

这一切，秦员外都看在眼里。

"吃饭喽！"秦氏摆上碗筷，招呼道。

二太太给秦员外温上一壶酒，慢慢地倒上。秦员外端起酒来，小口抿了下，啧啧道："好呀好呀，真是好日子呀！"酒水沾在秦员外下颌毛茸茸的胡须上如雨水打过的草地。豁牙瞅着，倒像自己眼睫毛上拖着一根头发丝，他不停地眨巴眼睛偏偏抖擞不下来。豁牙干脆不瞅了，蹲在一边，捧着碗，大口吸溜吸溜地吃着。秦员外瞪了他一眼，豁牙赶紧压低声音。秦员外说："吃完饭，全家人都到东场去。俺休息一会儿，也去看看。"

一家人吃完饭都走了，秦员外脸色酡红，如同熟透的红柿子。

二太太爱干净，在东屋里哗啦哗啦地洗澡。秦员外推开门闯了进来。二太太哧哧地笑："你这个色鬼，到炕上等着俺！"

秦员外干笑一声："真是个小浪蹄子！"

四　秦大脚

晚风习习，秦家一家人坐在小院里纳凉歇息。

秦员外眯着眼躺在摇椅上，秦豹坐在一边，汇报着玉米收租的账目，账房先生袁福低头拨拉算盘子。秦虎捧着一本书细品，二太太拿着蒲扇，半偎半靠在摇椅上轻轻地给秦员外扇着，时不时地瞥向秦虎几眼。秦女和秦氏坐在一角，小声说话。秦员外听完秦豹的账目，点头道："今年的收成好呀，比去年多收了百十斗呢。忙完这一阵子，可以休闲点了。有几个事，俺在这里说说。一个是，今年收租子的事。秦豹，咱家那个征租子队，今年别让二愣子去干了。""怎么了？往年不都是二愣子叔去干的嘛。他这个人脸上带着股狠劲，一般人家见了，就吓破胆了！""正是由于

065

这个原因呢，你不想想，今年盖房子的事闹得这么大，再让他去征租子影响多不好，俺怕弄出点事来！"秦豹明白了，点点头。

秦员外抽了一口烟，继续说道："这第二嘛，冯本今年在邻村又弄了块地，别以为俺不知道。征粮征税时，这块地他冯本不讲，咱也装聋作哑不要说破了，先把账记下给他攒着，等秋后有事了一块算。还有，这次二愣子盖房子的事，俺看，王老先生家这几个小子蹦跶得不轻呀，秦豹你记着，冬季徭役时，别忘了让王经腾王经通的儿子，还有王闯这个小子，一块去参加徭役。到了那里，不用俺动手，有人替俺出手的。好好杀杀他们的狂劲，看他们以后还敢不敢再张狂了！"

正说着，秦员外突然感到一阵晕厥，头皮如同炸开般，哎哟一声，双手捂住头，差一点从摇椅上摔下来。

大家吓了一跳，纷纷围上去。秦氏站起来，狠狠地瞪了二太太一眼，骂了句："狐狸坯子，净缠磨人！"二太太吓得赶紧回了里屋。秦虎秦豹起身去搀扶秦员外，秦员外摆了摆手，说道："不妨事，没事了。可能是天太热了，突然晕了一下。哎哟，不知怎么了，最近老是头皮一炸一炸的，现在好了。"

孙子秦浪跑上前，嗲声嗲气地问："爷爷，你刚才怎么了？吓死俺了。"秦员外抱起孙子亲了亲："爷爷老了，刚才头晕花了一下！"秦虎忙说："秦浪，你下来，让你爷爷好好休息。"秦员外放下孙子，叹了口气，又说："现如今，俺秦家业大了，多少人瞪着眼盯着呢！越是这个时候，俺心里却慌慌的，好像祖上的根基动了一样。秦家还是人口稀薄了些。下新粮了，秦豹你赶明儿，到林地里上个坟，拜拜老祖宗。"他回头瞅了眼秦氏和里屋的二太太，头摆向一边："一个家族没有人不行呀，人旺财才旺呢！俺这么一个大家业，怎么偏偏人口稀少呢？秦虎成亲也有几年了，生下一个孙子怎么就没有动静了？秦豹大了，也懂事了。前些日子，俺到洪凝村打听到一家大地主家有一个闺女，高高的个子，准备说给二小子，人家也答应了。秋后，孩他娘快去找个媒婆说合说合，定下这门亲事吧，年前就娶过来。"秦豹脸上瞬间绽出红晕，感到浑身热气往上涌。

秦氏听了这话，偷偷看了眼秦女。秦女坐着，无动于衷。

"秦虎，你是不听话呀。这次说好了，秋收后，你必须到诸城去。你爹我给你物色下这么好的差事，不知道花了多少银子，多少人馋着呢！去了以后，一边干着公差一边读着书，来年再去博功名。"秦虎捧着书，低头不说话。"你倒是吱一声，去还是不去？"秦员外生气了。说心里话，秦虎是想去的，但此时和小姨娘如胶似漆，一日不见如隔三秋，实在放不下她。秦氏打了秦虎一下，劝道："儿子，你就应了吧！"秦虎知道这事终究拗不过爹的，遂点点头。"这就好了嘛！这个家以后还需要你来撑着。你在外，你弟弟在内，一外一内，一文一武，这个家就算顶起来了。再说了，你出去历练一下，见见世面，说不定能打出一片天地来！"

秦员外最后瞅了瞅小闺女秦女。秦女，如今成家里的老大难了，高不成低不就的。条件好的人家，一看秦女那双大脚丫子便不答应了；条件差的，秦员外又不乐意，一拖闺女也大了。秦员外叹息道："高泽村有一户上好的人家，也是一个大财主。他家三公子人不错，俺也见过，人家总算是相中闺女了。孩他娘秋后，去和人家说合说合。这门亲事，也早定下来。"

秦氏高兴了，忙问："人家看上咱闺女了？上次不是还不愿意吗？那敢情好！闺女整日像个野小子似的，能找个这样的婆家不易呀！""爹娘，俺说了，俺不嫁！"秦女站起来，斩钉截铁地说。秦员外一惊，挺直了身子，不解地问："你过了年就十七了，这么大了还不找婆家？你想待在家里呀！""闺女呀，俺这么大的时候，就有你大哥了。"秦氏的眼圈红了，"再不找个婆家想嫁也嫁不出去了，闺女大了不能留呀。"

"反正俺不嫁就不嫁！俺有人了……除了他，俺谁也不嫁！"

秦女脸通红，扭头走了。

秦女扔下的这句话炸开了，一家人面面相觑。"都散了吧！"秦员外不悦，怒道。

儿女们都走了。二太太从里屋出来，站在秦员外身后给他揉肩，笑道："你这闺女，真随你的性了，犟着呢！听她那口气，心中有人了，真不知哪个小子看上她那双大脚了！"秦氏哼了声，秦员外瞪着秦氏说："你养的好闺女，你过去问问她，她什么想法。还有，别忘了，明天到土根那里去趟。土根的孩子百日了，今日来送鸡蛋，这门亲戚关系别断了！"说完，秦员外站起，二太太娇滴滴地扶着他往西屋走。

秦氏见二太太张女扭腰摆臀的样子，小声骂了句，骚货，臭不要脸的浪蹄子。秦氏来到闺女的房间，见秦女在抹眼泪。她坐下小声问："闺女呀，你是真有人了？看上谁了？"秦女屁股往炕上移移，面朝向墙壁不说话。

"你告诉娘，娘谁也不说。"

秦女还是不吱声。

"是不是王家那个王闯呀，他人倒是不错。只是，这小子有些愣劲，再说了，咱两家闹成这样，人家能看上你吗？"

"娘，你胡说什么呀！"

"哎哟来，莫不是土根？"

秦女的脸顿时红了。

秦氏震惊地说："土根有老婆了，你去做小的吗？你不要脸了，你爹娘的脸也不要了？再说了，他除了人好能干外，一个穷光蛋，还在立家立业中呢，你相中他什么了？"

"俺一刻也不愿意在家待了。做小的，俺也乐意！俺就嫁给他。除了他，谁也不嫁！"秦女哭了。

秦氏一晚上没合眼。她反复合计，孩他爹被张女那个狐狸精迷住了，什么也顾不上。土根人品不错，闺女也大了。如果土根愿意，这门亲事倒也是可以考虑的。

一大早，秦氏领着秦女，挎着篮子，来到土根家。

一进门，见刘女正在洗尿布，土根不在家。秦氏说："土根又到地里干活了，这孩子勤快，跟着这样的男人有福享呀。你看看，这个家收拾的，真是馋人。"秦女放下篮子，拿出一袋小米和六个鸡蛋。

"哎哟，干娘，你这是干什么？让俺小辈们怎么享用得起？"

"女人坐月子，有了孩子什么也顾不上了。你这个家，身边该有个女人帮着照料照料了。你看，这样好不？俺闺女也不忙，让她过来吧，帮着你洗洗刷刷也好呀。"秦氏看似无意，实际上拿话试探刘女。

刘女双手搓着衣服，没听明白话里的意思，笑道："不用不用，哪能让大妹妹来干粗活，累点苦点熬熬就过去了，孩子一转眼就长大了。""你干爹也是这个意思，说你们孤身来到这里，又添上个孩子不容易，让俺闺女过来帮帮忙，也是应该的。""谢谢干爹干娘了，让大妹子常过来玩就行了。"秦氏感到后边的话再难以说出口了，拿眼直瞅着刘女，一时不知说什么好了。秦女知趣，开口打破沉默："娘，你看这个孩子，硬实得像块大石头！"秦女从摇篮里抱起地博，转着圈逗他玩。

"慢点慢点，别吓着孩子。"秦氏说。

地博倒不怕生，望着秦女咯咯地笑。

"这孩子长得还真像他爹呀！"秦氏接着孩子笑道。秦女想起在河边看到土根的样子，脸红了。

土根上了炕，就不忘那个事。

"你轻点，儿子刚睡下，哎哟，热死了。"

土根趴在刘女身上气喘吁吁。

土根翻了个身，喘着粗气，摸出炕头上一根黄瓜啃了几口，

069

倒下想睡觉了。"男人就好三口：一是填饱肚皮，二是喝上二两酒，三是趴在女人肚皮上折腾几分钟。每天干完这三件事，保准第二天神清气爽精神好着呢。"刘女起身，擦了擦身子。回头看了土根一眼，突然想起老人常给她讲的这句话，话糙理不糙，偷偷地笑了。

她躺下，依在土根的身边，如同靠在火炉上。"今天干娘来了。"土根有睡意了。刘女摇摇他，他没有动弹。"和你说个事。"刘女小声说，"我又有了！"

土根早已鼾声如雷。

第四章

一 改道

又到一年的雨季。天空中，如同扯了一块黑幕，一会儿拉开，一会儿合上。雨，没完没了地下着。

河水暴涨，界河的水位比平时高出不少。

但雨，还在淅淅沥沥地下。

在界河上游，有一条支流小阳河，从南向北流最后汇入界河。这条支流，是冯王两家土地的分界线。王家的良田，大都集中在小阳河的上域。在这里，冯家为了浇灌方便，从河水中引出一条断头渠，在断头渠下游挖了一个储水库，平日河水缓缓地流入冯家地界。在这个交汇处，王经腾和王经通各有一块良田。

雨还在下，王经腾找到三弟王经通，披上蓑衣，冒雨来到地里。王经腾指着王经通的田地，说："你看，由于这条小阳河在咱两家田地的上游，河水慢慢地把河道冲得越来越宽了，俺两家的地越来越小了。""是呀，这不是明摆嘛，俺整天为这事犯愁，但一点法子也没有。"王经腾领着他继续往小阳河的上游走，在这条断头渠岔口处停下来，"俺有一个法子，就看三弟的胆子大不大了。"王经通应道："你说，只要对俺有利，俺就敢干。"王经腾比画着，说起一个他早已预谋好的诡计。"你看，冯家在这里引出一条断头渠。这条断头渠下游的地势并不高，如果把小阳河的下游河床抬高点，再偷偷地打通冯家这条断头渠让它贯通起来。这样，河水自然会引向冯家这边。今年的雨水大，是个好机会。河水一旦冲开这条断头渠，小阳河的河流自然会向东改道了。这样，咱两家的地，就会凭空多出好几十亩呢。"王经通马上明白了，连连称奇："妙呀，实在是太高明了！二哥，这么好的主意怎么不早说。"王经通摩拳擦掌，巴不得马上就行动。

"你找几个可靠的人，趁着夜色连夜干。一晚上，雨水就会冲出一条新的水道。等冯家发现了，一切都晚了。咱们装作什么也不知道。这事，妙就妙在'谁也不知道'，这是'老天'改的道，明白吧？"

下半夜，王经通带人在冯家地界里鬼鬼祟祟折腾了大半宿。回到家，雨下得如同从天上倒下来一般。天助我也！王经通在家炒了盘花生米，满满地温了一壶酒，一直喝到凌晨，躺在炕上呼呼大睡。

天亮了，界河下游水面上漂浮起玉米秆高粱秆、锅碗等杂物，村里人纷纷猜测昨夜雨下得太大了，不知冲毁了谁家的房屋和庄稼，有人拿着长长的竹竿，在水里打捞东西。冯家人感觉不对头，跑到小阳河上游一看，顿时傻了。

一夜之间，小阳河突然改道了！

"小阳河改道了，小阳河改道了！"有人大喊。冯家人来到小阳河上流，发现小阳河从原来的断头渠下游冲开一条新的水沟，沿着冯家的一处低洼田地，一泻千里，重新冲出一条五六米宽的深沟，浊浪滔天。

"上天呀，这是要作孽了！"一块上好的田地从中间撕开，快要收成的庄稼毁于一旦，下游处一家佃户的房子也冲塌了！冯家人捶胸顿足，叫苦连天。

"这不可能的呀，一条好好地流了多年的水道，怎么会突然间改道了？是不是背后有人捣乱使鬼，又会是谁？"众人议论纷纷。"这还用说吗？上游的田地是谁家的？河水改道谁家又会受益？这不明摆吗？"有人尖声说，冯家人立即醒悟了。

"对，一定是王家兄弟俩干的好事，走，找这对狗日的算账去。"

冯家人一哄而上，抄起家伙准备到王家。冯本得知此事，苦口婆心劝慰族人不要轻举妄动。他站在决口处观察良久，脸色铁青，长叹道："散了吧，大伙都回去吧。"

众人义愤填膺，众口一词："不能太便宜王家那两个杂种了，难道让咱们白白吃了这个哑巴亏？"冯本愤愤地说："如果真是他们干的，这一招是阴招呀，让咱们有口难辩。断头渠修在前，没有这条渠什么都好说。再说了，又有什么证据证明是人为的？这种事，凡是他敢干就不会承认的。有道是，君子报仇十年不晚，咱等着瞧。"

冯本是有名的狠主，睚眦必报，众人听他这么说，也只好收场。

其实，冯本心里比族人想得更高更远一步。秦冯王三家，如今又加上丁家，冯家与秦家的关系势同水火，如果冯家再与王家斗起来，秦家坐收渔利，这是秦家最盼望而冯家却万万不能做的。不是不报，而是时候未到！

第二天，王家拉了一车粮食来见冯本。王经腾开口道："老兄啊，听说小阳河上游决口了，无缘无故让俺王家多出几亩地。这不，王老先生听说后让俺把决口损失的口粮送过来了。老兄，这个事太委屈太冤枉冯家了，俺到现在才知道，一听说就急急地来了！"冯本大手一挥，说道："这是说哪里的话，都是自家兄弟，别客气了。快到屋里坐，咱兄弟多日不见，喝几杯，叙叙旧。"

回去的路上，王经通不解地问："二哥，你这是自找麻烦呀，以后咱还会年年向冯家进贡吗？"王经腾奸笑道："不就是一车的粮食吗？有了地何愁没有粮呀，还年年进贡？他是皇帝呀，想得美，过了这个村就没有这个店了。"

王经腾在一次次族群争斗中，变得越来越智慧和毒辣了。

村里人的这些小动作，让自诩为"先生"的秦虎越发看不惯。他常常感叹村里世风日下，唯他之外再无先生了。他找到土根，一见面便滔滔不绝地道出心中的不快和怨气："你我是结拜兄弟，我得和你说说心里话，咱这么个千年古村为什么沦落至此？上一辈子的恩恩怨怨，不是你我一句话可以化解的，但吾辈不能这样眼看世风日下不管不问。冯老先生病倒了，王老先生如今不足称为先生，我才是村里唯一的先生了。你是明世理之人，你我应有这个觉性和担当呀！麻烦土根兄弟，你张罗下，咱干兄弟四人聚聚说说心里话。在我们兄弟四人之间立个规矩，再不要这样明里暗里斗了，好不好？"土根见秦虎真诚，便点头答应了。

土根出面邀请冯世、王闯来到家中，干兄弟四人叙旧。酒桌上，秦虎难耐激动之情，口若悬河地讲起村里的风情世俗，讲起先祖的儒家风骨……其他人耐着性子，静静地听着他讲天书似的叨叨。酒过三巡，王闯终于听不下去，冲着秦虎破口大骂："你们秦家禽兽不如，干的什么窝囊事！你还有脸在这里充当君子？"秦虎道："父辈的恩怨说不清道不明，但你我之间是干净的、纯洁的，如今从你我做起，足矣！"王闯不依不饶，骂道："去你娘的，你在这里满口仁义道德，你回去问问你爹他干了些什么。有其父必有其子，你不要假正经在这里卖弄！"秦虎气得满脸通红说不出话。冯世本来胆小怕事，四面讨好不愿得罪人，但见王闯一副高高在上盛气凌人的样子，想起河道决口的事，愤怒地说："你们王家也没有资格教训别人，王家的所作所为同样让人不齿，干的事也不是人干的！"说完拂袖而去，王闯拍桌子追了出去。最后，秦虎也讪讪地告辞。

一场"合欢宴"不欢而散。土根后悔不迭，可惜了这顿酒钱。

不过，这也让土根看到了秦冯王三家的嫌隙，他隐隐地感到，丁家起家的机会快来了！

二 村西口

进入夏秋，秦虎与小姨娘的约会，也更加频繁了。

中午头，烈日下，树上蝉鸣，水里蛙叫，野狗野猫成对成双地蹿来蹿去。在大树下秦员外家那条发情的大黄狗和一条白母狗缠磨在一起。两条狗腚对着腚，哈着粗气，伸着舌头，惶恐地望着行人。豁牙趴在地上撅着腚，享受地盯着。秦虎推开门，刚好看见他这副龌龊样，鄙视地瞪了他一眼。

小姨娘偷偷溜出门，见四下无人便趷身走向村子东边玉米地。忽地闪出一个身影，一把将她揽入怀中，钻进密实的玉米地。小姨娘小声喊道："你轻点，勒得俺腰疼。"秦虎轻轻把小姨娘放在铺着长衫的地上，长衫旁还摆着吃食和毛巾。

"你可真用心。"小娘娘亲了秦虎一口。

"想死俺了，一看到你，俺的骨头都酥了。"秦虎说着，禁不住笑起来。"你笑什么？"小姨娘问。秦虎便给她讲起刚才豁牙的事。小姨娘笑道："你好意思笑话人家豁牙，你这是干什么？比起你家的那条发情的老黄狗还强吗？"秦虎一听更来精神了，抱起小姨娘动手动脚。一番缠绵后两人大汗淋漓，如同从水中捞出来一般。小姨娘水汪汪的眼睛更加扑朔迷离。"你真是尤物，天下的女人都比不上你。"秦虎痴痴地笑道。

小姨娘也是个苦命女人。她生于诸城一个地主之家，爹娘只有她一个闺女，一直视为掌上明珠般捧着。没承想十来岁时家境败落，爹娘又前后脚离世。她走投无路，跟随戏班子唱戏。后来，被冯老先生相中，嫁入冯家后没多久，冯老先生又从马上摔下半身不遂。正值青春年少的她整日和一个半死不活的老头子待在一起，日子过得无比苦闷。和秦虎相遇相知，成为她生命中最为快乐的时光。

小姨娘依偎在秦虎怀里，呢喃道："你说，咱俩为什么不早点认识呢？都说老天有眼，俺看，老天就是成心折磨人。俺们两个这样偷偷摸摸的，什么时候是个头呢？"

秦虎听着，眼睛也湿了："俺爹不让俺在家待了，想让我到诸城去办差。"

小姨娘一听兴奋起来："这样好呀，男人就要干大事。诸城是俺的老家。你去了，等你干成事了，找个理由把俺带过去，行不？"

"可我什么也不想干，就想和你守在一起，一刻也舍不得放下。"

"别贫嘴，你什么时候动身？"

"还要等一段时间，估计等秋收完了。"

"你走后，可叫俺怎么活呀。现在，虽然不能长久地守在一起，但至少每天还有个念想。有了这个念想，俺的日子便好过些。"小姨娘又伤感起来，秦虎紧紧地抱住了她。

这天，秦员外急急火火对秦虎说："诸城那边来信了，让你明天就过去。"秦虎傻眼了，老大不情愿，他一点准备也没有。秦员外无奈地说："俺也不知道，官身不由人呀。说是那边有事，什么白莲教闹事正缺人手，你赶快收拾一下，明天就走。"

秦员外忙里忙外置办行李，秦氏再三叮嘱道："儿呀，在外一定注意身子。等不忙了，就回家看看。"秦虎的媳妇袁女更是坐立不安，不是忘了这个就是丢了那个。收拾完了，一家人围在一起吃团圆饭。秦虎草草地吃了几口，一点也提不起神来。

吃完饭，秦氏说："儿呀，早点睡吧，明天还要起早。"秦虎媳妇袁女羞答答地到小屋里去洗澡。秦虎在院里故意大声说，"我出去转转，和我兄弟告个别。"

秦虎在外转了一圈，又偷偷地溜到冯家东墙头，探头看了看，见里面没有动静，捡起一块石头扔了进去。碰巧，冯本到莒县去了。不一会儿，小姨娘便溜出大门。

两人一路小跑，来到界河上游一片树林里。小姨娘拍着胸口，上气不接下气地说："你消息真灵通呀，今天冯本临时出门了。你也是，这才几天呀又见面，让人看见可就坏了。"

"我今天来，想和你说个事。"秦虎犹豫着，小姨娘有些惊奇地看着他，等着下文。"俺明天就走，到诸城去。"

"明天走？"

"对，明天就走，我爹下午才和俺说的。"

小姨娘的眼泪一下子流了出来，问："啥时回来？"

"这，说不准，一时半会儿回不来的。"

"俺在这里，实在待不下去了。"

"怎么了？"

"不告诉你。告诉你，你更担心了。"

"你倒是说呀，冯家欺负你了？冯本想占你的便宜了？"

"你别问了！"小姨娘哭了，抬起泪水汪汪的脸，望着秦虎，"有个事俺想很久了，咱俩私奔吧！"

"啊？"秦虎怔怔望着她。

"俺想好了，这辈子俺是离不开你了。整天守着一个半死不活的老头子，死的心都有了。今夜刚好冯本不在家，明天咱一起到诸城去。"

秦虎一时说不出话来。

"你倒是说话呀？"小姨娘亲了他一口。

"好，一起走。反正，这个村我也不想再回了。"秦虎心虚地应承着。

"明天俺在村西口小树林等你，咱俩一块走，只要你陪着俺，走到哪里都好。"小姨娘高兴地拉着秦虎的手,"俺现在就回去收拾东西。"两人分手时,小姨娘甜蜜地冲着秦虎笑。

秦虎回到家,媳妇袁女羞羞怯怯地给他脱掉衣服,自己光着身子靠在他身边。秦虎瞅了眼袁女,顿时感觉到这些日子对不住她了,一把抱住她。他闭着眼,眼前全是小姨娘和他缠绵的影子。

袁女满意地睡了,秦虎却辗转难眠。

小姨娘回到家,收拾好细软,静静坐了一会儿,起身来到冯老先生床边。她端来一盆热水,细细为冯老先生擦洗了一遍身体。回到房间,呆呆地望着窗外,盼着天亮。

四更时分,小姨娘悄悄出了门,四周漆黑寂静。走出村子,天色渐渐有了点光亮。小姨娘踮着小脚,走到秦家大门口,秦家的大黄狗跑了过来,吓得她站在原地,捂着胸口不住哆嗦。大黄狗却没有吠叫,上前在她脚下嗅了嗅,她一动也不敢动,大黄狗嗅了好一阵子,才跑开。小姨娘深一脚浅一脚出了村口走进小树林,树叶沙沙地摇摆,她吓得头皮发麻蹲了下去,望穿秋水般地等待。

天微亮,秦虎的马车从村里驶了过来,路过不远处的小树林时,马车并没有停下。秦虎冲着小树林,撕破嗓子似的喊叫:"俺走了,快回吧。等着俺,俺早点回来看你。"

豁牙诧异道:"公子,家人听不到,别喊了。"

等小姨娘跑出小树林,马车已经远去,小姨娘满脸是泪瘫坐在地上。

三 六亩地

这年的秋冬时节,胳肢窝村发生了好多事。

一件是秦虎高就了。

这件事传得沸沸扬扬。有人说，看见秦虎走的那天，骑着一匹白色的高头大马，前边一人牵马，后边还跟着一个侍从到城里去了，威风着呢。

一件是王闯出走了。

村里传言王闯遇到妖风，中了邪，腰上别着刀，手里抄着棍，一路向北狂笑着，跟着妖风而去。

一件是秦豹结婚了。

秦豹娶的是洪凝村一位员外家的闺女，闺女长得白白胖胖高高大大，一脸福相。迎亲那天，亲家载着嫁妆的马车十几辆。村里人议论着秦员外家的风水又续上了，运势挡都挡不住。

还有一件是土根的干兄弟大田来了。

那天正下着大雪，傍晚时分土根正要吃晚饭时，院外有人叫着他的名字，土根推门就看见大田抱着一个坛子站在门口，两人抱在一起，激动得热泪盈眶。大田哭着把坛子递给土根，告诉土根这是他娘的尸骨。土根娘是在上一年除夕上吊自杀的。

胳肢窝村西头有一条唯一的南北驿道。

这条驿道，北通烟台威海大青岛，南连莒县青州济南府。驿道位于村西头的最高处，站在这里往东望，东岭像一只巨大的蛤蟆，而界河从蛤蟆肚子底下流出，一直流到村西北头形成一片广阔的低洼沼泽地带。

天蒙蒙亮，土根站在西岭上往下眺望。下面的沼泽地，雾气腾腾，如仙境一般。土根昨夜做了一个奇怪的梦，梦中一位四方脸老者，左手捧一棵摇钱树，右手执一个聚宝盆，端坐在这片土地上空施法术。

土根好奇地问道："老人家，您这是在干什么？"

老者说："俺脚下这片土地，是一块神地。五百年前的一次洪水，让良田变成了沼泽，荒了这么多年。这几天，有个后生要来开垦这块荒地了,俺也终于有机会重见天日。"

"老人家,哪个后生要开垦这块地?"

老者望着他笑着,忽的一下不见了,土根也猛地醒了。

老话说得好,肚里无食无人知,身上无衣受人欺。荒田无人耕,耕了有人争。土地,是生命之根。人世间是是非非恩恩怨怨,皆是围绕土地而起的。

土根蹲在一块石头上,盯着这块沼泽地,眉头紧锁,目光凝重。如何占据这块宝地?从哪里入手?谁会站出来阻挠?他在脑海里一一盘算着……

吃过早饭,土根提着上乘的烟叶来到秦员外家。"干爹,这些年托干爹的福了,让侄子衣食无忧!""大侄子是个能人呀!什么地到了你手里都成良田了,这才多长时间呀,快起家了。真是应了那句话,'有钱难买二月八,黄金难买少年时'。"家里喜事不断让秦员外近来心情大好。土根也正是瞅准这个时机才上门的。土根坐下后,试探问道:"干爹,俺这几天琢磨,村西头河边有一块洼地,常年荒着。荒也是荒着,俺想开垦起来,多种些粮食。"

秦员外一听,便知道他说的是哪块地,十分爽快地说:"这是块好地呀,只是荒的时间太长,开垦起来不容易,太费人力物力了。"

土根赔着笑脸,说道:"穷人家有的是蛮力气,下点苦力,能拾掇成啥样就拾掇成啥样,也不全指望它。"

秦员外爽快地点头应允了。自知道闺女秦女有嫁给土根的念头后,秦员外对土根放松了戒心,多少把土根当成"准姑爷"来对待了。这一切,土根并不知情。他来之前,还在反复斟酌如何说服秦员外,没有想到这么容易秦员外就一口答应了。土根一时毛了,上下打量着秦员外,他除了中堂略有些黝黑,脸盘微微发胖向两边拓展了许多外,神情并无异常。秦员外脸色和蔼,亲热地问道:"大侄子,俺都有点记不清了,你今年多大了?"

"属虎的，二十三了。"

"噢，俺呢，想和你说个事呢……"秦员外颇有些为难，顿了顿又笑道，"算了，你先回去吧，回头让孩他娘和你说去。"

土根不明所以告辞离去。

土根看中的这块地与冯家离得很远，冯本不会出面干涉的，也不需要和他商量了，说多了反倒容易滋生出事来。但这块地与王家的地紧挨着界河，虽不属于王家的地盘，但有着界河水之争的隐患。为了慎重起见，土根找到王老先生。王老先生听完土根的想法大为赞赏："年轻人舍得下力气，好呀，好的田地都是力气换来的，你想干就干吧，俺支持你。"

王闯的不辞而别，让王老先生苍老了不少。土根宽慰道："老先生，俺弟王闯走了，你别难过。人各有志，出去闯闯未必不是好事呀。大兄弟这一走啊，没准能闯出一番天地来。"提起王闯，王老先生一时怅然若失，感叹道："世道乱了，俺看，大清朝快到寿限了。我就这一个娃呀，天天担心他走偏了。""放心吧，别看大兄弟平日大大咧咧的，心可细着呢，一定会平安的。"土根好言相劝道。

土根从王老先生家里出来，径直来到王经腾家。

土根明白王经腾才是王家真正的主事者，这是个心狠毒辣的主。土根将一盒茶叶放在桌上，拉拉扯扯说了一堆软话好话，终于说到开荒的事上。王经腾不解地问道："大兄弟，你手头也有些银子，可以买块好地种着多自在呀，费这么大牛劲干啥呢？"土根心想，俺相中的可是一块宝地呀，那得值多少银子，嘴上却说："这几年，俺开销用度不小，手头太拮据了，靠自己的力气开垦出来的地，心里踏实些。再说了，这块地荒着不也是荒着嘛，太可惜了！"说者无意听者有心，王经腾听了土根的话，脸有些红了，忙说道："这块地归秦员外，他只要同意就行了。""俺这不想先和你打声招呼嘛，你若同意了，俺再和秦员外商量。"王经腾尴

081

尬地笑笑："大兄弟客气啦，言重了，俺怎敢和秦员外比呀！"

惊蛰过后，二月初五。

这天，皇历上记载：财神位正北，喜神位东北，福神位正北，阳贵位正北，宜动土谢土，开光放水。

土根翻着皇历大喜，今天是个好日子！就选在今天正式开垦这块地。土根领着大田，刘女抱着地博，来到界河下游东边这处高地。

土根蹲在地头烧了纸钱，点上鞭炮。然后，分别照皇历上写的两个重要方位——正北和东北方向磕了头。做完这些，土根又另烧些纸钱，朝东北蛤蟆岭处磕了三个头，口中念叨："感谢东方神孕育的水。"再朝南山岭磕了三个头道："感谢山地神截住了水位。"最后，又朝西北低洼沼泽处磕了三个头，说道："感谢水神，驻地永存，水神保佑丁家生生不息，福生水起！"

——拜跪完毕，土根扛起镢头，信步走到地里的开阔处，抡起镢头，刨下第一镢头。镢头一落地，火星四溅，土根被震倒在地。他爬起来，拍拍衣服，十分惊讶道："这地下埋的什么东西？这么硬？"他用镢头小心往下掘开一层厚土，地下竟然躺着一块四四方方的石头！土根俯下身去，小心擦掉石头上面的泥土。"四方石"黑中带有绿色，散发出黝黯的光芒，上面隐隐约约还有字迹。

土根仔细辨认后，见石头一面竖写着两行四个大字：土地、粮食。中间标绘着方孔古铜钱的纹理图案。

另一面，只有一个大大的"祭"字，上面隐隐约约雕刻着麻、黍、稷、麦、菽五谷杂物图样。

土根和刘女大惊，同时想起地博认干爹的蹊跷事，又想起土根给丁家立的"土地粮食"特殊辈分……土根惊得毛发都竖起来了，这一切都是冥冥之中天注定的？这块"神石"莫不是和丁家有缘？是上天送给丁家的保护神？……地博突然从刘女怀里挣扎下来，蹒跚地爬到四方石前磕起头。土根和刘女见状，也慌忙跪下，土根喃喃地说："真是神石呀！丁家遇见神人了！"大田不解地问："大哥，这是什么宝贝？俺看就是一块石头！"土根赶忙避开话题，轻描淡写地说："这可能是早年间，先人在这里祭天祭地时留下的物件。"土根四处望了望，叮嘱道："这个事，谁也别对外讲，俺先把神石背回家去。"土根脱下上衣罩在四方石上，扛起来，背回了家。土根四处打量着院子，最后把石头放在东墙根下，刚走了几步又不放心，在上面盖了一层柴火，然后再返身回到地里。

土根站在这块神秘的土地上，叉着腰，来回踱步，仿佛感觉头顶上有片祥云罩着，自言自语说道："神了，神了，今天遇见神了！不足三年，俺让这块田变成良田、变成福田。"土根细细打量，这块田地全部开垦出来，少说也有二十多亩，心里乐开了花。土根说："咱家前边那块地叫'后庄地'，这块地就叫'六亩地'吧。"大田笑道："大哥，这块地少说也有十多亩了，怎么叫六亩地呢？"土根神秘地说："六六大顺嘛，给田地取个名字，也像给人取个名字一样，图个吉利，六亩地叫起来顺溜呀！"

在中国广袤的大地上，每一块田地都有她自己的名字，都有她自己的生命，如同人一样！只是，众人不知罢了。

六亩地这个名字，从那时开始一直叫到现在。

从六亩地开垦以来，在这块神奇的土地上发生了许多传奇的故事。每当老人给我讲起这些故事时，我惊得目瞪口呆，我宁愿相信这些故事是真的，因为，我们脚下的每一寸土地，都流过先人的血，都埋过先人的尸骨，都淌过先人的灵魂……

土根回到家，把儿子地博抱到四方石前，指着石头认真地说："儿子，这是你干爹，也是咱丁家的镇宅神石！"

从此，土根视这块四方石为宝物。

土根从此有了他人生意义上的第一块良田——六亩地。

四　认亲

土根第二个儿子降生了。

土根欢喜得不得了，对刘女说："俺刚得了六亩地，又有了第二个儿子。这块田，是咱丁家的发家之地呀，圆梦了，二儿子就叫'丁地圆'吧。"

秦女自从产生想嫁给土根的想法后，便把所有的心思都放在土根身上了，连带土根的家事她也日夜挂牵着。秦女是胳肢窝村第一个"大脚"女人，自小便有一种叛逆的性格。听说刘女又生了，秦女便想搬到土根家里照顾孩子，她催着娘和土根说。秦氏拗不过她，先和秦员外商量："他爹，你说咱这闺女铁了心非土根不嫁，这听说土根又有孩子了，非要搬到土根家不可。不同意吧，她要死要活的，可咋办呀？"秦员外呸地吐了口唾沫，骂道："混账丫头，她过去住在人家里像什么话？去当小妾还是去当丫鬟呢？咱这么一个大家族，传出去不怕人家笑话吗？你和她说，不行！"见秦员外生气样，秦氏吓得不敢再说下去。

秦员外当晚宿在二太太房间，对二太太提起此事，生气地说："土根这孩子倒是不错，嫁给他，俺也同意了。但是，闺女现在搬过去，你说这是哪门子话呀？"二太太心里算计着，秦女如果搬出去，秦氏少了个帮衬，她也少了块心病。想到这里，她小手戳着秦员外的脑门，媚笑道："你就是老糊涂！人家说，闺女大了不能留。你倒好，在这里别扭着干什么，什么身份不身份的，咱闺女又不是嫁人，只是过去帮着土根照料照料家里的事。再说了，土根还是你干儿子呢，过去帮忙不也是应该的嘛！等一切水到渠成了，再明媒正娶不就行了。"二太太的话，点醒了秦员外。他露出笑容，捧着她那双小脚又捏又亲，淫笑道："俺就喜欢你这双小脚！"二太太扑哧一声笑出口："那你大闺女那双大脚呢？你亲不亲？"秦员外一抬手，将她掀倒在炕上，骂道："瞧把你喳喳的，小浪蹄子！"

第二天，秦员外同意了让秦女搬到土根家的事。

秦女高兴了，立即催着娘快去和土根刘女说。秦氏来到土根家，支支吾吾说明来意，土根愣了，犹豫着说："这叫啥事呀？干娘，这太委屈了大妹子。"

"你们两个是干兄妹，妹妹帮着侄媳妇照顾下孩子，这也说得过去。俺在这里把话挑明了，闺女过来，这里就是她的家了！"秦氏说完，土根和刘女顿时怔住了！

秦氏瞅着刘女，刘女低头不说话。秦氏自顾自道："既然你们都没什么意见，那、那这事就这么定了吧。"说完又逗了会儿孩子，就告辞离去。

土根愣愣地坐在凳子上，半晌反应不过来。刘女心里像堵了团棉花一样难受，呆呆地不知干什么。刘女突然看到地博满院子乱跑，弄得一身泥土，赌气地过去抓住就打，地博哇哇地哭。刘女扯过地博，抱着地圆，进了里屋。

刘女轻轻地拍打着两个孩子，坐在炕沿上发呆。一会儿，两个孩子睡着了。刘女起身来到西屋收拾东西，她一件件把炕上东西收起，一抬头，眼泪如断线的珠子滚落下来。

中午时分，秦豹领着秦女扛着包裹来了。秦女见到刘女，开口叫了声嫂子，偷偷瞅了土根一眼，脸瞬时红了。秦女搬进来，家里好像多了好多人似的，里里外外全是她的影子了。土根和刘女站也不是坐也不是，既别扭又难为情。

秦女倒是自在，一会儿逗逗孩子，一会儿又清扫擦洗，完全把这里当成自己的家了。晚上坐在一块吃饭，秦女也不拘谨该吃吃该喝喝，土根却没什么食欲，酒也不喝了，囫囵扒拉了一碗饭，站起来说："你们早点睡吧，俺出去走走。"

土根走出大门，默默地坐在界河边一块石头上。

界河水从秦冯两家交界处急湍而下，流至此处，河水变得舒缓起来，河床也宽广了许多。土根点上烟沉思，他心里对秦女是有些喜欢的，秦女的到来，他表面上平静如水，内心却是浪涛汹涌，左右为难。一边是自己喜欢的秦女和这桩婚事能带来的秦家的助力，另一边又深觉对不起患难与共的结发妻子刘女。

秦瘸子从路边走过，碰见土根神秘地问："土根，听说秦员外的闺女搬到你家了？是不是想嫁给你？这个闺女别看长着一双大脚，是个好孩子呀！秦员外太有眼色了，在村里俺就看好你这个后生。"土根苦笑道："人家过来，是帮忙照顾俺的孩子呢，你想到哪里去了？"秦瘸子笑笑，难为情地走了。

土根回到家，秦女已在西屋睡下。他悄悄地来到东屋，躺在刘女身边，小声问："睡了吗？"刘女没说话。土根默默地伸手扳过她的肩头，刘女一脸的泪水，土根紧紧抱住了她。

日子一天天过去，秦女和刘女相互嫂子妹妹地叫着，时间久了，刘女倒真把秦女当成了自己的妹妹了。

一天夜里，土根和刘女亲热，两人一时忘情，动静大了些。早晨碰见秦女，两人都有点难为情，秦女却像什么都没听见一样。吃完饭，秦女起身去洗碗，和土根身体碰在一起。刘女看见，秦女朝土根做了个鬼脸，土根整张脸都红了。

又是一天晚上，土根和刘女刚躺下，秦女却突然一头闯了进来。土根慌忙伸手去拿被子，刘女也害臊了，脸红红的。秦女进屋，正眼都不瞧一下，一句话也不说，低头抱起两个孩子，回到西屋炕上。

土根和刘女相视一笑，一起躺下。

五 再次显灵

秦女搬到土根家后，只要土根下地干活，秦女便嚷着要跟着去。一开始，土根极不情愿，一个女人家家的，整日蹲在地里干什么？秦女争辩道："你别瞧不起俺，地里的活，俺样样都会干！"到了地里，秦女施肥、锄地、播种，样样在行。秦女的美和别的女人不一样。她没有其他女人脸白，但身材修长，疾步如风，古铜色的脸蛋光泽亮丽，成熟诱人。日子越长，土根越喜欢这个大脚妹子。多少次，土根禁不住偷偷瞄向秦女。两人像是有心理感应一般，一碰总会四目相对。

这天，大田牵着牛，油嘴子扛着犁耙，趴鼻子拿着镐头，一起说笑着往六亩地走。秦女挎着小篮子，里面装着水和干粮，与土根并排走在后面。秦女红着脸小声问："这些天，俺带着孩子睡觉，你和嫂子睡得可比以前香？"土根的脸一下子红了，秦女见状扑哧笑出了声。土根比秦女大了六岁，面对秦女时不时的撩拨，恨不得一口把她吃了。

六亩地南侧已经筑起高高的堤坝。堤坝上，种了一坡的花生，开出淡黄色的花瓣，一阵风吹过，清香清香的。地南头，也开垦出一亩多地，种上了一片谷子。五月的谷子，吐出黄灿灿的谷穗，丰润饱满。

六亩地开垦了大半年，已经初具规模。这是丁土根来到胳肢窝村干的第二件大事。去年冬季，土根张罗了十几号人，拉了几千方的土，堆集在地头上；在南边界河下游，土根筑了一道高高的堤坝，阻挡住界河每年肆虐的洪水；在六亩地北边又挖了一条深沟，筑上一道防坝，挡住流失的土地。六亩地上除了地面的杂草杂树杂根还没有铲除干净外，一块几十亩的良田初显模样。

半年多来，秦员外第一次出现在六亩地地头上。

土根带领众人正在地里干得热火朝天，秦员外站在一旁静静地观望。秦女见爹来了，过来打招呼。秦员外感叹道："俺闺女还是有眼光的，土根这小子有些魄力，是个持家的能人，你跟着他，不会受屈了。"秦女白瞪了爹一眼，埋怨道："爹，你眼里还有俺这个闺女呀？你看，土根忙成啥样了，你不招呼些人来帮忙，还好意思站在这里看热闹。"秦员外一脸严肃，从鼻腔里哼了声，说道："你懂什么！爹站在这里，就是帮土根的忙。你知道吗，土根开垦这块地，多少人眼红。爹过来看看，别人就不敢说闲话了。"

王经通成了这里的常客，有事没事就溜达过来。

这天，王经通握着旱烟袋，盘坐在地头上，绘声绘色地给众人讲这里曾经发生过的鬼怪故事。正讲得起劲时，土根走过来。王经通立即停下来，酸溜溜地说起风凉话："哎，土根，你说这块地叫六亩地，俺看二十亩也多了，你偏偏叫六亩地，这不是掩人耳目吗？"土根一点也不生气，笑道："不就是个称呼嘛，叫起来顺口就行！来，兄弟，过来喝茶！"土根在地头树下摆着茶壶，无论谁来了，都邀他坐下喝茶。本来一些想过来找碴儿的，也就不好意思了。

王经通讪讪地坐下，憋了半天来了一句："俺今天来，想和你商量个事呢！"土根知道，他这个人肚子里的坏水不少，今天不知又装着什么坏主意，表面热情地说："老弟呀，你有事说吧！"王经通不好意思了，红红的脸说道："对面界河，俺有块地，约有二十亩了。俺想和你置换这块六亩地行不？"土根马上道："不行！这块地是俺丁家的命根子，多少银子俺也不换！"

王经通见土根说得这么坚决，没有再说什么。

像开垦六亩地这样规模的荒田，村里不是没有人发现。但开垦这样的荒地，却是十分费时费力费财的。在村里真正有实力开垦的，只有秦和冯两家。但这两家都离六亩地太远，不值得这样劳民伤财。王家想开垦，暂时还不具备这个实力。六亩地，目前还没有见到收成，但花在这块地上的钱，已经足足有三四两银子了。眼看开垦得差不多了，有人想坐享其成，土根是坚决不干的。

又有一天，王经通赶着一群羊来到六亩地。

土根和大田正在犁地，王经通有意让羊群在地里到处乱跑。大田气不过欲上前理论，土根拦住他劝道："田地还没有垄完呢，上面也没有种上庄稼，你管他干什么？再说了，羊在地里拉下羊尿羊粪，地不是更肥了吗？"大田想想是这个理便笑了。土根站在地头上主动和王经通聊起家常，王经通本来是想气气土根，没想到人家完全不当回事，自己也感到没趣，闲聊几句赶着羊群走了。

昨夜飘过一场小雨，正是耕地的好时令。

六亩地里，大田吆喝着牛正在犁地，突然大喊一声："快来看呀，地下这棵树根又长又粗，弯弯曲曲的，浑身长满了大疙瘩！"

土根赶过去一看，大吃一惊，这不就是传说中的龙根嘛！他慌忙跪在地上，双手合掌，心中默念："龙根龙根，莫心急，停在俺家俺供养。您是神，您是龙，保佑丁家福寿安康！"大田在一旁笑了："大哥，不就是一树根吗，值得你这样大惊小怪的？"土根狠狠地瞪了他一眼："你再胡说，小心撕碎你的嘴！"大田捂住嘴不说了。土根拿来一根红头绳，虔诚地拴在龙根中间位置上，小声说："这下好了，龙根不会飞走了！"

老人常说，龙根是宝物，没福之人即使发现了，龙根也会自己飞走的。拴上一条红绳，就算是留住了。

土根拴上红绳，趴在地下，连磕了六个头。站起来，惊喜地说："显灵了，显灵了，又挖到神物了，这要是做成龙杖，比佘太君手里的'龙头拐'还贵重呢！大田，小心点，别坏了它的形状。来，咱们一块挖！"土根和大田、油嘴子、趴鼻子小心翼翼地沿着树根伸展的方向，分头向地里刨下一米多深。然后两头锯断，拴上绳子，一起拽着向外拉。

"嗨哟！嗨哟！嗨哟！"几人喊着号子。

秦女坐在六棵树下休息，默默地瞅着土根。土根两条胳膊粗得如树根一般，上面的青筋条条暴出，肉疙瘩一个连着一个，上身的肌肉腱子一突一突地扭动。烈日下，豆大的汗珠子贴在他赤裸的身上闪闪发亮。秦女想起每天晚上土根如牛的喘气和刘女绵绵弱弱的呻吟声，脸上阵阵地发烫。

"油嘴子，来一个，提提神！"土根喊道。

油嘴子张口唱起来——

> 脱掉衣服光起膀
> 撸起袖子拍拍响
> 我喊你唱一起拉
> 一道道沟沟一道道梁
> 嗨嗨——哟嗨——嗨！
> 泥土泥土赛黄金
> 就像煎饼抹上香
> 一把泥巴一身土
> 一个个汗珠摔八响
> 嗨嗨——哟嗨——嗨！
> 俺是农民睡得香
> 三饱一倒心不慌
> 吃糠咽菜顿顿饱
> 金缕玉衣也不如粮
> 嗨嗨——哟嗨——嗨！

呼啦一下，龙根拔出来了，大家齐刷刷地摔倒在地，呵呵大笑。这条龙根，足足有十丈长，粗约三尺，龙蟠虬结。土根端详好久,爱不释手,不住地感叹:是不是丁家有好的兆头了?他突然想起曾经做过的那个奇怪的梦,抬头看看六亩地,泪水不由自主地流下来。

土根虔诚地跪在地上,双手伏地,捧起一把泥土,掬在脸上,大喊一声,"土地呀土地"!

六　稻穗低垂压枝头

太阳快落山了。西边,火红的晚霞,犹如天幕在燃烧。

夕阳的余晖洒在一行人身上,拖出长长的尾巴。

路上,大家有说有笑。土根内心喜悦扛着龙根,低头走在后头,不小心撞到秦女,秦女停下脚步羞涩地看了土根一眼,趁大家没注意,伸手朝土根屁股上拧了一把。土根望了望四周,脸红了。

晚饭时,刘女特意多炒了几个菜。土根的兴致很高,其他人吃完饭都走了,他还在喝酒。刘女在屋里洗碗,大田领着地博和地圆两个孩子,坐在一边讲龙根的故事。土根往东瞅瞅四方石,再望望龙根,他感到头顶上罩着五彩祥云一般灿烂。他吱的一声,扬头又喝了一口。刘女生气地说:"别喝了,快成酒鬼了,吃饭吧。"土根笑着,又倒上一杯。喝完酒,一口气吃下三碗地瓜干稀饭,又吃了三个玉米饼子。他点上烟站起来,来到四方石前。正值春季,四方石周边长出鲜花来,土根心里无比亮堂。

土根信步走出大门,来到界河边,脚下突然被一块石头绊了一下,一个趔趄差点摔倒。他站在这里,回头眺望自家的房子。房顶上空,一道七彩霞光横卧。土根心想,这个家算是安对了,南邻界河,西靠六亩地,北侧是后庄地。只是这东南侧好像缺了点什么?噢,对了,等以后有钱了,一定在这里盖个亭子什么的,守住丁家的财富,镇住这里的风水宝地。

想到这里，土根更高兴了，绕着界河北岸走了一圈。回到家，家里静悄悄的。

来到西墙根下，土根撩起裤子撒尿。月光下，抬头见秦女正背对着自己蹲在猪圈里拉屎，圆墩墩的大屁股正对着他，土根一时看得出神。秦女提起裤子，一回头望见土根，羞得面红耳赤。土根也红着脸，赶紧溜进了屋。

秦女在院里洗手，土根又从屋里走出来，走到她身边。秦女一把拽住他，在他鼻子上狠狠地戳了一下，小声说："你这个馋猫！偷看人家拉屎羞不羞？"土根脸火烧一般地烫，盯着秦女，秦女转身走进里屋。

上了炕，土根被秦女撩拨得浑身是劲，和刘女缠抱在一起。

秦女躺在炕上，睁着眼睛，仔细倾听土根呼吸的声音，想着想着，浑身烫颤。

第二天一早，土根对大田说："喂好牛，咱们就走。今天去六亩地施肥，不用去那么多人，俺和你去就行了。"秦女见土根出门，非要跟着一起去。

田野里，郁郁葱葱。六月的稻谷，青翠欲滴，妖妖娆娆，如同少女一般羞涩地低垂着头，稻谷发出的香味，沁人心脾。

太阳慵懒地挂在天上，风儿带着丝丝调皮的凉意，不经意间钻进人的袖口里，麻麻痒痒的，处处是暖暖的撩人的气息。土根和秦女从南到北，大田从北到南，分头施肥。谷秸子长至齐腰高，人蹲下去，只能露出半个脑袋。太阳快爬到头顶了，火辣辣地照着。秦女从北边担着水桶，颤颤悠悠走了过来。走到土根身边，不料脚下一滑，连桶带人跌倒在地。水透了她全身，土根上前扶她起来。湿漉漉的衣服紧紧皱皱地贴在秦女身上，更显得她的身段凹凸有致。土根看得两眼放光，秦女羞得脸红灿灿的，小声说："闭上眼！"说完她用双手捂住他的眼睛。

土根拨开她的手，冲着她痴痴地坏笑。

秦女羞涩地指了指前边的大田，弯腰干起活来。

土根此时再也没有心情干活了，蹲在地里瞅着秦女。秦女撅着屁股拔草，土根半蹲着慢慢地挨过去，一把从后边抱住她。秦女吓了一跳，挣扎着直起腰，脸色绯红。

土根忍不住了，冲着大田喊："大田，你回家看看家里的牛是不是生病了。"

大田回道："不会的，俺早晨喂牛时牛吃得可欢了。"

"你快回吧，俺来的时候，见牛趴在地上不欢喜呢。"

"好，俺回去看看。"

见大田走远，土根一把抱起秦女，扛在肩上，往河边的树林里跑。秦女第一次见到土根涨红而变形扭曲的脸，脖子上暴跳的青筋一条条的，犹如田野里爬的蚯蚓一样，刹那间瘫软了，如一团棉花般轻柔地伏在他肩上。

六亩地北侧有一片树林，下面有一个水库。土根抱着秦女钻进树林里，把她放在地上。秦女羞得双手捂住脸，土根不顾一切地压了上去。秦女哎哟一声，嗔怪道："死土根，你弄痛俺了。"

土根什么也顾不得了，像牛一样喘着粗气。秦女在剧烈的刺激下，一下昏晕过去。她感到，她在天空中飞，飞呀飞，一头掉了下来，掉进一层厚厚的棉花堆里……

大田回到家，刘女好奇地问："你怎么一个人回来了？"

"大哥说牛生病了，让俺回家看看。"

大田走到牛圈，看到牛好好的，嘀咕道："牛没有病呀。"转身就想走。

刘女拉住大田："家里的牛草不多了，你头午别去地里了，在家里割割草吧！"

刘女说完回到屋里，坐在炕上，泪珠就滚了下来。

过午了，秦女和土根才迟迟回家。秦女脸上还泛着红晕，低头吃饭也不说话了。土根更是不吭声，闷着头只顾吃。刘女见他们两人的样子，又气又恨。土根吃过饭躺在炕上，躺下便打起呼噜。晌午过后，土根和大田又去地里干活了。秦女不再嚷嚷跟着，懒懒地躺在炕上，睡了足足一下午。太阳快落山了，刘女过去掀开秦女的被单，嘲笑道："还在睡呀？大妹子，今天怎么这样懒呢？"秦女的脸瞬间又红了，羞得拿起被单盖住了脸。

晚上睡觉，刘女抱起秦女的铺盖放到东炕上，又拉着秦女走进东屋，秦女羞羞答答的，像做错了事的孩子跟在刘女身后。刘女抱起孩子走出东屋，出门前回头似嗔非嗔地看了土根一眼："好好睡吧！"

土根看了她一眼，低下头。眼见刘女出去，秦女迫不及待地搂住了土根。

刘女抱着孩子走进西屋，一脸的泪水。

第五章

一 复仇的种子

东岭地势高耸,中间有一个巨大的凹处。在这里,形成了一个天然的水泊,村里人称之为"东岭湖"。

一年一度的打鱼节到了。

胳肢窝村的打鱼节,定在每年的农历三月十九日。这是一年当中鲤鱼最肥的季节。这个风俗,自雍正年间一直沿袭到今天,快有两百年的历史了。这个节日,是冯家人传承下来的,在村里的热闹程度胜过春节。春节是富人的节,而打鱼节则是全村人的节日。

东岭湖边,人山人海,绿男俏女,脚踩人攥。村里有头有脸的人物都出来了,北侧堤坝上搭了个台子,支了三处帐篷,安了几张桌子。主桌上,坐着秦员外、秦员外亲家、王老先生、高泽村张保长等。秦员外坐上位,王老先生坐副陪。冯本、王经腾和丁土根等人安排在第二桌,还有一桌是村里的老族人老长辈等。其他闲人都围在湖的四周,呜呜喳喳,嬉笑取闹。豁牙等人举着鞭炮,专等主人一声令下点燃鞭炮。村中平日里不常露面的女人,这一天也羞羞答答三五成群地站在南侧一处,指指画画。几个胆大的青年时不时地往女人前边水里扔下块石头,激起水花四溅,女人们便捂起脸尖叫。

"小姨娘来了!"有人喊,众人循声寻找。

身穿红绸小袄,头戴白色纱巾的小姨娘,远远地站在高地上,罩手向湖面处眺望。一年多了,小姨娘第一次出现在众人面前,湖边的人群躁动起来。秦员外也顾不上说话,不住地拿眼瞟向小姨娘这边。豁牙站在原地,傻成呆鸡,高高举起的鞭炮杆子掉进水里却浑然不知。孩子们喊着,爆竹掉水里了!豁牙才回过神来,尴尬地傻笑。冯本见状,悄悄地告诉儿子冯世:"你过去劝劝小姨娘,快回家吧,别在这里丢人现眼的。"冯世绕道过去,附在小姨娘耳边说了几句话,小姨娘转身走了。大家失望地噢了一声。

小姨娘前脚刚走,秦员外的二太太张女又来了。她踮着一双小脚,拿着块手帕捂着嘴,扭扭摆摆,径直踱至主桌边一屁股坐下。二太太的到来又引起一阵尖叫,张保长淫笑道:"秦员外,二太太越发娇艳滋润了,你好有艳福呀。"秦员外的亲家耷拉着脸,扭过头去。秦员外尴尬地说:"小家子气,比不了人家小姨娘,让你见笑了。"回头又对二太太说,"今天是男人的节日,你来干什么?快回吧。"二太太将手帕朝秦员外脸上一甩,笑道:"俺来瞧瞧热闹,你也不让,真扫兴!"她站起来,朝着湖边凝视一会儿,扭搭着走了。

冯本坐在王经腾的对面如坐针毡。眼前这个熟悉的地方,勾起了他许多痛苦的回忆。

秦家和冯家的恩怨源头就在这里。

是时候了!冯本在心里憋了三十多年的秘密,今天想告诉儿子冯世。一大早,冯本特意叮嘱冯世:"今天是打鱼节,你跟我一块去看看热闹。"

东岭湖畔人声鼎沸的时候,冯本将冯世叫到一处安静的树下。

冯本坐下，悠悠地第一次讲起一段往事："三十年前，这个水库和周边的二十多亩地，都是咱冯家的。秦冯两家迁移过来时，这里是块沟壑纵横的荒地，秦家嫌这里的地势不平，没有要这块地，归咱冯家所有。咱冯家来到村里发展到第三代——我的一个老老老爷爷，是一位见识极高、极富远见、开拓型的人物，在他的带领下，冯家的家业已经远远地胜过秦家，成为村里的第一大户。他干了一件利在千秋的大事——带领族人在这深沟里高筑堤坝，建起今天的这个水库。从前，这里只是一个大水沟，后取名为'东岭湖'。当时，水库的水源归秦冯两家共用，但这个湖和湖边的土地是咱族上的家产。可惜到了你爹这里，俺把这块地弄丢了，再也不是冯家的了……"

冯本说到这里，声音哽咽了："三十年前，你爹比你现在还小，年轻好冲动啊，干过一次糊涂事。那时，俺经常到这里来洗澡。有一天，秦家的小浪蹄子在这里洗衣服，俺趴在草丛里偷看。这个小浪蹄子洗完衣服也不走，竟然在河里洗起澡来。洗完澡，她又赤身裸体地躺在大石头上乘凉。俺知道，这个小浪蹄子平常专和野汉子干一些见不得人的事。你爹当时也没有禁得住勾引，一时脑子糊涂了！没有想到，这都是秦员外事先下的局，专等着俺上钩呢。秦员外带着人上来把俺捆了起来，俺一个劲跪地求饶。他狞笑道：'等你这么长时间了，求个饶，就放了你吗？美死你了！'他们派人把你太爷爷和你爷爷叫来，诬告俺奸了他家的女人，准备告到官府去。你爷爷气得打断了俺的胳膊，跪下给秦员外求情。最后秦家提出除非把这水库和周围的土地全部赔给秦家，他们就不再追究这件事。不然，便当众游你爹的街。你太爷爷二话没说，当场答应了秦家提出的条件。当时你太爷爷说过一句话：'一个家族的名声比什么都重要，多少土地也换不来一个好名声！'这句话，永远挂在俺的心里。但从此以后，这水库和水库周围的田地，便因为你爹一时糊涂丢了，成了秦家的聚宝盆。

这个事件，也成了一个分水岭，冯家从此走上下坡路。"讲到这里，冯本痛哭起来。

冯世握紧双拳怒骂道，这狗日的秦员外不得好死，秦家也太歹毒了！

"俺一辈子也忘不了秦员外那张狰狞奸笑的面孔。儿子，你要记住，在家族斗争面前，只有利益，其他的都是一块遮羞布！本来，俺想把这件事咽在肚子里一辈子。儿子啊，今天爹之所以给你讲起这些往事，就是因为你太软弱了。一个人太善良，是不足成事的！"

冯世没有想到冯秦两家竟然埋着如此沉重的仇恨。此时，他也终于明白爹看秦员外时的眼神了。从此，复仇的种子在他心里深深地种下了。

冯本站起来，指着东岭湖说道："你看，秦家占着冯家的祖业三十多年了，秦家每年在这里耀武扬威。有道是'三十年河东三十年河西'，君子报仇十年不晚。爹这一生，最放不下的就是这件事。儿子呀，爹早晚要夺回祖宗给咱冯家留下的这份家业。等那一天来了，爹让你站在这里主持打鱼节的仪式。"

二　打鱼节

"下网！"秦豹大吼一声。

一年一季的打鱼节，谁主持就意味着他未来在村中在族中的地位。过去，都是由秦员外、冯老先生、王老先生轮流主持。自从冯老先生病倒后，秦员外便变了规矩——全部由秦家人主持。去年是秦虎主持的，今年变成秦豹了。

鞭炮响过，湖边一字排开的船，向湖中划去，边划边撒网。收网靠岸了，满舱活蹦乱跳的鲤鱼。大家啧啧称赞：今年的鲤鱼真是又肥又大啊。众人说笑间,一条硕大的鲤鱼跃出水面。秦员外惊呼道:"哎哟,好大一条金黄色鲤鱼呀!"大家都随声附和,"鲤鱼跳龙门,好兆头呀!""秦家大公子一定会飞黄腾达呀,吉祥!"

"拿赏来!"秦员外得意地吩咐下人。

冯本和冯世站在一边冷笑,一脸的鄙视和冷漠。

"下雷管!"秦豹又吼道。

大鲤鱼生性极其狡诈,一般生活在深水混浊处。撒下头道网,难以探到底,够不着深处的鱼。所以,撒网程序完成后,还有一个环节——往水深处放置雷管。在岸上引爆,炸上深水鱼来。

"都散开,快撤到湖边去,马上引爆了!"有人在湖边喊。

一个小孩子还在湖里游得痛快,只顾浮在水面上逞本事,没有听到声音。轰的一声,河面蹿起十几米高的水柱,直冲云霄。河面上激起浪花一片,白茫茫的。

"完了,出事了,孩子不见了!"众人大叫。

一女人哭喊着:俺的儿呀,俺的儿呀!

正哭着,一孩子在水里冒出头来,直挺挺地躺在水面上。"坏了,炸死了!"众人惊呼着。女人哭声更大了:儿呀儿呀。只见水中的孩子一个猛子,又钻进水里去了。大家悬起的心放了下来,哄然大笑。湖畔有人问:"这是谁家的孩子?福大命大,本事大着呢!""好像是秦瘸子的孩子秦狗剩,没有想到秦瘸子眼花腿瘸却养了这么一个能孩子呢!"

"收鱼啊!"秦豹再次发出指令。

湖边的小船,再次驶上湖面,打捞浮上来的鱼。鱼满船,鱼满筐,鲜活的鲤鱼挤满船舱,难得一遇的丰收年。

秦员外带领众人一起朝湖面上跪拜:龙王爷开眼了,普度众生,风调雨顺呀!

跪拜完毕,进行到最后一道程序。

"放闸了啊!"秦豹大喊一声。

村中的人，早就盼望着这个时刻了，朝着闸口处和界河下游蜂拥而上。

打鱼节一直以来约定俗成：湖面上的鱼不能捞干净。每次都要剩下一些，放闸后让鱼漂到界河内，放闸时湖里的鱼虾，也会游入界河，这些鱼大户人家一律不准打捞，专留给村里的穷苦人家享用。

闸口处，是人群最为拥挤之处，时不时有人被挤下河去。界河的下游，大人小孩围得水泄不通。有人手里拿着网子捞鱼，有人甚至直接下水去捞。每年在这里，都会发生争吵打架头破血流的事件。

秦员外站在岸上望着争先恐后抢鱼的人群，冷傲地笑着。

秦豹招呼着众人，将打上来的鱼分至筐里，来的客人一家一份。秦员外见到身后的冯本冯世父子，笑呵呵地说："秦豹，拣大的，多拿几条给冯本老弟，俺和冯本是干兄弟呢！"冯世的脸色顿时阴暗下来，怒气冲冲地盯着秦员外。冯本赶紧上前，堆着笑脸道："冯世，还不快谢谢秦员外。"说着，用手捅了捅他后背。冯世上前接过鱼筐，秦员外得意地笑了。

走出秦员外的视野，冯世气愤地把鱼筐扔到路边。

冯本劝道："儿呀，赌气不在这筐鱼上，鱼没有罪也没有恩怨。拿回去吧，让你娘做鱼汤喝。晚上还和往年一样，咱冯家还要好好地吃一顿合家鱼宴呢！打鱼节这个风俗，是咱族上传承下来的，咱做后代的不能忘本。"冯世默不作声，又把鱼捡了回来。

冯本头前走，继续教导冯世："儿呀，你看看，过去秦老先生和俺爹是干兄弟，也是一对竞争冤家，你爷爷没有斗过他，这老了又病倒了。秦员外和俺，还有王老先生又是干兄弟。干兄弟干兄弟，干到现在还是秦员外一家独大。到了你们这一辈，秦虎，你，还有王闯，再加上个丁土根，你们四个是咱村的未来呀，将来的争斗就在你们四个人之间了。不信，你等着瞧吧。过去，你还没有成家,有些话不便告诉你。今天是打鱼节,叫你过来,就是为了和你说说过去,说说现在和未来。"冯世默默地听着。"你爷爷一共养了五个儿子,俺为大。谁承想,到了俺这里,只有你一个单传了。你娘让俺再找一个,俺说,有你这么一个儿子就够了,你将来能扛起咱家族大任的。记着,遇事一定要稳,处事一定要狠。该稳的时候稳不住,该狠的时候狠不起来,是干不成大事的。"

晚上,冯家上下三代族人一起庆祝打鱼节。

冯本在院子中间支起一张圆桌,上面供着香火。冯家族人依次跪在地上,冯家最高辈分老族人主持仪式:"冯家打鱼节祭祀仪式开始。先祭天!"

冯本端起一碗鱼汤,举过头顶叩了叩,然后慢慢洒下。众人齐喊:"苍天有眼,昆山做证,天赐雨露,世代恩泽!"

"再祭地!"

冯世给爹递来第二碗鱼汤,众人再次下跪又呼:"黄土厚恩,雨水丰润,脚下生财,五谷丰登!"

"后祭祖!"

冯本端起第三碗鱼汤,洒在地下。他眼含泪花,大声说:"列祖列宗,不肖子孙在这里给您跪拜谢恩了。"众人再磕头,一起喊道:"祖宗佑护,世代绵延,冯家齐心,和气生福!"

仪式举行完毕,冯本率众人来到里屋吃饭。

小姨娘作为冯家的长辈坐在桌子正前方,冯本捧起两碗鱼汤,一碗交给冯世说:"你爷爷卧床不起多年了,你过去喂上几口,也算是让老人家先尝鲜了!"然后,又将另一碗递给小姨娘。小姨娘低头微微抿了下放下。冯本站起来,捧着碗说道:"冯家走到今天,已经上百年了。俺爹一病不起,家族的大任落在俺这个无德无能的不肖子孙身上,咱冯家立家立业立本只有一条,就是心齐!有恩必还,有仇必报。前段时间,王家暗中给咱们使绊子,有人要还以颜色。俺说算了,这件小事算什么!和小人斗来斗去,自己怄气别人笑话。三十年前,咱冯家在村里那是响当当的第一大户,吐个唾沫星子就能打出个窝来!现在,冯家还处在困难的时候,有困难也有机遇,俺冯本愿意带领族人再次走上家族的顶峰。"

说完,冯本豪气地端起鱼汤,一饮而尽。

小姨娘一句话也不说,默默地瞅着冯本。

三 怪声

晚饭后,冯本再次来到东岭湖畔。

白天喧嚣的湖面,渐渐恢复了平静。水鸟在湖面上翱翔,芦苇荡被风吹得沙沙作响。冯本坐在湖边石头上,点上烟,静静地发呆。过去了吗,没有;来了吗,也没有。

三十年了,冯本每天晚上都会到这里坐会儿。他一直在静静地等待着一个时机,一个可以让他一击即中的时机。

他相信,秦冯两家最终的决战场,一定会在这里。不是不报,而是时候未到。此时秦员外正占据着天时地利人和等诸多优势,一时是扳不倒他的。这块风水宝地已经不再是单纯的土地之争了,而是荣誉之战。冯本此生的全部意义,就在为冯家家族血洗耻辱的最后一战了。

冯本转了一圈,回到家。他站在院子里犹豫了一会儿,一蹍身溜到小姨娘的房间。

小姨娘坐在炕上,见冯本进来欠了下身。冯本无话找话地问:"这几天,怎么见爹的脸色好看了?"小姨娘说道:"最近雇的这个婆子,人勤快,一天喂好几次饭。你爹只是脑子摔坏了,吃喝拉撒睡一样也不耽误,寿限还长着呢。"冯本叹息道:"爹一辈子不容易，人老了，却又躺在炕上半死不活的，活受罪。"他拿眼瞅了瞅小姨娘，笑道："俺看你，也好像胖点了。""是比以前饭量大些。你不说，俺还不问你呢。今天俺的心情刚好些了，想到东岭湖去看看，为什么叫俺回来了？"冯本坏笑了："你这么个人见人爱的小嫩花骨朵，让秦员外和张员外见了，还不天天惦记着！再说了，多少男人见你一面夜不能寐呀，还是不见的好。"小姨娘冷笑道："恐怕是你心里有鬼吧！"冯本听小姨娘嘲讽他，非但没有生气反而有些激情澎湃了，抑制不住上前亲她一口。小姨娘躲闪道："俺今天身子不得劲。下面来了，身上懒懒的，以后再说！"冯本见小姨娘没有心思，悻悻坐了会，回到自己屋内。

冯本躺下，媳妇冯袁女恨恨地说："你这个死鬼，东边的房子谁也不让进。你倒好，一天过去好几趟。一到晚上去得更勤了，你一去小浪蹄子又是喊又是叫的，臭不要脸，你只管风流去吧，也不怕老爷死后在阎王那里告你的状！"

"闭上你的臭嘴，再胡说八道，小心俺撕了你的嘴！"冯本瞪了一眼媳妇，扭过头去，呼呼大睡。

小姨娘上次从树林回来后大病一场。

冯本从莒县回来，见小姨娘躺在炕上持续发高烧，昏迷不醒，急得手忙脚乱，慌忙找来医生切脉问诊。大夫说，急火攻心抑郁上扬，需要静养调治。冯本对侍候小姨娘身边的用人大发雷霆，重新调整了婆子。他亲自熬药，亲自陪护，形影不离。病中的小姨娘静静地观察着冯本的表现，内心极度痛苦和煎熬。她是最了解男人花心的。冯老先生病重后，冯本悉心照料，但并不敢越雷池半步。半年后，冯老先生一病不起，毫无康复的希望，他开始蠢蠢欲动对她动手动脚，但每一次都被她拒绝了，那时她心里只装着秦虎一人。冯本作为一个乡下土财主确实不懂得浪漫是什么，但他深知如何讨好女人。冯本格外留心留意，精心布置小姨娘的房间，房间里四时鲜花不断，玲珑剔透的鱼缸里几条红鱼四下游走，窗帘也换成了城里富贵人家流行的白兰花丝纱，光线照射进来透着灵动的朦胧的美感……他所做的一切，让小姨娘怦然心动。她默默地流泪，反复思量她过去的种种作为和自己的未来。所爱之人抛弃了她，眼前的人日日夜夜守护着她。她明明知道这是不可为的，跳进去就是一个火坑，一个永远出不来的火坑。

但在严酷的现实面前，小姨娘别无选择，她不得不往这个"火坑"里跳。生活的本意就是这样的——你选择的往往是一条死路，而你不愿意的却往往是唯一，这就是现实。

慢慢地，小姨娘的气色上来了。一个午后，她刚刚沐浴完毕，慵懒地躺在炕上。冯本进来了，老婆子知趣地走开。她起身打招呼，哎哟一声，又娇柔地躺下。冯本快步上前，扶她起身。一双大手不偏不倚地捂住了她圆鼓鼓的胸部，她眼泪如滚水般下来了。冯本慌忙从口袋里掏出手帕，递给她。看着她，冯本再也无法控制住自己，翻身上了炕……

小姨娘知道，她与冯本的"情爱"：一个是婶娘，一个是儿子。从一开始就注定了他们不会有任何的结果。

每一个大户人家的背后，总会有各种稀奇古怪的故事，冯本一家亦是如此。

这天，恰逢冯本的媳妇冯袁女生日。

冯世一早过来问："娘，怎么过生日？"冯袁氏没好气地说："又不是什么大生日，晚上吃碗面条就行了，你们不要过来了。"冯世笑笑走了。冯袁氏自从发现冯本与小姨娘有一腿后，便不愿儿子进她的家门。

晚饭，冯本还是让用人多做了几道菜。饭桌上，上下"两代人"两个"媳妇"坐在一起，身份和地位的尴尬劲就来了。此时，小姨娘倒不再拘束，甚至有时竟忘了身份和冯本打情骂俏，冯袁氏倒成了家中的"生人"了。

冯本给媳妇倒上酒，笑道："今天你过生日，喝杯酒吧。"冯袁氏将酒杯推到冯本面前,说道:"俺一辈子没有喝过酒,没有你们这样的雅兴,喝什么!"一句话,顶得冯本脸红脖子粗。冯本又给小姨娘倒上酒,她却没有拒绝。两人旁若无人地端起酒杯,细细品起小酒来。冯袁氏坐在一边,咽下去的菜都是苦的。端上寿面,冯袁氏捧起碗,秋风扫落叶般,三下两下扒拉完了。吃完后,冯袁氏倚在门框上,斜眼恶狠狠地瞅着他俩,一双眼睛成了一对白杏仁。冯本与小姨娘两人也不说话,低头吃饭。

冯袁氏看不下去了,转身到院子里忙活一阵。回到屋,见冯本和小姨娘还在喝酒,她顺手拉过板凳坐下,有意无意地说:"你看,俺冯家这么大的家业,偏偏只有一个儿子,和你说过多少回了,让你再娶个小的,你偏不听。俺也不能生了,这个家怪冷清的。"小姨娘抬起头,偷偷地瞥了冯本一眼。冯本不好意思地低下头,支支吾吾地说:"说这干啥,以后再说吧!"冯袁氏叹息了声,又是一阵沉默。

小姨娘筷子没夹稳,不小心把一块肉掉在地上,她嫌脏也不捡。冯袁氏见了,不满地干咳几声。小姨娘不好意思了,从地上捡起肉块,用口吹了吹,直接放进冯本碗里。冯本尴尬地望望冯袁氏,又瞅瞅小姨娘。小姨娘竟浑不察觉,只顾低头吃自个的饭。冯袁氏实在看不下去了,哼了声,腾地站起转身离去。冯本用胳膊肘捅了捅小姨娘,小声说:"注意点!"小姨娘这才想起刚才的举动,脸也红了,又笑道:"你媳妇不是想再给你找个小的吗?俺看,你快找个吧,免得天天折腾俺。"小姨娘上身绸袄领口太大,一股兰香般的气息从里面冒出。冯本听她说起情话,便坏坏地说:"你别哪壶不开提哪壶,好好的日子找什么别扭?你也嫌家里冷清,你给俺生个!"说完,伸手去摸她的屁股。小姨娘用手一挡,他又伸过手去摸她的胸部。恰好被冯袁氏进来瞧见了,气得她脸色铁青摔门而出。

一个畸形的家庭就这样诞生了。

晚上，冯本在小姨娘屋里鬼混了好长时间。回到自己屋，冯袁氏没好气地说："你以后别回来了，睡在那个浪蹄子屋里算了，也不怕天打五雷轰！"冯本也不说话，躺下就睡着了。

半夜里，东侧冯老先生屋里传来阵阵的怪声。

冯本睡意蒙眬中，一下醒了。他推醒冯袁氏，问道："你听，东屋里好像有怪动静！"她仔细一听，的确好像有人在哭泣呻吟。

"是有怪动静！你说怪不怪？自从老爷子病了，俺总听到东屋里有声音！"

"从什么时候开始的？"

"俺也说不准，但总是在下半夜。睡吧，也可能是那个浪蹄子在说梦话呢！"

冯本再也坐不住了，披上衣服，想出去看看。"你深更半夜的，又出去干什么？"冯袁氏问。"俺听着可清晰了，东屋里就是有动静！你快睡吧，俺出去看看。"

冯袁氏吓得不敢说话了。自从冯老先生卧床不起后，她总是听到东屋里发出一些怪声。有几次，她出于好奇过去瞅瞅，但什么异常也没有。有一天冯本不在家，她又听到东屋有声音。进去一看，小姨娘也不在屋。她环顾四周，一眼瞅见躺在东炕上面如死灰的冯老先生。一恍惚，他好像睁开眼坐了起来。吓她一跳，又仔细一看，冯老先生直挺挺地躺着，一动不动。她越看越害怕，拔腿就跑。从那以后，她再也不敢一个人过去了。

冯本过去这么长时间还没回来，她躺在炕上竖着耳朵听，冯本和小姨娘在里面干什么，不像男女干那个事的声音，老头子会不会真的醒了？……

她越想越害怕。

四　衣锦还乡

"儿绕膝热炕头，粮满仓谷上屯，大宅院猪肥圈……"

这是丁土根一辈子的梦想。

土根的家，又变了大模样。大门漂漂亮亮地安好了，正对着界河。院子西侧一溜墙上，一口气盖了三间小茅屋。一处为牛棚，一处为猪圈，还有一处圈羊的，满院子鸡鸭鹅兔跑，生机勃勃。一进院子，便能闻到刺鼻的屎臭臊味。土根一家人都喜欢这个味道！闻着这个味，吃得香睡得香。墙东侧又盖了三个大粮囤，里面盛满了粮食。屋檐下，挂满一串串一排排红艳艳的辣椒和黄灿灿的玉米棒子。

在土根家西侧，土根修了一条南北小土路。路的南边与村中的东西主干道相贯通，路两侧直达他的两块庄稼地——东为后庄地、西为六亩地。小路的两边，栽上了两排齐整整的杨树。六亩地虽然还没有完全开垦完毕，但四边已经全部筑上堤坝团团围住了。

地博已经满院子跑了，整天和小狗小猫滚在一起。地圆也蹒跚学步，牙牙学语。只是，刘女的肚子却再也没有鼓起来。相反，日渐清瘦。秦女自从与土根"那个"后，虽然还没有正式嫁过来，但已成为丁家的重要成员，在家里大大方方地出出进进，喝三吆五，俨然以家主人的身份自居了。晚上，秦女负责在西炕上哄孩子睡。孩子睡着了，她不请自来，脱光衣服便往土根怀里钻。一开始刘女看不惯，抱起被子就走。秦女拉着她不让，刘女执意要走，秦女就只好自己回到西炕上。这样一来，反而让刘女不好意思了。

慢慢地，三个人住在一个炕上的日子，就渐渐习惯了。

秦女自搬到土根家,再也不愿意和秦家人来往了。偶尔回趟娘家,她便催着娘快把喜事办了。娘问:"你和土根'那个'了?"秦女不语。娘又问:"'那个'没有?你倒是说话呀?"秦女就嗯了声,一下惊到娘了,用力捶打着她:"你看看你看看,你这个大闺女,怎么这么不禁扛呢?"秦女就俯下身子,咯咯地笑。娘又摸摸她的肚子,问道:"这个,有没有?"娘的话,一下又戳到秦女的痛处。她巴不得快有"这个",但就是没有动静,她有些失落地说:"没有!"

中秋节前,秦虎从诸城回来了。

他果真是骑着一匹高头大马。不过,不是白色的,是黑色的,他身边也没有村里人讲的那样,跟着一群随从。一见秦虎回来了,大家都围上前打招呼。秦虎骑在马上并不搭腔,捂着鼻子,高高地扬着头。

众人见状自惭形秽地散开。秦虎满面红光,在大街上慢悠悠地走着,十分尽兴十分尽情地充分展示着自己,扬扬得意。一顶黑色毡帽扣在头上,一条又粗又亮的辫子甩在身后,直溜溜的身板让人望而生畏。最让人吃惊的是秦虎双手竟然戴着黑手套!不经意一笑,露出一口洁白如玉的牙齿。秦虎的行为举止,完全是一副官老爷的神态。

村里人议论纷纷,"他前世,就不是一个凡种。这下好了,秦虎彻底脱下咱乡下胎了!""人家这是出息了,一辈子不用在这庄户地里摸爬滚打了。"……

上千年来,"城里人"与"乡下人"这两个词,一直这样强烈地对比着。对于乡下而言,"城里"就是天堂,成为城里人是乡下人一辈子的梦想。

"八月十五小过年,撑得肚子四溜圆",这句俗语,道出了庄户人对中秋佳节的钟爱。中秋,是一年当中粮食最为充足丰饶的时候。当下正值秋冬交替过程，麦子入屯，田地里野果红了，谷子玉米花生熟了。只要遇见好年景，这时候人溜到庄稼地里，再扁的肚皮随便塞上点准能填饱肚子。此时，家家户户都会有些粮食底子。这个节日，乡下人显得特别大方，餐桌上食物也特别丰盛。

秦员外领着家人，站在大门口迎接秦虎。

秦虎远远地看见亲人，眼睛有些湿润。爹娘又苍老了不少，脸上徒增了不少皱纹。媳妇袁女蜷缩在人群中，踮着脚尖，张望着。她穿着一件带大红花的小短袄特别显眼，又黑又憔悴的脸衬着衣服上的大红花，如同好端端的一朵花被洒上尿粪一样让秦虎恶心起来。儿子秦浪的个头倒又蹿高了不少，脸晒得黑亮黑亮的。

来到大门口，秦虎翻身下马，上前弯腰作揖："爹娘，儿愧疚呀，二老辛苦了！"秦员外眼里闪出泪花，大声说："儿呀，在外面学得有礼节了，出息了！"娘不说话，只顾抹眼泪。秦豹忙去牵马，豁牙往下搬东西。一家人簇拥着秦虎回屋，村里人跟在后边看光景。秦员外回头冲着众人，大声嚷道："豁牙，一定要好生照顾好马，这可不像俺乡下家里的牲口呢，是公家的，娇贵着呢！出点毛病，俺剁了你！"

进了屋，娘一把抱住秦虎，哭道："让娘好好瞅瞅，儿子变化喽。还真像个城市人呢，细皮嫩肉的！"秦员外站在一边，咧嘴笑道："你懂得什么？官家办差，靠耍嘴皮子玩笔杆子，不用天天风吹日晒，自然不像咱庄户人黑不溜秋的。"秦虎突然看见二太太花枝招展地站在身后。二太太生下女儿秦小小后，更加妩媚动人，风韵怒放。秦虎忙上前，朝二太太深深地鞠了一躬："二太太操心了！"

张女弯腰半蹲赶紧回礼，娇滴滴地说道："大公子好！"

一声"大公子"，叫得秦虎骨头都酥了。秦氏忙不迭拉秦虎坐下，又流泪了："俺儿真狠心，你就不能多回家几趟，让娘想死了。"秦员外又不耐烦了，吵吵道："你又胡说！官身不由己呀，穿上这身衣服就是朝廷上的人了，自古道'忠孝两难全'，你懂什么！好了好了，都散了吧，让儿子回自己屋，和儿媳妇说会儿话。晚上，俺全家过个团圆节。"

回到秦虎西屋，秦虎媳妇袁女脸红了。秦浪望着爹，怯怯地喊了句"大大"！秦虎俯下身子，刚想亲口儿子，却见儿子脸上沾着泥巴，便不亲了，生气地说："以后要讲卫生了，叫爸爸！"秦浪听不懂，呆呆地望着爹。"爸爸就是爹的意思，大大的意思，叫爸爸！"秦虎教导着。秦浪扭捏地小声叫了声"爸爸"！秦虎高兴地哎了声，把儿子抱起来。袁女这时才开口说了句："孩他爹，你可回来了……"说完，眼泪下来了。

秦虎厌恶地瞥她一眼，鄙视地说："孩他爹、孩他爹，你就不能改改口！"

"他爸爸……"

袁女刚说出口，又被秦虎打断了，不住地摇头："哎哟，你这是叫什么呀？"袁女站在那里，不知如何称呼眼前的丈夫了。

"叫先生嘛。"秦虎教她。

"叫这么长的时间了，猛地改口，俺怪不习惯的。"袁女不好意思了。

"你看看，这家里也不好好收拾收拾。"秦虎瞅瞅四周，不满地说。

"俺、俺都里里外外扫了。"袁女红着脸解释。

饭桌上，众人都坐下，秦虎站起来给爹娘敬酒。

秦员外特别兴奋，高兴地说道："俺怎么说来，乡下人整日趴在地里，不会有出头之日，永远受人欺侮！大儿子出去了，在县府衙门立下脚根了，咱秦家算是出人头地了。二儿子，你呀，以后这个家多担着点，家里的事就指望你了。大儿子主外，二儿子主内，一同顶起秦家这个天！后天十七日，爹五十大寿了，咱家好好祝贺祝贺！"

月亮高高地挂在头顶，一家人坐在院子里赏月。族上串门的络绎不绝，秦二愣子进门扯着大嗓门喊："大侄子，高就了，俺也过来凑个热闹，沾沾喜事呀。""什么时候也落不下你，去你的，这里哪有你说话的份！"秦员外哈哈大笑。

秦虎回到屋，从包里拿出一盒月饼，说道："爹，你快尝尝，豆沙带杏仁的，诸城府上的贡品呢。娘，你也尝尝。"秦员外小心咬了一口，啧啧道："好吃好吃，是个稀罕物。俺这辈子完了，活了大半辈子，还没有儿子见地多。来，给孩子都尝尝。"众人去抢，秦员外又说："秦志，你小子抢什么，你有什么资格吃这个，闻闻味行了！一定留几个，后天俺过大寿时，让客人亲戚们也尝尝鲜，尝尝府上县太爷吃的月饼是啥味！"

快二更了，来来往往的人，围坐在秦员外家院子里，听秦虎讲外面的见闻。秦氏不高兴了，嘀咕了一句："都回吧，俺儿子今天刚回家，怪累的。"于是，众人才散去。秦氏说："真不长眼，怎么人都扎堆来，明天来不行吗？不接待了，秦豹快关上门。"

"也中！明天十六，后天过寿，咱家好好闹闹，大家都歇了吧。"秦员外也觉得时间不早了，起身到二太太屋里去。

"大孙子，走，到奶奶屋里睡去。"秦氏领着孙子秦浪回东屋了。

秦虎回到西屋，也觉得累了，躺在床上眯着眼，跷着腿，想着心事。袁女准备下热水，轻轻地说："他……先、先生，俺给你洗洗吧。"秦虎瞅了她一眼，不耐烦地说："不会叫就别叫了，我也不洗了，太累了！"躺在床上没有动弹。袁女过来把窗帘拉上，脱掉衣服，仔细地洗着身子。洗完一遍，又倒上一盆水，从头洗起来。秦虎看着她，有些愧疚地说："别洗了，上来睡吧。"袁女一脸娇羞，羞答答地上了床。秦虎吹灭了灯。

袁女知道丈夫要回来后，高兴得几天没有睡好，疲劳、兴奋加上性的释放，她满意地睡着了，高高低低打起鼾来。听着她如

111

老牛拉破车般的呼噜声,秦虎不满地捂住耳朵。黑暗中他睁着眼睛,呆呆地望着屋顶,又想起了小姨娘。

一大早,秦虎起床了。娘在灶台前做饭,关心地说:"儿呀,起得这么早,怎么不好好睡会儿,在外面办差也怪累的。""这么长时间不在家了,我出去转转,看看家乡变化了没有。"秦虎答道。

天蒙蒙亮,难见行人。秦虎在村里溜达,走着走着,便不由自主地来到小姨娘家的东墙头。他见四周无人,犹豫了下,最后还是没有忍住爬上墙头。刚探进头去,见小姨娘正趴在窗台上朝着墙头张望。她见到秦虎,眼泪下来了,用手指着西侧,不停地摆手。

他在石头上做好记号,小心地扔进院子里走了。

秦虎回村的消息,让小姨娘的内心又起波澜。她本来想放下对秦虎的这段感情,但一听到秦虎骑着高头大马衣锦还乡了,心里便禁不住扑通扑通地乱跳起来,她还在幻想着秦虎带着她离开这里。一整天,她都坐立不安。实际上,昨天夜里她就准备好了,洗完澡精心地梳妆打扮一番。冯本进她屋时,她主动热情地应和着,让冯本很兴奋很疲劳。然后,她便苦苦地等待,但秦虎却没有来。

她也知道,秦虎那夜是不会来的,但她仍然留着门,一宿没有合眼。

五　祸起"东"墙

俗话讲,十五的月亮十六亮。夜晚,月光似水如银。

三更过后,秦虎准时来了。

两人一见面便紧紧地抱在一起。小姨娘双手捧着秦虎的脸,看着看着,大哭起来:"你这个狠心的主!"秦虎把她抱在怀里,不停地安慰。"你想俺吗？""想！"秦虎将头埋在她胸前，小姨娘被他撩拨得脸热声软。"上次我走得急，你没有生气吧？"小姨娘恶狠狠地打了他一下，骂道："野猫不如的东西！负心郎，俺以为你真的不要俺了。""官不由身呀，别怪我，我也是没有办法呀！"

秦虎迫不及待地脱衣服。小姨娘小声说："先别着急，你再看看俺变了没有？胖了不？"小姨娘话还没说完，秦虎便用嘴把她的嘴堵上了……

两人激情过后，隐隐约约地感到，彼此之间像穿着衣服洗澡怎么也触摸不到皮肉似的，再也回不到过去那般火热的日子了。

"你知道，这些天俺是怎么过来的？"

"我知道，我也难过呀。"

"你以后会不会嫌弃俺？"

"不会的。"秦虎翻了一个身，坐了起来。

"你看，俺现在还俊不？"

"俊俊俊！"

"这次，能接俺过去吗？"

"现在还不行，我自己还应付不过来呢。等安顿好了再说！"秦虎喝了一口水说道。

"好，俺等着你安顿好。明天晚上还来不来？"

"来！我还没亲够呢。"

十七日，秦员外大摆宴席。

秦家大院里，一共摆了三大桌。第一桌，秦员外的亲家和张保长，还有从诸城、莒县、洪凝等请来的贵客，秦员外坐在主位上。第二桌，坐的是村里的王老先生、冯本、冯世、王经腾、王经通、丁土根等村里有头有脸的人，秦虎坐在正位。第三桌，是本族的一些老人，秦豹等人陪同。

冯本是第一个到场的。他提着礼物，皮笑肉不笑地向秦员外道喜："秦员外，不成敬意，祝大哥长命百岁！"秦虎引着冯本进了里间。秦氏接过礼物，打开一看，竟是一只王八！她小声告诉了秦员外，秦员外的脸唬得像个黑茄子，小声说："今天过生日，他送这个也没有什么，啥都别说了。"他走出厨房，又走了回来，神秘地说："你给他回个大饽饽。记着，一定用稻草绳子捆着！""这是啥意思？""你别问了，照着办就行了！"

随后，王老先生和他二弟三弟也来了。王经通作揖贺喜："秦员外，你们家可谓是双喜临门呀，恭贺恭贺！"秦员外领着进了堂屋。王经通手里提着一个袋子，交给秦氏。秦氏打开一看，吓了一跳，里面竟然包着一条血肉模糊肉筋一样的东西！秦氏用手一摸，似乎还温乎着，赶紧悄悄叫来秦员外过来瞅瞅。秦员外瞅了一眼，恶心得差点吐了。他突然想到了什么，叫来豁牙小声问："家里的大黄狗呢？""早晨，俺还看见了，这会不知跑哪儿去了。"秦员外的脸色黑了下来，恨恨地吐了口唾沫。豁牙问："主人，俺出去找找吗？"秦员外凶狠狠地说："找什么？死了！"豁牙一脸疑惑，不解地问："不能，过一会儿就回来了。"秦员外没好气地说："你不要管了，走吧！"

秦员外感到胸口阵阵发闷，坐下喘着粗气。"爹，客人到齐了！"秦豹在外面喊了一声。秦员外站起来，深吸口气，抖擞起精神，走到门口回头对秦氏说："你给王家回送一个白面做的'肉卷'，中间用一根打狗棍子串起来！这群王八犊子，不得好死！"秦氏不解地问："王家送的到底是什么东西？"

"俺估摸着，这是咱家那条大黄狗的狗鞭！王经通，这个狗杂种，成心恶心俺，等着瞧吧！"

宴席上，秦虎精心为父亲大人准备了一份礼物。他特意作了一篇祝寿赋。众人落座后，秦虎声情并茂地朗诵着，读着读着，他声音有些哽咽。秦员外听得似懂非懂，却也经不住老泪纵横。

大家齐声附和："好呀，好文才！公子真是个人才啊！"王经通听不懂什么是"赋"，小声问王经腾："二哥，什么叫'福'？""你真笨呀，'赋'就是'福'，'福'就是'赋'，祝寿用的挽词。"

土根坐在一边，听后差点笑出声。乡下人喝酒无所顾忌，酒过三巡，客人开始东倒西歪了。土根见过的场面很多，但从来没有见过这种酒场，似醉非醉，似醒非醒，真真假假。

张保长丑态百出，斜着眼问："秦员外，你是金屋藏娇呀。二太太听说生了千金，怎么不让她出来给俺倒杯酒喝？"秦员外听罢赶紧喊道："来来，让二太太过来，给大伙敬酒！"

二太太早已等不及了，马上扭着腰过来给张保长敬酒。张保长趁人不注意，借机捏了捏二太太屁股，笑道："秦家双喜临门，家大业大，春风得意呀！"秦员外得意忘形，涨红着脸说道："有钱有粮算什么？朝廷上有人才是真本事！是不是保长？"

众人忙着给秦员外敬酒。冯本过来，秦员外拉着他的手，醉醺醺地说："见到干兄弟想起大叔了，俺想他了。冯老先生也是个王八命呀，长着呢！"冯本知道秦员外话里有话，装作不知，笑道："家父虽然不能说话走路了，但心里惦记着大侄子呢，他会时时记起你的好来！"秦员外突然指着冯本的鼻子，似骂非骂道："你们冯家倒是有王八命，但就是没有王八运，一群狐狸精。你冯家的人孝顺啊，老爹和儿子供着一个小狐狸娘呢！"说完，笑得眼泪都出来了。

王家兄弟端着酒杯走到秦员外跟前，说道："祝秦员外长命百岁，春心不老！"秦员外瞪着一双红眼，拉王经通到一边说道："大兄弟好孝心啊，给俺送的礼物不薄呀。不过，你要小心，睡觉别做噩梦，被黄鼠狼逮走了！"王经通也喝多了，有一种天不怕地不怕的豪气，大声说："放心吧，俺吃了黄鼠狼的一条'长鞭子'呢，胆子大，不怕的！俺还真担心你呀，别闪着腰！"

闹到半夜，宴席终于散了。

秦员外大呼大叫："豁牙，牵上俺的马，送送客人。"豁牙没有吱声，已经醉倒在西墙根下。秦员外又喊："秦虎，秦豹，送送客人。"秦豹东倒西歪地过来。

"秦虎呢，过来替俺送送客人。"

"秦虎喝多了，出去转转了。"秦氏说。

此时，秦员外自己也站不直了，二太太过来扶着他进了屋。

冯世扶着冯本回家，走到半路上，冯本直起腰来，说："你回吧，爹没事的。"说完，推开冯世径直往家走去。

冯本刚进自家院子里，只听叭的一声，似乎有一个身影跃过东侧墙头，飞身而过。"谁？"冯本大喝一声，院里一时安静，他摸了摸头，喃喃自语，"喝醉了？眼睛花了？"

冯本脚步虚浮地来到东屋，挑帘进来，见老爹躺在炕上毫无反应。又来到西屋，小姨娘已经躺下，面色绯红，鬓松发散，似睡非睡的样子。冯本问道："是不是有人进来了？"小姨娘坐起来，惊讶地问："没有人呀，你是不是喝醉了？""俺刚才好像看见有个人影翻过东墙跑了。"小姨娘懒懒地说："你真是喝醉了，看花眼了。"冯本想可能真是自己看错了，走上前亲了小姨娘一口。

小姨娘嗔怒道："酒味真大，快睡吧。"

冯本回到自己的房间倒头睡下。

第二天早上醒来，冯本又想起昨夜的事，问媳妇："你昨天晚上有没有看到东屋去过人？听到什么动静了没有？"冯袁氏说："没有呀，没有听到什么。"

"俺怎么感觉看见个人影，从东墙头上跳下去了。"冯本自言自语地说。冯袁氏吓得脸色发白，拍着心口说："你别吓俺！"

冯本没有再说话。

第六章

一 罕见的雹子

清光绪二十年（1894年）。

又到一年的春分时节，六亩地终于在丁土根手中成田成垄了。千百年来，国人对土地一直顶礼膜拜。因为，他们的血肉灵魂已经深深地融入这片土地中！六亩地，带给丁土根的惊喜，不仅仅是土肥地沃，更是让丁土根摇身变成村中继秦冯两家后，响当当的第三号人物了。

每年的春耕时节，土根都要在六亩地上举行特殊的礼仪"供土"。仪式简单而古朴，但不失庄重和虔诚。土根在地头上烧香磕头，大田吆喝着牛围着周边犁一匝地。之后，土根向地里抛撒纸花，嘴中念念有声：天灵灵地黄黄，老天保佑风调雨顺，土地神开眼五谷丰登，河神财神富源滚滚……

接下来，土根便开始忙活一年的春耕了。

刘女收起供桌颤颤悠悠地往家走，步履显得有些沉重。刘女是典型的小脚女人，地里的活她是插不上手的。繁重的家务劳动，已经过早地夺走了她的青春年华。"娘，俺在这里玩会儿。"地博和地圆在田里嬉闹打滚,"别跑了,小心摔着。"秦女在后边跟着,土根回头冲着他们笑。

春天,风调雨顺,庄稼长势凶猛。出春,田地冒出绿芽,蹿出一尺多高的禾苗。

初夏,却突遭一场罕见的冰雹。

这天,天气异常炎热,黑云压城。远看昆山,山顶被黑云拦腰斩断,昆山脚下下起暴雨。村里有老人念叨着:"这是要出大事了,这是上天发出的警告啊!"午后,电闪雷鸣,下起了百年罕见的冰雹子。鸡蛋大的雹子砸向地面,一砸一个大坑。庄稼地里,刚刚长出的麦子、大豆、高粱等,被砸得东倒西歪。

异常诡异的天气,引起村里人的恐慌。

秦员外和王老先生张罗着在界河边打灵棚作法。巫婆坐在地上,手摇羽扇,念念有词。突然,从东南方刮来的一阵风,掀起了灵棚,灵桌也被吹翻了,巫婆的羽扇也刮到天上。巫婆脸色煞白,小声附在秦员外耳边:"妖孽来了!这是从东海来的鬼怪,咱这里的神灵镇不住,俺管不了了!"说完,她收拾东西就跑了。

一场法事不了了之。

没想到,冰雹过后,六亩地这块土地竟神奇地缓了过来。土根跪在地上哭道:"神地呀!神地呀!你这是可怜俺呀!"

村里人赶过来围看。有人称羡道奇,有人心生妒忌。各种风言风语都有,"这是鬼怪在显灵了!""六亩地产出的粮食不能吃,人吃了会中邪气发疯的。"

秦员外提醒道:"你小心背后有人使绊子。""让他们说吧,这点鬼把戏谁还看不出来!"土根笑着对秦员外说。

六亩地真的显灵了,地里长出的庄稼个大惊人。高粱秸子长得像树枝一样粗壮结实,一亩地的谷子比人家多打十几斗。地瓜一串串的又大又多,村里人都感叹从没有见过这么大的地瓜。

一个可怕的谣言四处传开了,"六亩地,过去是阴灵聚集的地方，土根垦地破坏了这里的风水，这些阴灵无处着身如今都附在庄稼上了，人吃了一定会中邪的！"刘女害怕了，问："怎么说得这么邪乎，到底敢不敢吃？"土根呸了声说道："胡说，庄稼地里长出的东西，哪个不敢吃？"话虽这样说，但土根也是放心不下，让刘女蒸了一锅六亩地产下的地瓜，配上地瓜秧子，喂给那头黑母猪吃。土根蹲在猪圈里，静静地观察。黑母猪第一次吃上纯粮食猪料，嘴巴子嚼得叭叭响，嘴角边冒出一层白沫子。观察了一会儿，土根见黑母猪除了嘴角边白沫子比平日多了许多外，其他的都没有什么异常。半夜里，土根到猪圈拉屎，发现黑母猪趴在地下一动不动。他吓了一跳，靠近一看，黑母猪只是安然地睡着了。土根拉完屎，回头见黑母猪还是纹丝不动，猪不吃屎了，土根大吃一惊，这是破天荒的奇事！土根头上的汗都出来了，上前把黑母猪打起来。它摇摇晃晃地爬起来，走了几步，又倒下了。土根真的害怕了，蹲在地上，仔细观察猪的状态，他惊恐地发现黑母猪肚子里好像有什么东西在蠕动，他连忙喊来大家过来瞧。

刘女盯着看了会儿，笑了："黑母猪怀上猪仔了！"土根这才想起黑母猪年前刚配的种，也笑了。

但土根还是放心不下，一直等到黑母猪生下一窝活蹦乱跳的猪仔，才终于放心了。

二 "下忙"

上半年，全村人都在不安中度过。

地里的粮食收成减半。秋季到了，眼瞅着粮囤一天天瘪了，"下忙"（清朝时春季征赋称"上忙"，秋季叫"下忙"）却开始了。

上午，有人鸣锣喊道："中午县丞大人来村巡视，众人都到广场候着！"中午时分，村西头广场人头攒动，一片嘈杂。"来了，来了！"一队人马从西而来，带起一片尘土。县丞大人亲自到村子，一定是大事了！对于乡下人而言，保长甲长就是一言九鼎的"土皇帝"了，县丞竟然比"土皇帝"官还要大，这该是多大的官呀！

"这你就不懂了吧，这是皇帝身边的人，打个哈欠便下场大雨呢！"有人吹嘘地说。

高泽村张保长，村里的秦员外、王老先生、冯本、丁土根等人候着。两队人马列成两排，小个子县丞站在中间讲起话来："本大人专程来村巡视，奉旨办差，只为一件事——征税！"他双手向北一揖，起身讲道："皇天有命，县丞奉旨。当今皇土国难，吾民当振力呼应，以图中兴大业。念今年天灾，上体察民情，酌从轻税加。吾大清臣民，应顾上之体恤，所有田赋杂税悉数上交。不交者，按大清律法严惩。违令者，秋后问斩！"

县丞宣示完毕，巡捕将税单交与张保长，上马扬长而去。

"俺的天啊！"张保长见县丞走了，一屁股瘫坐在地下，"快看看，今年的税贡如何？"张保长打开税项税单傻眼了，税收又较去年多加征一倍！王经通骂道："他娘的，这是官逼民反呀！""走，到秦员外家商量去。"众人落座，王经腾开口道："去年已经增长了一倍。这三年翻了三倍，今年收成又不好，这么高的税谁家能交得起？喝西北风去呀！"冯本接过话题说："地是死的，但田赋一直往上涨，家家户户的存粮快没了。秦员外，你倒替村里说句公道话呀？"秦员外瞪了冯本一眼："你站着说话不腰疼，俺什么时候不为村里说话了？你倒在这里说起风凉话。""交不了！反正俺王家交不上，砍头算了！"王经通恨恨地说。张保长见状说道："县丞大人亲自过来宣旨，这非同一般！知道不？今年东倭鬼子和咱大清打起来了，甲午年又是一个战争年呀，慈禧老佛爷又是割地又是赔银子，咱上上下下，都得勒紧裤腰带子了！"王经通愤愤地骂道："这个烂透的大清，从里烂到尾。大清有的是地，让老不死的赔去吧，但别断了俺的口粮，这个长法会饿死人的。"王经腾从背后戳了他一下，王经通不吱声了。

"秦员外，你们这一甲俺不管了，俺还要到其他甲上走走。税收交不上来，是要砍头的！"张保长站起来往外走，秦员外跟在他身后，巴结地说："吃完饭再走吧。""不了，你们村的饭不好吃呀！"走到大门口张保长回头来，冰凉地说："还忘了告诉大伙了，今年县上秋后问斩，定在腊月初二高泽集！"

大家脸色蜡黄，再不敢说不交税的事了。

冯本拿着税单，又细瞧了一遍，惊讶地说："田赋税涨了一倍，怎么其他税也跟着涨了一倍？狗日的！"大家看着税单，都在发牢骚不表态。秦员外抬头看了看天说道："这么办吧，各家田赋在去年的基础上再增加一倍。""不行，有些户主的田地多了，怎么个涨法？"大伙齐刷刷地盯着土根。土根站起来刚想说话，秦员外示意他坐下，解释道："大清律法推行摊丁入亩，土根开垦的那块地按六亩上税。"大家耷拉着脸不说话了。

沉默了一会儿，秦员外说："好了，都散了吧。"

大家坐着，还是不走。冯本说："按说这话俺不好开口，但凡事要一碗水端平呀。土根和秦二愣子前些年都盖房子了，怎么一直不交田房买契税？""怎么了，你们家的染房税也没交呀？"秦二愣子大声吼叫。秦员外生气了，说："就这样了，各家的田赋较去年涨一倍，这些年，新盖的房子全交上契税。"

秦员外撇下众人，独自回屋去了。

大伙悻悻地散了。

土根往家走，王经腾王经通走在他前头，两人边走边骂："这个扒皮的秦员外，只知道涨涨涨！他也不看看家家户户的土地成色一样不一样，他家的地都是一分的，全报的三分地，和咱王家的地是一样的。他呀，一点亏也不吃，他家再涨三倍，也不至于饿着肚子。""谁叫人家是甲长呢，有本事拿他下来。不说了，后边还跟着一条狗呢，快回家吧。"

121

土根苦笑，眼泪却下来了。乡下人辛苦一辈子，一个汗珠子掉在地上摔成八瓣，到头来连肚皮都填不饱。正感慨间，面前突然闪出四个人，齐刷刷跪倒在他面前。"主子，你怎么不让俺去干活了，俺干得不好吗？收下俺做个长工吧，做牛做马俺都愿意！"说话的是油嘴子，他旁边是趴鼻子和两个干瘦干瘦的少年。土根赶紧扶起他们说："走，别说了，到俺家吃顿饱饭！"

刘女端来一盘玉米饼子和半盘子剩菜。他们狼吞虎咽吃着，吃完冲着土根笑了："可算是吃上一顿饱饭了。""这是谁家的孩子？""他叫秦狗剩，秦瘸子的儿子，秦瘸子病死了。这个吴毛光，也没有爹娘了。""你们多大了？""七岁。"土根叹道："俺也不是宽绰的主呀，自己和大田能干的活自己就干了，你们别埋怨。你看，外面还有些荒地，你们出些苦力打点粮食也比这样强呀。你说是不是这个理？"趴鼻子委屈地说："主子，你是不知道呀，咱村哪块地哪块石头上不是有名有姓的。佃民就是贱民！你可以开荒种地，俺是不敢开的。开一块地，到时候就会有人征收俺的税，直到扒光俺的皮为止，还不如帮工呢！"

土根苦笑着摇摇头，叹道："这样吧，六亩地北侧靠着水库，你们没事了就到地北边筑筑坝。筑好了，水库的水上不来了，在堤坝沿上，你们种点菜打些粮，够你们填饱肚皮了。"四人听完马上跪下，齐声道："主子，你真是好人呀，一辈子也忘不了你的大恩！"

夜深人静时分，张保长又悄悄地溜到秦员外家。

两人一起密商征收下忙的事。秦员外说："这个下忙不好收呀，家家户户太难了！"张保长说："再难也要收上来，收不上来，你我都要倒血霉了。你家养的那些'催租子'的，该派上用场了。"秦员外叹了声说："俺看，下忙征收要有个大动作才行！"

"怎么个大动作法？"

"杀鸡吓猴！"

"拿谁开刀？"

秦员外小声地说："上忙时，冯家少交了十亩税。他家从邻村买下十亩地没有上税。王家与冯家改水道时，多了十亩地也没上税。这些账，俺都给他们记着呢。是时候了，该拿出来好好敲打敲打这两家了，杀杀他们的威风！""这两家都是大户，不好办呀？""靠你我两个人的力量是不行的。你可以向县里去告黑状呀，让县里拿捕他们。打蛇要打七尺，一个冯世，一个王闯，这两个小子最近蹦跶得不轻！冯世，是冯本的老生儿子。王闯前些日子偷跑了，听说参加了北洋水师，狂得很！这些日子又跑回家了，趁这个工夫，把这两个小子抓到大牢里，让他们两家拿银子去赎！这不，税金就上来了吗！"

一天下午，县衙里突然来了三个衙役，闯进冯家和王家，将冯世和王闯两人五花大绑押进县大牢。冯本和王老先生费了九牛二虎之力才把他们赎出来。冯世经此一吓，更加胆小如鼠。冯本对冯世说："秦员外歹毒呀，他这是杀一儆百。儿子，你看看，这就是仰人鼻息的日子！"父子俩抱头大哭。

从此，秦冯两家的矛盾更加尖锐。

王老先生将王闯赎回家，老泪纵横劝慰道："孩子呀，你现在知道秦员外的厉害了吧，我再三嘱咐你不要张扬，你就是不听。以后呀，一定要收住你的性子，不要再惹事了，尤其是不要惹秦家的事！"

王闯低着头不说话，当天夜里又离家出走了。

交上税，年底家家户户的粮食所剩无几。

三　中邪

冬天来了，终于下起了第一场雪。

土根的心情异常沉重。听说，黄海海战北洋水师惨败，东倭鬼子上岸了，威海卫、烟台、旅顺等地都出现了日本人。听到这个消息后，土根坐立不安，他和大田商量说："俺当年离开日照，发誓再也不回去了。但俺近日老是心神不宁，你偷偷回趟日照，打听下丁家府的事。虽然老爷早忘了俺这个儿子，但俺却放心不下他呀！提督大人自杀了，估摸着丁家的日子也不好过了。如果老爷不在了，你替俺到他坟上去烧些纸钱，尽点孝心吧！"

土根心中总有一种不祥的预感。下忙时，秦员外护犊子，有意无意地让他成为全村的公敌。丁汝昌大人自杀，罩在他头上的"保护伞"再也不能阻挡风雨了。想到这里，他瞅了一眼挂在墙上的黄马褂，心头一颤，一把撕了下来，顺手扔在炕上。刘女不解地问："好好地挂在墙上好几年了，取下来干什么？"

土根郁闷地说道："他娘的，留着它干什么，吓不住鬼，倒招进邪劲来。"

恰巧，地圆进屋喝水，一眼瞧见黄马褂，趁土根没注意，他好奇地穿在身上，跑到大街上玩。王经通路过刚好看见了，见附近没有大人，上前哄骗他："好孩子，你把这个黄马褂给俺看看，俺给你好吃的！"地圆二话没说，脱下黄马褂交给了王经通。王经通不怀好意地笑着，拿起黄马褂套在土根家的小黄狗身上，哄骗地圆说："你看，这多威风啊，你牵着狗走走！"地圆终究还是个孩子，看着有趣便牵着狗，趾高气扬地在大街上溜达，路人越围越多，纷纷掩嘴而笑。

王经通在后边跟着，起哄道："快来看呀，土根家的小黄狗穿上黄马褂，装起大狗熊了！"油嘴子见了上前制止，王经通嫌他多管闲事，两人吵了起来。土根在家里听见吵闹声，出来一看，顿时气得脸色铁青，一把扯下狗身上的黄马褂，破口大骂："狗日的，你不就是一条狗吗？什么时候学会穿人的衣服了？你记住了，你披上什么也是一条狗！"王经通的脸腾地红了，无趣地走开。

土根把地圆拖回家，暴打一顿。刘女护着地圆嚷道："你心里有气，别往孩子身上撒。"土根颓然地放下手。

这个冬天，刘女神色恍惚起来。

晚饭时，土根坐在炕上喝酒。刘女缝被子，秦女洗衣服。刘女突然抬头冲着秦女阴阳怪气地说："大妹子，俺走后，你要学会缝制衣服，别冻着他们爷三个！"刘女冷不丁抛出这句话，秦女吓了一跳，忙说："姐，你怎么了？""你早晚会有孩子，当了后娘千万别亏待了俺那两个没娘的孩子。"秦女脸色发白，惊问："姐，你是不是身上不舒服呀？怎么说起这话？"

刘女表情凝重，一脸严肃地说："今年不知怎么了，时不时感到头蒙蒙的，怕是有什么东西附在俺身上了。"秦女吓得不敢说话了，抬头望着土根。土根有些愣怔地瞅着刘女，说道："最困难的日子都过去了，你别胡思乱想，装神弄鬼的。"刘女突然哭了："俺陪你吃得了苦，但不能伴你享福了。俺知道，俺没有多少时间了。"

土根望着刘女，心情渐渐沉重起来。

正难过着，大田推门进来。

土根忙急切地追问着丁府的情况，大田高兴地说："丁家大公子又高升了！不过……""不过什么，快说。""老爷五年前就去世了，埋在日照丁家林上，俺替大哥上过坟了。"土根悲喜交加，叹道："老爷走了，大公子高升了，俺离丁家府越来越远了。"

几日后，刘女神秘地对土根说："俺的寿限到了，这辈子跟着你，虽然没有吃上山珍海味，但也算是知足了，活着像个人样呢！"土根唬了一下，劝道："好好的说这个干什么？"刘女诡异地一笑，土根心里一沉。

从此，刘女再也不和土根一个炕上睡觉了。她搬到西炕上，整宿披头散发搂着儿子，嘴里絮叨着："没娘的孩子呀，苦命的孩子呀！"土根问："你这是怎么了？身上哪里不好受？"刘女木然地说："好着呢，好着呢，俺没病……"

刘女的神志越来越糊涂了。

一天黄昏，土根和其他人都下地了，刘女在家掰玉米棒子。

125

突然，一条大尾巴灰狼晃晃悠悠地闯进院子。刘女看见大灰狼进来，一点也不害怕，竟然笑了，傻乎乎地说："你来了，来接俺了，俺这就去收拾东西，跟着你走。"说完，她竟撇下地博地圆起身走进里屋。两个孩子吓得哇哇地哭。大灰狼摇着尾巴，两眼绿光盯着地博。地博吓得连连后退，一直退到四方石前被绊倒在地，惊恐地大喊"爹"！

大灰狼怔了一下，退后两步，又扑向地圆，地圆号啕大哭。

刘女听到哭声，突然清醒过来。她踮着一双小脚，飞一般地跑了出来，不顾一切地冲向大灰狼。大灰狼张开血盆大口扑向刘女，刘女一把死死地抱住狼的脖子，大喊大叫："你带俺走可以，但不能带走俺的娃！"危急关头，豁牙闯进来，慌乱中的豁牙举着手中的锄头冲了上去，大灰狼见势逃窜出院子。

此时刘女身上伤痕累累，上衣被撕破了，露出白花花的胸部。豁牙看到后一时移不开眼睛，刘女不知廉耻地笑道："你摸摸吧。"豁牙壮起胆子伸手摸了把，他第一次触到女人的胸部，脸色瞬间通红，摸了又想摸。刘女坐在地上，痴痴地笑："摸吧摸吧，俺让你摸呢！"豁牙见刘女这样，竟不知所措了。

地圆飞身扑到娘的怀里，喊道："娘，俺害怕！"豁牙醒悟过来，一溜烟跑了。

深夜，刘女疯了。她大哭大闹，一手抓过扫帚，张开嘴巴去猛咬，边咬边骂："你这个死鬼，缠磨俺干什么？俺咬死你，咬死你！"扫帚把子把她的嘴角脸面都划破了，鲜血淌了一脸。

"快去请巫婆吧，嫂子怕是中疯了！"秦女哭道。土根万般无奈，找来巫婆。

巫婆进门连呼带吼："是哪个妖魔鬼怪在发浑？俺是东海龙王派来的，专门来降服你们这些鬼孽妖神。"她拿起菜刀，顺手拎起一只准备好的大公鸡，手起刀落剁下鸡头，刹那间鸡血飞溅。她朝刀口吐了一口唾沫，又抄起木棍，抹上油，点上火。一手拿刀，一手持火棍,嘴里念叨着满屋来回逡巡。末了,巫婆喝道:"拿酒来,拿酒来,看俺怎么降妖除魔!"土根递上酒。巫婆咕咚咕咚地喝下半瓶子,又从怀里掏出一沓红纸,喷上酒点燃,然后将纸灰倒进水盆里。她端起水盆,往屋里四处洒水,边洒边说:"这下好了,鬼怪杀的杀跑的跑,干净了!"

见到这阵势,秦女搂着地博地圆蜷缩在角落里惊恐不已。巫婆突然怒目圆睁,手指秦女大声呵斥:"你这个大胆妖怪,还敢藏在这里,看俺怎么收拾你!"说罢,举起菜刀劈了过来。地博吓得扑在秦女怀里,地圆啊了一声,吓尿了裤子。可怜的丁地圆,自那时起便吓成胆小如鼠的秉性,一辈子裤裆都没有干过。

屋里的空气霎时凝固了。大家面面相觑,呆若木鸡。

突然,只听着大门吱扭一声响。

"都跑了,最后一个也跑了,这下,一个也没有!"巫婆瘫坐在地下念叨。秦女听着大门响声,吓得汗毛都竖了起来。刘女却安静了,眼里闪着泪花呆呆地坐着。土根扶起巫婆,一边道着辛苦一边往她手里塞着铜钱,千恩万谢地将巫婆送出家门。

刘女一夜无话,呆呆地望着土根和两个孩子。

土根劝她:"快睡吧。"刘女还是不说话,直挺挺地躺下。土根坐在炕上守着。秦女害怕,抱起孩子回了西屋。后半夜,刘女大喊一声:"土根呀,俺一辈子没见过俺娘长得啥样。这一次,俺见到娘了。娘来接俺了,俺走了,你好好照看好俺的儿子。"

说完,刘女一头倒下,死了!

四 红白事

几百年来,胳肢窝村一直有一件无人能解的怪事:不论贫富贵贱,村里人一死就死一对。

所以，每当村里死个人，大家都惝惝惶惶的。特别是那些年老体弱的，就怕轮到自己头上。土根的老婆刘女死了，下一个不知轮到谁，村人一时惶恐。正在议论中，村东头突然传来哭丧声——冯老先生归天了！

冯老先生活着时担当大义，维持着秦冯两家表面上脆弱的平衡。他办私塾开学堂，教育了整整两代人。他一走，村里人都有一种说不出的彷徨与不安。

冯家陷入一片悲痛之中。

冯家是村中除秦家外另一个百年家族，传承沿袭了十几代人，族上的人遍布周围各地。听说冯老先生去世了，奔丧的族人络绎不绝，整个村子一片哭声。农村有个风俗，奔丧人进村就开始号哭，一路哭到冯老先生的家门口。冯世在家门口跪迎，冯本在灵堂处候着。奔丧人进门，行三拜九叩礼，一直哭到灵堂前。死者的家眷分别列跪在灵堂边，一起陪哭。

第一日守丧，秦员外、王老先生等都前来吊丧。十里八村的头面人物差不多也都来了。不过，有一件怪事，客人来吊丧时却始终不见小姨娘。众人问起冯老先生的病情，冯本一遍又一遍不厌其烦地回答："本来好好的，一年前，老人竟然神奇地坐了起来，还和俺小姨娘开起玩笑，说是老天爷不收他呢，他也放心不下她呀！"说到此，客人都极其配合，插话安慰道："好人有好报呀，这是老天爷顾惜冯老先生。老先生命大福大，多赏给他活几天，和家人团聚团聚。"

"是呀是呀，谁承想好了半年，老人家竟然再次病倒了，这次身子越来越沉……"冯本说着说着泣不成声。

"老人终有离开的时候，节哀顺变吧！"众人免不了又是一番苦劝。

冯老先生静静地躺在东屋炕上，头南脚北，脸上盖着一张白纸。习俗中，守灵三天。灵堂里，人不能断、火不能熄、灯不能灭、哭也不能停。此时，人的魂魄还在家中。三天后下葬，灵魂上天。此后，"三日""五七""六七""七七"上四个大坟，算是暂告一个段落。接着，再上一年二年三年坟，这才算是尽完孝道了。古时讲，守丧三年，就是这个道理。

第三日守灵。冯本已经不堪重负了，来一位客人便重复一遍同样的话，到了第三日他的嗓音已经嘶哑。冯世劝父亲："明天还要出大殡，快歇歇吧，俺来陪丧会儿。"冯本再三嘱咐道："好，俺回屋迷糊下，你好生看着长明灯，时常添些油火。记住了，香火纸火千万不能断了。"冯世守到后半夜，也打起盹来。恰好，冯本过来见长明灯灭了，香火和纸火也断了。老人言，长明灯和香火一旦停了，死者的魂魄便会迷路，一直待在家里投不了胎，甚至要等家里再死个人才能转世。冯本吓得脸色煞白，抬头又见冯老先生脸上的盖脸纸不翼而飞，露出一张蜡黄灰黑的脸来。他瞬间感到阴风阵阵，后背冰凉，恍惚间似有个黑影在屋间飘动，莫不是爹的魂灵显现了？冯本额头上直冒冷汗，两腿发软跪在地上，不住地磕头："爹呀爹，俺有不孝之处，别怪罪儿子呀！俺这样做，全是为了冯家，全是为了您老人家，冯家人口稀薄呀！爹……"

三日后，吉日一到，冯老先生的大丧礼隆重地开始了。

冯世头前举着幡旗，秦员外、王老先生、丁土根等披麻戴孝，走在队伍前边，送殡队伍黑压压一片。蹚过界河，冯本在十字路口摔盆指路，众人恸哭。每走十步，送殡队伍便停下来跪叩。这是胳肢窝村这么多年以来最壮观的一次丧礼了。王老先生陪着走了一段，太过伤心，体力又不支，便先行回家去了。

村口周边到处都是人，大家此时都念起冯老先生的好来，跪在地上哭泣送行。只是，送丧人群中，仍然不见小姨娘。村中好事多嘴者开始胡猜乱度，"知道吗？冯老先生生前宠爱小姨娘，冯家人怕他死后勾走她的魂，有意让她避讳着。"还有人信誓旦旦地说："冯老先生死后，小姨娘太过伤心难过了，病得不能起身了。"

更有一个婆娘消息灵通，小声传话说："你们知道啥？这些都不是缘由，小姨娘有喜了，不能见丧事，怕坏了喜气。"这消息太过惊人，众人一迭声地追问："喜又从何来？"……

冯老先生的葬礼上，小姨娘始终没有露面，这自然成为村里人心头挥之不去的一个谜团。

冯老先生圆完七日坟的当天，这个谜团终于解开了。

冯家又传出惊人的消息：小姨娘生了，生了一个女儿！与此同时，冯本的媳妇冯袁氏却病倒了。

大丧之后，又逢大喜。冯本和儿子冯世商量："你爷爷刚过了七日，你姨奶奶便产下一女，这是冲喜了。你爷爷的丧事大操大办，这个喜事也要大办特办，让这个喜气好好地冲冲咱家的晦气。等孩子圆月那天，让亲戚们都过来，咱家庆贺一下！"冯世点头，又忙着派人去报喜。

那年那月那个中秋月圆时，小姨娘一连几夜珠联双璧，花蕊并蒂，不久，她发现自己意外怀孕了。

对于这个孩子到底姓秦还是姓冯，也只有她自己知道了。小姨娘忐忑不安，第一时间便告诉了冯本。冯本听后高兴得连连拍手，俺又有后了！小姨娘打了他一下，笑道："你有什么了？不知害臊的！"冯本这才意识到说漏了嘴，忙改口说，俺有兄弟了。

冯家一族历来人口兴旺，但是到冯本这里竟然单传了。虽然不知道小姨娘怀的是个男孩还是女孩，他都很高兴。小姨娘却担心人言可畏，不安地说："你爹躺在炕上这么多年了，俺冷不丁地生出个孩子来，让俺怎么和人家说去？"

冯本笑道："俺有的是办法，对外就说孩子是俺爹的。明天就放出风声去，只说爹的病情好转了。其他的，都不用多解释，别人爱怎么想就怎么想，爱怎么说就怎么说。"第二天，冯本叫来侍候在老人身边的老婆子，嘱咐道："任何外人都不要到小姨娘屋里来了。看紧了，放进一个外人来，看俺怎么收拾你！"吓得老婆子连连点头。

一次，冯本推着爹在村子里转了一圈。他把他爹全身用被子包裹起来，走到大街上，人问："冯叔，你车上推着谁呀？这是干什么？"冯本笑道："这是俺爹呢！老人家的病好了，但是长年不见太阳，不敢见光了。今天，俺推他老人家出来转转。""是呀，多少年了，老先生的病也该好了！"

一时间，村里人都知道，冯老先生的病好了。

小姨娘的肚子一天天地大起来，冯袁氏的心情却忧郁了。

冯本见小姨娘有了身孕，担心她住在东房和病倒的爹在一起坏了胎气，便让她搬到自己屋里，让一个老婆子照顾着。小姨娘搬过来，东间住着冯本和媳妇，西间住着小姨娘，"两辈人"同住一间屋。

冯袁氏再反对也没有用，她死的心都有了。一开始，冯本还装模作样一天往小姨娘屋去个一趟两趟的。后来，他干脆直接搬到西屋。西屋里，嬉笑打闹声不休。一天夜里，冯本说："你肚子里如果是个男孩就好了，俺也算是为冯家立功了！"小姨娘笑道："真不要脸，就是男孩那也是你的弟弟。""那是自然的，俺不论及辈分，只要是冯家的后代就行。"两人说着，竟然不知羞耻地咯咯笑起来。

东炕上，冯袁氏听着他们两人的对话，小声骂道："不要脸的东西，你爹还没有死呢，伤天害理。"她从此更加忧郁。冯世见娘一天天消瘦，禁不住地问："娘是不是病了？怎么瘦成这样！"冯袁氏哭泣道："娘没有病，只是身子骨不如先前了。别担心娘，好好地过好你们自己的日子，娘死了，也放心了。"冯世早就知道爹与小姨娘的秘密，为了家族脸面却只能佯装不知。

自打小姨娘生下一女后，冯本形影不离。冯袁氏再也看不下去，一个人搬进冯老先生住的东侧房子。从此，冯本和小姨娘肆无忌惮地双宿双栖。

这天，小姨娘问冯本："孩子都出生一个月了，你也不给孩子取个名字？"冯本想了想，笑道："俺四十多岁的人了，又拾来了一个闺女。不不，又拾来了一个妹妹，好像做梦一样，叫冯实儿吧，乳名实儿。"小姨娘抱着孩子，喃喃地说："俺闺女有名字了，你爹给你取了一个好名字呢，实儿，真是拾了一个大闺女！"冯本笑着说："谁是他爹？你也开始说胡话了。"

小姨娘自从有了这个孩子，对秦虎的那段感情日渐冷淡起来。小姨娘掀开怀喂实儿。冯本的手不老实起来，讪讪地笑道："俺让你再给俺生个儿子！"小姨娘打了他一下，嗔道："臭不要脸的，俺再生一个，那可就真的说不清了。过去，你爹还活着，有些事怎么说还有个圆法。如今，你让你爹起死回生啊？"冯本坏坏地笑："你尽管生，俺都想好了，对外就说，俺又领养一个。"

孩子圆月"吃喜面"。这天一大早，亲戚好友来了不少。

冯本家又热闹了，院落里摆了六大桌。秦员外带着秦豹也来了，一进门，他向冯本贺喜："冯老先生刚刚仙逝，却意外有了闺女，这等好事真是妙呀，妙不可言；真是喜呀，喜出望外！"冯本听出他话中有话但假装不知，只含笑作揖答谢。

接到冯本的请帖后，秦员外就开始煞费苦心地准备礼物。上次过生日时冯本给他送的王八，这一次一定要好好地回敬回去。想了又想，他让媳妇秦氏准备了一篮子鸡蛋，特意盼咐要在每个鸡蛋上黏上一层锅灰。秦氏不解地问："你这是干什么？人家都是抹上胭脂图着喜庆，你倒好，好好的鸡蛋涂上一层锅灰，这不埋汰了东西！"秦员外坏坏地笑道："实儿这孩子，还不知道是哪个王八下的崽呢？你照着办就是了！"

众人落座，冯本对冯世说："你去看看，你小奶奶方便不？出来见见乡里乡亲。"说话间，小姨娘抱着孩子走了出来，秦员外等人看见小姨娘，眼睛立即放光。小姨娘姗姗移动莲步，落落大方走至中间主位上落座。

小姨娘坐下，冯本突然跪了下去，大声道："问小姨娘安，祝妹妹吉祥！"众人见冯本下跪，秦员外等皆是晚辈不好站着，一起跪下，齐声问好。小姨娘开口道："都起来吧。死老头子身体好时，留下这个孽种。他倒好，一撒手就走了，让俺在这世上活受罪，也牵连你们这些晚辈了。见了这个孩子，俺真想摔死她得了！"说着，小姨娘不禁泪水涟涟。冯本也跟着抹泪道："都是做儿子的不孝啊，平日对小姨娘照顾不周全，让你老人家受罪了！"

这一"老"一"少"，一唱一和，真真假假。秦员外讪讪地劝道："这是冲喜呀，冯老先生大慈大悲，怕你们太难过，临终又留下了个妹妹，这高兴还来不及呢，在这里哭哭啼啼干什么。来，喝喜酒吧！"

丁土根因为刘女的丧事不能串门，让丁地博挎着一篮子鸡蛋送来。一屋子大人尴尬地坐着，冷不丁闯进个大小子，大家纷纷拿他取笑。秦员外笑问："地博和实儿是什么辈分？"冯本笑着说："论起来，土根和俺儿冯世是干兄弟，实儿就是地博的奶奶了！"大家听完不禁大笑："真是锅大盖顶大，实儿刚一出生就成奶奶了！"冯本笑了："不知土根大侄子愿意不愿意，不如让地博认个干奶奶吧！"秦员外起哄说："这个事，俺就做主了，地博还是俺的重外甥呢，中中中！"

众人让地博给干奶奶实儿磕头。地博不磕，秦员外摸着他的头，说："孩子，你就认了吧，回去和你爹说，就说是俺做的主。"地博没有办法，只好趴在地下，说道："给干奶奶磕头问好！"

小姨娘乐了，顺手从实儿身上摘下个"荷包蛋"饰件，递给地博，笑道："给，大孙子，这是叫声奶奶的赠礼！"

怀里的实儿这时咯咯地笑了起来。

五　联姻

落日黄昏时分，王闯一只胳膊上吊着绷带，突然回来了。

王闯赶回来的原因，是王老先生病倒了。王闯到家时，王老先生已经躺在炕上，好几天不省人事。王闯跪在爹的面前，给爹洗脸给爹喂饭和爹说话。困了，睡在爹身边；累了，趴在爹枕头上。守了三天三夜，王老先生终于睁开眼。泪水一直停在他深陷的眼窝里，随着眼球的转动，不停地搅拌着。

"儿呀，你终于回来了，再晚就见不到爹了。"王老先生看见王闯胳膊上的绷带，关切地问，"胳膊怎么了？"

"在战争中负的伤。"王闯说。

王老先生轻摸着他受伤的胳膊，说："在家里受憋屈，出去心情好了？"

"嗯。"

"都见到什么了？"

王闯抹着泪没有回答。王老先生叹了一口气："俺有句话和你说，现在天下大乱，俺就你一个儿子，你至今连个媳妇都没有，是不是要给俺断后呀！""不，爹，不会的，俺已经有媳妇了。""有了？在哪里？""青岛。"

"在青岛？"王老先生笑了，"俺死也瞑目了，俺一直在想，俺一辈子没有干过缺德的事，怎么会断子断孙呢？这下好了。儿子呀，你还出去吗？""等你好了，我再出去！"

王老先生沉默了，过了一会儿又问："你回来，是不是还没有出过门？"王闯点点头。

"快出去透口气吧。爹现在好多了，放心吧！"

王闯说："爹，那你歇会儿。俺去看看土根哥，马上就回来。"

说完，王闯站起来。"儿子，你再靠近一点，让爹好好看看你！"王老先生不舍地说，王闯笑了笑说："俺很快就回来了！"

王闯飞也似的跑到土根家。

两人抱头大哭。"大哥，丁汝昌大人死了。"王闯急切地说。土根点头道："俺听说了，那边的事完了？""完了，彻底地失败了，威海卫血流成河，鬼子登陆了！"土根给王闯端上一杯水，关心地问："兄弟，外面太乱，你打算怎么办？""俺回来陪陪爹再说吧。大清朝没有希望了，到头了。"土根下意识地看看四周，不敢说话。"听说，有革命军了。俺想等胳膊好了，再出去闯闯。"

土根好奇地问："革命军是干什么的？""是革清朝命的，重建一个全新的中华。"王闯激动地补充说，"这天下是你我的，每个人都有责任推翻腐朽的大清朝！"

土根叹了口气："嗨，俺这辈子就钻到地里了，什么事也不想了，只想好好过日子。""俺爹身体不好，俺得回去照顾他。过来，和你说说丁汝昌大人的事，提醒大哥多长个心眼。"

土根点头说："你快回吧，等明天俺去看王老先生。"

王闯走后，土根点上烟，呆呆坐了一会儿。他一生都不知道什么是国运家运，人为什么活着这些大道理，但一联想到以后他自己的人生命运，心神就不宁了。

土根正要脱衣睡觉，村南头传来哭声。土根喃喃地说："坏了坏了，怎么这么快呀，王老先生没了！"他起身出门，秦女吓得面色苍白，叮嘱道："你快去快回！"

半夜里，土根回来了。秦女上前点了一把火，在他身上照来照去，不安地问道："王老先生前些日子还好好的，怎么说死就死了？"土根叹气道："可不是嘛，哎，王老先生是个好人呀！他老人家这一走，王家就没有主心骨了。"秦女安慰说："快睡吧，时候不早了！"土根躺在坑上久久没有睡意，睁着眼睛，念叨说："不知怎么了，俺怎么感觉丁家要有难了？"秦女望着他，吓得不敢

135

说话。

后半夜，土根刚刚睡着，村东头又传来哭丧声——冯本的媳妇冯袁氏又去了。

刘女的离开，加上村里接连发生的丧事，让土根没精打采，心情异常低落。这天，土根蹲在院子里，瞅着刘女生前亲手栽下的石榴树发呆。秦员外来了，土根忙站起来。秦员外开门见山地说："你的事也该办了，你媳妇走了，村中又死了几个人，咱这个村子多少年没有这么晦气过，把喜事办了吧，好冲冲喜了。你娘找人算过日子，三天后是个好日子！"

土根惊讶地说："再等等吧，干爹，孩他娘刚刚走了，俺如今实在是没有心情。"秦员外以不容置疑的语气，几乎命令道："就是因为你没有心情，俺才考虑把喜事办了。还叫干爹呀，把那个'干'字去掉吧！闺女的嫁妆，俺早就准备好了，仪式不用太复杂，但也必须走走程序！"

土根只好点头答应。

胳肢窝村遇上了多年未遇的大事。那边，冯家和王家忙着办丧事。这边，秦家的喜事也敲锣打鼓地张罗起来。土根的婚礼和两家的葬礼选在了同一天。土根感觉不好，和秦员外商量："干爹，不，爹，婚期能不能往后拖一拖？这天，正好赶上王家和冯家下丧呢。"秦员外笑了："俗话说，红白喜事红白喜事，正是这一天是好日子。有人想找这样的日子还找不到呢，偏偏让咱赶上了，好着呀！"

秦虎从诸城赶回来参加妹妹秦女的婚礼。听说小姨娘生了一个女儿，他十分想见见她，但苦于一直没有机会。冯本的媳妇死了，冯家上上下下忙着办丧礼，秦虎犹豫再三，决定到冯家吊唁。

冯本热情地接待了他，秦虎说："我在外地，听说冯老先生和婶子先后去世了，十分伤感。今天，特意过来慰问。"冯本红着眼说道："是呀，爹去世不久，媳妇又走了。家里像闪了下似的，这心里堵得慌。"秦虎衣袍往后一掀坐下,接着说:"听说小姨娘生下一女,这倒是件喜事呀!"冯本又假惺惺地把重复了很多遍的故事讲了一遍。秦虎不住地点头,但内心却翻江倒海般地升腾,一肚子苦水无法倒出。

两人正说着话,小姨娘抱着孩子从西屋出来。原来,她直接搬到冯本的隔壁了,秦虎心中一时五味杂陈。

小姨娘瞥了秦虎一眼,转头问冯本:"家里来客人了?"

"对,秦虎大侄子来了。"

秦虎上前瞧着孩子,取出一块丝巾递给小姨娘,算是送给孩子的见面礼。

小姨娘一口回拒了:"孩子还小,用不着,谢谢秦公子的心意了。"

秦虎脸上的表情一下僵住,送上丝巾寓意再明白不过了,然而小姨娘竟如此绝情。冯本见场面有些尴尬,打着圆场劝小姨娘收下。

小姨娘淡然说道:"秦公子,你拿回去吧,俺替孩子谢谢你。"

秦虎彻底明白了,这是小姨娘拒绝与他有任何来往了!秦虎带着满腔的委屈、思念、怨恨转身离开冯家。走了几步,又禁不住回头瞅了瞅小姨娘,两人恰好四目相对。

这眼神让冯本猛地一惊!他忽然想起上次在黑暗中东墙头上一闪而过的身影,看着两人四目相对的情形,冯本疑心顿起。同时,一个阴暗的计划在他心头一闪而过!

村西头,三支队伍相遇了。

胳肢窝村只有一条东西主干道,村里红白喜事全部从这里通过。喜乐和哀曲,同时响起。由东向西,走在前头的是王老先生的灵柩,披麻戴孝的王家族人黑压压地跟着。后边跟着冯本媳妇的棺材,冯世在前举着灵幡,冯家也来了上百号人。

一行人吹吹打打抬着花轿，土根骑着高头大马，胸戴大红花，由西向东走去。走至半路，遇到王老先生灵柩，土根翻身下马，让迎亲的队伍闪到一边。他走到王老先生灵柩前叩拜行礼，与王闯抱头大哭。又向冯本媳妇冯袁氏的棺材行了扶手礼，和冯世拱手礼让。秦虎也过来，村中四个干兄弟在这样的场合再次见面，抱头而泣。

下丧队伍，一路浩荡过去了。

秦虎正与土根交谈时，秦豹上气不接下气地跑过来，焦急地对秦虎说："秦浪大病了，快不行了！"

秦虎一听，脸色突变，慌忙往家跑。

第七章

一 幽灵

土根和秦女大喜的日子，却因秦浪突然生病，弄得大家意兴阑珊，草草地散了席。

洞房花烛夜，土根躺在炕上发呆，一点也没有睡意。这几天，村子里各种闲言碎语不断，议论着村子的风水被人破坏了，才会接连死人，又说村里最近到晚上时有鬼怪现身，怪声不断，一时间人心惶惶。秦女脱光衣服，羞羞地倚在土根身边，柔声说："可算是入洞房了，快睡吧！"

"睡不着，你睡吧！"土根一点欲望也没有，坐起来点上烟。

夜，静得有些可怕。"俺的肚子捣鼓这么长时间了，怎么还是干瘪瘪的，一点动静也没有。俺是不是对不住嫂子了，人家都说俺命硬，把嫂子挤对走了。"秦女轻声啜泣。土根勉强苦笑，安慰说："别信这些，这是有人故意造的谣！"他话虽这样讲，但内心却害怕起来。

这些时日，土根总感到头上似有个阴影压着他。一到夜间，墙头墙尾像是有无数双眼睛盯着他，阴森森的。

这日，土根来到秦员外家，见冯本也在。三个人坐在一起，不约而同地谈起最近村里发生的一些怪事。冯本说："俺家老是出现一些怪动静，你们说，是不是村里真有鬼了？"秦员外摇头叹气说："唉，俺那大孙子突然得了怪病，弄得俺也疑神疑鬼的了。村里接二连三死人，俺这心里也不安。"土根说："俺来就是想跟你们商量商量这事。世上本来没有鬼的，最怕人传人，人言可畏呀。俺看这样，咱们三家每家出个可靠的人，晚上在村里巡逻一下，给乡亲们壮壮胆。"秦员外一拍巴掌，说道："好，这主意不错。这么多年，也没听说过闹鬼，俺倒要看看到底是谁在这里装神弄鬼的！"

这天晚上，秦豹、冯世和大田三个人，每人抄着棍子，在村里结伴壮胆巡视。第一天平安无事，第二天也没有发现什么。第三天，三人走到六亩地地头，看见几个黑影在地里鬼鬼祟祟不知干什么。三人大喝一声，那几个人影撒腿往西岭就跑。天亮，土根匆匆地来到六亩地，发现田里被人撒过一层白矾。

土根明白了，的确是有"鬼"呀！

又过了十几天，村里夜间没再发生什么怪事，战战兢兢的巡视渐渐变成了走马观花。这天，三人有说有笑走到冯本家东墙根下，忽见一个人影从墙头上一跃而下，一路往东狂奔。真见鬼了！三人着实吓了一跳，愣怔片刻后，朝着黑影远去的方向狂追不歇。一直追到东岭，黑影实在跑不动了，瘫倒在地上。

三人上前一看，"白鬼"竟是豁牙！

秦豹上去踢了他一脚，骂道："大半夜的，你装神弄鬼做什么？""俺装什么了，俺只想望望小姨娘，她有时候晚上出来撒尿，俺趴在墙头上能瞧见她的白屁股呢。"豁牙哭丧着脸解释说。冯世骂了句："狗日的，这些日子俺爹就觉得家里老有怪声，原来是你在搞鬼。"豁牙低声嘀咕说："就许你家老爷子玩女人，俺只是瞧瞧，你娘的，饱汉不知饿汉饥，多管闲事。"

第二天，得到消息的秦员外把豁牙一顿臭骂，此事也就不了了之了。

时光，如白驹过隙一般昼夜交替。
日子，在日复一日中慢慢地过着。
丁地博一天天长大了，长得高高大大，四四方方的脸膛，修长健壮的体魄，活像那块四方石投胎转世。丁地圆的性子却越来越内向，胆小如鼠，怯怯懦懦。冬天，裤裆里挂着冰碴子；夏天，两腿间湿漉漉的。
秦女的肚子终于鼓起来了，她高兴极了，走起路来也像坐着轿子一样。早春时节，秦女产下一女，但孩子生下就打摆子，摆了三天三夜死了。头胎夭折，秦女哭得死去活来。
又过了一年，秦女又生下一女。孩子刚出生，看上去大手大脚的，但就是不吃不喝。秦女把奶子对着孩子的嘴巴，用劲挤，但孩子就是不张口，奶水好不容易灌进小孩嘴里一些，没一会儿她又都吐了出来。眼看着孩子一天天虚弱下去，奄奄一息，秦女抱头大哭。最后，孩子活活地饿死了。
连生了两个女儿都死了，秦女一下瘦了十几斤。
第三个闺女出生的那天夜里，狂风骤雨，电闪雷鸣。土根坐在炕头上，愁眉苦脸叹道："这个孩子恐怕也够呛，你别抱有多大希望。孩子还没出生电闪雷鸣的，不是个好兆头！"果然，孩子生下来竟是死胎。秦女哭号道："刚才俺还觉着孩子在肚子里动了，怎么生下来就死了？俺的天呀，这辈子造下什么孽呀！"
村里人都说，土根命硬，命里不担女儿；也有人说，六亩地里的鬼怪显灵了，把秦女肚子里孩子的精髓吸走了；还有人说，秦女克死了刘女，刘女的阴魂不会放过她的，让她一辈子不得生儿育女。
秦女连生三女夭折，觉得无脸见人。走在大街上，常有人戳她的脊梁骨。

一天晚上，土根见秦女在四方石旁边支起一张桌，桌上摆着用红绸缎布缝制做的人偶，还有一些供品。秦女虔诚地跪在桌前，流泪默念着："好姐姐，好嫂子，你别怪俺了，看上土根是俺的罪过，你大人不记小人过，为了这个家，你就饶了俺吧！你的孩子就是俺的孩子，如果俺偏心了，让雷神劈死俺！让四方石压死俺！"秦女呜呜地哭。

土根又想起刘女，也禁不住掉下泪。

第四年，秦女的肚子又鼓了起来。

秦女望着肚子叹息，土根忧愁地对她说："也不知道俺的命里担不担得起这孩子。"

孩子出生那天，院子里的石榴树上掉下一个红石榴。秦女一看又生了个女儿，流着泪对土根说："俺命里不担孩子，怕是也留不住。"秦女便再也不瞅孩子，她把孩子放在炕上也不去奶她，起身干活去了。中午回来，秦女又忙着做饭。土根说："怎么炕上孩子一点儿动静也没有？是不是又死了？你过去看看吧。"秦女眼眶红了，说道："不看！多看上一眼，孩子走了，更让俺心疼！"秦女流泪继续做饭。

做完饭，她坐下和土根吃。土根又说："大半天了，孩子不哭不闹的。孩子死了，也别放在炕上，找个地方埋了吧。"秦女这才来到里屋，瞅了瞅炕上的孩子。女儿冲着娘笑了！

这是孩子生下来，秦女第一次正眼细瞅女儿。她抱着孩子不舍地端详着：女儿一头的黑发，眼珠子黑亮有神，伸着小手冲着她挥舞。秦女试着抱起女儿奶起来。女儿含着奶头咕咚咕咚地吸着，不时拿眼望向她。秦女摸着女儿的头，哭道："他大娘呀，你这是可怜俺了！原谅俺了！让俺终于有孩子了！"

土根眼含泪花细瞅孩子，孩子长得和刘女真像。

女儿满月那天，秦女抱着孩子，对土根说："留不留得住不管了，给孩子取个名字吧！"土根看了一眼院里的石榴树，笑道：

"叫果儿吧,丁果儿。"

话音刚落,石榴树上又掉下一个红石榴。

又过了一年,秦女又生下一子——丁地广。

二 决斗

王老先生病逝后,王闯又走了。

王经腾当上了王家的族长。王经腾这个人,论手段,与秦员外和冯本有一拼;论狠毒,有过之而无不及,尤其见不得别人比自己好。

丁土根的到来,打破了胳肢窝村原来的利益格局。他与秦员外的联姻,更让两家结成牢不可破的战略联盟。随着土根实力的上涨,引起冯王两家的躁动和不安。

王经腾坐不住了,终于决定要出手。他主动找到冯本一起商量对策。王家与冯家也有恩怨,上次因为河水改道事,一度闹得不可开交。但他们两家都知道,横在他们面前的有一个共同的敌人——秦家。只要对秦家不利的事,他们两家总能站在一起。现在,扳倒秦家的时机还不成熟,但是联合起来惩治一下丁家,也能起到敲山震虎的功效。

王经腾叹道:"土根这个小子,这几年扎煞得不轻啊,有点太张扬了。"

冯本摇摇头说:"是呀,但人家有秦员外罩着,上头还有人呢,拿人家怎么办?"

"过去,这个小子胆子大,家里挂个黄马褂吓唬人。如今靠山没有了,所以呀,咱们要想法子治治他。"王经腾头一扬,露出一脸的横肉。

"但是老弟呀,他如今有实力了,轻易动不得,你有什么好法子呀？"冯本试探地问。

王经腾狡诈地一笑："老哥呀，这个不用你管了，到时候俺来治治他，借机敲打敲打秦员外，也替你出出气。你要保持中立，关键时候替俺说句话就行了。"

"好了，俺明白！"

冯本巴不得他们两家闹下去，他坐山观虎斗。

界河自东而下，一路浩荡，流至土根房屋前，地势变得宽阔而平坦。在界河西南处有一块洼地，是王家的桑树林子。王家有一门传统手艺——养蚕。夏天，桑树成荫，蝉鸣鸟叫，孩子们经常在这里玩耍。王家在桑树林边盖了间房子，住着一家佃户，专门负责看护桑树林的。

今年夏天的故事，就发生在这里。

雨季来临前，王经腾和王经通密商。

"咱哥俩再干一件大事，惊天动地的大事。在界河的南岸，咱王家筑坝筑了这么多年，让秦员外的堂弟盖了一间房子，把界河的水全部引向王家的地了。这个窝囊气，咱们不能这样不明不白地咽下去。今年俺想借势发力，好好教训下他们，为王家讨回公道。""二哥，你又有什么妙计了，快说出来了！"王经通着急地问。

王经腾神秘地说："春上，俺不筑坝了。相反，你暗中找机会，把界河的堤坝豁开点小口子。"王经通一听急了，说道："这样不行呀，没有这道堤坝护着，一旦界河水涨了，下游咱王家的桑树林子就全淹了，护林的一家三口可就危险了。"

王经腾冷冷地笑道："俺要的就是这个效果呢！"王经通有些摸不着头脑，静静地听他讲下去。"三弟呀，土根在村西头开垦了六亩地。这块地，刚好处在界河水的下游。如果这块地被土根占去了，咱村西头这片庞大的水系，以后也会被土根一家独吞了。

水，让人家占了，王家将永无宁日呀。上游的东岭湖之争，就是活生生的教训！而下游的水域之争，以后就是王家与丁家的事了。谁占了这片水，谁就占了风水，赢得了主导权。机会来了，咱王家只要占住六亩地一半，最好是靠近水的那一侧，王家就胜利了！"

王经通着急地问道："你这么一说，俺啥都明白了。但是怎么办呢？地是人家土根开垦的，虽说俺早就看不惯了，但也没有法子。"王经腾恶狠狠地说："秦员外和丁土根狼狈为奸，六亩地开垦出来还没有上约，还不能说这块地是丁土根的。现在动手，就是最好的机会！"王经通恍然大悟，连连称赞，太好了！人都说丁土根这个人诡计多端，这下他失算了！

王经腾慢慢地道出他的"锦囊妙计"："所以嘛，咱要学会使巧劲，来一个迂回战术。俺让你把界河堤坝决开一个口子，让洪水冲上王家的桑树林子，最好冲毁护林的这家宅子，弄出的动静越大越好，万一弄出人命了，就更能争取到最大的利益！俗话说，舍不得孩子套不住狼，不干则矣，干了必须拿下！这次，咱必须下老本下死本，拼上命也要拿到六亩地的一部分。等田地到手了，你我两家各一半。"

界河，是胳肢窝村的生命之水，但有时也会变成吃人的怪兽。

汛期如期来了，界河水浩浩荡荡地冲向下游。

一场人为的可怕的灾难发生了！

一夜之间，王家的桑树林边护林的宅子被冲塌了，一家三口横尸河面。河水漫灌，一片好好的桑树林淹没在滚滚的洪水中。

这天，王经通带着族人披麻戴孝，抬着三口棺材，一路哭着来到秦员外家。秦员外大惊："这是哪门的事呀，你们王家死了人，怎么还哭丧到俺家门口了？"王经通放声大哭："秦员外呀，你到界河下游去看看吧，王家一处老宅子被水冲垮了，这是一家三口的尸体啊！咱下游的桑树林子全被洪水淹了。"秦员外忙说："淹了？快去救济呀，跑到这里干什么。"

"他娘的,你是站着说话不腰疼呀,要不是你让你堂弟二愣子在界河北岸盖上房子,挡住水流的方向,能有今天的后果吗?还有,如果没有丁土根开垦的六亩地,挡住了界河水,还能淹了咱的桑树林吗?"

来者不善!秦员外全明白了。王家两兄弟这是秋后算账,这一招,可谓是一箭三雕:一是借机敲打他,让他说不上话,插不上手;二是借机抽秦二愣子的血,报一箭之仇;三是重在要土根开垦的六亩地啊,这才是王家的必争之处!

王经腾啊王经腾,没有想到你胆大包天会来这一招,既歹毒又阴险!人命关天,秦员外瞥了瞥三口黑漆漆的棺材,心怯了,对众人说:"大家都回去吧!俗话说,人死为大,先处理好后事再说。"王家人站在门口不依不饶,又哭又闹。

"秦员外一定要主持公道呀!"

"这回,不给王家一个说法,不算完!"……

众人闹了一会儿,王经通吆喝着人抬着棺材,又往村西头去了。

一群人来到土根家门口放下棺材,哭起丧来。土根正在家里吃饭,吓了一跳,跑出来一看,脸色都变了。

王经通坐在丁家门口连哭带骂,唾沫星子四溅陈述完情况。土根傻了,追问道:"每年都发洪水,怎么偏偏今年淹了?这和俺开垦了几亩地有什么关系?"王经通破口大骂:"×你娘的!往年水大的时候,都往六亩地上流,你高筑堤坝挡住了水,水不淹俺的地才怪呢。你得了便宜卖了乖,你这个外来的狗杂种,杀人偿命!今天,你丁土根不给俺一个满意的答复,棺材就放在你家门口永不发丧,什么时候答应俺的条件了再说!"土根见事态紧急,有口难辩,跪在棺材面前哭道:"洪水无情啊,但你不该冤枉好人,好邻居好商量!"

"商量个屁,六亩地让给王家,你干吗?"

土根一听这话,当场瘫倒在地。他终于明白个中缘由了,糊涂啊，本来想秋后续上六亩地，没有想到对方还是抢在他的前边了。

王经通十分嚣张，欺侮人竟然欺侮到底了，他吆喝众人将棺材放在路口，在土根家门口搭起灵棚，挂起白幡，竟然守起丧来！

秦员外急忙召集冯本、土根、二愣子，还有王经腾、王经通等人商议。众人落座，唯独王经通站着，双手抱胸，蛮横地说："俺的条件，就是二愣子的房子必须扒掉，土根的地必须铲平恢复到原来的样子。一切损失全部由丁土根和秦二愣子赔偿！否则，一命偿一命，血债血还！"大家都不说话，内心都知道王家的底线在哪里，但没有人戳破它。王经腾沉着脸低着头，假装抹眼泪。

在三条人命面前，秦员外也没有了昔日的威风，问道："大家都说话呀，你们说怎么办？"冯本终于开口，不紧不慢地说："人命关天嘛，总得有个态度。俺说句公道话，二愣子哥，你负责出入殓和棺材钱，人家冲塌的宅子也要负责盖起来，再把决堤的地方筑好。至于土根嘛，俺看，桑树林子的钱得赔了。另外嘛，六亩地是不是也适当地给王家赔偿点……"秦员外咳嗽了一声，冯本不说话了。

王经腾感激地看了冯本一眼，两人会意地交换了下眼神。

秦二愣子暴跳如雷，吼道："冯本，你算老几？这不明摆着拉偏架吗？"王经通也火了，两人谁也不服，在院子里大打出手。这时，大门口又传来哭丧声。死者的亲人拥进来，跪在地上，一齐哭道："老天爷呀，你睁睁眼吧，人死了还不得安宁！这么热的天再不入殓，尸体都臭了！"秦员外和众人坐立不安，不知如何是好。王经腾见火候到了，磕了磕烟袋站起来，表面上十分大度地说道："三弟，你坐下。俺王家历来有事说事，有理讲理。没理，俺不去找碴儿；得理了，也不能不饶人。这样吧，各家各退一步，俺王家先让一步。秦二哥，你必须把冲毁的宅子盖好了，棺材钱也要垫上。土根的六亩地必须分给王家一半，算是赔偿桑树

147

林子的损失。至于其他赔偿的事,俺可以不考虑了,这是最起码的条件。同意了,咱们就签约;不同意,俺就告到县衙去,讨回公道!"王经通马上附和道:"对对对,就这个条件了,不能再让步了。三天内,俺等着你们的答复。守灵三日,期限到了,不答应俺的条件,俺就把尸体抬进你们家里!俺说到办到,你们看着办吧。"

说完,两人扬长而去。

众人都走了,秦员外无助地望着土根,叹道:"人命关天,这一回,俺是帮不上你的忙了。""爹,容俺再想想。"土根垂头丧气地回到家。

全家人都在等着他。大田说:"太欺侮人了,你看灵棚搭在咱家门口了。俺去跟他们拼了,开垦了五年的六亩地,他们王家说拿去一半就拿去一半,公理何在呀?"

"你坐下,人家人多势众,又死了三个人。这里,不是个说理的地方呀!"土根说。

秦女坐不住了,说:"俺去找俺爹去。"

秦女回到娘家,见秦豹正和爹说话。爹问:"张保长那边怎么说?""保长说了,这个事他不管了。人家王家占着理呢,让咱们让着他。看来,他们早就串通好了,穿着一条裤子一个鼻腔说话。"原来,秦员外早打发秦豹去找张保长了。秦员外叹了一口气,说:"闺女忍了吧,这次王家来者不善呀,是早有预谋的。在咱们村里,秦冯王三家,只要两家联合起来了,就没有干不成的事。土根呀,这次能闯过去就闯过去,闯不过去就认了吧。也怪俺贪图小便宜,没有把六亩地续上契约呀,这样被人家抓着把柄钻了空子了。"

秦女回到家,土根还呆呆地坐着。

"不行,给人家一半地吧。闹出人命了,上了公堂,这事也就说不清了。你也别在这里怄气了,气坏了身子。"秦女劝慰道。

土根来到胳肢窝村，碰到他人生中的第一个大坎。

三　十岁出征

家族利益的争夺，向来就是残酷无情的。在一些利益攸关的大事面前，你挺过去了，就意味着挺直了胸膛；否则，将永远在人面前站不直腰抬不起头来。

土根坐在院子里，闷头抽烟。岁月的沧桑，倔强而生硬地雕刻在他的脸上了，留下一道道沟壑印记，一头长发蓬松地罩在头顶，脑后一条长辫子一日之间似乎长出毛茸茸的青草，整个人看起来像只倔强的毛驴子。一圈圈烟雾盘绕在他头顶上，严肃的脸庞又红又紫，如同正在燃烧的一堆炭火。

土根蹲在地上好长时间，然后磕磕烟枪，幽幽地说："迈不过去这个坎，俺丁家在胳肢窝村便立不住脚了。王家这事欺人太甚了，太猖狂了！这一次，俺得赌一把，狠狠地赌一把！"他起身跺了跺脚，说："地博，你也大了，也该替爹出把力了。大田你过来，你带上地博，连夜赶到日照去，去找州府布政使老爷丁唯世大公子。地博，你把这个事和老爷来龙去脉说说，想想办法，替俺出口气！现在就走，记着，两天后，一定要赶回来。这两天，王家逼死俺，俺也顶回去。如果老爷不给爹这个面子，俺就认了，劈一半六亩地给王家。俗话说，好汉不吃眼前亏，但这个仇算是结下了！"

十岁的地博看着爹，点点头，眼神是同样的倔强而坚毅。

秦女望着地博，犹豫着问："这么晚了，明天再走吧？"

土根平静地说："不行，今晚上就走！要不然，不赶趟了。地博你记着，天塌不下来。人活着不会被尿憋死，车到山前必有路。"地博点了点头。

"你还没有吃饭呢,吃点饭再走。"秦女抹着泪,忙着去做饭。

"娘,俺不吃了,在路上吃点就行了。"

大田领着地博,带了点干粮,连夜出发了。"他还是个孩子,才十岁,不会有什么危险吧?"秦女哭了。"穷人家的孩子早当家,俺像他这么大时,什么事也开始干了,让他去吧。死在路上,让狼叼去了,算是白养了。活着回来了,让他长点记性。如果问题解决了,也让他长点见识。放心吧,这孩子命大!"土根眼里也闪着泪花。

从胳肢窝村到日照,上百里路程。

晚,漆黑漆黑的。路上,狼嚎鬼叫。

大田和地博各抄着一把长刀和棍子,越过昆山、藏马山、七宝山等大小四座高山,穿过森林,蹚过河流,他们深一脚浅一脚朝前走。这条路,十多年前,土根和地博的娘刘女曾经走过。

"地博,你怕吗?"

"不怕!"

"饿不饿?"

"不饿!"

大田犹豫了一下,还是不放心地问:"你第一次到日照,见到老爷怎么说?"

"到时再说吧!"

"这些年不联系,人家会不会帮咱?"

"俺想,会的!"

大田看了眼地博,感觉十岁的地博比一个中年人还沉稳自信。

天亮时,地博和大田赶到日照丁家府大门口。

大田上前和门卫说明情况,门卫让大田在门口等着,领着地博来到账房宋先生家。地博第一次走进这么大的家府大院,有些紧张。但他内心有一个强烈的信念:一定要见到丁老爷,因为爹在家等着他的消息。

推开门，地博看见一位戴着玻璃眼镜的老人，笑吟吟地望着他。他上前扑通一声跪下，哭道："老爷，快救救俺爹吧！"老人扶他起来，笑道："俺不是老爷，是先生！"地博跪着不起来，又说："先生，快救救俺爹吧！"老人硬是把地博扶了起来。知道原因后，老人问："大青年，你多大了？""先生，俺十岁了。"地博答。

"噢，才十岁呀，就担这么大的事了。"老人喃喃自语。老人给地博端来饭，地博也不吃，拿出自己带的干粮，坐在一边吃起来。

这时，门外进来一个俊俏秀气的女孩。

女孩见到地博吓了一跳，小声问爹："这人是谁？"老人笑道："论起来，他是你堂弟呢。"女孩笑了："俺还有这么大的堂弟？"

"荷花，他才十岁，你比他大一岁呢。"荷花细瞅地博，地博第一次被女孩子这样瞅着，不好意思地傻笑。"哎哟，他比我小一岁，怎么长成这么大的汉子！"荷花灿烂地笑着。

"他是老太爷庶出的大公子丁土根的儿子，他爹和如今的老爷是同父异母的兄弟呢。我和他爹还有过生死之交，他爹当年曾救过俺一回。说来话长，你一个丫头听不明白。"老人回头对地博说："孩子，老爷晚上才能回来。你家里的事俺知道了，等老爷一回来，我就和老爷说。你在家歇着，和荷花说会儿话。"地博大声说："先生，俺爹说了，明天中午必须赶回去。不然，俺就见不到俺爹了！""放心吧，孩子，只要老爷答应了，明天中午一定会赶过去的。但是，老爷答应不答应，俺说了就不算了。"宋先生走出房间。

晚上，账房宋先生领着地博去见老爷。老爷坐在一把太师椅上，周边围着好多人。地博不敢抬头，见面就下跪，大声说："老爷，快救救俺爹吧！"

老爷笑道："土根哥养了这么大的一个儿子了！你爹还好吗？"

地博大哭："不好！在家里唉声叹气的。"

老爷叹息了一声,慢悠悠地说:"当年你爹执意要走。这一走,十多年了。我时常念起他来。孩子,明天我安排人和你一块回家,回家问你爹的好,就说老爷想他了!"

地博又磕了个头:"老爷,俺记住了,俺替俺爹谢谢老爷!"

老爷突然想起什么,问道:"你多大了?"

"十岁了。"

老爷摇摇头说:"算了吧,太小了!"

地博不高兴了,大声说:"老爷你别嫌俺小,俺力气大,干什么都行。不管什么事,只要俺去干,保准没有问题!"

老爷笑了:"你瞧,这孩子口气这么大,你一个十岁的孩子能行?"

地博肯定地说:"能行!只要是老爷交给俺的事,俺没有干不好的!"

老爷哈哈大笑:"好,你回去和你爹说,就说老爷说的,办完这件事后,你带上四五个壮年人来俺这里。这里,有个活让你们干。"……

土根在家和王家周旋。三日期限已到,他和秦女说:"儿子中午还不到,俺就认了。"土根颓然叹道:"走到哪里,也是家里有人好呀!现如今,打,打不过人家;争,又争不得,眼睁睁地吃下这哑巴亏。"

六亩地周边围了一堆人,气氛十分紧张。

土根站在一边,秦女领着地广和果儿,地圆胆怯地站在她身后,油嘴子、趴鼻子、秦狗剩、吴毛光等也站在这一边。另一侧,站着人多势众的王家族人,有扛镢头的,有拿棍子的,一副气势汹汹的样子,三口棺材并排摆在地头上。王家人等得不耐烦了,七嘴八舌地嚷嚷道:"还等什么?再不签,先把地上的庄稼扒了再说!""反正这地也没续约,谁垦的是谁的,靠水的这一半就是俺王家辛辛苦苦开出来的。不服,你们拿出理由来。这一回,想不给俺王家都不行！"

张保长站在中间，两头劝和："好说好签，但是君子动口不能动手，谁要是敢动手了，就拿谁是问！"地头东侧也站着两队人马：一边是冯家的人，蹲在地头上看热闹；另外一边，秦员外背着手冷冷地站着，背后是黑压压的秦家族人。秦员外在静静地观察，在等待时机，一旦王家动手了，他不会袖手旁观的。

王经通走到土根面前，冷笑着小声说："土根，乖乖地劈一半地给俺，什么都好说。不然，有你好果子吃！"

土根淡定地说："你猴急什么？不就是一半地吗？是俺的，你抢也抢不去；不是俺的，俺也不稀罕！王经通，这一次你把事做绝了。俺土根不是怕你，而是看在死去的三位同乡面子上。俺说好了，中午过后就是中午过后。你看，太阳还没有过顶呢。俺坐会儿，抽袋烟歇歇。"王经通嘲笑道："土根呀，胳膊拧不过大腿。这一次，没有要你的命就不错了，区区几亩地别舍不得了。"

土根摸出旱烟袋，摁上烟丝，点上火，悠闲地抽起烟来。

太阳爬上头顶了！土根望望西边路口站起来，露出一丝绝望的眼神。中午了，儿子不会回来了。是呀，一个十岁的孩子能干什么？再说了，虽然是一父同胞的兄弟，但如今人家高高在上，又怎么会搭理自己这个乡下人呢？土根望了望王经腾，将旱烟袋头往鞋帮上磕了磕，朝着张保长走去。

突然，从西头驿道上扬起一片尘土，四匹高头大马快速奔来。

土根和秦女笑了。

大家纷纷张望。张保长一看，日照的县尉来了，这还了得，他慌忙迎上前。地博从马上一骨碌滚下来，跑到土根面前。土根一把抱住地博，眼泪顿时下来了。

众人明白了，土根搬来救兵了！

王家人立即腿软了。

"谁在这里滋事闹事？"县尉一脸严肃地责问，乡下人怕见

153

官,一看这架势都老实了。

王经通走上前,结结巴巴地陈述着情由。

听完后,县尉问道:"王家还有什么要说的。"没有人敢答话,王经腾躲得远远的。

县尉见王家人不说话,接口说道:"好,秦员外在哪里?你是这里的甲长,理应公事公办为民办差,这事当如何处理?"

秦员外一看这架势,也愣住了!他不知怎么回事,上前支支吾吾说:"死者为大,理当尽快入殓,棺材和毁坏的庄稼,也应折价酌情赔偿。"

县尉摆摆手说道:"好了好了,谁是丁土根?"土根上前行礼。"这块良田,可是你开垦的?"

"正是,大人。"

"按大清律法,凡个人开垦的田地归开垦者所有。你们这些大胆野民,无凭无据霸占人家的田地,按律当罚!重者当斩!"

王家人的脸色瞬间煞白,双腿发软。

县尉又说:"文师,你当量好这块地的亩数,还有王家的田宅桑树损失等,也悉数丈量好,另考虑补偿。"

文师点头照办,并一一向县尉呈报。

县尉听完后说:"丁土根为民勤恳,开垦出六亩地归其所有。死者棺材和入殓等费用,由秦二愣子家出。丁土根出粮五担,补偿王家的桑树用度,其他损失由王家自行量决。此事就此结案。凡不服者,到日照县府去申诉,众人散了吧。"

张保长这时快步上前,大声说:"劳烦县尉大人亲自审理,谢大人明判,大家快散了吧。"县尉看了一眼张保长,大声呵斥道:"你作为一保之长,理应主持公道。此事你处置不当,才导致聚众滋事,当罚一个月的俸禄。"

张保长连忙说:"是是是,俺知罪,知罪!"

县尉处置完公事,特意走到丁土根面前,客气地说:"老爷有令，代向丁大公子问好！"土根忙不迭地拜谢。

这几句话，周围的人听得清清楚楚。县尉走后，众人交头接耳议论：丁土根果然是大公子呀，原来他就是当今州府布政使老爷的大哥呀！了不得了不得！

四　大戏

这年正月初一，天气异常寒冷。风，如同刀片般刺在脸上。昨夜下了一场小雪，人走在路上咯吱咯吱作响。

再冷的天气，也不会扫了秦员外的兴致。吃过饺子，秦员外一身新衣，精神抖擞，领着秦虎秦豹串门拜年。最小的闺女秦小小也要跟着去，他高兴地说："好好好，小闺女也长大了，跟着去凑热闹。走吧，跟爹一起拜年啦！"

秦员外可谓是春风得意，大儿子秦虎在诸城县衙当差做事，女婿土根是响当当的"丁大公子"，二儿子秦豹持家理财日渐成熟。美中不足的是大孙子秦浪患病身亡，但这也挡不住秦员外的喜悦之情。

秦员外先来到冯本家。开门的老婆子见秦员外来了，慌得进屋去喊冯本。秦员外并不急着进屋，站在院子中间感慨万分。冯老先生、冯本媳妇相继去世，昔日热热闹闹的庭院，显得冷冷清清。他小声对秦虎秦豹说："你们看，家呀没有了人气什么都完了。可怜咱秦家呀，如今连个男孩都没有，你们兄弟一定要给秦家再生几个男丁，秦家就圆满了。"

冯本小步迎到院中，双手作揖："秦员外亲自来拜年，让兄弟羞愧难当啊！过年好呀，哎哟，俺的大侄子官人，也亲自到寒舍了，不胜荣幸啊！"秦员外哈哈两声，说："你我是世家干兄弟，应该的，应该的！"冯本是何等精明之人，见秦员外一副扬扬得意的表情，就知道他是来显摆逞能的，连声说道："让秦员外见笑了，年前，冯世小儿刚为俺添了一个大孙子，一家人手忙脚乱的，什么也顾不上了。小门小户的不比秦家呀，家大业大人更旺啊！"冯本的语气中，特别强调了"人更旺"三字。秦员外的脸色挂不住了，勉强说道："是呀，冯家喜事丧事都不断呀，秦家是没法比喽。不过，俺两个儿子还年轻，正是干事创业的好年华呀！"说完，在尴尬的假笑中，冯本将客人请进中屋。

"叔叔过年好！"秦小小向冯本拜年。冯本看了她一眼，笑道："长得真俊呀！真是一个好闺女。"寒暄中，小姨娘抱着冯实儿也从东屋里出来。冯实儿已经五岁，小脸蛋白里透红，活脱脱的一个美人坯子。秦员外过去，抚摸着孩子的脸，贪婪地盯着小姨娘，奸笑道："真随她娘的脸模了，又是一个小美人。瞧这模样，和俺家的闺女秦小小倒像是一对姐妹！"

小姨娘听了这话，脸便红了。一旁的秦虎也不自然起来，皮笑肉不笑的。

小姨娘坐了会儿，回东屋去了。她回头瞥了眼秦虎，秦虎赶紧低下头。秦员外说："冯本老弟，俺今天过来想和你说件事呢。今年过年，俺请了个戏班子，想在广场演上三天戏，让村里热闹热闹。""秦员外想得周全呀，这样安排顶好的。只是，俺过完年，想和冯世，还有他媳妇一起串个门。闺女嫁到莒县多年，今年添了外孙，让俺过去玩玩呢，这么好的三天大戏，俺可没有福分听了！"秦员外笑道："哎，你忙你的。咱这个村只剩下秦冯两户大姓人家了，有些事和你说一下。"冯本违心地恭维道："哪里的话？丁土根的家也发达了。再说了，哪个家族也没法子和秦员外家比呀！咱秦冯两家搬到村子上百年了，走到今天，只有秦家一手撑天，俺冯家自愧不如呀。"秦员外听完仰头大笑。

秦员外起身告辞，冯本望着秦家人背影，心里暗骂：狗杂种，瞧你嘚瑟的！有你好受的时候。有朝一日，俺老子睡了你家的老小。

此时，冯本酝酿一个冬天的复仇计划终于执行了。冯本是个狠人。他深知，不到最后一刻千万不能轻举妄动。

送走秦员外一行，冯本出去拜年走了一圈。回到家中，见小姨娘抱着实儿正在吃饭。冯本瞧着实儿，又回味起秦员外那句"瞧这模样，和俺家的闺女秦小小倒像是一对姐妹！"，心里顿时堵得慌，脸色立马阴沉下来。

冯本一直把冯实儿当成掌上明珠，宠爱有加。但随着孩子一天天长大，越长越俊，冯本心里直犯嘀咕：这孩子怎么长得不像冯家人？冯家人世代矮小宽胖，一对小细缝眼如刀刻般嵌在脸上；但这孩子却生得一双美目顾盼有神。但一想，冯本又安慰起自己，小姨娘长相俊美，孩子随她娘倒也是合情合理的。这些年，村子里时有传闻说秦虎与小姨娘有私情，他也略有耳闻，虽然没有任何证据，但怀疑的心思一日重于一日。一天晚上，冯本喝醉了。小姨娘端来脸盆，给他洗脚。冯本一脚踢倒盆子，故意诈她："你别在这里装腔做戏的，你干的那些好事，别以为俺不知道！"冯本的话，并没有吓到小姨娘。相反，她却十分冷静说道："你们男人没有一个好东西！当初老头子还活着的时候，天天有男人爬在墙头上想占俺的便宜。你不也是一样吗？你天天不着家，一些不三不四的男人见你不在，一天过来好几趟呢，世上哪个男人不沾腥的？你在这里发什么酒疯？你要是不放心，在家里安排上人，天天守着便是了！"冯本听小姨娘说到这里，眼前一亮，他想起了当年秦员外羞辱他的事情来。从这一刻起，一个复仇计划在他心中就产生了。

冯本口是心非地说道："好了，俺也是听别人胡言乱语的，这才起了疑心，谁让你长得太风骚了，去惹人家动肝火？！"小姨娘哭了："孩子是谁的，你还不清楚吗？整日疑神疑鬼的，你成心不让人活了！"冯本忙赔笑道："别哭了，都是喝醉酒惹你生气了！"其实，小姨娘自从有了实儿，所有心思和精力全部放在孩子身上了，她唯一的心思就是想把孩子抚养成人。但她隐隐约约地感到，冯本开始怀疑她与秦虎的关系了。

酝酿多日，冯本决定选在春节期间动手。刚才秦员外来拜年时，冯本有意放出风声，就是为了让秦虎听的。

晚上，冯本再次放出连环计，又和小姨娘说："俺闺女前些日子托人来，让俺去看看她呢。这几天，俺带着冯世和他媳妇一起到莒县。长工也都回家过年了，家中只剩下两个老婆子在家。你自己照顾好自己，守好家门。过个三天五天的，俺便回来了。"小姨娘点头称好。

冯本和小姨娘说完，又偷偷对冯世如此这般地嘱咐了一番。

正月初二，秦员外安排的大戏开始了。

下人给秦员外搬来太师椅，他坐在台下最中间位置，披着貂皮大衣，头戴貂皮帽子，摇头晃脑，津津有味地看起来。乡下人爱看戏，男女老少围着戏台子水泄不通。

这一天，冯本一家四口坐着马车，慢悠悠地在大街上晃荡。见到熟人便主动说起闲话，说是要去莒县串个门，待个三天五天的。路过秦员外家，正碰上秦虎站在门口送客。冯世主动打招呼："兄弟呀，过年了，你怎么不去看戏呀？"秦虎笑道："家里来客人了，招待客人呢，再说了，那些戏闹哄哄的有什么好看的，诸城天天都有戏看，不去凑热闹了。"冯本笑道："大侄子是见过世面的，这样的戏不看也罢！"说完，冯本驾着马车在秦虎的目送中远去。

马车走出村西口，冯本和冯世下了车，在村口接应的下人，驾着车拉着冯世媳妇去了莒县，父子俩悄悄地溜到冯世家中。

冯本前脚刚走，秦虎就迫不及待地来到冯本家。

一进门，他站在院子中间，故意大喊："冯本大叔在家吗？"小姨娘见是秦虎，脸马上红了，说："他不在家，你来干什么？"秦虎说着，便往房间里闯，被小姨娘挡住了。秦虎忍不住上前捏了她一把，小声说："今晚上我过来看你！"看门的老婆子出来，秦虎就大声说："我以为冯本大叔在家呢，想和大叔说件事，不在家就算了，回头再说吧！"说完，趁老婆子没注意又朝小姨娘使眼色。

自打冯实儿出生，小姨娘便断了与秦虎的联系。秦虎几次想约见她，都被她拒绝了。眼见冯本起了疑心，小姨娘也想趁冯家人不在，两人见个面将此事说开彻底来个了结。

天刚擦黑，秦虎就迫不及待地从东墙一跃而入。冯宅周边安排好的下人悄悄溜到冯世家中，向冯本汇报："鱼儿上钩了！"冯本恨得牙齿咬破嘴唇，小声说："再等会儿，不急，一定捉个现行。你叫人把四周团团围住。"

约莫半个时辰后，冯本和冯世出现在家门口。

冯本犹豫了会儿，站在门口说："你们都不要进去了，在这里等着，俺一个人进去！"说完，冯本一脚踢开房门，冲进里屋。

里屋炕上，秦虎、小姨娘正赤身裸体地拥抱在一起……

五　捉奸

屋内一片狼藉，小姨娘又羞又怕，哆嗦成一团，秦虎则捂着身子，无地自容。

冯本脸色紫黑，骂道："不要脸的畜生！"他抬手扇了小姨娘一耳光，拿起衣服扔给她，冷笑道："婊子，穿上衣服到东屋去！"小姨娘走时，回头可怜巴巴地看了冯本一眼。

秦虎蜷缩在炕头一角，哆哆嗦嗦地拿起衣服。冯本一把夺过，大声说："你光着吧！"他朝门口喊道，"你们进来吧！"等冯世等人进来，冯本说："先把这个畜生捆起来！"想了想，又说道，"不！先找纸和笔来。大侄子是先生呢，让大侄子写写奸情的事。

159

写完了，咱们就把这个事了了。不然，俺不会算完！"秦虎跪在炕上，羞愧难当，恳求冯本："大叔，俺错了，原谅俺吧！"冯本恨恨地骂道："狗日的，你奸了俺的姨娘，就这样完事了吗，想得美！"

秦虎万般无奈，只好按冯本的要求写了事情经过。冯本认真地看了看，又让秦虎摁上了手印。冯本吹了吹上面的墨迹，收起证据，冷笑道："大侄子，你先委屈一下，咱还要演一场大戏呢！来人，先把他的嘴巴堵上，再捆起来。"秦虎苦苦挣扎，但无奈对方人多势众，很快被制伏了。"冯世，你去叫秦员外，就说爹有大事和他商量，请他务必赏光。"

秦虎此时知道上当了，嘴里呜呜呜地叫着。

没过多久，秦员外来了。进院，便大声招呼着："大兄弟呀，不是到莒县去了吗？怎么又回来了？这么晚了有什么大事要找我商量啊？"

冯本双手抱胸，站在堂屋门口迎接他。秦员外迈着方步，自顾自道："想当年，你爹和俺爹是干拜兄弟，多么好的交情呀！一眨眼工夫，上一辈都没了。论起来，俺也是个老资历老古董了。放心吧，没有什么大事过不去的，你也算是找对人了！"秦员外此时还没有觉察到气氛不对。

走进堂屋，灯光下看到屋内几人神情古怪，一下感觉不对劲，放冷了语气对冯本说："你这是搞什么名堂？"

冯本阴阴地说："秦员外，你进里屋看看就知道了。"秦员外走进里屋，只见一人赤身裸体被绑着，挣扎着呜咽。秦员外定眼一看，啊的一声，血液上涌，脸色铁青，一屁股瘫坐在地下，口里喃喃地说："你……你……你这个不肖子孙……"话还没有说完，便晕了过去。冯本上前，使劲掐住秦员外的人中。片刻后，秦员外又啊了一声，醒了过来，捶胸顿足哀号着："造孽呀，造孽！"

冯本扶他坐下，端上一杯水，说："秦员外，你镇静镇静，好多事还没有办呢，你这个时候不能躺下呀。俺姨娘就在东屋，估计这会儿还没有穿好衣服呢，你要不要过去看看？"

"你……你……！"秦员外气得说不出话来。

"秦员外见多识广，你说这个事怎么办吧？"冯本冷冷地问。

秦员外此时平静了一些，抹了一把鼻涕，说："俺赔钱，赔银子给你，中不？"

冯本低头不说话。

"俺给你粮食，行吧？"

冯本还是不说话。

"好兄弟，你倒是吱一声呀。"

冯本突然捂脸哭了："今天这事让俺怎么活呀？这不是埋汰和玷污俺冯家吗？这事一定要按照大清律法和家规处置。拖出去先游街示众，然后再把人送到县衙去。不然，俺咽不下这口恶气呀。"

秦员外一听，冯本真要是这样做了，秦虎这一生就完了，秦家也再没有脸面做人了。秦员外情急之下，不停地抽打着自己的脸，哀求道："大兄弟呀，你饶了俺吧！给俺这张老脸一个面子，好不好？俺给你家田地，这样行吧？"

冯本瞅了瞅秦员外，想起当年他羞辱自己的情形。三十年河东三十年河西呀，自己终于等到了报仇雪恨的机会。冯本抹着眼泪，就是不说话。

"俺给地十亩！这样可以吧？"秦员外咬牙说道。

冯本抬起头，冷冷地说："秦员外，你这是打发要饭的吗？"

"好好好，给你二十亩地，这样行了吧？大兄弟。"

冯本见火候差不多了，慢吞吞地说："行！二十亩地行，但这要看哪里的地了。"

"兄弟，你说话，你要哪块地？"

"俺不要别的，把原来俺祖上的二十亩地，还有俺祖上过去修的东岭湖，一块交还给冯家！"

161

"你这是要俺的命呀！"秦员外捶胸顿足。

冯本不说话了，闷头抽烟。

过了会儿，秦员外说："兄弟，容俺回家和这个畜生商量商量，再给你回话吧。"冯本不住地冷笑。走出这个门，冯本是拴不住秦员外这条野狼的，他回过头来，甚至还会倒咬上自己一口。冯世站在门口，拿着一把菜刀横在面前，恶狠狠地说："谁也别想迈出这个门半步！""不能走！要想了结，就在今晚上。咱们签好约，盖上手印，两家算是两清了。不然，公事公办！"冯本坚决地说。

两家僵持到下半夜，秦员外最后终于妥协了。

秦员外在契约上摁上自己的红手印泣不成声，老泪纵横地央求道："好兄弟，事已至此，给俺一张老脸行不？这个丑事，别向外说了。对外就说，咱两家交好，是俺主动归还你家的祖业，行不？你兄弟在外面混个人样不容易呀！"

冯本也假惺惺地流泪说："秦员外，俺也是这么想的，你放心吧。别怪俺呀，祖上的家业在俺手里丢的，不要回来，俺死不瞑目！今天，你也是因果报应呀！""别再叫俺员外了！从此，你是员外！"秦员外眼里冒出火来。

秦员外和秦虎父子走出冯家的大门。刚走几步，秦员外狠狠地扇了秦虎一个耳光，骂道："你这个畜生，你造的什么孽呀！"

天微微透出点光，冯本领着儿子冯世，捧着刚刚签订的契约，一口气跑到东岭湖畔。两人跪倒在湖边，冯本望着眼前这片田地和湖水，双手把契约举过头顶，高声喊道："三十年了，老祖宗呀，这里的地和这里的湖，俺给祖宗要回来了！儿孙呀，这是祖上的祖业呀，族上的命根子！"说完，冯本不停地磕头。

秦虎扶着爹，一进家门口，秦员外哇的一声吐出口鲜血。"爹，你这是怎么？"秦虎大喊。"你小点声，小祖宗，你不怕被邻居们听见吗？"全家人都没有睡觉，在家里等着秦员外。听秦虎喊了一嗓子，纷纷跑出来，一见秦员外吐出的血，大惊失色。

"快关上门！"秦员外小声说。

众人扶着他，趔趄着爬上炕。秦员外这才放开嗓子，号啕痛哭："完了，秦家百年基业败了，东岭湖没有了，咱秦家的根基要动了！"秦豹火冒三丈，眼睛瞪得牛眼一样大，问道："怎么眨眼工夫，东岭湖没了！快说呀，怎么回事？"秦虎在一边掩面而泣。秦员外哭道："你哥糊涂呀，秦家这下离败落不远了，哎哟……"秦员外话未说完，又吐了一口血。一家人瞪着眼望着秦虎，等着他解释。秦豹耐不住性子，上前一把揪住秦虎，大声说："你这个败家子、丧门星，是不是你干的好事？俺就知道你早晚得让秦家丢人现眼。"秦豹早听说过秦虎与小姨娘的事，一下子想到这里。秦员外喊道："秦豹，你住手！事情都这样了，年轻人都有糊涂的时候。你们两人记着，家和万事兴。如果你们兄弟两人不和了，咱秦家就真的要败落了。"

二太太明白了，默默地领着秦小小回西屋去了。秦氏坐在一边垂泪。"都去睡吧，俺躺会儿。"秦员外有气无力地说。秦虎哭着走了，秦豹骂道："冯家，俺和你势不两立，血债血报！"说完，愤愤地转身离去。

从此，秦员外一病不起。

第二天，小广场上的戏台继续开演，但秦员外却没有去。

台上的戏再精彩，也没有台下的流言蜚语吸引人。

村民们围在台下，顾不上看戏，听一娘们讲桃色段子："听说了没有？秦虎昨天晚上趁小姨娘一个人在家，偷偷摸到冯家去了……"大家啊了声，屏住声息，静静地听。此时，娘们则捂住脸，笑成一团，有意不往下讲了。

"哎哟，你倒是快说呀，秦虎和小姨娘那个没有？到底成了没有？"那娘们有意按住话题，不紧不慢地说："真看不出秦虎是个人面兽心的主，这一家人没有一个好东西！看秦员外这张老脸往哪里放？"

163

"你倒说正事呀，那个事成了没？"小伙子急得抓耳挠腮地问。

"听说小姨娘刚强着呢，拼命反抗，又恰好赶上冯本回来，冯本上去把秦虎打趴下了。哎哟，那场面没的看了……"那娘们回头瞅瞅小伙子，脸笑得都扭曲变形了，又不往下说了。

"成了没有？急死个人了！"小伙子不停地追问。

"差一点，就差一点，差一点，事就成了！"娘们笑得浑身打战。

"秦家这下把脸丢尽了，秦虎还怎么在外面混呢？祖上的家业也给了冯家，秦家这下离败落不远了。""可不是吗，秦家这些年作下孽了，那不，前不久大孙子还死了，现世报应呀，秦家这是要断子绝孙了。"

……

流言蜚语传到秦员外的耳边，他的病情更加沉重了。

这天，秦员外感到时日不多了。他找来秦虎和秦豹交代后事："冯本是个狠主呀，他这是把俺卖了！儿呀，这个仇一定要报呀！"秦虎只顾流泪，秦豹恨得咬牙切齿。秦员外接着说："过完年秦虎快回去，回去就不要急着回家了，好好在外面干，混出个人样来，为秦家争口气！"秦虎哭得死去活来。秦员外回过头，有气无力地又对秦豹说："你哥走后，这个家就靠你一个人撑着了，你要多加小心，不能再让人家抓住把柄了！"

急火攻心之下，秦员外最终没有熬过这个正月，一命呜呼了。

按照秦员外的遗嘱：丧礼从简从快。丧礼上，秦氏族人悲痛欲绝。冯本居然不请自到，在丧礼上痛哭流涕："秦员外呀，你怎么走得这么急呀！你刚为俺冯家办了一件大好事，怎么就突然走了呢？你让冯家世世代代怎么感谢你呀！"

第八章

一　发家之路

秦员外的突然离世，让土根唏嘘不已。

秦员外一死，秦家陷入群龙无首的局面。界河北面，东秦西丁的局面悄然变化着。

正月里，丁土根一直忙着丁地博出门的事。

原来，老爷丁唯世念及以前的情谊，想起土根在外成家立业的艰辛和不易，有意交给土根一桩生意做。因这桩买卖，是丁唯世自家的一份产业，便托土根找些知根知底的人员组成车队，来往于日照与青岛之间运送货物。土根自然很高兴，对秦女不住地念叨："大公子到底没有忘记俺呀，上次六亩地的事多亏了他，毕竟一父同胞啊，心连着心！"土根一生当中，最为津津乐道就是这件事了。在他晚年的时候，一次又一次不厌其烦地讲给子孙后代们听。

孩子们都听烦了听腻了，总是打断他的话："别讲了爷爷，是不是当年在你走投无路准备要放弃的时候，突然，从西北处来了一队人马……"土根听完哈哈大笑。

车队成员很快就组成了，土根考虑再三，决定由儿子丁地博带队，主要成员有大田、秦狗剩、吴毛光等。第一次出门时，一家人都惴惴不安。秦女劝土根说："太危险了，地博才多大呀？别让他去了。"土根训斥道："这世上，能吃上饭挣着钱的事，没有不危险的。天下哪有躺着便能挣到钱的好事？儿子也大了，这个家以后还得由他撑着，出去闯闯历练历练也好。"

丁地博倒一点也不害怕，跃跃欲试。

车队一个月只跑一趟，来回五六天工夫误不了农活，又能多挣些钱，自然让土根高兴得不得了。去时，拉上日照的食盐运到青岛大港；回来时，再把青岛的纺织品运至日照。

来往日照与青岛的路有两条。一条是南路，也叫水路，沿着海边走。这条路又近又好走，但路上设了许多关卡，过一个关卡交一份钱，来回一趟也就挣不了几个钱。另一条是北路，又叫匪路。路途遥远但没有关卡，只是路过藏马山。藏马山上土匪多，山头林立，打劫绑架的事时有发生。

土根和地博、大田商量，为了多挣钱决定铤而走险走匪路。忐忑不安地走了三四个来回，地博渐渐熟悉了路况。

每次从青岛回来，地博总是不忘去探望账房宋先生。宋先生都有意多给地博一些辛苦钱。渐渐地，地博和宋先生一家熟络起来。地博也常常和荷花讲一些青岛的见闻和故事，每次都记得给她捎一些新奇小玩意。宋荷花，人如其名，兰馨蕙香，虽不是大家闺秀，但自幼在宋先生夫妻悉心照顾下长大，识文断字，性格活泼开朗。

一日，荷花问地博："你认识字吗？"地博摇头。

"那你识数吗？"地博还是摇头。

"你不认字不识数，去给老爷运送货物。万一出了差错，怎么对得起老爷呀？"荷花歪着头责问。地博不服气地说道："俺只需要把货物运到就行了。""这样不行，万一有人使坏，给你们的货少了怎么办？以后，我教你识字算数吧。你来一次，我教你识十个字，一年下来你能认识不少字呢。"

地博看着荷花高兴地答应了。

在一次一次出征中，丁地博慢慢地长大了。

二 家道

"秦家百年了！儿子呀，不能败在你们手上，让俺无脸面去见老祖宗，让外人看笑话呀！"秦虎回到诸城坐在公堂里，脑海里总是回想起秦员外闭眼时说的这些话。

一年的时间里，秦虎陷入深深的自责和悔恨中。爹的眼神挥之不去，那眼神中带着深深的失望、忧伤，还有少许的期待。

这天，老家突然来急信让他回去。秦虎向县太爷告了假，匆匆忙忙地赶回老家。一进家门，悲情凄凉之气逼人。秦氏独坐在东屋，不住地抹眼泪，二太太张女在西屋又哭又闹。西厢房，秦豹一家子唉声叹气，自己的媳妇袁女也在哭哭啼啼。往日秦虎回家，家人如众星捧月般围着，如今一家人见了他显得格外冷淡生疏。

"这是怎么呀？"秦虎问。娘哭道："过不下去了，你弟弟开始嚷嚷着要分家呢！老头子眼一闭，啥事也不管了，这个家怎么办呢？"

秦虎犯难了。对于分家这件事，他事先一点儿准备也没有。

秦员外走得太匆忙，留下秦家偌大的家业，死前没有交代清楚，秦家和全族人都在虎视眈眈盯着。首先，提出分家的是秦豹。这些年他感到自己对这个家贡献最大，理应继承家业。还有一点，他觉得爹娘太偏心了，家里大大小小的事务由他一人顶着，但继承族长和家产的事却一字不提。秦豹媳妇也给他吹耳边风："爹偏心，娘也是一样的！只让咱做小的抬头拉犁，不让咱低头吃草。"秦豹左思右想，实在憋不住了，和娘提出分家的事。娘自然不愿意，哭道:"你爹刚上完一年坟,你哥又不在家,族长的事咱谁也不提了好吗?再说了,家产分不分的不还是一样吗?都是你和你哥的。"对于秦豹而言,娘这话明显偏向大哥!大哥不在家,他凭什么还占着家里的一切?秦豹越想越气,这个家必须分。只有分家了,娘才有可能会立族长!一个人的力量有限,他发动族上老一辈一起劝秦氏。众口一词,秦氏实在没有办法了,才写信告诉秦虎。

过去,家族中的大小琐碎事务,秦虎一概不管不问。现在不同了,长兄为父呀,这个道理他还是明白的。怎么办?他第一个想到的是丁土根。土根,曾是秦虎最瞧不上的人,但一晃几年过去,丁家已成为村中不可忽视的一支重要力量。

秦虎向丁家走去,路边蹿出一群孩子,追着秦虎后边大声喊:快来瞧呀,偷女人的野汉子回来了!秦虎呸了口,骂了句粗话,低着头快步来到丁家院子。小院里,果儿和地广蹲在地上玩泥巴,地圆独自坐在板凳上专心练习打算盘。秦虎站在地圆身后盯着看,禁不住问:"地圆还会打算盘呀?这是跟谁学的?"地圆吓了一跳,站起来问:"你找谁呀?"秦虎立即闻到一股尿臊味,不由得捂起鼻子。果儿和地广好奇地瞅着身着长袍大褂,脚下蹬着黑色油鞋的秦虎,果儿纳闷地问:"叔叔,你这是从哪里来的?穿成这样怎么下地干活呀?"秦虎笑道:"我是你舅舅呀!怎么不认识我了?我是先生,不下地干活的!"果儿又问:"你这么大了,不下地干活吃什么?"

秦虎被问得满脸通红,一时不知如何回答。

秦女正在西屋摊煎饼,听见说话声,探出头来,见秦虎来了,高兴地说:"哥,你怎么来了?俺正在摊煎饼呢,腾不出手来。地广、果儿,这是你们的大舅,快叫舅舅,给你舅舅倒水喝。"秦虎说:"我临时回家的,过来和土根商量个事,他不在家吗?""你轻易不回来,回家一定是有大事的。地圆,快到六亩地叫你爹去。"

秦虎站在院子里，突然想起土根刚搬来时住的小茅屋，便四处寻找。最西侧的小茅屋还在，只是成了牛棚。他瞧了一圈，又走到院子东侧，忽见一块方方正正的墨青色石头立在那里，一下引起了他的好奇心。他蹲下来端详，石头上面竟然还写着"土地粮食"四个苍劲有力的大字。这四个字入木三分，遒劲郁勃，似有魏汉形体碑风。再细看，四方石透身通着墨绿光芒，古朴厚重。这应该是一块千古奇石呀！他有些惊讶，不禁伸手想去摸。

背后有人喊："住手，你不能动它！"秦虎吓了一跳，转头看见土根和地博扛着犁回家了。

秦虎讪讪地问道："大公子，你，你回来了？"

"走，到屋子里坐吧。"土根招呼道。

地博不好意思地说道："舅舅，刚才大声吆喝你，不礼貌了。"秦虎笑笑，还未来得及开口，土根便问道："你过来找俺，一定是有事吧？"秦虎叹了叹，一五一十地把家里的情况说了："大公子，不，我还是叫你土根兄弟吧，我的意思是暂时不分家，但又怕我弟不乐意！"土根问："干娘什么意思？""我娘拿不定主意，这才过来和你商量。""分家这个事是早晚的事。按理说，俺说这个事不合适。你兄弟秦豹有这个意思，分就分了吧。"秦女站在一边静静地听。

"俺爹刚走了一年多，家又分了，这个家还像个家吗？"秦虎伤心地说。土根叹息道："家装在心里就好了！东岭湖没有了，东岭湖边的地也没有了，但你们秦家的基业还在呀，经营好这些也足够了！怎么不像个家呀？"

秦虎拭了拭眼角，抬起头问："土根兄弟，我忘不了冯家欺侮秦家的事，咽不下这口气，欺人太甚了！兄弟，你能不能替俺出了这口恶气，去找找上面主持下公道！"土根喃喃地说："解铃还须系铃人啊，冤家宜解不宜结！个人之间的恩怨，最终要靠自己来化解。"秦虎愤愤地说："冯家人埋汰我，他冯本的窝囊事谁不知

169

道呀！乱伦呀，天理不容！"土根道："过去的事别提了，有些事就让它烂在肚子里吧。"说完又叹息一声，重重地吐出三个字："家道呀！"

土根说完，秦虎没有听明白。秦虎这"半个"先生，或许一辈子也悟不出"家道"是个什么。

"俺爹临死时，也没有讲家产如何分的事，现在这家产怎么分呢？"秦虎问。土根无奈地说："这是你们秦家的家事，旁人就不好说什么了。"

秦虎从土根家出来，终于下定决心准备分家了。

秦虎回到家，对娘说："这个家分了吧！"秦氏说："那就分吧！怎么分？你好好和你弟弟商量，千万别吵架！"说这话时，她的内心十分纠结痛苦，她一直担心分家后族长继承的事。按常理讲，秦家的族长应由秦虎继承，但秦虎暂时不在家，并且秦豹一定不会同意，手心手背都是肉呀！

秦员外死后，秦虎秦豹兄弟俩的矛盾日益尖锐。秦虎嫌弟弟秦豹越来越不尊重他，常常出言不逊。秦豹则极其憎恶哥哥，认为家中的一切不幸都是因为他。

秦虎来到秦豹房间坐下。秦豹视他如空气一般，头不抬眼不睁。秦虎打破尴尬说："俗话讲，'兄弟同心其利断金'。咱兄弟两人在一起好好说说……"秦虎话还没有说完，就被秦豹打断："你拉倒吧，少来这一套，没有你，咱家也不会走到今天这一步！"秦虎羞愧难当，沉默会儿说："刚才和娘商量了，这个家还是分了吧！爹走了，但总得出来一个人撑起秦家。你看，谁来当这个族长合适？"秦豹眼睛一瞪："这还用问吗？过去当族长，一定是老大当，咱这个家的情况不同，不能论资排辈！"言语中没有任何商量的余地。秦虎心里明白了，他是铁了心想当这个族长的。

秦虎没再说话，站起来走了。

秦豹砰的一声，一脚踢倒秦虎坐的椅子，恶狠狠地说："让你当，你能当好吗？什么德性！"

秦虎回到娘身边，秦氏忙问："你们兄弟俩没有吵架吧？"秦虎摇摇头说："娘，平时我不在家，我的意思，这个族长让给弟弟当吧。"娘长长地松了口气，说道："俺的儿呀，这些天，娘憋了一肚子话也不敢说，怕你不高兴。这样好了，俺儿大人有大人的量，这就好办了。你叫秦豹来，其他人也一起过来吧，娘把心里话和你们说说。"

一家人坐下，秦氏说道："俺这个家早晚要分的，早分早省心。今天，俺就把这个家分了。咱秦家的族长由二儿子秦豹当，家产你们兄弟二人一人一半。"秦豹一直阴沉的脸，顿时柔和起来，疑惑地看了秦虎一眼。秦虎说："娘刚才说的，正是我的意思。二弟当这个族长最合适不过了！爹活着的时候，虽然没有明说，但相信这也是爹的意思。二弟，你以后就扛起秦家这杆大旗吧！"秦豹此时羞愧内疚，眼泪差点掉下来，说："俺听娘和大哥的，至于财产，你们看着分吧。俺只有一个条件，想搬出去单独住。"

鼎盛一时的秦家终于分道扬镳，正式分家了。

秦豹一家搬到东边一套单独的宅院，秦虎一家仍然住着现在的老宅子。秦氏对秦虎说："娘岁数大了，你爹走后，俺闭上眼便想起你爹来，一个人住在东屋空荡荡的，俺想，搬到东厢房去。"这样，秦虎和袁女搬到东屋，秦氏住进东厢房。二太太张女不同意搬走，她和秦小小娘俩坚持住在堂屋的西间。账房先生袁福搬到秦豹住的西厢房，长工豁牙还住在侧屋。

昔日热热闹闹的秦家大院，只剩下一家老小七口，备感清冷寂寞。

分家的诸多事宜安排妥当，兄弟俩算是握手言和了。临回诸城的前夜，秦虎又安排了一下家事，诸事皆由账房先生袁福主持打理。一切安排完毕，秦虎一身轻松，独自沿着界河边徘徊。走着走着，不由自主地走到过去和小姨娘经常约会的树林边，他呆呆地伫立片刻,长长地叹息一声。

二更了,秦虎悄悄地回到家,唯见二太太的房间还亮着灯。他蹑手蹑脚地往里走,二太太却穿着一件裹单衣,悄悄地出来,一句话也没有说,红着脸,偷偷地塞给秦虎一副绣着鸳鸯花红的鞋垫子。媳妇袁女在房里问:"回来了!"秦虎应了声,二太太慌忙回到西屋。秦虎红着脸,望着二太太的背影,悄悄地把鞋垫子装进口袋。

第二天,秦虎便回诸城办差去了。

三 两封"鸡毛信"

诸城,在山东境内是一个不大不小但颇有名气的县城,古称"龙城"。千百年间,它一直处在世事变幻的风口上。眼下,大清王朝也终于走进了穷途末路。

在秦虎生命中最好的年华里,他终于干成了一件他一生中最引以为豪的大事!

一段时间,山东境内白莲教活动风生水起。在诸城县有一特殊的宗教派别,号称神仙附体的"金身罩",活动猖獗。那个时期,在"兴清灭洋"的大旗下,全国各地义和团运动风起云涌。县太爷敏锐地捕捉到这一讯息,责令秦虎负责组织本县的义和团运动。

接到命令后,秦虎难耐激动之情。他考虑再三,干好这件事的关键在于将本县的各种宗派势力集中组织起来。他三次拜访当地最大的"金身罩"首领朱红领,朱红领终于答应出山。十天的时间,诸城县城便迅速拉起一支一千人的队伍。县太爷高兴了,给义和团成员配发了红缨枪和长刀,并对队伍着装进行了规范,头上裹红头巾,上衣穿白色短袄。

秦虎向县太爷建议,队伍必须要有统一号令统一旗帜统一指挥，县太爷听从了他的建议，让他着手处理。于是，秦虎令人赶制了一面白旗，上面织着鲜艳的红头巾，又给队伍起了一个响亮的名字"红头巾"义和团。由他担任总指导，朱红领任总指挥。一时间"红头巾"义和团名声大振，成为诸城一支响当当的队伍。每日里，义和团在诸城东侧广场上团练，士气高昂，引起不少人驻足围观。

秦虎站在广场中间位置上，双手叉腰。别人腰里斜挎长刀而他却别着一把短刀，人人戴着红头巾而他在胸前系着一条小小的白领巾，处处凸显他总指导的不同来。

秦虎和朱红领商量：拉起队伍了，必须有一个大动作，才能证明自身存在的意义和实力。目标选在哪里？他心中早就有数了。当时，诸城县城东有一处教堂，两个德国大鼻子洋人在此传教，教堂里面养着十几号人。秦虎说出这一目标后，朱红领不屑一顾地笑道："俺当你选的啥呢？区区一个小小的教堂，派几个人过去就行了，何必用这么多的人？"秦虎严肃地说："这是一次特殊的战斗，贵在行动产生的影响，不在结果！"朱红领似懂非懂地点点头。

秦虎将这个想法呈报给县太爷，县太爷点头应允。回来后，秦虎异常兴奋，又和朱红领商量："县太爷同意了，但是何时行动何时发起进攻达到什么样的效果，咱们两人再好好合计合计。"朱红领挠着头，十分不解说道："这点事有啥商量的？俺放个屁，也比这动静大。你说什么时候动手就动手，和你们这些文人打交道，还真麻烦。"秦虎神秘地说："要耐心，你等我的命令！"

一个漆黑的夜晚，秦虎一声令下，朱红领率领义和团重重包围了教堂。

两个洋传教士站在教堂门口，大声嚷嚷。谁也听不懂他们讲什么，朱红领吼道："上去几个人，先把这两个洋人的大鼻子切去！"

秦虎摆摆手，示意大家不要轻举妄动。

173

围了一个晚上，义和团里很多人都没了耐性，懒懒地坐在地下，吵吵着说饿了要回去。两个洋传教士见义和团一直没有动作，以为他们只是装腔作势，放心地关了教堂门回房间睡觉了。

天大亮，教堂外的人越聚越多。秦虎对朱红领说："时机到了，可以攻击了！"朱红领手一挥，众人一窝蜂似的冲进教堂，很快两个洋传教士被人五花大绑地拖出来，秦虎冷然下令：一把火烧了教堂，两个洋传教士点天灯。一时间火光冲天，惨叫声不断。

当天，秦虎难掩激动的心情，奋笔疾书往济南府写了一个"龙城义事"的奏讯。县太爷十分满意，对秦虎大加赞赏。

夜里，秦虎依然激动不已，辗转难眠，他想起了父亲临死时说过的那些话，想起了冯本鄙视冷酷的眼神，想起了秦家今日的落魄和不堪……他起身坐在桌前给母亲写了一封长信。写完，秦虎连夜找来手下心腹，如此这般地交代一番。

第二天，一名巡捕骑着高头大马，一路狂奔赶到胳肢窝村。一进村子，巡捕鸣鼓大喊："诸城县衙总指导鸡毛加急喜报！"巡捕从村西头一路喊到村东头。

全村人吓了一跳，这是何等的架势！

村民们议论纷纷："什么是总指导？这是啥官？""谁家的喜事？快看看去！"……

巡捕策马至秦家门口停下，高喊："秦氏大人在吗？秦总指导鸡毛加急喜报！"秦氏六十多岁的人了，从未见过这等大事。她颤颤巍巍地来到门前，巡捕下马，毕恭毕敬地说："秦氏大人，这是秦总指导的手书，面呈大人！"

秦氏哆哆嗦嗦地接过书信，一脸惶恐地问："那、那、那……那'陈冬枣子'（秦总指导）是谁呀？"

"秦总指导正是秦虎大人！"

秦氏腿一软险些摔倒，围在外面的村人们惊讶得交头接耳，秦家这是东山再起了！

冯本也在场,眼前的一幕让他脸色突变,快步走开。

此后,八国联军进犯天津。秦虎主动向县太爷请缨要率军支援天津,县太爷考虑到费用太大,没有同意,秦虎壮志未酬。后听说青岛又掀起声势浩大的反洋运动,秦虎再次请缨率军前往青岛,但县太爷还是没有同意。

诸城义和团无事可干,整日吃喝玩乐,人心越来越散。

一日,上面突然下令解散义和团,还要严惩闹事者。

县太爷大吃一惊,慌忙找到秦虎:"大事不好了,老佛爷又下旨意,说义和团是恶凶,必须马上解散!"秦虎脸色都变了,着急忙慌地说:"老爷,你等会儿,我马上就来!"他回到房间慌忙脱下义和团装扮,重新换上长袍大褂出来,平静地说:"老爷,俺现在不是义和团成员了,更不是总指导了!老爷,你可以说了,上面具体是什么政策?"县太爷生气地说:"换衣服管个屁用?快想办法呀!八国联军侵占北京了,要求严惩义和团,老佛爷下旨严办义和团。"秦虎听完,吓得半天说不出话来。

当晚,秦虎找到朱红领,让他尽快解散队伍。朱红领气愤地骂道:"这又是什么屁事?吃了一肚子糠怎么憋了半天放了一个臭屁来?他娘的,老子不干了,从此与这狗屁的官爷无关了。"

上面的风声越来越紧,县太爷终于翻脸,下令缉拿朱红领。朱红领得知风声后,带领一队人马躲进藏马山。县太爷悄悄地找了个替罪羊砍了头顶罪,对秦虎还是念及故情,将其解职令其回家躲起来。

秦虎寝食难安,连夜又给家里去了一封加急"鸡毛信"。这封信,只有"速派人接我回家"七个大字!

这天,豁牙赶着马车接秦虎回老家。走进村口,秦虎说:"你先回吧,我在这里坐坐。"秦虎垂头丧气地坐在村口,一直等到日落时分,才悄悄地回到家。回到家快十天了,秦虎除了进门时喊了句娘，便一句话也不说。这时，风言风语已传到村里，家人皆知秦虎在外犯事了，有意避讳不提。秦虎整日郁郁寡欢，捧着本书躺在床上。

秦氏见儿子秦虎日渐清瘦，忍不住安慰道："儿呀，娘也不知你在外面遇到什么难事了，但人没有过不去的坎。你放宽心，外面的路走不通了，在家里也挺好的，一家人守在一起多好呀！"秦虎想起这些年的委屈、挫折、落魄，终于忍不住放声大哭。秦氏流着泪说："儿呀，娘知道你心里憋屈得慌，哭吧，哭出来就好了。"

又过了些时日，秦虎终于从痛苦中走了出来。他在中堂屋里摆上一张书桌，白天写写字读读书，有时兴起还教妹妹秦小小识些字。

二太太张女自秦虎回乡后，脱胎换骨重回青春。她正处风华正茂的年纪，每日打扮得花枝招展，有事没事地在秦虎面前晃悠。一日，秦虎在屋里读《浓情快史》，正读着起劲时，张女蹑手蹑脚地过来，笑问："公子，读什么书呢，这么凝神！"秦虎知道二太太识几个字，脸便立即红了。张女笑道："俺就喜欢看文人读书的样子，公子读的书俺也看看，哎哟，这是什么书呀？"说完，眉目含情地盯着秦虎，秦虎赶紧起身收书。

这个夏天，天气特别闷热。

一天，秦氏领着一家老小串门去了，账房先生和豁牙在外干活，中午时分房间里静悄悄的，秦虎一时没有睡意，一个人坐在院里乘凉。二太太房间里传来淅淅沥沥洗身子的声音，秦虎有些不好意思，准备起身回自己房间。这时听见二太太娇滴滴的声音："公子，帮俺把院子里晒的衣服拿过来。"秦虎的脸红了，他犹豫了再三，还是拿了过来。

门开了，二太太张女半裸着身子站在他眼前，秦虎慌忙转身欲走，二太太一把从背后抱住了他……

四　上藏马山

一天，荷花突然产生想闯荡青岛的想法。

宋先生十分生气，一口回绝了："路上兵荒马乱的，你一个女孩子去干什么？"荷花撒娇道："我长这么大了，从来没有出过日照门。你看，地博比我还小了一岁呢，都去过多少趟青岛了，不都没有事吗？"宋先生最终拗不过荷花，找地博打听情况，地博不想让荷花去但又怕她伤心，违心地说："没事的，只有一天的路程，紧赶慢赶就回来了。"宋先生便拜托地博带荷花去趟青岛，让她也见见世面。为安全起见，路上让荷花女扮男装。

第二天，地博和大田备好马车，宋先生领着荷花出来，只见荷花头戴一顶黑帽，白褂黑裤，一脸害羞样。大田笑道："你这也不像去运货的，倒像是出门赶考的白面书生！"地博望着荷花，端详良久，看得荷花脸都红了。地博笑道："有了。"他从包里掏出一件自己的黑褂子，让荷花披上，荷花比他矮了一头，衣服穿在荷花身上肥肥大大的，地博又在她腰上系上一根麻绳，荷花马上变成了小马夫。秦狗剩笑道："再把脸抹得黑一点就更像了！"

荷花和地博同乘一辆马车，走在车队中间。大田头前带路，秦狗剩排在第三，吴毛光殿后。一路上荷花兴奋不已，不停地问东问西，地博也不回答。

荷花偷偷瞅瞅地博，见他绷着一张严肃而冷峻的面孔，不敢再多问了。从日照城绕过一道弯，进入一片丛林中。地博回头说："躺好了！"他一手扶缰绳，一手执鞭催马，马车快速地跑起来。

此时，地博像一只盘旋在高空中振翅飞翔的雄鹰。

车队停在胶南丁家官庄村口。

村口有一条清清的小河，河边立有石头亭子。地博等人坐在河边休息。大田大口抽烟，对地博说："前边就是藏马山了，这次怎么走？"这群人里，大田岁数最大，地博岁数小但个头最大，而且胆大心细。地博平静地说："大田叔，这次还是你当前吧，狗剩第二，俺走第三，毛光殿后。狗剩哥和大田叔离得近一些，俺和狗剩哥的车距拉上一里路远，这样俺这辆车就安全些。还是老规矩，万一有什么情况，朝天鸣三枪。休息好了，大家出发吧，一鼓作气冲过去！"听到这里，荷花才隐隐感到路上的危险性。

大田上车先走了。约莫一炷香的时间，狗剩对地博说："俺也走了。"地博点了点头。一会儿，狗剩发出平安的信号，但地博并没有动身。

荷花着急地说："快走吧！"

地博镇静地说："再等等！"

荷花一下紧张了，突然有了尿意。她实在憋不住了，红着脸，拉着地博的手，小声告诉他。地博眼睛盯着前方，指了指路边的小树林子。荷花的脸更红了，却不动身。地博问："怎么了？""我害怕！你、你和我一块去！"地博领着她，一块钻进小树林。地博刚想往回走，荷花又羞羞地说："你别走！你、你、你背过身……站在这里等我。"地博背过身去。

走出树林，荷花的脸通红，不敢抬头望地博。地博对毛光说："现在可以走了！俺在前，你在后，不要扯得太远。"地博起身，一手将荷花像拎小鸡一样提到马车上，命令道："躺平了，扶紧车沿子！"荷花乖巧地按照地博的命令躺下。地博双手驾缰，马车飞驰。

荷花躺在马车上，浑身的毛孔都竖起来了！她仰头观察四周，天空湛蓝湛蓝的，没有一丝的云彩。两边都是高耸入云的树冠，遮天蔽日，一排排齐刷刷巨浪般往后倾倒。远处的群山起起伏伏，似是千军万马在咆哮在奔腾！

她心中产生了一种从未有过的战栗和震撼！

走出藏马山,进入胶南地界。四辆马车再次相聚,依次走在大路上,一马平川。大田哼起民间小调,狗剩和毛光吹起口哨。"我的天呀!"荷花禁不住喊了声,终于放松心情。她跳下车张开双臂奔跑,呼吸着新鲜空气,欣赏着路边的风景。

过了胶州,前边就是青岛了。"今天这一路走得特别顺,都是托了荷花的福,以后每次都带上你啊。带着你,地博也精神了,路上也顺溜了。"大田开玩笑说道。

大家来到一个阴凉地,停下来休息。一路上太辛苦,大田等人靠在车把上睡着了。

荷花对地博说:"你上车躺会儿吧。"地博笑着摇摇头。荷花也不休息了,说道:"地博,你过来,今天的学习任务还没有完成呢。"地博走到荷花跟前,荷花问:"你叫什么名字?"地博不好意思地笑了。荷花笑着说:"今天我教你认识自己的名字。"荷花在地上写下"丁地博"三个字,让地博学着写。"博"字太难写,总是写不好。"你真笨,来,我教你。"荷花又软又暖的小手握着地博那只又大又硬的手,一笔一画地教起来。地博除了娘第一次碰到女人的手,手背麻麻痒痒的,有一种怪怪的感觉,头上渗出一层细汗。他抬起头,一眼望见荷花白皙的脖颈,脸瞬间红了。荷花也明显闻到了男人身上特有的气味,心怦怦地跳动。

狗剩和毛光醒过来,见地博和荷花蹲在地下,手握着手,不知比画什么,好奇地问:"你们干什么?"荷花答道:"教地博识字呢!""荷花,你也教俺识几个字吧!"荷花笑道:"我正想问你们俩呢,为什么叫秦狗剩和吴毛光呢?这名字多难听呀。"

两人挠挠头,不知该如何回答。地博插话说:"你们城里人不知道,乡下人取名字越贱越好养活!""谁问你了,你以后在姐面前不要城里人城里人的,你姐不是城里人。"地博憨厚地赔笑。荷花又说:"俺给你们俩改个名字吧,历史上有两个伟大的农民,一个叫陈胜,一个叫吴广,他们领导了中国历史上第一次农民起义。

179

你们以后就叫秦胜、吴光吧，与这两个名人各有一字之别。"

秦狗剩和吴毛光连连点头，狗剩说："这个名字好，以后俺们就改名字了！"

五　路遇土匪

在青岛大港卸下货物，第二天下午装货，晚上再好好睡一觉，第三天一早便可以回日照了。

回到住宿的地方，地博才想起来这次带着荷花，屋内只有一间通铺大炕怎么睡？出去安排一间房子荷花又害怕。地博为难地说："委屈你了，只好挤一挤了，囫囵地睡个觉。"在炕的最左侧空出一个位置，荷花睡在最里面，地博挡在她的一侧。吃完饭，大家都累了，上炕早早休息了。荷花兴奋得睡不着，地博便领着荷花出来走走。

码头上，大大小小的船帆林立。一处高楼里面，灯火透亮如同白昼。荷花第一次见到电灯，吓得躲在地博的身后。"别害怕，这是电灯泡。里面烧的雷电，天上的那种！如今天下能人多了，有人能把雷电取下来，塞在里面，发出的光比白天都亮！"荷花半信半疑，眼睛瞪得溜圆。

地博指着楼里出出进进的人，说道："你知道不，里面都住着大鼻子外国人。听说没有？大鼻子外国人皮肤白白的，他们还吃带血的生肉！说话也和咱中国人不一样，声音是从鼻腔里发出来的，哼哧哼哧的。"荷花捂着嘴巴笑。往前走，两条铁轨并排着，一条黑色"巨龙"卧在上面。

"这是什么？"

"这是火车龙子，两条铁轨就是它在上面走的路。你赶得不巧，它现在趴着不动。俺第一次来的时候，刚好见它飞跑，好家伙，黑黝黝的，头上冒着烟，喘着粗气，吐着火龙，声音震天响，天摇地动一般。天哪！那是俺第一次见到这个庞然大怪物，吓得趴在地下，以为遇见什么妖魔鬼怪呢，码头上的人都笑话俺呢。"

荷花听着，咯咯地大笑。

回到房间，里面漆黑，鼾声一片，臭气熏天。

地博小声说："难为你了，睡吧，明天我再领你去逛大街。"荷花红着脸，点点头。地博躺下就睡着了，荷花尚在亢奋激动中，回想起路上的点点滴滴，感到既新鲜又刺激。她偷偷地看了地博一眼，睡得真香呀！荷花伸手够过地博搭在胸前的半截外套，搂在怀里也睡着了。

第二天是轻松的一天。上午，地博带着荷花来到青岛著名的大窑沟闲逛。此处，一片繁华，人声鼎沸，浪男俏女，推推搡搡，各种小吃杂货应有尽有。荷花不好意思了，红着脸问："这么多的女人出出进进的，她们不害羞吗？"地博显得很见过世面一样，说："这里是大都市，不讲究这个，男女平等的，还有男女抱在一起呢！"荷花伸手打了他一下，脸红了。地博也不好意思了，拉着她坐在一处，静静地注视着人群。荷花问："这样的生活，你喜欢吗？"地博平静地说："喜欢！但这不是俺生活的地方。这里是有钱人家的生活，不知以后俺的后代会不会生活在这里。一路上，俺想明白了，将来有了孩子，一定让他们识字数数，不能再当'睁眼瞎'了！"

下午大伙开工干活，装运货物。第三天天一亮，地博和大家就出发了。一路颠沛流离，再次来到藏马山。

"怎么走？地博。"大田问。

"和来时的方案一样。"地博说。

秦胜说："这次，由俺带路吧！"大伙都知道，头茬车就是敢死队。

"还是大田叔吧，他的经验足一些。"地博说。

大田吹着口哨，上车出发了。随后，秦胜跟上。大约过了半个时辰，前边突然响起三声土枪响。

坏了，出事了！地博连忙把马车拉进树林深处。一会儿，秦胜驾车气喘吁吁地趱了回来。地博走出树林，招手示意秦胜过来。秦胜慌张地问："怎么办？"地博冷静地说："走，从林子里绕过去看看前边什么情况。吴光，你在这里盯着马车。"荷花吓得脸色苍白，双腿发软。地博走了几步，又回头来到荷花身边，一把将荷花背起，几人绕到林子的另一侧。站在山坡上，从远处看见大田驾车正被一群土匪追赶。眼看就追上大田了，大田朝着马屁股狠狠地打了一鞭子，马疯了一般冲了出去。大田跳下马车，横在路中央端起猎枪，朝着土匪的方向射击。土匪看见马车跑远了，狠狠地朝着大田身上连开几枪。大田浑身是血，大喊道："土根哥——俺这条命还给你了！"

说完倒在血泊中。土匪吆喝着，散开了。

地博的眼泪哗地下来了，眼睛通红通红的。荷花哎哟一声，伏在地博背上哭起来。"狗日的，俺出去和他们拼了！"秦胜吼道。"都别动，趴着，老实点！"地博命令道。

地博又绕道回到马车跟前，"怎么办，闯不闯？"秦胜问，"再不走，大田的命就没了！"

"再等会儿，现在出去，咱们就一块没命了！"地博眼里布满了血丝，但神态异常镇静。

"前边的马车怎么办？"吴光又问。

"马通人性的。如果停下来了，算咱捡着便宜，真要是跑丢了，也没有办法。"地博说。

大家静静地躲在林子里观察情况。又有一列车队经过，地博说："机会来了，这列车队是来给咱们蹚路的，等这列车队一过去，咱们就一起闯过去！"

果然，这列车队没走多远就被土匪拦住了。土匪端着枪，横着刀，吆喝着车队往山上走。

机会来了！地博说道："走，用最快的速度冲过去！"

这次地博在前，秦胜第二，吴光殿后，三辆马车扬起一路的尘土，飞奔而去。

地博的马车跑到大田尸体前，回头对荷花喊："躺好了！"他腰一闪，顺势将大田的尸体拖上车，一跑狂奔冲出藏马山。赶到丁家官庄处，大家才敢下车，躺在地下大口喘气。

地博把大田的尸体放正，擦掉他脸上的血渍。荷花哭道："都怪我，我不该来，连累了你们！"地博说："不关你的事，你来不来，该遇见土匪时也躲不掉！"这时，大田的马自己过来了，黑马停在大田身边嗅闻。"这马有灵性了，它跟着大田叔这么多年，和大田叔离不开了！"地博在藏马山脚下找了块地，和大伙一起埋下大田的尸体。四个人跪在大田的坟前，地博哭道："大田叔，俺把你放在这里了。以后，俺每次路过这里，都来看看叔！"

车上，荷花一直没有说话，默默地流泪。突然间，荷花问："地博，你下次还来吗？"

"来！"

"太危险了，你以后别跑了！"荷花哭着说。

"不跑了，咋挣银子，谁养活俺？"

荷花伏在车上呜呜大哭。

六　起家

丁土根渐渐地起家了。

地博每月辛苦外出运送货物，家中渐渐积蓄了些银两。刚来村里的时候，土根在小茅屋的东侧盖了两间瓦房，如今一家老小住着已觉拥挤，而且孩子们一天天大了，一家人挤在两个土炕上

183

太不方便。秦女整天念叨着，什么时候才能住上宽敞的大房子，让孩子们像模像样地睡个好觉。

土根决定立春过后执行他的宏伟计划，在东侧预留的空地上再盖六间大瓦房。两个月下来，六间灰瓦石头墙的大房子排排亮亮地竖起来了。加上原先的两间，并排一下立起八间大瓦房，在村里也算是大户人家了。竣工时，土根红通通的脸，灿灿烂烂地笑了。地博站在大门口，举着一棍杆子，点燃鞭炮。村民围着观看，孩子们雀跃欢呼地寻找着散落在地上未燃爆的鞭炮。土根笑着向围观的人群撒去糖块、花生，大人孩子一哄而上，热闹的场面如同过年。

晚上，土根在院子里大摆宴席，特意请了冯本冯世父子、王家两兄弟，还有秦虎秦豹哥俩。众人进大院，连声夸赞："丁大公子气魄呀，这房子盖得气势！"土根颇有点扬眉吐气的样子，背着手，笑道："今日请大伙来，可不是过来看房子的。来，都坐下，俺心中有一件大事一直压着！上菜，一会儿再说。"

"心中有一件大事一直压着！"一句话说得众人面面相觑，不知土根葫芦里卖的啥药。王家兄弟俩立马不自在起来，冯本也有些坐不住了。土根看了众人一眼，接着说："这几年，村里的变化太大了，冯老先生、王老先生、秦员外等老一辈先后走了，咱们这些人倒成老人了，村子里的人走动也少了。今日，俺请大伙来坐坐，也是想暖暖气氛，说说闲话，拉拉家常！"

如今，村中老大便数冯本一族了。论辈分，冯本也是长辈。土根礼让冯本坐在主位上。冯本红着脸，局促不安地坐下。王经腾王经通哥俩曾和土根有过节，不敢直视土根的眼睛。酒桌上，气氛一时有些尴尬。土根倒是气定神闲，慢慢倒上酒，说道："咱胳肢窝村是个好地方呀，俺来得最晚，在这里寻口饭吃，全倚仗大家的厚爱！冯秦王三家是咱村里最大的三户，在一个村里相互照应、相互扶持，一起过日子不容易呀。"冯本此时插话说："丁大公子客气呀，你来到咱村，为人处事厚重谦和，值得大伙效仿呀！再说了，丁家虽然来得晚，但家业也大了，在村里也是数得上的大户了！大伙说是不是？"王家兄弟赶紧点头称是。

土根举着酒杯站起来，众人慌得都跟着起身，土根笑道："都坐下，既然大伙这么看重俺，俺就说句公道话了！"

大家鸦雀无声，只等土根说话。

土根笑道："俗话说，'没有规矩不成方圆'。过去，秦员外活着的时候是个主事的。现在，咱这个村呀，就数冯家的家业最大了，论起来，冯本大叔是在座的长辈。俺看，冯本大叔该站出来主事了，把秦员外这个空缺补上！"

话音刚落，秦虎秦豹兄弟俩噌的一下站起来，瞪着眼望着土根。土根示意他俩坐下，冯本的表情有点不自在，内心琢磨着土根的话。

王经腾脑子里飞速地盘算：智慧呀，以冯本现在的势力当上甲长那是"秃头上的虱子——明摆的事"，土根主动提出，送上人情。想到这里，王经腾站起来说道："冯大哥，俺听丁大公子的，你是该站起来主事了！"王经通马上随声附和说："对，俺听冯大哥的调遣！"

秦虎秦豹哼了一声，扭过头去没有说话。

土根瞅了瞅他哥俩，劝道："秦虎大哥也回村子了，秦豹又是秦家的族长，你们应放下过去的恩怨，听冯叔的！"秦家哥俩坐着，脸涨得紫红，还是不说话。地博上前，扶着他们的肩头，笑道："两位舅舅怎么不说话呀？你们是俺爹的大舅子，亲情是割不断的，妹夫的意见都听不进去了？"大家哄堂大笑。秦虎秦豹也只好点了点头。冯本面红耳赤地站起，激动地说："过去的事，咱都不提了。既然大家都相信俺，从今往后，俺会一碗水端平的，放心吧！"

喝至尽兴，冯本冯世和王经腾王经通先后告辞回家。

秦虎秦豹没有走，看到外人走了，秦女和地圆地广果儿一起凑在桌前。此时，秦虎终于控制不住压抑的感情，红着眼端起酒杯一口喝下。秦豹恼怒地对土根说："论起来，咱们是亲戚。你出来主事也不能让冯本出来呀。你不出来也就算了，还出面替他提议这事，好人都让你当了。"秦女也瞪了土根一眼，埋怨道："人都说你精明，你今日倒犯起傻来。"地博笑道："舅舅，俺爹这样做，都是为了你们好呀！"土根叹道："秦家如今时过境迁了，大兄弟，你让俺出头主事他们会服气吗？这不等于把俺和你们放在火上烤吗？非但不能出这个头，这事还必须由俺来说破，如今人为刀俎我为鱼肉呀，有些气该忍则忍！在家族利益斗争面前，你要学会低下头呀，不要一条路走到黑，等碰到头破血流的时候，再后悔也晚了！"

秦女也明白了土根的一番苦心，劝秦虎秦豹道："是呀，土根说得对，你们两个都没有咱爹那本事，没本事以后就不要逞强了！"

秦豹不说话了，闷头喝酒。酒桌上，就数秦虎最伤心难受了，一晚上都在唉声叹气。他摸起酒壶又倒上一杯，秦女说："哥，你别喝了！"秦虎醉意蒙眬，断断续续地说："喝、喝死了，拉倒！"说完，哇的一声吐了。

一家人又坐了会儿，秦虎秦豹摇摇晃晃地走了。

客人都走了，土根端起酒杯，边喝边问："你们说，爹今天做得好不好？""姜还是老的辣，爹唱了一出汉王献咸阳的好曲来！""地博长大了，渐渐明白事理了。"土根拍了拍地博，接着说，"一个家族走过百年，十有八九会衰败的。大人物讲，'修身齐家治国平天下'，一个家族旺不旺，就看一个字'齐'。咱乡下人家说，'持家过日子'，日子过得好不好，也是看一个字'持'。'齐'就是'持'，'持'就是'齐'呀。日子就是日子，日子要一天天过，都是一个理！"

地圆伸手也想端酒，被土根挡住了，斥道："你别喝了，什么时候你裤裆干了再喝！"地圆脸红了。地广跑到爹的身边，喊道："俺喝口尝尝。"土根端起酒杯，让他抿了口，地广呛得直咳嗽，土根哈哈大笑："都说冯秦两家家大业大，但俺看，没有咱家好来。如今丁家人丁兴旺呀！后人旺，就是最大的福了！咱老丁家也有八间大瓦房了，将来有钱了，再盖一个丁家大院，一定盖成村里最漂亮的大院！""比秦家的大院子还要大吗？"地广问。"一定比秦家的大！以后你们都要结婚生子，每家每户都住上四间大瓦房！"

地博突然插话道："爹，俺有个想法，咱把东侧的两间房子空出来吧，在这里办个学堂。"

"办学堂？"土根愣了下。一直以来，土根从心里喜欢地博，这孩子年少老成，性子刚强有主见。这些年，地博也算是走南闯北见多识广的人了，眼界视野和想法变化很大。

"地博，你说说看。"土根鼓励道。

"这个问题，俺想了好长时间了。这几年，俺在日照和青岛来回跑，觉得咱山沟里的孩子太可怜了，这年头没有点知识不行，咱家带头办个学堂吧，让孩子大人都学点东西，不能总当'睁眼瞎'了。"

"这倒是好主意，按理说，胳肢窝村应该有个学堂了。但说起来，办学堂也轮不到咱家来办呀！"

"谁家有能力谁家办，咱丁家该带这个头！"

地博的这个想法，触动了土根内心深处的那根神经。现在，全村人见了他一口一个大公子地叫着，叫得他多少有些愧疚感。自从戴上大公子这个称谓后，土根便不自觉地有个想法，想为村里办一件大好事，只有这样，方能对得起大公子这个称呼。

"办学堂要对全村人开放，不分男女老幼，也不分贫富贵贱，只要愿意来的，只管来不收学费。如果大户人家送点钱送点物，咱就收下。如果是穷人家的，便不收了！"地博继续谈他的想法。

"天下还有这样办学的？这样的话，谁来当先生呀？"土根是个精明人，虽有善念，但对这件大事，他要权衡利弊得失。办学堂其他开支不大，但是聘请先生的费用高。

"爹，这个你不用管了，先生自然会有人来当。秦虎舅舅回来后在家闲着没事干，他保准愿意来白当这个先生！"地博顺口说道。

"这个主意好！你舅舅好为人师，不找点事干，在家早晚会闲出事来！"秦女忍不住插嘴说。

"好。办学堂是一件功德无量的好事，儿子，你去张罗吧，爹支持你。"土根笑了。

第九章

一　丁家学堂

　　丁家一族在当地被人津津乐道的事很多，但人们印象最深的，是这两件事：一件是开垦六亩地，另一件是兴办学堂。丁家办的这所学堂，在半个多世纪里时断时续地存在着，教授了村里几代人识文断字。

　　我儿时所有的记忆里最深刻的部分都与这所学堂有关。

　　地博将东侧两间房子打通，整齐地排放着十六排用木板和石条搭成的小桌，东墙涂成黑板。学堂里最引人之处，便是西南角一张桌子上摆放的这些年地博从青岛买回来的小人书、画报和一些小玩意儿。

　　地博专程去拜访秦虎，见面，地博故意卖了个关子："舅舅，我给你物色了一份体面的差事，保你满意顺心！"秦虎手里捧着书，漫不经心地打量着地博。地博佯装生气道："想让你当先生，你咋还不乐意呢？"一听到"先生"两个字，秦虎马上说："当先生我同意，我同意！在日照城吗？"地博将自己的想法细细告诉秦虎。秦虎又意外又高兴，马上答应了。在他人生最落魄的时候，能东山再起当上先生，无疑也是他洗刷耻辱的好机会。地博笑道："舅舅，你当这个先生，可没有半点师费啊！"秦虎毫不在意："没关系，走，去看看你的学堂去！"

来到学堂，看到门口挂着一块"丁家学堂"木制牌匾，秦虎笑问："这是谁写的？""我写的。"秦虎诧异地问："你会写字？"地博点了点头。"你先生是谁？""舅舅，当学徒会识字还需要先生吗？"秦虎看了他一眼不再问了，心里感叹自己小瞧这个外甥了。秦虎里里外外看了一遍，走到西南角桌前，翻了翻上面摆的书，有《中华故事》《山海经》《聊斋图说》《小刀会》《黄金海岸》等，又吃惊不小。

"请舅舅过来当先生，我还要向你提一个要求，四书五经要教，但更要教点实用的。让孩子们学点知识，开阔下视界，如果有慧性的话，将来他们自己去外面闯吧。另外，佃户们来了，舅舅也不要烦人家，教他们认识几个字会数几个数，哪怕会写自己的名字也是好的。"秦虎边听边点头。"学堂上，一切可随意些，太忙了就停课，课堂里坐不下，便到院子里。孩子多了，站着听也行。总之，顺心随意，不要太呆板了！"自诩为先生的秦虎，此时内心无限感慨。地博的见解，让他几乎想叫地博一声"先生"，外甥的身影高大魁梧起来。

就这样，秦虎成了丁家学堂的第一任先生。

为了上好第一课，秦虎关起门来精心准备了七天七夜。

丁家学堂正式开课了。这天，秦先生一身长袍马褂，健步走上讲台。地圆大喊一声"先生好"！学堂里坐着地博、地圆、地广和果儿兄妹四人，还有秦豹、秦小小兄妹，秦女、秦豹媳妇怀里抱着儿子秦狼也坐在学堂里，秦胜、吴光等人坐在最后排。油嘴子和趴鼻子两人不好意思进来，趴在窗外看热闹。

这是学堂吗？秦虎左右环顾，捧着书不知从何讲起。

地博站起来说:"先生,不好讲的话,第一课讲一讲姓氏吧,大家一定愿意听,教教他们如何写自己的名字。"秦虎点头,很快就进入状态,滔滔不绝地讲起了百家姓的由来。然后,秦虎又教给地圆、地广、果儿如何写"丁"字,教秦小小等如何写"秦"字。

趴鼻子和油嘴子趴在窗外,禁不住问:"俺们姓什么?是姓'趴'和'油'吗?又叫什么?"大家哄堂大笑。地博说:"你们两个进来吧!"两人怯怯地进屋。秦虎一改过去鄙视的神情,笑道:"你们两人叫什么?我真的不知道,但都姓秦,与我们是一家的。一百年前,我们的祖宗是同一个人。我相信,你们爹娘一定也给你们起了一个好听的名字。时间长了,只记得你们的外号了。"油嘴子和趴鼻子听完抽泣起来。

秦虎动情地说:"土根一家让我明白了许多道理。一个人如果连生存都难还讲什么追求呢?肚皮都填不饱又怎么去谈人生理想?饭碗,永远是人类生存的基本条件。这就是我今天第一课的主题。"

地博带头鼓起掌来。

村里人都在迟疑观望丁家学堂,哪有不收学费的?看见油嘴子和趴鼻子都去上了,大家相信了。一时间,来求学的人挤满丁家大院。

一天,王经腾也来了,提着一盒茶叶,对着土根作揖苦笑:"大公子,俺来给你道罪了,上次不该和你家争六亩地呀!"土根说:"这说的是哪里的话呀,咱们都在一个锅里吃饭,哪有勺子碰不到锅沿的。过去的事咱不提了,翻过去了!"王经腾说:"丁家学堂办起来了,功德无量事呀。俺想问问,王家有几个野孩子,王作人、王作师、王作书、王作记……能不能也来上学堂呀?""行行行,谁家的孩子都收。"

两人正说着,地博走了过来。王经腾赶忙打招呼:"大侄子长这么大了,都成大汉子了。看见大侄子,俺倒想起一件事来,俺

191

王家有个闺女玉儿今年十四了，人长得可俊了，不知道大侄子有没有意思，俺给你们撮合撮合。"王经腾一口一个大侄子地称呼地博，迂回地表达着和土根论起平辈兄弟关系了。土根假装听不出来，笑道："地博这孩子，个子长得高，年纪还不大，还没有想娶媳妇这回事呢。"土根想起王闯兄弟来，又问起他的情况。王经腾说："别提这个王闯了，王老先生就是被他气死的。好好的日子不过非要出去闯闯，能闯出啥名堂？听说去当革命军了，革命军是干什么的？革大清朝辫子的。你说大公子，人的辫子说革就革了？不是瞎闹吗！"

这天，冯本领着冯世也来了。

冯本夸赞道："俺来看看大公子办的学堂，大公子如今家大业大，这又给村里干了一件善事呀！俺怎么就没有大公子这样的气魄和远见呢！"土根快步迎上前，说："冯叔，让你见笑了。俺这个家，哪有冯叔一个指头肚子大呢？快到屋里坐。地博，快给你冯爷爷倒水！"冯本坐下后讪讪地说："大公子，今天过来拜访你，想让冯家那几个孩子过来上学，你看行不？也不知道秦先生教不教呀？"土根干脆地答道："学堂就是给村里的人办的，想上都能来。秦虎先生一定会不计前嫌尽心教书的。"冯本赶紧说："丁家办了一件功德无量的好事呀，别人家俺不管，冯家的孩子来上学是一定要交学费的！"土根笑道："冯叔客气了，孩子是咱村的将来，让孩子们识几个字，也是给俺丁家积德呀。"

第二天清晨，冯世领着一男一女来到学堂。土根和冯世打招呼，笑问："老弟带来的这两个孩子是谁家的？"冯世扭扭捏捏说道："这是我儿子冯界，这个女孩是俺小姨奶奶的闺女！"土根想起小姨娘有一个女儿叫冯实儿，看着女孩频频点头，真是个俊孩子呀！王作人见到冯实儿来了，大喊："地博，你干奶奶来了！"地博见是冯实儿，脸便红了。冯世笑道："你们不是认了干亲吗？叫呀，地博。"地博红着脸，大大方方说了句"干奶奶好"！冯实儿十岁了，长得唇红齿白，容貌娇俏。听地博喊她干奶奶，害羞得脸也红了。

秦虎再次当上先生整个人都变了，他对所有的学生都一视同仁，表现出了一个先生的情操和道德。学堂里孩子渐渐多起来，村西头出现一片琅琅的读书声。

冯本酸溜溜地感叹，土根这一招高明了！一个小学堂一下把丁家带上了更高层次。干了这件事，丁家在村里任何人也撼动不了了！

这天，冯界生病没来上课。小姨娘只好自己颤颤悠悠地送实儿上学。走在街上，一大一小两朵鲜花似的亮艳。一群恶作剧的小孩子跟在她俩身后，学着她俩小脚走路扭扭捏捏的样子，嘻嘻哈哈地笑。小姨娘有意赶早过来，怕遇见秦虎尴尬。偏偏秦虎这天来得早，走在前头。王作人起哄："快来看呀，村里最浪的俊娘们来了，是不是憋不住了？来找他的野汉子先生了！"

小姨娘脸色绯红，也不搭理他们，加快脚步往前走。

王作人更来劲了，越说越粗野："真不愧是村里第一骚，野汉子和骚婆子养出来的就是不一样，长得真俊！"小姨娘臊得无处躲身，冯实儿委屈得掉泪。刚巧被丁果儿看见了，上前追着去打王作人。王作人边跑边喊："不得了，又来了一个果儿打起抱不平了！"一群孩子嬉笑着。

王作人一头撞进路过的地博怀里，被地博一把揪住他的裤腰带提到半空中，吓得王作人大喊："地博大哥，俺再也不敢了，再也不骂人了！"地博吓唬道："以后，再听到你这样侮辱实儿，听一次打你一次，听见了吗？"王作人连声告饶，地博把他放下。王作人道："俺知道，冯实儿是你干奶奶！俺以后再也不敢欺侮你干奶奶了！"

冯实儿泪眼汪汪，望了眼地博。王作人瞅见了，又起哄道："地博，你家里不是忙着给你找媳妇吗？怪不得王玉你看不上呢，原来是瞧上你干奶奶了吧！你娶你干奶奶做个童养媳吧，别忘了

193

给俺块喜糖吃！"地博知道小孩子说皮话，不但没有生气，反而冲着实儿傻笑。冯实儿又羞又气，冲着地博说："没有一个好东西，专会作弄人欺侮人！"地博一愣："俺怎么作弄你了？"

冯实儿不理会，迈着小碎步跑进教室。

村里给丁地博提亲的人络绎不绝。地博才十五岁，但俨然长成了大汉子，四方大脸，魁梧英俊，力大无穷。

夜里，土根躺在炕上对秦女说："村里给地博说亲的人不断，咱也得做些打算，你看上哪家了？"秦女说："咱村里这些闺女，最俊的便数冯家的实儿，人长得俊，水灵灵的……"土根打断道："这孩子才多大呀，太小了。"秦女又说："王家有个闺女叫王玉，论起相貌也是好的，和地博同岁。人家也看上地博了，但不知地博愿意不？""你做娘的问我干吗，去问问地博，愿意皆大欢喜；不愿意那不还有地圆嘛。老二也十四了，一块物色着。"秦女笑了："若地博瞧不上王玉，王玉又相不中地圆，俺就收王玉为干闺女，给地广当个童养媳养着！"土根笑道："你呀，什么时候也忘不了你亲生的，地广才多大呀？先问问地博再说吧。"

一天，秦女问地博："王家有个女孩子王玉，人家相中你了。你爹和俺都看好这门亲事了，你说行不行？""不不不，我不要！"地博一口拒绝了。秦女劝道："你也到了该找媳妇的时候了，别不好意思，看上谁娘去说。"

地博红着脸，结结巴巴地说："娘，俺、俺心里有人了！"说完，拔腿就跑。

二 老奶奶进门

进入腊月门，赶在第一场大雪来临前，地博带着秦胜、吴光等又来到日照。

时隔两个月，地博来装货却不见宋先生了，换了一位年轻的后生。地博有点纳闷，但他知道大户人家有规矩，不能随便打探消息。地博闷声不响将货物装上车，一切准备妥当，便悄悄地去了宋先生的家。一进门，地博愣住了，荷花身穿孝服和娘在屋里流泪。看见地博进来，荷花一头扑进地博怀里，号啕大哭。地博大惊："怎么了？宋先生呢？""他走了，还没出七日呢！"荷花娘哭道。"怎么走的？"地博问。荷花娘眼泪如同断线珠子一般滚落，哽咽道："他身体平时都好好的，不知怎么的突然就走了，撇下俺娘俩可怎么活呀！"

　　地博看着荷花，两人对视着，似乎有千言万语……两人感情越来越深了，过去曾以姐弟相称，渐渐地彼此有了一种微妙的爱恋情愫。地博安慰道："人死不能复生，你们都别伤心了，等我从青岛回来，咱们一起商量怎么办。"荷花娘大哭："老头子死了，俺和你姐在丁家便成了无用的废物，人家盼着俺快搬出去的。"地博劝道："丁老爷心善，不是这样的人。""老爷心善，但管不住身边的小人。"荷花听到这里，又大哭起来。

　　地博回到房中躺在炕上，眼前尽是荷花悲戚的面容。三更了，窗外好像有个人影在晃动。他披上衣服推门一看，见荷花蹲在门口瑟瑟发抖。地博心疼地说："大半夜的，你一个人蹲在这里干什么？"荷花起身扑到地博怀里，地博赶紧将身上的衣服披在她身上，将她拉进屋。荷花委屈地说："你怎么才来呀？这两个月没见到你像过了好多年似的！"地博没有说话，紧紧地抱住抖成一团的荷花。过了会儿，荷花望着地博，说道："你好好休息吧，明天还要赶路。路上一定注意安全，早点回来，我有事和你说！"地博说："现在就说，我没有事的，一晚上不睡觉都行！"荷花哭道："不行，听话！好好睡，现在和你说了，路上你会分心的。等你回来再告诉你，平安回来啊！"

　　地博恋恋不舍地送走荷花。

地博一路快马加鞭，三天后赶了回来。他卸完货物，跑到宋先生家。荷花娘不在，荷花一个人正在坐着发呆。一见地博，荷花便伏在桌上哭起来。地博急切地问："怎么了？快说呀！"荷花只是呜呜地哭。地博坐在她的跟前，劝道："荷花，莫怕，你说吧，天大的事，你我两人顶着！"荷花抽噎着说："前些日子，一个老财主看上我了，要让我给他当小的，媒人又把娘叫去了！"地博的头嗡的一声炸开了，急切地问："那、那你怎么办？你同意吗？"

"杀了俺，俺也不同意！"

地博松了口气，追问道："那大娘什么意思？"

荷花羞答答地说："俺娘让俺和你走，回你的老家去！"

地博顿时心花怒放，一把抱住荷花。"俺早就有这个意思了，一直憋在心里不敢说。这下好了，明天一早咱们就走！"

荷花满脸通红，小声地问："那娘怎么办？""一块走啊！"地博毫不犹豫地说，荷花紧紧地抱住了地博。

等了会儿，荷花娘回来了。"娘，那边怎么样？"荷花问。"人家又送彩礼了，娘把彩礼放在媒人那里。地博回来了，太好了，你连夜带荷花走，我留在这里应付下。"地博说："大娘，咱们一起走吧！""我岁数大了，不去给你们家添麻烦了。地博呀，你带荷花去你家里避避风头。如果、如果你们家相中了荷花……"

"娘别说了！"荷花不好意思了，打断了娘的话。

地博红着脸说："大娘，你放心吧，俺一定会好好待荷花的！"

荷花娘笑了："地博，俺只有这么一个闺女，交给你了。你们两人好好过日子，俺就放心了。闺女，这是你爹给你攒下的积蓄，你带着，也算是爹娘给你的嫁妆了。"荷花抱着娘央求道："咱们一块走，你不走俺也不走！"地博拉着荷花跪下，诚恳地说："宋先生走了，大娘一个人在这里不行，你跟我们一块走吧。"荷花娘看着两个孩子，含泪点头同意了。

半夜，地博带着荷花母女溜出丁家府，一口气走出日照城，马不停蹄地赶到昆山山顶，太阳已经露出红彤彤的脸蛋。车队停下来，荷花走下车，站在山上伸开双手，深情地望着山下，不由自主地叹道："太美了，地博，你看，山下这一片湖水真美！"

昆山脚下的昆山湖，湖水荡漾，波光粼粼。

跑了一路，大家在此休息。秦胜问："荷花，你这次到俺村算不算出嫁了？"荷花红着脸不说话。荷花娘抢过话笑着说："算！算是俺闺女出嫁了，是不是地博？"地博只是傻笑。荷花小声说："娘，俺还没有出嫁呢，你这是把我卖了吗？咱宋家可没有拿丁家的一两银子！"娘笑道："卖也好买也好，只要是嫁给地博，娘就放心了！"荷花羞得双手捂住脸。荷花娘一路上又问了地博很多家里的事，心情明显放松了很多。荷花娘温柔地望着地博，轻声说："地博俺的儿呀，认识你好多年了。你总管俺叫大娘，今天，就把那个'大'字去了，喊俺一声娘吧！"

地博的脸红到耳根，但还是痛痛快快地喊了声"娘！"

"哎！"荷花娘大声应着。

荷花羞得脸通红，蹲在地下。秦胜、吴光在一旁咧着嘴笑。

荷花娘高兴地说："地博，俺的儿呀，刚才你叫俺娘了。记着，以后一定好好照顾俺闺女！"说完起身颤颤悠悠地往山边走，四下张望着，说："这里的风景真好呀！地博，荷花，给娘弄点山里的甜水喝吧！"荷花说："娘，车上有水，我去拿。"荷花娘却坚持道："娘就想喝这山上的甜水呢！"

"荷花，那边有个泉水洞，里面的水可甜呢，咱去给娘打水。"

地博牵着荷花的手往山洞里走去。荷花娘瞅着他俩的背影，竟然高声唱起来：

  手牵手面靠面
  闺女上了花轿哟
  摇着摇进洞房

心贴心过山坳哟

苦不苦暖心田

喝碗汤比蜜甜哟

山悠悠水绿绿

山绕水水恋山哟……

　　荷花突然心中有些不安，回头看了娘一眼，娘冲着他们笑着挥挥手。两人正从泉眼里往外舀水时，突然听到一声"大娘跳山了"！

　　地博和荷花丢下水罐，拼命往回跑。地博招呼着秦胜吴光："快，快，顺着这个方向到山下去找！"大家连滚带爬下山，终于在半山腰一处石头缝里找到荷花娘浑身是血的尸体。

　　地博和荷花号啕大哭。哭过，地博找了处平地，埋葬了荷花娘。地博俯下身子抱起哭得死去活来的荷花，领着大家下了山。

　　午饭时，土根对秦女说："今天吃饭，俺总是咬到筷子，家里是不是又要添人口了？"秦女噗的一声笑了："俺都多大岁数了，还能再给你添人口？"土根也笑了。

　　天黑时，地博回来了。

　　地博见到爹娘，脸便红了。他拘谨地从身后拽出一位如花似玉的俊姑娘。荷花羞羞答答地上前，喊道："大叔大婶！"

　　土根和秦女惊愕不已。地博红着脸把事情经过一五一十地对爹说了，土根骂道："你这个傻孩子，怎么不早告诉俺。你知道吗？宋先生和俺是老交情了，宋先生当年替我照顾过你奶奶。地博呀，你早说，不就好了吗？俺亲自去接荷花和她娘。"说完一把搂过荷花，哭道："闺女，俺走的时候，你刚出生呢。眨眼间出息成这么俊的大闺女了！可怜的孩子呀！"荷花流着泪替地博开脱："大叔，你别怪地博，是俺娘自己寻的短见。"土根喃喃地说："宋先生、大嫂子，你们放心吧，你们的闺女就是俺的闺女，俺一定不会亏待她的。"

晚上，土根把荷花安排在他屋西间炕上休息。

天不亮，地博偷偷地溜到父亲的房间，蹑手蹑脚地钻进西屋，荷花此时已起床了，整理好被子，呆呆地坐在炕沿上。地博过来不停地问："昨夜睡得可好？想没想娘？"荷花脸红了，推着他往外赶，说道："天不亮，你就来了，不怕大叔大婶笑话俺，快出去……"

地博还是不安地问："那你可好了？不难过了？"

荷花推着地博，说道："好了好了，不难过了。你快出去吧！让大叔大婶瞧见了，不好！"

三 第一位女先生

荷花的到来，犹如一股清风刮进丁家，滋润着丁家的家风家世。荷花识文断字，是丁家门槛里第一个真正的文化人！关于我老奶奶的故事，听起来让人心酸而又惊心动魄。她短暂的一生，留给丁家永恒的印记。

走进丁家，丁家学堂立即吸引住了荷花。她每天都到学堂里听课，不久她便向地博提出来自己想当先生的念头。在封建偏僻的乡村，这是一个大胆的想法。地博和爹说起这事，土根开始一脸的不乐意。地博开导说："都什么时候了？城里早有女先生了，咱们不能这么封闭愚昧下去了。"土根犹豫了片刻，还是勉强同意了。

从此，丁家学堂又有了一位女先生。

这个消息，迅速在胳肢窝村传递开来。冯本愤愤地说："伤风败俗啊！丁家把村里的风俗带坏了！"但孩子们却不听他这一套，

199

依然风雨无阻地来上学。村子里年轻人也坐不住了，经常到学堂里晃悠，起初只是想一睹女先生的风采，后来逐渐被学堂里讲授的内容吸引入迷了。丁家学堂一时人满为患。

夏日傍晚，微风习习，丁家大院又成了村中少女聚会的地方。

荷花自幼心灵手巧，跟着娘学了一手织绣绝活。闲暇时便教村中女人织绣，逐渐形成了一个小团体，她取名"女子针绣帕"。秦小小、冯实儿、王玉还有丁果儿都是核心成员，秦女有时也跟着比画几下。一到晚上，一群女子坐在院中说说笑笑，勾得小伙子藏在远处躲在树上，往院里觊觎张望。

一次，荷花和实儿开起玩笑："实儿，地博是你孙子，那以后俺不也得管你叫奶奶呀？"实儿也是伶牙俐齿的，笑道："大先生，你现在还没有嫁给地博俺大孙子呢，这就等不及了？开始以俺孙子媳妇的身份自居了！"弄得荷花一个大红脸。地博刚好路过听见了，冲着荷花傻笑。荷花没有瞧见，实儿拽了她一下："你看，俺的大孙子来了，什么时候你们让俺抱上重大孙子呢？"荷花不让了，和实儿扭在一起，果儿在一旁哄笑。

别小瞧"女子针绣帕"的作用，一个月下来，女人们能织绣出一大批帕子、花鞋垫等物件。地博把这些织绣品带到青岛集市上去卖，回回能卖上好价钱。

丁家成了全村人气最旺的地方。

土根看到自家院里热闹的场景，高兴地喃喃自语：荷花来了，给咱丁家带来了文气福气神气，咱丁家从此开始转运了。

一年一度的春耕农忙时节到了。

学堂停课，荷花闲着无事，跟着地博下地耕种。她自小生活在城里，从未见过田地中劳作的情景。她坐在地头上，出神地望着地博干活。地博力大如牛，一个人能拉犁耕地，荷花满眼都是爱慕欣赏。中午都回家休息了，荷花拉着地博来到界河边。地博躺在河边休息，荷花给他洗衣服。荷花说："俺明白娘当初为什么寻短见了，不用说娘，我也觉得什么农活都不会干，连累了你们。"地博笑道："又说胡话了！你来为丁家干了这么多的事，俺和爹感谢你还来不及呢。等我们结婚了，你给丁家多生几个儿子，让他们去干就是了！"荷花脸红了，用水撩他，看见地博胳膊上沾有泥土，拉过他给他洗。地博痒得直笑，荷花猛地咬了一口，痛得地博嗷嗷地叫。西林子传来笑声："地博，荷花咬你的胳膊。晚上，你再咬她的肉饽饽，一直咬到她小肚子上鼓出一个'大饽饽'来……"

原来，西林子里有人偷看。地博大喊："是谁呀？偷看俺的媳妇？谁家媳妇身上不长着两个肉饽饽？"

荷花羞红了脸，扭头往家跑。

秋天到了，小院里的石榴熟了。

地博和荷花坐在院子里说话，砰的一声，一颗熟透的大石榴掉在脚边。荷花惊喜地说，石榴好大来！她捡起石榴，凑到鼻子上闻。地博笑着一把夺过石榴，笑道："荷花，你先别吃。俺家的规矩，石榴熟了要先给仙人吃，然后我们才能吃！"荷花好奇地问："谁是仙人？"地博指向东墙根，说道："四方石！"他小心翼翼地取出六颗石榴子，虔诚地放在四方石上，拉着荷花跪下。地博双手合十，说："干爹，石榴熟了，您尝尝鲜吧！俺忘了告诉干爹一件喜事，俺找到媳妇了！今天，让您儿媳妇给您磕个头，算是认认您！"

荷花又惊又羞，但见地博一脸认真样，只好学着地博的样子磕头。地博双手合十念道："干爹，俺和荷花还没有媒人呢，您今天给俺们当个媒人吧！"

荷花害羞了，捂着嘴偷笑。

荷花好奇地问："这块四方石是不是有什么来历呀？"地博便给荷花讲起四方石的故事，地博感叹道："真是怪了，今年石榴熟了，单单被你第一个捡到。你说，干爹会不会同意给咱俩当媒人？"荷花认真地看了看四方石，阳光照耀下，四方石上泛着一层光点，一闪一闪的像在眨着眼睛。她悄悄地背过身去，双手合十放在胸前，心里默念祈祷，干爹，你就给俺和地博当一回媒人吧！

"荷花，你过来下，大叔有个事和你说呢！"土根在屋里朝院中喊道。

荷花听见土根叫她，冲着地博做个鬼脸，怯怯地来到里屋。

土根和秦女坐在炕上，土根笑眯眯地说："荷花，你认识地博时间也不短了。地博也大了，俺想和你商量个事，婚事定下来吧！你婶给你们选了个好日子，下月初六，你看行不？"荷花红着脸喊了声"叔"！就说不下去了。秦女笑道："还叫叔呢，该改口了！"

荷花捂着脸扭头往外跑，地博正趴在门外偷听，荷花推开门，一头撞到地博怀里。

地博一把抱住她，傻傻地笑着。

四　入洞房

金秋十月，地博和荷花成亲了。这一年，地博十六，荷花十七。

丁土根为这场婚事倾尽所有，大办特办。

天蒙蒙亮，丁家上下就忙活起来。果儿和实儿布置洞房，在窗户两侧贴上两个大大的喜字。"俺贴得正不正？"果儿问。"正，正好呢！"洞房东侧，整整齐齐叠放着六床崭新的大红棉被，炕面上铺着一层厚厚的带着鸳鸯图案的床褥子。房子中间，挂着一个大红灯笼，四面系着红绸缎伸向各个角落。

窗外的阳光照耀进来，金灿灿、红彤彤。

实儿坐在炕沿上,轻轻抚摸着被褥,望着洞房出神。果儿问:"实儿,你干孙子结婚了,高兴不?"实儿点点头。"什么时候你出嫁了,俺也给你收拾洞房!好不?"实儿低下头,神色黯淡起来。

头天晚上,新娘子荷花住在秦虎家。上午十时左右,一台花轿抬着荷花,走进丁家大院。迎亲的送亲的,抬轿的奏乐的,贺喜的看戏的,送份的讨喜的……出出进进,热闹非凡。土根在大院门口支了一口大锅,炖了一锅的白菜,准备了好几筐玉米和白面馒头。无论谁过来讨喜,都让他饱餐一顿。村里人赞叹道,丁家真是菩萨心肠,办喜事也和别家不一样。

晚上,果儿和冯实儿、秦小小、王玉等未出阁的大姑娘闹洞房,一群孩子围着。屋外,一群小伙子爬上窗台偷听偷看。屋里,一对新人端坐着,地博胸戴大红花,荷花头顶红盖头。果儿端上一碗宽心面,挑出一根一头让地博咬住,另一头让荷花吃,吃到两人嘴巴快碰在一起了,果儿笑道:"快看快看,粘上了粘上了,大哥大嫂亲一下!"地博上前凑上嘴巴亲,荷花扭头躲闪,众人大笑。接着,果儿又端上一盘红艳艳的枣子,地博不知何意,伸手拿出一个正想往嘴里放,果儿却说:"嫂子怎么不吃?大哥,你喂嫂子吃。"地博将手里的塞进荷花嘴里,荷花红着脸吃了。

"甜不甜?"

荷花羞涩不语,地博大声说:"甜!"

"谁问你了?嫂子说甜不甜?"

荷花扭捏地说:"甜!"

"挑起竹竿,树上打枣;早生贵子,炕沿遍跑;掀开枕头,搂搂抱抱;羞羞答答,盖上红袄!"王玉坐在炕沿上拍手唱道。周围的女人都不好意思了,秦小小小声说:"玉姐,你别唱了,羞死了!"

果儿又端来一盘花生米。地博这次学乖了,不再轻举妄动。

果儿各抓了几颗花生，分别往他们两人嘴里塞。

"'生'不生？"果儿问。

地博嚼了两口，大声回道："生！"

果儿笑道："大哥，谁问你来？嫂子'生'不生？"

"生！"荷花羞羞地小声说。

"声音大一点，听不见！"

"生！"荷花红着脸大声地说。

"不行不行，一个生不够！"王玉起哄。

荷花低着头，含羞带笑地说："生生生！"

大家都笑了，闹了一会儿，大家便都识趣地离开。

洞房花烛夜，夜深人静，月光如水。

地圆在屋内看见地博房间的灯灭了，地广睡得正沉，便悄悄地溜出来，趴在窗外偷听。洞房里传来的嬉笑声，让他心里瞬间毛起来。接着，又有窸窸窣窣脱衣服的声音，而后屋里陷入一片寂静，地圆有些失望了。但很快屋里又传来似春风吹荡树叶飘舞的声响，荷花春鸟般的吟唱娇喘，地博耕地似的拉犁低吼，特别是，荷花那声长长的黏黏的嗲呻，让他全身一哆嗦，下身顿时湿了一片。地圆捂着下面，忙不迭地跑回了屋。

地圆比地博小一岁，从小就在哥哥的光环下走不出来。地博力大无比，走南闯北。但他却整日缩头缩脑，怯怯懦懦，尿裤裆的毛病更加让他自卑得在人前抬不起头来。

自地博结婚后，他又染上了一个新毛病——每天晚上趴在地博窗外偷听。听不到荷花的嗲声便一宿无眠，他偷偷地观察荷花走路的样子，痴迷地看她摆胯扭脖子甩辫子的样子，脑海里总是充斥着她嗲嗲的呻吟声……

土根见地圆走魂的样子，悄悄对秦女说："地圆的婚事也该办了。"同时土根也开始犯愁了，儿子们长大成家又需要盖房子了。

土根在开垦六亩地时，在地南头栽下了六棵梧桐树。十多年了，六棵梧桐树在厚土滋润下长得遮天蔽日，夏日里，鸟儿在枝头鸣唱，界河水波光粼粼地流过，如今大家都管这里叫六棵树。六亩地西边，正对着界河向北拐弯处，长年累月的河水冲刷，在西北角形成了一条深沟和一片丛树林，草木茂盛，河床暴出，露出一块块叠层状平整的石板，构成了天然的石床铺。小河流水潺潺，绿树成荫，蝉鸣鸟唱。时间久了，这个地方又有一个名字——西林子。

这天，炽日高照，烈日炎炎。

丁家兄妹在六亩地锄地，坐在六棵树下乘凉歇息。

荷花摇着蒲扇，瞅着渐渐隆起的腹部，轻轻叹息。自小在温室里长大的荷花，嫁于丁家日益感到生活的艰辛和不易。果儿说："嫂子，你肚子里一定怀着男儿！"荷花笑道："你一个丫头片子知道什么？""人家说，咱爹是蛤蟆命，大哥是石头命。咱丁家历来男多女少，你说，你怀的孩子不是男儿是什么？"荷花摸着肚子，灿烂地笑了。地广插话说："嫂子生下的男孩一定是蛤蟆命。咱丁家有一个特点——隔辈遗传，你的孙子才是石头命！"地博打趣道："三弟在胡说，听说爹娘准备给你找童养媳了，你以后生出的孩子才是蛤蟆命，一辈子趴在地里。俺的儿子准是雄鹰，天上飞的那种！"地广冷笑一声，不服气地说："俺不要童养媳，俺才是会飞的雄鹰！"地博和地广两人嬉笑打闹。唯有地圆默默坐在荷花下风的地方，闻着荷花身上飘来的淡淡女人香味，脑子在天马行空地想。地圆平日话少却十分聪明，打得一手好算盘。"上忙"时，土根和地博合算田赋税项，半天算不明白。地圆随口说道："麦收276石，大豆35石。田赋11两7钱，其他杂税3两2钱，共计14两9钱。"惊得土根和地博目瞪口呆。

确实，丁家的遗传基因很古怪很奇特。土根三个儿子，地博高大魁梧，而他的两个兄弟地圆和地广，却中等偏上个头。性格上，地博刚直倔强，地圆柔和腼腆，地广放荡不羁。

205

路口，又有一批讨荒者路过。这几天，村西头逃荒讨饭的人明显多起来。丁家兄妹禁不住嗟叹，地广骂道：这是什么世道呀！

人群中，一位瘦骨嶙峋的中年妇女领着一对黑瘦黑瘦的双胞胎男孩，摇摇晃晃，走在队伍最后边。真可怜呀！荷花眼里噙满泪花叹息。中年妇女眼巴巴地瞅着他们，跌跌撞撞地来到跟前。中年妇女跪在地博面前，哀求道："可怜可怜吧，求求大哥，这两个孩子快不行了！"荷花于心不忍，一把将地头上带来的饭菜交给中年妇女。中年妇女泪眼汪汪地又递给两个孩子，两个孩子看了娘一眼低头狼吞虎咽地吃起来。

中年妇女又盯着荷花，欲言又止，泪水飞扬。她抚摸着孩子的脸，哆哆嗦嗦整理整理孩子的衣角，抚了抚头发，苦笑着对荷花说："你看，我这脸多长时间没有洗了！"中年妇女凄惨地笑笑，走到界河边，蹲下洗了把脸，蓦然回头冲着孩子喊："儿呀，娘对不起你们了……好心人啊，你们留下这两个苦命的孩子吧！老天爷在望着你们哪……"说完，中年妇女一头扎进河里。

地博哎哟声，跑到河边，中年妇女早已被汹涌的河水冲得没有了踪影。两个孩子也疯狂往河边跑，地博抱住两个可怜的孩子，左右为难，怎么办？丁家不是地主不需要长工。

荷花想起自己苦命的娘，拉过两个孩子问："孩子，多大了？"

"五岁了。"孩子怯怯地说。

"叫什么名字？"

"我们姓宋，不知道叫什么。娘管我们叫牛强、马壮。"

"真是巧了，和我是一个姓，家里没有其他人了？"

"没有了，爹和大哥都死了，姐姐让娘卖了……"

荷花抬起头，望着地博说："收下吧！回家俺和爹说。"

从此，土根家又添了一对双胞胎小长工——牛强和马壮。

五　李家崛起

光绪三十一年（1905年），日俄在我国东北大地上爆发战争。

自那时起，在东北这块黑土地上，先后出现过数次浩浩荡荡的人口大迁移。清末，先是一批批东北人逃难到山东，当地人称"北蛮子南下"。后来，又一批批山东人逃荒到东北，村里人又称之为"闯关东"。

一年初冬时节，胳肢窝村又迁来一户人家。瞧这家人的架势，便知是个大户。领头的是一个名叫李番的人，李番五十岁上下，清清瘦瘦一副白面书生的样子。李番一家东北口音，村里人传说他原是做煤炭生意的，日俄战争煤矿被日本人占领，他便带领家人迁移到五莲山脚下，在此地转悠了大半年，最后决定把落脚点选在胳肢窝村。李番一家第一拨进村来了五口，李番夫妻、妹妹李云，还有两个儿子李福、李浮。李番还请来两个戏班子女孩。进村后，并不急于安家落户，先是在村西广场上搭了个戏台子，拉起一横幅，上面写道：东西南北人情重，万里江山没有家。每天安排两个戏子唱苦情二人转，村里人听着听着便同情心起，往台上扔衣服送馒头。晚上，一家人在戏台上打地铺睡觉，不惊动村子里的任何人。

秦虎爱听戏，两个女孩子婉转凄凉的唱词，让他泪水涟涟。秦虎动了恻隐之心，主动找到李番说："世道艰难，你们家的遭遇可悲可叹。我家西头有一间空屋，你们搬过去住吧，好歹能遮风挡雨。"李番听完让两个儿子跪下答谢，叹息今生可遇到大善人了，救苦救难的活菩萨啊！当晚，李番一家就搬进秦虎的房子。李番深知，乡下人把房子和田地看得比命都值钱，不到万不得已是不会出卖田地和房屋的。李福感叹道："爹，咱以后得记着这个人的恩情啊。"李番闭着眼，淡淡地说："这个人有弱点好下手，往后咱们的突破口就选在他这里。"李浮不解地问："爹，你是怎么看出来的？"李番说："秦虎这人以前是村里大户人家的长子，落魄又心软，是咱们最好的机会。"

李番做事很有计划性，有房子住了，又小心打探村里的各种关系，一步步开始琢磨田地。这天，李番吩咐李浮和他一起去拜访秦虎，李番再三叮嘱李浮，秦虎这个人好面子，见面一定要称呼他先生见机行事等。

李番身穿长袍，腋下夹着《论语》，温文尔雅敲响秦虎家门。见面，李番作揖答谢："承教了！先生的恩情让俺终生铭记！"秦虎见李番一改过去破落龌龊的装扮，着实吃惊不小，忙抱拳迎至堂屋。"实不相瞒，我本是读书人，东北老家被日本人占去，竟沦落到此……"李番已泣不成声。李浮赶紧递上话说："我爹一直说遇见您，就是遇见活菩萨了，看您这儒雅的风度，就知道先生有大学识、见过大世面。"惺惺相惜，秦虎和李番几乎要泪眼相拥了。聊到正浓时，李番借机从口袋里掏出三两银子放在桌上，说："俺有一事相求，能否请先生给俺谋块生存之地。这等大事，也只有先生能办得了。俺老了，但实不忍心子孙活活饿死！"李番抬手拭泪，暗中偷瞥了李浮一眼。李浮见机说道："爹，你别这样为难先生了。我和哥过几天出去要饭去，也不会让你饿死的……"说着竟哭了起来。

秦虎颇为踌躇，卖地等于断了子孙粮，但说实话，这些年秦虎赋闲在家缺的就是银子。二太太张女日常花销大，近来常常说些闲话撂给他听。老娘渐上岁数，身上又添上不少毛病，日子过得拮据艰难。但秦虎好面子，从不轻易往外倒苦水，今日见了银子着实动心，犹豫不决。只见一女子在院子里一闪而过，干咳了几声。秦虎思忖良久说："这样吧，我家后庄村头有一块地，三亩左右，和丁土根家的地紧挨在一起。这块地是上好的田地，卖给你们家吧！"

李番没费什么周折，在村里立住了脚跟。

胳肢窝村的利益格局，再次面临微妙的调整变化。秦豹得知秦虎卖地的消息后，大为恼火。他急匆匆找到土根，抱怨道："你说俺哥糊涂不？他卖给李番的家地，也不和俺说一声。"土根说："你秦家的事情，俺不便说什么。秦豹呀，你是秦家的族长，但秦虎是你哥呀，多尊重他一些。兄弟两人有事商量着办，别这样各干各的了，这样别人会钻你秦家空子的！"秦豹不吱声了。

和秦家一样惴惴不安的还有王家，王经腾也来了。他见到秦豹怒不可遏道："你哥心也太慈善了，又是白给李家房子又是卖给他们地的，他这是养虎为患呀！"秦豹气得跳脚道："这是俺哥的事，与俺有什么关系？"王经腾和秦豹闷闷不乐，一再怂恿由丁土根牵头，联合起来惩治李家。土根没有答应，赶他们走了。

土根有些坐不住了，直觉告诉他，李番乘人之危屡屡得手，此人狡诈多端，不可深交。地博提醒土根说："李家住着的那间房，在咱家的东边，买的地也和咱家挨着。这样来路不明心机颇深的邻居，咱家要提防着点！"土根叹息道："是呀，李番这户人家来者不善，但咱暂时不能卷入这股风波中，走一步看一步吧！"

第二步买地计划成功后，李番开始实施第三步计划。

李番盘坐在炕上，半眯着眼，一家人围在他旁边听他训话。"俗话说，人在屋檐下怎能不低头。丁家在这个村里有实力啊，惹不得！咱要想长期在这里落下脚，必须靠住这座山。俺打听好了，丁家二小子丁地圆自小落下个小毛病——尿裤裆，这不是什么大问题！这个孩子，不要小看他了，他算盘打得好呀，早晚会有用武之地的。大妹子，你也不小了，也该找个婆家了。大哥打算把你嫁给他，和丁家结成亲家，有事就好办了。"

李云愉快地点头答应了。李云今年十八了，这几年颠沛流离，耽误了婚嫁。李云长得小巧玲珑，凹凸有致，持家是一把好手，只是性情有些自私强悍。

这天，李番主动上门拜访土根。土根半阴着脸，冷眼观察着他。李番不紧不慢，彬彬有礼地说："大公子，我今天过来想和您攀个亲。我有个妹妹叫李云，俺估算着和你家二公子年纪不相上下。打进了这个村，孩子他娘和李云便相中你家二公子了，今天上门就是想看看您乐意不乐意。"天上掉下个馅饼，土根喜出望外，这二儿子始终是他的一块心病。李云这个闺女他见过，人长得标致，地圆有些配不上，想到这里，土根干笑几声，故意为难地看了看秦女，本来想让秦女打个配合，拿个架。但秦女完全没明白其中的含义，马上眉飞色舞地点头同意了。

李番借机献媚道："这门亲事若成了，丁大公子和大嫂子便成了俺的亲家公亲家母了。"土根尴尬地瞅瞅比自己大了差不多快十岁的李番，暗自惊讶，八字还没有一撇，他便攀上亲家了，此人果然能屈能伸可高可低。土根控制住表情，推脱道："大兄弟呀，这事容俺问问地圆这孩子的心意再定。无论怎么样，你有这个心思，俺就感激不尽了！"

丁地圆趴在窗外偷听他们对话。

眼前，立即闪出李云细腰圆臀的身影。一激动，裤裆下又湿了一片，尿水直往下滴答。

第十章

一　再上藏马山

荷花生下一子，取名丁粮天。

名字是爷爷丁土根起的。粮天百岁那天，爷爷抱着孙子满院子跑，美滋滋地说："到了俺孙子这一辈，该是'粮'字辈了。咱老百姓以粮为天，大孙子叫丁粮天吧。以后，荷花再有儿子，就取名为米呀麦呀豆呀什么的，这样，咱丁家什么都不缺什么都有了。"

名字，寄托了一代人的夙愿。荷花不解其意问地博，地博笑而不答，却和荷花开起玩笑："你肚子这块田到底能产出多少粮食？"荷花贫嘴回敬道："你撒上什么种子，我这里便给你产出什么粮来！不信，你瞧吧。"两人笑成一团。

春暖花开时，地博又要出发走货了。

出发前夜，荷花恋恋不舍，念叨说："二弟三弟也大了，你和爹说说，让他们带着人去吧？""二弟身体不好，胆子又小。三弟还小，爹不放心，还是俺去吧。"荷花不放心叮嘱道："你在外面一定要注意安全，路上遇见情况了，不要为了点钱物不要命，先保住身体才好。""又不是第一次去，一年跑过多少趟了，没事的，俺有四方石干爹护着呢，放心吧！"

第二天，荷花抱着粮天送地博到村口。回到家，荷花跪在四方石前祈祷："干爹呀，这一次俺心里怦怦地直跳，干爹好好护着地博，他是您干儿子呢，让他好好的。"荷花回头望望四方石，心乱如麻。

荷花有了孩子后，对地博又增加了几分依赖。地博走了五天，荷花提心吊胆了五天。第六天，秦胜和吴光慌慌张张地跑了回来，两人进门就跪在土根面前，大哭："主子，不好了，地博被土匪劫上山了！"荷花听完晕了过去。土根赶紧追问："人没事吧？""人暂时没事，土匪让我们回家筹钱赎人呢。"土根长吁一口气地说："人没事就好，人没事就好！"

每个家庭如同一栋房子，都有一个承重的柱子。这根柱子顶在那里，便觉得平安没事。一旦这根柱子动摇了，大家的心跟着都塌了。

秦虎和秦豹也赶了过来，一家人坐在院里商量对策，愁眉苦脸。土根看着大家，十分沉稳地说道："豁出去家里所有的钱，也要把地博赎回来。荷花，你别哭了，孩子还小呢，你要注意身体。"接着对秦女说："你收拾好银两，俺和秦胜去赎人。"荷花放下孩子，站起来说："爹年纪大了，俺去！"土根怔了怔，生气地说："你疯了，一个女人家去干什么？去找死呀！"荷花回屋，帮着秦女收拾东西。

土根问秦胜："这路土匪是什么名号？"秦胜紧张地说："他们是藏马山最大的一伙土匪，领头的人叫朱红领"。

秦虎听到这个名字，不由得哎哟了声。土根看向他："他舅，你认识这个土匪头子？"秦虎点点头。土根若有所思地说："这就好了，这就好了！"但他又瞅了瞅秦虎，把后面的话咽了回去。

荷花回来，听了这话更加平静地说："爹和地博是家里的顶梁柱，不能同时涉险，爹得在家里坐镇，俺带着去赎人。舅舅，你认识土匪头子，麻烦你给他写封信俺带着，没准到时能管用。"

土根被荷花的气势震住了，一时惊讶得说不出话来。荷花又跑进屋很快换了身男人的装扮出来，走到灶台前抓了把灰，在脸上抹了抹，对秦虎催促道："舅舅，你快写吧，等娘收拾好东西，俺就走！"

秦胜劝土根说："主子，你放心吧，荷花姐曾跟着地博女扮男装走过藏马山，这路况她熟悉。"秦虎犹豫再三，终于下定决心，对大家说："不用写信了，我和荷花一起去。"

土根和荷花怔怔地看着秦虎，眼圈红了。

一路无话，来到藏马山。

藏马山，形如马蹄状，一条大路沿着山东南方向穿插而过。过了藏马山村便进山了。荷花小声问地广："怕吗？""不怕！"荷花拍拍他的肩膀，轻声说："你还小不容易引人注意，钱由你带着，和吴光在藏马山村找个地方躲起来，你们不用上山了。明天这个时候，我们要是都没回来，你就赶紧回去找爹，记住了？"地广问："你不带钱怎么赎人？"荷花说："这些钱是丁家的家底，我带上山，土匪要是翻脸不认人，人财两失。要想拿钱土匪就得先把我们放下山，另外，有舅舅这层关系，我估摸不会出大事的。"荷花又和吴光交代几句，然后和秦虎、秦胜一起往山里走。走了半个多时辰，来到一个岔路口，秦胜朝林子里面大喊："有人吗？"

树林里闪出五六个人，问道："赶路的还是送票的？"

"送票的。"

"哪路人？"

"日照丁府的。"

"跟俺走吧！"

几人跟在土匪身后，大约走了三里路，领路人让他们停下，"你们在这里等着，放老实点，一会儿有人带你们上山。"领路人上山报信去了。

几人焦急等待时，山上走下三个土匪用黑布套蒙住他们的头，推搡着往山上走。走了有一炷香的工夫，土匪给他们取下面罩。荷花四下打量，已经身处山洞中，山洞里点着火把，众土匪持刀林立，一个彪形大汉坐在中间椅子上，粗声大气地问："来者何人？"

荷花答道："日照丁家府管家。"

土匪笑道："奶奶的，俺才不管你什么管家不管家的，看你这副娘娘腔样，钱都带来了吗？"

"俺要先看看人。"

"好，带上人来！"

地博被人五花大绑地带上来。地博看见荷花大吃一惊，荷花见到地博终于放心了，朝他使眼色，示意他不要说话。

"今天俺来，不仅带来了银子，还带来了协议。咱不妨来个三家合商，一次性解决好过路费问题。谈妥了，我们一手交钱一手交人！"

土匪头子大笑："他娘的，你放个响屁连屎带尿一块下来了，俺才不管你拉出什么屎来，只认干货！"

荷花见土匪头子语言行为异常粗鲁，无奈说："朱首领，俺先给你介绍一下丁家的代表秦先生吧。"秦虎此时吓得哆哆嗦嗦，他看到椅子上坐的正是朱红领，便壮着胆子说："朱头领，我是秦虎呀！"朱红领愣了愣，示意手下举着火把照清秦虎的面容，确定是秦虎后，朱红领哈哈大笑："秦先生呀，冤家路窄，你怎么来了？想不到呀，咱两人还有见面的一天。"

朱红领和秦虎一番寒暄后，才知道地博是秦虎的外甥。朱红领说："快给大外甥松绑，真是大水冲了龙王庙，一家人不认一家人了。"

荷花说道："出来混都不容易，朱首领不如这样吧，以后地博每次路过藏马山，都留下点过路钱，你们也行个方便，你看这样行不行？"朱红领爽快地说："好好好，从今往后，咱们便是朋友了，有什么事尽管吱声。"

朱红领见到秦虎颇为高兴，大摆宴席招待秦虎等人。荷花偷偷地吩咐秦胜下山，找地广和吴光他们会合。她和地博、秦虎三人留宿在藏马山上。

三月的藏马山，春意盎然，满山遍野开满了野花。

二更时分，满天星斗。荷花倚在地博身边，在这里度过了人生最难忘最浪漫的一夜。地博问荷花："万一土匪不买秦虎舅舅的账或是你被认出来，怎么办？"荷花说："大不了是个死，如今俺没有爹没有娘，再没有你俺活着还有什么劲！"地博紧紧抱着荷花，眼睛湿润了。

荷花附在地博耳边悄悄地说："俺又怀孕了！"

第二天，地博等人安然下山。地博吩咐地广带着秦胜吴光赶着马车去日照送货，秦虎也同车跟着去了。地博和荷花两人共骑一匹马，快马加鞭往家赶，路过昆山时，两人来到荷花娘的坟前上坟。

荷花跪在坟前，一边拔掉坟上的野草，一边哭道："娘呀，女儿不孝呀！分手后再也没有过来看你。俺与地博结婚了，你已经有外孙子了，俺过得幸福着呢！等我有时间了，一定过来把你的坟迁到爹那里，让你和爹团圆！"

二　两台花轿

又是一年的中秋月明时。

皎洁的月光照在静静的界河上，波光粼粼。

一群孩子拿着滴答锦，在胡同里到处乱跑，冲呀杀呀大喊大叫。秦女跟在后边喊着："小心点，粮天，注意烟火。"孩子们不

215

听，只管在人群中胡跑乱窜。一个孩子跑进丁家大院，见荷花和一群女人围在一起做纺织活，大叫起来："快来看，英雄花木兰在这里！"

孩子们围了过来，好奇地问："藏马山上的土匪长得吓人不？他们身上有没有带枪？"

秦女抄起棍子喊："又在这里胡闹，快出去玩。"孩子们跑了。

荷花女扮男装替爹出征上山救夫的故事，成为村中的一大美谈。冯实儿抿着嘴，笑问："荷花，你一个女人怎么敢上山呢？"果儿插嘴道："这是爱的力量，是不是嫂子？"荷花笑而不答。果儿说："等俺有一天遇见真爱了，就是上刀山下火海也不怕！"三人咯咯大笑。

在村里，荷花和果儿、实儿成了最要好的伙伴。

荷花比她们两个大四五岁。三人中，冯实儿最俊，粉嘟嘟水灵灵的，一双大眼睛忽闪忽闪的，天生带着一种媚艳样。果儿最小，身材修长，顾盼生辉，充满灵性和秀气。冯实儿特别羡慕荷花，常常感叹道："你的命真好呀！"荷花苦笑道："俺的命好吗？没有爹没有娘的，只有这个家了。女人只有遇到了好的男人，才会找到自己的归宿！"实儿听后，低着头泪光闪闪。时间久了，荷花知道了实儿的出身和苦楚。荷花见实儿难过，问："实儿，你娘挺好的？"

"哎，挺好的。"实儿小声应道。提到小姨娘，实儿情绪有点低落。三人沉默了一会儿，实儿又问荷花："你说这个社会为什么偏偏咱女人的命就这么贱呢？难道女人长得好就一定会命苦吗？"荷花想了想，叹道："老人讲，自古红颜多薄命。实儿，你要走出这个怪圈，必须找到一个好婆家好男人。"实儿冷笑道："俺谁也不找，俺最恨的就是男人了。"荷花笑着问："那，给你找一个像地博这样的男人，你也不要吗？"实儿红起脸不说话。果儿一时兴起，开起玩笑："实儿，那你来给俺哥当个小的吧？"说完又觉得不合适，偷偷地瞥了眼荷花，赶紧抿住嘴。荷花倒没有在意，冲着果儿说："大妹妹，你找婆家不用愁了，咱爹早给你物色好了，未来嫁给实儿的大孙子冯界。"果儿打荷花一下，害羞道："俺才不会嫁给他呢，俺自己有自己的想法。""是呀，如果是这样的话，咱两家不成换亲了吗？"实儿冷不丁冒出这句话，感到她又说错话了，脸绯红一片。

荷花坐久了，欠了欠身子，感到肚子里的孩子动了，她挺直身体摸了摸肚子，喃喃自语："这回怀的孩子，真够折磨人的！"

土根领着粮天在外面转了一圈，走进院门，粮天叫了一声娘扑到荷花怀里。果儿笑道："大侄子，你轻点，别把你娘肚子的孩子碰着了。"粮天又跑到果儿怀里，大声道："姑姑胡说，小孩子都是从界河里捞上来的，怎么会在娘的肚子里呢？"大家都笑了。

荷花冲着屋里喊："地博你出来，把粮天抱走！"

"哎哟，俺的大孙子来，奶奶抱抱！"秦女抱着粮天走了。

加上牛强和马壮，土根一家已经是十口人的大家庭了。

土根双腿盘在炕上，掏出旱烟袋，望了一眼院子里热闹的景象，高兴地摁上烟丝，猛吸了口。地博过来和土根商量秋收的事。土根说："秋收的事不忙，你把你娘和你两个弟弟叫过来，俺说个事！"人都齐了，土根开口道："年内，把地圆和地广的喜事一块办了吧。这样俺丁家人口齐全了！"听到爹的话，地圆脑子里立即闪现出李云那圆鼓鼓的屁股，下身有了一种莫名的冲动，脸涨得通红。地广却噌地站起，红着脸说："要办你们办，俺不要媳妇！"

土根瞪了他一眼说："就数你心里野，咱这个家快盛不下你了。"秦女忙劝道："好孩子，咱丁家的男人早长大早成家，王玉是个好闺女呀，再晚了就抓不住了！"

地广不服气，嘀咕了一句："不可理喻，一对老封建！"

进入腊月，两台花轿抬着李云和王玉进了丁家大门。

217

土根家热热闹闹同时迎娶两位新人。土根在家里摆了六大桌，婚宴一直闹到半夜。

客人散去，两对新人入了洞房。土根赶紧关上大门，让牛强马壮看好狗。秦女哄着孙子粮天睡觉，土根吹灭灯，院内安静下来。

土根爬在窗棂上往外瞅，见地圆和地广房间的灯都熄了，他回头冲着秦女傻笑。秦女笑道："儿子办喜事，看把你乐得！"土根躺在炕上心满意足地说："人活一辈子，不就贪图有个后嘛！这下好了，好了，三个儿子全娶上媳妇了，俺就等着抱孙子了。"秦女说："还有果儿呢！""果儿不用担心，俺闺女不愁找婆家！"

夜深人静时，地圆房间里突然传来一阵女人的哭声。接着，地广的房间又传来地广的骂声。

三　难产

初春时节，荷花临产了。

这一天，正值五莲山八仙姑的诞日。八仙姑的传说，在五莲山脚下源远流长。每逢这日，各大寺庙香烟缭绕。乡下人即便不去寺庙也会在村子十字路口烧香祷告。天上，忽然飘过一朵云彩。云端之上，似有仙人盘坐在莲花上，双手合十。村人历来迷信，见到天上奇云，纷纷跪地磕头。

荷花在炕上不断哀号，秦女跟着接生婆忙前忙后，满头大汗，果儿在院子里一脸惊慌。不一会儿，秦女从屋里出来冲果儿喊："快去喊地博回家，他媳妇不好了，大出血了！"

地博回到家时，屋内传来荷花凄厉的惨叫。地博心头涌上不祥的预感，他想起早上荷花和他说的一个梦。荷花说，昨夜梦见自己坐在一条小船上，在平静的湖面上漂荡。突然刮来一阵大风，小船翻了，自己掉进水里拼命地挣扎。这时，娘来了，将荷花从水里拉上岸。娘苦笑说，这下咱们三口终于团聚了。荷花哭道，俺还没有给地博生下孩子呢。又过来一位四方脸老人，对她说，你是八仙姑在村里撒下的一粒种子，时候到了，明天八仙姑会带你走的。荷花挣扎说，俺舍不得地博呀。娘拍着她的手说，你们的缘分尽了，明天娘再过来接你……

地博想起这个奇怪的梦，心怦怦地乱跳。

突然传来一声婴儿的啼哭声，地博心终于放下。

这次荷花生下一对双胞胎姐妹——桃儿、杏儿。

接生婆从屋里出来，一脸痛心地说："地博，你进来再看你媳妇最后一眼吧。"地博头嗡的一声，蒙蒙地走到门口，闻到浓浓的血腥味。荷花脸色煞白地躺在炕上，看到地博走到炕边，拼尽全力伸手握住地博，有气无力地说："地博，俺跟着你，也算是幸福了。等咱们的孩子长大了，一定要教他们学字识数……俺要走了，去见俺娘了，以后你把俺娘的坟迁回俺爹那里，让他们团聚吧！"地博握着荷花的手，泪水滚滚而下。荷花停了片刻，又接着说："地博，和你在一起的六年，是俺最幸福的六年……"

果儿抱着刚刚出生的桃儿杏儿站在炕边，粮天也被秦女带进了屋，孩子似乎感到了什么，哭着往荷花怀里扑。荷花最后什么话也说不出，目光静静地望着三个孩子，慢慢地闭上了眼睛……

荷花给丁家留下一子两女，流淌着她的血液，延续着她的生命。

地博呆呆地守在荷花身边，如同傻了一般。

土根劝道："儿子，人死不能复生。你要振作起来，咱们好好安排一下后事吧！"地博木然地说："爹，你别管了！"地博出门去集市上买了一口上好的棺材，回到家关上门，晚上和荷花并排躺在炕上，谁也不让进，一直守了三天三夜。三天后，他一滴眼泪也没有了，拿起剪刀剪下荷花的一缕头发，又在四方石周围捧了一抔土，装在荷花亲手做的荷包里贴身收好。然后，他抱起荷花放进棺材里，将荷花埋在六亩地北头一个小岛上。

下葬时，天空飘起了雨，绵绵不断，淅淅沥沥。

上完五七坟，地博又驾车去日照。

土根说："这一次你别去了，让地广去吧。"地博说："还是俺去吧。俺要把荷花娘的坟迁回日照，和宋先生合葬一起。这也是荷花特意嘱咐俺的事。"

夕阳下，一片余晖涂在昆山上，昆山湖似乎在呜咽。

地博来到昆山荷花娘的坟前，再也控制不住自己："荷花呀，你我有缘相识，为什么又这样狠心离俺而去……"他磕过头，挖开荷花娘的坟，收拾好尸骨带到日照，将荷花娘和宋先生合葬在一起。最后，又从怀中拿出装着荷花头发的荷包小心地放入坟中。做完这一切，地博趴在坟上，流着泪说："荷花，你交代的事，俺办好了。放心吧，孩子俺一定让他们都识字。荷包放在这里，也算是你陪着二老了。以后我会经常过来的，给二老上坟添土。"

四 "果实"

地博从日照回到家成了闷葫芦，一句话也不说。

地博庞大的身躯委顿下来，瘦得只剩下一副骨头架子。可怜的桃儿杏儿，一生下来就没了娘。果儿默默接过照顾粮天和桃儿杏儿的重任。

土根心疼地博，对秦女说："再物色个好孩子，等荷花过了忌日让地博成亲。不然，这孩子会憋出事来的。"地博听见了，冷冷地说："爹、娘，你们别为这事费心了。俺心都死了，谁也不想娶。"

荷花死后，实儿来找果儿的次数更加频繁了。果儿和实儿成了一对拆不散的"果实"。秦女开始特别反感实儿，但接触时间长了，见她心灵手巧，口齿伶俐，不像小姨娘那般造作和浪态，慢慢地也就接受了。冯实儿出落成十里八乡出名的美人，提亲的相亲的前脚撵着后脚，但她没有一个相中的。果儿有意试探实儿："荷花嫂子走了后，俺哥怪可怜人的，孤单单的瘦得皮包着骨头，真让人心疼！"实儿低着头绣花不说话。果儿偷偷瞄了她一眼，接着道："俺说实儿奶奶呀，你就认了这个'孙子'吧，嫁给俺哥算了！"实儿脸通红通红的，上前打果儿："让你贫嘴，这一巴掌，算你奶奶教训你的！"果儿笑了："你再一口一个奶奶的，越喊越和地博走远了，还怎么嫁给他呀？从现在起，你再也不能以奶奶自居了，你以后管我叫妹妹或者叫小姑子。不然，俺不给你撮合了！"实儿垂下头，小声道："俺的好妹妹，你替俺问问地博好吗？"果儿扑哧一声笑了："你倒是改口改得真快呀！"

从此以后，果儿更加留意起地博的心事来。一天，她对地博说："哥，你这样单着不是办法。俺看冯实儿不错，你们两人挺般配的！"地博摇头，说："实儿是不错，但她是俺的干奶奶呢。你嫂子这才走了一年，俺没有这个心思。"果儿劝道："嫂子是好，俺也想她。就算是为了嫂子，你也得再娶一个。不然，三个孩子成了没有娘的野孩子了。"

朗朗夜空，星光闪烁。

这一年，地博不知是怎样过来的。地博躺在炕上睡不着。起风了，地博起身拉开窗帘，凝望着星空，又想起荷花来。

半夜里，荷花从天上飘然而至，比先前更加俊俏了。

地博一把抱住她，哭道："你终于来看我了，想死俺了。"荷花流着泪说道："傻样，这不是你原来坚强的样子！"荷花给地博擦泪，埋怨道："有人给你又找了门亲事，你怎么不同意呢？"

"除了你，谁也进不了俺的心。"

荷花苦笑，柔声说："我来，想告诉你一件事。地博，你是四方石的干儿子。四方石从哪里来的？从六亩地来的。所以说，你是地呀！你知道，'地'是干什么的？"地博听不懂她的话，荷花嗔道："亏你还是种地的！是地，便要播下种子。是种子便要开花，结出果实呀。这地上的'花'，是大地的爱情。有地了，还要有'粮'有'果实'啊！哪有'地'不结'果''实'的呢？"

"俺才不管什么果什么实的，俺只要你！"

荷花凄然一笑："我是什么？"

"你是荷花呀，俺的媳妇！"

"你真笨，俺不就是'花'吗？'花'开过后，就会结出'果实'的。'果儿'是你的妹妹，你命中还有一个'实儿'，她不就是你的媳妇吗？地博，你要听话啊，应了吧。"

地博不听，伸手去抱荷花。荷花却如同空气一样怎么也抱不着。地博急得大叫荷花荷花，猛然间醒了。

醒了，地博再也睡不着了，细细咀嚼梦中的情景。

一天，冯实儿红肿着眼来找果儿。果儿吓一跳，忙问："怎么了？你哭成这样？""冯本给俺找了个婆家，去给莒县一个大地主当小的。俺不同意，和他闹翻了。""你娘什么意见？""俺娘和俺的意思一样，坚决不给人家做小的。俺娘对冯本说了，只要是做小的，不管对方多好的条件都不同意。如果再逼俺，俺就去死！"果儿叹息道："俺和俺哥说你的事了，但俺哥这头倔驴没有松口。看来，他还是走不出荷花嫂子的影子。实儿，你要想法子，走进俺哥的心里去啊。"

两人坐在院子里低头织绣，谁也不说话。过了很久，果儿问："你想出办法来没有？"实儿答非所问："地博什么时候回来？"

"落日前就回了。"实儿嗯了声，又不语了。

落日黄昏，地博扛着犁具回家。实儿见地博进门，起身对果儿说："俺要回家了。"果儿说："天黑了，在俺家吃完饭再走吧。"实儿偷偷望了望地博，说："不了，俺回家吃。"说完，实儿并没有走，抬头望着天喃喃地说："哎哟，天怎么黑得这么快呀？"果儿明白了，赶紧对地博说："大哥，天都快黑了，你去送送实儿吧。她跐着双小脚走黑路，多危险呀。"

地博嗯了声，跟着实儿出了门。

实儿出门后，并不往家的方向走，转身朝西林子走去。

"你不回家了？往哪里走？"地博问。

实儿没有说话，只管低头往前走。地博只好跟在她后面，走出村口，实儿回头说："你是来送俺的呢，还是跟在后边给俺当看家狗的？"说完，她扑哧一声笑了。地博不好意思了，上前与实儿肩并肩走着。实儿第一次这么近和地博走在一起，能清晰地闻到他身上的味道，实儿的心跳加快起来。

两人默默地走了会儿，实儿忍不住嗔怒道："你是哑巴呀？"

地博便无话找话地问："为什么不从村东头走？干吗绕这么远的路？"

"俺愿意！怎么了？走这条路不行呀？"实儿有意逗他，歪着头调皮地问。地博又不说话了。

两人走到村西头界河边停下来。界河在此拐了个大弯由东往北而下，宽阔的水面上铺了一层石条，清澈的河水潺潺地流淌，两岸树影婆娑。

实儿站在河边不走了，地博也难为情起来。其实，河水并不深，但对于一个小脚女人来说走过去并不容易。地博伸手去扶实儿，她手一甩，粉面嗔怒。地博顿时红了脸，搓着双手。僵持了会儿，实儿笑道："亏俺还是你的干奶奶呢，连这么点孝心都没有？"实儿说完，脸也红了。

地博犹豫了一下，走在实儿面前蹲了下去。实儿一下扑上他的后背上，双手紧紧地抱住他的脖子。地博站起来，双手却不知往哪里放是好。实儿伏在他后背上，身子晃来晃去，快要掉下去的样子。

223

地博怕摔下她，忙乱中，一双大手牢牢地托住她的屁股。

实儿哭了，老老实实地伏在地博山一样的后背上，脸红得仿佛要滴出血。她柔柔弱弱地粘贴在他身上，身体微微颤抖起来。

过了河，地博松开手想放下实儿，但实儿扭动着身子不下来。

地博只好背着她一直往前走，他闻到了她身上茉莉花般的香味，听到了她的心跳声，感觉到了她胸前的柔软和身体的战栗……

默默地，两人从村西头走到南北驿道，又从驿道转向南边小路，顺着小路又往村东头走。地博背着实儿，走了足足一里多路，再往前便又到村口了。

地博说："下来吧，到村口了。"

实儿下来时，面色绯红，脸上挂着泪珠。

她擦掉泪水，抬起头，羞羞地说："丁地博，你记着，刚才你背过俺了，你……你……托俺的腚了。"说完扭头就往家跑。

地博呆呆地站在那里，望着她远去。

五 土地庙

六亩地又大获丰收。加上这些年在外做生意，丁家的收入年年攀高，渐渐有了节余。在有生之年，丁土根决定再干一件大事。

干什么呢？丁土根这几天一直在琢磨。

下课后，孩子们围在四方石前指指点点，跳上跳下。"快来看呀，这里有一块宝石，四四方方的。""这是丁家的宝贝，你们看，石头旁边长出的仙草吃了会长生不老的，咱偷偷地拔几棵吃吧！""来，咱在上面比赛跳绳吧？看谁跳得多。"孩子们正闹着，牛强、马壮跑过来，大声说："谁也别上去，地博叔说了，这块四方石不能踩！""小要饭的，你们管什么闲事？"孩子们不听，依然踩在石头上玩。双方推搡争执起来，土根从屋里探出头来吼了一嗓子，孩子们吓跑了。

土根看着神石发呆。这块神石知道的人越来越多，放在家里不安全，必须找个好地方安置起来，但一时又想不出放在哪里安全。

中午正热，一动一身的汗珠子。土根坐在大门口，摇着蒲扇，喝茶抽烟乘凉。此时，他内心产生了一种强烈的置家冲动。正想着，只见秦女领着一位白胡子老者走进家门。老者拄着拐杖，四方大脸，鹤发童颜。土根好奇地问："这是谁呀？来干什么？"秦女神秘地说："一会儿再告诉你。"

两人站在院子里，秦女问老人："大师，你看看，俺家的财神、福神、人神方位在哪？风水咋样？这几年儿子们都成家了，可大儿媳妇没几年就难产没了，另外两个儿媳妇肚子里一直也没有动静，这是惊了哪路神灵了？"老人在院子里察看一圈，神秘地说："凡事皆有因缘，世事皆有定数，莫急，莫慌。你家呀，是一块难得的风水宝地。财神、福神、人神方向都在西北处。你丁家属蛤蟆命，土命，人口稠密着呢！过上个一年半载的，一定会好起来的。你家有两样宝物，一件是神石，一件是神地。这两样宝物都属土，下三界的镇器之宝呀！这么贵重的宝物在你们家，必须要有一府一庙镇着才行。"

土根一听惊愕不已，再也坐不住了，凑上前问："大师说说，什么是一府一庙？怎么个镇法？""你看，你家有八间大瓦房，前后纵深太浅了，如人生之路一样没有迂回呀。路太直溜太平坦了，不是平安而是凶险。你家宅子处在风水风口上，财神、福神、人神来了留不住啊。这样的风水宝地，需要一府一庙镇着。这一府，便是要盖一个大院子，守住家里的财神。这一庙，就是土地庙，守住你家的土地。有了这一府一庙，便会留下你家的神石神地了。"土根怔住了，这几天不正在琢磨这个事吗？这也太奇巧了！

土根虔诚地问："大师，这一府一庙怎么个盖法呢？"

大师摇摇头："天机不可泄露，俺只能说到这里了。你若开悟，再去找找风水大师相看相看吧。"

四方脸老者走后，土根问秦女："你从哪儿请来的大师？""你说怪不怪？刚才俺在外面看大孙子碰见的。他说口渴了，俺手里刚好有个甜瓜就给他吃了。他吃完瓜，跟俺说遇见好人家了，又说他从昆山来的，会相宅子，要帮俺相看相看，俺就把他领来了。"土根若有所思地念叨，这位大师好面熟啊，就是记不起来在哪见过，孩他娘，你替丁家做了一件大事呀！

几天后，土根请来一位风水大师沈先生。沈先生进门神秘地说："你家的风水在西北呀！"土根震住了。沈先生细细端量，替土根精心设计打造了丁家一府一庙的布局。一府，呈"品"字形，前后三个大院，中间留一六米宽的胡同；一庙，呈方方正正的"口"形结构，位于丁家大院正前方。一府一庙两者叠加在一起，又呈"垒"字状，取之《荀子》中"积土成山，风雨兴焉；积水成渊，蛟龙生焉；积善成德，而神明自得，圣心备焉"之喻义。

沈先生满腹经纶地说："你家这样的布局，呈半个艮卦形状。艮卦刚处在八卦图中西北位置，这不正应你家的风水在西北吗？！"

土根恍然大悟，倍感神清气爽，暗暗下决心，年底前先把土地庙盖好，然后再盖丁家大院。

光绪三十四年（1908年），胳肢窝村建起了第一座土地庙。

土地庙坐北朝南，前临界河，北靠丁家；西邻六亩地，东处是高高的土堡。庙里面供着土地神，慈眉善目，白须飘逸，右手举龙杖，左手执元宝，笑笑吟吟正面对着界河。土地庙前，土根又栽下了六颗槐树。

初二土地庙落成日，土根举行了隆重的奠基仪式。这天，冯丁王李秦五大家族都来人了，仪式庄重肃穆，五大家族的族长依次供香跪拜土地神。

当晚，众人散去后，土根又领着儿子们在家举行了另外一场神秘的仪式。土根率领全家人跪在四方石前烧纸磕头，念叨着："神石大仙呀，您是俺家的镇宅宝石。这些年委屈您了，今天俺给您物色了一个好地方，和土地神住在一起。有土地神和您一起护着，保佑俺全家，丁家一定兴旺发达！"土根说完，丁地博上前点燃第一炷香，虔诚地说："干爹，这么多年您一直护佑着我。今天，儿子给您搬新家了。"

地博力大无比，抱起四方石来到土地庙。

土根在盖土地庙时，在土地神后方特意留下一个位置专门放置四方石。地博把四方石稳稳当当地放下，土根喃喃地说："这样好了。"

土根心里的一件大事圆满解决了。

土根叮咛子孙们："这是俺丁家的土地庙，以后，俺每天都要来进香，日子过得再难，这里的香火也不能断了！"

丁家的土地庙一直保存到二十世纪五十年代，成为当地的一大景观。

第十一章

一 决堤

这年，村里又赶上旱情。

庄户人靠天吃饭，老天不下雨，眼瞅着地里的禾苗一天天枯萎，秦家和王家急得如同热锅上的蚂蚁，而冯家和丁家的优势此时显现出来了。冯家的土地大都在东岭上，只要东岭湖里有水，就不用着急。土根家的地靠近界河下游的低洼处，水源历来充沛。

秦豹蹲在地头上，见冯家开闸放水，地里的庄稼水汪汪绿油油的。再回头瞅瞅自家田地里的禾苗，蔫头耷脑，半死不活。他恨得咬牙切齿，心里诅咒冯本断子绝孙不得好死。

一个多月了，不见半个雨星。再这样下去，这一茬庄稼就彻底完了。秦家族人坐不住了，纷纷找秦豹七嘴八舌发牢骚。"要不低个头去求求冯本吧，放点水，过过咱秦家的田地，让禾苗缓缓劲。不然，夏秋恐怕会断粮了，咱族上只好喝西北风了。"老族人也出面劝和："孩子呀，所谓的尊严，在饥饿面前一钱不值。为了全族人的肚皮，你就忍了吧。"最终，秦豹扛不住族人央求放下架子去求冯本。

冯本见秦豹登门，笑吟吟地说："秦豹大侄子来了，有骨气呀，当上秦家族长了，翅膀硬了，平常连个照面都不打一下，今儿怎么有闲空到俺家里了？"秦豹热血往头顶上涌，强忍怒火说明来意。冯本听完，静静地抽烟不说话。他知道秦豹早晚会来求他，这小子一直不把自己放在眼里，正好借机杀杀他的锐气。

冯本不冷不热地说："大侄子，俺倒是想放水过去，但怕族上不愿意呀。过去你爹活着的时候，对冯家有些太过了，这事不好办呢！"冯本内心无非是想让秦豹服个软，但秦豹个性强硬，软话到了嘴边硬是倒不出来。冯本等了会儿，见秦豹还是不说软话，心中便来气了，你来求俺办事却放不下你的臭架子，这是何道理？！冯本故作为难地说："这样吧大侄子，俺自个做主了，明天你们去湖里挑水浇地吧。湖里的水也不多了，又不知天旱到什么时候，开闸放水族人是万万不肯的，你们去挑水谁还能说什么，有意见俺来挡着！"

秦豹站起来，连声谢谢也没说，转身就走了。

冯本望着秦豹的背影骂道：不识抬举的东西，就这点肚量能耐还当什么族长呀？

第二天，东岭上，秦豹和秦家人来来回回，一肩肩地挑水灌田，大汗淋漓。冯家人站在地头上抽着烟，叉着腰，冷嘲热讽地说起风凉话："快歇歇吧，庄稼长不好，腰累折了媳妇睡冷炕头，两头受窝囊呀！"秦豹气得肺都快炸了。

晚上，秦豹越想越气，他和秦虎商量，想偷偷开闸放水，出出这口恶气。秦虎胆子小犹豫不决，他知道这样做势必会造成两家矛盾更大，弄不好还会大打出手。秦豹临走时，愤愤地说："前怕狼后怕虎的，什么事也干不成！"

秦豹找到堂叔二愣子商量，两人一拍即合，谋出了一个大胆而又稳妥的方案。

半夜时分，二愣子偷偷带人在东岭湖边决开一个口子。表面上看，湖水是流向冯家田地的，但由于没有水渠阻拦，水自然会慢慢溢出冯家田地，再流向秦家地。这样一来，秦家几十亩良田一夜之间便会灌溉完毕。这样做的好处是，冯家即使发现了，也说不出子丑寅卯来，水是通过冯家的地流向秦家的。但是，随之带来一个极其严峻而可怕的后果——东岭湖重新开了一个口子——这是非常可怕的蛮干！

这一切，来得这么突然而自然。

下半夜，突然电闪雷鸣，下起暴雨。村里人纷纷跑到街头，站在雨中大喊，老天睁眼了，庄户人家有救了！二愣子跑到秦豹家，失望地说："大侄子，前半夜白白忙活了。"秦豹安慰道："谁也不长前后眼，老天这是替咱们出口气呢。这下冯家再也不用嘚瑟了，回去好好睡觉吧！"

然而，谁也没想到，大雨一下就没完没了。雨水倾盆而下，界河的水位猛涨。黎明时分，雨势丝毫不见减小，秦豹猛然间预感到不好，跪在院子里祈祷，老天呀，雨快停下来吧，救救俺！

正在这时，听到街上有人喊，界河水上流决堤了！

界河水位忽的一下涨了三四米高，如滚滚的天河水一般呼啸而来。接着，传来冯家阵阵哭号声。秦豹一头栽倒在地下，哭道："天要灭俺秦家呀！"

二愣子一觉睡到天亮，睁开眼看，洪水已经淹到他院里了，吓得他赶紧对着媳妇大喊：不好了，快跑！二愣子媳妇跑出来却见儿子一家三口还没出来，又跑回去叫他们，刚跑到院里，水势席卷而下，四人都被卷入滚滚的洪水中。

二愣子蹲在高处捶胸顿足，呼天抢地："造孽呀，真是造孽呀！王八犊子想出的办法，让俺去决开东岭湖的口子。东岭湖发威了，这是惩治俺全家了……"

冯家的房屋地势低又离界河最近，界河水肆虐横行，成片的房屋倒塌了。冯本感觉不对劲，洪水来得如此迅猛？他派人到东岭湖察看。原来,东岭湖决堤了!湖水一泻千里,在冯家地段上冲出一条十米宽的口子,已经长成的庄稼被冲毁了。冯本当场晕了过去。

土根人生中第一次见到这么大的洪水。他担心六亩地的安危,站在屋顶上张望,六亩地安然无恙。六亩地除了东侧一面,三边全是水了!此时的六亩地就像是海面上漂浮的最后的一块陆地。土根大喜,朝着土地庙的方向连连作揖:土地庙显灵了,四方石显灵了!

二愣子的话,很快传到冯本耳边。他明白了,怪不得界河水位突然暴涨,怪不得东岭湖一夜决堤,原来,这些都不是天灾而是人祸!冯本恶狠狠地说:"秦家造的孽太大了,这下捅破天了,十条人命呀!再不好好收拾收拾秦家,恐怕连老天也不让了。这次俺要动用全族的力量,一举把秦家打垮,出了这口压在冯家身上上百年的恶气。"

冯本派人四处打点,一纸诉状把秦豹告到官府。

秦豹此时是叫天天不应叫地地不理。秦虎也坐不住了,这终究是关系到秦家族人最后荣光的一件大事!秦虎秦豹哥俩和土根商量对策,土根思考半晌,叹道:"秦豹,你造下大孽了,事情到了这般田地,找谁也没有用了,而且丁唯世大公子已经调外任。现在唯一的法子,去和冯本低头认罪,眼下保住命要紧啊!"秦豹沉默不语,仇恨、委屈、愤怒涌上心头。到头来,秦豹没有想到,冯本将他家一脚踩到脚下,而他还要喊爹喊娘求人家!土根急得跺脚:"火烧屁股了!面子要紧还是命要紧?不要犹豫了,快去跪着求冯本吧,要地给地要钱给钱,要什么给什么,只求能保住你这条命。"

秦豹也怕了,登门央求冯本。冯本冷冷地盯着秦豹,态度强硬地说:"不打官司可以,秦家必须把东岭周边所有的土地,全部赔偿给冯家。"秦豹当即跳起来,吼道:"东岭边那是秦家近二百亩好田呀,你这是要秦家的命呀!"冯本冷笑道:"十条人命,冯家

231

损失上百两银子。你说说，什么东西才能换回这一切？你不同意这个条件的话，那就县衙里见吧！"

秦豹秦虎垂头丧气，再次找土根商量，一家人坐在一起愁眉苦脸，毫无办法。地博突然开口道："两位舅舅，爹，俺有一个办法。东岭湖上的土地，冯本是志在必得了，我们能做的是最大限度地减少损失。东岭东北角秦家还有一块地，如果这块地能保住，将来秦家还有翻身的老本。这块地虽然属于东岭，但独立成块，俺两家可以签一份协议，只说这块地卖给丁家了，等过个三年五载风声过去，丁家再把地还给秦家。"土根点头道："这主意不错，不过，俺现在手里银子也不多了。东凑凑西借借，可以凑足十两银子。按市场价，这块地可以卖到二十两银子，但俺实在是拿不出这么多钱，如果信得过丁家，咱这就签协议，卖地的时间提前一些，官府上面来查也好说话。你们兄弟俩商量商量，话说明了，这是两相情愿的事，而且还要说明一点，买下这块地必得等风声过去，再找时机还给你们秦家，这时间可能不止三年五载，丁家也不想为这事吃官司。"

秦虎当场同意了，但秦豹还在犹豫不决。土根说："你们回去好好想想，明天回个准话。"

秦家兄弟走后，地博悄悄地问："爹，家里真的只剩下这点银子了？"土根瞪了他一眼，小声说："别让你娘知道，秦家这两兄弟不靠谱啊，哪能把家里的老底都抖搂出来。"

地博噢了一声。

二 秦家衰落

冯家与秦家在激烈地争斗，王家在一边煽风点火，李番却在静静地观察。

这天，李福气喘吁吁地跑进屋，对坐在炕上的李番说："爹，出大事了，冯家和秦家打起来了。"李番闭着眼说道："你慌什么？"李福坐下。李番慢悠悠地说："儿子呀，李家起家的机会来了！你去找秦豹，说俺有大事和他商量。"李福不解地问："这会儿，他能来吗？"李番从容地说："你对他说，这件大事关系到他秦家的生存大道。"

李福一阵风似的去了。

秦豹正在焦头烂额之际，李福上门找到他，神秘地说："我爹说有大事和你商量，关系到你们家的生存大道。"秦豹知道李番能量大交际广，听了这话他如同抓住了救命稻草般急忙来到李家。秦豹冒冒失失闯进屋，却见李番躺在炕上半眯着眼，头连抬也没抬一下。秦豹见他一副死尸样有些泄气，拔腿想走。李番说话了："冯家这是想要你秦家的命呀。"秦豹闷声闷气地说："这还用你说吗？你到底有什么大事？"李番到现在眼睛还没有睁开，卖了一个关子不说话了。

秦豹彻底失望了，再次想走。李番终于睁开他那双豆大的眼睛，略带神秘地说："你不想听听有什么办法可以给你一条生路吗？"秦豹回过头，着急地说："你有话快说呀，急死俺了！"李番说："李福，你把炕席下面那个盒子拿给我。"李福赶紧把盒子推给爹。李番打开盒子，从里面取出十两银子放在炕上。秦豹顿时明白了，原来他也看上了俺东北角上那块良田了，秦豹不动声色。李番慢悠悠地说："你秦家的土地要么眼睁睁地拱手送给冯家，要么你现在出手把土地卖给我一部分，银子到你手上了，冯家又夺不走，我这不是在帮你难道还是在害你吗？这十两银子买你东北角那块二十亩地。"听了李番的话，秦豹冷笑道："十两银子买俺二十亩地？你真大方，也好意思说出口！"说完就要走，这次是真的想走了。

李番眼睛快速眨了几下，迅速做出决定，语气平和地说："秦豹大兄弟，走之前听我最后一句话，如果你想卖的话，我出到二十两银子。"

一下翻了一倍，二十两银子！秦豹立即停住脚步，又踱了几个来回。他动心又犹疑，停顿了会儿说："这不是小事，容俺回去考虑下！"李番又闭上了眼睛，一字一句地说："明天上午是最后的期限。过了这个点，你就不要找我了。"

秦豹走后，李福埋怨起来："爹，你这是何苦呢？你慢慢地和他讲价钱嘛，怎么一下出到二十两银子了？"李番生气地说："糊涂！你没看见秦豹的表情吗？！他背后有高手呀，不出到二十两银子，他不会动心的。看来，早有人给他支过招了，我还是动手晚了。"

秦豹回到家，坐立不安。他明白十两银子卖给土根是稳的，但也担心人心隔肚皮，再好的亲戚也是保不住的。土根爱财如命，地博心精强悍，万一以后他们变卦了怎么办？李家二十两银子买下这块地，价格是公道的，卖给李家便可以一次性拿到二十两银子。

怎么办？这事不能再找土根商量了，也不能和秦虎说。他紧锁着眉头，辗转反侧。媳妇见他这副样子，问："你这是怎么了？"秦豹忍不住把事情一五一十地和媳妇说了。媳妇开口骂道："亏你还是个当家的，这笔账都算不明白，这不明摆的吗？！卖给李家，一定要卖给李家。有了银子还愁什么，咱儿子秦狼还小家里正需要银子呢，咱手头上还有几亩薄田够养活一家的，再说有了银子以后再置办地也不迟啊。"

一句话，点醒了秦豹。

天刚亮，秦豹便着急忙慌地找到李番，两家秘密签了合约，秦豹揣着二十两银子回家了。李福问："咱家还有银子，你怎么不从他手里多买点地？""傻儿子，买下这块地冯本就不高兴了，再多买他不会答应的。你要记住，做任何事情都不要做得太绝了。"

一旦过了，就会得不偿失！"

地博知道秦豹卖地的事便赶紧告诉了爹，土根叹了叹说："完了完了，秦家这回是彻底败了，一切都不可挽回了。老人说得好呀，银子姓花，花完就没了；土地姓矿，你出点力流点汗，她会生生不息，给你生出银子、生出粮食、生出一切来。"

之后就是秦家赔了东岭的地，冯家撤了官司。

秦氏一族的秦虎秦豹从此在村里一蹶不振，而李番一家摇身一变，成为村中继冯本、丁土根后响当当的第三号人物了。

三　最后的"员外"

百年世家秦家败了。

村中仅剩一大户人家——冯本一族，冯本也成了"冯员外"。

冯家如今占据村中半壁江山，东岭上所有的土地全部归冯家所有了，加上冯家的染房产业，冯本一族虽算不上家财万贯，但在周边方圆十几个村落中绝对是首屈一指的富户。而秦家仅剩村子北侧二十亩左右的薄田，秦豹手里握着二十两银子，却在村中买不到一块土地。

冯本族长加甲长于一身，有钱有势，行事更加肆无忌惮。他执着于对财富和土地的疯狂占有，然而，这些并没有让他心安和踏实。相反，却给他带来一种忐忑和惶恐。他把心中的不安，更多地发泄在女人的身上。此时他和小姨娘的事，几乎成了公开的秘密。白天，他管小姨娘叫姨娘；晚上，小姨娘便成了他的婆娘。

发达起来的冯本，对于别人对他的称呼十分敏感。在族长、甲长、先生、财主、员外这些称呼中，"先生"他不敢妄称，最中意的还是"员外"。

这天，冯本堂弟冯义过来串门。冯义进门便大呼道："大哥，你今天不到县上去了？倒有闲空了。"冯本嘲笑道："一大早的，你这样三呼五叫的，叫魂呀！"冯义极其机灵，连忙恭维说："俺倒想三呼五叫的，但谁听俺的呀？不像您如今是咱村的土皇帝了，你跺跺脚，咱这个村子就得震一震。"冯本听了得意起来，脸上现出悦色。

冯义是冯家有名的快嘴子，左耳朵进风右耳朵便有雨。想到这，冯本端起脸来，严肃地说："咱虽然是一个族上的，以后称呼也要讲点规矩了，不要一口一个大哥大哥地叫，能不能改改口呀？"冯义明白了："大哥，俺应该叫你大财主，也只有你可以配得上这个称呼。"冯本一脸的不快："怎么话到你嘴边这样别扭呀！有现成的称呼不叫，还大财主呢，土气！"冯义啊了声，大声说："大公子，对，大公子好！"冯本又冷笑道："有一个不知道真假的大公子就够了，叫什么大公子？"冯义看着冯本的脸色，恍然大悟道："员外，对了，大哥，就该叫员外！现在，咱这个村也只有你一个员外了。"冯本终于露出笑脸，和气地说："什么事说吧。""员外大哥，界河上游空出块地，俺琢磨着种上树，等树长成了砍了也可以挣些散银贴补贴补家用。"冯员外一口答应了。冯义临走时，又说："员外，不是俺说，以你现在的身份还住这样的房子？不般配呀，怎么也得翻盖翻盖吧。"冯员外笑道："不瞒你说，俺还真想这事呢。""员外大哥，你以后翻盖房子的时候一定吱一声，俺来给员外当个小工。"

一眨眼的工夫，"冯员外"的称谓传遍全村。从此，村里再也没有"冯本"了，只有冯员外。

一天，冯员外重金聘请一位风水大师为他的老宅子相看相看风水。大师进门便摇头，叹息道："冯员外，你家里的阴气太重了。家里这几年走了不少人吧？子孙后代也萧条呀！"冯员外频频点头。大师指点道："你家的宅子地处村东头，本来是好地方呀，东为大嘛。但是，你家的西墙头比东墙头高出整整一指头。俗话讲，东压西高人头，西盖东少白头呀。"冯员外一脸虔诚地说："听先生一席话胜读十年书，还请先生指点，俺这个家怎么拾掇才好？"

"看家看门看人看额头，你把家里的大门好好修修，再把房子的屋檐探出一个头来，东墙头再高出两个指头，保准你家里的人气、财气、福气都有了，老大的位置稳坐千年。"冯员外大喜。

冯员外财大气粗，说干就干。

不出一个月，房子修缮一新，重新铺就一个大大方方的院落，在东南角盖了个大门楼，四间房子屋檐加盖穿顶，飞檐斗拱，煞是威风体面。冯本和小姨娘分别住在东二东四间，第三间为堂屋，冯实儿住在东一间，两个长工和两个丫鬟安排在院子东西两侧厢房。

从此，冯员外真正过上了员外的生活。

冯本和小姨娘日益放肆的行为，引起了冯世的不满。这天，父子俩爆发激烈的口角冲突。冯世说："爹，咱家如今是家大业大了，你若嫌孤单便再娶一个，别这样不伦不清不正地生活了。"小姨娘躲在里屋羞愧难当。冯员外大发雷霆，骂道："你这个畜生，竟敢教训起老子来了。你不看看，咱这个家走到今天，是谁挣来的，还轮得到你在这里指三道四的。老子死了，这一切不还是留给你这个不肖子孙吗？"一番话，骂得冯世哑口无言。

晚上，冯本喝了几杯闷酒，有些醉意，想起儿子说他"不伦不清不正"气得浑身打哆嗦。小姨娘端来洗脚水，冯本将脚放进水里马上又缩了回来，骂道："臭婊子，你想烫死俺呀。"他又想起小姨娘和秦虎的龌龊事来，一脚踢翻水盆，热水溅了小姨娘一身，吓得她瘫坐在地。实儿听到娘哭，从东屋冲过来对着冯本说："如今，俺娘俩成了多余的人了！你不想让俺们活了就早说，俺娘俩上吊自杀算了，死了谁都干净！"实儿拉起娘来到东间，一连几天不搭理冯本。

冯本再也不敢胡闹了，他现在唯一忌惮的就是实儿。

在冯本眼里，冯实儿是他的心头肉亲生闺女；但在冯实儿内心，她虽然默认这个爹，但骨子里对其却是深深的鄙夷。

冯家人丁单薄，冯员外想要个儿子的愿望变得更加迫切。冯世的话也深深地刺激了他，他与小姨娘再怎么说也名不正言不顺。这一回，冯员外动真心了，因为猎物已经物色好。这个人不是别人，正是秦家刚过十四岁，豆蔻年华天生丽质的秦小小。

这天，秦小小过来找冯实儿。冯实儿不在，冯本看见秦小小突然想起了秦虎和小姨娘缠绵的场景，想起了秦员外曾羞辱他时的样子。见到秦小小，便激起了他的征服欲望。这种欲望，既饱含着动物的本性欲求，又有着强烈的报复心理，两者叠加在一起，变得十分强烈和疯狂。此时，冯员外内心狂躁得如同野狼看见一只孤立无援的小羔羊，但表面上他却在极力伪装着，冯员外堆起笑容问："小小，你家最近可好？"秦小小虽小，但她知道秦冯两家的恩怨，得体地回道："回员外的话，俺过得挺好的！"冯员外又问："你娘身体好吗？"小小还是年龄小，一听娘的事声音哽咽了："俺娘身体大不如先前了，刚刚又病了！"冯员外看到秦小小眼圈红了，顿生怜惜之情，轻声说："实儿一会儿就回来了，你坐会儿等等她。"说完，他转身走进里屋，拿出一两银子交给秦小小，假惺惺地说："小小你还小，不要掺和大人的事，这钱你收下，留着自个用。"这么多银子让秦小小一时惶恐得说不出话，怔怔地望着冯员外。

正犹豫时，实儿回来了，冯员外扭头走进里屋。

秦小小望着冯员外的背影，悄悄地把银子装进口袋。

冯员外老谋深算，见秦小小收下银子心中暗喜。他知道，娶秦小小这事不能操之过急，必须从细谋划。

四　吊唁

这天，村东头传来一阵哭丧声，秦虎的老娘秦氏死了。

冯员外听到这个消息后，偷偷地笑了，他预感到他的"喜事"要来了。他考虑再三，决定亲自去吊唁。吊唁的人并不多，想起秦家昔日的繁华，冯员外心中不觉替秦家觉得凄凉了。秦豹听说冯员外来了，大步流星走到门口，怒目圆睁横在门外不让冯本进门。秦豹骂道："王八蛋，你来干什么？狐狸哭兔子假慈悲，俺秦家宁愿多瞅狗一眼，也不愿意见你假惺惺的样子。"任凭秦豹百般辱骂，冯本始终平静从容，甚至连他的族人上前去揍秦豹，都被他拦住了。僵持中，秦女出来，安抚住秦豹，让冯本进了门。

来到灵堂前，冯本一头跪下，哭得一把鼻涕一把泪："大嫂子呀，胳肢窝村俺唯一的亲嫂子走了！这下，你可以见到秦员外了……大嫂子啊，咱两家走到这一步，你是看到的，也不能说是俺一个人的错呀！大嫂子，一路走好……"

农村有个习俗——陪哭。冯本磕下头喊声嫂子，秦女和秦小小等女性便陪着磕头哭娘。秦小小跪在一侧，一身孝衣，低眉垂泪，楚楚动人，这让冯本越发怜惜了，禁不住多瞅了她几眼。冯本起身时和秦虎打了个照面，秦虎移开目光再也没有看他。

冯本来到西屋，问候秦员外的二太太张女。张女端坐在炕沿上，两腿并靠，双手低垂，别有一番风韵媚态。冯本客气作揖问候："向二太太道安，节哀顺变。"二太太赶紧起身回礼，抬眼悄悄打量冯本，恰好冯本也在盯着她，一时四目撞到一起。

回到家，冯本迫不及待地和小姨娘商量："这些天，俺反复想过，决定再娶一个了。"小姨娘之前也曾劝过冯本再娶，但他一直不置可否，不由得好奇地问："你这是看上了哪家的姑娘？"冯本吐了口烟，重重地咽下一口唾沫，说道："今天去秦家吊唁，看见秦员外二太太生的闺女不错……"

小姨娘啊了声，吃惊地打断了他的话："秦家和冯家不共戴天，秦小小怎么会同意嫁过来，再说……"她看了冯本一眼，后面的话咽了回去。冯本却不以为然，说："俺看这事有谱嘛，秦小小是二太太的孩子，秦虎秦豹不同意又能怎么办？先从二太太那里下手。她同意了，其他的事情就好办了。"说着，冯本又想起了二太太的那双媚眼。

秦氏刚过了三七，冯本便花重金托请媒婆去偷偷地找二太太张女商量。不出半天工夫，媒婆屁颠屁颠地回来了，眉飞色舞地告诉冯本："二太太开始不同意，俺费了好大劲终把她哄成了。不过，人家二太太提出了一个条件……"媒婆犹豫着看了眼冯本，冯本有些不耐烦地说："你说呀，什么条件？"媒婆支支吾吾地说："二太太想跟着闺女一起过来。"冯本一听，立即眉开眼笑，忙说："这好办，这好办，不就是多双筷子嘛！再说了，她是孩子的娘，过来也是应该的。你去告诉她，俺不会亏待她们娘俩的。"媒婆心中鄙夷，这冯本真是什么也不论计了，和自己的姨娘不清不楚的，这又惦记上了二太太母女，真够损的！

媒婆走后，冯员外越想越高兴，得意扬扬地在院子里踱着方步，哼起京剧：但蘸著些儿麻上来，鱼水得和谐。嫩蕊娇香蝶恣采，半推半就，又惊又爱，檀口揾香腮……

晚饭，冯本特意把儿子冯世和孙子冯界叫过来一起吃饭。饭桌上，冯本抬头扫了大家一眼，轻描淡写地说："前些日子，你们都劝俺再找个小的，俺考虑再三，还是应了你们吧。"冯世说："爹，这就对了嘛。"冯本喝了口酒，又淡淡地说："俺这心里正愁着呢，找个什么样的人家？巧了，秦家二太太托人来说媒，想让她那小闺女秦小小嫁过来。这闺女倒是好的，只是两家纠葛太深了，俺一时没答应，考虑考虑再说吧！"冯本偷偷瞥了眼冯世。

冯世没说话，小姨娘在一旁冷笑几声。

冯实儿心中一怔，见大家都低头吃饭，也不语了。冯实儿与秦小小是发小，曾一起在丁家学堂上课，后来双双退学了。秦小小退学是因为家中诸事不顺，再无心情上了。冯实儿退学则是因为不愿见到秦虎，不愿看到他那双眼睛！秦虎有一种预感——冯实儿是他和小姨娘的女儿。由此，他对冯实儿产生了一种强烈的保护欲。有一次雪天，实儿上学摔倒在路上，秦虎上前扶她，两人四目相对，实儿被秦虎抑郁深情的眼神震住了！恰好被王作人看见，在一旁起哄道："秦先生认闺女了。"实儿羞愧难当，哭着往家跑，秦虎不放心地在后边喊："慢点跑，别再摔倒了。"实儿回头狠狠地瞪了他一眼。

刚才，听到冯本说出秦小小的事来，冯实儿想起往事，内心无限伤感。

冯本见冯世并没有反对这门亲事，不由得轻松起来，和孙子冯界闲聊："秦先生又教你什么了？""秦先生家里有事，这几天果儿教我们的。"冯员外笑道："爷爷糊涂了，你们的秦先生家里有丧事嘛，忙着呢。"冯员外又问："地博那个大个子，最近到日照去了没有？""他这几天没有去，在地里干活。"实儿听到此，插话问："他最近可好？""挺好的，也有笑脸了。"实儿噢了声低下头，小姨娘悄悄地瞅了实儿一眼。

吃完饭，冯本回屋休息，小姨娘侍候着。

正值春天，窗子打开。实儿住在另一间，静静地听着冯本和小姨娘说话。冯本高兴地说："这下好了，儿子也不反对，二太太张女也同意了，这事成一半了。好了，快睡觉吧。"

房间里，传来冯本的喘气声。过了一会儿，又传来小姨娘的哭声。

冯本说话："你别多心，她们母女来了，也不会影响到咱俩的感情的。"小姨娘还在哭，说道："你娶秦小小，把她娘领回家来住，俺都不管。俺只有一个要求，你娶亲前，必须给实儿找好婆家。"

"上次那门婚事多般配呀，但是你们娘俩就是不同意。你现在让俺去哪儿给她找婆家？"冯本叹气道。小姨娘说："俺看上了丁家，想让实儿嫁给丁地博。"冯本惊讶地重复道："丁地博？""对，如果你不先把实儿嫁给丁地博，秦小小母女进门的事俺就死也不答应，你成亲的那天，一头撞死给你看，俺说到做到。"

两人陷入沉默中，一会儿又传来小姨娘的哭声。

"好好好，俺答应你，过几天找个媒婆去说。"

"不行，俺亲自去和土根说。"

冯实儿听着听着，趴在炕上哭了。

五　梧桐树

冯家东侧半山腰上，长着一棵老梧桐树。相传，这棵树是北宋年间一位刘姓人氏栽下的。梧桐树主干高耸入云，树围阔大，由五棵树环绕拥抱而成，庞大的树冠阴影，可以覆盖住整个冯家。树干上的裂洞，孩子们都能钻进钻出。冯家一直视这棵梧桐树，为冯家的保护神一样供奉着。村里人说，冯家之所以有百年的祖业，全仰仗着这棵梧桐树。

冯家在村里留下不少习俗节日，除了"打鱼节"外，还有一个重要的节日——梧桐树的"祭祀礼"。这个节日，定在每年梧桐花开前后的五月初七。

这年五月初七上午，冯本率领冯家男人跪拜在梧桐树下，呼天喊地：一跪苍天，保佑子孙；二跪大地，五谷丰登；三跪古树，福寿连连……

忽然一阵阴风吹过，刚开的梧桐花和树叶飘落一地。人群中，引起阵阵躁动，一位老人惊恐地望着梧桐树，这是咋回事？刚刚开花又落下，不是吉兆呀……冯本脸色阴沉，回头狠狠地瞪了老人一眼。众人鸦雀无声。

趁着大家参加"祭祀礼"，冯实儿借机跑到地博家。推开门，实儿口里喊着果儿，却到处寻找地博！果儿出来，两人牵手来到里屋。只见粮天和桃儿杏儿三个孩子在炕上疯玩，屋里乱七八糟的。果儿埋怨道："烦死了，三个孩子一点儿也不省心。荷花嫂子走了，大哥也没有时间照顾孩子，孩子倒成俺的了，啥事也干不了。"实儿故意问："这会儿家里怎么这样冷清？家里人呢？"果儿说："今日是高泽大集呀，爹娘和嫂子们赶集去了。""地博也去了？"果儿笑道："俺就知道，你的心思全在俺大哥那儿了！他没去，下地干活去了。"实儿见地博不在家，和果儿告辞，一路往六亩地走去。

实儿站在六亩地头上东张西望，不见一个人影。

六月的庄稼，绿油油的，山林一般。玉米长至齐腰高了，玉米苞子吐出毛茸茸的黄穗子散发出青青涩涩的香味。实儿喊道："地博，地博……"田地里，冒出地博的脑袋冲着实儿笑。实儿朝他摆手，地博从地里钻出来，一头的汗水。实儿递过去手帕，地博说："还是用俺的吧，别把你的弄脏了。"实儿撒娇道："不行不行，就用俺的。"她上前踮着脚给地博擦汗，地博望望四周躲闪。实儿又命令地博坐下！地博笑着蹲下，掏出毛巾用劲拧了拧，擦起汗。实儿溜到他身后，伸手去帮他擦汗，地博下意识地挡了挡，实儿就顺势扑在他怀里，伸出双手搂住他的脖子，头贴上地博宽广的胸膛上。地博慌得摊开两手，小声说："实儿，快起来，俺两个弟弟还在地里呢。"实儿羞得腾地站起，拉起地博的手，往西林子里走。

两人来到一块石头上坐下。实儿盯着地博，羞羞地问："喜欢俺不？"地博说："喜欢！"实儿双手盘着膝盖，目视远方，幸福地说:"在没有认识你之前,俺想,这辈子都不会嫁人了,以前俺以为这天下没有好男人,不是负心郎就是哄骗玩弄女人的色狼。但现在,俺就想和你在一起。"地博没有说话,脑海里回味着梦里荷花说的那句话——"你是地呀,是地就要开花结果实呀!"

实儿见地博走神样,问:"想什么呢?是不是又想荷花了?"地博眼圈红了。

"有的女人活着,但是活得像个物件一样;有的女人死了,却能让人一辈子都忘不了。俺也想活成荷花那样的女人……"实儿声音有些沙哑,"你知道吗,在这个世上,最可怜的是俺娘。有时候俺恨她,但又同情她!"

地博伸过手揽了揽楚楚可怜的实儿,说:"俺决心走出这段阴影了!荷花在梦里告诉俺,俺是地,是地便要有花有实。俺失去了花,但找到实了!"实儿没听明白,不解地看着地博。

地博摇摇头,苦笑了笑说:"实儿,你放心吧,俺会娶你的!"

地头里传来地广的声音,地博喊道:"俺在西林子,马上过去!"实儿临行时说:"你忙吧,俺过来就是为了告诉你,俺娘和冯本说了,他也同意了。过几天,冯本到你家里说媒呢!"她站起来,在地博额头上轻轻地吻了吻,颤悠悠地走了。

几天后,冯本提着礼物来到土根家。

一进门,冯本满面春风地说:"丁大公子,俺是无事不登三宝殿呀!今天来,为了一件喜事!"土根见冯本来了,迎上前说:"冯员外呀,你可是贵客!你来了,就是喜事。"此时的冯本,在村里财大气粗,拥有至高无上的权力。土根招呼果儿给冯员外上茶,冯本坐下后,开门见山地说:"俺被婶娘逼得不得了了,也不要老脸了,上门提个亲,俺家的冯实儿看上你家地博了。"冯本毫无顾忌,开口说出来意。

土根怔了怔,一时不知说什么。从内心讲,这门婚事是上等的好事,丁家失去秦家这座靠山,让土根心里有些不踏实。如果能和冯家结亲，无疑会让丁家根深蒂固，但这里面的关系太复杂了，且不说冯实儿是丁地博的干奶奶，关键是实儿的身世在村里闲话太多，冯本的口碑不好家风不正，这些都让土根左右为难。

冯本见土根不说话，略有不满地说："俺家的实儿，论长相在村里说第二，没有人敢当第一的。这孩子，俺是看着她长大的，性格温柔又不失刚强。至于，俺冯家的家境和你丁家比，不客气地讲，也是下嫁。说句玩笑话，大公子你是俺的大侄子，如果咱两家成了亲家，俺倒成了你的晚辈了。"土根呵呵笑道："多谢冯员外抬举，无论这门亲事成不成，冯员外永远是冯员外，只是这门亲事，不知地博什么想法……"他为难地停顿片刻，又说，"还有，还有，俺还担心孩他娘。"土根说到这里，冯本的表情也尴尬起来。

正在两人左右为难时，地博突然闯进来说："爹、冯员外，这门亲事俺同意！"冯员外喜出望外，笑道："地博是咱村顶天立地的大汉子，俺冯本不佩服别人单服这小子。你同意，这事便这么定了！"

秦女知道此事，果然大哭大闹，嚷道："这门亲事不成！他冯本太霸道了，弄得俺娘家家破人亡，如今又想把这个不明身世的小浪蹄子嫁给丁家，简直就是白日做梦，让他冯本死了这条心吧，俺是不会同意的。"土根内心同意这门婚事，但又劝不住秦女，他只好找果儿私下慢慢劝和劝和秦女。

果儿一遍一遍耐心地做娘的工作，劝道："娘你糊涂呀，冯本是冯本，实儿是实儿，秦家是秦家，丁家是丁家。你嫁到丁家了，要站在丁家和大哥的立场上思考问题。俺大哥太难了，一个人既要顶起这个家，又要管好三个没有娘的孩子。再不找个人家，把你闺女也累死了。你别为难了，看在你亲生闺女的分上，同意了吧。"

秦女终究拗不过一家老少的意见，最后勉强同意了这门婚事。

定亲这天，秦女没有露头。

地博和果儿来到冯家。小姨娘早早地站在大门口,翘首以待。一进门,她一把拉过果儿的手,眼泪顿时下来了,说:"丁家是好人家,真是出落人才呀。俺闺女有福了,这下好了,终于找到实落婆家了。"果儿客气地说:"从今往后,俺该叫你婶娘了。"冯员外站在一边满脸笑容。说笑间,实儿从门后闪了出来。果儿笑道:"这是哪里来的仙女?今日倒腼腆起来,羞羞答答的!"

地博望了眼实儿,也不好意思地笑了。

果儿拉起地博和实儿的手放在一起,笑道:"你们两个好了,可别忘了俺这个大媒人,是不是准嫂子?"实儿笑道:"就你年龄小,倒会贫嘴,怎么不叫俺奶奶了?"果儿说:"哎,你不说俺还忘了,俺叫你这些年的奶奶,让你白赚老便宜了,赶紧喊俺声小姑子,俺便饶了你。"实儿笑道:"看你臭美的,你不叫俺嫂子,俺偏不叫你妹妹!"果儿果真喊了声嫂子,实儿爽快地回了句妹子,泪水夺眶而出。

小姨娘躲在一边,暗中抹泪。

果儿递眼色给地博和实儿。两人会意,一起走出家门。

来到老梧桐树下,实儿楚楚动人地偎在地博怀里,红着脸说:"今日定亲,晚上你到界河边等俺,俺有礼物送给你。"地博点点头。

夜色中,界河水声潺潺,星光璀璨。

地博来到河边,实儿早早地等着了。地博笑问:"给俺什么礼物?"实儿羞涩地看了他眼,小声说:"你背过身去,这便给你!"地博笑了,转过身。片刻,实儿说:"回过头吧!"

地博回过头不由得呆住了,实儿脱得精光,赤条条地躺在沙滩上。月光下,犹如一尊晶莹的玉雕。地博的血液涌上头顶,扑过去把实儿抱在怀里。两人疯狂地吻着,不顾一切,生命中所有委屈和压抑在最灿烂最耀眼的时刻全部释放了出来……两人躺在地下,地博身上全是汗水和沙子。

"礼物好不好？"实儿羞羞地问。问完，又紧紧地抱住地博说："地博，俺把一切都交给你了，从今往后，俺就是你的人了。地博你知道吗？今天俺带你来的这个地方，当年是俺娘和情人经常约会的地方！俺想告诉你，一样的地方，一样的约会，但俺不想要一样的结果！俺永远不负你，你也永远不能亏待俺。这是俺娘给俺最大的人生教训。"

临走时，实儿一口咬住地博宽广的肩膀，疼得他直叫，实儿却捂着嘴跑了。

六　再度联姻

冯本续弦秦小小的事，可谓是一波三折。

秦虎秦豹得知此事暴跳如雷，坚决反对这门婚事。二太太张女完全预料到他们会有这样的反应，早有准备，在家里大哭大闹："秦家现在一贫如洗了，一个个窝囊废、穷泡种、扶不起的孬汉子，有本事养女人，没本事还养什么女人呀，让俺娘俩烂在秦家算了！"秦虎不堪其辱，命人紧紧关上大门。张女一不做，二不休撒起泼来，抓起个瓶子啪地摔在地下，"别欺侮俺娘俩孤苦伶仃的，如果不同意这门亲事，俺就把秦家的那堆烂事都抖搂出去，到时候别怪俺不讲情面。养不起了，就不要使绊子；家败了，就不要天天端着那个臭面子。"

二太太这个闹法，让秦虎彻底明白了，她是铁了心要走的。

秦虎万般无奈，小心翼翼问秦小小："妹妹，你对这门婚事怎么看？"秦小小低头不语。秦虎说："这些年，冯家与秦家结下的恩怨太深了，你如果嫁过去，便等于与秦家断了……"秦虎的话还没有说完，秦小小呜呜地哭了。秦小小心里比谁都明白，在秦家她是谁也靠不住的，这门亲事不同意也得同意，她没有任何选择的余地。秦虎见妹妹不说话,长叹一声,再次试探地说:"那这样吧,不管怎样,反正咱家现在就是不同意这门亲事,这样行吗?"他刚说完,秦小小哭声更大了,拿眼睛望向二太太。

这一哭一瞥,秦虎全明白了。最后,秦虎顶着全族的压力,同意了这门亲事。

冯员外家喜气洋洋,张灯结彩。大喜之日,冯家两台大花轿,一出一进。

一台大花轿抬着冯实儿,敲锣打鼓,出了冯家进了丁家大门。这天,小姨娘挽着冯实儿的手,大大方方地出现在众人面前。她身穿绸缎小红袄,乌黑发亮的头发高高地盘在头顶上,面如桃花,丰腴有致。

冯家的花轿刚走,秦家的花轿就进了门。秦小小、二太太一前一后下了轿,冯员外满面春风,忙不迭上前搀起秦小小,张女羞羞答答,捂着嘴跟在身后。

全村最俊的娘们同时出场了。男人们倾巢而出,附近村的人闻讯也赶来看热闹。冯家大门口,人围了里三层外三层。树梢上屋顶上墙头上,到处都爬满了人。秦豹告诉家人谁也不准去送秦小小,谁也不能出去看热闹。但豁牙一早就爬在梧桐树上,占据有利的位置,瞅得两眼直放光。

豁牙见新人进了冯家门,再也忍不住了,嘟嘟囔囔骂道,狗日的冯本,天下美人都让你占了。

晚上,冯员外大院内大摆宴席,人声鼎沸。酒宴散去后,冯员外一身酒气急不可耐地入了洞房。秦小小吓得直往后躲,冯本满脸淫笑道:"小小,你怕什么?俺是你的汉子呀。从今往后,你想吃什么便吃什么,想穿什么就穿什么,再也不用愁吃穿用度了。不过,你得先给俺生个大儿子。"此刻在冯员外的眼前,处处晃动充斥着一张张秦员外扭曲变形的紫色脸膛。冯员外感到自己变成秦员外了,嘴上不住地嘟囔着,小小啊,俺是秦员外呀!来,让俺好好亲亲你！

秦小小吓得尖叫一声，晕了过去……

下半夜，村东南头突然火光冲天。冯本家的草垛子着火了，众人一阵忙活奋力扑救才把火熄灭，大火将千年梧桐树的根部烧煳一片。

又是一个夜晚，一道闪电划过，千年梧桐树遭雷劈了！主干拦腰斩断，树皮上渗出一层黏稠的液体。从此以后，梧桐树再也不发芽不长叶了。

冯本慌了，冯氏一族也人心惶惶的。冯本再次请来风水先生指点，风水先生围着梧桐树转了三圈，表情凝重，抬头望着树梢连连摇头。冯员外忙问："大师，梧桐树还能缓过劲来吗？"风水先生伸出一个指头，摁在嘴上，嘘了下说："在神灵面前，不能乱讲，不能乱问！"冯员外不敢说话了，脸色惨白。风水先生又看了会儿，回到房间坐下，长长地吁了一口气："这是一棵神树呀，你不用担心，这棵树还会枝繁叶茂的。"

冯本悬起的心终放下，忙问："那要等多久呢？"

风水先生说："这棵梧桐树本性属阳，喜阴。家里添上女人了，人口就旺了。过几年，你家还会有奇女子出现！末了，那时果儿才能再结，花儿才能开的。"

冯本忙追问："这些女人是谁呀？"

风水先生神秘地说："天机不可泄露！"

249

[卷二]

第十二章

一 割"尾巴"

丁土根心中酝酿的另一个庞大的计划——盖一所丁家大院的事一拖再拖。因为，世事变化得太快了！

这天，丁地广和牛强、马壮从日照回来，每人头上都戴着一顶黑色的帽子，进院冲着大家傻笑，一家人瞅着不知何意。王玉骂道："潮巴了，晃得让人眼晕。"地广笑嘻嘻摘下帽子转了一圈，脑后的辫子竟然没有了！土根唬得脸色大变：又遭难了，这是谁干的？

地广瞅了瞅牛强和马壮，他俩也乖乖地摘下帽子，一样剪掉了辫子。

"一群妖猴！"土根跺脚骂道，气得在地上打转。地广说："爹，日照和青岛的年轻人都剪辫子了。"土根惊得说不出话来。接着，地广说出一个更加惊人的消息：清帝退位了！

一家人惊骇不已，土根脸色煞白，慌忙问："这就改朝换代啦？那是谁要当皇帝了？"地广一副见多识广的样子，眉飞色舞地给家人讲解说："孙中山领导的革命军推翻了清王朝，现如今呀，没有皇帝了!"土根一屁股坐下,怅然若失,呢喃道:"这天下没有皇帝了,可要大乱了!"

"你见过革命军吗?"果儿问。"没有。"地广摇头。土根又急切地说:"以后还去不去日照了?丁老爷还在位吗?还需要咱家运送货物不……""丁府一切都好,运货的事也照旧!"地广说,土根终于松了口气。

这天,秦胜和吴光骑着高头大马从莒县回村,他们和地广一样留着一头短发。秦胜和吴光曾跟着地博走南闯北,在村里属于见多识广的年青一代。这些年,牛强和马壮长大了,他俩也不用再去跑日照了,便在莒县县衙里常走动。

两人脚蹬皮靴威风凛凛骑在马上,绕着村子敲锣打鼓大声嚷道,众人跟在后边尾随着。"皇帝老儿没有了!""人人都要革辫子了!""国民政府成立了!"……

一句句,犹如晴天霹雳,震得村子地动山摇。大家听得目瞪口呆,议论纷纷。"这两小子潮巴了,这是说什么胡话!""皇帝没有了,谁来坐金銮殿呀?""为啥要革辫子?啥是国民政府?"

豁牙脸涨得紫红,从人群中冲出来,喊叫:"你们两小子吃香的喝辣的,不管俺了。什么民府成立了?这个府管不管男人娶媳子的事,俺还能不能娶上媳子了?""你过来,俺带你一起吃香的喝辣的。"秦胜和吴光下马,冲他不怀好意地招手。豁牙走上前,秦胜冲吴光使了个眼色,吴光一把抓住豁牙的双手抄到他身后,豁牙弯下腰头往前伸着像只乌龟。秦胜从怀里掏出剪子,伸手把豁牙的辫子咔嚓一声剪了。围观的村民惊呼出声,捂着头跑了。

土根正在街上瞧热闹,慌得双手罩住头,粮天拽着爷爷的手,问:"爷爷头上的辫子剪不剪?"土根朝粮天头上狠狠地敲了敲:"还敢胡说,谁也不能剪!大清朝有没有不关咱的事,但人的头发都是从娘胎带下来的。剪了,不成了妖猴吗?"粮天似懂非懂。

王家人率先行动起来。王作师小子留着一个两分头,两侧的毛发往两边耷拉着,像两撮马鬃毛,上身穿着一件两边开挂的灰马甲,有意来到丁家门口前溜达。丁果儿见了,捂着嘴笑道:"这是哪里来的小马驹子!"王作师双手将头发往两侧一扒拉,神气地说:"像不像城市里的洋学生!"果儿弯腰大笑:"不像,一点也不像,倒像一个大葫芦掰开瓜秧子,只剩下一个瓢了!"

土根从里屋出来,一眼瞅见王作师这副怪模样,抄起一根棍子打了过去,吓得王作师拔腿就跑。

后来,村里年轻人开始蠢蠢欲动,发型也变得新潮起来,刺猬毛、对角分、马鬃式披头散发,甚至还有耀眼的光头……乡下人管这不叫割辫子,而形象地称为"割尾巴"。土根见了就大骂:"不肖子孙,逆子,个个都不成器了!"在这个世事变幻的窗口上,村中第一能人冯本闭门谢客,他黝黑发亮的大辫子虽有些灰白,但仍然倔强地在后边甩着。他默不作声,暗地里静静地观察村里的一举一动。他隐隐地感到,世事要大变了!

又过一段时间,从县上来了几个扛着长枪、留着油黑发亮长辫子的散兵,见到新发型又杀又打。一时间,村里不管猪毛羊毛狗毛凡是毛的东西都成了稀罕物,一夜之间,村里人又戴起帽子,帽子后边支棱着一根"毛尾巴"。土根哭笑不得,骂道:"他娘的,这是个什么世道呀!换个朝代怎么先从屁股上开始!"……

闹了大半年,再也没有人管辫子的事了。

到了后来,村里只有三个人还留着辫子。一个冯本,一个秦虎,还有一个丁土根。土根开始尴尬纠结了。

这天,恰逢高泽集。土根来到理发摊前,犹豫再三,最后咬咬牙还是剪了。土根戴着帽子一个人蹲在界河边,眼瞅着周边无人,摘下帽子,对着水面反复端量自己,蘸着水又捋了捋头发,总是感到头上少了点什么,浑身不自在。正在踌躇时,听路上传来马车声,他赶紧躲到树后偷偷观察。马车上坐着冯本,头上低低地压着一顶帽子。咦,这老贼也剪了头发!稀罕呀,更让他诧异的是秦志坐在他旁边。土根十分不解,秦志怎么和冯本坐在一起?秦志可是秦员外的亲侄子呀……

二 第三位先生

大清朝灭亡了,辫子也终于革掉了。

一切似乎恢复了平静。唯一不同的是,村西边的驿道上,南来的北往的,形形色色的队伍来回穿梭,浩浩荡荡。

沉寂了一千多年的胳肢窝村的西大门从此打开了。

一个寻常的午后,丁家大门外来了一个破衣烂衫、蓬头垢面的流浪汉,他站在丁家门口从门缝里往院子瞅望。丁粮天正在院子玩,好奇地问:"哎,老头,你找谁呀?"流浪汉推开门,笑着问:"这是丁土根的家吗?"乡下,逢人见面便叫大叔大婶的,很少有直呼其名的。粮天骂道:"老不死的,你敢叫俺爷爷丁土根,俺让狗来咬你!"土根听到说话声,探出头来,看着来人怔了怔,猛地冲上前,抱住他:"王闯兄弟,你这是从哪里冒出来的?"

"我从青岛过来的。"

"大兄弟呀,怎么弄成这样了?"

王闯笑道:"一言难尽呀,容我以后慢慢告诉你。"

"这次回来不会再走了吧?"

王闯拍了拍双腿,长叹一声:"不走了,也走不动了,叶落归根了。现在看看,真是应了你常说的那句话——'耍龙耍虎不如耍土,金窝银窝不如土窝'。老哥啊,还是你明白呀。"土根大笑:"瞧瞧你这副身板,锄草种地是不行了。""你别小瞧我这身板,家里还有一间破房子和一块地,养活自己还是没有问题的。再说了,村子里还有心事未了呀!"

土根一跺脚,埋怨说:"好兄弟呀,俺劝你一句,别再斗下去了！你走南闯北的见多识广，你要是不嫌弃，就在俺家当个先生吧，只要俺家里有口饭吃就不缺你这口。"王闯惊讶地问："你家里还有学堂？老哥呀，这个事你干对了，我还真是想当这个先生！"

土根领着王闯来到丁家学堂，介绍道："学堂就在这里，中午孩子都回家吃饭了。"王闯竖起大拇指，连连赞叹："了不得，了不得，功德无量，功德无量呀！好呀，这个先生我当定了！"

几天后，王闯正式成为丁家学堂的第三位先生。

王闯的经历一直是个谜，直到他去世，也无人知晓。

王闯传奇的经历，独特的讲课方式，再次吸引住了年轻人的注意力。他口中的"新文化运动""南陈北李"等新鲜名词和人物故事，一时拨乱了年轻人的心。

正值麦收大忙季节，土根在后院扬场，又不见地广和果儿的踪影了。土根知道，这两人一定是去王闯家了。土根气哼哼地找上门，果然见他俩正一脸崇拜地听王闯说话。土根气得拿起棍子，追着地广打，边打边骂："你这个逆子，听课可以，但不能耽搁干农活。"王闯在后边，拍手大笑：土根老哥慢点跑，别闪了腰啊。土根没好气地说："你当先生的，把孩子的心都带野了，家里的活也不干，一心在外面了，千万别把孩子引向邪路上去。"

丁地广的心的确变野了。他天天和村里的年轻人在一起，秦胜、吴光、王作人、王作师等跟屁虫般围着他转，谈论所谓的国家大事。慢慢地，他成了年轻人的首领。

这一切，土根和地博都看在眼里，他们隐隐地感到，一股躁动的气氛在丁家上空慢慢地弥漫开来。

丁家学堂，只有两间小小的破屋，却给我带来无限的想象空间。在我关于丁家学堂最初的印象里，丁家人总是好当老师。我曾带着这个疑惑问过我的启蒙老师——我的老姑奶奶丁果儿，她却不以为然地说，丁家学堂里真正的老师只有两个，一个是我的老奶奶宋荷花,还有一个是王闯,而这两个人都不姓丁!

说这话时,她的眼神里充满着崇拜、向往和一股浓浓的亲情味道!

三 身世之谜

王闯回到村里,成了年轻人的"精神领袖"。冯本背后观察这一切,恨得牙根都疼。

他有一种预感:一场看不见的争斗已经拉开序幕。

不过,冯本有些惶惶然。大清亡了,高泽村张保长也出事了,天下大变,他这个村里的土皇帝是不是也要被革命?惶恐间,听说张保长的侄子当上了保长,冯本心下大喜。为确保消息准确他偷偷地溜到高泽打探消息,见到了新任保长张强。张强依然一副过去大大咧咧的旧模样,嘲笑冯本:"你慌什么?革不革命的与咱乡下人有什么关系?你当好你的员外管好你的事就行了。"回到村子,冯本还是里外不踏实,又托人悄悄找到县上打探,官员回话说:"别的地方变成什么样俺管不着,但你们胳肢窝还是你冯员外的天下!"听了这话,冯本的腰杆瞬间又挺直了。

心里有底的冯员外要做的第一件事就是准备收拾王闯。他找来王经腾、王经通密商,一顿训斥道:"王闯在丁家当了先生,一天天口无遮拦地唆摆村里的年轻人。你们作为王家的长辈,也不出面管管,尤其是你王经腾,身为王家的族长不能放任王闯这么下去。你回去和王闯说,让他管好自己的嘴巴。如果再鼓动年轻人不务正业闹什么革命,俺就把他赶出村去。"王家两兄弟不住地点头称是。

走出冯本家,王经腾愤愤地呸了声,王经通问:"二哥,你这是怎么了?"王经腾气道:"满指望着秦家败了,王家从中受益。

没想到呀，冯家如今一手遮天，丁家坐稳了江山，半路又杀出一个李家来，咱王家更看不到出头之日了！"王经通摇了摇头，说："二哥呀，所以说，你不要去管王闯了，让他出面挑个头闹出点事也好！"王经腾叹息道："俺在想，这个王闯是咱王家的福还是祸呢？俺要好好和他谈谈！"

这天夜里，王经腾和王闯一席长谈，具体内容不得而知。但从此以后，王闯收下王经腾的孙子王作师为干儿子。从这一天开始，王家的拐点慢慢地来了。

王闯在外闯荡多年，似乎真的学乖了。他在课堂上不再谈论时政，他的"演讲"从公开走向地下。

王闯事件解决后，冯本又喜事临门，秦小小生下一女。

女儿满月时，冯本对秦小小说："冯家又生了个闺女，风水先生讲冯家阴气重了些，有这一个闺女便够了，就叫'冯末了'吧。以后，你再给俺生个带把的，俺只喜欢带把的。"

冯末了满月宴上，冯家亲戚来了一大堆。宴席上，冯界起身敬酒，他先是来到小姨娘身边，然后又来到冯本面前，最后才走到张女跟前。二太太张女见冯界怠慢了她，于是醋劲大发，但还是强压着怒火。小姨娘一时高兴，来到秦小小身边，接过冯末了端详："这孩子真是随好处了，长得可俊俏了！"张女见状一把夺过，酸里酸气地说："哎哟来，俺的亲外甥女，你可别沾上晦气，来来，让俺抱抱！"小姨娘脸腾地红了。冯本尴尬地搓着双手，不知所然地傻笑。

二太太张女进入冯家，与小姨娘争风吃醋，自闺女生下孩子，更是百般刁难小姨娘。

小姨娘越来越孤独，从此又搬进东屋，腾出西间给二太太张女。

好长时间了，冯本不敢进小姨娘的房间亲热。这天冯本来到东间，见小姨娘清瘦些，半倚在炕头上缝制小孩衣服。冯本搭讪道："今日怎么学起缝衣服了？"小姨娘不说话，眼圈却红了。冯本上前扯过她的小脚捧弄着："虽说现在不兴小脚了，但俺偏偏好这一口。"正说着，窗外有人大声干咳。冯本知是二太太张女又来偷听门子，便来气了，故意大声说："你不要这样张狂，看俺以后怎么收拾你！"外面没了动静，小姨娘却哭了。

两人亲热过后，冯本转过身去打起呼噜。小姨娘推了推冯本说："听说俺实儿有了身孕，俺想去丁家看看。"冯本嗯了声。小姨娘又说："你也要去，让小小带上孩子，再叫上冯界一起去。""去这么多人干什么？俺是真不愿意见秦女那个丑脸模。"冯本有些睡意了，不耐烦地说。

"就是因为这样，才让秦小小也去的，缓和一下气氛。你去了也要谦和一些，听说秦女常常挤对俺闺女呢。"

冯本呼噜声更大了，沉沉地睡去。

小姨娘恨恨地瞅了他一眼。冯实儿嫁给丁地博后，小姨娘一直担着心事，虽然对外一直说冯实儿是冯本的妹妹，但秦女根本不相信，她和村里人一样，认定冯实儿是冯本和小姨娘的私生女。因为这事秦女对冯实儿一直心存芥蒂。小姨娘想了很久，下定决心，为了闺女的幸福，她准备什么脸面都不要了，把心中的秘密告诉秦女。

这是冯本和小姨娘第一次正式走亲家。

土根出门相迎，客气地说："亲家来了。"秦女见到冯本，扭头便走。秦小小上前一把扯过秦女，喊了声大姐！秦女眼泪流了下来，她拉着秦小小进了东屋，小姨娘跟在秦小小身后，却被秦女砰的一声，关在门外。

实儿看着一脸尴尬的娘，眼里闪出泪花，忙把娘让进自己屋。

果儿见冯界也来了，表情有些尴尬。此前，冯界三番五次托人来说媒，但果儿死活不同意。土根有意招呼果儿："这不是你们打小的同学吗？怎么这样生疏？快进屋说说话。"果儿瞪了爹一眼，转身进了屋。冯界讪讪地跟着进来。果儿坐在炕沿上，冯界像做错事的小学生老老实实地站着。果儿冷眼瞥了瞥，说："你来串门可以，但不要来看俺。"冯界笑道："俺就是来串门的，陪俺爷爷小奶奶还有俺的老奶奶来的……""好了，别说这么多乱七八糟的称呼了。谁还不知道呀，说这些浑话干什么！"果儿一席话，说得冯界脸红脖子粗。冯界站了会儿，从口袋里掏出一包东西，红着脸塞到果儿手里。果儿打开一看，里面是一副银簪子。正想还给他，冯界转身跑了。

院子里，土根和地博陪着冯本喝茶聊天。"如今天下正乱哩，在咱这个村里，只要冯丁两家团结好了就不会出乱子。王家是成不了大气候的，但这个李家却不可小视啊，四面讨好不得罪人，闷着头发大财，听说又在高泽村大量置办土地了，你知道这事吗？还有，你家三小子常和村里不三不四的年轻人混在一起，你要好好管管他。"冯本道出了心中的忧虑，土根见他眼里露出一丝的恐惧。

在实儿的房间，小姨娘拉着实儿的手拉起家常。"俺天天想过来看看你，今天终于有机会来了。俺闺女好福气呀，嫁到好人家了！"小姨娘摸着实儿的肚子又说，"老天有眼的话，让俺闺女怀上个男孩，这样，你在丁家就立住脚跟了。""娘，你别挂牵俺，俺在这里好着呢。"实儿今日和娘一样穿着大红棉袄，满脸春光，安慰娘说。小姨娘见地博不在里屋，便朝外大声喊地博。地博进屋，小姨娘说："地博呀，去和你娘说一声，请亲家母过来一下，俺有几句话想和她还有你们两个说说。"

地博一会儿回来，尴尬地说："俺娘正忙着呢，实在是没空过来。"小姨娘脸红了，站起拍拍身子："那，那，那俺过去找她！"实儿一把拉住她，劝道："何必呢，觍着脸子干什么，不要过去了。"小姨娘眼泪顿时下来了，哽咽地说："娘也不要这张老脸了，有件事一直压在俺的心头，快憋死俺了。今天，俺非和你们说说不可……"

"走吧！"冯本在屋外面喊。

土根和地博再三挽留："吃完饭再走，实儿准备好饭了。"秦女却站在屋里未出来，一个劲地冲着外面喊："俺就不送了！"冯本本意想留下吃饭，此时红着脸，说："不麻烦了，这么近的路回去吃罢。"

小姨娘的话来不及说出，趁着实儿不注意，伸手往炕褥下塞了个布包，里面包着五两银子和几件小孩衣服。

实儿目送小姨娘离开，望着娘远去的身影，眼泪再也忍不住流了下来。

四　青涩的果儿

丁家人口快速膨胀起来，加上牛强马壮，足足十四口人。一个院子里，出来进去全是人了。

土根、秦女和老闺女果儿住着两间房子，地博一家五口住两间，地圆和地广两对夫妇各住一间，牛强马壮又被挤在牛棚里了。一大家人挤在一起，用地广的话说，放个屁一家人都跟着闻味。

盖房子和果儿的婚事，再度提上土根的日程。

上午，全家人围在院子中间边闲聊边剥玉米。聊着聊着，又扯到果儿婚事上。土根对秦女说："你这做娘的，也不四处打听打听，看看谁家的男孩合适，快给果儿找个婆家。"秦女瞅了果儿一眼："这个孩子不知怎么了，打小眼界子高，全村里的人没有一个入她法眼的，也不知以后找个什么样的婆家呢。"旁边的实儿插话说："眼下就有现成的，冯界人不错，和他爹冯世一样憨厚、老实、本分，干活也是一把好手，人长得也壮实。果儿，你看上没有？"秦女一听便来气，扔下玉米棒子，白瞪了实儿一眼："就你们冯家的人好？俺闺女找不到人家了？"

果儿扑哧一声笑了，狠狠地瞪了实儿一眼。实儿讨了个没趣，冲着果儿做了个鬼脸。

剥完玉米，果儿百无聊赖，独自来到界河边坐在石头上，出神地望着河水。河面上砰的一声响，随即激起一片水花。果儿吓一跳，站起来喊道："谁呀？在这里捣鬼！"树林里传出一男子的声音："果儿是不是想汉子了？俺等着你！"果儿听这声音，便知是王作师。

她脸红了，"无聊！"站了起来，往家走。

走到门口，只见一位英俊的小伙子立在门外，正犹豫着想敲门。小伙子身材挺拔，一身中山装，一看便知是从大城市来的。他回头看见果儿，操着一口和当地完全不一样的口音，"请问，我爸爸王闯在这里吗？"

"你爸爸？王闯？"果儿不知所云。

这是果儿第一次见到城里人，第一次听儿子称呼自己的爹为爸爸。"对呀，我爸爸叫王闯，我叫王洋，是他儿子！"王洋笑了。果儿冲着学堂，调皮地喊道："王先生，你儿子来了！"王闯一瘸一拐从屋子走出来，上前一把抱住王洋，大喊一声儿子呀！

王洋是王闯的私生子，后随母亲改嫁，秘密加入国民党。这次是专程回来看望王闯。

果儿站在一边，抿着嘴笑。

中午，土根在家宴请王闯父子。饭后，王洋提出来要看看老家，果儿自告奋勇地当起了向导。

界河水静静地流淌，河边的石头磨得溜光圆滑，两岸草木茂盛。王洋和果儿一前一后，沿着界河边走。王洋不由得感叹："我爸呀，一天到晚做梦都梦见胳肢窝村，不停地叨叨这里的山呀这里的水呀这里的人呀。今日一见，果不其然，多么幽静而纯朴的小山村啊，真是一方净土！"果儿静静地听，王洋说话字正腔圆，带有一点点黏黏的味道。果儿问："你多大了？""二十一了。"果

263

儿一脸疑惑,惊讶地说:"这么大了,俺都看不出来呢?还以为是个十几岁的孩子。那、那你家的孩子都在城里上学吧?"这次轮到王洋惊讶了,不禁大笑:"我才多大呀,还没有对象,又怎么扯上孩子了?"果儿瞪大眼睛好奇地问:"你这么大了连个媳妇都没有娶上?"王洋双手一摊,做出十分不解的样子,果儿扑哧一声笑了。"俺爹像你这么大的时候,都有大哥二哥了。俺哥像你这么大时,也都有三个孩子了。"王洋听后,直摇头:"这就是乡下的封建与愚昧。所以说嘛,革命的道路还任重道远呀!"

王洋的话,深深地刺痛了果儿的自尊。果儿不高兴了,歪着头连珠炮地发问:"是呀,你们大城市的人先进不愚昧,地方也美!青岛大港有着数不清的船,大窑沟里人来人往的,比俺高泽集上的人还多。还有,码头上到处都是长着大鼻子的洋人……但不也是一个鼻孔喘气一张嘴巴吃饭嘛,臭显摆干什么,除了人多繁华外,俺看不出哪里好呢!"一个足不出户的弱女子,张口说出青岛这么多的地名?王洋怔怔地望着她,一句话也说不出。果儿回头瞥了他一眼,知其意,继续冷笑道:"没吃过猪肉也没见过猪跑吗,俺是没有去过青岛,但俺大哥三弟经常去,俺爹也去过好几回呢。"王洋终于笑了:"原来你爸爸也去过青岛呀?"果儿并不搭话,弯腰从地下捡起一块石子,用劲往河面上扔去,"俺叫爹,不叫爸爸!"河面上,石子打起的水漂,一个漂接一个漂地向前飞去。王洋看着果儿,不觉走神了。果儿身材修长,一头秀发往后飞扬着。脸蛋虽然没有城里人白净,但更显清新健康。

果儿见王洋呆呆的样子,笑道:"你知道吗,这是打水漂!"

王洋只顾笑。分手时,王洋问果儿:"你识字读书吗?"

果儿羞涩地说:"当然喽,不过,比你认识的可能会少一些!"

"那太好了,咱俩以后常写信吧,我走到哪里都给你写信。我还想南下参加革命军,到了南方也写信给你。"

果儿点了点头。这是果儿与王洋的首次见面。

第十三章

一　旮旯里笛声

在村里过去有"三个半"先生之说。后来，又慢慢衍生出"三个半"浪人。"浪人"不是指整日游手好闲好吃懒做的那种，在村里有这雅号的人，往往有着过人之处和奇特的地方。

第一个浪人是秦虎。秦虎一直坚守着文人身份，长袍马褂，衣着整洁。全村只剩下他没有剪掉辫子。家里的大小事务，秦虎一概不管不问，潜心研究学问。

第二个浪人是秦豹。秦豹与秦虎截然不同，落魄的他总是雷人雷语，他得此雅号多半是缘于一条狗。这条狗是他花了一两银子从县城买下的外国种——德国牧羊犬。酒馆饭足之余，秦豹常常牵着这只洋狗在大街上闲逛。此洋狗来到村里后发生过两件怪事，造成极大轰动。一件是秦员外死后丢失多年的"钱褡子"，竟然被洋狗从账房先生袁福房间的一个旮旯里叼了出来；另一件是洋狗从冯本家东侧草垛里叼出一具尸体，经辨认，是冯本家中走散多年的一个丫鬟。因为这两件事，洋狗声名大噪。

第三个浪人便是李番。此人外号"小鬼腔"。李番为人十分低调和气，也不常出门，别看他整日半眯着眼，但村里的大事小情没有逃出他这双眼睛的。

半个浪人便是冯员外了。

冯本如愿当上了民国时期村里的第一任保长，家中田地近千亩，自然再也不用到田地里劳作了。此时冯员外六十开外，身上日益显示出冯老先生的遗风余韵来。

大乱之下，胳肢窝村新一轮的土地争夺战暗涛汹涌。

冯家早已大局在胸，掌握着村中生杀予夺的主导权。李家与秦家又签订了契约，连秦家最后的二十亩良田也卖给了李家。短短几年时间，李家从秦家收买了八间房契，秦家的势力慢慢地转移到了李家。关键是李家在外还有着庞大的生意，村里人谁也估不透李家到底有多大的家底。王家的叛逆心理进一步加重，虽然没有占到多大的便宜，却与西边的高泽村展开明争暗斗的较量，最后夺取西岭三十亩薄田，一直努力开荒拓土。

丁土根也没有闲着，势力范围逐渐向村西北方向扩展，花了二十两银子购买下四十亩地，到此时土根一家也拥有良田八十多亩了。土根家的土地终于连成一片，东侧为后庄地，西侧是六亩地，北侧为后场地。家门口西侧的这条土路又加宽了，成为继村中东西主干道外第一条南北主路。土根在三块地中间地带，建了一个丁家场。

土根在丁家场地盖了三间土坯房，时间长了这个场地又被人称为后场。东有冯家的东场，南有王家的南场，李家后来在西边也盖了自己的西场。这些地名，连同西林子、六棵树一样，慢慢地成了村里的特定名词。

有了后场这个地方，丁地广和他的伙伴集会有了新的据点。

丁家到了第二代，兄妹四人秉性各异，尤其是老小丁地广身上有一种天然的冒险精神，让土根头痛不已，为此常常感叹，这小子转错了世投错了胎。立冬后，村里下达了二十名徭役的名额。

土根念及地博一年下来太过劳累,便将丁家的三个名额分配给丁地广和牛强、马壮三人。地广愉快地接受了任务,痛快的态度让土根颇感意外。

晚饭后,地广偷偷地来到后场,吹响三声笛声。秦胜、吴光、王作师、秦志、豁牙等人陆续来了。见面后,秦胜急急火火地问:"天这么冷,召集大家干什么?"一伙人点上一堆火,围坐在火堆前取暖。地广问:"谁领到任务去参加徭役了?"秦胜、吴光、王作师等人纷纷举手。地广说:"俺今天就是为这个事让大伙来的。今年的徭役不同于往常,去莒县参加什么狗官的官府修建。俺已经谋划很久了,这次咱弄点动静如何?听说莒县这个狗官,万贯家财,在当地名声挺坏。俺准备这次见机行事,从这个狗官身上扒下一层皮!"大家面面相觑,庄户人家胆子再大,但干这样惊天动地的事还是瞻前顾后。地广继续说:"这次徭役是运输木料,路上我们组织人员假扮成土匪,来个'智取生辰纲'把木料劫了,拿到集市上去卖,哥几个发笔财!"大家纷纷摇头,不敢应允。正在犹豫时,秦豹牵着洋狗迈着四方步来了。"这是何方神仙?"大家都取笑他。秦豹笑道:"俺是二郎神,有第三只眼,专门盯牛鬼蛇神的!"大家又把地广刚才的想法告诉了他,秦豹胆子大,立即响应。在他鼓噪下,大家终于同意了。

大家在一起又商量了具体细节,地广把任务进行了分工后众人方散去。

这个冬天,地广等人参加徭役,三次组织运送木料,三次全部被"土匪"半路劫走。县府大人非常恼火,一气之下,将地广等人全部关了起来。派人回来传话:每家送上十两银子过来赎人。否则,一直关到死。

地广的如意算盘一下落空了。

土根气得七窍生烟,连夜送上十两银子,将地广赎了回来。土根关上门,将地广打得皮开肉绽,边骂边打:"你能成啥样了?

一个乡下人怎么能斗过官府？打死你，俺也不解恨，孽障！十两银子可以买上十亩地呀，养活多少张嘴呀。"

秦豹回到家，如同脱了层皮一样完全掉了相。秦家的这份家业，被秦豹折腾得差不多了，家中一贫如洗，他媳妇也带着女儿跑了，秦豹孤单一人如丧家之犬。大哥秦虎实在不忍心，收养侄子秦狼为义子，守着那一份薄田艰难度日。

二　游街

一天晚上，后场上又传来三声笛声。

王闯回到村里，在年轻人心里刮起一股不安躁动的旋风。

这次是秦豹召集大家来的。秦豹经过那场劫难慢慢地缓了过来，报复心理更重了。他苦思冥想几天几夜，终于想出一个大招。人齐了，秦豹神气活现地说："昨天，俺去拜访王闯先生。先生给俺指出了一条生路，让俺去北方当兵。俺这心里憋着一肚子火，想在走之前，好好杀杀冯员外这个狗日的威风！""你想弄点什么动静？"豁牙问。秦豹压低声音说："冯员外在村东头有一个仓库，里面藏着大量的粮食财物，只有三个人留守。俺看，咱把这个仓库给它端了。"众人都不吱声，秦志说："冯家现在是你们秦家的亲家，你妹妹秦小小还是冯本的小老婆呢！"秦豹一听火气更大了，恨恨地说："狗屁亲家，你别在俺面前提起她，她不是俺妹妹！"

大家还是没有表态的，一起将目光聚在地广身上。

地广犹豫片刻，冷静地说："这个活动我不参加了，我大哥和冯家是亲家，你们商量着办吧。冯本这些年有些过头了，我不反对但也不参加。"大家开始有些松动，秦豹蛮有把握地说："豁牙，这几天你好好看住冯员外，一有情况立即来报。等冯员外不在村时，咱们就行动。"豁牙高兴了，说："先把他家抄了，家中的娘们也分给俺过过瘾！"众人哈哈大笑。秦豹瞪了他一眼，豁牙低下头不说了。

豁牙接到监督冯员外的命令后，有事无事常在他家门口附近转悠。无人的时候，他便爬上梧桐树，细细观察冯员外的动静。这天，冯员外终于外出了，豁牙赶紧通知了秦豹。

半夜时分，胳肢窝村再次响起三声笛声。

人员集合完毕，一看全是秦家族人来了，王家一个也没有来。秦胜问："怎么办？还抢不抢？"秦豹咬咬牙，跺跺脚说："别人不来咱自己干，也算是为咱老秦家出一口窝囊气。干！大伙蒙上头巾，悄悄地摸过去，抢完就跑。秦志，你过来！""秦志肚子痛，爬不起来了！"豁牙应道。秦豹骂道："这个扶不起的阿斗！"当晚，秦豹率人将冯员外家的仓库洗劫一空。守门的，还有一个四十多岁的妇人，当场吓得昏晕了过去。混乱之中，豁牙顾不上抢东西，竟然奸污了这个妇人，妇人不堪羞辱，上吊自杀了。

土根听说此事后，第一反应是害怕地广参加了，他将地广关在屋里不让他出去。地广隔着窗棂笑道："爹，你别担心，这事与我毫无干系。"

谁也没有想到，冯员外当晚竟然悄悄地回家了。

冯本火冒三丈，迅速召集族人，一边派人到县里报告，一边派人连夜包抄了秦豹家，秦豹正和豁牙分赃，当场人赃俱获，被冯员外捆了。而秦胜等人听到消息后，纷纷卷着东西跑了。

冯本召集村里人商量如何处置秦豹等人。秦小小得知此事，向冯员外告饶："你就看在俺的面子上，饶了秦豹吧。"冯员外恶狠狠地说："你给他求情，他当土匪抢东西时怎么不想着你呀，这次不给他点颜色看看，下次他更无法无天了。"

第二天，秦豹和豁牙被人五花大绑，头戴大纸帽子，扒光上衣当众游街。游街示众，这在乡下是奇耻大辱。村里人都出来了，东西主干道围满了人。秦豹和豁牙被人押着，每走十步便停下来，

269

摁倒在地磕头谢罪。围观者纷纷向他们身上吐唾沫,漫骂声一片。秦虎感到无脸见人,他光着上身跪在自家大门口负荆请罪。一位秦姓老人跪在街上老泪纵横,不住地唾骂:"咱老秦家在村里从此再无立锥之地了,羞人呀羞人呀,秦家怎么出了这样不肖子孙呀!"老人说完,一头撞在墙上死了。

王闯站在丁家门口,指着秦豹的鼻子训斥:"畜生!成事不足,败事有余,俺怎么教出你这样的后生呀,丢人呀丢人!"

游街后秦豹不知去向,有人传言他被杀了,尸体扔进界河喂鱼了。

秦家的这次劫难,有两人意外得利,一个是秦志,继承了秦豹家中仅剩的三亩良田;另一个是秦家的账房先生袁福,分得了秦豹的一户老宅子。

村东头,名不见经传的袁福从此站稳了脚跟。慢慢地,村东头成袁家的天下。

三　家族起点

冯实儿迈进丁家的大门,一口气连生了三个儿子一个女儿——粮米、粮麦、粮豆和体香。冯实儿从此稳稳地坐实了丁家第一儿媳妇的位子。

短短几年时间,李云和王玉也接上秧了,几乎同时两人各生了两个孩子。李云生了两个儿子——粮仓和粮库,而王玉则生了两个闺女——粮儿和钱儿,再加上丁地博另外三个孩子粮天和桃儿、杏儿,好家伙,丁家的第三代子孙一下增至十一个。

一个草根大家族就这样诞生了。

一个家族往往是在矛盾迭起中崛起的,丁家家族也是如此。在丁家家族中,不得不提的是女人。女人在这个家族中,一直处于比较强势的地位。从秦大脚迈进丁家大门，丁家便有"大脚女人"家的称呼。后来，随着丁果儿和宋荷花两只大脚的加盟，丁家又有了"三双大脚"的说法，大脚在当时可是一个相当大胆且前卫的行为。

婆媳关系，是一个家族中最难调和的矛盾。丁家家族的复杂关系成分，让秦女这个后娘面临着前所未有的挑战。她与三个儿媳妇的关系一度上升到了剑拔弩张的地步。

李云嫁给地圆，王玉嫁给地广，是两对硬生生撮合而成的姻缘。

李云和地圆结婚后，地圆尿裤裆的毛病更加厉害了。李云腰细腔圆，精力旺盛，地圆越是小心翼翼地侍候，李云越是变本加厉地索取。李云讨来不少偏方，用桑椹子水洗下身、枸杞子泡水喝、芝麻秸灶灰抹肚脐眼等，地圆尿裤裆的毛病没治好，但性欲却变得异常亢奋。地圆慢慢地找到做男人的感觉，而李云也渐入佳境……

兄弟三人挤在三间小屋内，毫无隐私可言。地圆和李云夜间野猫叫春似的声音，让秦女坐不住了，愤愤地骂道："天天野猫似的叫，不怕邻里邻居笑话，有本事多生几个娃！"秦女的话传到李云耳中，深深地刺痛了李云的心。地圆和李云虽然同房次数多了，但李云再也没有怀孕，为此她的性子变得暴躁起来，常常和婆婆起冲突。

而王玉和地广的关系则是另一种境况。

王玉疯狂地爱着地广，但地广对她冷若冰霜，结婚半年两人没有同过房。王玉比地广大了整整七岁，早解男女之间的风情。晚上躺在地广身边，用她温暖的身子贴着地广，地广总是嫌恶地推开她，转过身去酣然入睡。王玉听着地广的鼾声，听着隔壁地圆和李云的呻吟声，浑身燥热。一次地广半醉半醒时和王玉第一次发生了关系，王玉激动地抱着地广大哭，此后两人的夫妻生活时冷时热断断续续地维持了一段时间，但感情始终热络不起来。

实际上，王玉是走不进地广心田的，在地广心里装着一个更大的世界。

在王玉眼里，地广身上所有的坏毛病，都是秦女娇生惯养造成的。于是，她也把一肚子的憋屈撒在婆婆身上。

这世上，每一个女人都是偏心的。对于秦女而言，她的确更加偏爱地广和王玉，对实儿和李云却分外挑剔，特别是对实儿从一开始就横挑鼻子竖挑眼。这也不难理解，秦冯两家的恩恩怨怨必然会产生这样的恶果。这一切，聪明的实儿自然再明白不过了。但她一直憋着，因为地位是由身份决定的，等她坐稳了第一儿媳妇的位置后，她再也不忍了。

正值麦收大忙季节，地广带队去日照，偏偏钱儿和粮儿生病了，王玉在家怨天尤人心生怨气，一家子都病了，偏偏这个时候让俺男人去日照，她不敢朝土根发脾气但在秦女面前摔这摔那，抱着两个孩子躲在屋里故意不出来。吃饭时，土根见王玉不在，问："地广到日照了，王玉娘仨怎么不出来吃饭？"秦女说："两个孩子病了！"土根嗯了一声，说："今天俺去集上看看，地博、地圆你们去打麦场。麦收这几天，让王玉在家带着孩子做饭吧。其他人都去麦场帮忙，捆捆麦秸也行。"土根吩咐完走了。

这天，恰好粮米也病了。地博出工前对实儿说："王玉家的孩子病了，她一个人做饭也忙不过来，你也不用到后场了，在家帮着王玉做做饭。"实儿点头答应了。男人都走后，秦女偷偷煮了两个鸡蛋给王玉送去，实儿刚巧过来看望王玉，见婆婆偷偷给王玉塞鸡蛋，她的脸当即拉长了，破门而出。秦女不知粮米也病了，见实儿甩脸色给自己看，脸上顿时挂不住了，心想地广的孩子病了，俺送两个鸡蛋看把你眼红的。

秦女收拾完家，召唤果儿、实儿、李云一起到后场。实儿待在屋里，隔着窗棂说："粮米病了，地博让俺在家做饭，照顾下孩子。"秦女这才知道粮米也病了,便招呼李云和果儿一起走。李云的火腾地上来,三个媳妇到头来只有她一人到后场干活,愤愤地说:"同样是儿媳妇哪有这样偏心的?凭什么让俺一个人去干活?"她放下扁担,气鼓鼓地回到房间。

秦女作为婆婆的权威受到了严重的挑战。

秦女爆发了,站在院子里大骂:"一个个都是浪蹄子,男人不在家,你们个个就翻上天了,不干活喝西北风呀?咱丁家不养野女人闲婆子。"实儿听秦女话里有话,抱着粮米出来,含泪说道:"娘,你不用这样含沙射影地骂俺,钱儿、粮儿生病便是病,粮米病了就不是病吗?你做娘的,别这样偏心好不?你做的事让人寒心不寒心?俺从没有白吃闲饭!"说完回到房间关上门。李云此时已知理亏但死不认账,她不敢骂婆婆把气撒在王玉身上,指桑骂槐地嚷道:"生了两个闺女不得了,俺为丁家生了两个儿子还没有这样的待遇呢,臭不要脸的!"王玉本来一肚子委屈,整天见地博和地广轮流到日照,偏偏不让地圆去,听见李云说出这样的话,当场回骂道:"你会生生下两个儿子,俺不会生生下两个闺女。你一天到晚野猫似的叫,害得自己的汉子裤裆湿漉漉的,生了两个儿子上天了?俺不会生,也不用你来教训俺,不害臊的浪蹄子!"

王玉一下戳到李云的痛处,两人你一言我一句对骂起来。

秦女气得浑身打哆嗦,把扁担一扔,上去朝着李云就是一巴掌。李云第一次挨婆婆的打,撒起泼来,蹲在地下大哭。

果儿站在一边,劝谁都不是,忙拉着娘和桃儿、杏儿走了。

四　闺怨

在丁家这群女人中,除了秦大脚与三个儿媳妇磕磕碰碰外,还有"一对半"女人也处在人生中最烦恼的季节。果儿已经二十岁了，在乡下早已过了谈婚论嫁的最佳年龄，爹娘不厌其烦地催婚，让她很是彷徨和纠结。她内心深处对一个人有着深深的爱，但这爱如同天上的月亮，遥不可及。

转眼间，桃儿和杏儿这一对苦苗子，也到了情窦初开的花季，两人亭亭玉立，单薄的衣衫已经掩挡不住她们凹凸有致的身体曲线了。宋荷花生下桃儿和杏儿就死了，实儿嫁过来，虽然这个后娘并没有冷落她们，但实儿连生了四个孩子，对桃儿杏儿也是顾不上的。在这样的环境下长大，桃儿杏儿既懂事又自卑，既会察言观色又谨言慎行。

桃儿杏儿自小是姑姑果儿带大的。在她们眼里，果儿就是她们的娘。三个女人一起挤在土根西屋炕上，夜幕降临时，各自怀着各自的心思，果儿有时呆呆地坐上半宿不说一句话。这一切，桃儿杏儿看在眼里。幽暗的灯光下，果儿和她的那些书信为伴，一会儿哭一会儿笑。有时伏在炕上读着读着写着写着，眼圈就红了。桃儿不解地问："姑姑，女孩子大了都要出嫁吗？你是不是想出嫁的事？"果儿淡淡地说："姑姑还没有婆家怎么出嫁？"杏儿问："姑姑，你出嫁时能不能带上俺两个？""傻孩子，你们有自己的爹娘，怎么好跟着姑姑走呢。""不，俺只有姑姑一个亲人，姑姑就是俺的娘！"说到这里，三个女人眼圈都红了。桃儿替果儿着急，劝道："姑姑不说俺也知道，你整天想着那个王洋。俺看王洋不是个好人，他不会娶姑姑的！"果儿摸着桃儿杏儿的头，叹息道："婚姻是女人一辈子的事，男怕入错行女怕嫁错郎，现在你们不明白。等你们长大了，自然就懂了。"一个个夜晚，对于她们来说总是那样漫长。

果儿最近心情坏到极点，王洋给她的回信总是特别慢。下午，太阳像火球一样慵懒地挂在天上，院子里的树木阴影七零八落地散照在窗台上，总像窗外有人在晃动。果儿望着窗棂发呆，每天这个时候是她最为期待的时刻。今天又过点了，驿夫还是没有来，果儿的眼泪如断线的珠子滚了下来。眼前，又浮现起上次和王洋见面的情景。

"果儿，你和桃儿杏儿去洗洗衣服。"秦女在外面吩咐道。

果儿擦掉眼泪，端着水盆，往界河走。

半路上，遇见王作师。王作师走在前边若即若离。走着走着，王作师丢下一包东西跑了。桃儿便喊："王叔，你掉东西了！"王作师回头望了望果儿，笑道："不是俺的，这是你姑姑的！"果儿的脸就红了。杏儿捡起来，刚要打开包裹，果儿一把夺过，说："拿过来，别随便翻人家的东西！"

果儿来到河边洗衣服，眼睛瞟着王作师送给她的东西。李浮到河边挑水，远远地和她打招呼。李浮放下水桶，径直走到果儿面前，放下一个小盒子。果儿见红红的盒子上面写着"粉发洗王花"几个字，笑问："这是什么？"李浮说："洗脸用的，城里女人用的稀罕物，俺特意托人给你买的。"果儿脸更红了，小声说："你的心意，俺领了。这东西俺没有用过，太贵重了，你拿回去吧！"李浮挑起水桶走了，回头笑笑："东西再贵，配你也值的。"桃儿拿起盒子闻闻，惊奇地说："这个闻起来可真香！"果儿望着李浮的背影，没吱声。

界河水哗哗地流淌，果儿举着棒槌敲打衣服，敲着敲着走了神。"王作师和李浮是不是都看上姑姑了？俺看，这两个人随便选一个都比王洋好着呢！"桃儿说。果儿回过神来，低下头，眼泪又下来了。

回到家，果儿又想起王洋，身上懒懒的。她关上门，百无聊赖地捧起一本书。

院子里，粮米领着粮麦、粮豆、体香疯跑疯玩。桃儿和杏儿在后边跟着，张开双手，不停地喊："俺的小爷小姑奶奶来，别跑了，摔倒碰着头！"孩子们正在玩着，王玉走了过来，把钱儿和粮儿交给桃儿，她自己蹲在地下休息。一会儿，李云又过来，将

275

粮仓和粮库又交给杏儿。

一院子的孩子四处打闹，桃儿杏儿追得满头大汗。俩人自小忍气吞声，向来不好开口拒绝的。这一次，两人一起哄八个孩子实在是招架不住了，桃儿说："二婶三婶，俺替你们看会儿，你们早点过来接啊！"李云酸溜溜地说："看谁家的孩子不是看，看老大的就应该了？看俺的便烦了？"王玉以为果儿不在家，也嘟囔道："不是还有一个大闲人吗？一个女孩子整天介写字看书的，这些还能当饭吃呀？天天闲得慌，看会儿孩子还不行呀？"桃儿朝王玉使眼色，暗示她果儿就在屋里。但王玉没明白，继续聒噪："没有娘的野孩子，你朝俺使什么鬼眼色？怎么了？俺说的不对呀？"

果儿听后，从里屋快步走了出来，大声说："就俺闲，俺闲也看不过来这么多的孩子。二嫂，三嫂，你们的孩子你们带，俺家里的孩子俺来带。"王玉来气了，哼了一声："什么你们家的俺们家的？你还没有出嫁呢，你的家在哪里呀？"杏儿吓得抱起孩子准备走，果儿眼睛红了："爱怎么着就怎么着，桃儿、杏儿，咱今天谁也不看了！"她上前一手把孩子拉下来，推着桃儿、杏儿走了。

两个嫂子站在原地气得打哆嗦，嘴里不住地骂骂咧咧。

一会儿，孩子们又聚在了一起。桃儿杏儿帮实儿做饭去了，粮天成了孩子王，领着孩子们到土地庙前玩。孩子在门口的槐树上爬上爬下，摘花捉鸟。粮库和粮儿不会爬树，两人坐在四方石上，手里攥着泥巴玩摔响。粮库突然来了尿意，脱下裤子，蹲在四方石上尿尿。恰好被粮天看见了，大喊一声："这是俺的干爷爷，谁也不要在上面尿尿！"粮天一个箭步上前，一用劲把粮儿、粮库推倒在地，两孩子大哭。果儿进来叫孩子回家吃饭得知详情，上前各打了粮儿、粮库一小巴掌，嘱咐道："你大哥粮天说得对，这四方石是俺家的宝贝。记着，以后谁也不能在上面玩，更不能在上面尿尿啊。"恰好被李云和王玉瞧见了，她俩上前各自抱起自个的孩子。李云骂道："什么做姑子的，狼心狗肺！一心偏向老大,心都被狗叼走了!"王玉也添油加醋地说道:"屁小的小孩懂什么?找不到汉子拿小孩撒气!河里的虾喝不了海里的水,天天在家里痴心妄想的,大了嫁不出去,白养在家里等着生蛆!"果儿伤心委屈地掉泪。

果儿与王洋的事情,王闯也知道了。知子莫如父,他最了解自己的孩子。王闯问果儿:"王洋这小子给你写信了?"果儿的脸唰地红了。"闺女呀,俺的儿子俺知道,他心野着呢,比当年俺的心都野。你们交个朋友可以,但不会走到一块的。他天南海北地跑,你一个闺女家怎么办?再说了,万一他在外面有个三长两短的,会误了你。"

王闯真心实意劝和果儿,让她左右为难。

王闯怕儿子耽误了果儿,又将此事告诉了土根。土根也急了,教训闺女怕她受不了,便骂秦女:"你养的好闺女,和你当年一样,一根筋走到黑。你好好劝劝她,让她死了这条心吧!"秦女知道果儿和实儿交好,让实儿劝劝果儿。实儿试探地问:"你和王洋好上了?"果儿不说话。实儿心里明白了,劝道:"爹娘都是为了你好。依俺看,你们两人真的不合适,快散了吧!"果儿瞪了实儿一眼,扭头跑了。

果儿的婚事很快也成了全村的焦点。

一天,久不出门的李番亲自拜访土根,让土根感到意外。李番笑呵呵地说:"丁大公子,论起来咱两家是老亲戚了。俺妹妹李云嫁给地圆,谁承想俺儿子李浮又相中你闺女了,他娘一个劲地催俺来提亲,不知丁大公子肯不肯给俺这个面子?"土根心中暗喜,如今李家的实力不可小觑,更何况李浮人品长相上乘。土根心里盘算着,嘴上却说:"这个事,俺实在做不了闺女的主。闺女大了有自己的主见,俺和她一起合计合计再说。"

李番喝了口茶,偷偷地望了土根一眼,试探地问:"俺还有个事,憋在心里一直没有讲。冯本是村里的保长又是你的亲家,但就是有一点，保长他干的时间太长了！不知、不知你是否有意向当这个保长？"土根明白李番这趟的用意了！李番明面上不争不抢，实际上处处培植自己的势力。他曾明里暗里拉拢土根，但土根始终表现出不偏不倚的态度。土根假装没有听明白，打哈哈道："冯本这个人呀，能力是胜任的，只是威望难以服众。说句心里话，这个保长位置，只有你来当才能当明白呢！至于俺，啥事也干不了，能让一家人填饱肚皮吃饱饭就不错了。"李番呵呵干笑几声，说："是呀，不能强人所难！但孩子的事，请大公子多留心。俺看，这是一对好姻缘呀！"

王闯对果儿的事也上心，亲自为王作师和丁果儿当起媒人。土根笑了笑，也没有答应。

其实，土根对老闺女的事比谁都着急，他在等着另一家来提亲。这天，冯世终于来了，秦女见他扭头就走。冯世对土根说："这话真是不好开口呀！"土根笑道："咱是干兄弟又是亲戚，有话明说嘛。"冯世讪讪地说："不瞒你说，今天来是为俺儿子提亲的，冯界相中你家果儿了！俺爹也同意，让俺过来探听探听你和老嫂子的口信。如果两家愿意，再托媒人正式提亲。"土根高兴了，心想这才是一门好姻缘呀，门当户对，但面上不动声色地说："冯弟呀，这个事啊，俺也得和家人商量商量！"

三家同时为果儿提亲，让土根既喜又忧。论家境，冯员外家最好，但冯界相貌稍差些。论长相，王作师最好但家境又不中意。李浮家境相貌都不错，也是一个好选项。他权衡再三，感到冯界是最佳选择，但一时拿不定主意。晚饭后，土根和秦女、地博、实儿、果儿一起商量。秦女同意闺女嫁给李浮，地博和实儿则相中了冯界，而果儿一言不发。各方各摆各的优缺点，莫衷一是。土根碍于秦女的心结，没有说出自己的意见，瞅着果儿问："你说说！"

果儿眼泪下来了，站起说："俺谁都不嫁，说不嫁就不嫁，你们谁也别逼我！"说完，摔门而出。土根气得直跺脚，秦女则坐在一边抹泪。

果儿心里比谁都急。她闷闷地坐在梳妆桌前，瞅着镜子里的自己。

夜深了，桃儿杏儿甜甜地睡去。果儿偷偷打开柜子，里面一侧摆着厚厚的一沓信笺，一侧摆着一些小礼物。果儿厌恶地将那副银镯子推到一边，拿起一盒粉和一幅白手帕端详，闻了闻又放回原处。她从信笺中抽起一封信，读着读着，眼泪又下来了。

果儿在焦急地等待着王洋的回信，想知道王洋的心思。

但她近日给王洋写了一封又一封信，都石沉大海，杳无音信。

五　丁家大院

子孙满堂，让土根又喜又忧。一家子人磕磕碰碰，让土根和地博感到这个家该分了！但分家，前提是有房子。

乡下人盖一次房子，如从身上割一层肉；分一次家，又犹如扒一层皮。

立春过后，丁土根终于下定决心准备大动土木了。他请来泥瓦匠，按照上次风水大师沈先生指点丈量的尺寸，叮叮咚咚，紧锣密鼓盖起丁家大院。一个家族兴起的重要标志是有一个体面的大宅院，这是土根的一个伟大梦想。

民国五年（1916年），历时半年多时间，丁家大院终于落成了。

沿着一个六级石条铺成的台阶上来，走进一个六米宽十六米长的胡同，正面一个排排场场的南大门，胡同东西两侧各有两个侧门。进入正门，一排敞亮的十二间大瓦房。其中，八间大瓦房之前已经盖好了，东侧重新盖了四间，专门为丁家学堂准备的。东侧墙并排着四个粮墩；西侧是两间猪圈和两间牛棚。从胡同两边东西侧门进去，分别是独立的四间大瓦房，各有一个小院落。东西院称之为前院，和后院构成了一户三家既独立成宅又相互贯通的大院。

这是丁土根为丁家第二代和第三代家族成员量身定制的丁家大院。

丁家大院和秦家大院、冯家的东西胡同，还有后来李家的十字胡同四座建筑，构成了古老的胳肢窝村"两院两胡同"的建筑格局。丁家大院，给我留下了许多美好而痛苦的回忆！这里的一砖一瓦，一草一木，深深地烙印在我的内心深处。我孩提时的所有记忆，全部在这里了。

丁家大院落成当天晚上，一家人坐在一起吃了一顿团圆饭。

中午过后，晚饭便开始准备了。秦女是丁家的总管，每一天，她都这样井井有条地安排家庭的烦琐事务。她吩咐桃儿和杏儿："你俩负责扒土豆。"又吩咐李云和王玉：你俩负责摊煎饼。她和实儿负责炒菜。孩子们在院子里玩闹，粮天不停地跑过来问："奶奶，晚上有肉没？吃不吃白面馒头？"问急了，秦女不耐烦地说："有有有，炖一锅大芸豆，放上一堆肉骨头，管你吃个够。"孩子高兴地嗷嗷大叫。

锅碗瓢盆叮叮咚咚地响，饭香菜香弥漫了一屋子。

在我小时候的印象里，丁家的主食永远是老三样：下等主食是地瓜，鲜嫩的地瓜切成片，晒干晾干成了地瓜干，碾碎或做成粥汤或烙成煎饼；中等主食是玉米高粱，一般情况下不单独食用，总是和地瓜干混杂在一起吃；上等主食就是面食了，那时的面粉夹杂着粗粮稍带一点黑黄色，咀嚼起来满口生香，吃上顿白面是一件多么奢侈的事呀！至于黄灿灿的小米和白莹莹的大米，那是稀罕物,不是逢年过节看不到的。

女人忙着做饭,土根则带着丁家男人忙着归拢家伙什儿,一院子人忙里忙外。

吃完这顿饭,丁家将面临第一次分家,众人五味杂陈。分家,对于一个家族而言,是一次重要的考验。

到了饭点,两张大桌子支在院子中间,上面摆满了各色各样的食物。粮仓、粮库坐在板凳上,拿着筷子叮当叮当地敲起来碗。土根一巴掌打过去,骂道:"没有教养,谁教你们敲碗的?这就等不及了,没出息样!"两个孩子哇地哭了。乡下有不少不成文的规矩,只有讨饭者才会敲打碗沿的。地博拿起酒壶,温上酒,摆上四个酒杯。粮米急不可耐地问:"爹,什么时候开饭?""你爷爷还没坐下来呢,人齐了就吃。"长辈不动筷子不开饭——这也是规矩。

一群孩子端坐着,目不转睛地盯着爷爷。粮天忍不住了,大喊:"爷爷,你快坐下,快吃呀!"土根笑着坐下,粮天忙递上筷子。地博给爹倒上一盅酒,又给地圆和地广两人各倒上一杯。三个兄弟中,平常唯有地博才有资格在土根面前喝酒。地广说:"大哥,今天怎么了?俺和二哥也可以喝了?"秦女说:"今天例外,从明天开始分家吃饭了,你俩也陪你爹和大哥喝上一杯!"孩子们又大叫:"爹,你们真啰唆,快让爷爷吃呀!"

土根笑眯眯:"快吃罢,孩子们都饿了,等不及了。"他拿起筷子,夹起一口菜填入口中。孩子们蜂拥而上,秋风扫落叶般扫荡起来。土根望着一屋子的人,幸福地笑了。

秦女先端上一锅地瓜干子汤和一盆地瓜,体香看了眼地瓜,埋怨道:"俺不吃,等着吃馒头!"于是,孩子们都坐着干等。秦女又端来一盆玉米饼子,十几只手伸上去,刹那间盆里的饼子下去一大半。秦女又给每人分了一碗芸豆炖肉汤,粮天拿筷子在里面不停地搅拌,不满意地说:"奶奶,不是说有大块肉骨头吗?怎么不见了?"秦女骂道:"烧包!哪能顿顿啃骨头呀?里面有肉都很好了!"土根笑道:"二十多口人呀,真是养不起喽!"他吱的一声抿了口小酒。牛强、马壮捧着碗大快朵颐起来。土根望了他们一眼,说:"给牛强马壮玉米饼子吃,不加点粗粮,身体受不了。"

　　孩子们又开始嚷嚷:"奶奶,怎么还不上馒头呀?"秦女站起来,终于端上一盆馒头。孩子们伸手去抢,秦女大声说:"都坐下,奶奶给你们分分。"一个孩子一个大馒头,却没有桃儿和杏儿的。果儿不高兴地说:"她俩不是孩子呀?"秦女笑道:"她俩长大了,不馋了,这么多的孩子一人一个馒头,几顿饭的白面就没有了。""俺不馋!"桃儿和杏儿拿起玉米饼子嚼着,但眼里噙着泪珠。粮天一边吃一边问:"爷爷,都知道白面好吃,为什么不多种些麦子偏偏种那么多的地瓜?""潮巴,麦子产量低,养活不了人。再说了,麦子价格高,大都卖了换成银子了。地瓜产量高,粉子也多。乡下人吃什么也能吃出香味来。"

　　孩子们吃完饭都走了,只剩下大人。

　　土根放下筷子,望了望众人说:"吃完这顿饭,俺就把家分了。"女人坐在一边,等待土根公布分家的方案。但土根偏偏不急,自顾自絮叨着,"自光绪十四年(1888年)到现在,经历两个朝代了,大清和民国。丁家已经走过二十七年,咱这个家也有第三代了。俺挣下的基业不大,但够养活全家人了!俗话说:'一代苦二代穷三代富四代开始瞎咋呼。'俺在这里立个家规,咱丁家任何时候都不要显摆,日子好了也要勒紧腰带过。还有,六亩地是丁家的立家之本,什么时候都不能丢了!"土根捡起一块掉在地上的芸豆,放进嘴里,"世道变了,但人总要吃饱肚子的。人是铁饭是钢,一天不吃饿得慌。往后的路啊,靠你们自己走了。今天,咱把这个家分了。"

　　一家人都静静地听着,秦女捂着脸差点哭出声来。

接着，土根把分家的方案细细地说了一遍。

房子是这样分的：后院，由土根夫妻和地博一家居住。土根和秦女、果儿住在东四间，地博和实儿住在西四间。最东部四间作为丁家学堂用。右侧房子（西院）分给地圆一家，左侧房子（东院）分给地广一家。

家里的土地也分了：六亩地分给地博一家，大约二十亩；后庄地和后场地加在一起有六十多亩，土根、秦女和果儿算是一家，地圆和地广算是两家，三家各二十亩。土根说："俺和你娘这二十亩地，平常由地博一家耕种。等俺和你娘走了，传给老大地博。地博家里的孩子多，四个男孩呀，他家的土地自然要比别家多些。再以后的事，俺说了就不算了。"

李云却噌地站起来。对于老人，她不敢当面顶撞的，她冲着地圆大吼大喊："有的人家养了两个闺女，也和俺养了两个儿子一样吗？谁不知道闺女早晚会嫁出去的，田地这样分也太偏心了！不是一个娘养的就是不一样！"秦女瞪了李云一眼，气得说不上话来。这次，土根倒没有生气，和气地说："地广家两个孙女还没出嫁呀，再说了，地广以后还能不生了？土地是按照家户分的，一家一户一样。"地圆低着头不说话。李云又瞪了他一眼，气得用脚踢倒板凳，头也不回地走了。

实儿和王玉见气氛不对，也知趣地走开。土根给秦女使个眼色，秦女去了李云屋。

女人们走后，土根又倒上一杯酒，问："你们觉得爹分得公正不？"地广说："好好，俺听爹的。"地圆瞅了瞅地博，脸憋得通红但还是没有表态。在这个家里，他的话最没有分量。此刻，他多么盼望大哥替他说句公道话。地博十分理解二弟的心情，望了望他，为难地说："二弟呀，爹这样分也是好的。刚才老二家不满意也有她的道理。但是二弟呀，如果单纯地按男孩多少分，三弟一家怎么分？又该轮到王玉不高兴了。分家就是这样，没有绝对公平的。二弟，你可能受点委屈了。"地圆点点头，抬起头来眼圈红了。土根声音也哽咽了，说道："老二呀，你和你大哥的娘死得早，可当爹的并没有另眼相看。这样分，表面上看老三占便宜了，但他家的孩子也姓丁呀。俺和你娘的二十亩地，等以后你又有儿子了，地博你想着，俺和你娘死后，你把地再匀一份给你二弟。哎呀，回家好好劝劝你媳妇吧，别再闹心了。"地圆见爹和大哥这样说，憋了半天终于吐出一句话："俺明白你们的意思。"地广爽快地说："二哥，你以后就知道了，俺一点也不在乎这点地。以后俺家的地分给你家。"土根骂道："混账！你胡说什么？都同意了，就这样分了。以后，各家过好自己的小日子。但记住一点，分家不分人，你们都是亲兄弟！"

当天晚上，各家搬到各自新分的家。

丁家第一次分家埋下了家族的后患。这个后患，一直伴随着丁家的起起伏伏。

李云对这个分配方案感到十分憋屈，坐在家里抹眼泪。地圆见媳妇委屈，有意安慰道："后院还是太挤了，你看咱一家四口住着四间大房子……"话还没有说完，就被李云顶了回去："你傻呀，到现在还感激着人家！老大家的人口是多，但爹娘早晚会走的，果儿也会出嫁。再说了，俺家以后就只有两个孩子了？凭什么老三家两个闺女，分的地和俺家的也一样多！老大老小有人护着，一家人不敢欺负，只知道欺负咱家，他爷爷和他奶奶太偏心了。"

东院里，王玉也在生闷气，嘴里嘀咕："你一个大男人在桌面上一句话也不说，李云说话真难听，俺生两个闺女怎么了？女人就不是人了？"地广在兄弟三个当中最不安分，呵斥道："你别得了便宜还卖乖，快睡你的吧。""亏你还是你娘亲生的，俺生了两个闺女，在你们丁家就没有脸面了，任凭别人怎么骂俺，你一声都不吱一下，连你爹和你娘也不说一句公道的话。"

地广听不去了，披上衣服欲出门。王玉说："这么晚了，你又要干什么去？""睡你的吧，俺出去走走！"

地广沿着界河边慢慢地走着，突然，一个身影闪了出来，地广快步上前。

六　丁家湾

分完家，土根颐养天年了。他坐在太阳底下，粮天和体香倚在他身边，听土根讲袁世凯的故事。土根右手端着旱烟杆枪，摇摇晃晃挂着一个烟袋包，他左手捻丝，右手打火，深吸一口抽起来。

"袁世凯当上皇帝后，老天爷本来想让他当十年的皇帝，他儿子二十年，他孙子三十年，他重孙子坐二十三年的江山，一共传三代共计八十三年的皇命呀。他这个不肖子孙，穿上龙袍后不知姓什么了。孙子问他：'爷爷，你当上皇帝了，以后咱家吃什么呀？'袁世凯说：'你爷爷是皇帝老子，俺家以后天天十五月月年！'结果，袁世凯只做了八十三天的皇帝，被人赶下台了。"

丁粮天问："不对呀，爷爷，他应该做八十三个月的皇帝，怎么才做了八十三天呢？"土根一愣，问道："天天十五月月年，一天不就是一年吗？""你刚才不是说月月年吗？"土根哈哈大笑："爷爷老糊涂了，不会算账了。"粮天说："爷爷，俺家以后也少吃饺子，让爷爷多活几年！"土根又大笑。

丁地博分家后干的第一件大事就是修筑丁家湾。

在六亩地北侧后场的西边，有一条弯弯曲曲喇叭状的小河。一到夏天，东岭的水从四面八方流到下域，大部分汇聚到界河，只有北侧的一条小溪流到村西北处，日久年深，在这个地方冲刷出一条宽阔的深沟。地博在这个地方观察很久了，下游出口像一个长着宽宽大大肚子的大葫芦。卡住这个葫芦脖子，堵住这个狭窄的深水沟，上方便会形成一片宽阔的水带，一个天然的淡水湖就形成了。有了这个湖，再遇到大旱季节，周边的土地就有救了。

地博带领牛强、马壮等人干了一个冬季，从外面拉来石头填在深水沟处，往里面灌上石灰沙，上面又铺上一层厚厚的黄土，一条高达十米宽六米的长坝形成了，将上游的河水拦腰截住。

地博和粮天站在堤坝上面，望着这片湾区。粮天问："爹，俺家是不是又干了一件积德的善事？"地博说："是呀，六亩地是丁家的命根子。再加上这个湖，俺家以后可以旱涝保收了。""爹，俺给这个湖取个名字吧，就叫丁家湾，以后让丁家的子孙后代都记住这个名字。"地博点头说："你看丁家湾下面这片沼泽地带，五十年后，在这个地方会发生一项惊天动地的壮举，这里将会建成一个美丽的'四方湖'。"地博望着这片低洼处，眼中闪烁着神秘的光芒，"这里，上古年间还是一片汪洋大海呢！"此刻，他的眼光仿佛穿越过了时光，"等这个湖建成了，这才是真正惠及子孙的千秋功业。老人常讲，咱这个村子东北岭有一块蛤蟆石，这个村子的子孙都是蛤蟆石的后代。界河水就是蛤蟆石嘴里流出的唾沫，唾沫是宝贝，不仅能种出庄稼，并且还能滋润人呢。可是，由于下游没有堤坝，这水一直留不住。所以，便有了'蛤蟆石薄薄岭不出圣人'的说法。等这个地方建成湖，财富留住了，那个时候，村里就会出能人出圣人了！五十年后，爹不在这个人世了，但你一定会见证到这个奇迹！"

粮天听着地博的描述，一时觉得神秘无比，他虔诚地望着爹。

丁家湾，在新中国成立后一次大旱中救过全村人，它连同六亩地、丁家学堂、丁家大院，是丁家家族兴旺昌盛的一个重要标志，承载着丁家的荣辱史。

春天来了，丁家湾水波荡漾，鸟语花香。在河湾的深处有一湖心岛，岛上绿草如茵，沿一条铺满石子的小路从后场可以直接走到岛上。

丁果儿的爱情走到了十字路口。

这个春天，王洋终于回来了。土根见到王洋，扭头走了。王闯见到儿子，劈头盖脸地骂起来："你这个混账小子，告诉你，你以后不要再纠缠着果儿了，你俩在一起不合适！"王洋不以为然，笑道："都什么社会了，你们还这样横加干涉年轻人的私事，我会处理好的。"他飞快地来到果儿房间。果儿见王洋来了，脸颊便飞红，这些年两人书信来往，王洋在信中一直表达爱意。王洋的突然出现，让她的心怦怦地乱跳。果儿红着脸问："你总是这样神神秘秘的，过来也不提前说一下。"王洋觍着脸笑道："想给你一个惊喜呀，这几个月想都想死我了！"果儿红着脸问："见没见过王先生？""刚见过！"王洋紧挨着果儿坐下。"你离我远一点，万一家里人过来看见多不好！"王洋只好站起，痴痴地望着果儿。果儿脸更红了，说："你别立在这里像根树桩子一样，你到后场去等我，我有话要问你呢！"王洋问："后场在哪里？"果儿笑道："还忘了你是个外人呢，你出门后，沿着门口小路往北走，一直走到头见一个大操场，那就是后场了。你在那里等着，我马上过去！"

王洋站在后场上，着急地盼着果儿。

果儿来了，两人手牵手来到湖心岛一棵大树下坐下。王洋问："我在信中写的话，你为什么不回答我？"果儿羞涩地说："你还说呢，这些话，亏你还说出口，不怕人家笑话！"王洋急了："这些话是你我两人之间的情话，别人怎么会知道？"果儿轻嗔说："谁和你说情话，臭不要脸！"王洋控制不住自己，双手揽过果儿，俯下身子想吻她。果儿用劲推开他，说道："俺还有话问你呢。""好，你问吧，我洗耳恭听！"王洋故意装出一本正经的样子。果儿沉默了一会儿，平静地说："我想了又想，咱俩还是分手吧。你在外面干大事，我在乡下配不上你。就是真的成了，天天这样朝思暮想的，天各一方光想也想死人了！"果儿无意吐露了心声，眼圈也红了。王洋第一次听到果儿说出这样的话，热烈地盯着果儿："世上只有这样的爱情才显得浪漫，才显得伟大！你在家里等着我。等革命成功了，我回来接你，我们两人或者去青岛，或者我回村里，朝朝暮暮，天长地久！"王洋说话时口气吹到果儿脸上，如夏天吹来的一股暖风，果儿心里怪痒痒的，果儿脸红得如苹果。王洋又忍不住去吻她，这次果儿没有拒绝。

两人热烈地吻着，果儿脸上滚出烫烫的泪珠。

过了会儿，果儿推开王洋站起，柔声说："我们该走了！"

这次见面，果儿感到王洋是爱她的，她也爱他。但是，果儿也知道，他们的爱情如同海市蜃楼般不真实。

果儿一直在万般痛苦中挣扎——是时候该做出决定了。送走王洋，果儿把自己关在屋里，想了三天三夜，不仅仅是因为痛苦，而是她感到已经回不到过去了。果儿勇敢地走出了自我，她迎着现实凄厉的寒风，高高地扬起头。果儿终于做出自己的决定。这个想法一经出现，连她自己也大吃一惊！

她对秦女说："娘，俺决定嫁给冯界！"

第十四章

一　梧桐树发芽了

这年春天，村中千年梧桐树终于发芽长叶了。

梧桐树再展雄姿，枝叶茂盛，又张开了她那庞大的树冠罩住了冯家的大宅子。冯本喜上眉梢，他突然想起风水先生说过的话："过几年，你家还会有奇女子出现！末了，那时果儿才能再结，花儿才能开。"

冯本一下顿悟了，原来这棵梧桐树在等她！

丁果儿出嫁的日子，是在最热的三伏天。

果儿定亲那天，她给王洋写了最后一封信。信上只有短短的五个字："我们分手了"！信寄走后，果儿没有掉一滴眼泪。不到一个月，王洋的回信如雪片一样纷至沓来，果儿看完一封便大哭一场，后来的信，她不再看了，来一封烧一封。那段时间，她害怕王洋的来信，但又盼着他继续来信；她害怕王洋出现，但又控制不住地想要见他……

冯员外的孙子冯界办喜事，自然是村里的一件大事。果儿答应嫁给冯界只提出一个要求：她嫁过去不能在冯家的东西胡同里居住，必须找一个有水的地方重新盖间大房子作为她和冯界的住所。冯员外痛快地答应了，很快就在界河的北岸盖了一个大院落，新房与冯员外东西胡同隔河相望。

再过十天，果儿要出嫁了。

入夜，燥热的天气渐渐凉爽下来。丁家女人盘坐在炕上，一起为果儿缝制结婚的被子。实儿笑道："果儿，俺结婚时只有六床被子，你已经八床了，可见娘的偏心。"果儿没有搭话，坐在炕沿上纳脚垫子。体香问："姑姑怎么选在最热的时候出嫁？"实儿偷偷地瞥了果儿一眼，秦女赶紧转移话题，笑道："不知俺大孙女以后找个什么样的婆家。"体香口无遮拦，顺口来了句：俺一定找俺最喜欢的。实儿瞪了她一眼，体香知道说漏了嘴，慌忙低下头。粮天跑过来一头大汗，冒冒失失地问："奶奶，什么时候咱家吃面条？人家冯家喊着中午吃喜面呢！"秦女笑骂道："你整天就知道吃吃吃！过几天就三伏了，奶奶中午做一锅面条子，还给你炒鸡蛋吃，满意了吧。"粮天高兴地跳起来，旋风一般地跑了出去。

果儿听到"三伏"两个字，心里咯噔一下，不小心针扎破了手，一滴鲜血涌了出来。

二更了，天气又闷燥起来。王洋又来信了，这一次果儿没有烧掉。她躺在炕上捧着信，犹豫了再三还是打开了，刚读了两行眼泪就下来了。

起风了，又要下雨了。风拍打着窗子，发出啪啪的响声。果儿感觉有些凉意，顺手拽过来床单盖在身上，静静地躺着。

"果儿、果儿，我回来了。这一次，我回来娶你！"夕阳下，王洋一身戎装，骑着高头大马，进门大叫起来。

土根蹲在地下盘马扎，没好气地吼道："王洋，你胡说什么？俺闺女马上要出嫁了。"王洋扑通一声跪下，哀求着："大叔，果儿是我的，谁也抢不去！"果儿羞得脸色通红，扭头跑进屋。王洋追进屋叫着："你别跑，你说分手便分手了？我不同意，我要你嫁给我！"果儿背对着他，生气地说："你喊什么？你早干什么去了？俺准备结婚了。"王洋边说边上前一把抱起果儿就往门外跑："我不管，我喜欢你，跟我走吧。"

土根和秦女在后边喊叫："果儿，你给我回来！"

王洋野蛮地将果儿托上马，飞身跳上去。一手搂住果儿的腰，一手拽住缰绳，风驰电掣地往外狂奔而去。果儿挣扎着喊道："你放开俺，俺不跟你走……"

骏马在田野里奔跑，果儿紧紧地贴在王洋胸口，果儿问："你想带俺到哪里去？"王洋并不回答，果儿回过身来用手捶打他，满脸泪水地喊道："你早该这样了，俺一直在等着你，但你总是不来！"王洋解释说："我这不是来了嘛，你是我的人。等有一天我牺牲了，你要抚养我们的儿子长大，给我在这个世上留下一个种子……"果儿又羞又气地说道："谁和你有儿子了？恬不知耻！"王洋只顾狂笑。突然王洋脸上的表情变得奇怪起来，果儿怔怔地看着他，王洋的脸变成了冯界的脸，果儿惊恐地大喊："王洋，王洋。"喊着喊着，她从梦中惊醒。

烈日当头，午饭后，村里静悄悄的。

实儿来到果儿房间，见她坐在炕上闷闷不乐，笑道："果儿，过几天就出嫁了，别再胡思乱想了。你哥说南边又打起来了，王洋是不是参加国民军了？"果儿一听王洋的名字身体一颤，苦笑着说："嫂子，放心吧，我不是小孩子了。我也明白了，我们每个女人前世一定都有个情结，这个情结，一生都逃脱不掉。想一想，还真是应了你那句话——咱俩成了'换亲'。你如愿地嫁给了俺哥，俺也嫁入了你们冯家。"实儿安慰道："咱女人在现实面前不能朝三暮四的，等你嫁过去了，你就会知道，冯界是你最好的选择。"

实儿走后，果儿一个人闷得难受，出门沿着六亩地地头，一直往北走，一直走到丁家湾岛上与王洋初吻的地方，木然呆立。

这时远处有人策马奔来，扬起一片尘土，果儿不由得看过去，来人不是别人，正是王洋，果儿简直不敢相信自己的眼睛！

王洋见到果儿从马上跳下来，喘着粗气惊喜地说："这真是天意，我们终究是心有灵犀。"不待果儿开口，他一迭声地说，"我参加了中国革命军，部队要南下了，现在在三窝村休整，离这里不远，我特意请了假回来看看你。"果儿捂住脸，喃喃地说："为什么你又来了？为什么呀？"王洋盯着果儿生气地问："你前些日子突然来信说要分手，我给你写信，你又不回，到底出了什么事？"果儿只哭不答，王洋着急地问："你是在说气话对不对？你要是还生气就打我吧！"果儿扑上去，用力捶打他的胸脯。王洋将她揽在怀里，轻轻地抚摸她的秀发。

王洋柔声道："等我这次从南方回来，一定会娶你的！"果儿担心地问："打仗会很危险吧？"王洋笑道："打仗哪有不危险的，革命总会有牺牲的。"果儿若有所思，王洋看着她忍不住吻过去，果儿热烈地回应着。两人情不自禁，王洋一把抱起果儿，走进丁家湾的树林里……

激情过后，果儿轻声啜泣着，王洋也后悔了，不停地说："对不起，对不起！我……你别担心，你已经是我的人了，我会娶你的。"果儿身体一颤，她真想告诉他，过几天自己就要出嫁了，但话到嘴边她又咽了回去，轻叹道："老天为什么会让俺遇上你，许是俺上辈子欠下你的债，让俺来偿还你的……"

王洋吻住她的嘴巴，果儿说不下去了，两人紧紧搂抱在一起……

炽热的太阳，透过婆婆的枝叶照在两人脸上，果儿整理好衣服，平静地问："时间不早了，你不回去看看你爸爸了？"王洋说："来不及了，我得赶回部队去。"果儿不舍地看着王洋，片刻后，果儿扭头往家跑。跑了几步，她回过头来大声喊着："咱两人就此分手了，以后，你、你不要再给我写信了。到了南方，枪林弹雨的，一定要注意保护自己！好好地活着！"

王洋呆呆地目送着果儿的背影。

二 离家

果儿出嫁这天，土根和秦女一直担心她会闹事。但果儿平静如水，她清晨起来精心打扮自己，临出门时，给爹娘磕了头，高高兴兴地上了花轿。

果儿抬腿上轿，粮天在门前泼下一盆水。果儿扭头回眸，眼泪顿时下来了，大喊一声爹娘！

果儿出嫁了，丁土根最后一块心事落地了。

晚上，土根大摆宴席。头天杀了头猪，宰了两只鸡和一只羊。秦女和实儿烙了很多掺着白面的玉米煎饼，管孩子们造个够。粮天作为娘家的陪亲，跟着姑姑果儿去了冯家。丁家人聚在一起，在后院闹到半夜。孩子们狼吞虎咽，吃得嘴上流油。土根和三个儿子大口喝酒，大块吃肉。酒桌上，地广酒喝得特别多话也多起来，他端起酒杯，突然扑通跪下，眼含热泪地说："爹娘，俺给你们磕个头。在家里俺最小，最不听话，没有尽到当儿子的孝心，常常惹你们二老生气。在这里，给二老磕个头，算是赔罪了！"土根抹泪道："这就对了，你在家是老小，爹娘最疼你了，操碎了心，也打你最多，恨你不争气，儿子终于懂事了。"秦女抱住他不住地埋怨：又不是过年磕什么头呀？你是娘的儿，娘亲你还亲不够呢，还赔什么罪呀。母子抱头大哭。

土根说道："今天是果儿大喜的日子，哭哭啼啼的干什么。"地广赶紧抹去眼泪，又解释说喝多了高兴了！他又端起酒杯，踉踉跄跄地对着地博和地圆鞠了一躬："咱这个家，有大哥二哥在，一切都放心了。过去我做得不对的地方，请两位哥哥原谅我！"地广的话弄得地博和地圆不好意思了。地圆说:"三弟,你这是何必呢,让俺受罪不起!"土根见地广喝多了,便说:"不喝了,早点睡觉吧。明天还要干活呢,散了吧。"

人都散去,地广又到地博家里闲坐。兄弟之间,小时候亲密无间,大了反而话越来越少了。地广接过大哥的烟斗,抽了口说:"大哥,俺没有喝醉。咱丁家走到今天,你和爹不容易呀。爹和娘年纪大了,这个家日后全靠你了。过去,小弟和你弟媳妇说了些不好听的话,大哥大嫂别往心里放。"说完地广呜呜地哭了。地博说:"三弟呀,你今日这是怎么了?兄弟间说这就生分了!"地广抹掉泪水,又说:"俺家里的地也不多,大哥多帮衬着王玉些,她娘仨不图什么大富大贵,有口饭吃就行了。"实儿见他说话奇怪,便说:"三弟呀,你在家里是顶梁柱子,相信你会过好自己的日子。你家里真忙不过来了,你大哥会帮忙的。但各家还是要过好各家的日子,亲兄弟也要明算账。"地广还想再坐会儿,但嫂子明显谢客了,只好苦笑着点头,起身要离开时,又动情地说:"俺小时候跟着大哥,大哥处处护着俺。如今又给大哥添麻烦了,俺最不放心两个苦命的孩子,大嫂子多替俺照顾下孩子!"实儿说:"三弟今天这是怎么了?老婆孩子还在家等着你呢,快回去睡吧。"实儿推着地广走了。

地广回到自己家,进屋问道:"闺女睡了?"王玉说:"什么时候了还不睡?早睡了。"地广走到西屋,俯下身子,吻了吻粮儿和钱儿。坐了一会儿,地广回到房间,王玉已经睡下,地广温柔地搂过王玉,亲了又亲。王玉回头应着呢喃道:你不是嫌弃俺吗?这是怎么了,你要天天这样多好,这才像过日子的……

半夜,地广坐起来,点上烟。火光一闪一闪的,划破黝黑的夜。

他披上衣服,在院子里静静地走了几个来回。然后,又悄悄地来到后院。喧嚣一天的后院寂静下来,连树枝上的虫鸟都不再鸣叫。他久久地站在院子中间,凝望着爹娘的房间。回过头来,又瞅了瞅大哥的家……

天亮了，东院传来一阵哭声。土根吓了一跳，让秦女过去看看，地博和地圆家也都跑了过去。丁地广离家出走了。走之前，只留下一封信：

爹娘，大哥二哥和全家亲人：
　　地广走了！
　　你们不用找我，也找不到我。我已经长大了，我有了自己的选择！
　　现在，天下形势风起云涌，我想投身到革命的浪潮中去，至于以后的路怎么走，俺也不知道。或许，俺的出走，对你们打击很大。但我还是决定要走了！
　　这个决定，俺想了很长时间，不是心血来潮！
　　这里的山山水水，这里的一切一切，会永远地留存在我的记忆里。
　　以后，如果我能活着回来一定会尽我的孝道，如果不幸死了，爹娘就当白养了这个儿子！俺走后，爹娘有大哥二哥照顾着，我是放心的。只是，亏待了钱儿和粮儿，还有她们的娘。如果王玉愿意，让她改嫁吧，千万不要拦着。
　　向爹娘再磕头谢罪。
　　向大哥二哥及全家致谢！

　　　　　　　　　　　　　　　　　　　　地广

丁地广是丁家第一个投身革命的人。
地广走了以后，再也没有回过胳肢窝村。有人传言，他当上了大官,一个红军的师长,也有人说地广投身国民党了。后来,又有传言说,丁地广死了,但不是死在战场上,而是倒在了和平年代,甚至有人言之凿凿地说见到过他的尸体。关于他的消息都是传言,丁家人从没得到过任何确切的消息。我后来四处打听,却也一无所获。

我翻开丁家的家谱,只见上面写着几行字:

> 丁地广,系丁土根第三子,与后妻秦女生,年轻出走,留下一子三女:大女丁钱儿,次女丁粮儿,三子丁粮共,四女丁粮分。丁钱儿、丁粮儿嫁到胳肢窝村王姓人家,丁粮共、丁粮分后被人接走,详情不知。

丁地广的事,在丁家一直是个谜。

三 "道"了

历史上,胳肢窝村分分合合。

胳肢窝村地处莒州(后称莒县)、日照、诸城三界交汇点。早在北宋年间便有人烟,明洪武年间正式建村,雍正年间归属莒州管辖,清朝末期又划归日照。民国三年(1914年),国民政府在琅琊成立岱南道,胳肢窝村又划属诸城归属岱南道管辖。后来全国解放了,五莲县人民政府成立,胳肢窝村又归属五莲县管辖。

一个千年古村,在百年大变局中正在裂变。

那年那月那日,大雪纷飞。刺眼的阳光照耀下,一片白茫茫的世界,晃得人睁不开眼。地上,一行神秘的足印,从村东头冯家一处草垛中走出,一直走至村西头土地庙,不见踪迹了。孩子们好奇地顺着足印在土地庙处寻找,在一个墙根旮旯里发现一只黄棕色皮毛的黄鼠狼。黄鼠狼蹲在墙根上，迎着太阳，气喘吁吁。

小孩们拿着棍子逗黄鼠狼玩，黄鼠狼眨巴着眼睛，眼里噙着泪水，一副可怜兮兮的样子。

一位老妇人见状大骇，呵斥道："千万别动黄鼠狼大仙，惹它老人家生气可不得了。这是大仙呀，大仙的精灵一旦附在人身上，会带走人的魂的！"孩子们害怕了，站在远处观望。中午时分，人越聚越多，都出来见识这光景。黄鼠狼一点都不怕生人，它瞪着眼，竟慢悠悠地朝人群中走来，慌得众人闪出条道。黄鼠狼大大方方，一直往界河西北方向走去。老婆子跟在后边，双手合十，念念有声："大仙，你安心地走吧，往西北升道吧！"

黄鼠狼走至界河一处深沟，雪厚达数尺。它回头看了一眼，纵身一跳遁入雪中。

众人皆言：黄鼠狼大仙冬天出窝，天下要大乱了。

春季，又大旱。神秘的界河第一次向村里人裸露出它久违的河床。界河上，有一块巨石由南往北，昂首挺立在界河南岸。河水涨时，孩子们常站在上面，当作跳台往河里跳。巨石下面有一洞口，六尺见方，水深不可测，曾有善泳者下潜到数十丈但深不触底。村里人都说，此处直通东海龙宫。这天中午，从洞口中竟然浮起一只千年乌龟。

乌龟腹部朝天，已然死了。

乌龟大若锅盖，背上的乌纹如同鳞状狂野粗犷。有人曾见过此龟常趴在界河岸上晒太阳，今日突然暴死，让人心惊。冯员外率众人为老龟举行了隆重的丧礼，诸城县长闻讯后，还专门派人参加仪式。冯员外头上扎着白布条，朝乌龟行跪叩大礼。大丧过后的夜里，一阵大风吹过，乌龟的尸体却神秘地消失了。

村里的怪事连篇，又让人吓得不轻。

夏天终于来了。雨水开始时断时续下个不停，界河的水慢慢地溢了上来，汩汩地流淌，清澈见底的河面上再次灵动起来。孩儿们光着屁股，钻进河水，玩水嬉笑打闹。一天，小姨娘竟然颤颤悠悠地朝着河边走来，小姨娘一般是不会轻易出门的，更不会钻人堆。孩子们喊道："小俊浪婆子来了，快来看呀！"小姨娘一反常态，一点不知羞耻，手里拿着一根树枝子，衣不遮体，还念念叨叨的。

有孩子从水里探露脑袋，嬉笑道："浪婆子，你有胆量下来，一块来洗澡呀！"小姨娘站在河边傻笑，果真旁若无人地脱起衣服，光溜溜地走进河里。

孩子们哎哟一声，四散开来，年龄偏大点的孩子，躲在树丛里往外偷看。小子们边跑边大喊："冯家那个俊娘们疯了，大白天在河里洗澡，又白又滑的大光腚子，快来看呀——"

周边的男人听到疯了一般地往河边赶，正在地里干活的豁牙听见了，放下锄头一路狂奔。他上气不接下气地跑到河边，却见实儿来了，她已经给小姨娘穿上了衣服，领着她往家里走。"哎哟，俺的娘来，来晚了！"豁牙跺着脚叹息，不停地问围观的人，"你们见没见她光腚子？是不是又白又净呀？"

小姨娘疯了！好的时候和常人一样，文文静静的；一旦疯起来便不停地说"又脏了快洗洗"……

这一年，春天来得早，夏天热得厉害，冬天干冷干冷的。

一个大雪纷飞的晚上，地博和实儿刚躺下。窗外，凌厉的北风呼呼地刮着，鬼敲门般叩打着屋门。实儿听见外面好像有个女人在说话，她推醒地博不安地问："你听没听见外面有人在说话？""没有，刮风的声音，快睡吧。"地博回应道。

实儿睡不着，竖起耳朵越听越觉得门外有人说话，并且像极了娘的声音。她又对地博说："俺听好像俺娘在院里说话呢，你快出去看看吧。"地博仔细一听，还真像有人在说话。他披上衣服出来，果真见小姨娘躲在草垛后边。她披着一身的雪花，快成雪人了。黑夜里，她洁白的脸盘上飘着几缕头发，凄婉动人。地博吓一跳，慌忙把她领进里屋。小姨娘怀里不知抱着什么，口里嘀咕道："俺来给闺女送肉包子，送肉包子……"

实儿赶紧下炕，扶娘到炕上坐下。小姨娘周身打着哆嗦，不停地说："别打俺，别打俺，俺给闺女送肉包子！"实儿大哭："娘，俺就是你闺女呀。"小姨娘看了实儿一眼，不住地摇头：不是不是，你不是俺闺女！地博说："瞧这样子，又犯病中邪了。"实儿给娘脱下沾雪的外衣，从衣服里面滚出六个又凉又硬的包子，实儿的眼泪又下来了。她让地博到别的房间去睡，烧上水给娘洗了洗身子，搂着娘睡了一夜。

第二天，小姨娘睁开眼见到实儿吓了一跳，吃惊地问："闺女，俺怎么在这里睡了？"实儿知道，娘这会儿又清醒了。实儿问："娘是不是有什么心思？在家里是不是不顺心呢？"小姨娘眼圈红了："没事，挺好的，你和地博过好日子就行了。俺只是觉得，有时候头昏昏沉沉恍恍惚惚的。现如今，过去的事什么也记不得了。"

实儿给娘做好早饭说："娘，吃完饭，俺送你回去。"

小姨娘坐上炕沿上，又开始目光呆滞，喃喃自语："又脏了，快洗洗吧！"

四　兄弟阋墙

地广出走，果儿出嫁，丁家大院倍感冷清不少。

日落西山，土根悲凉地坐在大院角落里抽烟。土根老了，脸上布满沟壑纵横的皱纹。他蹲在地上，形同一座枯树拦腰截断留下的树墩子。地广的突然出走，对土根打击很大，内心不自觉地产生了一种深深的愧疚感和自责。

下学后，孩子们从学堂里跑了出来。孙子丁粮天长大了，从他身上依稀能看出当年土根的影子。粮米、粮麦、粮豆、粮仓、

299

粮库，还有钱儿、粮儿、体香，一群孩子围着粮天追逐打闹。桃儿、杏儿蹲在院子里洗衣服，秦女在后边追着喊着："看你们疯的，啥时候有个大人样？"

土根望着丁家慢慢长大的第三代子孙，一脸的愁容。此时，子孙们在他眼里不再是幸福和甜蜜，而是一种沉重的负担和包袱。在战火纷飞的年代里，穷人家的日子漫长又煎熬。

王玉从东院过来，一巴掌扇在钱儿粮儿脸上，骂道："你俩在这里跟着瞎闹什么？还认为这是你们的家呀？在这里有你们吃的吗？还不快回家干活去。"钱儿粮儿哭着走了。土根厌恶地扭过脸去，小声骂道："×他娘，你瞧瞧她这张苦瓜脸！"

男人是家庭的顶梁柱，地广离家出走，一个好好的家散了。王玉拉扯着两个闺女，满腔怒火无从发泄。在她眼里，一切都能让她火冒三丈。

正值芒种时节，大人们忙碌着。吃过晚饭，土根和地博坐在院子歇息说话，实儿带着桃儿杏儿一起做针线活，牛强马壮在一边喂牛。地圆过来问大哥："明天让牛强和马壮过来帮帮俺家农活吧？""不行呀，三弟的地还没有种上呢！"地博说。地圆没再说什么，这时李云出来了，站在西院门口冲着东院大声说："自己的汉子走了，家里的地不管不问的，整天让别人家替她家干，不害臊。"地圆听后，忙推着李云进了屋。

土根在日照丁府的贩运生意彻底黄了。道上，劫匪横行，十趟九次遭劫，一个铜板都赚不到还倒贴上钱。重重的危机笼罩在丁家人头上。没有了额外的收入来源，丁家又过上了艰难而拮据的日子。

土根和地博坐在院子里，抽着烟，有一搭没一搭地聊天。

"日照的生意一趟也不做了？"

"不做了。"

"加上老三的地，你和牛强马壮干不过来啊。以后，老三家的田地，你别管了，俺和你娘帮着干吧。"

"不用。你在家拾掇这摊子就够累的了。"

"家大了，不是好事。二十几张嘴呀，一天往里不知倒上多少粮食，孩子们什么时候长大！"

"日子慢慢过吧，孩子们总会长大的。"

"学堂还这样办下去吗？"

"办吧，好在先生不用钱财，只是咱家提供个地方，让孩子们读点书，长点知识，也算是替丁家积积德，能撑一天是一天。"

土根叹息了一声。

地博回到屋里懒懒地躺在炕上。实儿说："你别这样没命地干了，不要身体了？老三倒好了，参加什么革命了，家里一摊子事撇下不管了。你瞧瞧她娘仨，也真够可怜的，整天眼泪包着眼珠。"地博唉了一声没有说话。

西院里又传来地圆和李云的吵闹声，李云大声叫骂："偏心狼养的，凭什么呀？家里的长工也不是一家用的，替咱家出一天的力不行呀？你在家里就是个窝囊废，干什么也赶不上热乎的。"砰的一声不知什么东西摔了。地博皱了皱眉头，叹口气对实儿说："你过去一趟，和老二说说，明天让牛强马壮去他家干活吧，别让老二夹在中间受窝囊气。"实儿边下炕边埋怨："家也分了，牛强马壮平日住在咱家吃在咱家，凭什么二弟家想让他们过去就过去呀？真是出力也不讨好，这日子说也说不清了。"

入夜，丁家大院渐渐地安静下来。

男人们忙了一天，上炕休息了。大院里，实儿带着桃儿杏儿围在灯下穿针走线。这门手艺自荷花传承到实儿这里，成了丁家唯一的手艺活。桃儿瞅了瞅四周问："娘，钱儿粮儿怎么不过来干了？""以后咱自己干吧。家分了，再这样混下去，也理不清了。"牛强和马壮还没有睡，他俩躲在树后暗处，朝着桃儿杏儿点头使眼色。杏儿见娘没注意，悄悄地走了过去。牛强塞给杏儿两个甜瓜，小声说："这是今天干活时在田里摘的，可甜了，你们拿回去吃罢。"杏儿红着脸把甜瓜放进口袋里。

分家后，丁地圆强大的理家持家本领很快显示出来，不到半年时间，他便置办齐了家里生活必需的全部家当，牛、猪、羊也都买了，各种农具一应俱全，红红火火地过起自家的小日子。晚饭后，地圆躺在炕上，悠闲地抽烟歇息。李云把两个儿子的衣裤抱过来，坐在灯下给孩子捉虱子，牙齿咬得嘣嘣地响。地圆悠悠地吐了一口烟，漫不经心地瞥了李云一眼，说道："孩他娘，你偷偷地和王玉商量商量，她带着两个闺女不容易，看看她家的二十亩地续给咱家行不，咱年年给她家粮食，管她们娘仨够吃，她也不用风里雨里趴在地里干活了。她不忙的时候帮咱一把，不想帮也行，但凭个良心。"李云抬起头，怔怔地瞅着尿裤裆的丈夫，分家后他的表现让她刮目相看。她热身子挨上他，笑道："哎呀，俺的娘来，你原来这么能干呀！好，俺马上去说。"说着，李云便忙着下炕，地圆笑了："你着什么急呢。这事还要从长计议，你和王玉可要说好了，千万不能让咱爹和大哥知道了。等咱爹以后走了，生米煮成熟饭，这地就成咱家的了！"李云回头啪地亲了他一下，"你这个死鬼，真让俺放不下你了！"一口吹灭了灯，硬生生地扳过地圆的身子躺下了。

王玉对此事求之不得，两家里私下秘密签下契约。

过了一段时间，地圆又找到爹和地博说："三弟走了，大哥太忙了，以后三弟家地里的事，俺和李云多干点。再说了，粮仓和粮库慢慢地也长大了，多少也能帮上些忙。"土根喜道："这就对了，兄弟打断骨头还连着筋呢！"地圆只是傻笑。

慢慢地，王玉变得养尊处优起来。田地里的农活，她一点也不干了，整天走家串户，成了村里远近闻名的闲婆子，常常和一些娘们坐在树下扯三扯四地闲聊。而地圆和李云一点儿牢骚也没有，一心一意帮助王玉承担起地里的农活。

土根感到事情不会这么简单，他偷偷地向粮儿钱儿了解情况，得知内情后大发雷霆，土根一脚把地圆踹倒在地，骂道："你小子算盘算得精呀，竟然算到自家兄弟身上了，有本事到外边买地呀。老子还没有死呢，这些家产都是俺辛辛苦苦挣来的，你有什么资格来分。再说了，你三弟难道不回来了？真是没有良心的杂种！"土根气得把地圆和王云签的契约撕碎，一不做二不休，把地广的地一分为二，地博和地圆家各十亩。同时立下约定，一旦地广回来，再把田地原封不动地还给他。

土根中间插了这一杠子，王玉不高兴，李云也不痛快。李云背后多生怨言，吹起枕边风："这事一定是老大从中挑拨的！他在家里处处当老大，有他在，便没有咱家的好日子过。"

从此，地博与老二老三家的矛盾种子结下了。兄弟间的矛盾就是这样，在不经意间就产生了，而一经产生，这种矛盾也会遗传下去。

地博家中的孩子多，秦女隔三岔五地为孩子们打点牙祭。后院里，时常飘起点肉香味。一有肉香味，前院的孩子们就会蜂拥而至。粮米粮麦早就嘟囔着想吃油饼了，这天实儿也想改善一下伙食，黄灿灿的油饼刚一出锅，孩子们就抢起来。实儿喊道："一人一块，谁也别抢。"这会儿地圆和地广两家的孩子也过来了，咽着口水，远远地看着。实儿小声嘀咕道：真是属猫的，闻着腥味来了。没有办法，她从自己孩子手里分别挤出一点，匀给其他四个孩子。桃儿杏儿站在一边，直勾勾地盯着，唾沫不住地往下咽。实儿又不忍心，想从地圆地广家四个孩子手里掰下一点儿给桃儿杏儿。几个孩子一边吃一边躲闪，实儿上前拧着他们的耳朵，硬是抢着掰下一点，弄得孩子们大哭大闹。

正巧，李云和王玉过来找孩子，见状说起风凉话："孩子小不懂事，吃一小块油饼人家都舍不得，真不是自己养的。挤对大人算了，对孩子也这样，小气鬼！"做了好事招人嫌，实儿气得眼泪下来了，愤然说道："家都分了，有些人还这样死皮赖脸的，吃俺的赚俺的还没有良心，你们的良心才让狗吃了呢！"三个媳妇三言两语不和吵起来。地博和地圆回家，见此场面，各自骂各自的媳妇。三个媳妇更来劲了，又和丈夫拉扯起来。

"嘴仗"又日复一日地重演了。

这天晚上，天气出奇地热。地博蹲在墙根下洗澡，实儿见公公婆婆带着孩子到大街上纳凉，便把大门反锁上，给地博搓背。地博高大威猛，大腿胳膊后背上一块块肉腱子一突一突的，实儿搓着搓着脸就红了。地博说："你也洗洗吧！"实儿笑道："羞答答的，怎么好两个人一块洗？"地博说："门都关上了，不会有人过来，洗洗吧。"实儿撒娇道："刚才俺给你洗背了，你也给俺搓搓背吧！"地博笑了。月光下，实儿白亮亮的身子光洁如银，地博不觉动起情来，一下将实儿搂在怀里……

王玉从走道里过来取东西，黑暗中见两人搂抱在一起，立即惊呆了，身体一阵阵颤抖，腿一软酥倒在地。听到声音的实儿羞得赶紧跑回房间，地博也窘得面红耳赤。

从此以后，王玉再见地博眼都绿了。地博有意躲着她，不敢抬头瞅弟媳那双发光的眼睛。实儿不住地埋怨道："家都分了，但是前院后院的小胡同还连着，快找个时间用砖砌起来吧。大热天的，出来进去怪不方便的。"地博说："无缘无故地把那面墙彻起来，影响不好，再等等吧。"

这些事秦女早看出来了，她提醒土根说："咱丁家前院后院连在一起，方便是方便了，但三家不是打就是闹，你把前后两个院子的小胡同堵死吧。"一句话，说到土根的心坎上。第二天，土根叫来泥瓦匠砌墙。地博和地圆倒没有说什么，但王玉见了脸便臊起来，又说起闲话："干了什么见不得人的事了，还怕被别人瞧见。有那份浪心干就不要怕别人瞅，彻道墙有什么用，不要脸！"

土根不知情，又是大骂一通。

五　一条藤上的苦瓜

地广一走，杳无音信。

一开始，王玉盼着地广能回来，但时间长了，王玉也知道没有盼头了。王玉刚刚三十出头，正是身体强健性欲旺盛的年龄，自从不再下地干活，渐渐懒做起来，好吃懒做把自己养得白白胖胖的。

看到她土根就一脸的厌恶："丁家怎么找了这么个媳妇！"

王玉独守空房，度日如年。脑海里总是浮现出地博和实儿那天晚上缠绵的样子，一阵阵地燥热。

自古以来，寡妇门前是非多。地广出走，他过去一些老朋友常来看望嫂子，顺便打探地广的消息。秦胜吴光素来和地广走得近，两人现在在莒县做事，手头有了些闲钱和工夫，两人常来常往，一来二去，竟然和王玉相好起来。

这天，钱儿粮儿上学堂，王玉一人在家。秦胜闲来无事，又逛到王玉家。一进门，便喊叫："嫂子在家吗？"家里鸦雀无声。他胆子大起来，闯进里屋见没人，又回到院子里。王玉正在猪圈里拉屎听见秦胜来了，应也不是不应也不是，脸憋得通红。大母猪闻着臭味了，哼哧哼哧往她身上乱拱。王玉一手拿棍子赶猪，一手拿块石头擦腚。秦胜听见猪圈里有怪声，探过头见王玉正撅着肥腚，眼前一道白光闪过。

秦胜憋不住了，一步迈进猪圈，双手抱起王玉就往屋里跑，王玉多年不近男人，被秦胜野汉子一顿撩拨，不由自主地和他狂野起来。赶巧了，吴光这时也来到地广家，吴光见状躲在门后大喊一声，秦胜吓得提起裤子就跑。王玉满脸通红，见吴光进屋，慌忙用被子盖住身子，吴光见了也扑了上去。

幸福的家庭是相似的，不幸的家庭也是相似的。懒做、放纵、贪利、怨恨……这些都是人的恶性。只要占上一条，也就自毁长城了。王玉在这条路上越走越远。有了第一次，王玉再也不顾羞耻了，暗地里竟然和他俩厮混在一起。

好事不出门，坏事传千里。消息传到土根这里，他气得差一点晕过去，骂咧咧地说道："婊子，让俺这把老骨头怎么担起这个恶罪名！"土根马上让秦女搬到王玉家，明面上说是照顾两个闺女，实际是为了监视王玉。再后来，土根更是让钱儿和粮儿搬到土根的西屋住，让粮麦和粮豆搬到王玉的西屋。

六月六，麦黄头。

地博和牛强马壮在地里收割麦子，一人一垄麦田，从南到北一路收割。桃儿杏儿和粮儿钱儿姐妹四人，一起在丁家湾河畔洗衣服。牛强马壮一割到地北头，便来到河边洗把脸，冲着桃儿杏儿一个劲地傻笑。一转眼，牛强马壮长成大小伙子了，浓眉大眼，一表人才。桃儿说："干完活，你们把衣服脱下来，俺给你们洗洗！""不用不用，俺自己能洗！"牛强红着脸，又急匆匆地干活去了。

瞅着他们的背影，姐妹四人偷偷地笑。粮儿说："姐，你看他俩真能干，谁要是跟着他们了，保准幸福！"桃儿笑了。钱儿又问："姐，这兄弟俩是不是看上你们两个了？""你们两个小屁孩懂什么？！"说笑间，一件上衣掉进水里。桃儿伸手去捞，脚下一滑掉进水里。杏儿伸手去拉桃儿，结果两人一同掉进河里。

桃儿杏儿在水里挣扎，粮儿钱儿吓得冲着麦田大喊：救人呀，救人，桃儿杏儿落水了！

牛强和马壮听到呼救声，马上跑到河边跳入水中。

在水中，一人抱起一个，救上岸来。桃儿杏儿全身都湿透了，婀娜多姿的曲线一下展现在牛强和马壮面前，两人羞得满脸通红，捂着脸跑了。牛强在后边喊:"衣服,衣服,你们忘衣服了!"两人又跑回来,弯腰捡起脸盆,红着脸走了。

牛强和马壮住在丁家大院最西边的一间屋里,隔壁就是桃儿和杏儿的房间。

五更时分,牛强和马壮准时起来给牲畜喂料。添上料,喂好牲畜,两人便小心翼翼地蹲在桃儿杏儿屋墙根下偷听门子。因为,这个时段正是桃儿杏儿起身小便的时候。两人一边听着屋里的动静,一边乱猜着发出声音的是桃儿还是杏儿。小声说笑一会儿回到炕上,你掐我我拧你闹在一起。闹完了,马壮问:"人家说女人是水做的,但俺觉得女人是面团做的。那一天俺抱着杏儿,感觉她身上暖暖和和的,比面团还软呢!"牛强嘿嘿地傻笑了:"马壮,你说桃儿杏儿喜欢不喜欢咱俩?"马壮自豪地说:"喜欢,保准喜欢。俺都看出来了,杏儿一看见俺,就抿着嘴笑,笑得可甜了!"

第十五章

一 一对冤家

丁土根大院子里，三十多年前迁移过来时栽下一棵石榴树。

三十多年过去了，石榴树盘根错节，长至碗口粗，散枝簇拥相聚相偎，枝繁叶茂，每年结出的石榴挂满树枝，一串一串的，像红灯笼一般光艳亮丽。

丁家的第三代子孙慢慢地长大成人。

第三代子孙以长孙丁粮天为代表，他比老二丁粮米大五岁，比老小丁粮库大九岁。丁家传统顽固的基因在粮天身上再次神奇地展现出来——隔辈遗传。丁粮天和他爷爷丁土根从长相到性格简直就是一个模子里刻出来的。

村里人说，丁粮天是上世情种投胎下凡的。丁粮天的一生共娶了四个女人，生育六子二女。这中间，还有两个孩子夭折了。我的爷爷丁粮天的经历，使他成为丁家的一个传奇。

粮天十六岁那年，朦胧的年纪朦胧的情怀，开始疯狂地捉弄冯本小闺女冯末了。

在风雨飘摇的岁月里，丁家学堂依然倔强地保存下来。这一切，都归功于丁地博的第一任媳妇荷花临终说过的一句话：一定要让子孙后代读书识字！荷花的话让地博明白了一个道理——"耍龙耍虎不如耍土"不再是至理名言，这一观念已经明显落伍了。艰难时他好几次想停办学堂，但一想到妻子的这句话，便咬咬牙坚持下来。

胳肢窝村，世世代代出美女。从东北岭蛤蟆石流下的水，沁人心脾，极富滋润之效。村里人常说，界河是一条补肾壮阳滋阴之河。男人喝了，力大无穷。女人喝了，肌肤光泽细腻。冯末了，是冯员外与先前秦员外二太太的闺女秦小小生下的。她完美地传承了秦家的浪气、二太太的媚样与冯家的灵性于一身，生得乖巧妩媚，机灵动人，完全是一副大家闺秀的俊俏模样。

一天，丁粮天从地里抓了一条小花蛇，恶作剧般将小蛇包在一个小纸袋里，然后又从地里摘了朵鲜花，捆在袋子上递给冯末了。冯末了看见鲜花高兴地接过来，这时小花蛇从纸袋里探出头来，冯末了吓得花容失色，冯氏一族的孩子见冯末了受了欺负，对粮天大打出手。丁家的孩子见粮天挨打了，又和秦家的孩子一起追打冯家的孩子，一群孩子打成一锅粥。

王闯先生大怒，责令三家的孩子各站一边，面壁思过。

粮天回头偷偷地瞅了瞅末了，见她哭肿了眼，又于心不忍一个劲地朝她做鬼脸哄她笑。冯末了生气了，一连几天不来上学。粮天见不到末了，抓耳挠腮般坐立不安。下课后，粮天假借到果儿姑姑家串门，来到冯家，他站门口听见末了在里面正在和果儿说话。末了完全一副大人的口吻笑道："儿媳妇，你看看俺大孙子冲着俺笑了，大孙子长得可真好看。"果儿打趣道："你一个毛孩子，一口一个孙子叫着，害羞不？""谁是毛孩子？俺娘这么大时都嫁给俺爹了！"正说着，粮天进来了。果儿说："你看，你又有一个大孙子过来了。"粮天讪讪地靠近末了。末了狠狠地瞅了他一眼,假装赌气背过身去。

果儿见这架势笑着说:"大侄子来得正好,末了都和俺说了,说你在学堂上欺负她。刚好你来了,过来向你奶奶道歉!"粮天弄了个大红脸,小声嘟囔了一句:她不是俺奶奶,俺的奶奶在家里呢。果儿伸手把粮天揪了过来,摁在腿上,朝他的屁股狠狠打了几下,冲着冯末了说道:"你快过来打他,报仇雪恨。"冯末了果真朝着粮天的屁股轻轻打了几下,红着脸笑了。粮天趴在姑姑的腿上赖着不下来,冯末了刚才在他屁股上拍打的那几下,让他心里十分高兴,他抬起头,冲着末了傻笑:"要不你再多打俺几下吧!"

冯末了红着脸,站起来走了。

少男少女眉来眼去间产生了一种拉拉扯扯说不清道不明的情愫。

冯末了又来上学了。粮天老实了几天,这回心里又痒痒了。上课时,粮天眼前总是浮现起上次冯末了打他的情景。于是,他无事拿起一张纸涂画起来,画了两个人:一个男孩光着屁股趴着,旁边站着一个女孩泪脸汪汪地抬手打他。他把这份"杰作"叠起来,里面又包上一些毛毛虫,偷偷地放在末了书本里。冯末了打开书本,见到纸条画像仔细瞅了瞅,非但没有生气,反而阳光灿烂地笑了。她将纸里的毛毛虫放在画上小男孩屁股上一个个摁死,鲜红的渍迹粘在纸面上,画里的小男孩倒像被女孩子打得屁股上出血一般滑稽可笑。然后,末了又叠起来,悄悄地还给粮天。粮天一见,顿有一种被人羞辱的感觉。下课了,他蹲在墙根里,又捉了一条小蚯蚓包在这张纸上,再次还给冯末了。心想,这次看你还敢不敢摁死了!冯末了又羞又气,趴在桌上哭了。粮天见末了生气,又像做错事的孩子,从地里挖来一束鲜花,偷偷地塞到她的书包里。

冯末了红着脸破涕为笑,背起书包跑了。

粮天一次又一次作弄末了，冯末了真的生气了，从此发誓不再理会他。

粮天下课时，常常爬在冯家东侧梧桐树上玩耍。一天，他刚爬到树上，见冯末了挎着小篮子，来到梧桐树下挖野菜。粮天躲在树上静静地观察。末了挖了会儿野菜，四周瞅了瞅无人，来到墙根下蹲下尿尿。粮天爬在树上，一见冯末了白面般光光溜溜的圆屁股，映照在太阳下，他恶作剧地脱下裤子，朝着她的方向撒尿。冯末了正蹲着，忽见一柱水花从天而降。一抬头，见树上粮天的样子，羞得提起裤子拔脚就跑。粮天在树上哈哈大笑，大喊："姑奶奶，姑奶奶，你忘篮子了。"

这天，村里来了一位瞎眼说书先生。

瞎眼说书先生在村西头广场上支了一张桌子，中午说《杨家将》，晚上说《水泊梁山》。村里人都好听书，小广场围得水泄不通。男人占着好位置在前边听，女人则三三两两坐在胡同边上，或倚在墙根下，边做针线活边听书。

大树下，秦小小坐着板凳听得聚精会神，冯末了倚在娘的膝盖上，一手托腮也听得入神。丁粮天骑在远处墙头上，不听书只顾呆呆地盯着冯末了看。冯末了抬头瞅见丁粮天，见他一副呆雁样，不觉莞尔一笑，这一笑让粮天一哆嗦，掉了魂一般从墙上跌落下来。

正在这时，有人大喊："催租子的来了！大兵来了！"

小广场上的人一哄而散。

秦小小一双小脚迈不动步，冯末了用劲拽着娘，好不容易躲在一个角落里。秦小小摆手示意让冯末了快跑，冯末了便往家的方向跑去。丁粮天藏在胡同里等着她，一进胡同，粮天一把抱住她，末了一声尖叫见是粮天，红着脸不叫了。粮天蹲下去背起末了，一口气跑到西林子。末了挣扎着下来，脸绯红绯红的，粮天

311

见末了娇喘吁吁的样子，不觉动了情，凑上嘴巴亲了她一下。这是粮天第一次亲末了。冯末了气得跺脚，伸手打了他一巴掌。

粮天的脸也红了，羞得转身欲跑。"你回来！"末了冲着粮天喊。粮天踅回来，末了伸手递过手绢，说："你跑什么？跑出去让大兵抓去当兵啊，老实在这里待着！"粮天接过，盯着末了胆子又大了，趁她不备又凑上去亲了一下。

民国初期，军阀混战。乡下各种杂牌军都有，有枪的就是"老爷"。大清王朝时，保长走到哪里身后总跟着一队人马——大伙管他们叫"催租子"的。催租的人手里拿着长棍，牵着大狼狗。到谁家里，交不上税纳不上粮的，便被鞭打脚踢，甚至放出狼狗来咬。到了民国时期，"催租的"变成了带枪的人，他们不仅催粮还抢人。

民国七年（1918年），村里的壮丁已经抓过好多遍。佃户区里，几乎没有小伙子了。大户人家的孩子被抓，送钱送粮能将人赎回来了。现在大家只要一听到有人喊"大兵来了"，小伙子就都跑得无踪无影。这一次，秦豹的儿子秦狼倒霉，被大兵抓住了。

秦虎万般无奈之下，对官老爷作揖求道："大官人，我秦家家破人亡，只有这么一个大侄子了，行行好，放了他吧！"

大兵骑在马上把枪一横，骂道："你少废话，别在这里干扰公事。看看你这个娘们样，男不男女不女的。要不然，连你也一块带走。如果有钱，带上钱和粮食到诸城赎人吧！"说完，大兵押着秦狼，扬长而去。

二　占墓

大乱之年，乡下人更加迷信了，大户人家纷纷请人看风水占墓地。

东北岭为全村的最高处，蛤蟆石就横卧在此。早有风水先生占过卦，说此地是村子财富的出口处。蛤蟆石，虽形状丑，但通身涂着黄料，肚子里藏着宝。有它在此守村，虽不能出圣人才人，但足可以财富永驻。谁要是占据了此处，后代子孙便会生生不息。东北岭自然成了村里墓地的最佳选择地。久而久之，秦家圈占了蛤蟆石西北处林地，王家占了南边，冯家则在最东北侧，李家来得晚占了西边。

秦冯王李四家的墓地，都选在了蛤蟆石的四周。

村中第一能人冯员外，一直担着一块心病——人丁不旺。到了他这里，已经是三代单传了。是不是祖上选的林地出问题了？冯员外左思右想，花重金聘请了一位当地有名的风水先生给他相看墓地，想选一块上好的墓地留着他百年后用。

风水先生在冯家林地转悠一圈，不禁感叹道："怪不得冯员外家财万贯呢，你家林地占了最好的风水。你看，冯家的这片林地，南边是昆山，东北有蛤蟆石，西邻界河神石'大肚子老人'。昆山代表神气，蛤蟆石聚的仙气，大肚子老人纳的是财气。这三点连成一个三角形，你冯家的林地，刚好位于这三角区的腰部，这里是财富的集结地呀。冯员外，你的墓地选在三角区腰部的中心位置上吧，后靠你爹冯老先生，前靠界河发源地，不得了，这个地方是绝佳的风水宝地呀！"冯员外听后，啧啧称赞："大师就是大师，让俺见识了。不过，大师再相看相看，俺冯氏族上历来人口兴旺，单单到了俺这一支系为什么人口稍显单薄些呢？"大师捻须说道："这从蛤蟆石嘴里吐出的水一路向南，途经你家林地，你家的财富是有了，但是林地前面的河道太窄太直溜了，留不住呀。水留不住，人丁就不兴旺。要破此局你需费些功夫，在南边挖个深水沟，让水流向水沟拐个大弯，可保你冯家人才辈出人丁兴旺。"冯员外心中大喜，回头对冯世说："马上就干，马上就干，这个深沟挖得越深越大越好。"

这时，粮天恰好和粮麦粮米粮豆，还有粮仓粮库兄弟六个在东北岭挖野菜，粮天见冯本请人占墓，便悄悄地趴在沟里，偷听他们对话。

此时，大师神秘地说："俺在这里细瞅呀，还有一处林地也是极好的，这个地方被谁家占去了，也是上好的风水。"冯员外好奇地问：大师说的是哪块林地？风水先生往南走了六十步站住，小声说："这个地方好呀！这个地方是昆山余脉和东岭余脉交汇处，地下深达万米呢！谁家墓地占了子孙兴旺，大富大贵呀。"大师脚下的深沟，正是粮天躲藏处，粮天捂着嘴，大气不敢喘一下。

冯本脸上现出复杂的表情，悄悄地问冯世：这个地方是谁家的地？冯世说："以前是秦家的，现在卖给李家了。"冯本跺着脚叹息，怪不得秦家败了，守着这么好的风水不占着，卖给了李家，家景不败才怪呢，"好了，这个风水位都不许对外说了，让它躺在这里睡大觉吧。"

冯员外等人走远，粮天爬上沟一头大汗，他来到大师站的地方，头皮一炸一炸的，站立良久，默默地做了个记号。

又过了几天，李家又请来风水先生看林地。这回，李番是为他个人占墓穴。

粮天又假装过来挖野菜，趴在地里偷窥，李番请的这位风水大师高高瘦瘦的，从来没有见过。

风水先生拿着罗盘在李家林地里徘徊，最后在一块地上画了一个大圆圈，插上一面小红旗做记号。李番和风水先生走后，粮天上前查看，见插着小红旗位置正是自己标过记号的地方。粮天愣住了，太不可思议了，两位不同的风水先生都选中了同一个地方。这一定是块风水宝地，粮天心想，这个好地方一定要留给丁家，不能让别人占去。粮天见四周无人，偷偷地把风水先生插着的小红旗向西南方向移出六米多远。

移完旗子，粮天瞅了又瞅，这才放心地往家走，远远地看到李家派人到林地里圈地，粮天怕被他们看到，绕远道跑回家。回到家，他满头大汗惊魂未定，地博见状问他："你干什么去了？看你这个熊样。"粮天赶紧小声地把这几天东北岭上的事儿告诉了爹。地博听了，狠狠地弹了一下他的脑壳，小声说："这事再也不能跟任何人说，李家要是知道了，会把你的脑袋砍下来。"

村中大户人家纷纷占林地，此事也惊动了土根。晚上，土根和地博坐在炕上，小声说起秘话。房间里没有掌灯，漆黑一片，两杆旱烟头上冒着火星，一闪一闪的，屋里显得异常神秘诡异。

地博说："咱家也该找个大师看看林地了，丁家来到村里三十多年了，连块林地都没有，再不去占，以后恐怕找不到好地方了。"

"俗话讲，'有福之人不用忙，没福之人瞎慌慌'。本来，俺也想请风水先生占占林地，但见冯家李家都抢着去占，咱就不和人家争了，再等等吧。"

"丁家林地也选在东北岭吗？"地博问。

"俺正为这事愁呢。人说咱丁家是蛤蟆命，按理说选在东北岭上好，但这个地方，好地都被秦冯王李四家占了。"土根叹口气。

地博说："先找人看看东北岭上还有没有好地方，实在没有就选在六亩地。"

"这不行！六亩地是咱家的基业，林地不能选在这里，不能离家太近了。再说了，林地选在六亩地，耕种面积就小了。不到万不得已，不要选在六亩地。"

粮天躲在屋外偷听，听到这里一头闯了进来，冒冒失失地说："爷爷，爹，俺已经看好地方了！"土根笑道："大孙子都相中好地方了？好，跟爷爷说说。"粮天便附在爷爷耳边，将这几天的所见所闻所做又告诉了爷爷。土根哈哈大笑：你这个机灵鬼！

土根选了个良辰吉日，天未亮他就领着粮天悄悄地来到东北岭上。土根望着远处的群山，虔诚地跪在地上，烧些纸钱，念念有词："各路神仙大师，俺丁家来到胳肢窝村寻着根了。今天，请

315

风水先生给丁家占块上好的林地,各位大仙大神保佑丁家子孙事业人丁兴旺发达!"

土根连磕三个头,粮天也跪下磕头。

磕完头,粮天问:"爷爷,风水先生什么时候来?人家冯家李家占林地领着一大堆人来,咱家怎么搞得这么神秘?"土根低声说:"占林地本来就是个秘密事,怎么能让无关的人知道呢!知道的人多了,就不叫风水了。"粮天似懂非懂地点点头。

正说着,地博领着一老者从西北方向而来。老者正是上次土根请的风水大师——沈先生。沈先生站在地头上,面朝四方深深鞠躬,嘴里念念有词:"今日丁家在此占地:一不占先人先祖的宝地,二不抢大神大仙的风水,三不惊土地神水龙王。丁家人仁慈厚道,在此地占一林,求得丁家兴旺发达!"

粮天在一边听了,汗毛都竖了起来。粮天见李家前些日子圈的地已经围了起来,上前仔细观察,李家果然没有将自己做记号的地方圈起来,粮天心中窃喜,紧张地盯着沈先生,头上都冒出汗来。

沈先生眼睛眯成一条缝,一会儿睁眼看看,一会儿掐指算算。太阳正过了一个山坳,露出一道金光照耀着大地,光芒四射,更让人觉得神秘莫测。土根和地博站在一边,静静地看着沈先生。粮天搓着双手,激动得心都快跳出来了:这位大师到底神不神?怎么还找不到好地方?大师选中的地方会不会是那里?……又过了半个时辰,沈先生心里好像有谱了,他拿起一棍竹竿,在空地上四处敲打,猛然在一处停下来,小心地趴在地上,用耳朵贴在地面上倾听。这地方不是粮天标记的地方呀,粮天有些失望地叹息了一声。

地博回头狠狠地瞪了他一眼,粮天再也不敢出声了。

沈先生听了一会儿,又朝四周瞧了瞧,然后大步流星地径直朝着前方走去。粮天的心怦怦地乱跳,几乎要跳到嗓子眼了。最后,沈先生来到"那个地方"停了下来,又朝远处看了看,将竹竿往地上一插,缓缓地说:就是这里了!你们丁家的林地要以这个地方为中心。

丁粮天哎哟一声,双腿一软,扑通跪下了。

土根高兴了,给沈先生递上六枚铜钱。粮天拽着爷爷的衣襟,小声说:"爷爷,你给这位先生一两银子吧,先生给咱丁家占了一个绝佳宝地呀!"沈先生笑道:"你一个孩子家也懂风水?"土根呵呵大笑,果真听了粮天的话,给了沈先生足足一两银子。

回家路上,土根对地博说:"丁家林地找好了,想办法把这块地买到手,地一旦到手了,先让你娘占着这块风水宝地,等俺走了,再把俺埋在里面。"

粮天一听愣住了,一脸疑惑地问:"爹,俺奶奶活蹦乱跳的,怎么好让一个大活人占着这个地方?"地博打了他一巴掌,骂道:"混账小子,不该你知道的问什么?"土根却在一边偷笑了。

"这块地是谁家的?"土根问。

"李家的。"地博说。

土根一听直摇头,叹息道:"李家不好对付啊,但无论如何一定要想办法弄到这块地!"

"一会儿我就去探探李家的口风。"地博说。

土根说:"不急,瞅准时机再开口。"

路上,粮天一直纠缠着爹,又问起奶奶的事。地博不肯说,土根把粮天拉到身边,和他讲起他奶奶和娘的事。粮天这时才知道,原来爹不是奶奶秦女生的,自己的亲奶奶是刘女,他也不是实儿生的,他的亲娘是荷花。粮天问:"爷爷,俺奶奶和俺娘的坟地在哪里?"土根说:"六亩地北头亭心湖岛上有两个坟头,东侧那个是你亲奶奶的坟,西侧那个就是你娘的坟。"听到这里,地博的眼圈红了。

回去后,粮天拉上桃儿杏儿,偷偷地来到刘女和荷花坟前,

317

两座坟墓上杂草丛生。粮天和妹妹们跪下磕了三个头，粮天念叨着："奶奶，娘，俺到现在才知道俺的身世。今天，俺和妹妹们过来给你们磕头了，以后逢年过节的，俺都过来供奉你们。"

桃儿杏儿嘤嘤哭泣。粮天仿佛听到丁家湾湖畔有女人在哭泣，他心头一惊，莫不是娘显灵了？他四处环顾，没有人。但见湖面上，有鱼儿在跳跃。湖的南岸，悄然绽放着一簇簇鲜艳的荷花。

粮天见到荷花，顿时泪流满面。

从那天往后，丁粮天再看秦女和实儿，总感觉再也不像从前了。

三　论风水

在村里，李家的家族身世始终是个谜。直到民国初期，真相才渐渐浮出水面。

李家的人缘和口碑在当地极好。收割麦子后，李家从不把地里的麦穗收干净，有时甚至还故意留下一小块麦田不收割，专供穷人家"捡漏"，这在乡下，叫"捡地头"。穷人一边捡麦穗一边念叨：这户人家真是好人呀，活菩萨！

李番到村里后，一直用心观察，看到机会就果断出手，从没失过手。他家的人丁快速兴旺起来，从刚来村子时只有七口人，如今已经是二十来人的大家庭了。

这天，李番到土根家拜访。他这个人一般不会轻易出门，凡出门必有大事。按理说，李云嫁给地圆，李家和丁家结为亲家，关系应该很亲近，但奇怪的是两家却极少走动。土根看到李番来了，赶快迎上前，笑着说："哎呀，你看，这是哪阵子风把你老人家吹来了？"李番年纪比土根略大，都是五十来岁的人，李番风趣地说道："丁大公子，俺也是无事不登三宝殿呀。今天来，想和你商量点事呀。"李番从来不称呼土根为"亲丈人"，而是一口一个"大公子"叫着。这里面有他的心机,前一种称呼土气,无形中叫矮了自己;而后一种称呼,扬了对方的同时,也抬高了自己。

　　土根招呼桃儿杏儿上茶,热情地接待贵客。李番看到两位姑娘惊讶地说:"大公子,你家这对姐妹花长得真俊俏,这要是谁家娶了这两闺女,真是有福气了!"土根笑道:"这是俺的双胞胎孙女——桃儿杏儿,让亲家见笑了。"李番有意无意地又多看了两姐妹一眼,开口道:"我来村里这些年,总算落下脚了,年纪大了想让在外地的儿女们都回到身边,但是家里的房子太挤了,想和大公子商量一下,我看中你家六亩地前头六棵树这个地方了,能不能咱两家谈个交易,我买下六亩地的一小块地盖上几间房子,价格嘛好商量,大公子说多少便是多少。"李番掏出五两银子放在炕上,未曾议价先声夺人,笑道,"我知道,你舍不得六亩地,我只想买下二亩左右的地,够盖几间房子就行了。"

　　土根心想,李番出手够宽绰的,二亩地竟然拿出五两银子来买。如果单纯从价格看,这个买卖是合算的。但是,六亩地是土根一家子的命根子。土根面露难色地说:"论起来,俺两家是亲家,这份情意是割不断的。亲家呀,你看看,除了六亩地其他地方的地行不?""我相中的就是这个地方,其他地方我看不上眼。"李番以不容置疑的语气说道。

　　土根思考良久,长叹一声:"六亩地俺已经分给大儿子地博了,估摸着他也舍不得卖呀。"

　　正说着,地博推门进来。李番又把此事说给地博听,地博十分干脆,一口回绝了:"这块地俺说什么也不会卖的!"李番犹豫了一下,又从口袋里掏出五两银子,大方地说:"这样吧,十两银子买三亩地行不?我知道,丁家看重这块地,但这个价钱,我也是太屈了,可谁让我偏偏相中这块地呢!"土根和地博你看我我看你,他们都知道,这十两银子可以买下一半的六亩地了。土根低下了头没有说话,地博坚持道:"这不是钱多钱少的问题,六亩地是丁家安家立身之地,况且这块地是种粮的好田,盖房用太可惜了。"

李番又瞅了瞅土根,土根还是低头不语。李番明白了,再这样僵持下去对两家无益,李番失望地告辞而去。

土根望着李番的背影,连连感叹道:"你看,李番出手真大方呀,一出手就是十两银子,这家人可不简单。李云这孩子嫁过来,李家的事什么也不知什么也不说,和她娘家的走动也不勤,俺真怀疑李云是不是李番的亲妹妹。"地博接过话头,叹息道:"我也是怀疑呀。别说了,让二弟听见了不好。不过,这个事俺不会答应的,李番无论出多少钱,我也不会卖六亩地的。"土根说:"对,就用这个事别着他,李家想在村西头安家就好办了,这里是咱丁家的地盘,他李家来可以,但必须和咱想买的林地做个交换,这就是底线。否则,再多的银子也没有用。不过,这个事千万不能操之过急了。"

"爹,俺明白。无论交换什么,六亩地是不能卖的。"地博十分坚决。

土地,是人的命根子。而房子,则是穿在身上体面的衣服而已。衣服破了,可以换;土地没了,人的生存基础也就没了。六亩地在丁家人眼里,已经成为一种生命的标志和象征了。自丁家开垦六亩地以来,这里一直是村里争夺的焦点。发生在六亩地上的故事,见证了胳肢窝村一百年的世事变迁和人情世故。

又过了几天,李番又来了。

李番一身轻松,客气地对土根说:"上次来,让丁大公子为难了,我不应该夺他人之爱呀。现在好了,我和冯员外、王家都商量妥了,盖房子的地方也选好了,今天过来再和大公子说说。房子我准备盖在土地庙东侧这块空地上,这个地方不大,但也可以盖几间房子。"土根脸色阴沉下来,一个劲儿地摇头,说:"这块地虽然不是丁家的,但和丁家的土地庙靠在一起,你怎么说盖就盖了?这事,俺不同意。你家的房子盖在哪里都行,但就是不能盖在这个地方。"

土根不容商量的语气,让李番大吃一惊。

李番不明白土根这是怎么了,一点儿商量的余地都不留,一点脸面都不给。李番有些尴尬,忙解释道:"土地庙在西边,离我家盖的房子还有二三十米远呢。再说了,以后村子人多了,这个地方早晚都得盖上房子,谁家占着不是占着呀,你说是不是这个理?"李番话说得明白,这个地方早晚会被人占去。土根不为所动,坚持道:"前边就是界河了,你把房子盖在俺家门口,是不是挡住俺家的视线了?"土根没有说风水,但言外之意就是这个意思。乡下人最忌讳被破坏风水,一说到这个问题事情就难办了。李番的心也怯了,说道:"这个地方地势低,在你丁家大院的下面。再说了,俺家李云嫁给丁家,咱两家还是亲家呢,两家挨在一起多好呀!"

"两码事,两码事嘛!"土根还是摇头。李番坐在那里,不知如何是好。

此时,地博闯了进来,冒冒失失地说:"李大哥也在呀,我这有点事要和爹说,你不介意吧?"土根埋怨道:"你李大哥是亲家,还有什么介意的?说吧。"地博说:"昨夜我做了个梦,梦里俺娘和我说,她一个人住在六亩地北头孤零零的,醒了后,我这心里难受。我就想,村里每个家族都有块林地,就咱丁家没有,以后咱丁家老个人都没地方埋了。"地博说完坐下,唉声叹气。土根语气缓和了许多,劝着:"你也别太着急,找林地是大事,得先找风水大师相看,哪能随便找块林地就行呀?"地博说:"这还相看什么?村子的林地都在东北岭上,只要在那找块地便是好的。"土根望了望李番,叹息道:"东北岭上咱丁家没有地呀,也罢,赶明儿你去找找你亲家冯员外,看他能不能帮忙给丁家找块林地。"

李番何等聪明,立即明白了这是说给他听的:怪不得自己盖间房子丁家这么不好商量，原来丁家是想和我做一笔买卖呀。想到这里，李番爽快地说："李家在东北岭上有些地，如果丁家看上了哪块当林地吱一声，李家给你们就是了！"地博看着李番，顿时高兴了，说："太谢谢李大哥了。其实，东北岭上有一块空地，过去是秦家的现在是李大哥家的，这块地能不能给丁家作为林地？"李番问："地博，不知你说的是哪块地。"

地博就把那块地的位置，详细地和李番描述了一遍。

李番一听，这块地位于李家林地的东侧，便颇有些为难地说："这块地是大儿子家的，等我回去和他商量商量再说吧。"土根扭过头去，对着地博呵斥道："林地哪能随便选，这个事以后再说吧。"说罢起身一副要送客的样子。

李番明白，丁家这是看好李家这块地了，没有这块地作为交换，他家盖房子的事便是谈不成的。李番习惯性地闭上眼睛，脑子里飞快地算计着，自家宅子占了丁家土地庙的东侧，而丁家的林地又占了李家林地的东侧。前者，一定是好风水；后者，自家的林地已经找过先生占好了，丁家说的这块地又不是李家的风水宝地，这个交换应该是划算的。想到这里，李番睁开眼睛，爽快地说："也罢也罢，这事我替儿子做主了，我答应便是了！"

土根见李番应允了，也笑道："这样也好，李家替丁家出了块林地，丁家也不该拦着你们盖房子，谁叫咱们是割不断的亲家呢！"

三人哈哈大笑。

四　十字胡同

村西头又热闹了。

时隔五年，胳肢村又一次大动土木，这一次是李番家发起的。李番在土地庙东南侧，一下盖了四套各六间的大瓦房，四套房子呈十字形布局，东西南北各有一条胡同相连相通。

李家的"十字胡同"，与后边的丁家大院遥相呼应。"前李后丁"，从此成为当地的一个说法。

李家原来从秦家买下的房子交给李家的旁系居住，李番和族上主要成员都搬进了新房子。东侧后排六间房子住着李番两个儿子李福李浮两家，李番和媳妇住在西侧后排六间房子，李番还有两个小儿子李佛李拂，住在西侧前排六间。而东侧前排六间，住着一些身份不明的人。

丁家和李家两大户进驻村西头，慢慢地带动村子的重心转移到了西边。西岭的开发也正式拉开了序幕。

在我孩提的记忆里，李家的十字胡同一直是个神秘的地方。由北至南一条十尺宽的胡同，直通至界河。走进胡同里四通八达，这里住着许多神秘的人物，包括我的两位姑奶奶。娘和我说，我三岁那年得过一场大病，差点夺走我的命。一天晚上，我躺在炕上昏昏沉沉。忽见一位老婆婆来了，娘惊讶地问："姑姑，这么晚了你怎么过来了？路上没有人看见吧？"老人小声说："别说话，听说孙侄子病了过来瞅瞅。哎哟，头怎么烫得如同滚开的水一样！这是治病的药，快给孙侄子吃上吧。"娘接过药大哭。我躺在炕上，努力地睁开眼睛，见一位白发苍苍慈祥的老太太站在我身边，抚摸着我的头说："真是好孩子，不哭不叫的！"那时的我一点儿力气也没有，又怎么能哭出声来。娘给我喂上药，我的病情并没有好转。爹娘围着我，不停地流泪。又过了几天，一家人正准备我的后事时，又来了一位老太太偷偷送来一盒药，放下就走。娘的哭声和她说话的声音，又让我听见了。我再次睁开眼睛，见和上次那位老太太长得一模一样，皆是白发苍苍面慈目秀。这次，我吃上药终于好了。那个年代，有西药的人家，绝不是等闲之辈。

李家人行事风格，异常诡异。

李家搬来后，丁粮天多了一项特殊的使命，每天坐在丁家大院台阶上，静静地观察李家十字胡同里来来往往的人，这些人有骑马带枪的，有赶马车的，还有夜行日宿的。有一次，竟然还来了一位坐铁皮"黑匣子车"的人。村里的孩子从未见过这样的车，竟然不用人抬也不用马拉自己会跑，纷纷上前围观。

丁粮天兴奋地跑回家，告诉地博："爹，俺今天看见李家来了一台自己能跑的铁皮花轿子，连屁股后边都喷着花生油。"地博骂道："呸，你懂什么！那是轿车。里面烧的是洋汽油，不是花生油！"粮天不服气地说："俺闻着喷香呢，这洋汽油是不是也可以炒菜吃？"地博说："炒菜毒死你！"原来是毒药，"怪兽"真是喝毒药的！粮天再也不敢问了。土根在一旁感叹道："这是咱村里唯一一户'官家'呀！"

"官家"这一词，粮天第一次听说。好长时间里，在粮天的脑海里，一说起官家便联想起铁皮黑匣子车来。

让村里人疑惑的是，谁也弄不清楚李番到底有几个儿子。只是听说他有个儿子在国民党队伍里当大官，还有儿子在国民党政府里当差，有一个儿子后来当了诸城县的县长！

从那时起，丁粮天便产生了想当兵的强烈愿望。

瞧见李家风生水起的样子，土根忍不住唉声叹气，他想起了自己的三儿子地广，骂道："不孝呀，一走就杳无音信，人家的儿子回家光宗耀祖，自己的儿子也不知是死是活。"这天晚上，土根把地博地圆和孙子们都叫到一起，嘱咐道："这个世道变了，朝中无人不好做官，军中无人受人欺啊。你们看人家李家，有当兵的，有做官的，还有做生意的，丁家在李家面前抬不起头啊！"说到这里，土根愤愤地说道："孙子们，你们要争口气啊，到了你们这一代，也该出去闯闯了。"土根讲到这里，有意识地望了一眼他的子孙。

地圆伸手搂过粮仓粮库,转过头去。丁粮天回应道:"爷爷,俺想出去闯一闯!"土根说:"唯独你不行,咱丁家有家规,老大不准出去。你在家好好守着这一亩三分地,哪里也不能去!"秦女坐在一边,讥笑土根:"你不是天天说'耍龙耍虎不如耍土,金窝银窝不如土窝'嘛,如今开始反悔了?俺看,谁也别出去,出去当兵就是送死的。"

"不行,我一定要去!"地博拍拍粮天,无奈地摇摇头。

粮天回屋后大哭一场,从此他想当兵的愿望泡汤了。

五 麦田又黄

李番将房子建在村西头,是有一个庞大的计划——他相中了高泽村占住的西岭上的百亩良田了。几番倒腾,他收购了高泽村几十户人家的田地,南北驿道以东界河拐弯处往西一片两百多亩的良田,都被李番拿下。

李家已成为仅次于冯员外家的第二大户。此时,李番一跺脚,全村人都要跟着晃荡了。

但就是这样的家庭,却表现得异常低调。李家两个小儿子李佛和李拂,十七八岁的年纪,为人十分和气,一表人才,见人就热情客气地打招呼。在后庄地,丁李两家的田地紧挨着,上游是李家的,而下游就是丁家的。土根一家只要在后庄地干活,特别是桃儿杏儿出现时,李佛李拂哥俩也准会出现。

六月金黄一片,又到一年麦收的季节。

李家和丁家同时在后庄地收割麦子,李家的男人多,两天不到便收割完了。地博带着牛强马壮在六亩地干活,一时腾不开手,后庄地的麦子熟了,秦女便带着桃儿杏儿下地收麦,桃儿杏儿抬头望着割不完的麦子,内心不觉惆怅起来。到饭点了,秦女说:

"你俩慢慢干,割完这一垄回家,俺回家做饭去。"桃儿杏儿正干着,见前边麦田有人对着她俩也在割麦子。桃儿杏儿起身望去,对面李佛李拂恰好看见了,站在远处望着她俩笑,两人脸红了。一会儿,李佛李拂和桃儿杏儿面对面接上垄。桃儿羞涩地说:"谢谢李大哥!"兄弟二人露出一口白牙笑着,并不说话。

中午吃饭,地博对桃儿杏儿说:"后庄地的麦子你俩先慢慢割着,等六亩地割完,爹就带着牛强马壮过去,你奶奶年纪大了,别让她下地了。"桃儿杏儿点头答应,牛强插话说:"大哥,天这么热,也别让桃儿杏儿去了,俺兄弟俩晚上抽点时间就干了!"地博说:"没事,让她俩慢慢干吧。"

桃儿杏儿吃过饭,来到后庄地。李佛李拂早早地过来了,低着头在地里干活。杏儿红着脸说:"李大哥,俺爹他们干完六亩地的活就过来,你们不用干了,快歇歇吧。"李家兄弟俩也不回话,只顾低头干活。桃儿杏儿蹲在地头捆麦秸,捆一会儿望望这哥俩,脸上泛出红晕。杏儿问桃儿:"姐,怎么办呀,牛强马壮大哥知道了,会伤心的!"桃儿说:"快干吧,俺也不知道怎么办。"

桃儿杏儿干累了,坐在地头上休息。李佛李拂哥俩过来,桃儿杏儿递上水,哥俩喝完水,李拂笑道:"我没有带毛巾,杏儿你带了没有?"杏儿伸手把自己的毛巾递过去。李拂又笑:"这么干净?怎么舍得用来擦汗,给我留着作个纪念吧。"他笑着叠起来毛巾,塞进口袋里。杏儿红着脸低下头。李佛说:"大热天的,你们坐下歇着,吃点东西!"说着从口袋里掏出一个油纸包递给桃儿。

桃儿怯怯地问:"这是什么?"

"桃酥!给你们俩尝尝。"

桃儿杏儿打开纸包,桃儿小心地掰下一小块桃酥放在嘴里,慢慢嚼了嚼,赞道:"真香真甜!"杏儿舍不得吃,把桃酥重新包起来。李拂问:"你怎么不吃?"杏儿说:"俺舍不得吃,想拿回家让妹妹体香尝尝。"

李家哥俩休息了一会儿，又走进麦田。

麦浪层层荡漾，阵阵清风吹来，撩拨得人心里麻酥酥的。桃儿杏儿坐在地头上，默默地瞅着田地里的哥俩，李佛李拂干一会儿，就会探出头来冲着姐妹俩笑一笑。杏儿问："姐，和爹娘说不说这事呀？"桃儿说："不说怎么行？靠咱俩能干多少呀？"杏儿小声说："娘会不会说咱俩呢？"桃儿低下头，不吱声了。

桃儿杏儿渐已长大成人，正处在情窦初开的花季。

姐妹俩修长的身材犹如柳条柔嫩轻盈，一双含情目炯炯有神。两人从小没有亲娘的呵护，行为举止小心翼翼，常常话未出口脸先红，这让姐妹俩更有一种让人心动的娇羞柔和之美。姑姑果儿出嫁后，两人在家里的话越来越少。桃儿杏儿自小与牛强马壮青梅竹马，牛强马壮时时处处对她俩呵护有加，对于这份感情，她们深深地埋藏在各自的心里。没承想，半路杀出另一对哥俩——李佛李拂，李家兄弟炽热的目光、殷勤的举动，让她们无处躲闪。

李家兄弟收割完麦子，又将麦子打捆装车，拉着往丁家后场送去。

土根正在麦场守场，见李佛李拂兄弟拉着麦子过来，惊讶地问："你们俩怎么来了？"李佛说："爷爷，这是你家后庄地收下的麦子，我们家的活干完了，就帮桃儿杏儿送麦子过来。"土根看看这哥俩，又瞅瞅后边跟着的桃儿杏儿，她俩赶紧背过身去。土根笑道："等一会儿，俺让人给你们送工钱。""爷爷，你这样做就见外了！"两人卸完车，告辞离去。土根望着他们的背影，自言自语道："这两个娃倒是一对好孩子！"

晚上吃饭时地博说："六亩地的麦子收完了，明天去收后庄地的。"桃儿杏儿互相看了一眼，红着脸没说话。土根说："后庄地的麦子都收完了，明天打场吧。"地博惊讶地说："这么快？桃儿杏儿也太能干了。"土根说："李家的两个孩子帮着干的。"牛强马壮一听，脸色阴沉下来。

327

夜深人静，桃儿杏儿拿出桃酥给体香吃，体香边吃边说："真好吃，像是中秋节娘做的月饼。"杏儿说："不是月饼，这叫桃酥。"体香问："姐姐们从哪里弄来的？"桃儿杏儿不说话，体香调皮地说："一定是李家兄弟给的。俺也不吃了，留些让爹娘也尝尝！"桃儿忙说："别价，别让爹娘知道了！"体香笑道："俺知道了，好，替你们保密！"

夜深了，体香已甜甜地睡着了。桃儿杏儿满怀心事，无法入睡。

杏儿悄悄问："姐，睡了吗？"

桃儿说："没有！"

沉默一会儿，桃儿说："你说，爹娘会咋想？"杏儿没有接话，反问："姐，你是咋想的？"

桃儿叹了口气，没有说话。

"快睡吧！"

两人静静躺着，望着窗外皎洁的月光，眼泪滚了出来。

第十六章

一　求学

丁地博最后一个宝贝女儿体香出生时，正是桂花飘香的时节。

秋高气爽，五谷丰登。体香出生时，家里飘着一股淡淡的桂花香。地博在院里背着手转悠，闻着扑鼻的香味，高兴地说："这个孩子真是奇了，就叫体香吧！"

一转眼，长到十来岁的丁体香，身上的桂花香味更浓了，身材长相上遗传了父母的优点，体态婀娜，灵秀俊俏。村中人，见过小姨娘之艳，又见丁体香之美，不禁惊呼，七仙女又下凡了！"体香这孩子，不是种地的苗，趴在庄稼地里太可惜了，一定要让她上学。说不定，她是咱丁家第一个走出去的孩子呢！"实儿对地博说。地博也叹道：是呀是呀，没准真能跳出土旮旯哩。乡下人，都怀揣一个梦想——跳出农门！

体香在丁家学堂上了几年学，读书一目十行过目不忘。王闯先生教不下去了，对地博说："体香这孩子天生聪慧，如果是个男孩子就好了，一定会成为济世经邦之才。这孩子以俺的学识是教不了了，给她找个更好的学堂吧。"地博心动了，和土根商量："咱丁家第三代男孩子，除了粮天这小子有些野心外，俺看其他的都是庄户地里的命。体香这孩子虽是个女娃，但王闯先生夸她天生聪慧，是个可塑之才。再说了，一个女孩细皮嫩肉的，别让她蹲在地里一辈子了，送出去上学吧。"土根叹道："行，让她出去见见世面也好，过去曾有花木兰呢，丁家第三代也该有人出去闯闯了。你看人家李家，外面有人是好呀！"

从此，地博开始留意体香外出上学的事。

这天地博正在六亩地锄草，体香和钱儿粮儿在地头挖野菜。一个路过的小伙子见地里一片绿油油的庄稼，好奇地问："怎么种了这么多的韭菜？"体香闻言讥笑道："你是从哪里来的？真是一个书呆子，这是麦子不是韭菜！"小伙子脸红了："我常年住在诸城，没有种过地，不知道麦子长这样。"体香笑了："原来你是城里人呀，在诸城干什么？""在诸城师范学校上学。"体香好奇地问："学校招收女生吗？""招呀，现在是民国了，讲究男女平等的。"

地博听着他们的对话，见一个十多岁长得像个白瓷娃娃一样的男孩子，抬头问道："你是谁家的孩子？""俺是李家的，爷爷是李番，我叫李凡。"原来是李番的孙子。体香笑道："你们李家起的名字真是怪，什么'反'呀'复'的，翻来覆去，叫人分不清叫不出的。"

地博有意了。一回到家，他托爹去问问李番孙子上学的事。

丁家与李家是村里新生家族的代表人物，同住在村西头，观念秉性见识极为相近。土根来到李番家，说道："亲家呀，你在外面接触多见识也广，俺家体香这孩子好动好学，他爹准备送她到外面去学习，不知到什么地方学习好呢，你给俺参谋参谋。"李番说："现在日照和莒县的学府都不行了，诸城有个师范学校办得不错，让孩子到那里去上学吧，俺家孙子李凡也在那里上呢。让体香去，一起学习也算有个伴。"

丁体香要去诸城上学了，这对于土根家族而言，是一道很大很大的门槛。一个普普通通的庄户家庭，走出去无疑需要做出巨大的牺牲和冒险。地博辗转反侧几天几夜终于做出决定。

从这天起，丁家的子女一次次尝试着鲤鱼跳龙门的故事，凄惨而壮观。

地博凑足了银子，筹备体香上学的事。粮天知道后大闹一场，好几天没有吃饭。地博心痛不已，难过地说："儿子，爹知道你的心野，亏待你了。但咱家境就这个状况，爹供不起两个人的学费。再说了，家里这一代就你岁数大，你不在家帮衬着爹，这么一大家子人爹也担不住。"地博说着，眼圈红了。粮天十分不解，争辩道："你这是成心的，能供应起妹妹出去上学却不让我当兵，就是偏心！"父子两人抱头痛哭。

体香第一次背井离乡去诸城时，村口站满了送行的人。

从村子到诸城，一个来回上百里路。地博赶着马车，准备出发时，粮天终于露面了。体香抱住他，哭道："大哥不生气了？"粮天笑道："妹妹去上学是好事，哥哥怎么会生气呢？！"体香说："大哥，你是我最佩服的大哥，也是最受委屈的大哥，你看咱爹腰累得都垮了，有你在家，我就放心了。我在家里帮不上忙，还花销家里的钱，真没出息！"说完，体香嘤嘤地哭。粮天安慰道："好妹妹，你在外头照顾好自己，放心，俺一定帮着爹撑起这个家。"地博眼睛红了，大声说："好了，走吧！"

一路往北，穿过枳沟村来到一条宽宽的潍河。地博赶着马车过河，对体香说："你还小，到了学校，千万不要乱跑。爹不忙的时候常过来看你，你一个女孩子，不要一个人回家，路上太危险了。"体香呜呜地哭道："爹，你生个闺女干什么？什么忙也帮不上你，到头来还成了你的累赘！"

安置好体香，地博连夜要往家赶。体香劝道："爹，住一晚明天再走吧。"地博说："家里农活太多，住一晚还要多花钱，早点赶回家早点安心。"地博又嘱咐李凡："好孩子，你在这里好好照顾体香，她人生地不熟的，你多费心了。"李凡认真地点点头。

二　桃红杏黄时

五月，柳条绽放出的柳叶翠绿翠绿的，飘曳而舒展，纷纷扬扬的柳絮如雪花般飘荡。大街上到处飘着粽香味。

端午节到了，粮儿钱儿在门口柳树下荡秋千，桃儿攀下柳条绕成个圈，盘在头顶上。"姐，真好看！"杏儿羡慕地说。牛强马壮躲在远处偷视。

地博和实儿在院里包粽子，地博望了眼桃儿杏儿，说："孩子大了，该找个婆家了。""是呀，按理说，粮天还没有结婚可以再等等，但女孩大了不能留，早定下来了了心事。再说了，体香在外上学，家里花销大了，桃儿杏儿嫁出去也能省下两口人的口粮。"地博说道："让桃儿杏儿嫁给牛强马壮吧，他们打小一起长大，孩子们这点心思，你做娘的没有看出来吗？"实儿瞅了地博一眼，抱怨道："俺怎么不知道呀，只是别人家的闺女出嫁了，能给娘家添巴点。这下好了，她俩嫁人咱却要赔上钱赔上地。""牛强马壮是好孩子，这些年在丁家没少出力。他们彼此也有意，早点说开了定下来吧。结婚后，分给他们几亩地成个家，也就少了桩心事。"地博说。

实儿心里不乐意，但没有说什么。

过了几天，地博又和土根秦女聊起此事，土根听后沉吟半晌说："你和实儿同意就行了。只是李家哥俩好像对桃儿杏儿有点意思，但人家也没有明说。这样也好，牛强马壮两个孩子知根知底的，这事你们定吧。"秦女也点头称是："这是好事，孩子们大了，早些定下来，省得生出闲话来。"

晚上，地博把想法告诉了桃儿杏儿，两人红着脸点了头。

地博又对牛强马壮挑明此事，两人感动得跪在地上哭道："从此以后，俺们在丁家做牛做马都愿意！"此后，牛强马壮干活更加卖力了，见到桃儿杏儿就脸红傻笑。桃儿杏儿去界河挑水，牛强马壮便抢过扁担；桃儿杏儿去河边洗衣，他们一把夺过水盆抢着去洗……

这天晚上，实儿和桃儿杏儿在院子里做针线活。实儿说："你爹说了，出了这个夏天，就把你俩的婚事办了，结婚后给你们两人分上几亩田。牛强马壮人好力气大，你们的小日子一定过得很好。"桃儿脸红红的，小声说："娘，别说了！"牛强躲在暗处倚在门框上，冲着她傻笑。杏儿抬头寻找她的马壮，见马壮趴在窗棂上，向外探出个头偷偷看她。

娘仨正聊着天，村里的媒婆嘻嘻哈哈地来了。

桃儿杏儿以为媒婆来为哥哥粮天说媒，坐在院中没走。媒婆进门见了桃儿杏儿，拍掌笑道："哎哟，俺的娘来，你说说，你们丁家净养了些好闺女！俺一看就明白了，怪不得有人家的孩子火烧火燎的，憋不住呢！"桃儿杏儿一听，才明白是给她俩说媒的，羞得赶紧跑进屋。实儿顿时来精神了，拍拍板凳，示意媒婆坐下。她笑眯眯地问："你慢慢地说，这是咋回事？"媒婆笑着说："这么回事，李家的李佛和李拂两个孩子，谁家的闺女都看不上，就相中了你家的桃儿和杏儿，李番托俺来说媒呢。俺说哩，这门亲事不用说，这两对孩子那真是天设地造的呀！"

媒婆的话牛强和马壮在房间里听得清清楚楚，他俩气得咬牙切齿，恨不得当场把媒婆撕成两半。两人虎着个脸，从屋里走到院中，顺手拿起地上的扁担抖得嗡嗡响，狠狠地瞪向媒婆。

媒婆不解其意，瞅着两人骂道："你们两个不长眼色的东西，大人在这里说话，你们抖搂什么抖搂？去去去，滚远点！"实儿见状，忙拉起媒婆进了土根的屋子，地博正在屋里和他爹抽烟。

两人进屋后实儿连声催着："他婶子，你快说说怎么回事。"媒婆当着土根和地博的面将情况又说了一遍。土根望了望地博，地

333

博瞅了瞅实儿，屋里一时安静下来。媒婆不明白怎么回事，急得直拍大腿："一家子都成哑巴了？同意不同意倒是吱一声呀！"地博回过神来，结结巴巴地说："是、是这样，桃儿杏儿是该找个婆家了。但是，这事……"实儿朝他使眼色，抢过话头说："他婶子，你莫急，闺女找婆家是个大事。这样吧，让地博和俺爹俺娘商量商量再给你回话。俺看，这门亲事有些意思呢！"

实儿说着，起身催着媒婆往外走。临出大门时，媒婆悄悄地对她说："你当娘的，不管前娘还是后娘，可要有数呀，有些定力，哪家的闺女不想找个好婆家。俺看呀，李家可不比你们丁家差，他家那真是有钱的主呀，人家还不外露，有些事你可要拿定主意了！"实儿拍着她，笑道："他婶子，你回去和李家说吧，这门亲事十有八九了。只是、只是怎么也得征求征求两个孩子的意见，你说是吧？"

媒婆一巴掌拍在实儿的腚上，笑道："你看你，脚小见识却不小，一句话点到心窝去了！"实儿送走媒婆，又快步走进土根屋，她刚要笑却又止住了。实儿见地博坐着不说话，土根倚在土炕上抽烟，便先开口道："他爹，你是咋想的？俺看这门亲事好，比牛强马壮两人般配。人般配，家境也般配！"地博叹息道："做人总得讲个信用，俺和牛强马壮都讲了，咋能又不同意了？"实儿见地博不松口，就看着炕上的土根和秦女说："二老，你们说句话呀，桃儿杏儿找谁也不能找两个长工呀！"屋里再次陷入沉默中。

土根沉吟半晌，似是对地博说又像是自言自语："自古以来，'信用抵不上人情'呀，你爹岁数大了，闺女是你们俩生的，自个的孩子自个拿主意吧。"实儿心中窃喜，一个劲儿瞅着地博。地博站起来，无奈地叹口气说："这事放放吧，以后再说。"

实儿从土根屋里出来，就来到桃儿杏儿的房间。一进屋，就把刚才媒婆说媒的事和她俩说了，桃儿杏儿顿时傻眼了，低着头，摆弄着辫子，不吱声。实儿说："俺和你俩说啊，你爹再来问你们，打死也不要松口了，就说同意李家这门亲事。嫁闺女不找个好人家，去找两个长工让人埋汰不埋汰！"桃儿红着脸问："娘，那牛强马壮哥怎么办？"实儿说："你羞不羞，还哥呢，不就是家里的长工嘛，先顾好你们自己，以后娘和他们慢慢说去。"

桃儿和杏儿的眼圈红了。

牛强马壮听说李家来提亲，一晚上顺不过气来，愤愤不平。两人商量着怎么整治下李家，商量半天也没个好主意。两人睡不着，半夜里，想出个主意来，两人悄悄起身，趁着月色提着一桶粪水，来到李家屋后，泼在李家后墙上。

天亮了，李家人闻到一股浓浓的臭味。李番捂着鼻子问："怎么这么臭？"李佛和李拂一番查看后，站在街上破口大骂，骂声引来不少人围观者，大家指手画脚，窃窃私语。李番让人把李佛李拂叫回家，臭骂一顿。一会儿，哥俩一人提着一桶水，笑眯眯地出来，把后墙清洗了一遍。

李家兄弟最后终于知道"好事"是牛强马壮干的，带着人把牛强马壮堵在胡同里，二话不说将他俩打得鼻青脸肿。地博知道后大怒，追问牛强马壮："他们为什么打你们？"两人不敢说出实情，支支吾吾说不知道。地博憋了一肚子火，心想李家太不地道了，竟然为了一门亲事，找人打了牛强马壮。他气不过去找李番告状，李番大发雷霆，狠狠地教训了李佛李拂一顿。李家兄弟打了牛强马壮这件事，被多事的丁粮天知道了，他又找人把李番的一个孙子打了。打完人后，粮天忐忑了好几天，但是李家没有任何动静。后来，地博知道了粮天打人的事，恼羞成怒地把粮天痛打一顿，并亲自登李家门认错。

这一切，都没有逃过土根的眼睛，他意识到该他出面调和了。这天，土根召集李番和地博坐在一起，彼此把事说清了，相互道歉认错。李番笑道："好了，咱谁家也没有错。都是因为俺这两个不孝子，相中你家桃儿杏儿，发誓谁也不娶闹的。前些日子，俺托媒人来说媒，有点唐突了。这次，我为表诚意亲自过来提个亲，不知道丁大公子和地博咋想的。"土根瞅着地博不表态，地博低着头还在犹豫。李番笑道："俺在后庄有块地，原来是从秦家买来的，和地博的地连在一起，差不多五六亩吧。如果这门亲事成了，这块地便作为聘礼，送给你们家。"

土根和地博惊得说不出话来，正不知如何回答是好，门突然被推开了。

实儿风风火火地闯了进来，满面笑容干脆利落地说："李大哥，俺养的闺女俺就做主了，这门亲事俺同意！"土根听后也笑了："以后呀，咱李家和丁家就是亲上加亲了。"说完，土根冲着地博说道，"地博呀，孩他娘都同意了。俺看，你当爹的就应了吧！"此时地博也只好点头同意了。

李番十分高兴，眼睛里闪着灿烂的光芒，笑道："上辈子俺李家欠下丁家的人情债了，先是俺妹妹李云嫁给地圆，俺矮了一辈。这会儿，两个儿子又相中了地博的两个闺女，俺还要再矮一辈。这回彻底乱套了，俺都不知该怎么尊称大公子和地博亲家了！"

一句话说得一屋子人哈哈大笑，前仰后合。

双胞胎姐妹花桃儿杏儿的婚事，尘埃落定，婚期定在了秋天。

婚事定了，土根有些愧疚地叮嘱地博："牛强马壮是一对好孩子呀，这样一来，他们两个不会再在丁家干下去了。地博，你找个机会，好好和他们两人说说。"

三　特殊的贺礼

秋收来临，地博除牛强马壮两个长工外，又多招了油嘴子趴鼻子两个短工。这个忙季，牛强马壮一句话也不说，吃过饭便来到田地里干活，地博看得心里难受。

六亩地成片的玉米秸子倒下了，一排排一行行横在田地里，空气中飘着玉米香。牛强马壮躺在玉米秸上，大口喘气，地博和油嘴子趴鼻子蹲在地头上抽烟歇休，油嘴子回头喊："牛强马壮过来抽口烟。"俩人也不吱声，静静地躺着。休息一会儿，地博站起来望望天说："粮天，你回家拿饭去。最近天气不好，今晚上连夜掰下玉米棒子运到后场去。"

后半夜干完活，地博说："你们都回家休息吧，今夜我在后场守场。"牛强说："主子，你回家休息吧，我和马壮一起守场。"地博想了想便让粮天也留了下来。自从牛强马壮和桃儿杏儿的婚事黄了后，牛强马壮对地博的称呼都变了，不再叫大叔而又改回主子了。

月光似水如银。后场上，黄灿灿的玉米泛着柔光。

牛强和马壮躺在地上，仰望满天星辰。牛强嘴里嚼着玉米叶，马壮看着天空发呆。马壮问："哥，你说天上真有牛郎织女吗？"牛强不说话，眼睛却湿了。马壮自说自话："一定会有的。不然，怎么会叫牛郎织女星呢。"粮天插话说："你们是不是特别恨俺爹和俺娘？"牛强哽咽地说："不恨，一点儿也不恨！这就是俺们的命。你知道吗，俺们小时候从关东过来，饿得快要死了，是你爹和你荷花娘救下俺们，成了你家的长工，丁家养活了俺们，这辈子俺们都报答不了丁家的恩情。"

一片乌云遮住了月亮，一片漆黑。

粮天自小和牛强马壮一起玩耍，感情甚笃，又问："大哥，那你们恨李家吗？""过去恨，现在也不恨了。"粮天愤愤不平地说："俺一定想办法替你俩出口气，李家仗着财大气粗，太欺负人了。你们不知道，桃儿杏儿背后有多难过。"牛强和马壮听了粮天的话，眼泪又下来了。

牛强站起来，说："俺睡不着，去洗个澡吧。"

三个人一起走到丁家湾，跳入水中。

这个秋天，李家和丁家忙着张罗儿女的婚事。

牛强马壮有意躲着桃儿杏儿，到了饭点，两人盛上饭，端着碗，远远地蹲在外面吃。其余时间，两人躲在地里干活，夜深人静时才回房间休息，有时甚至躲在后场里不回家。

一天下午，桃儿杏儿在丁家湾河边洗衣服。李家兄弟也过来了，走到姐妹俩跟前，放下两个红红的大苹果。桃儿杏儿的脸比苹果还红，桃儿小声说："快走吧，让人看见不好。"李佛偏不听，蹲下要帮桃儿洗衣服。桃儿红着脸说："快回吧，你一个大男人干这个，不怕人家笑话。"李拂调皮地脱下自己的一件上衣，放在杏儿的脸盆里。杏儿赶紧瞅了瞅桃儿，伸手将衣服塞到脸盆下盖了起来，一朵红云飞到她耳朵根上了。李拂站在一边，坏坏地笑。

两人坐了一会儿，吹着口哨走了。

姐妹俩抬起头，望着他们的背影，抿着嘴笑了。桃儿说："你的苹果怎么比俺的大？"杏儿笑道："姐胡说，你的才大呢！"

两人笑着，弯下腰，相互撩水取闹。

洗完衣服，两人坐在石条上发起呆。杏儿说："姐，以后咱嫁给李家，就不是丁家的人了吗？"桃儿说："又说傻话了，丁家是咱的娘家。"杏儿自言自语地说道："姐，你说女人出嫁是好事还是坏事呢？如果是坏事怎么还叫办喜事？如果是喜事怎么出嫁时还哭呢？"

一句话问住了桃儿，两人一时无语凝望着水面，想起了被牛强马壮救起的往事，眼睛又红了。桃儿说："杏儿，你看水里面怎么有牛强和马壮的影子？"杏儿低头一看，果然水面上隐隐约约有牛强和马壮的身影。杏儿说："别多想了，把这事忘了吧。"桃儿拿手撩了撩水面，水中的影子消失了。

水面平静下来，又出现了他俩的影子。杏儿眼睛湿了："怎么又出现了？是不是牛强马壮哥又想咱们了……"

此时，身后传来一阵抽泣声，牛强和马壮站在姐妹俩的身后。

桃儿杏儿转身，泪水汪汪地问："你俩咋过来了？"

"俺们在这边放牛，见你俩在这里洗衣服便过来了。"

这会儿没有人，桃儿杏儿想和牛强马壮说会儿话，站起来走到一边。两两各坐在一块石头上，远远地背对着背说话。

"过几天，俺就出嫁了，你不埋怨俺吧？"

"不怨！"

"别难过了，你日后一定会找到比俺更好的。"

"俺想好了，想了好长时间。我是长工，不配！"

"你遇见合适的，就和俺爹说，他一定会给你找个好媳妇。"

"不要！我一辈子不会有媳妇的。俺天生就是一副穷骨头命！你也别难过了，嫁给李家，一定会比嫁给俺过得好！"

"别这样说，人都是一样的，没有贵贱之分。"

"俺没有爹娘没有亲人，举目无亲。这一生，认识你足够了。"

说着说着，他们各自伤心地哭起来。

"过几天，你们要出嫁了，让我们给你们送一份贺礼吧。"牛强马壮擦了擦眼泪，跳入水中，一个猛子扎进水里，一人捞上一条大鱼来。

"你们出嫁，我们穷，没有东西送你。这两条大鱼送给你俩吧，权当是送给你们的贺礼。俗话说，'吃了鱼年年有余'呢！"

桃儿杏儿接过鱼，哭着跑回了家。

四　歪脖子大槐树

李番来到胳肢窝村第一次为儿女办喜事，一娶就娶了一对双胞胎姐妹花。李番高兴地和土根商量："咱两家就隔着一条马路，从你们丁家走不了两步远就到李家了。结婚这天，咱让花轿围着

339

村子转上几圈，兜兜福吧。"土根愉快地答应了。

太阳露出头，两台花轿横在丁家门前。桃儿杏儿梳妆完毕，吃过"滚蛋饺子"，果儿扶着桃儿杏儿上了花轿。一阵鞭炮齐鸣，丁粮天朝着花轿泼下两盆水，桃儿杏儿放声大哭，地博实在看不下去了，眼含泪花走进里屋。

实儿倚在门框上，也满眼是泪。

花轿走后，土根问粮天："牛强和马壮干什么去了？"粮天说："在后场守场呢！"土根点了点头没有说话。此时，牛强和马壮爬在草垛上，耳听着声声唢呐，眼里都快喷出火来。马壮手里攥着石头，望着远方。牛强说："你别蛮干，万一伤着桃儿杏儿。迎亲队伍走到哪里了？"

"听声音像是走到村后东头了。"

"是不是快到路口了。走，过去看看。"

昨天夜里，丁家一片忙乱。果儿也来了，帮实儿一起为两位新人收拾嫁妆。后半夜，地博来到牛强马壮房间坐了会儿。地博点上烟，将烟袋包递给他俩，说："孩子呀，你们两人在丁家这么长时间了，你们的事俺这心里都惦记着呢，等以后有机会给你俩都找个好媳妇。"

牛强和马壮坐在炕的另一头，毕恭毕敬地接过烟包，往烟袋头上摁烟。牛强说："主子，俺们跟着你知足了。前些日子，俺们不懂事做错了事，不是生你的气，是看不惯李家的做派，你别放在心里。"

地博叹道："你俩想开了就好，过去的事过去吧，早点睡觉。"

地博走后，牛强马壮吹灭了灯，静静地躺在炕上。

下半夜，丁家大院终于安静下来。牛强马壮悄然起身，两人偷偷地来到村后小路边，在李家兄弟迎亲必经的路上，挖了一个陷阱，里面倒进粪便，又将提前捉好的两条蛇放进里面，上面盖好树枝沙土伪装好。马壮拍拍手说："听老人说，有蛇挡住路，这门婚事就结不成了。"牛强再三追问:"明天是李家两个小子先从这里路过吧?""对,没错。我听果儿说了,桃儿杏儿的花轿停在对面等着,他俩从这里走过去接。""这就好,别弄脏了桃儿杏儿的衣服。"

两台花轿一前一后上路了。

牛强和马壮爬在树上观察,花轿从村东头慢慢绕到村后,热热闹闹地朝着这边走了过来。"来了,来了!"牛强小声说。李佛和李拂站在马路对面,一脸幸福笑眯眯地等着。花轿离陷阱越来越近了,但李家兄弟却站在原地一动不动。牛强马壮急了,李家两小子怎么还不过去?是不是路线变了?马壮搓着手也急出了汗,小声嘀咕道:"莫急莫急,再等等!"

花轿一步一步地逼近陷阱,李佛和李拂还是站在原地不动。

原来,花轿的行进路线虽然没有变,但李番临时做了调整,要好事成双,让花轿绕着村子再多转一圈。

眼看着花轿到了陷阱跟前,急得牛强和马壮从树上跳下来,冲到路上,并排躺在陷阱上面。面对突如其来的变故,大家目瞪口呆,现场一片混乱。瞧热闹的村民,围在牛强马壮身边,叫声骂声哄笑声一片。两人横在路上,花轿只好停下来,轿夫正准备转身往后走时,有人大喊:可不能往后退,结婚不走回头路!

僵持中,牛强和马壮趴在地上喊:"不是俺们不让你们走,这下面有陷阱呀,你们的花轿从俺们的身上过去吧!"李家的人过来,上前拖拽牛强和马壮。

吵闹声惊动了花轿里的桃儿杏儿,她们掀开帘子,见此情景心中明白了。桃儿轻声细语地说:"别这样,牛强和马壮是俺娘家的人,他俩是过来送俺们的,谁也不许伤着他们!"牛强马壮见到桃儿杏儿,热泪盈眶。牛强哭道:"妹子,俺们又做错事了,可不能污了你们的花轿,就从俺们身上过去吧!权当是俺们给你们搭的桥铺的路……"

桃儿眼圈红了，对抬轿的人说："走吧，从他们两人身上过去吧！"

牛强马壮的身下沾满了粪便，两人双手撑住地面，趴在地上一动不动，轿夫抬着两台花轿踏着他俩的身子，慢慢地走了过去。

过了陷阱，桃儿杏儿在路上扔下一块手绢，撒下大把大把的糖块、花生、枣子和瓜子等，孩子们蜂拥而上。

花轿走远了，牛强和马壮趴在地上，号啕大哭……

　　双手抱过你暖暖的腰
　　口口尝过你熬下的药
　　轻轻吮过你用过的瓢
　　默默接过你肩上的挑
　　妹子呀 俺眼巴巴望望你啊
　　你我今生相识 只能泪眼相望

　　青山绿 河水长
　　思念串起水泡泡
　　火苗苗 红杠杠
　　火烧着你的眉毛毛
　　妹子呀 大路朝前各走一方
　　你我今生结缘 只能风雨相抱

　　见你哭 见你笑
　　不愿见你好无靠
　　递上水 送上巾
　　默默披上俺的破棉袄
　　护着你 陪着你
　　心里就怕你的泪花掉

妹子呀 见你风里来雨里去
你我今生相伴 只能天涯海角
……

桃儿杏儿的洞房，安排在李家十字胡同前排右侧六间崭新的大瓦房中。

洞房与东侧的土地庙相连，土地庙东侧有一棵大槐树，是土根当年盖土地庙时栽下的。大槐树已长至碗口粗，由于孩子们常年在树上爬上爬下，久而久之，大槐树的树枝伸向东方。此树，也叫"歪脖子大槐树"。

桃儿和杏儿出嫁了，牛强和马壮天天爬到歪脖子大槐树上，站在树枝上，眺望李佛和李拂的家。李家哥俩瞧得心里特躁，准备砍掉这棵大槐树。杏儿苦心劝道：别作孽了，牛强马壮和我们一块长大，亲如兄妹一般，他们心里挂着俺不是罪过，权当是他们的一个念想吧！

一到晚上，李佛李拂屋西边总是传来布谷鸟的阵阵叫声，桃儿和杏儿听到后，心里明白这哪里是"布谷鸟"的叫声啊！暗自流下眼泪，想起小时候受人欺侮羞辱哭泣时牛强马壮学唱布谷鸟叫逗她俩笑的场景。

三天后，桃儿杏儿回娘家门。

一早，牛强和马壮早早地起来打扫卫生，把院子扫得一尘不染，看见桃儿杏儿出门了，新郎官李佛李拂各自挑着扁担，里面盛着猪头鸡蛋馒头。两人大叫着："来了，来了！"赶紧在院子里点燃鞭炮，然后躲回到西屋。中午饭后，杏儿说："怎么不见牛强和马壮？"地博回道："他俩在屋里。"桃儿说："俺们过去看看他们。"

桃儿杏儿到了门口，牛强马壮赶紧站了起来，脸也一下子涨红了。

"牛强哥。""马壮哥。"桃儿杏儿一喊出口，两人眼圈就红了。

牛强马壮见了桃儿杏儿最后一面，晚上来到歪脖子大槐树下，一人系上一根红头绳。后半夜，两人偷偷地走了。

五　惊醒

人生悲秋，秋风秋雨催人悲。

深秋，丁家大院撒落一地的树叶，七零八落，一阵秋风吹过，沙沙沙地响。体香上学了，桃儿杏儿出嫁了，牛强马壮出走了。

偌大的丁家后院，一下空旷幽静起来。

石榴又红了，枫叶也红了。但土根却渐渐地老了，夕阳下，他脚步蹒跚，黝黑的脸上爬满了条条深深的酱黑色皱纹。第三代子孙丁粮天倔强的毛驴子性情也渐渐平缓下来，开始和地博一起下地种田共同支撑起丁家后院。下课后，粮米、粮麦、粮豆一人手里攥着一个煎饼，围在院子里花生秧草垛，边啃煎饼边往下拽草，寻找花生秧上漏掉的花生。一个花生露了出来，三个孩子哄抢起来。恰好，地博和粮天刚从地里回家，见三个弟弟又吵起来。粮天上前，一人扇了一巴掌，疼得他们大叫。土根忙说："哎哟，大孙子来，你弟弟还小，下手轻点轻点。"

西院，丁地圆一家的小日子过得滋润起来，渐渐地与后院不再交往。粮仓和粮库两个孩子业已长大，五大三粗。但令人担忧的是，两个孩子木讷寡言，一脸的黑疙瘩。东院里，王玉渐上岁数，终于老实守本了，安心抚养起自己的闺女钱儿粮儿。

王闯和秦虎两人依然倔强地捍卫着乡间学堂这片最后的净土。地博不止一次地劝过："坚持不下去，学堂就不干了。"王闯执拗地说："我岁数大了，只有这么点乐趣了。只要有一个孩子，我也愿意继续教下去！"

民国十二年（1923年），天下依旧大乱。大兵还是隔三岔五到乡下抓人，村中年轻人越来越少。除了李家依然车水马龙外，村里少了许多人气。

半个先生秦虎晚年再次有惊人之举。

侄子秦狼被抓壮丁后，秦虎倾尽财产去赎他，但秦狼却非要参军，秦虎落了个人财两空。秦家走到今天，彻头彻尾一败涂地。秦虎如今孤身一人，妻子袁女生病去世，弟弟秦豹下落不明，唯一的亲人秦狼参军了。这天晚上，秦虎叫来他的远房侄子秦志、账房先生袁福和豁牙交代家事。秦虎说："秦家几乎没有任何家产了，还剩下我这里不到五亩地，本来想给秦狼留着，但他说再也不回来了。秦志，这些地续给你吧，每年给我留点口粮够吃就行了，豁牙也跟着你干吧，我什么闲事也不管了。"村中原有一家酒坊，是秦员外当年置办的，也是秦家最后的财产了。秦虎拿出一份契约，对袁福动情地说："算起来我该叫你一声大叔，都是我持家无方呀，家道败落成这样！我们签了这份契约，从此酒坊由你全权掌管，只有一个条件，我喝酒必须管够。"秦虎说完泣不成声。

从此了无牵挂的秦虎，成了人见人嫌的酒鬼，醉生梦死。

这天，秦虎又喝醉了，晃晃荡荡来到土根家，踉踉跄跄闯进学堂。学生见状一起喊道，"半个先生半壶酒，半肚子墨水半生倒；半天工夫半斤酒，上半身咣当下半身响……"

孩子们嘻嘻哈哈，拍手唱着。秦虎也不臊得慌，捧起书，在学堂里高声朗读。读着读着，一头倒在教室里沉沉地睡去。王作书和王作记哥俩见了，端起一盆冷水朝秦虎头上泼去。秦虎一下子醒了，迷迷瞪瞪爬起来，晃悠着往大街上走去，学生们跟在身后起哄。

秦虎一路高声唱着：我主爷帐中把令传，将士纷纷取东川。恼恨军师见识浅，他道我胜不过那夏侯渊……

这时，一队大兵骑着马，挎着枪，从村西头直奔村广场，有大兵鸣鼓喊话："上头有令，村中年轻人想参军的参军，不想参军的交粮交钱顶兵役。参军了，有吃有喝有票子有女人。不想参军的，又不想交粮纳租的，一律杀无赦！"

有人看清站在队伍中间的人是秦狼，几个大胆的村民上前打招呼，秦狼仰着头不搭理。有人跑去告诉秦虎，秦狼回来了。秦虎高兴了，磕磕绊绊跑到广场一看，可不正是秦狼嘛。他扯着嗓子喊："大侄子，大侄子，我是你大爷呀，我是你大爷呀！"秦狼鄙夷地转过头去，一声不吭。一个大兵用枪托推开秦虎，呵斥道："谁是你大侄子，老子还是你大爷呢！"

秦狼摆了摆手，大兵这才退去。

秦虎抹了抹脸，又细瞅了秦狼一眼，流着眼泪转身黯然离开。

秦狼压低声音对身边一个士兵附耳说了几句话，这人便带了一队人马，朝着冯员外家走去。

冯本正在院子里抱着重孙冯默，观看蟋蟀斗架，突然，大门被大兵们踹开，一家人惊慌失措往屋里躲。大兵们进院，见鸡收鸡，见狗套狗，见猪拉猪，一阵收罗。冯员外搂着重孙子，壮着胆子喊："俺是政府任命的保长，你们是哪支队伍的？"带队的大兵拿枪指着冯本冷笑道：认识这个不？它可不认识你是不是保长，这玩意只认东西！冯本认怂了，忙作揖赔笑："官爷，来来，进一步说话。"大兵骂道："滚一边去，回屋拿银子去。"

一顿洗劫后，大兵们扬长而去。

秦狼只身一人，骑马直奔土根家，一进门就大呼大叫："姑姑，姑父，俺回来了，这次回来，就想给冯本一个下巴吻（下马威），替秦家出口气。"秦女正在院子里喂鸡，一把抱住他哭道："你怎么参军了？都多大了，这咬舌头的毛病什么时候好呀？"秦狼说："姑姑，俺现如今是班长呢，当上大官了！"秦女破涕为笑："去看你大爷了吗？"秦狼不屑地说："俺没有什么大爷，俺只认姑姑和姑父！"秦女抬手打他一下，斥道："再怎么着，他也是你的亲人呀！"秦狼环视四周，突然问："体香呢？俺要娶体香！"秦女生气地说："你这么大个人了，说话冒冒失失一惊一乍的，你说娶谁就娶谁呀，体香可是你的外甥女。"秦狼得意地说："姑姑，俺知道，地博大哥不是你生的，体香和俺没有血缘关系。过去，俺是配不上她。现如今好了，俺也是大官了。今天过来，就是想提前向姑姑通个信，让体香等着俺！"秦女正想拉秦狼回屋坐会儿，秦狼说："官身不由己啊，下次有空再来！"说完骑上马，一阵风似的走了。

地博从屋里出来问秦女："这是谁呀？""秦狼，都当上班长了。"地博鄙视地说："什么班长，俺看，是入了土匪窝吧。"

大兵走后，冯本心中有一种不祥的预感，多年来冯家树敌太多，怕是要树大招风啊。冯世得知此事后赶来，也吓得不轻。冯本颓然地坐在椅子上，吩咐冯世说：晚上你招呼族人都来一下，俺有话要说。

晚饭后，冯家族人陆陆续续地来了。这样的家族会议，过去冯家从来不让女人参加，但自从丁果儿嫁过来后，冯家的资产和权力慢慢地向第三代子孙冯界这边转移，果儿的地位让她成了一个例外。今天这场不大不小的劫难，让冯家上下心惊肉跳，大家面色凝重地看着冯本。"爹，今天来的是哪路人马？"冯世问。冯本叹口气说："世事变了，也不知道是哪支队伍了，现如今有枪的就是老爷。听说今天的大兵是秦狼这小子带来的？"

冯世愤愤地说："对，有人看见这小子了。跑了和尚跑不了庙，秦虎还在村里呢。"众人附和道："是呀，治不了秦狼先治治秦虎。"

冯本望了望众人，默不作声。

大家都不敢说话了。果儿此时开口说："秦家一族彻底败了，如今只剩下秦虎一个人在村里当先生，再和过去一样想这些歪歪点子，不是法子，不得人心！"

果儿话一说完，大家都将目光聚向她这儿。果儿接着冷冷地说："不要老想着如何惩治别人，俺看，与其想着惩治别人，不如先治治咱这个家呢。在这个乱世中，冯家要考虑后路，只一味地积攒财富，早晚会成为人家的。"冯界点头说："如今军中无人受人欺啊，当了兵有了枪就不受这个窝囊气了。不行，俺要当兵去。"果儿看了冯界一眼，冯界低下头不说话了。冯世说："冯家到了你这里，已经是三代单传了，外面兵荒马乱的太危险了。"

此次劫难，让果儿醒悟过来，她毫无避讳地说出憋在心里的话："不出去当兵也好，但有些话必须说开了，咱这个家呀，要变变了。依俺看，至少得变三条：一是让孩子们出去上学，这是长久之计。别人家的孩子俺管不着，但是冯默长大了，要和体香一样，到外面去读书，这事谁也别拦着我。二是要懂得敛财有道，古人云君子爱财取之有道，另外咱家现在是家大业大了，但要小心贪心不足蛇吞象，土地财富是无尽的，咱家够吃够用有点节余就行了。三是家风也该改改了，伦理观念还是要讲一讲的。"

果儿说到这里，冯本脸色极其难看，哼了一声。果儿停顿下，没有理睬，继续说道："话糙理不糙，常言道嫁鸡随鸡嫁狗随狗，俺嫁到冯家就要为冯家好。"说完，果儿站起来，撇下众人走了。

大家顿时沉默不言，冯本瞅了瞅冯世和冯界，感叹道："果儿一个女子，比你们两个人加起来都强。冯家走到现在不容易，过去那些老办法看来是不灵了。如今这些个人上台下台，走马灯似的，靠山也靠不住了。冯世明天去莒县那边打点打点，请县上多照料照料咱家。找个时间，俺也到李番那儿去一趟，打探打探消息。"

一场新的风暴正在酝酿中。

六 "娘俩"嫁"爷俩"

世上，唯有爱情是永恒的。也唯有爱的力量，无论处在怎样艰难困苦的岁月，也会迸发出璀璨的光芒。丁粮天迎来他人生中最美好的时光，属于他的爱情故事开始了。而关于他的爱情故事，从一开始便带着一抹悲壮的色彩。

丁粮天开始疯狂地追求冯末了。

十七岁的冯末了出落得如仙女般惊艳，优越的家庭条件和优秀的遗传基因，让她身上有一种超然脱俗的气质和韵味。此时，他俩的爱情味道如同刚刚六成熟的果子又涩又酸，却也透着一丝丝的甜味。

任凭粮天一次次地捉弄试探，末了却表现出了不温不火岿然不动的姿态。其实，爱情这东西犹如一层窗户纸，不到捅破的那天里面什么也看不见，朦胧的。粮天此时如猫守着鱼缸里的鱼儿一样，使出浑身解数依然触碰不到末了。

备受煎熬的粮天决定改变策略，他一改往日的热情，冷淡地对待末了。粮天这一招，让矜持的冯末了感到内心空落落的。

今天，是冯末了的最后一堂课。孩子大了，冯本不想让闺女再在外面抛头露面，上完这堂课冯末了准备休学。冯末了的心情异常复杂，告别学堂，也意味着和粮天见面的机会更少了。末了无心听讲，眼睛盯着粮天。但粮天却变得矜持起来，正眼都不瞅她一下。课间休息时，末了忍不住故意来回从粮天跟前走过。过去，粮天这会儿不是伸手拽她的衣服，就是故意拿胳膊撞她一下，但今天粮天毫无反应。放学了，冯末了最后一个走出教室，回家路上故意放慢脚步，期待粮天从后边追来，但冯末了失望了。

离开学堂后，冯末了百无聊赖，整日坐在炕上发呆。忙里忙外的秦小小看不惯了,骂道:"你这么一个大姑娘,一天到晚掉了魂似的,也不知你整日想些什么。"冯末了冲着她来了一句:"娘,你懂什么,净知道喊!"

娘是不懂她的心思的,末了赌气去了果儿家。果儿见了末了,笑问:"哎哟,俺的俊姑娘来,怎么不上学堂了?"末了闷闷不乐地答道:"学堂麦收停课了,俺爹和俺娘不让我去了。""现在学堂里的学生多不多?"果儿问。"学生越来越少了,有的孩子识几个字就走了,男孩子大点的不是到外地求学便是去当兵了。"果儿叹口气说:"世道乱了,人心也乱了。"末了坐在果儿身边,逗着冯默玩,猛然想起什么扑哧笑了,问道:"粮天小时候也这样淘气吗?"果儿笑道:"哎哟,俺的小娘来,你今天怎么关心起他来了?"末了低下粉脸,不再说话。果儿偷偷瞄了她一眼,便闲聊起粮天小时候的事,末了入神地听着。

和果儿一起待了半天,冯末了才回家。坐在镜前苦思冥想后,梳妆打扮好,挎起一个小篮子,出门径直往六亩地方向走。远远的,她看见粮天正坐在六棵树下乘凉。冯末了犹豫了一会儿,故意从粮天跟前路过,期待粮天主动打招呼。

粮天没有说话,等冯末了走远,他一头钻进地里,弯着腰,摸着往地西头走去。冯末了蹲在地里挖野菜,挖一下抬下头往六棵树方向瞅。粮天悄悄地从地里钻出来,从身后一把抱住她,冯末了吓了一跳,回头见是粮天,脸腾地红了。她双手捂着脸,两条腿乱蹬,小声说:"你放下俺,放下俺,你不是不理俺了吗?这又开始耍赖皮了?"粮天也不说话,抱着她走到西林子一棵大树下放下。粮天朝她脸上亲了口:"想死俺了!"末了笑道:"你的本事呢?不是不理俺了吗?"粮天也笑了,喘着粗气说:"俺就是想看看,你想我不。"冯末了笑道:"一点儿也不想,一点儿也不想!"粮天上去咯吱她,逗道:"你不想我,过来干什么?挖野菜不在自家地头挖,跑到六亩地干什么?"冯末了的脸更红了。粮天见四下无人,涎着脸说:"俺想摸摸你的奶子。"说着,粮天的手伸了过去,末了的脸红得像烧炭一样,小声说:"就一下,就一下啊!"粮天得了手便不放下,双手在她胸前滚来滚去。冯末了扭着头躲闪着,羞羞地笑。

六亩地里,传来地博的叫声:"粮天、粮天,你过来。"粮天赶紧大声说:"爹,俺尿尿呢,一会儿就过去了。"冯末了顺势爬起来,整理好上衣,羞涩地笑道:"你快尿你的尿吧,俺走了。"粮天跺着脚说:"俺还没有尿完呢!"冯末了回头小声说:"你想以后好好尿尿,回去就和你爹你娘说,抬着花轿到俺家来娶俺!"

这次见面后,粮天便如掉魂一般。过了几天,粮天郑重地对实儿说:"娘,俺要娶冯末了!"实儿惊呼:"你胡说什么?你要娶冯末了?你娘和末了是娘俩来!我嫁给你爹,俺侄女再嫁给你?知道内情的还行,不了解内情的,不笑话死咱丁家呀!"粮天说:"我不管,反正俺就要娶冯末了,管她什么娘俩还是爷俩的。"

当晚,冯实儿忍不住又和丁地博说起此事。"今天粮天这孩子告诉俺,他要娶……"话未说完,她已笑得直不起腰来,最后强忍着笑容说道,"粮天要娶冯家的冯末了了。你看看,俺娘俩一块要嫁给你爷俩了!"地博也禁不住笑起来,一个劲地摇头:"瞎胡闹,末了是个好孩子,但这门婚事不行,绝对不行!"

粮天要娶末了的事,全家人没有一个同意的。

粮天伤心透顶,赌气开始不再和家里人说话。地博不屑地跟实儿说:"不用管他,他闹腾一阵子就好了。"三天后,粮天见家人都无动于衷,绝望地对实儿说:"娘,你们要是再不同意,俺就去死!"实儿想笑,但见粮天一副严肃认真的样子便没敢笑。粮天开始绝食,地里的活也不干了,只管直挺挺地躺在炕上。躺了一天、两天,地博还是不搭理他。到了第三天,实儿有些急了。她见地博下地干活去了,偷偷地对粮天说:"粮天,你这不是个法子呀,娘给你支个招,你去找果儿姑姑,让她两头说合说合。"

丁粮天眼睛立即亮了，噌地坐起来，披上衣服就跑。实儿心疼地喊："三天没吃饭了，先吃点东西再去！""我在家里偷着吃了不少呢，一点也不饿。"粮天一路小跑来到果儿家，一进门就看见冯末了正坐在果儿面前哭鼻子，果儿见粮天进来，叹道："一个非你不嫁，一个非你不娶，你们真是一对冤家呀！"冯末了见粮天来了，红着脸想躲开。粮天一把拽住她，末了没防备一下倒在他的怀里，粮天趁势紧紧抱住她。果儿一看这架势全明白了，扑哧一声笑了。粮天这才不好意思地放开手，冯末了趁机跑了。

一头是果儿的侄子，一头是她的婶娘，果儿深感为难，但还是欣然接受了这个特殊使命，答应了两边说合。她先和冯员外一五一十地说了事情的始末，冯员外静静地听着，冯末了是他的老闺女心头肉，闺女的婚事，他自然是再重视不过了。他知道，末了和粮天两个孩子从血缘上来说没有任何关系，丁粮天是地博与荷花的儿子，冯末了是他与秦小小的闺女，至于冯实儿的身份就不那么重要了。两个孩子既然是两情相悦，他愿意成全自己的闺女。冯员外爽快地说："俺没有意见，你去探探你爹你娘还有地博实儿的意思吧。从冯丁两家的家境和孩子的情况看，这倒是一桩好姻缘。俺闺女相中了丁家，是丁家的福气。这门婚事，丁家提着灯笼也是难找的。"

果儿回到娘家，先做土根、秦女的工作。土根思考良久，还是犹豫不决："冯末了是个好闺女，长相又俊，配粮天是绰绰有余了，只是冯家的家风……"果儿打断道："家风不好，你不是也让你闺女嫁过去了吗？！爹，冯末了这闺女，我是看着她长大的，模样就不说了，这孩子性子和顺，是个会持家过日子的。她是她，冯家是冯家，这是两码子事嘛！实儿嫁给大哥，是啥样你看不到吗！"土根无话可说，点头同意了，秦女岁数大了这些事也不愿过多地掺和，跟着点了头。

果儿接着又做通了地博的工作，地博最后也答应了。

果儿最后找到冯实儿,一见面两人就笑:"你看,咱丁家和冯家真是剪不断了,你先嫁过来,俺又嫁过去。现在好了,你和末了'娘俩'嫁给我哥和粮天'爷俩'了,真是一对对拆也拆不散的鸳鸯!"

第十七章

一 那年冬季

在那个动荡的岁月里，土根家族第三代长孙丁粮天结婚了。

婚事选在冬季。结婚这天，天上飘起鹅毛大雪。庄户人家办喜事，一般爱选择在冬季。冬天人闲，物资也丰饶。当然了，冯末了出嫁不愁嫁妆。冯员外把闺女的婚礼置办得妥妥当当，三辆马车的嫁妆进了丁家大门。花轿过界河时，抬花轿的不小心摔倒了，花轿里的花生果子枣子等撒了一地，瞧热闹的孩子们高兴了，抢得不亦乐乎。花轿来到丁家大门口，粮天站在门外迎接。体香大喊："大哥上去把嫂子抱下来！"粮天禁不住大家哄劝，忙不迭上去抱起冯末了。上台阶时，脚下一滑，重重地跌倒在雪中，众人一边笑着一边赶紧扶起两人。

中午时分大雪停了，冯李王三大家族参加喜宴的人熙熙攘攘，丁家大院人来人往，川流不息。丁家除了丁地广外，出嫁的果儿、桃儿、杏儿都回来了。

丁粮天后来回忆说，丁家这一天人口多达四十六人。

但是，丁家人口大爆炸的时代，还远远没有到来。

晚上客人散去，全家人一起吃团圆饭。到了敬喜酒的时候，果儿笑道："在冯家，俺不敢喊冯末了的名字，一口一个小娘叫着，这下好了，进了丁家的门，她得喊俺姑姑了。"众人大笑。

粮天的洞房安排在后院西侧的二间大瓦房，窗子上贴着大大的红喜字。饭后，果儿带着体香、钱儿、粮儿等未出阁的闺女去闹洞房，来到门外，见屋里已经熄了灯，钱儿、粮儿捂着嘴笑着跑了。果儿在门外喊："臭小子，这么着急上炕头！"说完忍不住也笑了。粮米、粮麦、粮豆、粮仓、粮库五个弟弟第一次迎娶嫂子进家门，青春懵懂的年纪，好奇地趴在门口偷听，被果儿笑着赶走了。

一家人盘坐在土根东屋炕上闲聊，土根的脸喝成酱红色，儿女满堂承欢膝下，是土根最高兴的时候。"咱丁家有两次大喜事：一次是地博迎娶实儿，那一次也是人山人海的。再就是粮天娶末了，简直比过年还热闹呀！"土根剥了块糖塞进嘴里，"丁家先是与秦家联姻，后与冯家三度成亲家，与李家也两度结好了。丁家走到今天，俺知足了。"体香笑道："爷爷，你偏心眼。俺王玉嫂子嫁给丁家不是结缘吗？你单单不提了？""对对，还有老三这个小子！"土根说到这叹了口气，这个话题，让气氛一时沉闷下来。王玉低下头，捂着脸，哭着跑了。

秦女也神色黯然起来，果儿有意靠在秦女身边，说起悄悄话："娘，怎么不高兴了？有些事该放下就放下吧，冯家与秦家的恩怨也该画个句号了。"秦女抹了抹眼泪说："傻闺女，娘不是想那些事，看着咱丁家热热闹闹的场景，娘想起了秦家当年的光景，想起了你死去的姥爷姥姥了……"

这时，大门外传来一阵阵犬吠声，"这么晚了，谁又来了？"地博刚想出去看看，粮米一头闯了进来，大叫："不好了，大事不好了，大兵来了……"

话未说完，屋内闯进来七八个端着长枪的士兵，一人高声吼道:"都放老实点,老子是干什么的,就不用介绍了吧。今天丁家办喜事,我们也来沾沾喜气凑凑热闹!"土根刚要下炕,被人一把摁住。地博终究是见过些世面的,冷静地说:"兵爷行行好!俺家今天办喜事,你们赏脸,俺家有喜酒喜饭奉上,就饶了俺们这穷户人家吧!"说着他起身想出去搬救兵。"别动!都别动,小心我的枪口走火。谁不知道你们丁家是有钱的主呀,交上钱免灾,交不上钱交人。"土根暗暗朝地博使眼色,地博从柜子里掏出三两银子递给大兵,哀求道:"家里穷,只有这些了,兵爷别嫌少。"大兵接过银子掂了掂,不屑地说:"不识抬举,这几个臭钱糊弄谁呀?"地博说:"就这些了,家里刚办完喜事,银子花光了。兵爷若嫌少,粮屯里还有些粮食。"大兵拿着枪对着地博,呵斥道:"老子今天来的人少,只要钱不要粮,没有钱带走人。什么时候凑足钱了,带上钱到枳沟去赎人吧!"说完四处张望,上前一把拽过粮仓和粮库,狞笑道:"这两个孩子长得壮实,带走,你们没钱赎人,我们抓两个壮丁也行,要不老子回去也没法交差。"说着就要押人走。这下急坏了地圆和李云,两人吓得跪在地上求道:"兵爷,这两个孩子还小,饶了他们吧!"大兵们根本不搭理二人,架起两个孩子就往外走,边走边说:"有钱明天就去枳沟赎人,老子没那么多闲工夫和你们磨蹭。"

大兵们刚走,李云就扑上前厮打地圆,骂道:"窝囊废,没用的东西,人家的孩子入洞房,自家的孩子让人绑了。"果儿劝道:"二嫂先别哭了,大家赶紧各自回家筹措银子去赎孩子,丢不了那两个孩子。"李云根本不听,坐在地上撒泼号哭。

一家人又气又急,不再搭理她,忙着商量如何赎人。

二　四世同堂

外面哭声动天，洞房里却别有一番旖旎。

粮天和末了什么也顾不上了，一阵急促的喘气呻吟后，两人瘫倒在炕头上。粮天大汗淋漓，大口喘着气，痴痴地盯着末了，末了也痴迷地望着粮天。对视一会儿，两人又疯狂地搂抱在一起……

第二天一早，天空刚刚露出鱼肚白，粮天和末了就起身去拜见父母，两人来到地博和实儿屋里，屋里居然没人。

两人敲开土根的房门，屋里烟雾缭绕，一家人都阴沉着脸。李云一见粮天就扑了过去，撕心裂肺地喊："都是因为你，结个婚弄得惊天动地的。可怜俺的孩子了！"粮天大惊失色地问："怎么回事？你们这是怎么了？"听果儿讲完事情经过，粮天哎哟一声，转身就跑了出去。

粮天一口气跑到李番家，把昨夜家里发生的事说了一遍。李番听后没有一点儿反应。粮天央求道："大叔，听说你家的公子当了县长，现在只有你才能救俺全家了！"李番说："大侄子，你不知道呀，现在兵荒马乱的，什么人都能拉个队伍，他一个县长能管啥用。"粮天说："大叔，你修书一封，俺拿着去找县长，看看他有没有办法，要是他也没法子，俺也不埋怨你！"李番只好给儿子写了封信。粮天拿着信朝李番磕了头，谢道："大叔大恩大德，丁家永世不忘！"说完，粮天走出李番的家门。

此时，粮天才感到眼前发黑，两腿发软。他转身来到杏儿家，和杏儿说了家里的事，让杏儿给他准备了点吃的，又跟妹夫李拂借了匹马，骑上马去了诸城。

粮天骑上马，回头对杏儿说："回家和爹说，就说俺去救弟弟了。如果俺回不来了，就替两个弟弟当兵当差了。还有，你也和末了说一声，让她在家好好等着俺！"

天蒙蒙亮，粮天孤身闯进枳沟大营，被大兵们带到一位军官面前，军官问："小子，你拿的是银子呢还是袁大头？""军爷，俺只带着一个脑袋和一封信。脑袋在头上，信在口袋里。军爷，你想先取哪个？"军官一愣，哈哈大笑："他娘的有意思，老子天天和一群软蛋打交道，个个见我都吓得屁滚尿流的，第一次碰见个不怕死的！"粮天笑道："军爷，俺昨天入洞房尝到女人味了，还撒下俺的种子，就是今天死了也值当了！"军官笑得前仰后合，说道："奶奶的，痛快，真是痛快。你要是当了兵，一定是个好兵！""俺一直想当兵来，但俺爹就是不让。今天俺来和军爷商量商量，如果这封信不管事，俺一人留下替两个弟弟当差行不行？他们都还小，干不了事的。"军官问："谁写的信俺看看。"粮天把信递上去，军官看完信说："你能请到县长大人写信，也是本事，虽说县长不管兵道上的事，俺只听张大帅的，但县长的面子俺也不能不给，你小子也是个种！来人，把人都放了吧。"粮天跪在地下："谢军爷开恩！"

粮天带着两个弟弟马不停蹄赶回家。

这一天，可谓是惊心动魄、峰回路转。一个人成熟与否，不在于年龄大小，有时一件事一个瞬间，便会使人快速成熟起来。仿佛一夜之间，粮天成了丁家顶天立地的大汉子！

岁月再艰难，生命之花也会绽放。我的父亲就是在这兵荒马乱的年代来到人世间的。

一年后，冯末了和丁粮天的儿子出生了。

粮天跟地博商量："爹，咱家的辈分规矩也该改改了，爷爷定的'土地粮食'有些土了，我想把儿子'食'字辈的'食'改成

'世'字，发音接近，但世字多气派呀！"地博也觉得挺好，就这样，丁家的"食"字辈改成了"世"字辈。

丁家第四代长子，取名为丁世田。丁世田一出生，重达九斤，四方大脸，臂长腿粗。丁家的传统顽固遗传基因再次显现，丁世田活脱脱的一个丁地博再世。冯末了生下世田，喃喃地说："从娘的身上坠下你这块肉蛋蛋，一坠下来，便把娘的心劲一下子全掏空了！"

三　女族长

张宗昌主政山东时，曾留下很多轶事奇闻。当地人给他起了很多外号，如"狗肉将军""三不知""张三多""张疯子""混世魔王"等。当时，他麾下的杂牌军五花八门，数不胜数。

历史上，胳肢窝村虽然没有处在世事变幻的大棋盘上，但一叶知深秋。老人回忆说，那个时候活跃在村子周边的队伍，主要有三支：

一支队伍叫"红领子"。人人头顶上扎着一条红布条，据说是从藏马山上下来的队伍，原先由朱红领父子控制，后来被军阀收编。这支队伍只是抓些壮丁抢些粮食，并不涂炭生灵。

另一支是"五旗会"。由莒县霍姓人氏发起，队伍中举着"红黄蓝白绿"五种旗帜。这支队伍原来是"五刀会"的，据说被张宗昌用五十块银圆买了下来，姓霍的头领被张宗昌收为义子，赐予将军称号，故也称"霍将军"，当地人将这支队伍称为"五祸害"。村里人传言，秦狼就在这支队伍里。

还有一支，称为"黑头巾"。这支队伍因成员头上蒙着黑头巾而得名，一条黑头巾遮住大半张脸，谁也不知道这些人长啥样。有人说，这支队伍是张疯子手下一个姓尚的亲信拉起来的。这个

"尚将军"胆子贼大，无恶不作。这支队伍走到哪里住在哪里抢到哪里，人称"人过地皮荒"。

在军阀混战时期，乡下人的日子最难挨，打下的粮食不是上交就是被抢，再也没有心思种粮的了。

太阳底下，土根和王闯两位老人坐在板凳上抽烟。土根唉声叹气地说："活了大半辈子，也没少经历事儿，就是没有遇到过这样的世道，放着好日子不过，打打杀杀的，造孽呀！"王闯叹道："咱们这是生逢乱世，不过，天下大势分久必合，合久必分。大乱便会有大治，快了，大王快诞生了，老百姓的苦日子快熬过去了，可惜喽，咱们这一茬人没有指望了。"土根问："你说的大王是谁呀？是姓袁还是姓蒋的？"

王闯笑笑，不接话往下说了。王闯到了晚年的时候，说话总是说半句留半句，让人难以捉摸。

这时，一队人马从村西头驿道通过，两位老人坐着一动不动。待队伍走过，土根说："这回又会是谁家遭殃？"王闯神秘地说："估摸着东头在劫难逃了！"

村里人吓坏了，黑头巾来了，人过地皮荒，马过人头落呀，人人忙着关门闭户。黑头巾队伍进村后直奔冯员外家，把冯家围得水泄不通，领头人高喊："把人都捆起来，一个也不能跑了！"

冯家乱成一团，冯本哆哆嗦嗦地从里屋跑出来，双手给领头人递过去一个红包，小声说："兵爷，俺是保长，与县长大人交好，有话好说，俺……"领头人一把夺过红包，大声说："少废话，捆起来再说！"

冯本六十岁的人了，被五花大绑推到院子中间，冯世、冯界等也被捆了起来，女人和孩子押在院子中。冯世忍无可忍，破口大骂："你们这些王八蛋，无法无天，没有王法了吗？"一个黑头巾上前，照着冯世的脸就是一枪托，冯世的下巴顿时鲜血四溅。果儿小声说："都别动，让他们抢吧，眼下保住性命要紧！"黑头巾们在冯家大肆搜刮，家中值钱的东西被洗劫一空。领头人揪着冯本的衣襟问："听说冯家有个地窖，金银财宝都藏在地窖里，地窖在哪？"

此时，冯员外表现出了他最后的尊严和倔强，冷笑着不说话。一个大兵上前用皮鞭抽打冯员外，冯员外浑身是血却依然不开口。

领头人说："别和这个守财奴费力气了，从他屋中堂开挖。"

冯本一听，脸色瞬间变了。

半个时辰过去了，有大兵惊喜地喊道："找到了，这里有个洞口，俺下去看看。"冯本听后当场晕了过去。从洞里爬上来的大兵，激动得手舞足蹈，下面藏着不少金银财宝！

秦小小一急，飞身扑向地窖，大骂不止："你们这些王八犊子，不得好死。"一个大兵一把抓住她，动手动脚地调笑道："你别急，一会儿连你一块带走。"此时，柔弱的秦小小表现出了她的刚烈，挣脱大兵的手，一头撞上南墙，当场撞死。冯本刚刚醒来就看到这一幕，哎呀一声，吐出一口鲜血。冯世朝着大兵冲了上去，又被大兵一枪托打昏过去。

冯家几辈人积攒的财物被洗劫一空，冯家人却只能眼睁睁地看着。将财物装上马车，又有大兵上前对小姨娘、二太太张女等不怀好意地端详："头儿，这几个娘们长得挺俊，咱们一块带走吧？"领头人指着小姨娘和张女说："把这两个娘们带走，其他人一律好生看着，别动手动脚的。"果儿觉得这声音有些熟悉，抬头看了领头人一眼，那人扭过头躲开了她的视线。

领头人指着门口看热闹的豁牙等人说："你们几个负责押运马车，老老实实跟在队伍后面。放规矩点，不然，老子放了你们的血！"一队人马头前走，豁牙等人赶着五辆马车的财物在后边跟着，一路浩浩荡荡出村而去。

大兵走后，冯本跟跟跄跄扑到秦小小尸体旁，号啕大哭："冯家完了，冯家完了！"冯世夫妇蹲在地下，捶胸顿足地哭泣。果

361

儿平静地领着冯默往门外走,冯世瞪着眼看果儿,又回头瞅瞅冯界,骂道:"你真是找了一个好媳妇呀!这个败家娘们,到了关键时候竟然走了。"果儿回头瞅了冯世一眼,什么话也没说,径直走了。

果儿回到娘家,抱住秦女大哭,半晌后哽咽着说:"爹娘,冯家这次遭大难了,俺把孩子先放在这里,等我收拾好家里的事,再来接孩子回家。"土根唉声叹气地说:"冯家这一劫终究是来了,闺女你要想开点,人没有吃不了的苦,过不去的坎!"秦女哭道:"俺闺女的命好苦呀!"冯实儿和冯末了闻讯跑过来,问起家里的情况。果儿说:"全完了,小姨奶奶和二太太被土匪抢走了,秦小小自杀了!"实儿和末了同时大喊一声娘呀,哭着就要往冯家跑,土根喝止住二人。果儿抹掉眼泪,说:"冯家还有一大堆子事,俺不在这里待了。大嫂,侄媳,你们帮着俺照看一下孩子,俺回去了。"

果儿回到冯家,一家子人还跪坐在地上哭哭啼啼。果儿喝道:"女人哭哭也就罢了,一个个大爷们也在这里号,不怕别人笑话吗?咱冯家还有一口气,这日子就要过下去。"果儿使眼色给冯界说道,"快扶爷爷到房间里休息。"果儿又扶起冯世夫妇,劝道:"爹娘,在这个时候,你们要当好家里的主心骨呀!爷爷太难过了,你们不能糊涂呀,赶紧先给秦奶奶准备后事吧。"冯本刚才一时乱了方寸,此时也醒悟过来,吩咐道:"都起来吧,冯世去准备你小娘的后事,守一天的灵就行了,也不用发丧了,直接下葬吧!"果儿附和道:"爷爷说得极是。另外,各人回到各自的家拾掇拾掇,看还有没有值钱的东西,都归拢到一起,冯家现在需要抱在一起共渡难关。有了钱有了粮,咱还怕什么?何况家里还有地呢!"果儿一席话,说得大家心里亮堂些。冯本说:"按果儿说的办吧,晚上再都过来,俺有话对你们说。"

昏暗的灯光下,冯本主持了他人生中最后一次家族会。

院内,黑压压的一片人,冯老先生留下五子二女,五服以内已经繁衍到五十多口人。冯本坐在中堂上,一头白发垂散着,此时的冯本再也不复昔日的风光霸气,苍老可怜。冯本看着院中站着的族人,百感交集,颤声说:"今日冯家遭了大难,百年来,这是冯家最难的时候。今天把全族人召集过来,大家有钱出钱,有力出力,有粮出粮,一起渡过眼下的难关!"

冯世先站出来掏出五两银子,其他族人,有拿银子的,也有回家抬来粮食的。果儿说:"俺和冯界的全部家底,如今也只有这十多两银子了,今天俺们全拿出来,俺不信,咱冯家会过不去这坎!"冯本看了一眼孙媳妇,颤颤巍巍地进屋,过了好久抱出一个盒子来。

冯本将盒子放在桌上,动情地说:"这是俺最后的压箱底了。今天当着全族人的面,俺还有一件事要交代,俺已经老了,不中用了。从今往后,冯家就交给孙媳妇果儿了。"众人望向果儿,果儿赶紧看向冯世,冯世含泪点了点头。冯本接着说:"这个时候,按理说,不应该难为果儿,但冯家的难,也只有果儿扛着才能过去!这些东西,果儿你全部拿去,看着办吧。"果儿给冯本跪下,流着泪说:"爷爷,这个时候俺不想再说什么了,俺先替你顶起这个家,过去这个难关再说。"说完果儿站起来,面对大家,"从现在起,冯家要团结一心渡过难关,明天先安排好奶奶的丧礼。"

四　凄惨谢幕

"黑头巾"满载而归。出了村口领头人摘下头巾,笑道:"这回尚将军一定满意了,没准能再给俺升官呢!""大哥,这次你带回去的两个娘们,尚将军肯定喜欢,他就喜欢半老徐娘。"另一人附和道。

领头人压低声音说:"这次的突然袭击,妙吧?回去你知道该怎么说吗?"那人马上说:"懂的,俺心里有数。"

豁牙驾着马车，听到二人说话声感觉很熟悉，偷偷地细细打量，发现这二人居然是秦胜和吴光。看到熟人，他来了胆量，上前怯怯地问："秦老弟，吴老弟，你们还认识俺吗？"秦胜笑道："怎么不认识你？挑你押车就是想让你跟我们享几天福，以前冯员外没少欺侮咱们，今儿终于出了口气。"豁牙笑了："还是秦老弟记着俺，俺想跟着你们干，行不？"秦胜说："俺现在在尚将军手下干，有事得请示将军。你岁数太大了，不中用喽。先跟我们享几天福再说。"

来到莒县府上，秦胜大喊："吴光，你领着人把东西都卸下来，俺先进去交差。"秦胜押着小姨娘和二太太进了内府，豁牙看着小姨娘的背影，口水都快流出来了。吴光指着豁牙吩咐跟班兄弟，这是俺的好兄弟，好生照顾，大鱼大肉侍候着！

豁牙在府上大吃大喝好生舒服。过了一天，村里和他一起押车来的人和他商量，趁着这些兵顾不上咱们跑吧。豁牙说："要走你们走，俺要在这里待着，秦胜吴光是俺的兄弟。"当天晚上，其他人都偷跑回村了，只剩豁牙一人留下。

又过了七天，两个大兵架着小姨娘从内府出来，两人叫来府里的管事，让他找人把小姨娘卖了，这一幕被每天守在内府门口的豁牙看到了，豁牙不知哪来的勇气，冲上前说："不能卖！这个娘们是秦胜吴光的亲戚，他们两人让俺在这里专门等着送她回家的！"两个大兵将信将疑就是不放手，豁牙大声说："不信，你们进去问他们！"两人互看一眼，奸笑着说："也好，那你送她回家吧。这个娘们真俊真骚，可惜不禁玩，疯了！另外那个娘们，她不愿意回去了，你和他家人说一下。"

小姨娘一脸憔悴，抬头瞅了瞅豁牙，妩媚地笑了。豁牙浑身哆嗦了一下，顿时燥热起来。豁牙不敢多说话，扶着小姨娘出了门，上了冯家的马车。

路上，豁牙扬扬得意起来：老子终于做了一回英雄救了美人。

他娘的，俺倒替冯本老儿做了一回好事。豁牙禁不住回头看向小姨娘，只见她安详地睡着了，豁牙第一次单独和他仰慕已久的女人这么近地在一起，周身燥热起来，沉重的呼吸几乎把嗓子眼烘干了。脑海里，时不时地浮现出秦员外生前养的那只一身肉腱子的庞大种牛趴在母牛身上配种的场景，头上沁出一层密密麻麻的汗珠子……

他快马加鞭，一口气走出县城，来到一片庄稼地。

豁牙见四周无人，停下车，附在小姨娘耳边，小声喊小姨娘小姨娘。小姨娘一动不动，豁牙再也忍不住了，一把抱起她，钻进玉米地……一阵子手忙脚乱后，豁牙如同发胀的皮球，砰的一声爆炸了。他躺在地上一头大汗。豁牙反复了几次，最后终于瘫倒在地。小姨娘突然醒了，望着豁牙傻笑，豁牙结结巴巴地问："小姨娘，你、你、你知道俺是谁吗？"小姨娘向他抛了个媚眼："傻样，你不是秦虎吗？"

"对对对，俺就是秦虎！"豁牙控制不住自己，又扑到小姨娘身上。

豁牙浑身散架般四平八仰地躺着，沉沉地睡去。

不知过了多长时间，豁牙睁开眼睛。太阳正在头顶上，晃得他睁不开眼睛。转头时看见小姨娘端端正正地坐在他的身边，瞪着眼睛吃惊地望着他。豁牙一骨碌爬起来，神色慌张。小姨娘怔怔地问他："俺这是在哪里呀？"豁牙不敢正眼看她，结结巴巴地说："俺、俺、俺送你回家！"小姨娘说："快走吧，时候不早了。"

豁牙扶着小姨娘上了马车。一路上，小姨娘一句话也不说，眼泪吧嗒吧嗒地往下掉。

一进家门，小姨娘轻轻地说了句"总算到家了！"接着，她便晕了过去。

小姨娘睡了三天三夜，醒来大哭一场。她对冯本说："俺好了，全好了。过去的事俺都记起来了，俺饿了。"冯本忙叫家人准备饭食，小姨娘一口气吃下三碗面条，又躺下睡了。再次醒来后，小姨娘不说不笑，痴痴呆呆地坐着，果儿过来看她，小姨娘对着她流泪不语。果儿感到不妙，交代冯界说："快去叫实儿吧，小姨奶奶像是快不行了。"

实儿来时，小姨娘又昏睡过去。半夜小姨娘醒了，抱住实儿痛哭："闺女，俺不行了，只想见见你，怕你不见俺，俺就干等着。你娘到世上这一遭是来赎罪的，多亏老天爷长眼，让俺留下一个好闺女。""娘，别说了，你的病会好的。"小姨娘紧紧地抱住实儿："娘有桩心事，憋了一辈子，一直压在娘的心里，把娘逼疯了，现在，俺要告诉你。""娘，你慢慢地说，俺听着呢！""闺女呀，你、你是娘和秦虎生的，秦虎是……"小姨娘的声音越来越弱，抱住实儿的双手慢慢地松开了。

小姨娘下丧那天，冯员外提出要到坟地去看看。

冯家接连遭受沉重的打击，冯本整个人已经垮了，他拄着拐杖，颤颤悠悠地走到坟地。冯家林地三座坟墓一字排开，东侧是冯本的原配冯袁氏，中间是秦小小，西侧是小姨娘。小姨娘的坟地是冯本亲选的，冯世想将小姨娘和冯老先生合葬在一起，冯本坚决不同意，最后按照他的意见落在这里。下丧时，众人把小姨娘的棺材放至墓穴中，冯本还是不放心探头去察看，却重重地一头栽倒了，再也没有爬起来。

冯世和冯界抱着冯本的尸体，放声大哭。有人小声说，胳肢窝村一死死一对，真是怪了，小姨娘死了又把冯本带走了。冯世吩咐家人，把爹的尸体拉回家去，给他老人家守丧三天三夜，然后下丧！

众人七手八脚地上前要抬冯本的尸体，果儿冷静地说："这是天意，不要往家拉了。在坟地上设个灵堂，在这里守丧一天，明儿下丧吧。"大家一时没有反应过来，呆呆地望着果儿。冯界明白了果儿的意思，接过话说："爹，果儿说得对，爷爷死在坟头上了，顺应天意吧。"冯世呆了片刻点头同意了。冯本和谁合葬一起又是一个难题，冯界有些为难地问爹："爷爷和谁合葬？"冯世骂道："逆子，这还用问吗，当然是和你奶奶冯袁氏合葬。"

冯实儿听后放声大哭："俺娘生前惹来不少闲话，死后却孑然一身，可怜啊，俺的亲娘来！"实儿的哭声，哀怨恸天。

果儿望了望冯世冯界父子，又瞅了瞅冯实儿，然后说："爷爷活了一辈子机灵了一辈子，也糊涂了一辈子。临死了，爷爷倒活明白了，非要到坟头上瞅瞅不可，说明他心里惦记着小姨奶奶。小姨奶奶和老爷爷生活了一段时间，大半时间陪着爷爷，也因此招来一些是非。她这辈子至今还没有一个正经的名分，人死为大，死后不能再连个名分都没有呀。爷爷今天死在了她的坟头上，俺看，这就是天意，把他俩合葬在一起吧。他们合葬在一起，表面上好像是委屈了俺的奶奶，但俺想，奶奶如果在天有灵的话，她一定不愿意爷爷和她合葬在一块。这样挺好，合了爷爷的心愿，也算给了小姨奶奶一个正式的名分，皆大欢喜了。"大家听了，不再说什么。

冯实儿这样做，无非是向外界正式承认冯本和小姨娘的事了，让那些搬弄是非的人从此缄口，名声虽不好但也算是有身份了。她不想让她的身份永远成为一个扑朔迷离的话题。这一埋，小姨娘临死偷偷告诉冯实儿的秘密也一同埋在地下了。

第二天，冯家一族最后一代富豪冯本匆匆下葬了。连同冯本下葬的，还有村子里几百年来遗留下来的"员外"这个称号，从此村里再无员外了。

五　鬼屋

一天黄昏，冯世来到冯本生前的宅子。

夕阳下,一片余晖斜照在院内。曾经喧嚣一时的冯员外大院,此时幽暗而破落。突然,一只大鸟扑棱一声飞起,惊出冯世一身冷汗。

站在院子里,冯世觉得阴森森冷飕飕的。墙根下,秦小小留下的鲜血变得灰紫。冯世似乎听到东屋西屋有女人哭泣声,他周身的毛发都竖了起来。壮着胆推开中堂的门,一股寒气扑面而来,恍惚间,他仿佛看见爷爷和爹正端坐在中堂上,冯世忍不住叫道:"爷爷,爹。"一瞬间两人的身影又消失不见了。

冯世吓得脸色蜡黄,快步跑出屋。东墙头那棵千年梧桐树的枝叶影影绰绰地摆动,似乎有无数双手要抓向他。冯世感到从未有过的恐怖,慌慌张张地跑回了家。

下半夜,冯本家的东墙根起火了。

冯世躲在家里不敢出门。冯界灭火回来,果儿问:"火这么快就灭了?"冯界说:"灭了。东墙根的破草垛起火了,看上去火挺大,泼上几盆水就浇灭了。奇怪的是,偌大的草垛燃烧完没有留下多少草灰。"

冯世的精神开始恍惚起来。第二天,冯界请巫婆来到冯本的老宅子作法,到处贴满符纸。施完法术,冯界拿起一把大锁锁住大门。

十天后,冯世死在家中热炕头上。冯世媳妇悲伤过度,第二天也去世了。冯世这一生,不同于冯本的强悍精明,平日胆小怕事,为人憨厚老实,在冯家一族中颇有人缘和威望。

冯世夫妇下葬当天,突然电闪雷鸣,下起倾盆大雨。

老天呀,这是苍天要惩治冯家了!冯家从此不会再起了,家无宁日啊……冯家族人呜呜哭泣,议论纷纷。丁果儿站在雨中,全身湿透了,作为冯家最后的掌门人她声泪俱下当众宣布了四件她思量已久的大事:第一件事就是封了冯本、冯世住的东西胡同。第二件事她准备在界河以北自家房子后边再盖八间大瓦房,将冯家的染房搬过来。第三件事是将东岭湖对全村人开放，不再是冯家的私有财产。第四件事是今后租冯家土地的，交租纳粮一律减半。

全族人静静地听着，冯家一老者带着哭腔喊道：果儿是菩萨呀，冯家一定会东山再起的，冯家有救了！"

从此，一道铁丝网围住了东西胡同方圆几亩的宅地，铁丝网里面成为无人之地。后来，冯本一族为躲避"鬼屋"的晦气，全部搬到东西胡同的西侧和南边去了，冯家的大本营正式搬至界河以北。再后来，果儿在她房子北侧，又加盖了八间大瓦房，两排大瓦房并排耸立着，四周也没有再修筑围墙。再再后来，全国解放了，村里有了自己的公办学校。学校的旧址，便选在果儿家住的南北两排大瓦房上。

多少年后，鬼屋周边杂草丛生，千年梧桐树根深叶茂，蛇虫鸟鲲，飞檐走壁。每当村中小孩不听话时，老人便吓唬道：再不听话就把你关进鬼屋去。孩子们听到"鬼屋"二字，再也不敢哭了。

实践证明，果儿这一安排极其精妙。

直到新中国成立后，村中才第一次打开这个三十年来未曾见过天日的鬼屋。当推倒这个百年老宅时，再次惊呆了所有的人。

六 托梦

冯家被抢劫一空后，村中大户人家开始挖洞藏粮了。

丁土根上了岁数，晚上总是睡不宁。一到夜深人静时，他常常听到土地庙里传来阵阵叹息声。他问秦女听到了没有，秦女说他老糊涂出现幻觉了。土根又问地博，地博也说没有听到什么声音。这天晚上，土根躺在炕上，辗转难眠，又清清楚楚地听到土地庙里有老人在叹息。半夜时分，好不容易睡着的土根做了一个奇怪的梦。

梦里一位长着四方脸的白胡子老者来到他的面前,冲着他笑。土根心里纳闷,这是谁呀?土根客气地问:"敢问你是何方神仙?"老者捻须笑道:"俺是地博的干爹。"土根惊得赶忙起身下跪:"哎哟哟,你看看,你老就是地博的石头干爹呀,俺这老眼昏花的。"老者客气地扶他起来,说道:"论起来,你我还是干兄弟呢!"土根吓得连连摇头:俺一个乡下人怎么敢和仙人称兄道弟的呢!老者说:"俺来是想和你说件大事,大难当前了,你要做些准备,多屯些粮食。"土根惊道:"这话怎么讲?"老者摇头叹息:"哎,这些个不肖子孙。自古以来,根基动不得呀!动了就会惊天动地的,这个理世人什么时候才明白。"说完,四方脸老者忽地不见了。

土根醒了,越想越感到这个梦稀奇古怪,再也睡不着。天亮后他来到土地庙,低头寻找四方石,只见四方石神色似乎暗淡了不少,土根心中顿觉苍凉。抬起头,细瞅供奉的土地神,更是大吃一惊,土地爷爷脸上似乎挂着两行泪珠,右手执的元宝不见了,左手拄着的拐杖也断了……

土根唬得身上直冒冷汗,他阴着脸,回到家中一言不发。

此时,正值春夏换季种植的时节。地博过来和他商量,六亩地上麦子收割后种什么。土根不加思索地说:"全部种上地瓜。"地博不解地问:"不种些玉米花生了?这么好的地,全种地瓜有点可惜了。""地瓜产量高,好存好放,俺怕明年收成不好呢。"地博又问爹是不是听到什么传闻了,土根沉默不语。

到了秋季六亩地喜获丰收,地里结出的地瓜又多又大。土根蹲在地里眼含泪花,手捧着地瓜,心中窃喜,这真是一块神地呀,一直暗中保佑着俺全家。粮天看到问:"爷爷你好好的,怎么流泪了呢?"土根揉揉眼笑笑,说是沙子进眼了!

六亩地的地瓜一半制成地瓜干,另外一半储存了起来。土根终于放心了,这些东西够咱丁家吃上个两年三载的了。

入冬了,土根见到什么都觉得反常。

这天，院子里竟然爬出一只只大老鼠，一字排开看到人也不怕。真是奇了怪了，家里的大黄狗性情也变了，对眼前的老鼠无动于衷，土根气得拿起棍子，朝着大黄狗打去，大黄狗哀鸣着眼泪汪汪地望着他，朝大门外跑去。土根追到大门口，就见一条扁担粗的大青蛇横卧在门槛上，吓得他惊呼一声。地博和粮天跑出屋见到大青蛇，也惊道："大冬天的，蛇怎么不冬眠了？"粮天拿起棍子，挑起大青蛇扔到墙角。没多长时间，家里的大黄狗也趴在墙角死了。

土根心里十分不安，想起了自己做过的梦。他把地博和粮天叫到屋里，沉声说："天有异象要变天了，咱爷仨得干一件大事了。"粮天问："干什么大事？"土根说："咱家得再挖一个地窖，多存些粮食了。"粮天说："家里不是有粮囤吗？还有，俺在院里已经新挖了一个地窖了，里面也藏了一些粮食。"土根说："这些还不够，院子里的地窖位置太显眼了，如今各路土匪兵匪你来我往的，粮囤和院里的地窖不保险，咱这一大家人，必须得多藏点粮食以防万一。咱们必须得再找个隐秘保险的地方藏粮食。"

地博终于明白了，怪不得爹要把六亩地全种地瓜呢，原来爹有这个想法。

土根说："这个事咱爷仨知道就行了，地窖挖好了，一定要保密！"土根和地博在家里转了好几圈，也找不到一个他们认为隐蔽安全的地方。这时粮天神神秘秘地拉着他们来到土地庙，指着土地神供桌说："就在这下面挖个地窖吧，挖好了，让土地神在上面护着，让四方石在前边守着，保准高枕无忧万无一失。"

土根和地博笑了。爷仨连夜干起来，爷爷在外面站岗放哨，地博负责挖土，粮天负责往外运。仨人白天到地里干活，晚上挖地窖，一个月后地窖挖成了。爷仨把麦子豆子玉米高粱等粮食种子，还有便于长期存放的地瓜和地瓜干，家中一些贵重物品藏入地窖。

这天傍晚，地博和粮天刚从土地庙出来，碰到了油嘴子和趴鼻子，油嘴子好奇地问："你爷俩大晚上的到土地庙干什么？"地博说："找孩子，看看是不是在里面玩。"油嘴子有意无意地说："你们发现了吗？最近土地庙附近总有些新土，也不知道谁家在里面干什么。"

　　他的话让土根听见了，土根热情地招呼油嘴子和趴鼻子去家里坐坐。两人进屋后，土根送上热水，感叹道："一晃你们也成老人了，过去你们还常常在俺家干活呢，这些年你们来得也少了，以后没事常过来转转，看看你老哥这把骨头还硬实不？还是那句老话，家里缺什么就吱一声，只要俺家有口饭吃，便有你们老哥俩的一份。"油嘴子和趴鼻子听得热泪盈眶，感动不已。

　　日子，终于到了最难熬的时候，土根家族再次走向动荡的岁月。

第十八章

一 苍天的警告

这年开春后,天气变得十分异常。天空,如同蒙上一件灰不灰蓝不蓝的幕布,难见一片云彩。老天爷半阴半晴的脸,高高就就地耷拉着。

一辈子靠天吃饭的乡下人,老天一旦有个风吹草动,便让他们惶恐不安。天有异象了,村里的老年人开始在十字路口烧纸,磕头,乞求苍天保佑。

冯员外死后,村里就没有保长了。丁家和李家没有人愿意挑头,最后,李番举荐王家的王作师担任保长,王作师不愿意干,但禁不住李番三番五次上门做工作。王闯也苦口婆心地劝说王作师:"王家在胳肢窝村没有土地负担,与李丁冯三家矛盾不深,在这个乱世中,一个家族没有一点地位是不行的,当上保长是个机会。"

王作师,人送外号"笑面虎",经过这些年的历练,也慢慢地成熟老练了。这个人完全不同于王家前辈的处事风格,四面不得罪人,为人相当圆滑。在众人千呼万唤下,王作师终于答应出任民选第一任保长。他也知道,村里的大权现在由李家在掌控着,自己这个保长，形同庄户人扎的田野里的稻草人，虚张声势而已。日子依然照旧，大兵还是一茬一茬地来，王作师每逢这时不是病了就是外出。征粮时，他只管布置下去任务，交多交少全凭个人，他一概不管不问。

此次天大旱，村中的老佛爷李番坐不住了，找到王作师商量，想在界河边搭篷求雨，王作师欣然同意，并亲自到场主持仪式。此后，就再也见不到他的身影了。

空气中，有一股淡淡的咸味，又如烧焦的柴草糊味。人的嗓子眼里总像有口痰想吐又吐不出来，只能不停地干咳。

"雨水"时节来了，绵绵细雨没有下；"惊蛰"节令到了，期盼已久的那声春雷也没有响；"春分"节气过了，一年一度耕种的最好时节擦肩而过。

大乱之年，又恰逢大旱，土根和地博天天坐在六亩地地头上唉声叹气。夏天，大地旱得龟裂，禾苗枯死，东岭湖见了底，丁家湾也露出了底。土根喃喃地念叨，完了完了，丁家湾是村里地势最低的地方，这个地方水都见底了，再不下雨，不用说庄稼，连树都快熬不过了。

村里的佃户再次抄起讨饭棍子，外出逃荒。大户人家暂时还饿不着，闲坐在村口，摇着蒲扇，望天叹息。这时远远地飘过来一片乌沉沉的黑云，村口众人不由得站起身来观望。

大家还没有弄明白怎么回事，随着"乌云"的逼近，传来一阵嗡嗡嗡的轰鸣声，一瞬间，众人脸色煞白，蝗虫压城了。蝗虫过后，田野里一片灰白。

这一年，是民国十六年（1927年），村里庄稼颗粒无收。

史料记载：1927年至1930年，奉系军阀张宗昌任山东军务督办，穷兵黩武，横征暴敛。鲁西南发生天灾人祸，蝗虫肆虐，禾稼歉收。战事频仍，饿殍遍野。亢旱不雨，田禾枯萎。草根树皮皆尽，人烟断绝，啼饥号寒。

二 东"果"西"实"

进入漫长的冬季，寒风刺骨。这是四年大饥荒的第二个冬天。

胳肢窝村异常萧条冷落，街口上难见行人，家家户户大门紧闭，丁家学堂也终于停办了。

冬至这天，土根把全家人聚在一起，秦女下了一锅黄白黑三色饺子，黄的是玉米面，白的是白面，黑的是地瓜面。吃过饭，土根佝偻着身子，对着全家人语重心长地说："再厚实的家底也会坐吃山空，再这样下去家里终有一天会断粮。咱丁家走到现在，又到生死节骨眼上了。"说到这里，大家的表情变得异常凝重，明白生与死的考验就在眼前。"你们年轻啊，没有经过世事。人穷志短，挨饿见人心。丁家分了家，自家的日子自己过，地圆和王玉你们两家心中要有个数，赶紧将家里值钱的东西卖了，不要舍不得，把钱用来买粮食藏好了，俺看这大饥荒年头不会短，到了勒紧裤腰带子过日子的时候了。饿死了，是天报应；活下去了，是老天保佑咱。"

地圆琢磨着，这些年家里多少攒了些东西，暗暗盘算着这些家底能撑到什么时候。王玉慌了，带着哭腔问：俺娘仨怎么办呀？土根鄙夷地瞥了她一眼："这个时候知道过日子是什么了，早干什么去了？"王玉顿时抽泣起来。地博不忍，宽慰王玉："俺家里有什么吃的你们就有什么，虽然不能像过去那样吃饱，但也不至于活活地饿死吧。"王玉感恩地看着地博，眼泪跟着流了下来。

饭后，土根特意叫住地博和粮天。地圆怔了怔，走到门口站了一会儿，犹豫了一下，还是走了。王玉领着钱儿粮儿，跟在末了身后，末了走到自家门口，砰的一声关上了门。钱儿粮儿见状，眼泪都快下来了。王玉尴尬地站了一会儿，又带着钱儿粮儿来到地圆家门口，两个孩子拉住娘的手，央求着不要进去了。王玉强忍着泪水，领着她们进了地圆的家。

其他人都走了，土根关上门，小声叮嘱地博和粮天："你们记住了，土地庙地窖里藏的粮食是咱丁家最后的保命粮，绝不能对外说，连自个的老婆孩子也不能说。不到揭不开锅人快饿死了不能打开，这是子孙粮啊！"

地博回到自己屋闷头抽烟，粮天找个板凳坐下，实儿和末了坐在炕沿上做针线活。粮天问："爹，家里的猪和羊都卖了吗？"地博说："卖了吧，但先别急着买粮食，将银子攒着，家里的粮食还能凑合一阵子。"实儿不禁感叹道：天天说有人好有人好，如今好了，孩子多了都成累赘了。地博长叹一声："丁家自从少了日照的这笔生意，收入少了很多，你们多纳些针线活，过几天俺和粮天去看体香，顺便在诸城卖了，俺也再找点活干，挣口饭吃。"实儿又埋怨：天下都乱成一锅粥了，你们出去干什么呀！地博道："活人总不能被尿憋死。摊上这样的年景，一家人都在家里张着嘴，这一天得填多少粮食。"粮天来了一句："过去俺想出去当兵，你都不让，如今自己倒想出去了！"地博说："别说这些没用的了，你现在成家有儿子了，收收心吧。"末了拍着炕头上的世田睡觉，插话说："爹说得对，你出去当兵，撇下俺娘俩在家活受罪呀。"实儿也说："你看看，你三叔倒是出去了，牵涉到一家子跟着遭殃。"实儿和末了一唱一和地搭话，粮天忍不住笑了："你们真是娘俩，说起话来简直是一个鼻孔喘气。"

冬日里，寸草不生，万木枯萎。

一大早，地博在院子里抓鸡准备到集市上卖。家里的猪、羊都卖光了，现在就剩下一头老黄牛、一窝兔子和三只老母鸡了。秦女舍不得，来回在院子走，不停地念叨，鸡卖了再想给重大孙子吃个鸡蛋可就难了。土根说道："还想吃鸡蛋？以后有的吃就不错了。"

偌大的丁家大院，家徒四壁。西侧的畜生圈里空荡荡的。粮米、粮麦、粮豆三个孩子在院子里玩耍，趴到兔窝边，盯着一窝刚新生的小兔子看。三个孩子热烈地讨论着兔子什么时候长大什么时候才可以吃等。地博路过，骂道："就知道吃吃吃，别惦记啦，这些兔子大了，是要卖钱用的。"说完抱着三只老母鸡上集了。

中午，土根倚在墙根上晒太阳，孩子们在院子里追跑玩耍。土根说："孩子呀，你们少动弹，这样肚子里的粮食消化得慢些。"粮米问："爷爷，俺饿了，俺爹什么时候回来？中午吃什么？"土根望望天空说："太阳还没有到头顶呢，别老想着吃饭，过日子不能贪图一时享受，日子是个长流水，一个水滴一个水滴地过，这才叫日子呢。来，坐下，和爷爷一起晒太阳，太阳是个好东西呀，晒一晒，又暖和又舒服，不吃饭也不冷。"

冯末了在院子里洗衣服，世田手里握着块地瓜，哭唧唧地缠着末了要吃饽饽。丁家的第四代长孙丁世田已经四岁了，在他修长发达的四肢上支撑着一个硕大的脑袋，在院子里来回跑。土根小声问末了："俺大重孙子多长时间没有吃饽饽了？"末了说："快一个月了。"土根说："别屈了俺的重孙子，晚上让你爹盛些白面给他弄点吃。"土根招手让世田过去，一把抱住：来来来，让老爷爷抱抱。

天黑后，地博怀里揣着一小袋白面偷偷给冯末了送去。第二天晚上，冯末了做了面糊糊给世田吃，世田懂事地说："娘也吃！""好儿子，娘闻闻味就行了。"末了心里发酸，瞅了粮天一眼，"明天俺回趟娘家。你知道果儿把俺爹原来住的东西胡同封了吧？""知道，封了就封了呗。"末了小声说："俺过去住在那，知道那里的秘密，果儿真聪明，封了东西胡同，一箭好几雕呢。"粮天问："什么秘密？"末了笑而不答，反问："你们丁家有秘密不告诉俺，俺冯家的秘密凭什么告诉你。明天俺得回去给俺儿讨点吃的,喂喂儿子肚子的馋虫子。"末了俯下身子给世田掖被子,一对圆溜溜的奶子在粮天面前一晃。粮天忍不住了,伸手抬起她的腿掀倒在炕上。

几天后,地博和粮天粮米起身去诸城,一家人站在门口送行。土根问:"这次待多长时间?"地博说:"多待一段时间,一来看看体香,二来在诸城找点活干。"冯末了倚在门框上,朝粮天使了个眼色,粮天走到她跟前,末了附在他耳边小声说:"早去早回,俺想你。"粮天说:"俺知道。"末了羞涩地说:"俺又有了。"粮天脱口而出:"什么?又有了!"末了羞得捂着脸,跑回了屋。

地博和土根听见,脸色都变了。土根跺脚叹息:"赶上这样的年景,别再生了。"

小年夜,天空中飘起柳絮般的雪花,荡荡悠悠。

土根站在院子里望着天,自言自语,这莫不是老天睁眼可怜庄户人了,天要下雪了?只见雪花飘了一会儿,不见了踪迹,老天又露出了那张半阴半阳的脸。

实儿和末了坐在炕上呆呆地望着窗外。这些日子,她们不知望过多少回。实儿说:"男人心真野,地博和粮天他们怎么还不回来,过年也不知着家。"末了摸着肚子,郁郁地说:"娘,俺怎么觉得肚里的孩子,快保不住了。"世田在炕上不停地哭闹,打着滚叫喊着饿死了饿死了,末了抱起世田声泪俱下。

天擦黑了,大门突然撞开,地博和粮天粮米回来了,大人孩子们嗷的一声拥到跟前。三个人都瘦了一圈,一人肩上驮回一袋粮食——一袋玉米一袋面粉一袋大米。全家喜笑颜开。

正月里,孩子们又盯上老黄牛了。上次土匪来的时候,粮米头前牵着牛粮麦在后边赶着,深一脚浅一脚往树林里跑,差一点被土匪追上了。从此孩子们心生怨气,说老黄牛天天养着不干活,开始缠磨着土根杀了它。一年到头都没闻到肉味了,孩子们眼睛里放光，天天蹲在牛棚里盯着老黄牛吃草咀嚼。土根说："再等等，看看来年地里能不能缓过劲来，到时没有牛怎么种地？再说了，牛通人性呀，这牛养了这么多年，都成咱家的一员了，爷爷舍不得！"地博也骂道："混账小子，这头牛给咱家干了多少年的活，怎么忍心要杀它？"孩子们再也不敢提了。

一天早上，大家发现老黄牛头角别在牛棚梁柱上，硬生生地憋死了。一家人大惊，地博泪眼汪汪地说："这世上，连牲口都懂得报恩呀，唯有人才会那么狠心。"土根也叹道："老黄牛知道我们不忍心杀它，它不为难我们。"

地博在院子里给老黄牛烧些纸钱，口里念叨着，老黄牛呀老黄牛，活着时你为俺家辛苦劳作，死时又救了俺全家的命。他流着泪，一刀刀地切下牛肉，小心分包起来。他把牛身上最好的肉交给粮天，悄悄对他说："藏到地窖里，留给世田和末了生孩子时再吃。"

冯末了的肚子一天天大起来，由于营养不足，整个人肿成一团。

这年的除夕夜，丁家又吃上了一顿丰盛的年夜饭。

寒冷的年关，果儿在村东头支起粥棚，从腊月三十到正月初一连续三天为穷人家施粥，村里人交口称赞，果儿心善是菩萨呀！

土根闻讯后，对地博说："果儿替咱丁家长脸了，大过年的，咱丁家也要积积德。"

正月初二，丁家大门口也支上了一口大锅，地博将剩下的牛骨头倒进锅里，放上地瓜干子、野菜等，熬煮了满满的一锅牛骨杂汤。村东头果儿的粥刚施完，村西头丁家大院又飘起肉汤香。连着三天，冯实儿带着丁家的女眷们为前来的村民盛上一碗热汤。

果儿和实儿的举动，感动了全村的人。保长王作师坐不住了，连夜上书县里请求表彰，又命人写了两幅不伦不类的条幅"巾帼菩萨"送到果儿和实儿家。粮天不满地说："大兵来了见不到他的影子，闹饥荒也不见他有什么动作，表面文章他倒是动作快，真是屎壳郎子蛋——面上光滑里面草蛋。"土根斥道,"你别小看他了,这个人是个人物,你们俩早晚有一拼。"

东"果"西"实"的故事,从那时开始,成了众人津津乐道的话题。

出了正月,冯末了流产了。

三　神秘的地窖

春天来了,干枯的柳树四周被人剥得白花花的,没有水滋润的土地变得像石头一样硬实。慢慢地,土地化成松散的沙土。大地上,已经没有了生命的颜色。

令人惊奇的是,村西头低洼处乱石堆中有一深洞,水汩汩地涌出,清冽甘甜。"这是观音菩萨在救济百姓啊,给活人留了一条生路。"村人都说,此水洞,一直通往东北岭蛤蟆石身下,河水是从它身下流出的。

秦女六十了,被病痛、饥饿和家族仇恨深深地折磨着,身体虽然还算硬朗但开始糊涂了,时不时出现幻觉,经常说些不着边际的胡话,"阎王叫俺了,这辈子足了,活够了!"

一闭上眼,秦女便回到过去。秦员外坐在院子里,摇着蒲扇,腆着肚子,悠闲地抽烟喝茶。秦女怔怔地瞅着她爹看,瞅着瞅着,慢慢地秦员外的后背一点点地变圆了,长出一圈圈黑白相间的纹路。秦女惊呼:"爹,你怎么变成乌龟了?"秦员外伸出长长的脖子,瞪着圆鼓鼓的眼睛,恶狠狠地望着她。秦女看到他爹的样子害怕了,口里喊着爹爹爹……

土根推了推她,说:"又说胡话了!"

秦女睁开眼,呢喃道:"死老头子,俺正和俺爹说话呢,你推醒俺干什么。"土根叹了口气,摇摇头。秦女闭上了眼,没一会儿又见冯员外一身是血向她走来，秦女抬手打了过去嘴里骂着，你这个王八蛋怎么来了？冯本并不生气，坐在她身边抓着她的手解释说，都过去了过去了，三百年一转世一轮回，你爹死后变成了乌龟，俺变成了狐狸。你不知道呀，三百年前，俺家住在河边，你家祖先住在河里，咱两家井水不犯河水。后来，因为俺祖上偷了你祖上的蛋，才有了两家的恩怨，投胎转世后两家纠缠了百年。如今扯平了，秦家败了，冯家也完了……

秦女不听他解释，奋力挣开冯本的手，疯狂地撕挠他的脸，冯本被抓得鲜血直流。秦女哭号着，你们这些王八蛋，害得俺秦家家破人亡，俺要扒了你的皮……

秦女又踢又打又喊，土根一把又把她推醒了。醒来的秦女眼神呆滞……

地圆也倒下了，人瘦得只剩下一副骨头架子。这一年时间里，地圆抽空便教粮仓粮库学打算盘。直到两个儿子学到真经了，拨拉算盘珠子比他还溜，地圆便一躺不起了，不吃不喝地在炕上躺了快十天了，裤裆里干干净净清清爽爽的。李云哭道："你裤裆湿了一辈子，整日盼着你好，如今好了，你却下不了炕了。"地圆瞪着空洞无神的大眼看着她，一句话也说不出。粮仓和粮库每天把分给地圆的一碗地瓜干子饭推给爹，拿勺子喂他。地圆紧紧地闭着嘴巴，但眼泪却不住地往下掉。喂来喂去，粮仓和粮库忍不住抢着喝了。

王玉肥胖圆滚的身体渐渐干瘪下来，胸前的一对会跳动的奶子垂了下去，松弛的黄皮层层垂叠，眼窝深深凹陷，形同骷髅，黑森森的眼神让人不寒而栗，钱儿和粮儿根本不敢直视娘的眼睛，两人央求地博，俺娘的眼色不对劲，看着怪吓人的。地博不方便往弟媳家去，让实儿过去探望，实儿回来说，王玉怕是快不中用了。

土根知道后，不屑地说："这娘们前世是饿死鬼投胎来的，家里的粮食不多了，有点还不如给地圆一家吃呢。"在土根心里，一直记恨着她昔日的作为。

土根不放心钱儿粮儿，让这两孩子搬到他西屋住。又过了两天，实儿再去探望王玉，一进屋就闻到一股难闻的腥臊味，王玉蜷缩着躺在炕角，实儿有些害怕，不敢近前，小声喊："老三家，老三家……"王玉动也不动，一点儿声响也没有。实儿壮着胆子，把一碗地瓜干子放到炕边，转身要走时，王玉突然扑了上去，抓起地瓜干子就往嘴里塞，腮帮子上鼓出一个大包，王玉猛嚼一阵咽了下去。她指着实儿，眼露凶光，骂道："丁地广，你这个畜生，到了阴间俺一定剥掉你的皮！"

实儿吓得拔脚就跑，从此再也不敢进王玉的屋。

日子还在苦熬，这已是大饥荒的第三个冬天。

这天晚上，土根叫来地博和粮天，颤抖着从身上解下一把钥匙交给地博："家里仅剩下地窖里这点儿东西了，来年耕种的种子一定要留下，绝不能吃！其他的你看着拿出来，慢慢地分了吃吧。你给俺记住了，千难万难，也要先顾小的，一定给俺留下丁家的根！"地博接过钥匙，如同泄了气的皮球瘫倒在地上，庞大的身躯垮塌下去。土根厉声说道："儿子呀，这个家就靠你了，你不能倒下啊，你倒下全家都完了。"

地博咬紧牙关点点头，重新站起来。

地博每天晚上神不知鬼不觉地从土地庙里出来，怀里总是抱着一堆东西。有时抱一堆地瓜干子，有时抱来一堆地瓜，有时甚至还有稀罕的玉米面……

丁家人，就是在这样艰苦的环境下倔强地生存着。

熬过漫长的冬季，天气渐渐暖和起来。地博望着一家老小，为了生存再也不能这样熬下去。地博和粮天商量："你爷爷奶奶岁数大了，你二叔、王玉婶子病得起不了身，你媳妇流产后身子骨也大不如前，眼看着今年庄稼还种不成，爹想带着粮米粮麦粮豆三个小子出去讨饭，这三个小子的嘴巴就是无底洞，待在家里不知要塞上多少粮食去填。这一路上俺要能活下来，就再去趟诸城看看体香，顺带想办法弄点药回来。"粮天哭道："俺也去吧，在路上好歹也有个照应。"地博叹息道："你看看这个家，爹离开了，就只能靠你撑着了。爹和你弟弟们走了，家里能省一口是一口，活下来是命大，死了也是解脱。但你要挺住，给俺保住孙子世田这条命，给丁家留下后。"说完，地博把象征着丁家权力和责任的地窖钥匙郑重地交给了粮天。

入夜，实儿絮絮叨叨忙着给地博收拾行李：三个孩子还小不懂事，你要好好爱惜自己的身子……地博也不说话，拿起一把小刀，在西侧墙角挖出一个洞，竟然从里面掏出三两银子，他把一两银子交给实儿，余下的放进贴身的口袋，"这些你拿着，家里实在揭不开锅了，让粮天去买些粮食。记住，你一定要活着。"实儿瞪着大眼，惊讶地说："到这个时候了家里还有银子啊？"地博说："过日子总得精打细算，任何时候都要留点后手。你们做好的针线活，找个破袋子装，俺和孩子们穿的衣服越破越好。"实儿又难过起来，问："你打算去哪里？""俺打算一路往东北方向走，那边旱情好些，这一走少说也要半年。"实儿掉起了泪花说："你过去看看闺女，她要在诸城待不下去就回家吧，一个女孩子在外面，让人总是不放心。"

第二天一早，地博去和爹娘告别。地博跪在炕前："爹，娘，俺要带着三个孩子外出了。俺知道，这一步不好往外迈呀……"土根在炕上急喘起来，一阵剧烈的咳嗽，"来回多长时间？""大半年吧，你们在家里要保重身体。"

秦女此时脑子非常清醒，一把搂过地博哭道：儿呀，娘怕见不到你们了，过来让俺好好看看你们……地博哽咽道："娘，你在家好好活着，俺到外面给娘买药治病。"

"娘老了，别管俺了。你们要好好照顾自己，别给俺断了后，一定要活着回来。"

四　飞来横祸

地博前脚刚走，村里又来了一队人马。

这队人马打着五色旗，兵分四路：一路杀进冯家，一路冲进李家，一路扑进王家，还有一路闯进土根家。

土根家的女人和孩子们在大兵进村时就逃了出去。大兵们在丁家四处搜寻什么也没有搜到。土根斜躺在炕上，冷冷地望着对方。秦女疯疯癫癫地在堂屋里骂道："狗崽子，俺刚从阎王那里来。阎王爷给俺一个大饽饽，还冒着气呢，喷香！"她说着，从怀里掏出一包东西，打开看是一包风化的牛粪。秦女张开口便啃，大兵恶心得扭过头去。

兵头上前揪着土根问："听说你家的东西都藏在地窖里，地窖在哪里？"土根沉默不语。兵头挥手吩咐手下："挖地三尺也要找到地窖。"大兵们在土根屋里和院子里，分别发现一个地窖。兴奋地下去查看，里面空空如也。兵头指着土根和粮天说："把他们捆起来，押到小广场去。"

村民都被赶到小广场上，兵头指着被捆绑的土根和粮天，吆喝着："你们都看看，家里有存粮不上交的，就是这个下场。快说，粮食藏在哪了？再不说把他们一个个吊起来打，看看是你们的命值钱还是粮食值钱。"有人上前，附在兵头耳边不知说了什么，兵头喊道："谁是油嘴子、趴鼻子？把他们押过来。"

粮天一听，脸色顿时变了。两个大兵拿着鞭子不断抽打油嘴子和趴鼻子，喝道："快说，丁家的粮食藏在哪里了？"两人抬头看了一眼土根，连连摇头。

"把他们吊起来，看他们的嘴还硬不硬？"

丁粮天大吼大叫：有胆的吊俺吧，俺爷爷和两位大叔岁数大了，他们不禁折腾。兵头看土根已是风烛残年，便只把粮天和油嘴子趴鼻子三个人吊了起来，油嘴子冲着土根大喊："主子，俺们兄弟俩跟着你干了一辈子，今天叫你一声土根大哥，俺们今就先走了……"土根哭道："俺的好兄弟呀，你们死了，俺给你们买上好的棺材做个坟，就埋在俺的坟头边上。等到那边了，俺再和你们两个玩。"大兵的鞭子抽打得更狠了，油嘴子趴鼻子已经好几天没吃东西了，年龄又大，没多久就被吊死了，粮天也被打得晕死过去。

兵头见问不出什么，又渐渐激起了民愤，便草草收场撤走了。

丁粮天睁开眼时，一家人正围在他身边号哭。土根抱着粮天老泪纵横地说：粮天你可醒了，再不醒过来，爷爷就和你奶奶一起陪着你到那边去了。土根扶着粮天坐起来喝水，粮天看到奶奶一动不动地躺在一边，大喊一声奶奶又晕了过去。原来，秦女见大兵押着土根和粮天走了，为了不拖累家人，上吊自杀了。

晚上，粮天等众人跪在秦女面前守丧，被土根赶走了。土根声音嘶哑地说："你们都回去吧，你奶奶的事谁家也不报丧。明日一早，悄悄地给你奶奶下丧。粮天，回家去照顾你媳妇，她也倒下了。俺和你奶奶过了一辈子，她死的时候俺不在身边。今天晚上，让爷爷好好陪陪她。"

夜深了，一阵风吹过，土根轻声道："起风了，你这把老骨头怕冷。来，盖上被子。死老婆子，你的心真狠呀，撇下俺一个人，今晚俺再陪你一夜，明儿你就到那边去了。"土根拉过被子，盖在秦女身上，然后握住秦女的手，静静地并排躺着。

午夜的星空，湛蓝湛蓝的。

迷迷糊糊中，土根看到年轻的秦女如风般推门进屋，含笑坐在他身边，土根想说话却张不开嘴，秦女爱怜地看着他，轻声说，"俺不放心你，回来有几句话要叮嘱你，这个家还需要你，你别急着来找我，还有你一直惦记的地广，好着呢，没有死。地圆这

385

孩子要跟着俺一块走了，你别难过……"

正在这时西院里传来号哭声，土根一下惊醒了。土根慌慌地刚下了炕，李云冲进来大哭，丁地圆死了。

丁家静悄悄地将秦女和地圆埋在东北岭上。

处理完丧事，粮天躺在炕上养伤，冯末了坐在他身边掉眼泪。粮天问："儿子睡了？"末了说："刚睡下，你起来吃点东西吧，爹不在家，你就是家里的顶梁柱，你千万不能倒下啊。"粮天看着末了，说："你也该吃点东西，脸色这么难看。"

夜深了，世田在梦中打起摆子，末了小声说："粮天，你去拿点小米吧，俺熬点粥，你和世田喝点。"粮天爬起来到地窖里拿回一点儿小米，末了小心地关上门窗，生怕有味道飘出去。粥熬好了，末了端了一碗给粮天，粮天舍不得喝。末了强硬地劝道：你必须喝下去。粮天喝了两口，把碗递给末了："你也喝点，你身子太弱。"末了喝了一点儿，舍不得再喝，都喂给了世田。

下半夜，粮天刚躺下。

实儿急急地赶过来，告诉他们王玉也死了。

五　讨饭

地博带着三个孩子一路讨饭，这是一个艰难而明智的选择。

风餐露宿，走了三天三夜，地博来到枳沟。田野里，渐渐有了绿色。孩子们走不动了，地博从怀里掏出一个玉米饼子，一人分了一块。有东西吃才是人间最美好的事情，粮米和他的兄弟们终于体会到了。几个孩子咬了一口，又泪眼汪汪地伸向地博。地博咬了下："歇会儿，咱们继续走，再往前走就有希望了。"

越往东北走，田野里的绿意越浓。到了诸城郊区，看到一片瓜地，一个老汉正在瓜田歇息喝茶。孩子们远远地瞅着，不走了，

"有田种多好呀！"粮米感叹说。地博心疼地望着孩子，躬着腰来到地头："大哥，需要帮忙吗？"老汉上下打量着地博父子，问："讨饭的？"地博没有搭话，来到瓜田扛起锄头干起来，"老哥呀，家里闹饥荒，出门讨口饭吃。"老汉同情地说："俺是替地主种西瓜的，瓜还没熟，你们要是太饿就先吃点吧。"地博边干边说："俺不能白吃你的，帮你搭把手吧。"老汉说："一看就知道你是种庄稼的好手，可惜了，遇到这样的年景。路上没有遇到关卡？西南边闹饥荒，都设上关卡了，到处都是抓壮丁的，你带着这么多孩子，可要小心啊。""俺就是从西南边来的，抄小路走的，快两年了，老家一点儿雨也没下呀，这是老天在惩治俺们。"老汉说："哎，话别这么说，就是运气不好赶上天灾了。"两人一起干起来。

粮米粮麦粮豆见势，赶紧上前懂事地帮老汉拔草，他们望着地里的西瓜，直咽口水。老汉叹息着在地里找出两个裂缝的西瓜，掰开露出还没有熟的白瓜瓤，递给孩子们，孩子们赶紧看向地博，地博说："吃吧。"三个孩子狼吞虎咽地吃起来，老汉看得直掉泪，转身从草棚里拿出一块饼，一人分了一份。地博问："大哥，这个地方谁家有活干？俺想替人家出份工。"老汉指着前头一个村落说，继续往前走，有户人家正在盖房子，你去他那里干活，保准管饱肚子，这户人家心可善了。地博父子找到了第一个落脚点，干了十天工，挣了六个铜钱。爷几个缓过劲来了，粮米等哥几个嚷嚷去找体香妹妹。在他们眼里，体香像是住在天堂里一样。

"现在还不能去，明天去胶州。麦子熟了，咱们去当麦客。"地博说。

"什么是麦客？"

"就是专门给人家收割麦子的。"

地博来到胶州一户地主家当起了麦客，孩子们跟着打小工。这天正割着麦子，地博突然晕倒了，孩子们吓得大哭，一个老佃户上前摁住地博的人中，片刻后地博醒过来。地博心中不安，对粮麦说："俺怎么会突然晕倒了，是不是家里出事了？"粮麦脸上还挂着泪，哽咽着说："爹，要不咱回家去？"地博摆摆手，继续低头割麦。

割完麦子，地主派人把地博叫到跟前说："大汉，俺看你干活是一把好手，愿不愿意留在俺家里当个长工呢？不过你这几个孩子我不能留。"地博说："主子，家中还有一家老小等着俺养活，俺得回去。"地主便不再强留。

晚上，地博和孩子们给地主家守场。粮豆粮麦累了睡着了，粮米躺下望着满天的星星，禁不住掉下泪来。地博问："想家了？"粮米说："俺想俺娘想俺爷爷想俺奶奶了！"地博蹲在麦场上，望着远方什么也没说。

"爹，你不想家吗？"

地博还是没有说话。

"爹，咱们什么时候回家？"

"现在还不能回去，明天去青岛。"地博终于吐出一句话。

"爹，等俺长大了是不是便成了你这样？"

地博又不说话了。

地博在青岛大港找到昔日的伙计，谋了一份工作，又干了三个月，挣了足足二两银子。临走时，地博领着孩子到市里玩了一天，孩子们第一次来到繁华的都市，目不暇接，艳羡不已。"城市"这个概念，从此在他们幼小的脑海里种下了。

父子四人离开青岛到了诸城，地博和体香短暂相聚，地博给女儿留下些钱物，买了些药和粮食便急着往家赶。从乡下到城市，再从城市到乡下，仿佛一夜之间孩子们顿悟了不少。在这个世上，没有什么天堂和地狱。如果真的有，那么，哪里都有。当你在天堂上，你目之所及皆是地狱；当你来到地狱，仰之所处都是天堂。

出家门时，是初春时节；回到家中，已是暮秋冬初了。

家里的变故，让地博深受打击，土根开导他："人总是要走的，这是老天可怜他们。如今你回来了,家里的苦日子再咬咬牙就挺过去了。"地博望着一屋子的孩子,心里沉甸甸的。地博兄弟三人,九个孩子,如今就全靠他了。

地博把钱儿粮儿拉在怀里,又拍拍粮仓粮库的肩膀,对实儿说:"做点好吃的,改善改善伙食吧,今日咱家过大年!"地博打开一包红糖,对末了说:"这是给世田的,他正是长身体的时候,让他补补身体。"孩子们从未见过这"红土"般的东西,问:"这红土能吃?"土根笑了:"潮巴,这可是好东西,只有皇帝老儿才能吃到呢,你们尝尝。"说完示意孩子们用手指蘸点放嘴里,孩子们照做,惊喜地嚷道:真甜呀!

冯实儿倒上一杯热水,用勺子舀出一勺红糖放进去用力搅拌,孩子们围着用手扇着闻味,口水都流了出来。实儿先递给土根,土根喝了一口大声说:"哎呀,真好喝,红糖这东西才养活人来,喝进肚子里就会变成血了,浑身热辣辣的。"孩子们争先恐后地一人喝了一勺。粮豆拍着肚皮说:"爷爷,俺觉着身上的血快迸出来了,浑身有劲了。"说得一屋子人连泪都笑出来了。

地博又拿出一包药交给粮天:"这药本来是打算给你奶奶和你二叔三婶吃的,结果他们都走了。你收好吧。"

晚上,地博躺在热乎乎的炕上,长长地叹了一口气,还是家里好呀,老婆孩子热炕头。实儿抚摸着他说:"你又瘦了。"地博叹道:"你和粮天在家受罪了。粮天经过这段时间的历练,以后这个家交给他就放心了。"两人正说着话,粮米敲门进来,进屋后跪在炕前,突然说:"爹娘,俺想闯关东!"

丁粮米决定闯关东的事,愁煞了一家人。地博、实儿轮番劝也劝不住,粮米固执地说:"你们要是不同意,俺就偷偷地走。"地博望着粮米坚毅的面容,看到了丁家人骨子里的倔强。

地博为粮米闯关东的事和土根商量,土根思考良久说:"粮米这孩子想出去闯闯,让他去吧,别拦着。"

晚上,地博和实儿将粮米叫到跟前,地博说:"咱这一带过几天有一批要闯关东的,你和他们一起走。"实儿当场哭了:"儿子,你决定了,娘也就不拦你了,冯家关东有个亲戚,早些年还有联系,娘给他写封信,你拿着信去吉林投靠他吧。"

丁粮米要闯关东了,这让土根感慨万千,他再次想起多年前自己离家出走的情景。

丁粮米临行前夜,土根召集家人围坐在一起,动情地说:"当年爷爷像你这么大的时候,孤身来到胳肢窝村扎下根来,你这一走,让爷爷想起好多事来。"土根哆嗦着从怀中摸出一包东西,打开是一块玉佩和五两银子,玉佩晶莹剔透,上面刻着一个"丁"字。"这块玉佩,是你老爷爷送给俺的,也算是丁家的传家宝了,俺本来想先传给地博再传给粮天。但粮米提出来要闯关东,触到爷爷的心了,今日就把玉佩传给粮米了。"地博一愣,他从来不知道家里还有这件宝贝,从土根手里接过玉佩端详,粮天脸上闪过一丝不满的神情。土根看向地博,叮嘱道:"地博,你拿着这些银子,一部分给粮米作盘缠用,剩下的去买粮食。俺再说一遍,这块玉佩代表着丁家的根脉。丁家的人,无论走到天南海北,只要看见这块玉佩了,就是俺丁家的后人。"粮米接过玉佩,跪下给爷爷磕了个头。

粮天和兄弟们走出土根的屋门,没有说话,回到自己房间,砰的一声关上了门。地博走在最后,瞅了粮天一眼,随后将粮米叫进自己屋,关上门说:"爷爷给的五两银子,爹全给你,另外,爹再给你添上三两银子,一共八两,够你在关东安个家了。闯关东这一路上可不安全,你自己要多注意,爷爷给你的玉佩先留下吧,爹替你暂时保管着,等你在关东安稳下来,再交给你。"粮米二话没说,将玉佩交给了地博。

煤油灯下,实儿将银子分八处缝在粮米的贴身衣物上。地博再三叮咛粮米:"在东北待不下去了就回家。"他又检查了一遍粮米随身带着的东西,说道:"无论什么情况下,命最重要,万一遇到土匪之类的,别不舍财,最重要的是要保住命。"实儿抱住粮米,哭道:"你是娘身上掉下的肉,无论走到哪里,爹和娘都在家里等着你。记着,到了那边,安顿下来,一定给家里写信。"

天蒙蒙亮,丁粮米背着行装出发了。丁土根领着一家人到村西口送行。

这是丁家第一拨闯关东的人,丁粮米一走三十年没有给家里写过信。很多年后,他的一封信,在丁家掀起了轩然大波。

第十九章

一 生死离别

世上纵有千般苦，唯有挨饿的滋味不好受。大灾之年，人们面对死亡，早已麻木冷漠。

丁粮天的面前，摆满了美味佳肴，他忙伸手去抓，着急地往嘴里塞，全身抽搐起来。冯末了拍了拍他，粮天醒了，原来他又陷入臆想中。不能再躺下去了，再这样下去必然会爬不起来的。粮天慢慢地一点点挨到炕沿下炕，双脚如同踩在棉花堆里，摇摇晃晃。粮天找到爷爷商量，地窖里还藏着百十袋种子呢，拿出来分了吃吧。土根有气无力地躺在炕上，再次表现出他倔强不屈的劲头，语气仍然是那样的不容置疑："这些种子是来年的命根子，如今紧着肚子，不也是为了以后吃个饱嘛，孩子没有了可以再生，种子没有了开春有雨怎么种地呀！再熬熬吧。"土根是商量不通了，粮天又去找地博。他的话还没有说完，地博就破口大骂："逆子，你这是想绝种呀。这些种子饿死了也不能吃。"

在那个绝望的年代，丁家人之所以存活下来，完全是靠着那股心劲。粮天摇摇晃晃回到屋里躺下，冯末了靠在炕角，生命似乎快走到了尽头，她无力地问："还去高泽吗？"

"不去怎么办？"粮天有气无力地说。大荒之后第三年，政府终于在高泽村设了一个赈济点。

"和你过了七八年日子，真是舍不得丢下你……"

"你可要挺住，咬咬牙。"

"俺什么也顾不上了，只是、只是可怜俺的儿呀，别真成了无娘的孩子……"

粮天不敢听下去了，他要活下去养活全家，爬起来跟跟跄跄往外走。"你等一下！"冯末了从怀里掏出一个地瓜说，"你吃下去一半，另一半路上带着，坚持不住了，再咬一口。"丁家的口粮如今只剩下每人每天一个地瓜了。粮天流泪了，摆摆手说："这是你的口粮，你整天不吃，人很快就塌了。"末了有气无力地说："让你吃你就吃。你一个大男人再不吃，就扛不住了。这个家没有俺行，没有你就完了。"她挣扎着爬起来，从炕席下取出半包红糖，这是地博给世田带回来的，末了一直视为珍宝。冯末了给粮天冲了一杯红糖水，命令道："你再把这杯糖水喝了。"

粮天摇头说道："你喝了吧，别管孩子了。俺看，世田的脸上有点血色了，这个小子命大，能顶过去的。"末了又催促，粮天还是不肯喝。末了哭了："你再不喝，俺便一头撞死给你看！"说着就拿头要往墙上撞，粮天无奈只得喝下。末了努力地笑笑："好了，你去高泽吧，早去早回，俺等着你。"

粮天吃下东西，感到身上轻快有劲了，他来到地博屋里告诉爹，末了快不行了！地博无力地说："不要和你爷爷说，你到地窖里偷偷地取点麦种吧，别让家里其他人瞧见。"粮天接过钥匙，取回一点麦种交给末了，小心地叮嘱末了，藏好了，饿了便吃点，俺去高泽了。末了望着粮天的背影，暗自流下了眼泪。

地博艰难起身，拄着棍子，领着丁家的男人粮天粮麦粮豆粮仓粮库一起往高泽走。

路上，饿殍遍野。

丁家男人为了省下一顿饭，每天步行十里路去高泽喝赈济粥汤。每次喝完粥汤还没走回家，就又开始饿了。这天，粮天连喝下三大碗汤说："俺不来回走了，就睡在这了。"地博领着其他人回了家。

冯末了流产后，身体每况愈下，她渐渐感到自己时日不多了。粮天去了高泽，她也挣扎着回了趟娘家。果儿家也快揭不开锅了，见末了的憔悴样，果儿心疼不已。末了说："俺这身子骨是一天不如一天了，估摸着是活不了多长时间，俺不忍心见粮天和儿子倒下去。"果儿哆哆嗦嗦地拿出一小袋小米交给末了，末了藏在怀里，流泪说："活到今天才知道挨饿真不是滋味，但俺宁愿饿死，也要省下一口，让粮天和儿子过去这个坎。"

回到家，末了熬了小米粥，让世田吃了一顿饱饭。自己喘着粗气躺回到炕上，等着粮天回来。冯实儿过来看末了，劝道："末了，你多少也要吃点东西，别都从自己嘴里省啊。"末了有气无力地说："娘，俺没事，俺就是有点困，想睡会儿。"实儿叹口气退了出来。

第二天，粮天喝完粥汤从高泽回家，进屋看见冯末了正喂世田吃麦糊糊，他气得一把夺过碗埋怨说：这是给你留的，你怎么又给他吃了，你还想不想活了？末了说："世田和你没事，俺就没有牵挂了。俺快不行了，你回来就好。"粮天大哭，末了伸手摸着他的脸，凄惨地笑了："让俺再看看你，真是舍不得你们……你走后，俺又回了趟娘家，无脸无腔地又要了袋小米，藏在炕席下面了。粮天，你好好听着，你一定要保住儿子的命，儿子要是饿死了，俺在阴曹地府里也要和你算账……好了……俺好困，想躺下好好睡会儿……"说着说着就没了声音，冯末了活活饿死了。

冯末了死的时候，丁家已经无力下丧。

粮天背着末了的尸体，将她埋到丁家湾湖心岛，粮天坐在坟前自语道："这里是俺和你约会的地方，你在这里先委屈一下，等俺也死了，就让世田把咱俩埋在一起。"

二 状元梦

朱门酒肉臭,路有冻死骨。

丁世田小时候,常常坐在李家十字胡同前眼巴巴地盯着里面看。里面,人影绰绰,香味四溢。他总感到里面一定是天堂,有各种各样他叫不上名永远也吃不完的好吃的。

想着想着,他的口水流了一地。

世田坐的时间久了,后来一到中午或傍晚无人的时候,胡同里面就会走出一个女人,手里拿着馍或玉米饼子偷偷地塞给他,小声叮嘱他:快走吧,到没人的地方去吃。世田接过东西,跑到草垛后几口吃完,然后拍拍肚皮,高高兴兴地回家了。

那个时候,世田太小了,他还分不清谁是桃儿谁是杏儿,但他知道,给他送吃的人是他的姑姑。

大灾大难面前,胳肢窝村利益格局又在悄悄地进行着新的变动。李家的势力范围,不动声色地沿着东西驿道向南向北推进,一跃成为村中最大的土地占有者。此时,冯家已经屈尊第二了,这个秘密,一直等到难关过后,村里人才知道。

"半个先生"秦虎的一只脚已经跨入了鬼门关。

在他生命的最后时刻,他孤独蹒跚地来到他一生中最难过最耻辱最伤心的东岭湖畔。走到湖边,他一点儿力气也没有了,瘫倒在湖堤上,又滑落到深深的湖底。此时,东岭湖不再是湖了,而是一片低洼地。

秦虎木呆呆地望着蓝天。他一生做过很多梦,今天终于圆梦了。

他幸福地闭上眼睛,泪水溢出眼角。

恍惚间,秦虎胸前戴着大红花,骑着高头大马,众星捧月般被人簇拥着来到村口。豁牙快步上前,小心翼翼地将他从马上扶下,众人躬身高喊着,恭迎状元郎,恭贺状元郎!……秦虎双手抱拳笑吟吟:免礼,大家都免礼!这时,秦员外大步上前,朝秦虎深深作揖:"状元郎,请受小民一拜,今日大人来此乡野借宿,小民不胜荣幸!"秦虎慌忙扶起,说道:"多谢父亲大人恩培,儿子不孝,让父亲大人受苦了。"正说着,一女人在一边抽泣,秦虎见是娘秦氏,连忙上前叩拜:"母亲大人,儿子过去不懂娘的心,不孝啊,让您担惊受怕了。"此时一人忽然跪扑在秦虎脚下,抱住他的双腿,秦虎见是冯本,厌恶地扭过头去。冯本痛哭流涕道:"小民有眼不识泰山,罪过呀罪过,俺该死该死,请大人饶过小民一命吧。"秦虎一脸的鄙视,抬脚欲上马,不料,冯本死死地抱住他的腿,秦虎用力一蹬,一脚踩空了。

秦虎的身体一抖,梦醒了。秦虎笑了,总算圆了他的状元梦。泪水滚下来,他已经没有力气去擦了,又幸福地闭上眼。

月光下,仙女般的小姨娘迈着轻盈的小碎步姗姗而来,她一把抱住秦虎,说道:"俺等你好久了,你这个死鬼终于来了。"秦虎紧紧地搂住她,生怕她飞了:这下好了,咱俩再也不分开了……不料,小姨娘却挣脱开,哭道:"咱俩的缘分尽了,上辈子欠下你的,俺这辈子偿还给你了。"秦虎轻轻地叹了口气:"这辈子认识你,和你厮守一阵子,也不枉我这一生了。"小姨娘说:"今日见面是想告诉你一个好消息,咱给你留下一个种子,也不枉你做了一辈子先生。"秦虎长长地松了一口气,如释重负般地说:"怪不得呢,俺就觉得冯实儿是咱俩的孩子。这下好了,我再无牵无挂了。"

小姨娘说完这几句话,翩然而去,秦虎伸手去拉小姨娘,一伸手又醒了。

秦虎看着天空,眼前仿佛闪现出实儿的影子,他笑了,努力想看清楚,但眼皮越来越沉,不由自主地闭上了眼睛。

太阳火辣辣地直射下来,秦虎闭着眼,贪恋地吸了最后一口气。

三　鬼门关

末了走了，粮天如掉了魂一样魔怔了，脑海里常常出现可怕的幻觉。

半夜里，粮天仿佛看见末了来了，领着他晃晃悠悠从屋里走出来，一路走到六亩地北头。到了地头上，粮天看到遍地的饽饽、花生、玉米、豆子……他趴在地上又是挖又是啃，最后，他满意地躺在地上，拍拍肚皮，望着漆黑的夜空，沉沉地睡去。

大地，死一般寂静。

睡梦中，粮天见六亩地北头深沟里火光冲天，香味四溢。粮天趔趄着走了过去，见豁牙和一群人坐在火堆前狼吞虎咽地啃着什么，粮天饿虎扑食般扑上去，又重重地摔倒了……

恍惚中，两个披头散发的小鬼给粮天套上枷锁拉起来就走，粮天挣扎地喊道：俺还没有死呢，你们这是干什么！小鬼骂道，"少废话，快走吧。"这时，一个四方脸老者飘然而至，老者喝道："人还没死就往鬼门关里拉？快把人放了！"小鬼看见老者慌忙下跪，不敢违逆，乖乖地放开了粮天，粮天正要拜谢老者，老者却已消失不见……

远处，又有一个妙龄女子哭哭啼啼地走了过来。粮天细瞧，见是媳妇冯末了，他笑道：媳妇你怎么变回年轻时的俊模样了？冯末了狠狠地瞪了他一眼：你都这样了还开玩笑？粮天终于哭了：俺不想活了，天天想你，还不如快死了算了，死了咱们还能相聚！冯末了眼睛红了：俺正为这事来的呢，你不能死，咱俩还有一个孩子。粮天说道：俺谁也不管了，现在就跟着你走。冯末了捧着粮天的脸，苦苦地劝道：回去吧，四十年后咱俩再相聚！

粮天伸手去抱末了，但总是抱不到，他奋力地挣扎……

397

粮天睁开眼时，听到地博惊喜地说："缓过来了，没事了！"土根流泪道："大孙子你可醒了，吓死爷爷了。"粮天迷茫地问："俺怎么了？"粮麦抢着说："你在六亩地晕了过去，爹把你扛回来的，你已经睡了三天了。"粮天更不解了，问："俺到六亩地干什么去了？"粮麦挠头道："不知道，爹把你从那寻回来的。"

丁粮天奇迹般地活了下来。

粮天的身体渐渐恢复过来。一天，他坐在丁家大院门口台阶上晒太阳。一个人拖着一具尸体从街头走过，边走边骂：豁牙真不得好死，临死了也不找个旮旯里藏着，暴死在街头上。粮天问："什么时候的事了？"那人说："六天前死的，尸体都烂了。"

大饥荒到了第四个年头，家家户户断了炊烟。

这天，地博裹了三小包地瓜干子，让丁粮天拿一袋去看丁果儿，又让丁粮麦丁粮豆各拿一袋去看看丁桃儿丁杏儿。半天工夫，三个人都回来了，一人背回来一袋面粉。地博高兴地说，这下放心了，看来，他们的日子过得比咱好啊！

老天终于睁眼了。入冬后，连续下了三场大雪，一场比一场大，厚厚的雪如同暖暖的被子，盖在大地上。

我的爷爷丁粮天经常给我讲鬼门关的故事。"谁到过鬼门关了？我们这一辈人呀，是两只脚踏在鬼门关的门槛上，腿一迈就进去了！"爷爷的语气，显得那样的平和而淡定，甚至还带着丝丝的骄傲和幸福感。"那一年，从来没有见过那么大的雪啊，鹅毛般大，飘飘扬扬的。丁家大院被一层厚厚的大雪压着，你老爷爷地博从家门口到土地庙挖了一条洞口，又在每个房间中间走道上掏了一条通道，便于来回走路，孩子们在雪洞里钻来钻去，玩起捉迷藏。"爷爷晚年回忆起往事，讲得栩栩如生……

一开春，雨水就来了，雨下得不大不小，慢慢地渗进大地。

这时的种子，贵如黄金。

土根跟地博说："把地窖里的种子，自家留一部分种，其余的拿到集市上卖了，换成钱和粮食。"地博和粮天一人背着一袋玉米种子拿到集市上，众人立即围上来，一袋玉米种子换回整整六袋玉米，小麦种子更是抢手货，一袋小麦种子可以卖一两银子。丁家靠这些种子，很快恢复了元气。

通过这件事，让丁世田在很小的时候便明白了一个道理：过日子要有算计，要节俭能挨苦，再苦再累也要熬下去，咬着牙顶过去。

我的父亲丁世田一生节俭，节俭的程度让我难以理解甚至是鄙夷不屑。父亲晚年得了食道癌，手术后反应厉害呕吐不止，他的嘴角总是哩哩啦啦的口水不断，擦口水的卫生纸他嫌一张纸太大，过于浪费，每次都将一张抽纸剪成四小块，四四方方叠成一摞，每次只用一小块，用完再放入另一个纸篓循环再利用。有一天，这个臭习惯坏行为被我发现了，我一气之下，将纸篓里的废纸全部倒进垃圾桶里，还故意拿出好几张抽纸，慢慢地给他擦嘴，父亲扭过头去不让我擦，眼里闪着泪光。

我问他怎么了，父亲说："你用小半张纸就行了，俺到死也要过日子。儿子呀，过日子，就是要一天一天地过，一点儿一点儿地省。无论你有多大的出息，都要记住！"

父亲已经离开我整整十年了，他当时的表情和话语时时萦绕在我的脑海中。直到今天，我才明白，想告诉九泉之下的父亲大人：儿子终于读懂你的表情和话语了！但，不知父亲能否听见我的忏悔。

四　不期而至

四年大灾过后，丁家犹如一辆列车再次启动前行。

丁体香从诸城女子师范班毕业后考上了当时山东最高学府——国立青岛师范大学，录取通知书发到手上，她想第一时间告诉家中的亲人，已经多年没有回家的她归心似箭。

初夏时节，庄稼地里绿意盎然。路上，体香望着道路两侧的景物泪眼汪汪，李凡陪在她身边，他和体香考上了同一所学校，这次一起返乡。到了村西口驿道岔路，两人下了马车，向村中走去，李凡问："什么时候回去？我来接你。"体香说："这次回家我想多待上几天。"

回到家，土根正在院子里晒太阳，体香扑向土根，土根睁大眼睛，片刻后惊讶道：哎哟来大孙女，出落成这么俊的大姑娘了，爷爷都快不敢认了。地博和实儿听见说话声也出来了，家人团聚相拥而泣。体香得知家中变故后，抱住实儿哭道："娘，你们真狠心，为什么不告诉我，让我看上奶奶最后一眼。"爷爷说："傻孩子，你是不知道呀，家里穷得连锅都揭不开了，你回来还能再迈出这个家门吗！"

体香在丁家大院走了一圈，昔时的美好记忆涌上心头，眼前的凄凉景象让她愧疚不安，她知道为了供她上学，全家做出了多大的牺牲。体香泪眼汪汪地说："我不去上学了，我要在家帮你们干活。"实儿紧紧地抱住她安慰说：傻孩子，你能帮上什么忙，好好念书，如今家里最困难的时候已经过去了。

粮天粮麦粮豆围着体香说话，地博在旁边道："好了，你们一会儿再说，体香，你先去你二叔三叔那边看看吧。"

体香来到西院，见李云正在做饭，小声喊了句二婶。李云抬头见是体香，吃惊得不得了，随之脸耷拉下来，不冷不热地说："回来了。"体香放下一盒点心，上前拉住李云抱了抱。李云冷笑道："你离俺远点，别沾上俺身上的灰。俺有时候真不明白，全家非要省吃俭用供着你这大小姐上学，要不是因为你，你二叔也不至于饿死了。"粮仓看不下去了，上前扯扯娘的衣襟劝她少说些。李云却不管这些，继续酸溜溜地说："俺就纳闷，一个女孩子在外面疯疯癫癫干什么呀，早晚不也是找个婆家嫁了嘛！"粮仓终于不高兴了，不耐烦地说："妹妹好不容易回趟家，你净胡叨叨！"

体香一口水也没有喝，哭着走了。

体香正坐在屋里垂泪，听见外面有人喊：妹妹在哪里？钱儿粮儿洗衣刚回来，知道体香回来，高兴得不得了。钱儿看到体香羡慕地说："好妹妹，长得可真俊呀！你看看俺，天天风里来雨里去的，脸都晒破皮了。"体香拉着两位姐姐坐下，红着眼圈说："想死姐姐们了，经常梦见你们。"粮儿看到细皮嫩肉的体香，心里有些泛酸，低声说了句："在外面多好呀，不像俺们受苦受累，你都成城里人了。"

"城里人"三个字，仿佛拉开了三人的距离。

这天，地博突然发现家里的玉佩不见了！

地博惊出一身的汗，祖传宝贝丢了，完了完了。他脑子飞快地转着，怀疑的目标锁定了粮天。地博悄悄把粮天叫进屋，冷眼观察着，低声呵斥：你干的好事！粮天望着爹威严的表情，吓了一跳，不知啥事。"玉佩是不是你拿走了？"地博问。粮天一脸万分惊恐样：爷爷不是将玉佩给粮米了吗？地博见粮天的样子不像假装的，跺着脚，小声说："我给留下了，没让粮米带走。你爷爷老糊涂了，怎么能把传家宝交给粮米呢？我哄着粮米留下，等以后传给世田。我今天想把玉佩换个地方藏起来，却怎么也找不到了。"粮天一听也急了：家里没来过外人呀怎么会丢了？对了，一定是家贼干的。地博嘘了一声说："你小声点，玉佩的事谁也不知道，包括你娘。"地博想了一会儿，又怀疑是李云家粮仓粮库两个小子干的，吩咐粮天去他家暗中观察观察诈唬他们一下，看看有什么反应。

粮天来到李云家，李云一家人正在吃饭。粮天进屋后并不坐，双手抱在胸前，直勾勾地望着三人。粮仓客气地礼让粮天坐下吃饭，粮天并不说话，盯着三人的一举一动。李云感到些异样，不悦地说："丁家的大红人来了，怎么有时间到俺家坐坐呢？"粮天这才阴阳怪气地说："过来瞧瞧，你们家最近有什么变化，有没有多了什么东西？"粮仓抬头瞪了粮天一眼，觉察出了不对劲，嚼着煎饼，粗声粗气地说："变什么呀？也就是刚刚买了头猪！"粮天又问："这几天你们谁到过俺爹屋里去了？"

粮库此时终于忍不住了，一拍桌子吼道："你什么意思？有话直说。"粮天张了张嘴把话又咽了回去，尴尬地站了一会儿走了。

粮天来到地博屋，父子俩关上门，看来也不像李云家偷的。宝贝飞到哪里去了？地博瘫倒在炕上，唉声叹气："这玉佩是咱丁家的宝贝呀，让俺弄丢了，真是败家子。"粮天劝慰父亲，又突然想到会不会是娘发现了偷着给体香了。地博一下爬起来，拍拍脑袋高兴了：哎呀，完全有这个可能啊，传给体香也行，就是不能丢了，等她们娘俩回来再细问问。

正说着实儿和体香有说有笑地回到家，推开房门，实儿笑道："你爷俩大白天蹲在屋里干什么呢？"粮天不自然地说："和爹商量商量赶集的事，想问问家里再买点、买点什么。"地博也赶紧说："是呀，正说起这事呢。"

这时大门外传来粮麦粮豆和世田的吵吵声，"你这是从哪里弄来的？""不告诉你！""拿过来俺看看！""不行，不给！"地博和粮天走出屋来，看见世田脖子上戴着一块晶莹剔透的玉佩。

地博一把抱住孙子："小祖宗呀，快摘下来给我。"世田摘下玉佩交到地博手中,地博赶紧将玉佩装进口袋。粮麦问:"爹,这块玉佩不是给俺二哥吗?"地博脸色一沉,厉声说道:"这不是那块,是块假的。"粮豆追问:"这明明就是爷爷给粮米的那块。"地博将他俩拉在一边,小声说:"别胡说,这就是块假的,这事你们谁也不能告诉,包括你们的爷爷和娘。谁要是说出去,打断他的腿!"粮麦和粮豆吓得赶紧点头跑了。

地博问世田:"你是从哪里找到的?"

世田说,昨日在爷爷屋里玩,看到柜子角下有一块泥土有些松散,就拿小木棍抠着玩,然后就抠出一个盒子……粮天听到这里上前一脚踢倒世田,骂道:"混账,你爷爷都快急死了。"世田大哭,地博抱住世田哄着,对粮天说:"你打他干什么?这是天意啊,这玉佩和世田有缘来,看来,终是要传给他的。"

初秋,下起了绵绵细雨。

这天,村西头又来了一批逃荒的,雨越下越大,灾民们纷纷聚在土地庙里避雨。地博不放心,让粮天过去看看。粮天一进土地庙,一群灾民便围上去讨要饭食,粮天偷偷地看到四方石和地窖入口没有异样,便放心地往回走。

粮天走进家门,一个十七八岁的青年尾随跟着进来,进门跪下抱住粮天的腿哀求道:"大哥,行行好,给我点饭吃吧,实在走不动了。"粮天见他长得眉清目秀、弱不禁风不禁心生怜悯,正在犹豫不决时,土根闻声拄着棍子过来,青年又跪在他面前哀求道:"爷爷,留下我吃顿饭吧,明天再赶我走。"土根心软了,回屋端来一碗汤。

青年连连给土根磕头,一口气喝下,脸上渐渐有了血色。这青年很有眼色又懂事,吃完饭就帮着实儿收拾干活。土根让他坐下,问起外面的一些情况,才知道这孩子是河北逃荒来的。土根想起自家过灾年情形,动了恻隐之心,劝粮天说道:"可怜这么一个秀气孩子，孩子呀，俺家虽说不能收留你，让你好好睡一觉还是可以的，你今天就住在这吧，明天早晨吃饱后再赶路。"

夜深了，粮天正在梦乡中。突然，一个身影闪进他屋里，倏地钻进他的被窝。粮天吓了一跳，借着月光一看，正是那青年。他惊得大喊："你干什么？出去！"青年羞涩地拉起粮天的手，伸向自己的胸脯，粮天顿时呆住了，惊讶地问："你是女的？"青年小声说："我今年十八了，还是女儿身！"说着，她竟然把身上的衣服全部脱下，光溜溜地躺在粮天怀里。

月光下，女孩娇柔光亮，脸上一片绯红。

这个女孩叫张采儿，从她迈进丁家大门，见粮天屋里没有女人，心里便明白了。那一刻，张采儿便认定这是她的机会，她与这个家有缘。粮天结结巴巴地问："你、你到底是从哪里来的？"采儿哭了："我家在河北邢台，家境比你们家还宽余些，但年年战争又遇天灾，父母带着我女扮男装逃荒，路上他们都死了，就剩下我一个人了……"

此时此刻，粮天局促不安，手不知放在哪里。"大哥收下我吧，我给你做媳妇！"说着，采儿把滚烫的身子紧紧贴上粮天。粮天是过来人，正值壮年，怀里搂着一个如花似玉的女人，再也控制不住自己……

一夜之间，丁粮天有了第二个媳妇张采儿。

五　盗麦

胳肢窝这个千年古村，犹如一位不会说话的智慧老者，一直在静静地注视着这里的一切。一千年前，焦姓立村，刘家后来居上，焦刘两姓大战，两败俱伤。秦冯两家乘虚而入，后来王家加入竞争，秦冯王三家主导过一段漫长的岁月。丁家兴起，秦家衰落,又是四十多年过去了,李家异军突起,李冯丁王四家的势力盘根错节,占据着村中的主导地位,这种状况一直持续到中国改革开放前。改革开放后,胳肢窝村的格局再次大变。

世事起起伏伏,皆因土地而起,皆缘土地而生。

五月,黄灿灿的麦穗随风摇曳。大地慢慢复苏过来。

夏至这天,土根拎着酒壶,地博扛着桌子,粮天扛着犁耙,实儿和采儿挎着篮子,孩子们蹦蹦跳跳跟在身后,一家人说说笑笑来到六棵树下,举行六亩地的供土仪式。这个仪式,从丁家开垦六亩地起就有,一直持续了上百年。地博在地头支上桌子,供上馍馍,烧上纸钱,点上香火。土根双手倒满酒,一杯杯慢慢洒上大地,嘴里念念有词:土地神保佑俺全家,风调雨顺,五谷丰登,大慈大悲的土地神啊……随即,土根在前,其余人在后,跪倒在地头上,连磕六个头。

世田伸手去够供桌上的馍馍,粮天作势要打,采儿笑说:"供土仪式结束了,可以让孩子吃了。"采儿嫁给粮天,很快融入丁家,她机灵贤惠、勤俭持家,赢得了丁家人的尊重。土根并不生气,抱住世田开心地说:"是啊,孩子吃供桌上的饭食会发财发福的。"

地博领着众人忙着锄草,土根领着世田蹲在地头搓下几粒麦穗细细察看,满意地说,要大丰收了,老天开恩了!他将麦粒放到嘴里嚼了嚼,频频点头。世田说:"老爷爷,俺也要尝一尝。"土根拿了几粒,放进世田嘴里,哈哈大笑。千百年来,有地种有粮吃,这是一代代农人的心愿。

麦田渐渐黄了,却突然刮起一股盗麦风,大片大片的麦田被盗割,弄得村里人心惶惶,家家户户在田间地头安排人看守。

南山岭上,王老汉一家六口人守着六分薄田,入不敷出。两个儿子王作书和王作记,长得贼眉鼠眼,平日里专爱偷瞅女人,好干一些偷鸡摸狗的勾当。麦收来临,王作书和王作记牵头在王家组成一支地下"王家军",专门偷割别人家的麦田。

村里屡屡有人向王作师告状,王作师明知是王家有人当鬼作祟,却佯装不知,假意在大街上贴出告示:抓住盗麦者,一律游街示众。这一纸空文根本拦不住盗麦者的行为。

过去秦员外和冯员外在村里当家时,只做不说。如今王作师当执,只说不做。前者,令人噤若寒蝉,敢怒不敢言;后者,让人怨气沸腾,乱上加乱。王作书和王作记被人捉住几回,回回都被王作师找借口放了不了了之。此后,他们更加肆无忌惮。

冯家的南土岭与王家的南山岭相邻,仅隔着一条小阳河。王家军胆大妄为,一次次盗割南土岭上的麦田。果儿召集族人商量对策,果儿说:"咱冯家虽不复当年,但也不是软柿子谁想捏就捏一下。今天请大伙来,一起想想应对的法子。"冯界愤愤地说:"俺看,冯家年轻人都组织起来,轮流巡逻放哨。抓住盗麦的,先打上一顿,再送到保长那里去。"大家没人说话,这些年冯氏一族经历过太多的劫难,大家都变得谨小慎微,心里都知道是王家干的但没人敢挑头。

一位老族人坐着,一直不说话。果儿问询老族人有何妙计,老人吞吞吐吐不吱声。禁不住果儿再三征问,老人慢吞吞地说:"冯家的土地基本上都集中在你们一支中,其余人家的地过于分散,吃亏受欺的,总是一些散户。俺有一个想法,把冯家所有的土地整合起来,一起种一起收一起分,土地是大家的,大家都会去保护它,人心齐泰山移。这样才能不被人欺负。"

老人说完大家又沉默了。如今冯家的旁支亲戚,几亩薄田也养活不了家人,也要靠租种果儿家的地。俗话说,大树底下好乘凉。大家思前想后,觉得这是个不错的办法。

但果儿却犹豫了,她担心从此自己一家独大,树大招风。冯界心中快速盘算着,一旦冯家的土地全部集中起来能有上千亩地,从数量上,自家又能超过李家,再次夺回第一的名头。想到这里,他缓缓地问:"土地集中起来归俺家,租子怎么收?"老族人说:"当然和原先的一样收啊。"冯界内心乐开了花,不住地给果儿使眼色,果儿还在犹豫,但禁不住大家再三催促,也只好点头同意了。

冯家人都在契约上摁了手印。一份契约,将冯氏一族所有田地全部收归冯界一家所有,但契约同时约定,这些土地只能由冯家人租耕。从此,在胳肢窝村冯家自成体系,在界河以南小阳河以东这块区域几乎没有人再敢随便进出,冯氏家族在这片地方设卡巡逻,甚至还在千年梧桐树上安排人瞭望站岗。

冯界组建了冯家的"守卫军",操戈备战。一段时间,连大兵进入冯家的地界都有所顾虑,这样冯家在胳肢窝村的霸主地位又维持了十年之久。

后来,这些举动彻底把冯家推上了风口浪尖。

一个烈日炎炎的中午,粮麦和粮豆蹲坐在六亩地上守护麦田。两人正有些迷糊时,忽然听到西边传来窸窸窣窣的声音,两人马上精神了,悄悄地循声摸了过去,看见王作书和王作记撅着腚正在偷割麦子,两人扑上前逮个正着。粮麦笑道:"这下人证物证都有了,咱们到保长那儿评理去,看看保长这回怎么办。"两人押着王作书和王作记一起往王作师家里走。

半路上,王作书和王作记想逃走,被粮麦粮豆摁倒在地下,四个人正打得不可开交时,远处跑来两人,王作书和王作记顿时脸红了,吼着:"赶紧走,这里不关你们的事。"赶来的是两位姑娘,王家的两枝花——王大嫚和王小嫚。两位姑娘来到粮麦粮豆面前,一个劲地求饶,王大嫚哭哭啼啼地埋怨道:"哥,你们怎么这样糊涂,咱就是饿死了也不能偷人家的东西呀,你们这样做丢人不丢人?"

早就听说王家有两位俊姑娘,今日第一次相见,没有想到姑娘竟然长得如此俊俏水灵。粮麦和粮豆不禁心软了,粮麦笑道:"没啥事,我们闹着玩呢。"王大嫚说:"你们不用替他们遮掩,他们干了什么俺知道,这些都是因为穷逼的。不过,俺哥哥们不像你们想象的那么坏,这次就饶了他们吧。"粮豆也笑了:"看在两个妹妹的面子上,今天就饶了你俩,不能有下次啦。"王作书和王作记支支吾吾着认了错,王大嫚说:"你们人都快到俺家门口了,进去喝口水吧。"粮麦和粮豆跟着四人一起去了王老汉家。

王老汉夫妇不在家,王作书和王作记看着粮麦粮豆兄弟不自在,找个借口溜了出去。

王大嫚王小嫚给粮麦粮豆倒上水,见他们两人大汗淋漓,又递上两块手绢,粮麦粮豆调皮地把手绢放在鼻子上闻了闻,粮豆笑问:"谁的手绢?"王小嫚脸红了:"这是俺姐妹俩的,平日里都舍不得用呢,拿出来单单给你俩用。"粮豆开起玩笑:"俺也舍不得用了,留着作个念想吧。"粮麦粮豆说着,便往兜里塞。王小嫚红着脸上前夺,王大嫚拦住了,诚恳地说:"今天的事谢谢你们放过俺哥,如果俺家也和你们丁家一样,能填饱肚子,俺哥也不会去干这种丢人的事。"

粮麦和粮豆直看着姐妹俩傻笑,俩人被看得不好意思了,王大嫚红着脸说:"你俩水也喝了,俺们也认错了,你们该走了,一会儿俺爹俺娘该回来了。"

从王老汉家出来,粮麦和粮豆一直想不明白,王作书和王作记哥俩长得树墩子一样,一脸的黑挫皮,但他们的妹妹们却长得柳条一般柔软,黑黑的辫子、圆圆的屁股,又水灵又俊俏。粮麦和粮豆谁也没说话,兄弟俩对视一眼,脸都有些泛红。

六 最后的遗嘱

王家一族最终的崛起,不是因为财富的积累而是由于一场观念的冲突。

一百多年来，王家一直没有一个很好的带头人。王老先生在世时，曾扛起过王家家族的大旗。他死后王经腾王经通等都曾先后当过族长，但威望不行，他们过世后王家几乎到了分崩离析的状态。到了王作师这里王家的一切都变了。

王闯到了晚年，家族观念日益浓重。王作师一直尊他为老师，大事小事无不请教，两人曾有过一次长谈。王作师问："为世之道在于驭人，而驭人的根本在哪里？"王闯说："世上万事，万变不离其宗。所谓的宗，无非就是两样东西：一样是财富，世上的财富说到底，只有一件东西才可称得上是财富，那就是土地！"王作师不解地说："金银财宝哪一样不是财富？""金银财宝都是土地的衍生品，什么银圆铜钱还有袁大头纸票等，无不是土地的代名词。土地，是上天赐给世人的财富，是不可再生的。世人为了它疯狂争夺，人为财死，鸟为食亡。"王作师又问："另一样东西是什么？""另外一样东西是人心，所以有人心向背之说，也有人心叵测之险，讲的就是这个理。你驾驭好这两样东西，便会成为人上人了。"

王作师又问："这两样东西历来是世上最难驾驭的，俺如何驾驭得了？"王闯神秘地说："简单，简单得让你惊讶，只有四个字——'无欲则轻'啊！"接着，他又深入浅出地分析道："土地是王家最大的软肋也是王家最大的优势。李冯两家是村中土地第一第二大户，也是财富的最大占有者，既是主者也是险者，所有的矛盾都会集中在他们这里。丁家不是贪财的主儿，懂得适可而止的道理，俺服就服他这一点。四大家中只有王家，家家户户守着一份薄田，看似输了其实是赢家。老人讲，没有金刚钻别揽瓷器活，如今在这个乱世上，没有金刚钻倒是一身轻呀！"

王作师如释重负，说道："俺当上保长后，见王家人微言轻，好不自卑和尴尬。听了您的一席话，让俺领悟开怀了。"王闯轻叹道："王家的危机不在财富上，而在人心上。"王作师问："此话怎

409

讲?"王闯说:"多少年来,王家不团结是出名的,还有经常在村里惹是生非,不占理呀。王家以后要守住自己的一份薄田,不要再惹事了,多做善事,争得人心方可成事呀。"

笑面虎王作师频频点头称是。

民国二十年(1931年),王闯六十六岁,他感到身体已经不行了。他一生历经过三次大的磨难,第一次是参加北洋水师,在战火中断了一条胳膊;第二次参加反清运动,被打瘸了一条腿;第三次是大饥荒中,几次差点饿死,在这期间还因病瞎了一只眼睛。王闯晚年邋里邋遢,但他在村里享有很高的威望。

在他生命最后的几年,他时常一手捧书一手拄拐,满脑子里装着世界大事,嘴上不停地嘀嘀咕咕,几乎成了神人。

这天,王闯感到大限到了,他给王氏家族立下遗嘱。

王家族人围着他,王闯躺在炕上,睁开那一只清澈一只混沌的眼睛,神秘兮兮地说:"俺听见打北边传来轰轰的炮火声了。"大家面面相觑,以为他在说胡话。王作师小声问:"爷爷,你脑子还清醒吧?"王闯那只清澈的眼睛里透出一种神秘的光芒,不作声。王作书小声说:"爷爷保准糊涂了,老眼昏花的耳朵还能这么好用?俺们年轻咋啥都没听见。"王闯眉头紧锁着,继续说:"小日本鬼子马上要来了,东北三省沦陷了,中国人快成亡国奴了。"大家这才明白他的意思,屋里一片寂静。

过了很长时间,王闯躺在那里一动不动。

王作师附在他耳边,小声喊"爷爷"……王闯再次睁开眼睛,说:"咱们王家从现在起,谁也别去抢那些土地了,青年人要去参军,去打小日本鬼子。家没有了,你们去抢那些地有什么用?中国人的苦日子还没有到头呀,王家每个家庭都要做好断子绝孙的准备啊!"全村只有王闯最有远见,他的话让王氏族人内心十分不安,有些人小声哭泣起来。

王闯最后声音嘶哑地说:"过几天,俺家那个小子就回来了,你们年轻人愿意跟着他去当兵的都走。俺死后,把俺扔进界河里喂鱼吧。"说完,王闯咽气了。

　　王闯对王家族人最后的遗嘱,成为王家走向崛起的一个重大的拐点,最终改变了王家的命运。

第二十章

一　换亲

丁粮麦丁粮豆疯狂迷上了王大嫚王小嫚。

两人常常半夜三更趴在王老汉家墙头上,学狗叫学猫叫,吸引王大嫚王小嫚的注意。

王老汉家的地和丁地博家的田地,中间隔着一条界河,河上有一条窄窄的石桥。麦收时,粮麦和粮豆将自家麦子一车子一车子偷偷地往王老汉家里送,王老汉见了,躲在树后窃喜。王大嫚和王小嫚扭捏着推辞,但脸上却洋溢着幸福的笑。

夏天,是界河的夏天。

而这个夏天的界河,是属于粮麦和粮豆的界河。

界河边洋溢着两对少男少女青春的躁动。王大嫚王小嫚在田里干完活,总是有意晚走,在河边慢悠悠地梳洗,勾得粮麦粮豆一头钻进河里,一个猛子游到对面去吓唬她们。大嫚小嫚见水下有人影,假装不知。粮麦和粮豆在水里憋不住了,露出头,她俩便大声尖叫,捧水撩泼他们。别看粮豆岁数小,但胆子贼大,一把拽着小嫚的脚就往水里拖,两人沉进水里嘴对嘴亲。憋不住了,再伸出头来猛吸口气,又沉了下去。大嫚瞧见了,假装不小心滑进水里,扑腾着喊救命。粮麦一头扎进去,一把托住她。其实,大嫚的水性比谁都好,在水里一把抱住粮麦。打闹累了,他们爬上岸,粮麦粮豆脱下衣服放在她俩面前,躺到树荫下休息。姐妹俩默默地给他们洗好衣服,晒在石条上,悄然离开。

秋天,两家都开始刨地瓜了,粮麦和粮豆无心干活,时不时地拿眼睛瞥向对面,对面的大嫚小嫚也经常往这边瞅,瞅得双方心里火辣辣的。地博和粮天负责往家里运地瓜,对面的王老汉和王作书王作记也担负着同样的运送任务。粮麦粮豆一见对面王老汉和两个儿子在地里,他俩便慢腾腾地干,对面王老汉和哥俩推车往家走了,他俩便拼命快干往车上装地瓜,有意让地博和粮天快走,空出时间和大嫚小嫚玩耍打闹。地里无人时,粮麦粮豆便把自家地瓜往王家地里扔。大嫚小嫚站在对面,摆弄着长长的辫子,对着二人痴笑。小嫚说:"你们两个大傻瓜,一会儿你爹来了,俺告诉他,他儿子不过日子,拿着自家的地瓜愣往人家地里扔。"粮豆便问:"俺家的地瓜甜不甜?拿俺家的地瓜换你家的一对媳妇好不好?"

入冬后,庄稼地里活少了,大嫚小嫚只能天天待在家里,天一黑,王家的墙头上就会传出此起彼伏的猫狗叫声。王老汉夫妇和王作书王作记每到这时就会躲回自己的屋子。

一会儿,墙头上"狗"叫了,大嫚出来在院里转一圈,粮麦从墙头扔下一块手帕,大嫚红着脸捡起来,冲着墙头笑笑。过一会儿,"猫"又叫了,小嫚又出来,粮豆从墙头扔进一个红布包,小嫚打开一看是一个白面饽饽,小嫚冲着墙头喜笑颜开。

这天晚上墙头上狗叫猫叫又开始了,但大嫚和小嫚却一直没有出门。叫急了,王老汉出来了,他站在院子里双手叉腰冲着墙头喊:"你们两个小子回去吧,俺家两个儿子娶不到媳妇,两个嫚是不会出嫁的。你们两个小子回去和你爹娘说吧,就说是

413

俺说的。"

粮麦和粮豆失望地回了家,大嫚和小嫚趴在炕上哭。

炕头上,地博和实儿在一起说话。地博说:"老大粮天有福分,自己捡了个媳妇。这粮麦和粮豆,还有二弟家的粮仓和粮库也大了,都到了该娶媳妇的时候了。"实儿边做针线活边说:"是呀,孩子心里都毛了,粮麦和粮豆两个小子,天天围着王家两个姑娘屁股后边转,魂都被人家勾走了。"地博说:"王老汉家的两个闺女是好的,但别指望了,他家那两个儿子不争气,长得也丑,快三十了还娶不上媳妇,王老汉打着换亲的主意呢,你再去别的村多打听打听有没有合适的姑娘。"

粮麦粮豆悻悻地从王老汉家回来,路过爹娘屋门听到这里,两人站在门外犹豫了一会儿,粮麦使眼色给粮豆,两人推开门进来了。粮豆红着脸说:"爹娘,俺就看上王家的闺女了,其他的都不要!"地博骂道:不争气的样!找媳妇又不是买件东西,你看上哪件就挑哪件,你也不看看人家愿意不愿意!就是两个嫚愿意了,王老汉这个倔驴能答应?

"俺不管,就是看上她了!"粮麦又嘟囔了一句。地博冲着他们骂道:滚!以后这事不要再提了。

又过了几天,王老汉终是沉不住气了,他王家这样的条件能和丁家联姻是攀上高枝了,关键是他心里有他的"小九九",他托媒婆到丁家来说亲了。媒婆进屋就冲着地博和实儿大呼小叫咋呼着:"俺说呢,一大早的喜鹊就叫,果然就有好事来了。"粮麦和粮豆见媒婆来了,悄悄地躲在门外偷听。实儿笑道:"你来了就有好事,快说说你给俺家带来啥喜事了!"媒婆坐在实儿身旁,说:"俺受王老汉之托来的,他家生了一对好闺女,后边排着一大队人在等着呢!"粮麦粮豆兴奋得脸都红了。

媒婆拍着大腿咯咯地笑着:"你家粮麦和粮豆呀,天天爬人家王家的墙头,把人家两闺女的魂都勾走了,两闺女非你两儿子不嫁,这不,王老汉托俺上门说媒,不过,人家有个条件……"说到这里,媒婆吞吞吐吐顿了顿,难为情地说,"哎哟,这话让俺怎么说出口来,王家的两个儿子王作书和王作记,看上你三弟地广家的两个闺女钱儿和粮儿了,他们想,想和你们家换亲。"

地博听完脸色阴沉地呸了一声,转头就走。

实儿为难地低头不语。媒婆见地博走远,往实儿身边靠了靠,小声说:"俺说他婶子,钱儿粮儿又不是你生的,粮麦粮豆可是你身上掉下的肉呀,你当亲娘的不为自己儿子筹谋还指望谁管?谁家不是各扫自家的门前雪呢?钱儿粮儿早点嫁出去,还省下家里的多少口粮呢,你品品,是不是这个理。"实儿仍不说话,媒婆着急了,又说:"在儿女的事上,男人历来糊涂,你当娘的心中可要明白。"实儿思虑良久,点头道:"他大嫂子,你的心思俺明白了。你先回去,容俺慢慢地筹划筹划再说。"

媒婆前脚刚走,粮麦和粮豆就闯了进来,粮豆涨红着脸说:"娘,俺跟你说好了,除了王小嫚俺谁也不娶!"粮麦不说话,脸憋得紫红。实儿瞅瞅两个儿子,又好气又心疼,长长叹息一声,小声说:"你们的心思娘懂的,但这事不能急啊,听话,以后谁也别再提这件事了,特别是不能让钱儿粮儿知道。你爹一时拐不过弯来,你们别惹毛了他,容娘再想想。"

二 畸形的婚姻

实儿考虑再三,这事必须先和土根通通气,探探他老人家的口风。他老人家如果否了,十有八九是黄了。

这天,实儿来到土根房间嘘寒问暖,慢慢地说起此事。土根听后沉吟良久,最后自言自语无奈地说:"做事呀,没有两全其美的,对不起三儿子了。钱儿和粮儿这两个闺女可怜呀!儿媳妇,这事你和地博商量着定吧，俺老了，不再掺和了。"实儿心里终于有底了，土根不反对这事便成了一半，嘴里忙应承着："三弟走了，王玉死了。钱儿粮儿俺当亲闺女一样养着，放心吧，爹，俺不会亏待这两个孩子的。"

当晚，实儿便又来探钱儿粮儿的心思。

忽明忽暗的煤油灯下，实儿和采儿钱儿粮儿做着针线活，实儿瞥了采儿一眼，笑道："采儿，俺看你这肚子大了。"采儿羞涩地笑了，小声说："娘，好几个月了！"实儿瞅着钱儿粮儿，又说："你看啊，粮天这孩子长得也不咋的，但过日子是一把好手。这女人呀，找男人不要光看男人长得咋样，要找会持家懂女人心的男人。"采儿附和道："是呀，娘，男人长相当不了饭吃！"实儿笑了，说："采儿，你怀着孕挺个肚子快别干了，回屋休息吧。"采儿知趣地走开了。

实儿这才和钱儿粮儿细细地将王老汉说亲的事说了。

钱儿粮儿听着听着，忍不住大哭，捂住脸跑回了屋。

地博终于知道这事，对实儿说："这门亲事算了吧，实在是委屈钱儿粮儿了，咱如果同意了，不等于卖了她们两个嘛，咱不能做这样的事。"实儿没再说什么，这件事也就撂下了。

大嫚小嫚知道后，再也不搭理粮麦粮豆了。

粮麦粮豆气急败坏，将所有的怨气全撒在钱儿粮儿身上了，见面也不说话耷拉着脸。地博见两个儿子故意找碴儿，狠狠地臭骂他们一顿。冯实儿不言不语不冷不热，有意让这种局面一直僵持下去。

一个多月了，一家人别别扭扭的。钱儿粮儿不敢正眼瞅实儿和两个哥哥的脸色，他们之间如堵了一道墙一样难受。失去父母的呵护，钱儿粮儿深感寄人篱下，暗地里姐妹俩不知哭过多少回。

这天下午，钱儿粮儿坐在六棵树下痴痴地望着远方。正值严冬，界河冰面上盖着一层薄薄的雪花。光秃秃的树梢上，挂着一串串晶莹的冰碴子。万物萧条，天地间格外空旷。

姐妹俩泪眼汪汪坐着。钱儿问："娘死了这么多年了，你还记恨娘不？"粮儿道："恨她！没有她那样不知羞耻的闹腾，今天怎么会走到这种地步？"钱儿哽咽道："俺倒是体会到娘那时的难了。""姐，别说了，俺心里怪难受的。咱姊妹两个命好苦呀！这一切都怪爹狠心扔下我们娘仨，他要在，咱家不会是这样。"姐妹俩说不下去了，抱头痛哭。

正哭着，王作书和王作记来了。大冬天的，他俩光着上身，背上捆着荆棘，后背上扎出道道血印子。两人跪在钱儿粮儿面前，王书记说道："俺俩以后再也不干偷鸡摸狗的事了，你们放心，俺俩一定会重新做人。如果你俩同意嫁给俺俩，俺俩一定会让你们过上好日子。"钱儿有些心软了，流着泪问："你们真能改吗？"两人不停地点头。钱儿又说："明天你们哥俩儿一起去向被你们偷过的人家道歉，你们敢不敢去？"兄弟俩又用力点头。钱儿哭道："你丑，俺不嫌弃你，但是怕你不争气啊，人都有一双手，只要勤快点，怎么能填不饱肚子呢。"王家哥俩后悔地捶打着胸脯，眼泪鼻涕一起掉了下来。粮儿说："俺姐妹俩是大伯一手养大的，俺实在不忍心见大伯为难，两个哥哥心里难受……男人，是女人的靠山，今后只能指望你们争气了……"

哥俩站起来，狠狠地抹掉眼泪，王作记说："俺哥俩的错，俺们知道了，俺俩现在就去挨门挨户认错。天太冷了，大妹子，你们快回家吧。"

钱儿粮儿回家来到地博屋里，未曾开口就先流泪了。钱儿哽咽着说："大爷，俺两个想好了，同意这门亲事。"地博看到她们的样子很心酸，宽慰道："你俩不要为难，不用管那两个混账小子。咱不嫁王家，再等等看看，物色到好人家再说。"钱儿说："俺爹娘没有了，大爷就是俺最亲的人，一家人这样别扭下去不好，俺姐俩想好了，愿意嫁过去。"

土根知道钱儿粮儿同意婚事后，终于放下心来，再三吩咐地博，王家和丁家尽管是换亲，但只要是咱家闺女提出的，能办到的就一定办到，嫁妆一定置办得丰盛些。

定亲这日，丁王两家见面，王老汉有些讪讪地说："地博大弟呀你别怪罪俺，两个逆子人长得丑些，但是个过日子的料。过去家里太穷，干了些不体面的事，让人笑话。你放心，钱儿粮儿嫁过去，俺屈不了她们。"地博客气地说："咱两家成亲家了，以后互相多帮衬着点，日子会过好的。"

这边亲事刚定下来，那边西院的李云便开始大吵大闹了。

李云哭着来到后院，坐在地上撒起泼："真是狠心郎负心汉啊！是人哪能干出这种事来？用人家的两个闺女给自家的两个儿子换媳妇。都姓丁，俺家的两个儿子倒成没有人管的野孩子了？"土根听到这些，气得浑身打哆嗦，骂也不是打也不行。实儿站在院子里，回骂道："都分家了，各过各的日子，谁是负心汉？人家的闺女看上粮麦粮豆了，又不是看上你家的两个孩子，你说话咋这么难听，也不怕天打五雷轰！"

粮天见到这架势，上前扶起李云，又对地博和实儿说："爹娘，俺二婶也是着急，粮仓和粮库大了，该找个媳妇了。听人家说，莒县那边大饥荒闹得大量流民无处容身，五六枚铜钱就能买上个丫头，俺明天带两个弟弟去看看吧。"

第二天，粮天带着粮仓粮库去了莒县。傍晚时分，仨人领回两个大嫚——袁丫头和陈丫头。

三　第二次分家

六台大花轿在丁家门口一字摆开，同时迎娶四位新人，送走一对闺女。丁家大院，一时悲喜两重天。

太阳一露头,两台花轿抬着钱儿粮儿出门了。门口站着一堆人瞧热闹,世田端来两盆水泼向花轿,钱儿粮儿放声大哭:"爹,娘,俺走了!"听到她们喊出"爹娘",丁家一片哭声。地博看不下去,含着泪走进里间。粮麦粮豆也禁不住哭道:"对不起妹妹!"

钱儿粮儿的花轿刚走,丁家大院又响起鞭炮声,锣鼓喧天。四台花轿抬进丁家大院。

粮麦粮豆和粮仓粮库各自跑到花轿前去抱媳妇,一片欢声笑语。土根坐在炕头上一脸的泪水,拿烟袋头子敲打着炕沿感叹不已,丁家走到今天不易呀,熬个人容易熬个家难!

丁家发展到第三代,再次面临着艰难的分家。

这次分家的矛盾更尖锐。地广不在家,钱儿粮儿出嫁了,东院成了粮麦粮豆的洞房,对此李云和粮仓粮库自然十分不满意。再有,粮麦粮豆早对六亩地垂涎三尺了,他们本想兄弟三人将六亩地分为三份,一人一份,但遭到地博的坚决反对。粮麦粮豆多次做娘的工作,实儿有些动心了,劝地博说:"老三老四说得也有道理,你当爹的,自个拿主意吧!"

地博左右为难和土根商量,土根平静地说:"一个家就这样,什么时候分家也不可能没有意见。你家儿子分家,你当爹的自己定吧。"地博考虑再三,在分家的当天晚上,再立家规——六亩地只传大不传小,只要六亩地还是丁家的,以后永远不能分开,永远传给长子。

分家之争,按下暂停键。

丁家大院添了新主人,东院住着丁粮麦王大嫚和丁粮豆王小嫚两家,西侧住着丁粮仓袁丫头和丁粮库陈丫头两家。东院和西院各朝东西开了一个门,四家各自独立。粮仓粮库在西院前边又加盖了一间南屋,李云一个人住着。后院一排十二间大房子,住着土根、地博和粮天三家上下四代七口人,体香虽然不在家,但房子仍然给她留着。

这次分家后，让粮天尝到了众叛亲离的滋味。

丁家大院胡同里，三家人出出进进的，甭说有多别扭了。按理说，北院住着粮天一家四代同堂的大家庭，与东侧是同父异母的亲兄弟，与西侧是一个爷爷留下的二服内兄弟，但见面却有一种形同路人的陌生感。

一天中午，粮天吃过饭坐在胡同里抽烟。东院王小嫚气喘吁吁，红着脸跑出来，粮豆跟在后边追，喊道："让你跑！你不听话看俺晚上怎么收拾你。"王小嫚边跑边回头说："看你能的，晚上俺专等着你来收拾俺呢！"说完大笑。粮豆追上去一把抱住她，笑问："俺娘昨天夜里偷偷给你送来什么好东西了？""不告诉你，就不告诉你！"小两口新婚宴尔，你侬我侬的，粮天怕他们看到自己尴尬，赶紧往墙角处躲去，结果小两口打闹着一回头看见粮天躲在墙角，粮豆的脸一下红了，叫了声大哥。王小嫚小声嘀咕着："怎么还有听门子的！"

粮天尴尬地回到家和采儿说起此事，苦闷地说："兄弟分了家就生分了，不像一家人了。"采儿说："分了家，他们一家子小两口，分的地也不少。咱一大家子，老的老少的少，你兄弟们得了便宜还卖乖。还有咱娘偏心，爹无论买点什么，她总是分给粮麦和粮豆。昨日爹买了一块肉，咱娘割下一大半，偷着送给粮麦粮豆两家。"粮天摆摆手，烦躁地说："别说了，你睁一只眼闭一只眼吧。"

六月里，采儿生下一子。儿子百日时，粮天高兴地说："丁家的根越扎越深了，大儿子叫世田，二儿子就叫世野吧。人家不是常说，'田野沃土福寿连连'嘛，俺第三个儿子就叫世沃，第四个……"采儿用手轻戳着他的脑门，打断他的话："你当我是兔子呀，一窝一窝地给你生！"张采儿生下世野后，越发丰润明艳。粮天突然想起第一次见面时的情景，问："第一次见面，你也不认识俺，咋就看上俺了？"采儿捂着嘴笑，粮天上前亲了一口：看来你早有预谋了。采儿说："你们丁家人，带着福相，一脸慈善样。"

粮天又来了劲头，不怀好意地问："俺再问问你，第一晚上你怎么一声也不吭一下？事后还哭了？是不是怕俺是坏人，睡了你又不要你了？"

采儿的脸腾地红了："你敢？你敢有这个想法！"上去和粮天嬉打在一起。

村西边驿道上，时常看到大军来来回回的频繁调动。

世田和冯默慢慢地长大了，两人最爱去的地方有两个，一个是六棵树下，一个是村西边驿道岔口。坐在这两个地方，两人看着南来北往的人，一坐就是大半天。这两个地方，在他们幼小的心灵里好像装着整个世界。

这天，一路大军浩浩荡荡地从路南头往北行军。冯默问世田：你长大了想干什么？世田望着行进中的队伍，不加思索地回答："俺想去当兵，你呢？""俺娘说长大后让俺去上学府。"

两人坐在路边出神地看着队伍通过，这时一名军官走过来，俯下身子问："你们认识丁土根吗？知道丁果儿的家在哪里吗？"世田说："土根是俺的老老爷爷，果儿是俺的老姑奶奶！"冯默也不甘示弱地说："果儿是俺的娘。"军官的表情僵了一下，一手牵着一个，一起往村子走去。

刚走进村子，就听到女子喝道："你们两个小兔崽子跑到哪里去了？赶紧回家吃饭。"冯默喊道："娘，这个当兵的找你。"

军官立住了，大声喊道："果儿。"

丁果儿应声看去，是王洋！

两人站在那里，同时怔住了。王洋一身戎装，威风凛凛，依然如过去一样帅气。此时的果儿，也不再是过去青涩的果儿了，美丽丰润，风姿绰约。果儿眼睛里跳动着一片哀怨和伤感之情，泪水夺眶而出。果儿小声问："你回来了。"王洋说："回来了。队伍路过村口，我特意来看看你。"果儿说："你变了。"王洋调皮地问:"变成什么样了?"果儿说:"成熟多了。"王洋笑道:"你也变了。"果儿脸红了:"是不是变丑了?"王洋说:"不,更有韵味了。"果儿低下头,不敢正视王洋的眼睛。

王洋俯下身子盯着冯默,问:"这孩子是你的吗?"

果儿慌忙低下头,小声说:"是。"

冯默抬着头问:"娘,你怎么哭了?他是谁?"

"是你叔叔,娘没有哭,风吹沙子进眼了。"果儿蹲下轻轻地抚摸默儿的头。王洋见她头上一缕头发垂落下来,下意识地伸手想帮她挽一下,却被果儿挡住了。

"这孩子长得真帅气。"王洋尴尬地说。

果儿抱起孩子,头也不回地走了。

四　暴风雨前夜

中日战争全面爆发,学校里一片沸腾。

这天上午,学校安排讲座"中国的未来",主讲人是国学教授贾岸。体香坐在中间位置上,旁边坐着李凡,两人认真地听着。讲座进行到一半,有同学嚷嚷道:日本人打到北平了,我们还在这里谈古论道。请问中国的出路在哪里?中国的文明、中国的仁慈、中国的制度,能拯救中国吗……一片喧闹声中,体香和李凡离开了教室。

此时的青岛,正处在一个多元文化碰撞的交汇点上。

周末,体香和李凡来到天主教堂前的广场上,这里形形色色的人,来来往往。上了大学,体香更加拮据了,此时的丁家已经没有太大的能力资助她。每到周末,她就到这里摆摊卖些手工艺品,和往常一样,体香在广场旁边的一棵大树下摆摊,李凡在一旁陪着她。

在体香最困难的时候，李凡一直陪伴在她身边，这让她十分感激。体香说："听说日本人要来了，学校要搬到安徽去。这样的乱世，我们的路在哪里？"李凡望着体香说："生逢战时，我们这一代人注定是牺牲悲壮的一代，但别灰心，咬咬牙，黑暗总会有尽头的。"

　　一个高个子白皮肤高鼻梁的洋人走了过来，李凡笑道："这个洋人又来了！"体香的脸红了。

　　这个洋人叫欧亨利，是天主教堂里的一位德国传教士。每次体香来摆摊，他总是来照顾生意。他来到地摊前蹲下，竖起大拇指称赞：中国的手工纺织一流的，太美啦！欧亨利买了几样东西走了。李凡开玩笑地说："我都怀疑这个洋人是不是看上你了，每次都来买。"体香笑道："你别笑话我了。"李凡换了个话题问："晚上学校的舞会，你去不去？"体香摇头说："不去。"李凡说："去吧，我陪着你。"体香愉快地答应了。

　　每周日晚上，学校礼堂都会举行舞会。体香对这些前卫的事物不感兴趣但也不讨厌。舞会上，李凡和体香跳了一曲。刚坐下，一个小伙子走过来，他叫史小烈，比体香高两届，史小烈热情邀请体香，一起跳了第二曲。

　　摇曳的灯光下，体香妖娆修长的身姿吸引着男人的目光。史小烈笑道："一次次觍着脸邀请你这位大小姐，你总是莞尔一笑拒绝我，好没有面子，下周末能不能赏脸到我家参加一个同学聚会？"史小烈话说到这个份上，体香不好意思拒绝了，问："都有谁去呀？"史小烈高兴地说："你放心，都是我们的同学，你也可以叫上你的保护神一起去。"体香说："好吧，下周末我正好有时间。"史小烈肉麻地说："太好了，终于请到大小姐了！"体香白了他一眼说："我可不像你们都是大少爷大小姐的，我只是一个普通的乡下女孩。"体香知道，史小烈是青岛一位国民党党政要员的公子，对于这样身份的人，体香是不愿得罪的。

贾岸也来舞会了，他是学校青年教授的代表人物，三十出头，戴着一副眼镜，温文尔雅，风度翩翩。体香没有想到，贾岸竟然主动邀请她跳舞，体香有些激动，仰慕地说："您的课我听过多次，讲得真好。"贾岸平静地说："课堂上都是些肤浅的学问，真正的学问其实在课下。"一句话让体香更生敬畏。贾岸问："你是哪里人？"体香说："我来自乡下，从诸城过来的。"贾岸浅笑着说："怪不得你身上总是有一种让人陶醉的自然之美。这种美如同国学研究一样，越深入研究越魅力无穷。"体香的脸红了。

周末，体香和李凡准时来到史小烈家。

来到这里，体香终于体会到什么是人间天堂。史小烈的家，不，确切地说，是史小烈母亲的家——坐落在青岛天目路上，面朝大海，北靠大山，是一座由花岗石铺砌成的三层小洋楼。这座别墅，是青岛某位大员三姨太的家，而史小烈正是这位三姨太的儿子。史小烈和同学们在别墅院子里烧烤，体香突然想起一直引以为豪的丁家大院，鼻子酸酸的。体香告别家乡来到令她眼花缭乱的都市，处处有一种格格不入的感觉。

体香的表情被史小烈注意到，他一手拿一束鲜花，一手拿一串肉串，悄悄地走到体香身后，小声说："大大小姐，你怎么和林黛玉一样多愁善感？"体香脸红了，正色说道："史小烈，你再这样戏弄我，我就走了。"史小烈忙赔笑脸："对不起，对不起，请用餐。"说着递过鲜花和肉串，体香没有接鲜花，伸手接过了肉串。

中午时分，三辆黑色轿车停在别墅门口。从车上下来八位彪形大汉，站立在大门两侧。史小烈快步上前，走到第二辆车前弯腰拉开车门，一位四十岁左右的中年人一脸的严肃地从车上下来。中年人往院里瞥了一眼，问："你又搞什么名堂？"史小烈忙说："爸爸，几个同学周末过来玩玩。"中年人走进院子，扫视一圈，他的目光正好和体香的目光碰到一起，体香慌忙低下头。中年人怔了一下，表情柔和起来，他停住脚步犹豫了一下，来到同学中间。史小烈忙拉过一把椅子，请中年人坐下，中年人亲切地问体香："你也是国立青岛师范大学的？"体香恭敬地回答："是！大人。"中年人又问："你叫什么名字？""丁体香！"中年人哈哈大笑："这个名字好呀，既文雅又朴实，名如其人呀！"体香羞得脸色绯红。中年人用热烈的眼神盯着体香，片刻后他意识到有些失态，赶紧转头问其他人："你们都是小烈的同学？"大家一起答道："是！"中年人感叹地道："你们都是青年才俊，国之栋梁啊，好了，年轻人，你好好玩吧。"

体香后来才知道，中年人就是青岛赫赫有名的史一烈。

那次聚会后，史小烈开始疯狂地追求体香，体香走到哪里，史小烈就会出现在哪里，鲜花、小礼物弄得体香不堪其扰。体香既不敢得罪他，又无法接受这份感情，只得装傻。这天，史小烈找到体香，直截了当地说："我们做个朋友吧！""我们本来就是朋友呀，同学加朋友！"体香故作惊讶地说。"我说的是那种朋友——男女朋友！"史小烈毫不含糊地说。体香脸红了："我、我还小，现在不想谈这个问题。""我等着你，但是别让我等得太久了！"史小烈凑近体香，体香扭头跑开。

一天晚上，体香独自走在学校林荫小道上。突然，贾岸教授从对面走过来，关心地问："下课了？"体香高兴地说："真巧，在这里碰见老师。""是呀，巧得很。我正有一件好事想和你一起分享呢，明天晚上有一部名叫《劫后桃花》的电影要放映，这部电影是在青岛拍的第一部电影，票很难搞的，我正好有两张，一起去看吧？"体香对贾岸教授一向敬仰，马上答应了。

体香匆匆来到电影院时，贾岸已在门口翘首以待。

体香第一次走进电影院，黑暗中，贾岸伸过手牵着她往里走。体香第一次这样握着一个男人的手，心怦怦地乱跳。电影演到一半，她正沉浸在剧情里，贾岸突然探过身子一把抱住她，在她脸上亲吻起来。体香脸红心跳奋力挣扎，用力推开他，贾岸低声说：

"对不起，对不起，你太美了，我失态了。"体香再也无心看电影，心慌意乱。

电影散场后，体香还羞得不敢抬头。走在川流不息的人群中，贾岸貌似自然地伸手揽住体香的腰，体香连忙推开他，一路上都不敢抬头看他。

回到宿舍，室友告诉体香有位政府官员模样的人来找过她，给她留下一包东西，放在她床头了。体香谢过室友，打开床头上的盒子，里面包着一本书，这是谁送的呢？体香好奇地翻着书，书里夹着一张纸条和一张支票。体香看到纸条上"史一烈"三个字，像被烫到了一样……

一个周末，体香正在房间读书。有人轻轻敲门，体香打开门，看到学校领导陪着一个陌生人站在门口，那人彬彬有礼地问："你是丁体香吗？"体香点头。那人说："政府召开一个学生代表会议，领导点名让你参加。"体香不解地问："是谁呀？"陌生人附在她耳边，小声说"史一烈大人"！体香吓了一跳，慌忙说："我病了，不能去。"陌生人深深地看了她一眼，没再说话转身离去。

五　最后一次回家

史小烈对体香的狂热追求，让李凡忍无可忍，两人大打出手。两个男人追求一个女人的桃色新闻，将体香推上谣言的风口浪尖，体香整日躲在宿舍里，不敢出门。这个纷扰的世界，让体香无法接受。她太想老家了，想一个人好好地静一静。

体香悄悄地回了家乡，推开丁家大院的门，她的眼泪夺眶而出。爷爷闭着眼倚着墙根晒太阳，世田正在院子里玩耍，看见姑姑回来了，跑上前扑在她怀里，大喊"姑姑"！

一声姑姑，让体香找到回家的温暖。

晚饭，实儿特意加了两个白面馒头，世田世野高兴地说："家里来客人了，可以吃白面馒头了。"说着伸手就要去抓，被地博瞪了一眼，两个孩子乖乖地放下手。体香卷起地瓜煎饼，咬了一口，眼圈红了。采儿怀里抱着世沃，笑道："傻孩子，姑姑是一家人怎么能说是客人呢。"

晚上，体香执意要和爹娘睡在一个炕上，热乎乎的炕头到处是烧煳的地瓜面味道。地博闭着眼睛假装睡着了，体香和娘实儿说着悄悄话。实儿道："闺女长大了，娘都快不敢认了。俺就说，青岛也没有几个人比俺闺女俊。"体香忧心地说："还不如长得丑一些好呢，娘不常说红颜薄命嘛！"实儿伸手轻轻打了她一下。体香笑道："在咱村最漂亮的就是娘的娘了！娘，小姨娘到底长啥样？"实儿骂道："臭丫头，看把你嘚瑟的，小姨娘也是你叫的，她是你姥姥！俺看呀，你姥姥没有你俊呢。"体香叹息一声说："所以说红颜薄命嘛。你看，姥姥一生多可怜多可悲呀。"实儿难过地说："是呀，俺年轻的时候恨你姥姥，在村里生出那么多的是非来。可俺如今明白她的难了，她这辈子，活得太难太累了！"体香怔怔地望着漆黑的屋顶，默不作声。

地博听到这里，眼角滚出泪水。

第二天，体香来到果儿家，见她正在院子里教冯默识字，默默地站在一边看，果儿抬头看见体香吓了一跳，惊道："你这个大丫头，什么时候回来的？来了也不出声，吓我一跳。"体香蹲下问冯默："大外甥长大后，想干什么？"冯默不假思索地说："和姑姑一样上大学。"体香听后勉强地笑了笑。

果儿和体香手拉手坐下，拉起家常。

"丫头，你想没想过你以后咋办？"果儿问。"姑姑，你见多识广，你说，俺以后咋办？"果儿想起自己的往事，说："外面的事，俺是说不清楚了。一个女人家在外面举目无亲，难呀！"体香眼含泪珠，不住地点头。果儿见状，问："外面是不是有难处

427

了?"体香摇摇头,赶忙转移话题说:"姑姑,现在冯家家大业大了,是好事也是坏事。有些事情,你要早做打算。日本人要来了,中国早晚会变天的,你好好想想未来。"果儿说:"乡下人有乡下人的优点,也有弱项,关系到他们命根子的事,不到最后关头是舍不得放下的。有些事情,咱做女人的明白,但他们男人却想不明白。""姑姑是咱丁家女人当中最有福最有眼光的,我在外面多年,现在才明白,住个土窝盼着有个银窝,有了银窝又想住上金窝,真要是住上金窝了,有时候还不如个土窝好呢!"

体香这次回家,特别想见见家中亲人。她想拣回她的童年,同时找到她未来人生的答案。这天,体香来到钱儿粮儿家。她推开一扇栅栏门,见四个人正在院中忙着编筐篓,两个男人骑在筐篓上,用木板梆梆地敲着柳条,钱儿和粮儿低头捋条子,上身披着一件旧棉衣,下身穿着一条男人的棉裤。院里,还有三个穿得破破烂烂的孩子拿着木条打闹。体香眼睛顿时湿了,一个孩子发现体香喊着:家里来人了。钱儿粮儿瞅见体香啊了一声,慌忙整理身上的破衣,一脸难堪。体香和钱儿粮儿坐下拉了会儿家常,王作书给体香倒了碗水,放在体香面前。体香抬头看他时,他眼里露出一丝怨恨的神情。

体香和钱儿粮儿又说了会儿话,红着眼睛走了。

隔了一天,体香来到桃儿杏儿家。体香掀开布帘,一只小猫咪喵的一声,跳上棉褥。桃儿杏儿盘腿坐在炕面上,缝制衣服,看到她进来,惊喜交加,"神仙妹妹,你什么时候回的家?""哎哟,俺的姐姐来,你们俩快成阔太太了!"三人亲亲热热地拉起家常。正在说笑时,李佛进来,笑着说:"体香,我爹请你过去一趟。"体香来到李番房间,李番问了一些李凡的情况后,和气地问:"好闺女,你和李凡以后有什么打算?"

体香说:"大叔,我们都还没有想好,走一步看一步吧。"

李番点头,连声说好呀好呀!

体香这次回乡拜亲访友，让她感到自己与这个家已经有些格格不入了，她与这个家越来越远，不由得对自己的前途生出担忧和伤感。

六　不祥征兆

大年三十，炊烟袅袅，大街上处处弥漫着爆竹的硝烟味和饭菜香，窗外雪花飘飘荡荡，时不时地响起炮仗声。

除夕夜，土根盘腿坐在炕上抽烟，他已步入古稀之年，身体依然硬朗，耳不聋眼不花。一家人都在忙活着，实儿和体香坐在炕沿上包饺子，采儿坐在灶台边，怀里抱着世沃，拉着风箱烧火做饭。世田和世野躺在热乎乎的炕头上，甜甜地睡着了。

粮天走进来，在炕上支上桌子，说："过年了，今天陪爷爷和爹好好喝顿酒！"土根问："你爹干什么去了？""去土地庙供奉去了。"土根嗯了一下，连声说："好，好，年是先人和后人一块过的节。过年了，不能忘本呀！"

地博在土地爷爷面前，虔诚地上供燃香。然后，又把供品放在四方石上，边烧纸边念叨。每年这个时候，地博都要过来和干爹四方石唠会儿嗑，地博说："干爹呀，俺今年五十了，您说怎么赶上这么乱的世道呀，丁家都是您的后代，您的后人还能有大出息的吗？体香今年回家过年了，您老好好保佑着她……"恍惚间，四方石好像微微颤动了一下。地博一惊，慌忙跪下，用手轻轻地擦拭四方石，只见四方石中间不知被谁刻上一个怪怪的图案，犹如蝎子形状，地博以前从未见过，他沾着唾沫用力擦却擦不掉。他心中一沉，直犯起嘀咕。

地博回到屋，虎着脸。粮天说："爹，快坐下，爷爷等着你喝酒呢。"地博暂时忘掉刚才的不安，坐下来。土根抿了一口酒，缓

429

缓地说:"过了今晚,俺七十了,快去见阎王了喽。"粮天说:"爷爷身体硬朗着呢!"粮麦粮豆粮仓粮库也来拜年,屋内一下热闹了,世田世沃也惊醒了。实儿说:"都坐下,今年家里人齐了,全家团圆团圆,你们爷几个好好喝壶酒,喝完酒,一起迎年。"世田和世沃趴在窗前,看外面的雪花。世田突然大声喊起来:"老爷爷,你看,外面的雪地上有两行足印,财神爷来了,财神爷来了!"孩子们拍着手跳着。

乡下人过年爱听爱说吉利话。土根高兴了:"这就对了,咱家财神爷来了!"体香多年在外,一时忘了年夜里要说"喜话"的传统,好奇地推开门出去,果然见院子里有两行足印——从东南方向来向东北方向走去。这是什么脚印?体香想了半天,猛地捂住嘴,没敢吱声,悄悄地回到屋里。

采儿端上来一盘油泼鲤鱼,世田嚷嚷:吃鱼了,吃鱼了!土根按住他,问地博:"今年的财神方位是哪里?"地博说:"皇历上说东南。"土根端起盘子,站起来,朝着东南方向鞠了三躬。突然,东南屋顶一角塌陷,啪的一声从上面掉下一只死耗子,不偏不倚地落在桌上摆的蛤蟆石上。土根脸色大变,世沃吓得尖叫一声。地博厉声喝道:"不就是一只死耗子嘛,瞧把你吓成这样。"粮天强作笑容说道:"这要是赶上饥荒年景,这只耗子也算是佳肴了。"

土根到了晚年,迷恋上两件"宝贝"。

一件是蛤蟆石,这是土根意外得到的。那天,土根在高泽赶集,看到一位老人在卖奇石,土根蹲下来端详,发现一块石头十分眼熟,好像在那里见过,土根想了一会儿想起来了,这块石头的形状与东北岭上的蛤蟆石一模一样。土根十分吃惊,小时候娘曾给他算过命,说他是蛤蟆命。想到这里,他马上问:"大哥,这块石头从哪里捡来的?"老人说:"这块石头是从俺村石头堆里捡的。你说神不神?那天俺做了个梦,一位老人告诉俺,说是有一块神奇的蛤蟆石,它有很多个儿子,其中一个儿子淘气走丢了,现在这个儿子想回家了,让俺去村里石头堆上把它捡回来摆在高泽集上,六天后会有一位老人来取。今天是第六天,俺等不到人正准备把石头送回去呢,你却来了。"土根二话没说,扔下十个铜钱,把石头抱回了家。到了家里,他把蛤蟆石摆在堂屋方桌上,天天供着。

土根还有一件宝贝——"宝葫芦"。六年前,土根在六亩地坡上种下一批葫芦苗,一个葫芦秧上竟然只结了一个葫芦,这个葫芦长得大如盆罐子,土根爱之如宝,将它做成一个酒壶,灌满好酒密封了六年。进入腊月门,土根打开葫芦酒壶,一股酒香飘溢而出。土根每顿饭从葫芦里倒出三两酒,酒味甘甜辛辣,劲道十足。更让土根奇怪的是,这酒喝了近一个月,居然深不探底好像还有不少,土根心想这莫不是个聚宝盆,因此更加珍视。

粮麦和粮豆几杯酒下肚,有些酒意,大声嚷嚷:"酒没有了?"地博瞪了他们一眼:"大过年的,说什么诳话?"粮天赶忙说:"酒酒酒——有有有,家里什么都有。"粮天讨好地说:"爷爷,今天过年,再温壶酒吧,咱喝个痛快。爷爷不是有一个宝葫芦嘛,能不能给俺小子们倒上一点,让俺们也尝尝!"土根得意地笑道:"好,让你们见识见识宝葫芦!"

体香第一次听说家里还有一个宝葫芦,好奇地看过去,见爷爷拿出一个大葫芦,笑道:"爷爷,这么一个葫芦瓜,里面能盛多少酒呀?快没有了吧?"土根脸色一沉,瞪了她一眼,体香意识到说错话了,吓得赶紧捂住嘴。粮天连忙打圆场:"这是爷爷的聚宝盆,里面有喝不完的酒呢!"

土根小心翼翼地捧起宝葫芦,慢慢地向外倒,里面竟然一滴酒也没有了。土根脸色铁青,用力晃了晃,空空如也。

土根心里掠过一丝不祥的阴影……

这是民国二十六年(1937年)丁家过年的影像。这一年,丁家过年的氛围略显沉闷和诡异。

431

正月十六，体香上路了。

她特别伤感。蓦然回首，家，是回不去的家；过去，是永远留在记忆中的过去了。

地博背着一个大包，实儿牵着体香的手，往村西口走去。

路上，体香强忍着泪水，地博安慰道："闺女，在外面如果不顺心了，就早点回家。"体香点了下头。实儿不放心地说："外面太乱了，真舍不得你出去呀！"体香违心地说："娘，在学校里是最安全的，放心吧！"

从村西侧驿道上走出去过很多很多的人，体香是丁家第一个走出去的女性。

后来，关于我唯一的亲姑奶奶丁体香的故事，流传下来的很少，但关于她的每一个故事，在我心里都像童话一般。我常常想，她的经历她的故事，是不是也代表了一个时代女性的艰辛和苦辣。

体香上车后，却不敢回头。

车子快要拐弯时，她才回过头来，见爹还站在路边，一手遮在脸上，朝着她的方向眺望，娘单薄的身子站在寒风中，和路边摇曳的树枝一起瑟瑟发抖。

这一次出门，体香再也没有回来。

第二十一章

一 送子

这一年，日本侵占山东。

古老的胳肢窝村静悄悄的，被悲凉阴郁的气氛所笼罩，已经办了三十多年的丁家学堂停课了。白天，庄户人在田地里劳作；晚上，家家户户关上门，惶惶不可终日。

这天傍晚，一位中年人头上蒙着黑巾，骑着一匹快马，马背上还驮着两个孩子，从村西头而来。一进村，中年人便寻到丁土根家，丁世田此时正在院门口玩耍，看到来人好奇地问："你们找谁？"中年人急匆匆地问："丁土根在家吗？"世田生气了，大声嚷嚷："他是俺的老老爷爷，你怎么敢叫他的名字？"地博听到声音来到门口，中年人开口道："你是土根大叔吧？我的一位同志辗转周折，托我给你们家送来两个孩子。"地博一下蒙了，问道："你说啥？俺是丁地博，俺爹在里屋呢，你说的两个孩子是谁家的？"中年人神秘地说："走，进屋再说吧。"

几人来到土根房间，那人回头嘱咐世田："你们几个孩子在外面玩会儿，大人说会儿话，好吗？"三个孩子出门后，他顺手关上门，小声说："大叔，可算找到你了，丁地广是你的儿子吧？这两个孩子是丁地广同志的子女，地广同志参加了革命，是我们的战友。"土根又惊又喜，惊讶得说不出话来。地博忙问："你是说孩子是俺三弟的？三弟在哪？"中年人笑道："我也不知道，再说我们有纪律，就是知道了也不能告诉你。"地博又问："参加了革命？是打小日本鬼子的？"中年人笑了："革命不仅是打日本鬼子的，还要让天下穷人过上好日子。这两个孩子一路从南方转送到我这里，现在我终于平安地把孩子送到家了，我的任务算是完成了。希望你们像保护自己的生命一样，保护好革命的种子。请你们务必对两个孩子的身世保密，不要向任何人透露丁地广同志的消息。"

土根一把拉住中年人，急切地问："孩子的娘在哪里？"

"孩子的妈妈已经牺牲了。"

"牺牲了？死了？"

"对，牺牲了，死了！"

土根流泪叹道："又是一对苦命的孩子。"

中年人也叹了口气，从口袋里掏出一封信，说道："这是丁地广同志写给你们的。"他把信交给土根，"老人家，大哥，我得走了，你们保重。切记保密。"

土根连忙说："地博，你快去送送恩人。"

中年人热情地握了握土根和地博的手，说："谁也不要出去了，就此告别吧。"

中年人走后，土根和地博赶紧打开信封，掏出泛黄的信纸，信上写道：

对不起的爹娘和大哥大嫂：

儿子不能在父母面前尽孝，却又给家里添麻烦了。

这是我的两个孩子，他们的母亲已经牺牲了，只好把孩子暂时送回老家。孩子的名字是按照咱丁家的家谱起的,男孩叫丁粮共,女孩叫丁粮分,两个孩子放在老家,又给家里多添了两张嘴。现在,中国到了最危险的时候,等革命成功了,如果我还活着,一定会回去看你们的。

亲人们,我一直在路上。以后到哪里去?是死是活?这一切,我也不知道,但我相信,中国的明天是美好的!

两个孩子,还有钱儿粮儿都是丁家的根,就作为大哥的孩子养着吧!

再见了,我的亲人!

土根翻过来覆过去地看,问地博:"这是你三弟的字迹吗?上面怎么连个名字日期都没有留下呀?"地博说:"可能是三弟怕惹麻烦吧。"地博让世田把两个孩子领进屋,土根一把搂住两个孩子老泪纵横:这是丁家的根呀。地博问孩子:"你们多大了?爸爸叫什么?"男孩说:"我今年六岁了,妹妹四岁了。我们没有见过爸爸,也不知道他的名字。"粮共说话有明显的南方口音。地博抱起孩子,说:"从今往后,俺就是你们的爸爸!"粮共挣脱下来说:"你不是,你不是!"地博又让世田带兄妹出去玩。孩子们走后,地博说:"这样吧,这两个孩子俺养着,对外就说领养的。"土根发愁道:"日子这么艰难,又添上两个孩子。这个三娃呀,闹什么革命呀?苦了前边一窝,又来了两个,也苦了你了。"

从此,丁地博又多了两个孩子——丁粮共和丁粮分。

民国二十七年(1938年)的春节,天气出奇地寒冷,过年的景象也出奇地冷清。家家门上没有了对联和桃符,也没有人放鞭炮了。一段时间以来,村里人一听到鞭炮声,就以为日本鬼子进村了,纷纷往树林里跑,心惊肉跳。

除夕夜再也没有挨家挨户拜年热闹的景象了。实儿包了顿饺子，吃完饺子，一家人早早地睡了。热炕头上，粮共和粮分睡得正香。地博坐在炕上闷头抽烟，实儿不安地说："家里又添上两张嘴，日子难了。哎，听说日本人占领青岛了，体香这孩子可怎么办？"地博安慰道："大青岛比咱小山村安全着呢，不用担心体香。"

夜，寂静得有些可怕。

二 最后的耻辱

诸城县日伪政府宣告成立了，秦狼摇身一变，成为诸城县日伪政府的一员，担任日伪政府派驻高泽村一带的事务部主任，主要负责管理高泽村周边十几个村落的事务。

秦狼"上任"做的第一件事，就是回胳肢窝村巡视。

这天，他骑着高头大马，带着六个侍从"衣锦还乡"。他打马径直来到村西侧广场，让侍从鸣锣召集村民到广场听他训话。保长王作师却突然病倒了，秦狼只得让秦志代为主持。

秦狼站在广场戏台上，一身黑衣，腰上别着短枪，他双手叉腰，虎视眈眈地看着台下众人。秦志高声宣读了秦狼的任命状，宣读完后秦狼开始讲话，秦狼讲话中，一口一个"大尾巴公鸡（大日本共治）"，还时不时蹦出"狗鞭东家公用（构建东亚共荣）""黄鼠狼神灵（皇军太神勇）"……村民根本听不懂话，听得云里雾里不明白，开始嘀嘀咕咕地议论着："听说小鬼子厉害，怎么变成'大尾巴公鸡'了？""了不得了，小鬼子也怕'黄鼠狼大仙'"……

秦狼扯着嗓子脸红脖子粗地讲完，跟随从交代几句，只身一人骑马去了丁家。

秦狼进了丁家大院就大呼小叫："姑姑，姑父，俺回来了！"

土根正在院中晒太阳,见秦狼这身打扮,厌恶地看了他一眼,没好气地说:"别喊了,你姑姑死了。"秦狼跺脚叹息:"俺在胳肢窝村只有姑姑一个亲人,她不在人世了,俺再也没有亲人了。""你娘都还活着呢,怎么说没有亲人了?""俺爹俺娘那个没出息样,不认也罢。"土根瞪了他一眼,骂了句"没爹没娘的东西",站起来拍拍屁股进了屋。

地博见秦狼来了,碍于两家亲戚的面子,出面和他寒暄。两人站在院子里,秦狼得意地从公文包里掏出一沓纸,说:"俺现在是政府委派驻高泽一带的事务部主任,俺一上任就特意给丁家弄了两张委任状。姑父和地博大哥,你们一人一张。"地博一脸疑惑地问:"什么委任状?"秦狼神秘地说:"就是政府委托你们,负责管理胳肢窝村的日常事务,这比过去的甲长保长都管用。冯家俺本来不想颁给他们的,但寻思着冯家毕竟家大业大,不得不发给他们一张,李王秦冯四家一家一张,丁家两张。这样丁家在村里说话就有分量了。"

地博听明白了,苦笑着摇头,好心劝告秦狼:"看在亲戚的分上,我劝你一句,不要替狗日的小日本卖命!"秦狼一听不高兴了,将手里的委任状抖了抖,严肃地指出:"哎,大哥不懂世理了!日本人来了,县政府要求村里实行共治,遇有重要的事项要开会表决。丁家有两份委任状,这是一次翻盘的好机会。"地博冷淡地说:"你我是表兄弟,有些话我就说在明面上了!从此以后,你办你的差,俺干俺的活,咱们井水不犯河水。"

说话间,世田领着一群孩子从广场看热闹回来。"大哥,都说小日本来了,今日怎么来了群狗腿子,这小鬼子长的啥样?"世野围着世田问。秦狼尴尬地站着,看着粮共和粮分,问:"这是谁家的孩子?"地博赶紧说:"是我领养的。"秦狼嗯了声,待孩子走远,又靠前一步问:"体香不在家?""体香在青岛读书呢。"秦狼叹息道:"女人家读什么书呀,青岛早晚也是大日本的,让她快回家吧。"地博不堪其絮叨,厌恶地扭过头去。秦狼虽然有些难为情,红着脸说:"俺姑姑活着的时候,俺告诉过她。实不相瞒,俺相中体香了,想娶她……"地博压抑着心中厌恶,忙打断他的话:"体香是你表侄女,你们是万万不可结婚的。"秦狼神秘地笑了:"这,俺都知道,大哥不是俺姑生的。这事,大哥好好考虑考虑,以后再说。"说着秦狼从包里掏出个小礼盒放下,"这是俺的一点心意,大哥有时间交给她。丁家是俺上任后到访的第一家,还有其他公务要处理,回头再来看姑父和大哥。"

地博望着秦狼的背影小声骂道:败家子丧家狗!土根这才出来跺脚连连叹息:"秦家怎么养了这么一个不知羞耻的东西。"地博问:"这两份委任状怎么办?要不烧了吧?"土根想了想,说:"先别烧,先收起来。"

秦狼离开丁家趾高气扬地来到冯家,站在冯界家门口,他想起两家昔日的恩怨,挺了挺腰板,摸了摸胯下的枪,吩咐手下随从说:你们进去,让冯家的人都出来迎接。

随从推门进了院子,高声喝道:"高泽事务部秦狼主任前来视察,冯家出来迎接。"冯界听到动静跑出屋,一见这架势,着实吓了一跳,慌忙说:"欢迎欢迎,快请进屋。"随从傲慢地说:"冯家所有人都要出来列队迎接主任。"冯界没有办法,跑回里屋招呼人。果儿问:"谁的谱这么大?"冯界说:"秦狼来了,还带着一队人马,怪吓人的!"果儿冷笑几声:你们先去,一会儿我再出去。冯界和冯默还有两位长工在院中站成一排,秦狼迈着四方步走进院子,瞅了众人一眼,问:"冯本和冯世在哪儿?"冯界说:"俺爷爷和俺爹都走了。"秦狼喝问道:"走了?俺今天刚上任,他们走了什么意思?想躲着俺?"

"死了,到阴曹地府了。"冯界没好气地答道。

秦狼愣怔了一下:"噢,原来如此。你们冯家也有今日呀,想当年,冯家欺乡霸邻,今天世事不同了,日本人来了,你们冯家要老老实实做良民。来人,向冯家宣布任命。"

随从宣布完任命,秦狼大喝一声:"冯界上前!"

冯界吓一哆嗦,秦狼奸笑着上前拍拍他的肩膀,假惺惺地说:"不要怕,这是政府的委任状,要不是看在你冯家家大业大的分上,这张委任状可到不了你们冯家。"冯界不敢马虎,上前弯腰双手接过。

此时,果儿从里屋出来,冷笑道:"哟,是表弟来了呀,好大的气派。"秦狼见到果儿忙上前问好,果儿说:"不管是什么人来了,冯家都只想做个好人,做个本分人。表弟呀,你现在有权了,无论替谁做事,做人的根本不要忘了,你说是不是?"

秦狼忙说是是是,借口后面还有公事,赶紧带人走了。

秦狼一行来到李家,李番带领一家老少在门口迎接。将秦狼让进屋后,李番毕恭毕敬双手接过委任状,然后又给秦狼递上一个红包。秦狼终于找到了感觉,高兴了,得意地说:"李家忠诚,本人一定上奏皇军,对李家进行大大的表彰!"李番连连点头。秦狼前脚刚走,李番骂道:"这个狗杂种。今日之事对外一律不允许讲,对秦狼要做到阳奉阴违。"说完,他又呸了一声:这小子不会有好下场的。

到了王家,秦狼挺直腰杆,懒得连王家的大门都不进,站在大街上当众宣布命令,颁发了委任状。王作师病了,他让十岁的儿子出门接过委任状。

几天后,秦狼在村里主持召开了第一次村自治会议。结果,冯王丁三大家族都没有来人,李家只派了个代表,秦家来了四个。

诸城派驻高泽的办事机构算是正式挂牌了。秦狼最辉煌的时候,手下有一支二十多人的队伍。

秦狼到头来临门一脚投靠日伪政府,让秦家背上了一世的骂名。

三　枪声

　　小日本一路从西北方向打过来，占领济南后又占领了日照、莒县、诸城等地，沿着交通主干线布上据点。胳肢窝村西边驿道，是日军重点控制的一条主路，因此，日伪政府在高泽、牛家官庄分别设了两个据点。

　　布上据点，除了秦狼带领日伪军一如既往地进村征粮抓人外，并无什么大动作，村里人从来没有见过日本人，也不知日本人长的啥样。

　　很长一段时间，日本鬼子没有进过村。可这年初春，傍晚时分，日本鬼子突然进村了。

　　地博背着土根领着一家老小，拼命往后场树林里跑。粮天正在六亩地干活，扔下农具，拽起世田就往西岭上跑。世田跟着粮天刚过了西坡，路上传来一阵马蹄声，粮天见势不妙，拉着世田跳进路边的深沟里。两人滚落到沟底，世田感觉身边有东西在蠕动，吓得脸都白了，小声说："爹，有东西在动。"粮天脑袋嗡的一声，以为是蛇，小心地移动身体过去查看，猛然看到世田身边树枝下躲着好几个人，其中有一个人示意他不要出声，粮天没那么害怕了，观察着这些人，这些人端着长枪，眼睛紧紧地盯着路上的日本鬼子。

　　粮天的目光看到了熟悉的面孔，忍不住叫出声："牛强、马……"旁边有人伸出一只手堵住他的嘴巴，示意他不要发出响声。粮天明白了，这是遇到打日本人的伏兵了。

　　日军队伍浩浩荡荡进村了，埋伏在深沟里的人一动不动。

　　世田心想，日本人都过去了，怎么不打呀？

　　太阳快落山了，世田的肚子开始咕咕地响，趴着趴着就睡着了。突然有人小声说:"来了,来了,注意,准备战斗!"

一听到"战斗"二字,世田一下醒了,浑身的血液往上涌。鬼子的队伍从村口出来,前面有开道的,中间的车上装满了粮食,抓来的村民跟在粮食车后,队尾还有人赶着牛羊猪等牲畜。世田眼尖,紧张地说:"爹,俺看见桃儿杏儿姑奶奶了,怎么办?"粮天使劲张望着,小声道:"别说话。"

这支日伪军是从诸城过来准备去莒县,路过胳肢窝村,顺带进行了一次小"扫荡"。后来也有人说,是日伪政府接到告密,说李家有人在国民党政府里当了大官,这支队伍是冲着李家来的。村中没来得及逃出去的村民,被日伪军抓住,准备押回莒县修碉堡。

日伪兵刚蹚过界河,沿着村西边陡坡行进时,有人高喊一声打!

枪响了。道路两侧深沟里,一下子冒出许多人,举枪朝着日伪军射击。世田第一次听到枪声,比二踢脚还要脆响,噼里啪啦,吓得抱头趴在地上。枪声持续了十几分钟,军号响了,一时喊杀声震天,过了一会儿,周围安静下来。

世田抬起头,跟着粮天爬出深沟,日伪军已经逃窜撤走,丢下几具横七竖八的尸体,远处有人召唤追击日伪军的战士:"都回来吧,打扫战场,准备撤出战斗。"世田站在路边激动得大喊大叫:"快追,快追呀,怎么不追了?冲呀杀呀!"一名打扫战场的战士走过来,摸了摸他的头笑道:好样的!

这是丁世田第一次目睹战争的场景,一股豪气在他心里滋生。这件事他说了一辈子,也骄傲了一辈子。

丁粮天四处寻找牛强和马壮,终于看到牛强马壮和被解救出来的桃儿杏儿站在路边,桃儿杏儿涂满锅灰的脸哭得白一块黑一块,李佛和李拂在旁边不停地向牛强马壮鞠躬道谢。粮天激动地大喊"牛强哥马壮哥"!他俩回过头,笑着走过来,三人正想说话时,有人大声喊:"集合,集合!"牛强马壮赶紧跑向队伍。

441

一眨眼工夫，队伍整装完毕，利落地撤走。粮天和桃儿杏儿站在路边，目送队伍走远。

从那日起，胳肢窝村周边活跃着一支纪律严明的打鬼子队伍，他们神出鬼没，神龙见首不见尾。

粮天后来才知道，这支队伍是共产党领导的八路军滨海十三团的一支小分队。

四　二次进村

老人常言，蛤蟆石薄薄岭，不出四代人就冷。胳肢窝村留下一个千年无解之谜，几个大户人家在这里繁衍四代后，人口便开始凋零稀少，唯有丁家例外。

丁家人口兴旺，家族根系十分茂盛。人皆言，丁家林占到好地了。

张采儿嫁给粮天八年了，三十不到，丰润照人，正处在人生最美好的韶华。世野渐渐长大，世沃也满周岁。此时的采儿，如同种过两三茬的庄稼地熟透了，插上根秧子便长出苗来。清晨，采儿懒懒地躺在炕上，伸了个懒腰，矫情地说，身上乏得慌，什么活也不想干。粮天体贴地问："是不是病了？"采儿嗔怪道："你还好意思问呢，我又有了！哎呀，你说在这个节骨眼上，添个孩子真是麻烦呀。"粮天满脸喜色道："丁家不怕人多，你好好地生，生一个俺养一个。"

这年九月，地博一家人正在六亩地掰玉米。突然，从西边驿道上来了一支部队，前边是骑兵，举着日本军旗，中间跟着四辆摩托车，后边是一排日伪军，气势汹汹地进了村。

粮天忙对世田喊："快回家，告诉你老爷爷和你娘，鬼子又进村了，快跑。"地博推着车子，驮上实儿，粮天牵着牛，从玉米地里往北疯跑。世田上气不接下气跑回家大喊：鬼子来了，快跑呀！采儿正在院子干活，急忙推着世田粮共粮分世野往北跑。采儿把孩子送出门外，跑到炕上抱起世沃，又去喊土根：鬼子来了，爷爷快跑呀！土根坐在炕上一动不动，说："你快走吧，俺一个老头子跑也跑不动了，让这些狗日的来吧！"采儿怀里抱着世沃，拉起土根，一起往外走。

　　刚走出大门口，就听见一群人呜呜喳喳地来了。采儿和土根一下被堵在院里，采儿赶紧抱着孩子，闪身藏在西边的草垛里。

　　一群日伪军闯进丁家，两个鬼子挎刀立在院子中间，伪军见家中只有土根一人，问什么老头都沉默不语，上前一脚踹倒土根后，开始搜抢。院子里，一只羊咩咩地叫，伪军在后边追赶，羊跑到草垛后边，一个伪军追过去，发现躲在草垛后边的采儿。伪军看了采儿一眼，没有吱声，牵着羊走开。不料，采儿怀里的世沃这时哇的一声哭了，孩子的哭声引来了鬼子，鬼子见到采儿，淫邪地笑了。

　　采儿半个身子藏在草垛里，衣衫裹着世沃，半开的怀，惊恐地望着鬼子。小鬼子眼睛直了，摆手让伪军出去，一把将采儿从草垛后拽出来，扑了上去。

　　世沃被扔到地上，哇哇地大哭。"俺×你八辈祖宗"，土根怒骂着抄起铁锨冲上去，被鬼子一个枪托打倒在地，昏迷过去。

　　丁家大院，只有鬼子淫荡的笑声……鬼子放纵完了，提起裤子走出门。采儿欲哭无泪站起来，呆滞地整理了下衣服，踉跄着从地上抱起世沃，唤醒了土根。土根哭道："俺日你娘小鬼子，俺掘了你上八辈子坟……""爷爷，别喊了，小声点吧！"采儿脸上挂着泪珠，抱着孩子回到屋里，土根蹲在院里呜咽着。

　　采儿回到屋异常地平静，哄着世沃睡着，在他脸上亲了亲，起身往外走。土根喊道："孩子，你回来，别想不开呀……"采儿回头喊了句:"爷爷,我走了!"撒腿朝丁家湾跑去。采儿跑到河边,冲着六亩地的方向喊:"粮天,我走了!"喊完就跳进了河里。

鬼子在村里烧杀掠夺一番扬长而去。粮天回到家,见土根昏倒在院子里,他预感到不妙,一边叫着采儿,一边扶起爷爷。土根睁开眼睛,气息微弱地说:"孙子呀,快去找采儿吧,别让她寻短见了。"粮天疯了一般冲出去,最后在丁家湾水面上发现了采儿的尸体。

丁家湾湖心岛上,如今有了丁家四个女人的坟。从东往西依次排开——刘女、宋荷花、冯末了、张采儿。

下丧时,粮天立下誓言:但凡俺生下的男孩除了老大外,全都去当兵杀日本鬼子!世田哭着求道:"爹,俺也去当兵。"粮天望着世田,苦心劝道:"单单你不行,你是老大必须留在家里,担起这个家。这也是你爷爷给俺立下的规矩!"

粮天的女人被日本人糟蹋了,这是村里第一个被日本人糟蹋的女人,也是唯一一个!粮天走到大街上,村里人总是用异样的眼光看他。

粮天给采儿下完丧回到家。土根、地博和全家人站在门口等着他,大门槛外撒下一层厚厚的锅灰。请来的神婆站在最前面,一手端着装满鸡血的碗,一手举着沾满油的火把。粮天和孩子走进胡同,神婆让人点燃火把,举着火把在粮天和孩子身边绕圈,地博接过神婆递过来的碗,用力将碗里的鸡血洒向空中,怒吼道:"×你娘的,小鬼子!"砰的一声,将碗摔得粉碎。

五 再现"龙节"

金秋十月,地博和一家人忙完秋收,把一些粮食放在粮囤,其余的全部藏在地窖里,凄惶地等着日伪军来征粮。

此时，丁家大院上空，笼罩着一片晦气。人人心头压着一块沉甸甸的石头，谁也不说话，紧绷着脸。土根蹲在墙根下闷头抽烟，脸上的皱纹沟壑纵横。地博山一样的腰板慢慢往前倾垮，弯成三十度的弓角。粮天三十出头，但苍老的形体如同负重前行的黑猩猩一般。

实儿抱着世沃，忧心忡忡地望着一院子的孩子。后院的孩子渐渐地大了，世田已经身材高大，粮共和粮分也蹿个头了。只有世野还稚气未退，淘气地追着小黄狗玩耍。

入夜，土根睡不着，心神不定地披上衣服在院子里闲逛。这些天他心里总想起秦女托梦告诉他丁家还会有大难的情景。他站在院子里，看着地博的房间还亮着灯，敲开门，走进房间。

粮天也在里面，三代人坐在炕头上抽烟。土根问："地博呀，大孙女还没有来信？""上次来信，说是学校要搬到安徽去，一晃大半年了，没再来信。"土根叹息一声："学校来回搬迁，写信也不方便了喽。"此时，三个男人都有一个共同的心事，想让体香回家，但都没有捅破这层纸。

粮天变得沉默寡言，神态举止更像爷爷土根了。土根瞅了粮天一眼说："但凡男人都要经受住事，拿得起来放得下。大孙子，大半年了，见你心情好些，俺也放心了。爷爷还有几件未了的事要你去办办。俺想早点做准备，赶个好日子，你给爷爷准备一下墓地！"粮天抬头吃惊地问："咋突然想起这事来？"土根说："狗日的小日本占住小半个中国了，俺早点入土心里干净些。有几句话爷爷和你们说，咱丁家世世代代老大累呀，你三叔去闹革命了，又撇下两个孩子。你们记着，千难万难，这是他留下的种呀，别亏待了。"地博和粮天点点头。

土根交代完这两桩心事，身上轻松多了，如释重负般地说道："俺丁家没有大本事，但再大的磨难也压不垮的。"

这时候，地博突然说了一句："粮天，给你爷爷准备墓地时，

445

把俺的也一块准备了吧。"土根瞅了眼地博,略显沉重地问:"你的墓地这时候准备有些早吧?"地博以不容置疑的语气说:"不早了,一块准备吧。还有,也把你荷花娘,还有你媳妇末了和采儿的坟都迁过去吧。"乡下人有个习俗——人未死先做坟。虽然看起来有些悲凉,但也求得一份心安。

丁土根亲自选定了一个好日子。

这天土根和地博都没有上林地。土根在家里烧香祈祷:今天大孙子给丁家做坟了,丁家林地占好后,一直没有做坟,现在到时候了。各路神仙大师点路,保佑丁家子孙后代,代代佳人才子出,享不尽荣华富贵。

粮天带着世田世野等人来到丁家林地,儿时的情景恍如昨日。当年,风水大师指点的位置还清晰可见。丁家林地三亩见方,位于蛤蟆石的西南方,粮天站在林地环视四周,爷爷土根的墓地早已选好,在哪里挑选一处作为爹地博的安息地?粮天有些为难了。此时,他想到爹是四方石干儿子的传说,来到爷爷坟前林地正中间位置朝远处观望。东南方正对着二担山,传说二郎神挑着两座山填海时路经此处,扁担突然断了,两个山峰从此永驻此地。西南方面对昆山,山色黛绿清晰可辨。二担山和昆山两座山峰之间,隐隐约约呈现出一片层峦叠嶂,这就是五莲山。山川大地,天方地圆,真是一个好地方呀!粮天眼睛一亮,惊喜道:爹的坟地就选在这个地方吧!

世田好奇地问:"爹,你是不是又占着好地方了?"粮天点头道:"对,就是这个地方。"世田问:"怎样才算是风水好呀?"粮天不假思索地说:"风水好不好,不在于地方,而在于心。你觉得好便是好的。老人不是常说,心中有佛,你便是佛了吗。"

地方选好后,众人开始做坟。

很快土根的坟做好了,接着做地博的坟。地博的坟里泥土肥沃，呈黑赭色，世田正拿着镐头挖时，突然叫起来："爹，你看这是什么？"粮天赶紧过去，惊奇地看到地里有一根如胳膊般粗细的环盘梁柱——这是多年地下龙须结成的"竹节"！

竹节，在乡下俗称"龙节"，就是竹子的根，在乡下人眼里这是吉祥物。这条龙节黝黑黝黑的，节骨眼间呈黄褐色，节与节间长出禾苗状的叶子。粮天突然想起六亩地开垦时挖出的龙根，惊出一身大汗。

世田惊呼："是不是又挖到龙根了？"粮天小声说："今天又开眼了，这不是龙根而是龙节，是宝物啊！小心点，咱爷俩把它挖出来，回去后你把它藏好了，像四方石一样供着。"世田蹲在地下，轻轻地抚摸龙节。粮天自言自语："今天给丁家做坟挖出吉祥物了，是好事呀！"

粮天正在高兴时，在东侧玩耍的世野又突然大叫起来："快来看呀，这蛤蟆石脸上怎么流泪了？"昨日刚下过一场小雨，雨水洒在蛤蟆石上，从上而下滚出两行晶莹的水珠。

粮天听后一惊：人说爷爷是蛤蟆命，怎么偏偏蛤蟆石脸上有水滴呢！他脸色一沉，但嘴上却说："胡说，这是下雨滴上的水珠，不是泪！"

六　登陆

什么是风雨飘摇的时代？丁体香站在街头，无助地望着眼前这个陌生的世界，百感交集。

青岛狼烟滚滚，大街上人们惊恐地四处奔波，大车小车驮着东西逃往城外。日本人要来了，师范大学要从青岛迁至安徽，学校上下沉浸在悲凉慌张的气氛中。

又是一个周末，体香在天主教堂广场最后一次摆摊。李凡气喘吁吁地跑过来，说："到处找你，你还是跑到这里了，都什么时候了还在摆摊？"体香苦笑："不来怎么办，我还要生活下去呀！"李凡说："快卖，卖完了，我有事和你说，那个洋人怎么不来了？"两人正开着玩笑，欧亨利姗姗赶来。他端详着体香和李凡，问："年轻人，日本人要打进青岛了，你们打算怎么办？"体香说："还没有想好。"欧亨利摇头叹息："日本人的胃口不小啊！"欧亨利买下体香所有的货物，临走时说："如果有什么困难需要我帮忙的话，可随时找我。"体香感激地点点头。

昔日繁华的大街上，此时灯光稀疏。李凡和体香走在路上，有一种世界末日要来的感觉。李凡说："先吃点东西吧，我还没有吃饭。"两人走到路边的摊点坐下，李凡说："今晚算是我请你吃的最后一顿晚餐。"体香吃惊地问："话怎么说得这么伤悲？"李凡说："我下定决心要走了，之所以迟迟没有动身是一直在等着你的回音。但现在看来，是我自作多情了。"体香红着脸低下头，不说话。

吃完饭，李凡说："时间还早，我们一起到海边走走吧。以后，恐怕再也看不到这么美丽的大海了。"

两人来到海边，坐在礁石上。世界仿佛都睡着了，只有身边的大海还在不停地咆哮。两人走到人生的十字路口，体香内心一直彷徨犹豫。沉默片刻后，李凡说："我参军了，明天要走。"体香惊讶地问："这么快吗？""我早报上名了，一直没有批复，今天突然通知我明天去报到，跟随部队离开青岛。"体香的眼泪一下涌了出来，她和李凡一起生活学习了七年，他一直在身边保护她照顾她。李凡轻声问："你怎么打算的？"体香沉默着。

李凡继续道："外面太乱，你一个女人到哪里都不安全，还是留在学校吧，如果学费上有困难，我帮你想办法。"体香哽咽地问："你当兵和家里说了吗？""你有时间回去和我爷爷我爸说声，时间太紧我来不及说。反正，事先我征求过他们的意见。"

涨潮了，海水涌到体香脚踝下，阵阵波涛声似呜咽，体香五味杂陈。

突然，李凡深情地望着体香，"我走后你会想我吗？"

体香含着泪花，用力点点头。李凡问："你会等着我吗？"体香望着远方没有回答，但泪水已经淌满一脸。李凡再也控制不住情感，捧起体香的脸吻起来，两人紧紧拥抱在一起。过了一会儿，李凡轻轻推开体香，"体香，你就像圣洁的牡丹花一样，我能闻到你的芬芳，一生就足够了。刚才我吻了你，已经感觉到酸甜苦辣的爱情滋味了！走吧，我最后一次送你回学校。"

走到学校门口。李凡苦笑道："到了安徽注意保护好自己，完成好学业报效国家。"体香含泪点头："你在部队一定保重，我等着你的好消息。"李凡挥手消失在黑暗中。

学校停课了，所有人都在忙着收拾行装。

在这动荡而彷徨的岁月里，体香有一种居无定所的凄凉之感。

一段时间里，贾岸经常来找体香，两人感情急骤升温。这天贾岸命令式地说道："今天我们去吃西餐。"贾岸带着体香，走进中山路一家西餐厅，在靠窗的位置坐下，贾岸望着窗外行色匆匆的路人，感叹道："中国多灾多难呀，这个旧的世界什么时候才能打破？中国的未来究竟在哪里……"从内心讲，体香是崇拜他的，有时候，体香真想把自己的未来交给他，但却总有种不踏实的预感。

贾岸滔滔不绝地说着，看着体香突然笑了，绅士般地整理下西服领子，优雅地拿起刀筷，笑道："哎，不谈国事，我们两个相爱的人不要虚度了这难得的幸福时刻。"体香红着脸，小声道："教授，我们是师生关系。"贾岸端起酒杯和体香碰杯，暧昧地说："对，特殊的师生关系。"放下酒杯，贾岸拉过体香的手轻轻吻了吻，体香莫名地滚下热泪。

晚饭后，贾岸热情地邀请体香到他的住处坐坐。

449

体香有些犹豫，为难地说："太晚了，找时间再去吧。"贾岸故作忧伤地说："学校马上就要离开青岛了，这个住处代表着我人生驿站中最值得留恋的一站，真舍不得，你不想去看看吗？再说了，你去帮老师整理下行李，也是应该的。"体香心动了。

到了贾岸的住处，贾岸带着体香参观他的书房，从书柜中拿出一本书，"这本书是我的成名作，你先看会儿，我收拾一下东西就送你回去。"体香坐在书桌旁翻着手中的书，一会儿，贾岸从卧室里出来，捧出一束鲜花，单膝跪倒在体香面前，含情脉脉地问："体香，你爱我吗？"体香惊惶害羞，连忙站了起来。贾岸拉住体香的手，深情地说："来，看看我给你准备了什么。"贾岸半推半抱着体香走进卧室。卧室里点着蜡烛，床上铺满了鲜花，贾岸顺手关上卧室门，一把抱住体香。

体香挣扎道：老师别这样！别这样！贾岸面红耳赤，气喘吁吁，迫不及待地抱着体香上了床。体香哭道："等一下，不行，这样不好！"贾岸把她压在身下吻了上去。体香推开他，说道："你知道吗，我一个无依无靠的女人，一旦交给你，这意味着什么？你……你必须对我一生一世负责，你能做得到吗？"事情太突然，体香语无伦次，浑身颤抖。贾岸一骨碌爬起来，跪在地上信誓旦旦："我对天起誓，我一生一世只爱体香一个人。"

贾岸疯狂地吻着体香，体香流泪了，这一刻她分不清是幸福的泪水，还是后悔的泪水。

体香下定决心和贾岸一起南下。此刻，她内心充满着快乐，在灰暗阴郁的现实中，她仿佛看到了色彩缤纷的世界。

这天下午，体香正在宿舍收拾行李，史一烈派人来找体香，来人着急地说："日本人马上要来了，史先生让我来接你离开青岛南下。史先生说了，你如果想读书，到了南方再送你上大学。"体香一口回绝了："谢谢史先生的好意，我已经决定跟着学校走。"来人无奈匆忙写了一张纸条:"这是我的联系方式,有事可以找我。"说完转身离去。

没过多久,史小烈也来了。他有些焦躁地说:"我最后一次求你,跟我一起走吧!"体香坚决地摇了摇头。史小烈不再坚持,摊开双手苦笑:"分别了,我们能拥抱一下吗?"体香大方地迎上前,史小烈紧紧地抱了一下体香,然后推开她头也不回地挥手走远。

看着史小烈的背影,体香哭了。

傍晚,体香收拾好行李去找贾岸,来到贾岸住处门口,屋内传出男女争吵的声音,女人大声责问:"家里的事你为什么不管不问?"听到这句,体香站在门外愣住了。房间里,传来贾岸吼叫:"学校马上要南迁,我这里还有一大堆的事,哪有时间照顾家呀?"女人声嘶力竭地喊道:"日本人来了,你就这样撇下这个家不管了?孩子怎么办?"里面传来贾岸声音:"我不是和你说好了嘛,等我在那边安顿好了就来接你们。"

体香如五雷轰顶:贾岸已经结婚生子了。她哆嗦着用钥匙打开门,冲进屋内对着贾岸大吼:"你这个骗子,道貌岸然的伪君子!"屋里的女人见到体香,一下全明白了,她怔住了。片刻后,她醒悟过来后,疯了一般扑向贾岸:"怪不得了,你连家都不顾了,原来在外面和野女人勾搭鬼混,我告诉我爸去,看你怎么收场。"

体香摔门而出,一会儿贾岸从身后追上来:"体香,你听我解释!"体香撕心裂肺地喊:"你滚,滚得远远的,我不想听你的任何解释!"贾岸争辩道:"我和她早就没有感情了,这个家早已名存实亡。我只想和你一个人好,我们这样两情相悦不是很好吗?"

体香怒斥道:"你这样的两情相悦,我接受不了,永远也接受不了!你滚,现在就滚!"

第二十二章

一　教堂里钟声

体香孤独地跑到天主教堂前边广场上，蹲在大树下痛哭。

一场暴风雨要来了。天空中阴暗下来，耳边响起轰轰的雷鸣声，很快大雨倾盆而下，雨点敲打着地面，激起层层水泡。

人世间，有些人走着走着，就走进了死胡同。

体香任凭雨水淋湿全身，呆若木鸡，浑然不觉。学校，还能回去吗？远方的家，还有脸再见亲人吗？不回去又能到哪里去？世界很大，属于我的地方在哪里？体香一遍遍问着自己。雨越来越大，雨水打在她身上，冰冷生疼。体香瞪着迷茫的眼神，望着路上匆匆的行人，万般无助，走投无路。

雨好像停了？体香望了望四周，不，雨依然在下。她感觉背后有人，转身看见欧亨利在她身后撑起一把大伞。欧亨利一双忧郁的蓝眼睛深情地望着她。体香站起来，无力地靠在他胸前。

欧亨利温柔地说："我观察你很久了，阿门，愿上帝保佑你！"他伸出温暖而宽大的手，拉住体香，"走吧，到教堂里去吧，那里或许是你的天堂。"

体香顺从地跟着他，第一次走进神秘的教堂。教堂里巨大的彩色玻璃天窗吸引住她。她抬头仰望，仿佛一眼望到天的尽头，上面就是天堂吗？！她久久地注视着，受到极大的震撼。

欧亨利把体香带到一间整洁宽敞的房间，体香的心情慢慢平静下来。欧亨利说："这个地方暂且当作你栖息的港湾吧。日本人来了，但他们不会到这里来，这里是安全的。这几年我一直注意着你，你是那么地纯洁、美丽、温柔，东方女性之美，在你身上体现得淋漓尽致。如果你不介意的话，留下来吧，在这里做一名义工。愿上帝保佑你。"

体香在教堂里安顿下来，每天听着教堂里的钟声，喧嚣的世间尘事离她而去，海边的浪花也不再聒噪，颓废凌乱的内心慢慢沉寂安宁下来。欧亨利闲暇时殷勤地为体香讲解《圣经》，他说话慢声细语，让体香体会到了不一样的温柔和体贴。西方人对美的赞美从不吝啬，对爱的追求也不会拐弯抹角。欧亨利对体香直白热烈的爱，逐渐被体香接受，她有时甚至陶醉在这浪漫和温馨中。外面的世界仿佛与她无关了，她想静静地听教堂里柔和的音乐声，静静地看院子里的花开花落，静静地融化在欧亨利宽广有力而温暖的胸怀里……

时间，在这里停止了。体香恍如在梦中一般。

这天体香正在教堂里为一对新人的婚礼服务，悠扬的钟声响起，一对新人在牧师的祝福下幸福地微笑着……教堂大门突然被推开，两个日本兵醉醺醺地闯了进来，对新娘子动手动脚，家人慌忙上前护住新娘子，递上厚厚的礼金。两个日本兵接过钱晃晃悠悠地往外走，这时其中一人看到了体香，体香的美艳吸引住了他们，两人上前调戏体香，体香吓得大叫，夺路而逃，两个日本兵紧追不舍抓住了体香，现场一片混乱。欧亨利上前制止，呵斥道："住手，这里是教堂，神圣不可侵犯。"两个日本兵迟疑了一下，还是兽性大发，一人上前推搡欧亨利，拿枪指向他，把他逼进一间房子,将他锁在里面。

欧亨利拍着门大喊:"恶棍,你们会受到上帝惩罚的!"

两个日本兵淫笑着,扑到体香身上。体香哭喊着,挣扎着……绝望地望着头顶上彩色玻璃天窗——那里不再是天堂的入口,而是通向人间地狱的大门!她痛苦地闭上了眼睛……

日本兵发泄完兽欲走了,体香站起来整理好衣服,抹掉眼角泪水,回到自己的房间。体香静静地坐着,她想起了爹娘亲人,想起了李凡,想起贾岸,甚至想起了史家父子。天快亮了,窗外透进一丝光线,白条般从天上扯到人间。体香伏在桌子,给爹娘写了最后一封信。她从脖子上解下从小娘给戴上的护身符,拿起剪刀剪下一缕头发,将两样东西细心地包好装进信封,又给欧亨利留下一张纸条。做完这一切,她平静地走出教堂向海边走去……

一个月后,地博收到一封欧亨利先生寄来的信。

爹娘,我走了。

这是我的护身符和我的一缕头发,留给你们作个念想。护身符没有护住我……

爹娘,别想我,别难过。

女儿的头发,就埋在丁家大院里吧。这个地方,我再也回不去了。但我想把我的灵魂留在这里,一直陪着爹娘,也算是我叶落归根了。

爹娘,你们别哭!女儿会在天堂保佑着你们。

永别了,我的亲人!

丁体香
1938年10月1日

地博知道,闺女已经不在人世了。地博一生的梦想——让闺女走出农门的梦想破灭了,坚强又倔强的地博也终于倒下了。

丁家的第三代丁体香鲤鱼跳龙门的愿望,就这样悲壮地谢幕了。土根捶胸顿足老泪纵横:"俺丁家的两个女人被日本人糟蹋了,老天真是不睁眼呀!小日本对丁家造下的孽,祖宗八代忘不了呀!俺是快死的人了,怕是看不到报仇雪恨的那一天了,粮天呀,你以后是丁家的柱子,你记住了,一个是你媳妇,一个是你妹妹,以后一定要报这个仇……"

二 认爹

半夜里冯实儿又从梦中惊醒,看到地博还没有睡,实儿流泪道:"刚才俺做了个梦,梦见体香这孩子了,她告诉俺她没有死还活着呢。俺叫她回家,她不听,我们两人吵起来了。"地博翻过身去,泪水挂满一脸,"俺太后悔了,不该让她一个人出去求学,平平凡凡在家过日子多好呀……"

早饭时,冯实儿念叨着:"梦里闺女说想吃煎饼了。"地博的眼泪吧嗒吧嗒地又掉了下来。

逆境见真情,棍棒出孝子。地博一家接连遭受巨大打击,让丁家人团结起来了。王大嫚王小嫚袁丫头陈丫头都过来安慰爹娘,四个女都挺着大肚子。实儿问道:"快生了吧?"四人点头。实儿感叹:"这个乱世道呀,家里再添上四个孩子,日子更难了。"土根听到此话,拄着棍子,敲着地面说:"再难也要有后,留下后代了,就什么都有了。"

一代代人就是这样,在艰难的夹缝中倔强地生活下去。

秋天来临时,丁家又有了新的生命诞生。几乎同时,粮麦粮豆和粮仓粮库分别有了自己的孩子——丁世界、丁世事、丁世军、丁世芬。

这天，粮共粮分突然不见了。地博在村里找了一圈也没找到，他慌了，刚刚村里来过伪军，孩子该不会被伪军抓走了吧。地博让全家人都出去找孩子。全家人村里村外四处寻找，都没有找到，土根急得慌手慌脚的，这是三娃留下的娃呀，一家人唉声叹气愁眉不展。

三天后，两个孩子蓬头垢面地自己回来了。地博一把把两个孩子搂在怀里，颤声说："你们两个干什么去了？""去找俺爹了。""我就是你爹呀。""你不是，别人说了，俺们是从高泽送来的。""别听外人胡说，我就是你爹！"

"你不是，你不是！"两个孩子扭头跑回屋，狼吞虎咽吃完饭，就躺在炕上睡下。

原来，三天前，两个孩子在街上和其他几个孩子玩耍，和其中一个孩子闹起来。那孩子骂道："你们两个没有爹娘的野孩子。"粮共回骂道："你才是没有爹娘的野孩子，俺爹是地博。"另一个孩子说："你们是丁家收养的，是高泽村一个人送你们过来的。"粮共动了念头，带着粮分去了高泽找爹。后来迷了路，好不容易才找回家。

地博渐渐有了老态，眼窝凹陷，挺拔的身板也有些罗锅了。他半倚半靠在炕上望着粮共粮分，对着实儿感叹："今年不知怎么了，精神头一天不如一天了，俺万一有个三长两短的，三弟撇下的这两个娃可怎么办呀？粮天没了媳妇，自己的孩子都管不过来，这个家难呀。"实儿铺好被子，躺在地博身边，嗔道："你胡说什么，最近家里的事太多了，你是累着了。也真是的，三弟的这两个孩子也大了，养了这么多年，一点儿也不懂得感恩，招呼都不打就走，我们这三天多担惊受怕呀，恐怕以后这两个孩子长大了，心里也没咱。"地博叹道："做人但凭个良心，咱不拘他们以后怎么对咱。再难再苦，宁可少了自己孩子口饭吃，也得让这两个孩子活下去。"

粮共粮分突然一骨碌爬起来，一头跪下，大声喊了句爹娘。

这天，秦狼急匆匆地闯进丁家。进门后，秦狼双手作揖说道："俺对不住你们，俺听说外甥媳妇的事了。上次皇军进村，俺刚好不在家，他们竟做出这种天理不容的事来。俺知道后和皇军反复交涉，肇事者受到了应有的责罚。这是皇军给你们家亲笔写的道歉信。今天，俺专程来替他们认错！"土根呸的一声，一口唾沫吐在秦狼身上，扭头进了屋。粮天抄起棍子，上前就要打，秦狼的随从上前抱住粮天。地博出来，推着粮天进了屋，对着秦狼骂道："秦狼，丁家与你再无瓜葛了。你快滚吧，再也不要踏进丁家门了。"

秦狼笑了笑，顺手搬过马扎，坐在地博身边，劝道："大哥，不要再骂'大姨们黄鼠'（大日本皇军）了，不知者不为过，他们不知道咱两家的亲戚关系。"地博冷笑几声，直视着他。秦狼一摆手，招呼随从："把东西抬进来吧。"两个随从抬着礼盒放在院子里，秦狼站起来附在地博耳边，小声说："大哥，俺今天除了替皇军道歉外，还有一件重要的事，俺想娶体香，今天算是来正式提亲了。大哥，体香要是嫁给我，大日本一定会高看丁家一眼的。"地博脸色阴下来，冷冷地说："你到阴曹地府找她吧。"秦狼惊讶地问："怎么了？"

地博狠狠地骂道："狗日的杂种毛，被你们的'大姨们黄鼠'糟蹋死了。"

秦狼目瞪口呆，一时惊得说不出话。

地博蹲在地上，摸出旱烟袋抽起来。秦狼尴尬地说："大哥，别难过了。听说、听说你家里有一个宝贝，能不能卖给俺。俺想送给皇军，他们一定会高兴的，肯定能让咱们升官发财。"一口烟呛得地博干咳起来，冷笑道："乡下人家哪有什么宝贝。""俺知道，你家有一块四方石。"地博一听，噌地站起来，恼怒地推着秦狼往

457

外赶。

秦狼趔趄着身子，苦苦地劝道："大哥、大哥呀，别犯傻，放在你家也没有用，你说、你说需要多少银子……大哥，你不要敬酒不吃吃罚酒……"地博将秦狼推出大门，随手将礼盒一起扔了出去，砰的一声关上门。

三　梦中相见

一场秋雨一场寒。

赶在暮秋最后一场秋雨，地博和粮天在六亩地种上麦子。种上这茬庄稼，乡下人便进入"猫冬"。一个冬天里，再也没有多少重活干了。

大地一片萧条静寂。冬日里，田野白茫茫雾蒙蒙，干枯的树枝伸向天空中，乌鸦时不时吱呀吱呀凄惨地鸣叫。界河水一改夏日的狂躁不安，渐渐地平静下来，河水藏在冰面下静静地流淌，低沉地呜咽。

地博蹲在地头，抬头仰望天空，一阵心慌意乱。这一年，他恍恍惚惚的，脑海中时不时地蹦出种种不祥的预感。粮天收拾完农具装上拖车，回头见爹还蹲在地头抽烟。"爹，走吧，天都黑了。"地博垂着头，低声道："你走吧，俺再看看六亩地。"一只乌鸦从六棵树上惊起，带起一层雪末，凄惨地鸣叫着，掠过地博头顶。

粮天看了爹一眼，心头顿生凄凉之感。

冬至日，丁家人不约而同地相聚在一起。

果儿一家三口最先进门，地博蹲在墙东头劈柴火，冯默跑过去喊了声大舅，地博竟然毫无反应。果儿惊奇地问："大哥，你脸色怎么这样难看？"地博答非所问，自言自语："今年冬天漫长，多劈些柴火吧。"果儿心头一惊。实儿从里屋出来埋怨道："你看看你哥,不知怎么了,老是懒洋洋的,话都懒得说,跟先前可不一样了。"

桃儿和杏儿、钱儿和粮儿四家前后脚迈进大门,孩子们扑向地博叫姥爷。地博放下斧头,怔怔地望着孩子,一脸呆滞。钱儿粮儿的孩子小,望着地博害怕了,怯怯地躲在娘身后。地博过去摸摸孩子的头,孩子竟吓哭了。

屋里的孩子一窝蜂地跑出来,相拥相抱说说笑笑。地博突然朝着门口走去,笑道:"体香也回来了。"众人大惊,实儿过去拉了他一把,地博醒悟过来,双手搓着脸,苦笑道:"不中用了,眼睛都花了。"

土根拄着拐杖,蹒跚而出,高兴地说:"人齐了,儿媳妇,中午多做点饭,叫上前院两家子,一起过来吃顿团圆饭。"一家人团聚,终于暂时忘却苦痛,大声说笑起来。正吃着饭,地博突然站了起来,冲着门口说:"来,二弟三弟,等你们这么长时间了,你们终于来了。快坐下,快坐下,喝杯酒。"众人大惊失色,面面相觑。粮天上前搀扶起地博,关心地问:"爹是不是病了?"地博又清醒过来,不停地摇头。"这是怎么了,好好的,精神怎么恍惚起来。"

土根眼含泪花,偷偷地望向地博。他端起酒杯一口喝下,重重地叹息了一声。

众人散去后,实儿扶着地博回到炕上躺下。

地博病倒了,躺在炕上昏昏入睡,足足睡了六天六夜。地博醒过来睁开眼,见一屋人围着,怔怔地问:"俺这是怎么了?"实儿哭道:"你终于醒了,可吓死俺了。"粮天问:"爹好些了?"地博笑道:"好了,这下好了,身上轻快多了。"众人松了一口气。地博故作轻松地拍拍身子:"都回去休息吧,俺没事了。"

晚上,地博来到土根里屋,父子俩默默地坐着。土根背靠在炕头被褥上,双腿蜷缩,头往后仰着,眼里噙着泪水。地博拿起爹的旱烟袋,摁上烟丝点上,深深地吸了一口,推给了爹。土根接过烟袋吸起来，丝丝的声响，叹道："老大，你不容易呀，可不能倒下去。""爹，俺好了，过来看看你。这几天，俺想起过去的不少事来，还梦见荷花了。"土根的手抖了一下，哽咽道："一晃，俺都七十一了，你也五十了。人这一辈子不经混呀，你为大，可千万不要胡思乱想。"

"爹，俺总觉得这辈子混完了。不敢想往事，一想，心揪着往下沉，坠得痛！粮天也大了，能顶起家了。"

土根剧烈地咳嗽起来，心里涌上不祥的预感。

坐了半晌，地博回到屋倒头就睡，睡醒后喊醒实儿："俺饿了，你下去做饭给俺吃。"实儿高兴了，给地博烙了一张白面大饼。地博一口气吃下，拍拍肚子，笑道："多长时间了，俺就没有正儿八经吃顿饭了，大饼真香！"

上半夜，粮天又过来一趟，见爹正在吃饭精神头好多了，也放下心来。

地博吃完饭，又躺下睡着了。

黑暗中，一位老者走进屋来，老者一头白发，长着一张四四方方的大脸。老者慈祥地坐在炕沿上，地博惊得一下爬起来，问："老爷爷，你是谁呀？"老者用手轻轻抚摸地博的头，说道："不是老爷爷，俺是你爹呀！"地博更加惊讶："你怎么会是俺爹呢？俺爹是土根呀。""傻孩子，你不是还有一个干爹吗！"地博猛然想起自己的干爹四方石，"干爹，终于见到你了，俺都五十了，才第一次见到你。"地博说着眼泪就下来了。老者和蔼地说："是呀，孩子，今天不是见到了嘛。孩子，我要感谢你呀，是你让爹有机会出来重见天日。这下好了，出来见见这个世界，了了心愿该走了，你也该走了。"地博怔怔地望着老人，不解其意。老者继续说："日本人盯上俺了，再不走，会亵渎俺的身子。你的寿限到了，也该走了。""俺走了谁来照顾俺爹？谁来照顾丁家这大大小小的一家子？""傻儿子呀，你走了，你土根爹也该走了。一代人有一代人的命，一代人有一代人的运。粮天大了，会顶起丁家的大梁的。"

地博呜呜地哭起来。老者说："儿子别哭了，俺说得够多的了。明天太阳升起的时候，你把我埋在六亩地东北角，再过一百年还会有人认俺为干爹的，那个时候俺再出来看看。"

说完老人不见了。

四　化土

地博大喊"爹，爹，爹——！"

冯实儿推了他一下，地博醒了，他睁开眼睛，天漆黑漆黑的。实儿问："刚才你做什么梦了，一直在喊爹。"地博撒谎道："梦见小时候的事了。"

地博躺在炕上，静静地回想着刚才梦中的情景。实儿睡着后，他起身披上衣服，悄悄地来到土地庙。地博跪在四方石前，抽着烟，轻声道："爹，你刚才说的话，俺都记住了。"抬头望望天，差不多四更了。他回到家中，把自己擦洗干净，换上干净的衣服，又细细地刮了胡子。实儿起床时，看到干净利落的地博，高兴地说："今日你可真精神了，让俺想起你年轻时的模样。"地博憨笑："快做饭吧，俺饿了。"

实儿做好饭，地博一口气喝下六大碗地瓜干汤面，又吃下六个大馒头。实儿坐在一边，满脸喜色地看着地博。地博吃饱后，深情地看着实儿，"实儿，俺该走了，俺告诉过你俺是'地'，在俺这块地上，开过'花'结过'实'。俺这辈子知足了，你不仅人长得漂亮，也懂得世理能持家，有你和粮天在，俺放心了。丁家以后的路你要帮着粮天走下去。"实儿笑道："你今天怎么了？跟着你这么多年，除了新婚时你说些甜言蜜语，这些年，再也没有听你贫过嘴。"地博抹了下嘴巴，认真地说："实儿，真的感谢你。你

461

是丁家的大恩人,丁家不会忘记你的。"

实儿走到地博身边,靠在地博的胸膛上,含笑轻轻打了他一下,地博低头深情地吻了吻实儿。地博告别实儿,来到土根屋,见爹还躺在炕上。地博说:"爹,俺先过去看看,在那边等着你。"土根嗯了声,叮嘱着:"这个冬天不好过呀!你告诉粮天,把粮食藏好了,别让狗日的日本人抢去了。"地博望了爹一眼,流下泪来。

最后,地博来到粮天屋。粮天见爹精神气色不错,心里很高兴,问:"爹,地里也没有多少活了,起这么早干什么?"世田世野世沃见爷爷过来,扑到他怀里,世田问:"爷爷,你什么时候领着俺去高泽集听说书的?"地博抚摸着孙子的头,喃喃地说:"爷爷该走了,再也不能陪你们了,以后的路要靠你们自己走了。"孩子们似懂非懂地看着爷爷,粮天往外赶几个孩子,"别缠磨爷爷,爷爷身子刚好。"

地博一个人站在院子中,深情地望着院里的一砖一石,一草一木。此时,太阳刚刚露出头,一道霞光,金光四射。

地博走出院门,朝着丁家大院深深鞠了三躬。来到土地庙,地博走到四方石前,小声说:"爹,俺来了,送你走吧!"

地博弯腰扛起四方石,健步来到六亩地东北角,挖出一个四四方方的深穴。他虔诚地跪下磕了六个头,起身将四方石稳稳当当放入穴中埋好。

地博大喊一句"爹,你一路走好!"

地博含着泪水,环顾六亩地。这块地,寄托着丁家的全部希望和未来。地博张开双臂,仰天大笑……

土根拄着拐杖,来到院子里,粮天正在扫地,小黄狗打着圈儿地呜呜叫着。土根突然大声问:"地博干什么去了?"实儿推开门,说:"地博吃了饭,就出去了。"土根哦了一声,突然又想到了什么:"粮天,你快到土地庙看看四方石。"

粮天急急地跑回来,大喊:"爷爷,四方石不见了。"土根一下晕倒在地。

这时,外面有人大喊:"地博走了,地博走了,地博倒在六亩地里了!"

五　大丧

地博的离世,对土根造成致命一击。

胳肢窝村第一强人丁土根倒下了。粮天带着家人在地博灵前守丧,守到第三天,土根不行了。

"男怕清醒,女怕糊涂"。土根临死,意识一直十分清醒。

早晨,土根将粮天叫到跟前,呢喃道:"大孙子,你今年已经三十五了吧,也是三个儿子的爹了。你上辈只剩下你不知死活的三叔了,丁家你为大,你现在就是丁家的顶梁柱了!你爹死了,俺的大限也到了,你可要挺住呀!"粮天忍不住哭了,"大孙子,你抬俺起来。俺想最后再看看咱丁家的六亩地和丁家大院。"粮天背着土根,世田在一边扶着,三人来到六亩地。"俺下来看看。"土根说道。世田扶着老爷爷从粮天背上下来,土根挣扎着站了一会儿,一下趴在地上,双手撑地连磕了六个头。土根在六亩地足足待了一个多时辰。回到丁家大院,粮天背着爷爷在院子里四处巡视,土根眼含泪水,依依不舍。转了三圈,土根问:"累不累?"粮天说:"俺不累!"土根说:"那俺再瞅一眼!"粮天又背着爷爷,在丁家大院转了三圈。

土根说:"好了,回屋去吧。"

回到屋,土根躺在炕上对世田说:"重孙子,你到六亩地给俺抓把土来。"世田飞跑出去,很快双手捧回一把土,递给老爷爷。

土根伸出手,一把抓起土,塞进嘴里。

粮天哭道:"爷爷,你怎么了?"

土根却笑了,泪水溢了出来。他闭上眼,慢慢地嚼了几口嘴里的土,用力咽了下去。最后,他睁开眼睛,望了大家一眼,永远地闭上了。

丁家一片恸哭。

粮天说:"爷爷和爹赶一块儿了,全家再守丧三天三夜。六天后,给爷爷和爹下丧。"

丁土根和丁地博的棺柩一直停在丁家大院六天六夜,创下胳肢窝村守灵时间最长的纪录。

"四方石遁土了,土地庙里土地爷爷脸上拉下一层皮,原先紫铜色的脸突然灰暗起来,脸上挂着两行泪珠。六天六夜里,全村的狗猫鸡羊都没有叫唤过一声……"我小时候,常听我爷爷丁粮天讲起我的老老爷爷丁土根和我的老爷爷丁地博临死的各种奇异的举动和怪象。我知道,这些故事只是故事罢了。

守丧到了第四天,丁家的一场危机悄然来临。

丁家大院有前院和后院之分。在丁家前三代,老大一直占据着后院。东院粮麦粮豆两家和西院粮仓粮库两家,多年来对后院一家独大心存怨言。第一代第二代先后离世,家族矛盾再次爆发。

首先发起挑战的是粮麦和粮豆,兄弟俩旧话重提,再次要求重分家产。他们找实儿商量,粮麦说:"爷爷和爹活着的时候,有些话不好说,现在他们都已离世,娘是唯一的长辈了。我们兄弟两个,还有闯关东的粮米二哥,都是娘亲生的,咱们才是真正的一家人。娘要说句公道话,凭什么粮天一家独占着后院十二间大房子和六亩地,是时候了,该给个说法了。"

旧账重提,实儿忧心忡忡。此时实儿非常冷静和理智,好言好语地劝道:"粮天和你们都是你爹的儿子,咱们是一家人不要说这些生分的话。粮天是长子，为大，丁家的规矩历来就是这样。再说了，他还要赡养你们的娘呢，还有你们三叔留下的粮共粮分。在这个时候，你们提出来分家产，实在对不起你们的爹和爷爷。"

实儿的公道话粮麦粮豆听不进去，心中还是不服气。兄弟俩一合计，又私下找到西院的粮仓粮库。李云向来对家产分配有成见，东西院一拍即合联合起来，一起劝说冯实儿，说这是重新分配家产最好的机会，错过这个机会，再也不会有翻盘的可能了。

在两院众人劝说下，冯实儿左右为难。手心手背都是肉，她思考再三，决定先和粮天通个气。实儿找到粮天："这几天，你兄弟几个闹别扭。你为大，肚量大些，千万别在这个时候闹起来。"粮天说："娘，你放心吧！爷爷和爹刚刚去世，俺为大，和为贵，让兄弟几个去说吧。只要娘不糊涂，一切事情都好办。至于财产的事，下丧过后再说。再过几天，等果儿姑姑在家时，咱们一起商量。"

粮麦哥四个见冯实儿态度不明朗，又把宝押在丁果儿身上。他们找到果儿拐弯抹角地说："姑姑，你必须主持一下公道。地广叔和姑姑是秦奶奶生的，虽然地广叔不在家，但他的两个孩子来了。你不为我们着想，也该为粮共和粮分想想呀，六亩地和后院的财产应该再重新理一理。"果儿一听便明白了，淡淡地说："咱丁家历来是团结的，不要为了你家好他家好，弄得这样不和气。俺爹和大哥活着的时候，家和财产已经分得一清二楚了。过去那些陈谷子烂芝麻的事谁也不要再提了，以后更不要说些亲娘后娘之类生分的话，让人伤心。"

果儿一席话，有理有据将粮麦哥四个暂时压了下来。

在这场家族矛盾中，第三代长子丁粮天显示出了成熟和大度，他已不再是过去那个压不住气的毛头小伙子，他将所有的委屈憋在心里，一直隐忍着。清官难断家务事，忍——无疑是此时处理家族矛盾的最好方法。

看似平息的矛盾，终于还是在守灵时爆发了。王大嫂王小嫂首先发难，两人跪在地下，拍打着地面：俺的好爹好爷爷呀，你们活着的时候糊涂呀，丁家这么大的家业你们不分明白，撇撇脚就走了，俺们受苦受累不说，这些不公和谁说呀……冯实儿看不下去，上前劝慰她们。两个儿媳妇直接撒起泼来，抱住实儿号哭。陈丫头和袁丫头马上跟进，也开始抽泣，陈丫头说："都说俺的爷爷好，你同胞三个儿子，为什么偏偏老大为王，俺爹就不是一个爹一个娘养的了？"两人的话锋，直指实儿。实儿当即拉下脸，回头瞪了李云一眼。李云唯恐天下不乱，作势上前假装撕打自己的儿媳妇，却在指桑骂槐地骂着："你们两个找不到爹的野女人浪女人，占着地占着房子占着人，自个儿吃独食，哪有那么多便宜赚。"听到此话，实儿气得周身打哆嗦，手指着李云说不上话来，一口气上不来晕了过去。王大嫂王小嫂见自己的婆婆受辱了，本来是枪口一致对外，立即掉转枪口对内，与陈丫头袁丫头对骂起来："你们两个才是买来的野女人，才找不到爹呢，你们骂谁找不到爹呀！"

五个女人连骂带撕巴纠缠在一起。

粮天站在一边一动不动，一句话也不说。粮麦粮豆和粮仓粮库同样也站着，却是摩拳擦掌。

关键时刻，果儿挺身而出，厉声喝道："都住手！俺爹俺大哥在天上看着你们呢，你们这样闹下去，是想让先人不宁吗？"刹那间，五个女人都静了下来。果儿继续说道："你们闹无非是认为土地房子财产分得不正不清，如今大家都在，俺爹俺大哥的灵魂也在，咱们有话摆在桌面上。"粮天感激地望了姑姑果儿一眼，这个时候，也只有果儿可以这样讲了。

果儿一不做二不休，索性把话说透："俺已经出嫁，丁家的事情说多了也不好！但有一点是明确的，俺爹俺娘活着的时候，丁家的财产分得清清楚楚。大家有什么想法，不妨说出来，评评理！"歪理是摆不上桌面的，粮仓粮库不再说话了，李云更不好开口。粮麦望望粮豆，粮豆开口辩道："过去那样分是好的，但、但爷爷和爹去世了，再说了，俺三叔家的两个孩子回来了，财产就应该重分。"果儿回头瞅了一眼实儿："嫂子，你是丁家的大嫂了，你说说。"实儿轻叹一声说："咱丁家的田地分得是均匀的。房子虽然你们四家住得小了点，但俺还在粮天这里养着，再说粮共粮分也在粮天这里，加上世田世野世沃俺三个孙子啊，这一家老老小小的住在一起，后院已经够挤的了。后院的房子和六亩地，现在是我的，自然也是粮天的。再分也是粮天的事，你们不应该再掺和了。"

实儿一席话，果儿感动地掉下泪。果儿问李云："二嫂，你还有要说的吗？"李云连连摇头，赌气般扭过去。果儿说："二嫂一家早在俺未出嫁前已经分家了。咱丁家的第一代俺爹俺娘以及大娘刘女都不在人世了，第二代除了三哥地广不知生死外，只剩下大嫂二嫂了。大嫂是咱丁家的最高长辈，以后有事多和大嫂商量。第三代丁粮天为大，他在这个家里就是当家的。"

实儿大义公正，果儿一言九鼎，让这场家族矛盾平息了。

六　北风乍起

丁家大院大门口，高高地擎着两只白幡，迎风飘曳。

守丧到第六天，奔丧的人还是络绎不绝。

粮天翻看着来宾的名册，阵阵酸楚，嘱咐世田说："好好留着，这些都是人情。如今家家户户日子不好过，这份人情不能忘了，以后有机会都要还上。"果儿过来又看了一遍名册，叹道："你爷爷和你爹在村里熬下的人情可真多呀，几乎每家都来了。"粮天说："是呀，除了秦家只剩下一个人不人鬼不鬼的秦狼，其他的都来了。"正说着,一个姑娘哭着进门,对着粮天说:"谁说秦家没有别的后人了?俺代表秦家给俺姑父表哥尽孝。"

粮天看着这姑娘年龄十八九岁,生得眉清目秀,十分标致,长得和秦女奶奶竟有些相似,正疑惑这是谁家的闺女,姑娘主动开口报了名,说她是秦豹的小闺女秦英子。当年,秦豹失踪不知死活,他媳妇带着小闺女英子外嫁邻村一户人家,饥荒年月继父饿死了,英子和母亲相依为命。

英子大方地问粮天:"你是表哥吧?两家多年不走动,家里的人都认不得了。"果儿在一旁抿嘴说道:"乱辈了乱辈了,这不是你表哥,他是你外甥粮天。俺是果儿,是你表姐。"英子激动地一把抱住果儿。果儿感叹道:"真没有想到,秦豹有这么一个俊姑娘。"粮天红着脸叫了英子一声表姨,他比英子大十多岁,却差了一辈。

粮豆知道英子的身份后,鄙夷地说:"噢,原来是秦狼的妹妹呀。"一说到秦狼,粮天又想起妻子采儿的事,脸立即阴沉下来。

"俺没有这个哥哥,他不是俺哥哥!"秦英子干脆利索,愤愤地应道。粮天看向她,正好与英子四目相对。

下丧了,天空突然阴沉起来。北风乍起,飘起满天雪花。

这天送丧的人特别多。右边,丁果儿跪在最前边,其余丁氏女眷跪在她身后,冯实儿殿后。左边,丁粮天打头跪着,丁氏男丁依次而跪。胳肢窝村李冯王秦四大家族都来人了。众人披麻戴孝,哭声恸天。

一路哭着,来到丁家林地。

"入殓,起棺,送亲人下丧归天!"司仪高喊着。

两具棺材停在坟前,天寒地冻棺材底部与地面冻在一起,一时抬不进墓穴,人群中出现阵阵躁动,"怎么棺材放不进去?不吉呀!""一定是亡人还有未了的心愿呀!"

丁家人触景生情,禁不住呜呜大哭。粮天跪在棺材前,双手扣住棺材盖子,用力敲打。"爷爷,爹,入土为安吧……"

正在此时，从西边驰来一骑快马，大家不由得转头看过去，转眼间来人已到坟前，一身黑衣脸蒙黑巾的男人从马上跃下，大声问："谁是丁粮天？"粮天一怔，怯怯地说："我就是，我是丁粮天。"

男人大声道："摆上供桌，俺给老人磕个头，给逝者先人上炷香。"

男人的口吻不容置疑，粮天顺从地摆好供桌。男子从马鞍上取下一个包裹，里面鼓鼓囊囊的，鲜血从包裹里面渗出来直往下滴答。众人唬得脸色煞白，不敢近前。男人打开包裹，往供桌上一倒，从里面滚出四个血淋淋的人头。

大家吓得哎哟一声纷纷后退。

"大家不要怕，这四个人头是日本鬼子的，丁家的女人被鬼子糟蹋污辱了，我受人之托，为丁家的亲人报仇雪恨了。"他朝着两具棺材深深鞠了三躬，抬起头来，说道："大哥，你交给我的任务完成了。亲人们，你们要节哀顺变，好自为之，我走了。"说着，男子飞身上马，扬长而去。

大家目送男子远去，再次抬棺入穴，这次棺材很顺利地被放入墓穴。此时，大雪已停，太阳和暖。众人齐刷刷地跪下，惊呼，显灵了！显灵了！

又是哭声一片。

  大地呀　你养育了我
  跪上你　脸朝黄土背朝天
  一把黄土一身汗
  一脚泥巴一身软
  一脸泪水一身酸
  到头来你我化成泥土一缕烟

  太阳呀　你哺育了我
  跪上你　一寸光阴一寸金

照亮了沟壑照亮了弯
照绿了大地照绿了田
照出了人心照出了天
一下子照出世界天地人世间

江河呀　你滋育了我
跪上你　双手捧过共敬天
你走过了多少坎
你穿过了多少圈
你绕过了多少山
你吻过了多少峦
一路上灵秀神气写在山山川川

爹娘呀　你生育了我
跪上你　一拜一叩情难断
口对口来喂口饭
扯块线头绕个圈
娘在中间你在转
儿女呀　你是爹娘掉下的肉蛋蛋
一辈辈　血泪成串以命来换

风沙飞来迷不住眼
雨水冲刷洗不掉念
秋霜刀剑割不断线
日子啊一年年一月月一天天

风啊　你为什么吹不断
雨啊　你为什么连成串

路啊　你为什么陡又坎

人生啊又为什么总是梦难圆

人生再苦　不叫难

旅途再长　不叫远

日子再难　不叫坎

生活呀掬一碗苦水肚里咽

酸甜苦辣都是甜

　　　　　　　　　　　上部完
　　　　　　　构思于二〇二一年十月
　　　　　　　成稿于二〇二三年六月